国家社科基金项目研究成果（批准号：10BWW002）

另一种声音

20世纪英国左翼文学研究

陈茂林 ◎ 著

中国社会科学出版社

图书在版编目(CIP)数据

另一种声音：20世纪英国左翼文学研究 / 陈茂林著 .—北京：中国社会科学出版社，2017.9

ISBN 978-7-5203-0808-3

Ⅰ.①另⋯ Ⅱ.①陈⋯ Ⅲ.①英国文学-文学研究-20世纪 Ⅳ.①I561.065

中国版本图书馆CIP数据核字（2017）第182065号

出 版 人	赵剑英
责任编辑	曲弘梅
责任校对	刘 娟
责任印制	戴 宽
出　　版	中国社会科学出版社
社　　址	北京鼓楼西大街甲158号
邮　　编	100720
网　　址	http://www.csspw.cn
发 行 部	010-84083685
门 市 部	010-84029450
经　　销	新华书店及其他书店
印刷装订	北京君升印刷有限公司
版　　次	2017年9月第1版
印　　次	2017年9月第1次印刷
开　　本	710×1000 1/16
印　　张	23.25
插　　页	2
字　　数	348千字
定　　价	99.00元

凡购买中国社会科学出版社图书，如有质量问题请与本社营销中心联系调换
电话：010-84083683
版权所有　侵权必究

目　录

绪论 …………………………………………………………………（1）

上编　20世纪英国左翼文学综论

第一章　19世纪80年代至20世纪20年代英国左翼文学的成熟 ……（15）
 第一节　19世纪80年代至20世纪20年代英国左翼文学成熟的背景 ……………………………………………………………（15）
 第二节　19世纪80年代至20世纪20年代英国左翼文学成熟的表现 ……………………………………………………………（20）

第二章　20世纪30年代英国左翼文学的首次高峰 ………………（24）
 第一节　20世纪30年代英国左翼文学首次高峰的原因 ………（24）
 第二节　20世纪30年代英国左翼文学的特点 …………………（30）

第三章　20世纪60年代英国左翼文学的二次高峰 ………………（36）
 第一节　20世纪60年代英国左翼文学二次高峰的原因 ………（36）
 第二节　20世纪60年代英国左翼文学的特点 …………………（41）

第四章　20世纪80年代至世纪末英国左翼文学的发展 …………（48）
 第一节　20世纪80年代至世纪末英国左翼文学的低谷 ………（48）
 第二节　20世纪80年代至世纪末英国左翼文学的特点 ………（52）

中编　20世纪英国左翼文学的主题思想研究

第五章　20世纪英国工人阶级生存状况的一面镜子 ……………… (59)
　第一节　20世纪初英国工人阶级的生存状况 …………………… (59)
　第二节　"福利国家"时期工人阶级的生存状况 ………………… (69)
　第三节　20世纪80年代英国工人阶级的生存状况 ……………… (78)

第六章　工人阶级受压迫命运的根源及反抗 ……………………… (86)
　第一节　对工人阶级苦难根源的探索 …………………………… (86)
　第二节　20世纪初工人阶级对受压迫命运的反抗 ……………… (94)
　第三节　20世纪中叶英国工人阶级对受压迫命运的反抗 ……… (100)
　第四节　20世纪80年代英国工人阶级对受压迫命运的反抗 …… (107)

第七章　左翼视角下的现代化历史进程 …………………………… (118)
　第一节　苏格兰从农业到前工业再到工业文明的现代化历史
　　　　　进程 ……………………………………………………… (119)
　第二节　苏格兰现代化历史进程中劳苦大众的苦难 …………… (122)
　第三节　苏格兰现代化历史进程中劳苦大众的精神状态 ……… (128)

第八章　对社会主义和共产主义的探索和追求 …………………… (132)
　第一节　从基督教社会主义到工党社会主义再到宗教神秘
　　　　　主义 ……………………………………………………… (132)
　第二节　从社会主义到共产主义 ………………………………… (139)

第九章　停留还是跨越：工人青年的彷徨与愤怒 ………………… (148)
　第一节　彷徨之缘起：阶级不平等与社会不公正 ……………… (148)
　第二节　"停留还是跨越"：困扰工人青年的核心问题 ………… (154)
　第三节　自我反思与社会批判 …………………………………… (162)

第十章　20世纪英国左翼文学的女性主义思想 (169)
　　第一节　父权制社会对女性的剥削、压迫和控制 (176)
　　第二节　女性对父权制社会男权的反抗和批判 (193)

第十一章　20世纪英国左翼文学的国际视野 (208)
　　第一节　对"冷战"过程及其影响的观照 (210)
　　第二节　对国际共运衰落的再现和表征 (216)

第十二章　20世纪英国左翼文学的反殖民主义主题 (228)
　　第一节　对非洲与伦敦二元对立的解构 (229)
　　第二节　对殖民主义的揭露和批判 (233)
　　第三节　对种族主义的批判 (237)
　　第四节　殖民主义的衰落和殖民地人民的觉醒 (241)

下编　20世纪英国左翼文学的艺术特色探讨

第十三章　20世纪初现实主义的成熟 (247)
　　第一节　《穿破裤子的慈善家》的细节描写 (247)
　　第二节　《穿破裤子的慈善家》的人物刻画 (251)
　　第三节　《穿破裤子的慈善家》的幽默与讽刺 (257)

第十四章　20世纪30年代现实主义与现代主义实验 (268)
　　第一节　《苏格兰人的书》的现实主义 (268)
　　第二节　《苏格兰人的书》的现代主义实验 (278)

第十五章　20世纪中叶现实主义的回归与后现代主义实验 (291)
　　第一节　《向上爬》和《周末晨昏》的现实主义 (291)
　　第二节　《金色笔记》的后现代主义实验 (303)

第十六章　20 世纪 80 年代至世纪末艺术手法的多元……………（330）
　第一节　《联合街》的集体叙事和意识流描写……………（330）
　第二节　《联合街》的断裂叙事和人物的主体间性……………（335）

结语 ……………………………………………………………（344）

参考文献 ………………………………………………………（353）

后记 ……………………………………………………………（364）

绪　　论

一　研究背景

对于英国左翼文学的研究，国外学术界已经历了几个阶段，取得了比较引人注目的成绩。较早的研究开始于20世纪30年代，威廉·燕卜逊（1935）讨论了英国无产阶级文学在20世纪30年代的杰出地位；而乔治·奥威尔（1937）主张社会主义者放弃经济和阶级斗争，表现出强烈的个人主义意识。这些研究可谓褒贬不一，不够系统。比较系统的研究开始于20世纪70年代，代表作有玛莎维·西纳斯的《工业缪斯：19世纪英国工人阶级文学研究》（1974），追溯了工人阶级文学传统的起源和社会历史背景，讨论了宪章派文学；F. C. 布尔的《该死的一个：穿破裤子的慈善家的作者特雷塞尔的生平及时代》（1979），提供了无产阶级作家特雷塞尔的生平资料、小说的出版史及历史语境；乔纳·克拉克等主编的《英国30年代文化和危机》（1979），提供了20世纪30年代英国的政治语境，讨论了小说家伍尔夫、赫胥黎、厄普沃·德瓦纳、奥威尔、格雷厄姆·格林的作品；大卫·史密斯的《20世纪英国小说中的社会主义宣传》（1979），对1906—1956年的英国左翼小说进行了综合性历史考察，分析了优秀社会主义小说《穿破裤子的慈善家》和刘易斯·格拉西克·吉本的《苏格兰三部曲》。20世纪80年代以来的研究呈现出系统、全面、多元的特点和趋势：一是对20世纪30年代的左翼文学进行重新探讨，代表作有瓦伦廷·卡宁海姆的《30年代的英国作家》（1988）、格洛佛·史密斯主编的《阶级、文化和社会变化：20世纪30年代新观点》（1980）、安迪·克罗夫特的《值得纪念的岁月：20世纪30年代的英国小说》（1990）。二是主张恢复工人阶级文学传统，重写文学史，代表作有杰罗米·霍桑主编的《20世纪英国工人阶级小说》（1984）、M. 布克的《现代英国左翼小说研究指南》（1998）。三是研究向多元、开放、边缘发展，和种族、族裔、性别等视角结合进行，代表作有罗纳德·保罗的《我们心中的怒火》（1982），对"二战"后英国工人阶级小说中的青年形象进行了研究；帕姆拉·福克斯的《阶级小说：英国工人阶级小说的羞耻与反抗》（1994），对英国1890—1945年的小说进行了女性主义探讨，主张开展女性主义与马克思主义对话；珍妮特·蒙特菲奥的《20世纪30年代的男女作家》（1996），对文学史忽视的20世纪30年代英国女性左翼作家詹姆逊、米奇森、瓦格纳等进行了研究；M. 布克的《现代英国左翼小说研究指南》（1998）的第四部分，介绍了左翼文学中的后殖民小说；其他著作还有布里斯托·巴托洛维奇的《马克思主义、现代性与后殖民主义》（2002）、安吉拉·英格雷姆的《重新发现被遗忘的激进者：1889—1939年间的英国妇女作家》（2009）、尼古拉·艾伦的《当代英国小说中的边缘》（2009）等。

可见，国外对英国左翼文学的认识和研究由浅入深，由单一到多元，由排斥和否定到逐渐接受和肯定。然而学界对左翼文学的认识和评价还有待加强，主流文学史还缺乏对左翼文学的系统考察，现有研究大都围绕宪章派文学和20世纪30年代文学开展，且多以作家研究为中心，对20世纪60年代以来的左翼文学还缺乏系统深入的梳理和探讨。

国内对英国西方马克思主义理论的译介比较重视，威廉斯、汤普森、伊格尔顿、安德森作品的中译本都已出版，对左翼文学的研究限于宪章派文学（如陈嘉、刘炳善）和20世纪30年代左翼小说（如侯维瑞、李维屏、高继海），而对20世纪英国左翼文学进行系统讨论的著述尚未见到。

左翼文学是英国文学的重要组成部分，对其进行系统研究具有重要理论意义和现实意义。

（1）更加系统、全面地认识20世纪英国左翼文学的内涵外延、发展脉络、主要特征及文学地位；

（2）提供现有英国文学史尚未包含或者介绍、讨论不足的内容，对现有英国文学史进行一定程度的弥补和改善；

（3）在一定程度上改变目前学术界对英国左翼文学重视不够的状况，引导学界重新认识英国左翼文学，深入探讨其思想意义和艺术价值，以便对其思想蕴含、艺术特征和文学地位作出比较客观的评价；

（4）有助于全面认识20世纪英国文学发展状况和演变脉络，为中国特色社会主义文学创作和理论建构提供思想借鉴和文化参考。

二 左翼文学概念探讨

左翼和右翼属于政治概念，指政党中的左派和右派，一般来说，"左翼"有"激进""进步"之意。萨松认为，"左翼"一词在社会主义运动之前就已经出现，它起源于法国大革命时期。当路易十六召集国民议会时，第一和第二等级的成员，即贵族和教会代表，坐在国王的右侧，而人民的代表——实际上指中产阶级或第三等级的代表——坐在国王的左侧。在整个革命时期，坐在左侧席位的，都是那些坚决反对君主统治、信奉人民主权原则的人。人们可以说，左翼看来从一开始就怀疑、不屑传统和既定惯例。[①] 回首人类刚刚走过的20世纪，可谓国际政治风云变幻，各种纠纷连续不断，天下从无太平之日，资本主义与社会主义两大阵营围绕经济、军事、政治、外交、文化等各方面的角逐一直持续，未有放松。两次世界大战、世界第一个社会主义国家苏联的建立、冷战、柏林墙的建立及其倒塌、苏联解体、东欧剧变、后冷战时代的到来等都对国际政治格局产生了重要影响。本来"左翼"在英美等西方国家就一直遭到蓄意贬低和歪曲，"被认为是一种极端主义，大略等同于冷战辞藻的任何其他特有称谓，包括极权主义、意识形态以及一些表面上的中性词如政府和政治"[②]。这种状况使政治上界定"左翼"并非易事，而20世纪末俄罗斯的情况使界定"左翼"难上加难，因为解体后的苏联——俄罗斯的"共产党被西

[①] [美]唐纳德·萨松：《欧洲社会主义百年史·序》，姜辉等译，社会科学文献出版社2008年版，第4—5页。

[②] M. Keith Booker, *The Modern British Novel of the Left: A Research Guide*, Westport, Conn.: Greenwood Press, 1998, p.1.

◆ 绪　　论 >>>

方媒体称为'右翼'"。① 这样，文学上"左翼"界定的难度可想而知。据笔者所知，关于左翼文学，目前有代表性的定义有下面两个。中国社会科学院吴岳添研究员指出，"左翼文学是指马克思主义产生以来，特别是在俄国十月革命胜利之后，在各国无产阶级的斗争中、特别是在共产党领导的反法西斯斗争的影响下，在世界范围内发展和繁荣起来的进步文学。"② 这个定义是可以接受的，但也有一些漏洞，定义的主干是"左翼文学是进步文学"，其余部分是左翼文学产生的时间、背景以及范围，而对于左翼文学的核心特征——思想性强调不够。美国阿肯色州立大学英语教授 M. 基思·布克采取西方冷战辞藻的取向，把左翼视为围绕马克思主义、共产主义和社会主义这些核心概念的思想的集合，认为这些概念表明对资本主义社会的社会和经济不平等的根本批判，并且主张更加公平地分配财富和权力。③ 这一定义突出了左翼文学的思想特征，弥补了前一个定义的不足。如果把两个定义进行整合，似乎可以得出一个较为合理的定义：左翼文学是在马克思主义影响下，在无产阶级斗争特别是共产党领导的反法西斯斗争影响下发展起来的进步文学，马克思主义、社会主义、共产主义是其主要思想内容。然而这个定义还不够全面，还需要细化，例如，在文学四要素——作家、作品、读者、世界中，与左翼文学关系密切的有两个：作家和作品。如果要问：工人阶级作家创作的作品是否一定是左翼作品？右翼作家创作的作品是否一定不是左翼作品？用上述的定义进行鉴别还不充分。而具体到英国左翼文学，定义清楚也并非易事。可参考的定义几乎没有，对于英国左翼文学的研究，国外学术界虽然已经历了几个阶段，取得了比较丰富的学术成果，然而，综观这些研究，大都用"工人阶级""社会主义""激进者"命名，而用"左翼"来为研究著作命名的屈指可数。据笔者所知，《现代英国左翼小说研究指南》是目前唯一一部用"左翼"这个词命名的著作。原因何在？首先是学术研究的大

---

① M. Keith Booker, *The Modern British Novel of the Left: A Research Guide*, Westport, Conn.: Greenwood Press, 1998, p. 2.

② 吴岳添：《法国现当代左翼文学·前言》，湘潭大学出版社2007年版，第6页。

③ M. Keith Booker, *The Modern British Novel of the Left: A Research Guide*, Westport, Conn.: Greenwood Press, 1998, p. 2.

气候，左翼文学是一种边缘文学，甚至是一种反主流文学，在国外一直遭到质疑、贬低和歪曲，问津者不多；其次，讨论左翼文学，与政治的关系过于紧密，具有冒险性；再次，作为无产阶级产生最早的国家，英国的左翼文学源远流长，有着"丰富的工人阶级文化和社会主义政治传统，而这一传统未必与马克思主义或共产主义是同盟"①，这就导致英国左翼文学之复杂与界定之困难，具有挑战性。所有这些也决定了界定英国左翼文学的必要性。

笔者认为：首先，左翼文学应该是基于阶级的文学，就题材而论，应来自工人阶级和劳动大众；就内容而论，应反映工人阶级和劳动大众工作、生活和情感，但支持工人阶级和劳动大众的依附、陪衬、次要地位，甚至贬低或蔑视工人阶级和劳动大众的文学作品，则算不上左翼文学。其次，左翼文学还必须有意识形态因素，即工人阶级和劳动大众立场，有关于马克思主义、社会主义、共产主义的思想内容，这一点非常重要。但必须注意，非正统的马克思主义，如形形色色的西方马克思主义和各种流派的非科学的社会主义，如基督教社会主义、伦理社会主义、费边社会主义、民主社会主义等都在左翼之列。以上两点告诉我们，左翼文学是一种意识形态色彩异常浓厚的文学，作品的内容是鉴别其是否是左翼文学的重要标准，作家不是鉴别的必要条件，例如，工人阶级或者社会主义作家可能创作出左翼文学作品，也可能创作出资产阶级作品；可能在创作早期写出进步作品，也可能在创作中期、晚期写出保守甚至反动作品；而一些右翼作家，也可能会创作一些具有左翼性质的作品。可见，按照作家划分左翼文学是不科学的，划分左翼文学的根本标准在于作品的思想内容——意识形态性。实际上，国外现有的左翼文学研究成果大都以作家研究为中心，这就不可避免地导致，一些不被认为是左翼作家的某些具有左翼倾向或内容的作品遭到冷遇和排斥，这种以作家作为选材标准的做法显然具有漏洞。而本课题在研究方法上首先要打破这种"狭隘的"选材标准，以弥补其不足和缺憾，争取做到公允、全面。因此，作品的阶级性和意识形态性是划分左翼文学的根本标准。作品的"阶级性"指的是作品的主人

---

① M. Keith Booker, *The Modern British Novel of the Left*: *A Research Guide*, Westport, Conn.: Greenwood Press, 1998, p. 2.

绪 论 >>>

公必须来自工人阶级和劳动大众，可以是工人、农民、共产党员等；作品的"意识形态性"指的是作品在主题思想方面具有工人阶级和劳动大众的立场。所以，工人阶级出身的作家作品未必是左翼作品，中产阶级出身的作家作品未必不是左翼作品。左翼作品可以具有揭露和批判社会黑暗、同情工人阶级和劳苦大众的特点，但具有这些特点的文学作品未必全部是左翼文学。作品的阶级性和意识形态性是左翼文学的充要条件，二者缺一不可。

左翼文学是世界性的进步文学，与无产阶级文学、工人阶级文学和社会主义文学关系密切。无产阶级文学萌芽于19世纪欧洲资本主义国家，随着工人阶级的产生和壮大而形成和发展，与无产阶级革命和社会主义思潮密切相关。19世纪三四十年代兴起的英国宪章派文学、德国1848年革命时期文学、法国1871年建立世界上第一个无产阶级政权后兴起的巴黎公社文学，是世界早期无产阶级文学的典型代表和20世纪世界无产阶级文学的先驱。1917年，俄国爆发十月革命，列宁领导的布尔什维克党从根本上推翻了人剥削人的制度，建立了世界上第一个无产阶级专政的社会主义国家苏联。20世纪20年代，无产阶级文学开始在苏联等国流行，30年代前后成为席卷世界的潮流，苏联的"俄国无产阶级文化协会"、中国的"左联"、德国的"德国无产阶级革命作家联盟"、美国的"约翰·里德俱乐部"等都是该时期著名的无产阶级文学团体。但1925年苏联成立的"拉普"，推崇纯粹的无产阶级文学，推行极"左"路线，奉行宗派主义，排斥农民、知识分子等一切同路人。列宁等苏联领导人同这种极"左"倾向进行了坚决斗争，号召建设社会主义文化，确立社会主义现实主义为苏维埃文学的基本创作方法。此后，无产阶级文学逐渐被社会主义文学所取代。20世纪80年代开始，"无产阶级"在英国的使用频率日益减少，"工人阶级"和"社会主义"仍在使用，几率几乎相等。"工人阶级文学"指工人阶级作家，或者具有工人阶级背景的作家或者中产阶级作家创作的关于工人阶级工作、生活和情感的文学，但必须具有工人阶级意识和立场，只有具有这种意识形态内涵的文学才可以称得上是"社会主义文学"；如果贬低工人阶级，赞扬资产阶级的文学，则不是社会主义文学。社会主义一词来源于古希腊文 socialis，相当于英文中的 social。18、

19世纪，西欧各国资本主义发展的同时，导致了小生产者破产、工人失业、经济危机、贫富分化、劳资冲突等一系列社会问题，于是人们把解决社会问题的方案和设想叫作"社会主义"。直到1830年前后，空想社会主义者欧文、圣西门的信徒使用"社会主义"来表达他们宗师的著作和思想时，把"社会主义"同理想社会联系在一起，含义是："社会主义"代表受苦的工人，揭露和批判资本主义私有制度的奴役和剥削及其造成的弊端和不公，要求建立一种理想的、平等的社会制度，"社会主义"一词才逐渐流传开来。[①]

谈到社会主义文学，还要注意它不仅指文学中蕴含着马克思主义的科学社会主义思想，也指作品中蕴含的19、20世纪世界上林林总总的社会主义思想。客观而论，这些丰富多彩的社会主义流派的主要方面是错误的，但有一个基本的相同点：主张通过社会共同占有生产资料、产品分配及交换，而消灭社会矛盾和不公，实现社会主义道德和经济目标。由此看来，这些形形色色的社会主义流派中闪烁的思想火花及其社会主义实践，同样是社会主义建设的思想财富。第二次世界大战后，英法等资本主义强国的殖民体系土崩瓦解，一系列新生的社会主义国家纷纷建立，世界政治力量对比发生重大变化，社会主义文学呈现出勃勃生机。资本主义国家的进步文学也在红色30年代前后形成第一次高峰后，在60年代前后形成第二次高峰，英国1956—1977年的"新左派运动"是社会主义思想复兴的重要表征。但1979年撒切尔夫人当选首相后推行保守的撒切尔主义，直到1991年，国家政坛急剧右转，左翼文学创作步入低谷。同一时期，美国进入以保守著称的里根时代，而东欧一系列社会主义国家此时正在加速进行面向西方的改革，苏共中央总书记戈尔巴乔夫也致力于推行"新思维"，最终导致这些国家社会主义政权的瓦解，世界社会主义理论与实践遭受严重挫折。这些国家的社会主义文学因此成为一种历史现象，社会主义文学创作于20世纪末在世界范围内进入低潮。综上所述，左翼文学与无产阶级文学、工人阶级文学、社会主义文学等有交叉重叠之处，但内涵外延并不相同，左翼文学可以包括上述几种文学流派，但上述几种文学并

---

① 程玉海、林建华等：《世界社会主义共产主义运动新论》，人民出版社2010年版，第6页。

不一定全部是左翼文学，其相加之和也不等于左翼文学。

三 研究方法与本书体例

20世纪英国左翼文学经历了四个阶段的发展：20世纪初到20年代的左翼文学；20世纪30年代前后的左翼文学；20世纪60年代前后的左翼文学；20世纪80年代到世纪末的左翼文学。本课题时间跨度大，内容多，难度大。是"研究"，就必须强化"论"的色彩，不能写成文学史，但同时又不能没有"史"的内容。20世纪英国左翼文学作品数量众多，要在有限的时间内完成研究任务，非常艰巨。要做好研究工作，对整个20世纪英国左翼文学进行系统、综合考察，突出"论"的色彩，就必须首先解决研究方法问题。经过多次咨询专家、研究讨论和深入思考，课题组决定要有取有舍，不奢求全面，但力求研究比较系统、比较深入，因此最终决定采取主题研究的方法，既打破时间的界限，又打破体裁的界限，还打破作品的界限，用主题即左翼文学的思想性来统摄整部著作。在作品的选择方面，按照20世纪英国左翼文学的四个阶段，精选每个阶段最有代表性的作品，把重点放在这些左翼代表性作品的细读上，从具体的文本中解读、阐释20世纪英国左翼文学的思想内涵和艺术特征。只有这样，才能把研究落到实处，才能保证研究不至于太宏观和空泛，保证研究有一定的力度和深度；才能让文本唱主角，发出自己的声音，不至于成为背景知识和文艺理论的附庸。对应着20世纪初到20年代、20世纪30年代前后、20世纪60年代前后、20世纪80年代到世纪末这四个英国左翼文学的发展阶段，坚持思想性和艺术性俱佳的标准，本研究选取精读的文本有：罗伯特·特雷塞尔的《穿破裤子的慈善家》（1914）、刘易斯·格拉西克·吉本的《苏格兰人的书》（1932—1934）、艾伦·西利托的《周末晨昏》（1958）、约翰·布莱恩的《向上爬》（1957）、多丽丝·莱辛的《金色笔记》（1962）和帕特·巴克的《联合街》（1982）。选材确定后，我们发现，20世纪最有代表性、思想性和艺术性俱佳的左翼文学作品集中在小说领域。这与20世纪英国左翼文学的实际情况相吻合。20世纪英国左翼文学的成就主要体现在小说领域。因为，第一，伴随着现代化进程而兴起的英国小说，发展到20世纪已经相当成熟和完善。"20世纪是小说的世纪,小说创作取得了比其他文类更辉煌的成就……兴起于18世纪的西方现实主义小说,迄今已发展成为世界文化中最有代表性的文学产品。"[①] 左翼文学与英国"主流文学"并驾齐驱,左翼小说创作无形之中受到了英国小说的影响。第二,英国19世纪宪章派文学的成就主要体现在诗歌领域。20世纪左翼小说后来居上,成就显著,仅30年代的10年间,就有"数百部左翼小说发表"。[②] 获得布克奖的小说家中,发表过左翼作品的就有约翰·伯格、戴维·斯托利、詹姆斯·凯尔曼、帕特·巴克四位,2007年诺贝尔文学奖得主莱辛曾于1962年发表作品《金色笔记》,标志着英国左翼文学的高峰。一般来说,诗歌短小精悍,语言凝练,节奏鲜明,结构工整,易于抒情,但不易驾驭宏大的社会题材。而戏剧往往会受到舞台的限制,这也会影响到左翼戏剧的创作。20世纪50年代的左翼戏剧家约翰·阿登就在20世纪70年代后逐渐放弃左翼戏剧创作而转向小说创作,当人们问起他为什么转向时,他这样回答,"我之所以放弃戏剧,主要是因为我已厌倦了为了将一部剧作搬上舞台而不得不卷入的人际交往"[③]。第三,无论是左翼诗歌还是左翼戏剧,其创作都是时断时续,没有形成自己的传统;而20世纪英国左翼小说的创作一直在延续,中间没有中断,逐步走向成熟并形成了自己的传统。目前学界对英国左翼文学的研究也大都围绕左翼小说进行,例如,奈杰儿·格雷的《失语的大多数:战后英国小说中的工人阶级研究》(1973)、大卫·史密斯的《20世纪英国小说中的社会主义宣传》(1978)、罗纳德·保罗的《我们心中的怒火:战后英国工人阶级小说选中的青年形象研究》(1982)、H. 古斯塔夫·克劳斯主编的《英国社会主义小说:走向一个传统的复苏》(1982)和《社会主义小说的兴起:1880—1914》(1987)、杰罗米·霍桑主编的《20世纪英国工人阶级小说》(1984)、安迪·克罗夫特的《值得纪念的岁月:20世纪30年代的英国小说》(1990)、M. 基思·布克的《现代英国左翼小说研究指南》(1998)、尼古拉·艾伦的《当代英国小说中的边

---

① 林树明:《多维视野中的女性主义批评》,中国社会科学出版社2004年版,第69页。

② M. Keith Booker, *The Modern British Novel of the Left*: *A Research Guide*, Westport, Conn.: Greenwood Press, 1998, p. 18.

③ 王岚、陈红薇:《当代英国戏剧史》,北京大学出版社2007年版,第56页。

缘》(2009)等。虽然如此，本研究对左翼诗歌和左翼戏剧也没有一概忽略，在上编《20世纪英国左翼文学综论》中对其作了简介，对左翼文论也作了梳理、介绍，在中编的主题研究部分，涉及相同主题的，也都有提及。英国左翼文学作品众多，本研究采取了突出重点的办法——从精选的代表作品中挖掘、阐释英国左翼文学的思想内涵和艺术特色，限于课题组的研究能力和研究时间，还有不少未来得及研究的内容，留得今后进一步研究。经过阅读文献，精读文本，从具体文本中归纳、提炼出20世纪英国左翼文学的八大主题，构成本书中编的主要内容。

（1）20世纪英国工人阶级生存状况的一面镜子
（2）工人阶级受压迫命运的根源及反抗
（3）左翼视角下的现代化历史进程
（4）对社会主义和共产主义的探索和追求
（5）停留还是跨越：工人青年的彷徨和愤怒
（6）20世纪英国左翼文学中的女性主义思想
（7）20世纪英国左翼文学的国际视野
（8）20世纪英国左翼文学的反殖民主义主题

同时，为了不留遗憾，本书在下编，立足作品，让文本自己"说话"，对20世纪英国左翼文学的艺术特征进行了比较系统、深入的探讨，并力图勾勒20世纪英国左翼文学艺术手法方面的发展阶段和演变脉络。

在具体研究过程中，做到作品的研读和评论的写作齐头并进。上编对20世纪英国左翼文学进行了总括性的述论，阐述了20世纪英国左翼文学的起源、发展阶段、演变脉络，重点论述了20世纪英国左翼文学各个阶段的经济、政治、历史、文化背景及其主要特征，内容涉及诗歌、戏剧、小说、文论，力求做到系统、全面、深入，争取在论述的过程中体现出"史"的内容，勾勒出20世纪英国左翼文学的发展状况。在主题思想研究部分，凡涉及流变的主题，都坚持共时性和历时性相结合的原则，寓"演变脉络"于细致、深入的文本解读中，在文本阐释中体现出"史"的观照，例如，第五章"20世纪英国工人阶级生存状况的一面镜子"，就分为20世纪初、"福利国家"时期和20世纪80年代三个阶段进行论述；第六章"工人阶级受压迫命运的根源及反抗"中对"反抗"的论述也分为20世纪初、20世纪中叶和20世纪80年代三个阶段。凡涉及同一主题的作品,都尽量提及,然后立足代表作品,进行比较系统、深入的解读和阐释。

这样,本书的结构就主要分为三大板块:上编是对20世纪英国左翼文学进行的总括性论述,分为四章;中编是对20世纪英国左翼文学所作的主题研究,分为八章,八大主题,力求比较系统、深入地探讨20世纪英国左翼文学的思想内涵,是本书的核心部分;下编是对20世纪英国左翼文学的艺术特色所作的总体性论述,分为四章。此外,本书首先在绪论部分,交代了本课题的研究背景,讨论和界定了左翼文学的概念,交代了本课题的研究方法和本书体例以及研究意义和不足。

著作的正标题是经过长时间的思考,在课题研究过程的后期才提炼出来的。当时,想到了四个题目:另一种声音:20世纪英国左翼文学研究;不可或缺的英国文学:20世纪英国左翼文学研究;草根阶层的情感与生活:20世纪英国左翼文学研究;激进的力量:20世纪英国左翼文学研究。第一个题目,突出了英国左翼文学的特质,强调了在今天政治多极、文化多元的背景下,左翼文学在多声部的英国文学中的位置,意在消解左翼文学的"他者"地位,解构其与"主流文学"之间的二元对立;第二个题目,强调了左翼文学在英国文学史上应有的地位和价值,突出了左翼文学的重要性,而淡化了它自身的特质;第三个题目,意在突出左翼文学的自身特质,但不够全面,"草根阶层"的概念比较模糊,其"情感与生活"也忽略了左翼文学的其他思想内涵和艺术特征;第四个题目,政治色彩比较浓厚,淡化了左翼文学的学术特征,与左翼文学的思想性和艺术性也不够完全对应。综合考虑,我们采纳了第一个题目。

四 研究意义

英国是世界无产阶级诞生最早的国家。左翼文学是英国文学的重要组成部分,是在马克思主义影响下发展起来的进步文学。马克思主义、社会主义、共产主义是其核心思想特征。阶级性和意识形态性是左翼文学的充要条件。20世纪英国左翼文学经历了四个发展阶段,在30年代和60年代形成两次高峰,出现了一大批进步作家和马克思主义文论家,具有重要认识意义和艺术价值,在文学史上应有一席之地,是英国文学的重要传统。然而，该传统却长期被学界忽视、误解甚至歪曲，未得到客观公允的定位和评价；我国学界长期受现代主义、后现代主义等思潮影响，对英国左翼文学的重视和研究严重不足。本书采取历时性研究方法，系统论述了20世纪英国左翼文学各个阶段的经济、政治、历史、文化背景，及其主要特征，从整体上勾勒出20世纪英国左翼文学的发展阶段和演变脉络；采取共时性以及历时性和共时性相结合的方法，立足文本，按照主题研究的方法，系统、深入地探讨了20世纪英国左翼文学的思想内涵，归纳、提炼出上述提及的八大主题；采取历时性方法，立足文本，系统、深入地探讨了20世纪英国左翼文学的艺术特色，勾勒出其从现实主义到现代主义再到后现代主义的发展历程和演变脉络，包括20世纪初现实主义的成熟、20世纪30年代现实主义和现代主义实验、20世纪中叶现实主义的回归和后现代主义实验、20世纪80年代至世纪末艺术手法的多元。

　　本研究具有重要学术意义和应用价值：在一定程度上促使学界重新认识英国左翼文学，深入探讨其内涵外延、发展脉络、思想意义和艺术价值，以便对其文学地位作出比较客观的评价，对现有英国文学史进行一定程度的丰富和改善；有助于引导学界重新认识20世纪英国左翼文学和英国文学的联系，从而更加全面地认识整个20世纪英国文学的思想意义和艺术价值。本研究具有重要社会效益：英国的工人阶级和劳动大众占据人口多数，作为艺术表征工人阶级和劳动大众的工作、生活、情感和精神状况的左翼文学，是多声部的英国文学中的"重要声音"，是英国文学中的重要一支。中国是社会主义国家，目前正在致力于现代化建设。本课题对20世纪英国左翼文学思想内涵和艺术特色的解读和阐释，能够引导我们更好地理解和认识20世纪英国工人阶级和劳动大众的生活、情感和精神，为中国的社会主义现代化建设提供文化参考。人民群众是我国现代化建设的主力军，表征他们工作、生活、情感和精神状况的有中国特色的社会主义文学，可以通过比较的角度，利用这块"他山之石"，从20世纪英国左翼文学中借鉴有益的、合理的因素，更好致力于中国特色社会主义文学创作和理论构建。

上 编
20世纪英国左翼文学综论

英国左翼文学始于19世纪宪章运动。宪章派文学开辟了英国左翼文学的先河。20世纪英国左翼文学与西方政治、哲学、文化思潮互相呼应，与主流文学并驾齐驱，曲折起伏，高潮迭起，丰富多彩，成就显著，绵延不绝。20世纪英国左翼文学分为四个阶段：20世纪初到20年代的左翼文学；20世纪30年代前后的左翼文学；20世纪60年代前后的左翼文学；20世纪80年代到世纪末的左翼文学。19世纪80年代到20世纪20年代，经济危机的发生、工人运动的复兴、社会主义团体和工人阶级政党的建立、马克思主义和社会主义思想的传播，促成了英国左翼文学的兴盛，为20世纪30年代前后英国左翼文学的首次高峰做好了铺垫，也为20世纪英国左翼文学传统的形成打下了坚实的基础。20世纪三四十年代席卷资本主义世界的经济危机、英国失业率的居高不下、工人运动的蓬勃发展、国际法西斯主义的抬头、英国共产党和左翼读书俱乐部的成立及活动、苏联的社会主义成就等，使英国左翼文学出现首次高峰。作家阵容庞大，作品众多，主题广泛；虽然一些作家在追求作品思想性和艺术性成熟方面进行了认真的探索和尝试，但大部分作品的艺术手法机械生硬。第二次世界大战促进了世界人民的觉醒，"二战"后英国的"福利国家"建设使中下阶层产生了"愤怒"情绪，美苏之间的冷战使世界人民长期面临战争威胁，共产主义运动的衰落使工人阶级和左翼知识分子产生幻灭情绪，20世纪50年代至70年代兴起的"新左派运动"，创造出规模空前的马克思主义思想文化，所有这些因素促使20世纪60年代前后英国左翼文学再度出现高峰。1979年开始的撒切尔主义、苏联解体、东欧剧变、社会主义和共产主义运动的衰落等，使英国左翼文学在20世纪的后20年有所减缓，但冷战结束、2004年5月8日欧洲左联的成立、世界性经济危机的再度爆发等又使21世纪之初左翼思潮呈现复兴之势。本编将对20世纪英国左翼文学进行综合考察，阐述20世纪英国左翼文学各个阶段的经济、政治、历史、文化背景，论述各个阶段英国左翼文学的发展状况和主要特征，试图比较全面地勾勒20世纪英国左翼文学的发展阶段和演变脉络。

第一章

19世纪80年代至20世纪20年代英国左翼文学的成熟

第一节 19世纪80年代至20世纪20年代英国左翼文学成熟的背景

英国是世界上无产阶级诞生最早的国家。左翼文学是英国文学的重要组成部分。英国左翼文学传统源远流长，最早可追溯至18世纪末。早期具有较大影响的左翼文学，是19世纪30—50年代的宪章派文学。其产生的政治背景是19世纪三四十年代英国工人阶级为争取自身的政治权利而掀起的震惊世界的宪章运动。这是英国工人阶级历史上首次独立的政治运动，运动纲领集中体现在《人民宪章》中的六条要求：1.实行男子普选权；2.每年举行一次议会选举；3.实行平均的选区；4.议员领取薪金；5.取消议员的财产资格限制；6.实行无记名投票。[①] 宪章派文学的形成也有其文化背景。为提高工人的教育文化水平，宪章派当时创办了一份报纸《北极星》，经常刊载工人创作的作品，为宪章运动呐喊助威，促进了宪章派文学的发展。宪章派文学有如下特点：一是文类丰富，有各种各样的短诗、政论文、演讲、文学评论、作家评论、故事、小说等，影响较大、比较成熟的是诗歌，小说和文学评论次之，代表作家有诗人兼小说家厄内斯特·琼斯、诗人威廉·詹姆士·林顿、托马斯·库珀、小说家托马斯·马丁·惠勒、托马斯·弗罗斯特等。二是题材广泛，有对工人阶级苦

---

① 钱乘旦、许洁明：《英国通史》，上海社会科学院出版社2002年版，第255页。

难生活和悲惨遭遇的描述，对资产阶级残暴和虚伪的揭露和批判，对《人民宪章》的拥护和支持，对工人阶级为争取政治权利而战斗的呼吁，对宪章运动领袖的歌颂和赞扬，对宪章派工人形象的塑造，对宪章运动的书写，等等。作品对压迫者充满仇恨，对革命前途充满信心，体现出工人阶级的国际主义精神。三是政治性强，说教味浓。宪章派诗歌大都短小精悍，战斗力强，爱憎分明，鼓动性盛；宪章派小说往往政治话语信息浓重，教育性强，但形式僵硬，在社会影响和艺术手法方面都比诗歌逊色；宪章派作家对资产阶级作家如弥尔顿、彭斯、拜伦、雪莱、狄更斯等所作评论，往往注重其进步性，忽视其消极性，少谈其缺点。总之，宪章派文学在思想性和艺术性两方面都不够成熟。首先是宪章派作家对工人阶级生活不够熟悉，甚至有政治偏见，其作品又太注重说教，其马克思主义理论素养也相当薄弱，影响了对资本主义制度和工人运动认识的深刻性；其次，这些作家没有可资参考的文学前辈，"小说家主要采用的是通俗小说的形式，浪漫主义和通俗剧相结合的手法，这种僵硬的艺术手法远远不能承载政治话语和道德说教的重负，导致宪章派文学的不成功"[1]，难怪燕卜逊称无产阶级文学为"田园诗式的现实主义"[2]，充满幻想，不切实际。但宪章派文学的文学地位不可低估，开辟了左翼文学的先河，为后来的左翼文学打下了重要基础。

  轰轰烈烈的宪章运动历时20多年，还是失败了。为什么？笔者认为：一是参加宪章运动的工人主体是手工业工人，不是工厂工人。他们不是先进生产力的代表者。二是缺乏广泛的群众基础。它排斥工会运动，不与中产阶级的激进派合作，不能发展为强大的力量。三是没有建立自己的政党。缺乏政党领导无疑是其失败的重要原因。但以历史的眼光审视宪章运动，它也有成功之处。《人民宪章》六条要求中有五条在宪章运动结束后逐一实现，因此，宪章运动为工人阶级获得政治权利开辟了道路。宪章运动后，工人斗争进入低谷，工会运动成为工人运动的唯一形式。19世纪

---

[1] Martha Vicinus, "Chartist Fiction And the Development of A Class-Based Literature", in H. Gustav Klaus, ed., *The Socialist Novel in Britain*, Brighton: The Harvester Press, 1982, pp. 7-25.

[2] William Empson, *Some Versions of Pastoral*, London: 1935, pp. 17-20.

70年代后，英国从自由资本主义向垄断资本主义过渡。经济危机频繁发生，自由党和保守党轮流执政，对内加强剥削工人阶级和劳动人民，对外发动侵略战争，疯狂进行殖民扩张。国内阶级矛盾空前尖锐，工人运动重新高涨，主要表现在以下几个方面：

第一，"新模式"工会和地方性的"行业协商会"纷纷建立，开展斗争。19世纪中期之前，英国的工会组织都失败了，1851年之后兴起的"新模式"工会以"排他性强"和"尽可能避免与雇主对抗"而生存下来，发展迅速，例如，第一个"新模式"工会——"机械工人混合工会"成为当时最大的工会，1875年和1888年会员分别达到44000和54000人①，规模庞大。"新模式"工会和"行业协商会"的建立为工人运动提供了组织保障。

第二，19世纪90年代，大批无技术的下层工人组织起"新工会"，以激烈的方式开展斗争，使工人运动重现失去多年的战斗性。罢工次数增多，仅1888年就发生500多次；斗争激烈，例如，1886年2月的一次抗议活动发展成一场群众性暴动，1887年11月特拉法加广场发生军队与示威群众暴力冲突，酿成"流血星期日"事件，1889年伦敦码头工人大罢工标志着罢工达到高峰，持续一月，取得胜利；随后首都煤气工人罢工，坚持数月取得胜利②。罢工高潮促使工人队伍日益壮大，到1900年，有组织的工人总数超过200万。③ 工会运动的战斗性成为促进工人阶级建立阶级政党的动因之一。

第三，社会主义团体纷纷建立。亨利·海德曼于1881年创建"民主联盟"，1884年改名为"社会民主联盟"（简称SDF，合称为Socialist Democratic Federation），成为英国第一个社会主义政党，也是当时英国唯一有影响的社会主义和马克思主义政党，但它排斥工会，影响不大。作家威廉·莫里斯先加入海德曼的团体，而后离开，于1884年创建了"社会主义者同盟"（Socialist League），但该组织在1896年莫里斯去世后销声匿迹。其他还有1903年和1904年从"社会民主联盟"（SDF）中分裂出

---

① 钱乘旦、许洁明：《英国通史》，上海社会科学院出版社2002年版，第280—281页。
② 同上书，第287页。
③ 同上。

来的自称为"社会主义工党"（Socialist Labor Party）和"英国社会主义党"（Socialist Party of Great Britain）[①]的社会主义团体，但人数太少，无足轻重。值得一提的是成立于1884年的"费边社"，这是一个以研究和宣传社会主义为目的的资产阶级改良主义团体，主张"迟缓""渐进"的社会主义改造，这和古罗马共和国武将、拖延战术家费边·马克西姆的迂回战术一样，"费边社"因而得名。"费边社"思想的"四巨头"为萧伯纳、席德尼·韦伯、华莱士和奥利维尔，莫里斯、H.G. 威尔斯、"二战"后工党政府首相艾德礼等都是其主要成员。费边社会主义思想的实质在于"把资本主义社会传统的自由民主政治与社会主义相结合，从而推行和平渐进，民主宪政和市政社会主义的道路"[②]。"由于英国的历史传统，马克思主义始终未能在英国产生重大影响。按照后来一些新左派学者的分析，这与民族文化传统的特性有关：英国文化中根深蒂固的经验主义，天生敌视欧洲大陆的系统理论，尤其日耳曼的抽象思想，更被视若寇仇。马克思本人被逐出欧洲大陆，避难伦敦多年，以他的学识，竟然难以在英国的大学里觅得一方教席。他在穷困潦倒之际，到码头应聘秘书这一卑微之职，也惨遭拒绝，理由是他的字迹太潦草。这位以一生之力穷究天人的历史唯物主义创始人，物质生活甚为清贫，日常家用全靠友人支援。马克思本人以国际主义者自命，可英国人并不因此对他稍加青睐。他的主要活动也只限于德国移民的小圈子，对于19世纪的英国劳工运动影响甚微。"[③] 费边社会主义思想是英国土生土长的政治学说，英国工人运动本来就有和平、改良的特点，费边思想恰好符合这种需要，因而为英国工人运动提供了一种英国式的社会主义理论，成为其指导思想。[④] 此后，费边主义者成为工党的智囊团。费边社的成立成为促进工人阶级建立自己政党的另一推动因素。

第四，工人阶级开始致力于建党工作并取得成功。1893年，苏格兰矿

[①] David Smith, *Socialist Propaganda in the Twentieth-Century British Novel*, London and Basingstoke: The Macmillan Press Ltd, 1978, p.6.

[②] 徐觉哉：《社会主义流派史》，上海人民出版社2007年版，第195页。

[③] 赵国新：《新左派的文化政治》，外语教学与研究出版社2009年版，第34—35页。

[④] 钱乘旦、许洁明：《英国通史》，上海社会科学院出版社2002年版，第286页。

工联合会领袖哈迪建立"独立工党"（ILP, Independent Labor Party），但缺乏理论指导，与马克思主义联系很少，工会代表大会不支持独立工党，因此有必要建立独立的工人政党。1900年，全国各工会、工人合作社及费边社、社会民主联盟和独立工党的代表召开会议，决定在议会中建立一个独立的工人党团，"劳工代表委员会"（LRC, Labor Representation Committee）诞生，1906年正式更名为"工党"，1918年党纲明确表明建立"生产资料公有制"，党的社会主义性质正式确立。1924年工党领袖拉姆齐·麦克唐纳出任首相，工党涉足政坛，开始在英国发挥重要作用，成为20世纪20年代以来与保守党轮流执政的重要政党。[1] 英国另一个工人阶级政党——英国共产党于1920年由英国社会主义党、社会主义工党的共产主义团结小组、工人社会主义联盟、南威尔士社会主义者协会等合并组成。[2]

总之，19世纪80年代工人运动的高涨促进了社会主义思想的传播，出现了研究、译介社会主义和马克思主义的热潮，包括各种各样的理论流派：经典马克思主义、基督教社会主义、伦理社会主义、无政府社会主义等，但其主流并非正统的马克思主义和科学社会主义。正如恩格斯所说："不用说，现在的确'社会主义重新在英国出现了'，而且是大规模地出现了。各色各样的社会主义都有……"[3] 影响深远的有费边社会主义者的一系列著作，例如，1889年萧伯纳主编的《费边社会主义论文集》，包括其名篇《社会主义的经济基础》《向社会主义过渡》等，渲染着费边社会主义色彩。席德尼·韦伯1887年起草的《社会主义者须知》，简明扼要地归纳了费边社的基本观点。他为工党起草党章，使费边社会主义成为工

---

[1] 英国工党于1900年成立，1924年开始掌权。工党首相有麦克唐纳（1924, 1929—1931, 1931—1935）、艾德礼（1945—1951）、哈罗德·威尔逊（1964—1970, 1974—1976）、詹姆斯·卡拉汉（1976—1979）、布莱尔（1997—2007）、布朗（2007—2010）。工党在20世纪英国政坛发挥重要作用。1995年，工党在领袖布莱尔领导下修改党章，正式放弃"社会主义"目标。

[2] 英国共产党建立后一直把工党看作自己的联盟，曾多次集体申请加入工党，均遭拒绝，1950年后力量削弱，丧失了下院中仅有的2个席位，从未执政。主张和平过渡到社会主义，从不使用"无产阶级专政"一词，1989年，坦普尔任英共首位女书记，表示要"彻底改造英共"。1991年，英共43大召开，决定以《民主左翼纲领》取代原党纲，放弃"共产党"的名字，改为"民主左翼"。有着71年历史的英国共产党从此不复存在。

[3] 恩格斯：《英国工人阶级状况》一八九二年英国版序言，载《马克思恩格斯全集》第22卷，第323—324页。

党的指导思想。1918年他撰写的《工党与新社会秩序》，一直成为工党30多年政策的理论基础。1932年，他同妻子出访苏联，1935年出版《苏维埃共产主义：新的文明》，详尽介绍了苏维埃社会主义制度和苏联人民社会主义建设的历史成就。

综上所述，19世纪80年代到20世纪20年代期间，经济危机的发生、工人运动的复兴、社会主义团体的建立、工人阶级政党的建立、马克思主义和社会主义思想的研究传播等，促成了英国左翼文学的繁荣。而从世界来看，1864—1876年的第一国际、1889—1914年的第二国际、1919年建立的第三国际以及1917年俄国十月革命胜利后世界第一个社会主义国家苏联的建立等重要事件，成为促进英国社会主义文学繁荣的国际因素。期间，19世纪80年代到90年代中期，社会主义文学热潮掀起；90年代中期到1905年，社会主义文学创作有所减缓；1906年，"劳工代表委员会"（Labor Representation Committee）指导工人阶级成功选出29名议员，另有25名工人以自由党身份成功当选，这是工人阶级在议会政治中取得的首次重大胜利，促使社会主义热潮某种程度上的复兴；世纪之交民主改革的成功以及1914年第一次世界大战的爆发，使左翼文学势头减缓；但1917年俄国十月革命胜利再次促进了左翼文学的发展，使左翼文学创作在20世纪20年代复现热潮。

第二节　19世纪80年代至20世纪20年代英国左翼文学成熟的表现

19世纪80年代到20世纪20年代期间，英国左翼文学取得重要进步和显著成就，具体表现在以下几方面：

第一，涌现了大量的左翼文学作家及作品。代表作家及作品有：诗人兼小说家莫里斯的《社会主义歌集》（1883—1886）、长诗《向希望前进的人们》（1886）、乌托邦小说《梦见约翰·保尔》（1888）、《乌有乡消息》（1890）；诗人吉姆·康奈尔的《红旗》、《我的共产主义朋友》（1889），詹姆斯·雷·乔恩斯的《为了自由》、《诅咒》（1884—1886），亨利·索尔特的《自由之歌》（1885）；小说家劳恩·莱姆赛的《兰登·

狄克罗夫特》（1886），简·克拉伯顿的《玛格丽特·丹默》（1887），玛格丽特·哈肯尼斯的《城市女孩》（1887），君士坦丁·豪威尔的《更好的办法》（1888），H. J. 博莱姆斯伯里的《一部工人阶级悲剧》（1888），罗伯特·布莱奇福德的《魔法店》（1907），罗伯特·特雷塞尔的《穿破裤子的慈善家》（1914），詹姆斯·威尔希的《地下世界》（1920），伊特尔·卡尼·霍兹沃斯的《这种奴役》（1925），亨利·格林的《生活》（1929），艾伦·威尔金森的《冲突》（1929），等等。

第二，与宪章运动期间的左翼文学相比，主题更加广泛。左翼作家们在作品中描写工人阶级的工作、生活、苦难和斗争，对工人阶级的悲惨命运寄予深切同情，对社会不公进行犀利的批判，对美好社会进行展望，对社会主义进行讨论和传播，号召工人阶级用革命的或者改良的手段等推翻资本主义社会，争取工人阶级的政治权利，对工人阶级、社会主义的前途充满期待和信心，塑造了为社会主义乃至共产主义而奋斗的英雄人物。社会主义、罢工、女性主义、社会主义女性主义、左翼历史等主题进入左翼作家的创作视野。对各种社会主义思想的思考、探讨和传播以及对工人阶级意识觉醒的反映，是该阶段英国左翼文学的重要特征，社会主义是该阶段左翼文学的重要意识形态特征。

第三，对阶级压迫和性别歧视双重关注的社会主义女性主义小说引人注目。该阶段的小说，紧扣当时的政治语境，试图与社会主义对话，思考着解决社会贫困和人类道德堕落的途径，这样的作家大都是工人阶级出身，而尤其值得一提的是，中产阶级妇女作家此时加入了这些工人作家的行列，壮大了他们的力量。对阶级和性别问题的双重关注使这些中产阶级妇女作家对受压迫者的苦难感同身受，因此她们与工人阶级斗争取得认同，毫无保留地站在工人阶级一边，采取为社会主义奋斗的立场。这些女性左翼作家及作品有：君士坦丁·豪威尔的《更好的办法》（1888）、克莱门蒂娜·布莱克的《煽动者》（1894）、玛格丽特·哈肯尼斯的《失业》（1888）、乔治·埃斯特蒙的《流浪者》（1905）、艾玛·布鲁克的《过渡》（1895）、格特鲁德·迪克斯的《破坏形象者》（1900）。这些作家参与了大众对社会主义的讨论。其作品中的主人公"尽管面临困难，基本上能保持社会主义信仰，并非最后退缩到孤独里。对社会冲突的意识、对社会变革中必须明确立场和发挥积极作用的强调是这些小说的主导特色"①。她们确信只有通过政治途径才能解决工人阶级的处境，这就使这些作品在意识形态方面"与维多利亚晚期城市工人阶级小说的主流完全不同"②。同时，她们把作品用作宣传和教育女性同胞的重要阵地，思想激进。她们批判资产阶级，抨击父权制文化，探讨阶级压迫和性别歧视的社会根源，作为女性遭受剥削和压迫的经历使她们认识到女性"自己的问题是社会问题的一部分"，因而确信"变革资本主义势在必行"。③ 这些社会主义女性主义小说丰富了左翼文学的题材和思想内涵，其作用和地位不容小觑。

第四，兰开郡工人作家群的形成是工人阶级社会主义小说空前繁荣的有力证明。1890—1914年，以兰开郡为基地，形成了一个工人阶级作家群，领袖人物是艾伦·克拉克，主要作家还有亚瑟·雷考克、约翰·帖木林、弗雷德·普兰特。四位作家在政治上信仰独立工党的伦理社会主义，作品表现出强烈的地方意识和阶级意识，作品以"高度的政治内容、强烈的地方特征、兰开郡方言的运用、地方风俗文化描写"而著称，核心主题包括"社会主义在道德上的正确性、居住乡村之于城镇的优势、对社会主义政治跨越阶级的呼吁"等，作家与读者之间的交互非常密切，作品很受读者欢迎。毫无疑问，该作家群是"19世纪90年代兰开郡浓厚的地方社会主义文化繁荣的重要组成部分，在我们心中开创了一个新世界"④。

第五，该阶段特雷塞尔的《穿破裤子的慈善家》在内容、风格和技

---

① Brunhild De La Motte, "Radicalism—Feminism—Socialism: The Case of the Women Novelists", in H. Gustav Klaus, ed., *The Rise of Socialist Fiction*: 1880—1914, Brighton: The Harvester Press, 1987, p. 29.

② P. J. Keating, *The Working Classes in Victorian Fiction*, London: Routledge & Kegan Paul 1979, p. 239.

③ Brunhild De La Motte, "Radicalism—Feminism—Socialism: The Case of the Women Novelists", in H. Gustav Klaus, ed., *The Rise of Socialist Fiction*: 1880-1914, Brighton: The Harvester Press, 1987, p. 45.

④ Paul Salveson, "Allen Clarke and the Lancashire School of Working-Class Novelists," in H. Gustav Klaus, ed., *The Rise of Socialist Fiction*: 1880-1914, Brighton: The Harvester Press, 1987, pp. 198-200.

巧方面都堪称英国第一部成熟的无产阶级小说，为此后英国的左翼小说创作提供了典范。小说真实再现了英国工人阶级的工作情况，生动反映了英国工人阶级的生活状况，精心刻画了英国工人阶级的精神状态；小说还剖析了工人阶级悲惨命运的根源，表达了资本主义必然灭亡、社会主义必然胜利的坚定信念，为工人阶级指明了解放道路，堪称20世纪初英国工人阶级生存状况的一面镜子。

总之，19世纪80年代到20世纪20年代期间，各种各样的社会主义思想出现在英国左翼作品中，工人阶级社会主义小说空前繁荣。革命浪漫主义是左翼诗歌的主要艺术手法，现实主义、自然主义手法开始出现在左翼小说中。左翼文学作品在题材选择、主题思想、艺术风格、人物塑造等方面都比过去有所超越。40年间，英国左翼文学在曲折中发展和前进，逐渐走向成熟，取得了令人振奋的成就，不但为20世纪30年代前后英国左翼文学首次高峰的出现做好了铺垫，更重要的是，为20世纪英国左翼文学传统的形成打下了坚实的基础，引导英国左翼文学逐步沿着连续性和成熟性的轨道向前发展。

第二章

20世纪30年代英国左翼文学的首次高峰

第一节 20世纪30年代英国左翼文学首次高峰的原因

　　20世纪三四十年代席卷资本主义世界的经济危机、英国失业率的居高不下、工人运动的蓬勃开展、国际法西斯主义的抬头、英国共产党以及左翼读书俱乐部的成立及开展的活动、苏联建国后取得的举世瞩目的社会主义建设成就等,使英国工人阶级和劳动大众以及文学文化界人士迅速向左转,英国左翼文学再度呈现出繁荣局面。20世纪30年代英国左翼文学出现第一次高峰,绝非空穴来风。事实上,20世纪20年代英国左翼文学已经呈现一定程度的热潮,只不过国内外学术界往往把注意力集中在"红色的三十年代",而对此关注不够。第一次世界大战后英国不断暴露的社会经济问题和1917年俄国十月社会主义革命的成功,促进了20世纪20年代英国左翼文学的发展,使文学界再次把注意力转向与阶级相关的社会经济问题,大量左翼文学作品出版,代表作有詹姆斯·威尔希的《地下世界》(1920),J. D. 贝勒斯福德的《革命》(1921),H. G. 威尔斯的《像神一样的人们》(1922),玛丽·艾格尼丝·汉密尔顿的《跟着我的领导走》(1922),H. R. 巴勃的《红色天空下》(1922,1926年重印)、伊特尔·卡尼·霍兹沃斯的《这种奴役》(1925),亨利·格林的《生活》(1929),艾伦·威尔金森的《冲突》(1929)等。这些作品的主题思想紧扣时代,丰富多彩,涉及"俄国十月革命""英国战后社会动乱""1926年英国大罢工""失业恐惧""苏联社会主义建设"①等，为20世纪30年代英国左翼文学的繁荣作了铺垫。

20世纪30年代英国左翼文学出现首次高峰，而第二次世界大战的爆发，使英国左翼文学在20世纪40年代步入低谷。20世纪30年代是国际左翼文学的黄金时代，又被称为"红色三十年代"，其英国左翼文学之所以繁荣，主要有以下几方面的原因：

一是1929—1933年席卷全球资本主义国家的经济大萧条，酿成英国严重的经济危机。1929年10月29日，美国纽约华尔街股票交易所股票价格大幅度下跌，标志着一场席卷资本主义世界的经济危机拉开序幕。英国遭受沉重打击，大批银行倒闭，大量工厂废弃，生产大幅削减，市场严重萧条，大批工人失业，工人阶级和劳动大众生活水平急剧下降，被饥饿、失业和贫困所困扰。而令英国保守党和工党政府最头痛的问题是长期居高不下的失业率。事实上，第一次世界大战结束后，英国仅仅出现过短暂的经济回潮，1920年经济大萧条就已经在英国开始，到1921年3月，"已有200多万人失业"②。20世纪20年代大批工人失业的困境没有丝毫改变，到30年代失业情况日益加剧，到1930年6月，失业人数达到1761000；1931年6月达到2707000，而到了1933年，失业数字攀升到了2955000③，占投保工人人数的23%。广大工人阶级和劳苦大众生活极端贫困，生活在水深火热之中，"直到1939年，英国仍有百分之二十到三十的工人生活在英国医药联合会规定的最低营养标准之下"④。英国的经济大萧条从1920年"一直延续到第二次世界大战"，其间"数百万家庭都要靠国家救济即通常所说的'失业救济金'维持生活"，"整整一代人都

---

① H. Gustav Klaus, "Silhouettes of Revolution: Some Neglected Novels of the Early 1920s," in H. Gustav Klaus, ed., *The Socialist Novel in Britain*, Brighton: The Harvester Press, 1982, p. 90.

② [美]斯塔夫里阿诺斯：《全球通史》，吴象婴等译，北京大学出版社2012年版，第683页。

③ Charles Loch Mowat, *Britain between the Wars, 1914-1940*, Revised edition, London: 1956, pp. 357, 379, 432.

④ 侯维瑞：《现代英国小说史》，上海外语教育出版社1985年版，第389页。

是在没有就业机会的环境中长大的"。① 可见，这场史无前例的经济危机给英国人民的物质生活和精神生活带来致命打击。

二是工人运动的蓬勃发展。经济危机给英国工人阶级和劳苦大众带来空前的灾难，工人罢工斗争持续不断。1925年，英国煤炭工业陷入困境，利润锐减，矿主要求降低工资，延长劳动时间，遭到矿工的坚决反对。1926年4月30日，矿工工会发动全国矿工工业总罢工。1926年5月3日，全国职工大会总委员会号召总罢工，于是声势浩大、震撼英国的全国总罢工爆发，参加总罢工的行业有煤炭、钢铁、电气、铁路、建筑、印刷等，高潮时总人数达到6万人。虽然职工大会总委员会采取了投降政策，罢工中约有2500名工人被逮捕，但矿工们坚持罢工斗争达9个月之久。工人阶级的罢工斗争，壮大了工人阶级队伍和力量，有利于传播社会主义思想。

三是国际法西斯势力抬头。规模空前的经济危机必然导致深刻的政治危机，一些帝国主义国家企图用发动侵略战争的办法转嫁国内危机，摆脱国内经济政治困境。意大利、德国和日本迅速成为法西斯国家，并把侵略的触角伸向国外。1931年，日本侵占中国东北，制造了震惊中外的"九·一八"事变；1933年，希特勒成为德国总理，1935年，纳粹政府背弃《凡尔赛和约》中关于解除德国武装的条款，实施大规模重整军备计划，德国再次成为军事强国，做好了发动战争的准备；1935年，意大利墨索里尼的军队入侵非洲独立的国家埃塞俄比亚；1931年4月14日，西班牙宣布成立共和国，史称"西班牙第二共和国"。1936年，西班牙右翼势力在佛朗哥的领导下发动叛乱，阴谋推翻共和政府。以总统阿扎尼亚为首的共和政府军和人民阵线左翼联盟，与以佛朗哥为首的国民军和长枪党等右翼集团进行了将近三年的战争。在纳粹德国、意大利的纵容下，叛军胜利，共和国解体，佛朗哥开始在西班牙实施独裁统治。西班牙内战实际上是法西斯主义与国际进步力量之间较量的预演。国际法西斯主义的猖獗，促使工人阶级和知识分子寄希望于社会主义。

四是1920年英国共产党成立后，领导、开展了一系列工人运动和政

---

① ［美］斯塔夫里阿诺斯：《全球通史》，吴象婴等译，北京大学出版社2012年版，第683页。

治斗争。1920年英国共产党成立后,积极致力于工人运动实践,参与并领导了1926年全国总罢工。在这次全国总罢工中,英国共产党表现突出,为工人阶级树立了榜样。虽然1000多名党员在罢工中被捕,但英国共产党获得了较大发展,"党员人数由罢工前的5000余人增加到1926年9月的10000人"①,壮大了自己的力量。针对30年代的经济危机,英国共产党领导失业工人举行了声势浩大的反饥饿进军。1931年,英国共产党又发动了"伟大的'宪章运动',呼吁工人阶级在反对失业的六点行动纲领上团结起来"②。1936年西班牙战争期间,英共组织了一支1500人的国际纵队英国营,其中有半数以上为英共党员。在两年半的斗争中,英国营牺牲者达526人,其中一半为英共党员。③ 1937年,日本发动卢沟桥事变,发动全面侵华战争,英国共产党组织了对日本禁运。1938年,针对英国张伯伦一直采取的绥靖政策,英国共产党组织了一场全国规模的运动,提出了"张伯伦滚蛋,与苏联缔结和平同盟"④的要求。1937年,为了同劳工运动的左翼取得联系,组织"团结运动",英国共产党参加和领导了伦敦公共汽车司售人员罢工和矿工、工程技术人员的斗争,开展了工厂支部和妇女工作。⑤ 1941年7月,英国共产党中央委员会发表《人民战胜法西斯主义》的宣言,呼吁全国人民团结起来,反对希特勒的一切战争措施,争取反法西斯战争的胜利,号召工人阶级增加生产,在英共的强烈呼吁下,1941年1月被迫停刊的党报《工人日报》于1942年9月复刊⑥。英国共产党成立后,虽然走过了曲折的道路,但总体来说,由于20世纪三四十年代英共开展了一系列卓有成效的工作,树立了良好形象,扩大了马克思主义和社会主义的影响,力量迅速发展壮大,到1943年,党员人

---

① 商文斌:《战后英共的社会主义理论及英共衰退成因研究》,中国社会科学出版社2010年版,第13页。

② 高兰等:《英国共产党三十年》,人民出版社1953年版,第13页。

③ 商文斌:《战后英共的社会主义理论及英共衰退成因研究》,中国社会科学出版社2010年版,第15页。

④ 高兰等:《英国共产党三十年》,人民出版社1953年版,第18页。

⑤ 商文斌:《战后英共的社会主义理论及英共衰退成因研究》,中国社会科学出版社2010年版,第15页。

⑥ 同上书,第16—17页。

数上升到"5.5万人"①。

五是"左翼读书俱乐部"的建立，对英国左翼文化和政治产生了重要影响。1936年，英国工党人士维克多·戈兰茨创办了"左翼读书俱乐部"，还创办了小型会刊《左翼书讯》（后改名为《左翼讯息》），到1938年，左翼会员人数发展到近6万人。"左翼读书俱乐部"从成立到解散，前后持续12年，"总共发行了'月选新书'150种，绝大部分是时政评论、纪实报道和回忆录"②，马克思主义历史学家 A. L. 莫顿的《人民的英国史》、埃德加·斯诺的《西行漫记》、史沫特莱的《中国在反抗》、乔治·奥威尔的报告文学作品《通向维根码头之路》《西班牙自白书》、韦伯夫妇的《苏维埃的民主》等位居出版书目之列。"左翼读书俱乐部"旨在唤醒工人阶级和劳苦大众对现实问题的关注，致力于宣传社会主义，介绍西班牙内战，介绍苏联的情况等。无论是在第二次世界大战之前还是战争期间，它都大力宣传了左翼进步思想，"极大地推动了那些力主社会平等和公正的激进思想的传播，在潜移默化之中改变了英国人的社会意识，为工党在1945年大选中击败丘吉尔的保守党铺平了道路"。③

六是苏联国内取得社会主义建设辉煌成就，国际上大力支持西班牙人民的共和事业，在第二次世界大战中为击败法西斯主义的侵略作出了重要贡献，在国内、国外树立了社会主义的良好形象。针对法西斯主义的猖獗，英国政府一直采取绥靖政策，引起英国人民的不满。在西班牙内战中，苏联对西班牙人民的正义斗争给予了大力支援，无论在行动上还是在道义上，都赢得了英国左翼人士的赞扬。比起深受经济危机影响的欧美资本主义国家，苏联的社会主义建设蒸蒸日上，所取得的成就引人注目，令资本主义国家的广大人民和公共知识分子刮目相看，社会主义呈现出一片生机。1928—1941年，苏联连续进行了三个五年计划，完成了社会主义工业化的重大战略任务，迅速从一个落后的农业国变为一个现代的工业

---

① 商文斌：《战后英共的社会主义理论及英共衰退成因研究》，中国社会科学出版社2010年版，第17页。

② 赵国新：《新左派的文化政治》，外语教学与研究出版社2009年版，第41页。

③ Paul Leity, ed. *Left Book Club Anthology*, London：Victor Gollancz, 2001, p. xxx；转引自赵国新《新左派的文化政治》，外语教学与研究出版社2009年版，第45页。

国。到第二个五年计划末，苏联的工业产值"已经达到全世界的13.7%，1937年工业产值已占到整个国民经济的77.4%，工业生产水平由1913年的世界第五位和欧洲第四位跃为世界第二位和欧洲第一位"①，成为世界第二工业大国和军事强国，消灭了失业现象，工人的技术水平和劳动生产率大幅度提高，国民经济实力和综合国力大幅度提升。在文化教育方面，苏联"增加国民收入中用于教育、科学和文化的比例，反对精神文化活动的全面商业化；珍惜和丰富国家各族人民的文化遗产；实行与艺术家对社会所负的道德责任相结合的创作自由；提高知识分子的社会地位和物质保障水平"②。在社会福利方面，"五年计划则为苏联公民提供了免费医疗、养老金、疾病和残疾津贴、产假、带薪休假和儿童补助等"③。苏联采取的一系列国内经济、政治、文化政策及取得的巨大成就，引起了英国工人阶级和左翼知识分子对社会主义的强烈兴趣，而当时英国出版的一些介绍苏联的著作，更对英国左翼人士产生了巨大的吸引力，对社会主义苏联更加心向往之。1932年，著名的英国公共知识分子约翰·斯特拉齐出版时评小册子《即将到来的权力斗争》，认为"理想中的英国社会，就是苏联社会主义社会，布尔什维克的共产主义思想和实践则是推动英国走向共产主义的客观工具"④。同年，著名费边社会主义思想家韦伯偕同妻子出访苏联，1935年，二人合作出版《苏维埃共产主义：新的文明》一书，"对苏联的社会主义制度和苏联人民在社会主义建设方面的历史性成就作了详尽的介绍和评论，揭露了资本主义'民主'、'平等'的虚伪性，批驳了资产阶级对苏联的种种污蔑"⑤。1942年，他们又合作出版《苏联的真相》一书，受到英国左翼进步知识分子的欢迎。总之，苏联的一系列社会主义经济、政治、科学、文化政策及建设成就，在英国思想界引起强烈震动，激起英国左翼进步知识分子对社会主义的浓厚兴趣，普遍感到社

---

① 吴恩远：《苏联历史几个争论焦点的真相》，社会科学文献出版社2013年版，第29页。
② 中共中央对外联络部《各国共产党总览》编辑委员会编：《各国共产党总览》，当代世界出版社2000年版，第899页。
③ [美]斯塔夫里阿诺斯：《全球通史》，吴象婴等译，北京大学出版社2012年版，第694页。
④ 赵国新：《新左派的文化政治》，外语教学与研究出版社2009年版，第38页。
⑤ 徐觉哉：《社会主义流派史》，上海人民出版社2007年版，第194页。

会主义制度将是人类美好的选择。

第二节　20世纪30年代英国左翼文学的特点

　　20世纪30年代世界性经济危机的发生、工人运动的高涨、国际法西斯势力的抬头、西班牙内战的发生、英国共产党开展的政治斗争、"左翼读书俱乐部"的建立、苏联社会主义建设的伟大成就等，进一步唤醒了工人阶级、劳动大众的觉悟，激发了左派知识分子的社会良心，促进了马克思主义的传播，使20世纪英国左翼文学在30年代呈现出繁荣景象，形成首次高峰。该时期英国左翼文学具有以下特点：

　　第一，左翼作家们描写经济危机给广大工人阶级和劳动人民造成的失业及苦难生活，反映劳资冲突，表现工人阶级罢工以及开展的经济斗争和政治斗争，揭露和批判法西斯主义，反映西班牙内战和世界反法西斯战争，探讨和宣传马克思主义、社会主义和共产主义，歌颂共产党领袖，批判资本主义制度，表达对社会主义和共产主义的信念。作家们高度关注社会现实，其作品的左翼政治倾向明显，战斗力强，时代气息浓厚。这一时期的左翼作家阵容强大，主要有W.H.奥登、斯蒂芬·斯彭德、塞西尔·戴·刘易斯、克里斯托弗·依修武德、J.B.普雷斯特里、刘易斯·格拉西克·吉本、肖恩·奥凯西、瓦尔特·格林伍德、刘易斯·琼斯、休·麦克迪尔米德、乔治·布莱克、约翰·萨墨菲尔德、A.J.克罗宁、杰克·林赛、杰克·康曼、菲利斯·本特利、维妮弗蕾德·霍尔特贝等。他们思想激进，有的出身于工人阶级，有的是工人运动的积极分子，有的亲赴西班牙内战前线，有的牺牲在西班牙内战的战场上，有的加入英国共产党，有的亲赴中国抗日战争前线报道中国人民的抗战情况。

　　第二，作家W.H.奥登、斯蒂芬·斯彭德、塞西尔·戴·刘易斯等，被称为"奥登一代"。他们具有左翼思想，主张用诗歌来反映危机四伏时代现实中的社会、政治问题，反对资本主义制度，痛恨法西斯主义，支持西班牙内战中人民的民主共和进步事业，寄希望于社会主义。W.H.奥登是当时左翼作家的领袖人物之一，1933—1938年是他从事左翼文学创作的阶段，发表了大量激烈抨击法西斯主义的诗歌、散文及诗句，例如：诗集《看吧，陌生人》（1936）、诗剧《死亡之舞》（1933）。西班牙内战期间，他亲赴西班牙，担任西班牙共和政府军担架员和救护车司机，发表长诗《西班牙》（1937），鼓舞西班牙人民的革命斗志，抒发为自由和正义而战的豪情。他还与左翼作家依修武德合作发表批判法西斯主义的三部诗剧《皮下之狗》（1935）、《攀登 F6 高峰》（1936）和《在边界上》（1938）。1938 年，他与依修武德一起来到抗日战争中的中国，深入湖北武汉抗战前线，报道中国人民正义的抗日战争，次年二人合作出版游记《战地行》，谴责侵略战争的发动者日本，同情和支持中国人民的正义事业。30 年代后期，奥登的政治立场发生转变，放弃左翼观点，1939 年到美国定居，次年皈依基督教。面对 30 年代的残酷社会现实，作家斯蒂芬·斯彭德决定用文学唤醒和拯救民众。他对法西斯主义深恶痛绝，对劳动人民深切同情，信仰过社会主义。西班牙内战期间曾亲赴西班牙访问，发表诗集《静止的中心》（1939），致力于反法西斯主义宣传活动，随后放弃自己的左翼立场。塞西尔·戴·刘易斯于 1935 年加入英国共产党，信仰共产主义，主张用诗歌表达知识分子激进的政治观点，发表过政治讽喻诗《磁山》（1933）、反映工人失业和苦难生活的诗歌《舞的时代》（1935）等。1938 年，他退出共产党，随后渐趋保守。

第三，20 世纪三四十年代英国出现了工人阶级小说的高潮，有些作家出身于工人阶级，对工人阶级命运和苦难有亲身体会；有些作家出身于中产阶级，但受到当时左翼思想影响，作品也呈现出左翼倾向。这一时期工人阶级小说面临的问题仍然是如何以比较成熟的艺术形式呈现左翼文学的思想内容，即表现工人阶级的工作、生活和情感，探索马克思主义和社会主义等。一些作家简单、机械地照搬爱情小说和冒险小说的艺术形式，随便给人物身上粘贴一些政治标签，塑造的人物形象缺乏生活气息和真实性，作品的思想性和艺术性都很不成熟。例如，A. P. 罗莱的《反抗》、威廉·霍尔特的《死水》、吉姆·费伦的《廉价的人们》。《廉价的人们》"充满强烈的阶级仇恨和关于共产主义的宣传，但它同时又充满了神秘的谋杀和传奇式的爱情，而后者大大冲淡甚至危害了作品的政治内容"[①]。一些作家在

[①] 侯维瑞：《现代英国小说史》，上海外语教育出版社 1985 年版，第 396 页。

追求作品思想性和艺术性方面付出了一定的努力，进行了认真的探索和尝试，取得了一定的成绩，虽然作品仍然不够成熟，显得结构松散，文笔粗糙。例如，哈罗德·赫斯洛浦的《最后一班下井的罐笼》（1935）、詹姆斯·巴克的《大手术》（1936）、约翰·萨墨菲尔德的《五一节》（1936）。另一些作家经过不懈努力，在作品思想性和艺术性结合方面取得了较大进展和成功，刘易斯·琼斯的小说《库玛地》（1937）和《我们生活》（1939）描写了工人阶级罢工，反映了工人阶级的生活，表达了对社会主义和共产主义的坚定信念，但琼斯的作品总的来说还有不足，例如，"过分笨拙的文体和不灵活的人物塑造"[1]。该时期其他左翼作品还有乔治·奥威尔的《在缅甸的日子里》（1934），克里斯托弗·依修武德的《诺里斯先生换火车》（1935）和《告别柏林》（1939），J. B. 普雷斯特里的《星期六的白天》（1943）和《白昼》（1946），瓦尔特·格林伍德的《患难相爱》（1933），A. J. 克罗宁的《群星俯视》（1935）和《城堡》（1937），杰克·林赛的《1649》（1938）、《我们将回来》（1942）、《48年的人们》（1948）、《被出卖的春天》（1953），乔治·布莱克的《造船工人》（1935），等等。

第四，该时期比较成功的作品，还有苏格兰作家休·麦克迪尔米德歌颂伟大的马克思主义者——苏联社会主义国家领袖列宁的政治诗歌。麦克迪尔米德是苏格兰文艺复兴运动的发起者，20世纪20年代，他的政治信仰发生改变，从民族主义者转变为共产主义者。他歌颂共产主义革命的诗歌主要有三首：《一颂列宁》（1931）、《二颂列宁》（1932）和《三颂列宁》（1955）。《一颂列宁》论述了共产主义领袖列宁在人类历史上的伟大地位，《二颂列宁》论述了诗歌艺术与政治的关系问题，《三颂列宁》"结合格拉斯哥海港城市的悲惨现状，向列宁呼吁，要求他那'直冲天庭'的'自由之火'来照亮这个城市"[2]。这些政治诗歌表达了诗人对列宁领导的俄国十月革命的热情向往，"这不是一时的兴奋"，"也不是标语口号或浮泛的赞词，而是用精湛的艺术写的对于历

---

[1] David Smith, *Socialist Propaganda in the Twentieth-Century British Novel*, London and Basingstoke: The Macmillan Press Ltd, 1978, p.111.

[2] 王佐良：《英国诗史》，凤凰出版传媒集团、译林出版社2008年版，第510页。

史、革命、人类文化前途的成熟思考"。① 肖恩·奥凯西是出身于工人家庭的爱尔兰剧作家和小说家,积极参加爱尔兰民族民主解放斗争,1933年加入英国共产党,30年代后期和40年代,致力于创作反映工人阶级革命斗争和反对法西斯主义的作品,发表《星儿变红了》(1940)和《给我红玫瑰》(1942),成功塑造了共产主义战士和工人阶级先进分子的艺术形象,鞭挞了法西斯主义的滔天罪行,大力宣传了马克思主义,表达了共产主义必胜的坚定信念。

第五,苏格兰杰出作家刘易斯·格拉西克·吉本的小说《苏格兰人的书》无论从主题思想、人物形象还是艺术手法方面衡量,都不仅可被称为20世纪30年代英国左翼文学杰作,而且可被称为现代英国文学经典。刘易斯·格拉西克·吉本出身于佃农家庭,信仰马克思主义。他的小说《苏格兰人的书》是20世纪英国左翼文学的经典力作。该小说是由《落日之歌》(1932)、《云雾山谷》(1933)和《灰色的花岗岩》(1934)组成的三部曲。首先这是一部优秀的左翼历史小说。作品立足农民、工人等劳苦大众,围绕佃农出身的女主人公克丽斯,描述了克丽斯从农村到城镇再到工业城市的生活经历和心路历程,展示了苏格兰从农业社会到工业社会的历史变迁。其次,这还是一部社会主义小说,作品不仅描写了苏格兰的历史变迁,反映了现代化进程中苏格兰人民的苦难,暴露了苏格兰存在的社会问题;更为重要的是,对苏格兰的未来进行了持续探索,从基督教社会主义到工党社会主义到宗教神秘主义,再到社会主义和共产主义,最后明确指出,共产主义是苏格兰的唯一希望。三部曲是20世纪红色30年代的产物,具有鲜明的时代特色;同时,对苏格兰未来道路的社会主义和共产主义探索不仅适合苏格兰,也符合马克思主义对人类社会未来的构想,体现出历史唯物主义原理,因而具有普适意义。总之,《苏格兰人的书》在思想和艺术上都代表了20世纪30年代英国左翼文学的最高成就。

第六,20世纪30年代英国马克思主义文论研究同样取得显著成就,确立了马克思主义美学原则和唯物主义观点,代表人物有拉尔夫·福克

---

① 王佐良:《英国诗史》,凤凰出版传媒集团、译林出版社2008年版,第510页。

斯、克里斯托弗·考德威尔、亚力克·韦斯特等。拉尔夫·福克斯曾于20世纪20年代访问中国和苏联，积极参加英国工人运动，1925年加入英国共产党，1936年亲赴西班牙参加西班牙人民反法西斯主义斗争，1937年1月与西班牙人民并肩作战，在反对佛朗哥、保卫共和国的战斗中牺牲。福克斯的《小说与人民》（1937）"肯定了现实主义的传统创作手法，并提出要运用社会主义的现实主义创作手法，强调文学要真实而又艺术地反映社会，反映广大人民的生活，服务于人民大众"①。克里斯托弗·考德威尔20世纪30年代开始接触马克思主义理论，1935年加入英国共产党。1936年西班牙内战爆发，考德威尔驾驶一辆救护车亲赴西班牙，支持西班牙人民的反法西斯斗争，不幸于1937年2月在共和国保卫战中战死疆场。克里斯托弗·考德威尔引人注目的著作主要有《幻想与现实》（1937）和《论垂死的文化》（1938）。前者指出，"文学作为参与现实斗争的一种方式，并不是超然独立的自由人的神话，文学是由社会力量决定的，是由赖以产生的社会运动决定的"，"英国文学日益脱离资本主义衰落阶段的现实，逐渐成为资产阶级文化附庸的诗歌忽略了幻想与现实之间的能动关系，失去了原初的艺术活力和群众感染力"②；后者指出，"资本主义是一种垂死的文化；在资本主义社会里，科学技术的发展引起了许多矛盾，战争和经济危机反复出现，这些都为建立一个真正自由、正义和人道的社会准备了条件"③。

　　总之，20世纪30年代英国左翼文学出现高峰，作家队伍庞大，作品数量众多，主题思想广泛。该时期左翼文学成就尤其反映在小说领域，作品达数百部之多，从艺术手法来看，现实主义当然是主流，也有一些科幻小说和实验小说。但总体来说，该时期左翼小说良莠不齐，尤其是艺术手法不够成熟，主题思想、人物塑造、艺术特色俱佳的作品较少。评论家大卫·史密斯把该时期左翼小说不够成功的原因归纳为以下几点：一是作家们不能深刻表达他们的信仰，对意识形态过分热情的教条式的信仰使塑造的人物形象成为了工具；二是这些作家缺乏想象力和创造力；三是一些中

---

① 李赋宁等主编：《欧洲文学史》第三卷上册，商务印书馆2001年版，第114页。
② 王守仁、胡宝平等：《英国文学批评史》，南京大学出版社2012年版，第313页。
③ 侯维瑞：《现代英国小说史》，上海外语教育出版社1985年版，第409页。

产阶级作家意识形态混乱,生活经历具有局限性;四是以上几种原因同时具备。① 但另一方面,20世纪30年代英国左翼文学反映了工人阶级和劳动大众的斗争和生活,批驳了法西斯主义,促进了马克思主义、社会主义和共产主义的传播,继承了宪章运动以来英国左翼文学传统,在追求左翼文学思想性和艺术性成熟、完美方面进行了积极、认真的探索和尝试,为20世纪60年代前后英国左翼文学的再度繁荣打下了比较扎实的基础。第二次世界大战及其后开始的冷战,使英国左翼文学创作的势头暂时减缓,但作家们对阶级压迫和社会不公等现实问题继续关注。

---

① See David Smith, *Socialist Propaganda in the Twentieth-Century British Novel*, London and Basingstoke: The Macmillan Press Ltd, 1978, pp. 111-112.

第三章

20世纪60年代英国左翼文学的二次高峰

第一节 20世纪60年代英国左翼文学二次高峰的原因

20世纪60年代前后的英国左翼文学，时间跨度大致上从1945年第二次世界大战结束到20世纪70年代末撒切尔夫人当选首相，英国进入保守主义时代这段时间。这期间英国左翼文学再度繁荣。主要有以下几个原因：

第一，第二次世界大战是一次世界人民反法西斯主义的正义战争，进一步促进了世界人民的觉醒，也使社会主义进一步深入人心。1939—1945年的第二次世界大战是人类历史上规模最大的战争，先后卷入战争的国家和地区超过60个，人口超过20亿，伤亡人数达"5000万人，其中包括2000万苏联人、1500万中国人、500万德国人、250万日本人、100万英国人和法国人、30万美国人"[1]，损失超过50000亿美元。这次战争的惨烈、残酷程度史无前例，5000万伤亡人数中，有近五分之一是无辜平民，是作为"不受欢迎的人"被蓄意杀害的。以希特勒为首的德国法西斯实行种族灭绝政策，曾建立5个大型灭绝中心，大肆杀戮犹太人，"奥斯维辛集中营的屠杀生产线的效率创造了令人生畏的纪录——每天杀害12000

---

[1] [美]斯塔夫里阿诺斯：《全球通史》，吴象婴等译，北京大学出版社2012年版，第727页。

人"、"600万"犹太人、"500万新教徒、300万天主教徒和50万吉普赛人"① 被灭绝于集中营,日本法西斯在中国使用生化武器进行活人细菌战试验,强征慰安妇,制造震惊中外的南京大屠杀。灭绝中心、杀人生产线、焚尸炉、杀人比赛、活体试验、核武器形成的蘑菇云等令人触目惊心,胆战心惊。法西斯主义犯下的滔天罪行罄竹难书,在人类历史上绝无仅有,惨绝人寰。这次战争使全世界无产阶级和劳苦大众受到了锤炼,觉悟大大提高,看清了法西斯主义、资本主义、帝国主义、殖民主义的丑恶本质,和平、民主和社会主义力量蓬勃发展。战后亚洲、非洲、欧洲、拉丁美洲的民族解放运动迅速发展,一系列英法等帝国主义国家的殖民地走向独立,一系列社会主义国家纷纷建立,苏联社会主义国家的综合实力大大提升,国际地位大大提高,世界社会主义力量空前壮大,工人阶级、劳动大众、左派知识分子空前团结,"建立了保卫世界劳动人民利益的群众性国际组织,如世界工会联合会、世界民主青年联盟、国际民主妇女联合会,这些组织巩固了工人阶级和劳动人民的统一战线"②,国际政治力量对比发生重大变化,世界朝着有利于和平、民主,有利于社会主义和劳动人民,不利于独裁、专制,不利于资本主义、帝国主义和反动势力的方向发展,再次进入"左"倾时代。

第二,"二战"后英国的"福利国家"政策和"富裕社会"建设,一方面使广大劳动人民的物质生活有所改善;另一方面,由于这些政策并未改变英国的阶级分野和社会结构,出身于中下阶层的人们产生了不满和"愤怒",到了60年代,爆发了声势浩大的"反文化"运动。1945年"二战"结束,工党政府上台执政,顺应民意,致力于"国有化"和"福利国家"建设,以建立一个"社会主义的大不列颠共同体"。1946年通过的《国民保险法》和《国民医疗保健法》使英国人民享受到了失业保险、退休补助、公费医疗,1944年通过的教育法案规定,出身中下阶层家庭的子弟可以获得政府的资助,得以进入高等学府,接受高等教育。经过几

---

① [美]斯塔夫里阿诺斯:《全球通史》,吴象婴等译,北京大学出版社2012年版,第719页。
② 商文斌:《战后英共的社会主义理论及英共衰退成因研究》,中国社会科学出版社2010年版,第19页。

年的建设,"国有化"和"福利国家"措施解决了失业问题和赤贫现象,工人阶级和劳动大众生活水平有了较大提高,电视机、电冰箱、小汽车开始进入一般家庭。但是,"国有化"并不是"公有化","富裕社会"也并不是"社会主义社会",英国的经济结构、阶级分野和社会阶层并未发生根本改变,统治阶级、中产阶级和工人阶级的贫富悬殊依然存在,工人阶级无法跻身社会上层,无法获得中上阶层拥有的社会地位,阶级不平等和社会不公依然严重,中下阶层的人们产生了彷徨、愤怒和反抗,文学界出现"愤怒的青年"作家,关注工人阶级生活和命运,其影响持续至20世纪60年代后期。20世纪60年代,西方社会更加动荡,英国也不例外。1958—1964年的核裁军运动、1968年苏联入侵捷克斯洛伐克、1968年5月法国巴黎学生掀起的"五月风暴"、60—70年代美国的黑人民权运动、反越战运动、第二波女权主义浪潮的兴起、嬉皮士运动等,构成了西方世界动荡的六七十年代的文化风景。人们反对战争,反对核武器,主张打倒一切权威,消除一切不合理的社会现象,要求和平与民主。消费文化、享乐主义抬头,性解放运动泛滥,大众文化流行,波澜壮阔的左派激进运动在世界范围内掀起。

第三,以美国、北约为首的世界资本主义阵营和以苏联、华约为首的社会主义阵营之间的冷战持续近半个世纪,时时发展为热战,使世界人民长期处于战争威胁之下。为遏制世界社会主义势力的发展和壮大,以美国为首的资本主义阵营在第二次世界大战后发动了针对以苏联为首的社会主义阵营的经济、政治、军事冲突。美国先后推出"马歇尔计划""杜鲁门主义"和"北大西洋公约组织"三管齐下,企图对苏联实行经济封锁、军事包围和政治孤立,遏制世界共产主义运动。苏联则针锋相对,不甘示弱。两大阵营长期对峙,时而剑拔弩张,冲突升级,爆发战争。几次重大的冲突事件包括1948—1949年的苏联对柏林进行封锁而导致的柏林危机、1950—1953年的朝鲜战争、1956年的苏伊士运河冲突、1962年的古巴导弹危机、1959—1975年美国发动的侵越战争、1979—1989年苏联对阿富汗的侵略、1983年苏联击落韩国大韩航空007号客机等。随着时间的推移,"冷战"发展为资本主义的美国和社会主义的苏联争夺世界霸权之争。两大军事和政治集团开展军备竞赛,展开政治和意识形态较量。两大阵营在角力过程中开展的冷战及一系列热战，导致世界人民长期不得安宁，大量平民流离失所，生灵涂炭，国际局势一次又一次陷入紧张，世界时时陷入战争灾难，面临核武器灭绝性的威胁。一方面，帝国主义的侵略本性一次次暴露；另一方面，为称霸世界，社会主义国家苏联也开始对其他国家指手画脚，甚至武力侵略，镇压这些国家的民主运动。这一方面使无产阶级、广大人民和左派知识分子看清了帝国主义的本质；另一方面，也对苏联模式的社会主义进行思考和批评，对共产主义事业产生幻灭情绪，因而开始重新思考和探讨社会主义，密切关注人类的前途和未来。

　　第四，国际国内共产主义运动的衰落，使工人阶级和左翼知识分子产生幻灭情绪，英国共产党的力量和影响日趋衰退，使这一时期的英国左翼文学的发展势头总体上不如20世纪30年代前后。第二次世界大战后，一方面苏联社会主义建设取得举世瞩目的成就，另一方面也暴露出越来越多的问题，以"斯大林主义"著称的苏联模式的社会主义在国内实行集权、独裁，压制民主和自由，在国际上实行大党主义和大国主义，唯我独尊，以共产党和社会主义国家的"领袖"和"盟主"自居，主宰和控制其他社会主义国家的共产党，把苏联社会主义模式强行推广到兄弟社会主义国家。1956年2月14—25日，苏共举行二十大，赫鲁晓夫在一次特别会议上作了《关于个人崇拜及其后果》的秘密报告，揭露和批判了斯大林的个人崇拜、发动的苏联大清洗运动以及其他严重错误及其后果；1956年6月，波兰工人在波兹南举行大规模起义，反对苏联大国主义，要求摆脱苏联的政治控制，起义军遭到镇压；1956年10月23日—11月4日，匈牙利发生重大民主政治事件，反对个人崇拜，反对苏联的建设模式，要求改善民生，苏联两次出兵进入匈牙利，镇压了人民起义；20世纪60年代，为摆脱苏联对中国内政的干涉，中苏之间进行论战，1969年中苏先后在乌苏里江的珍宝岛、新疆的铁列克提发生大规模武装冲突，此后整个70年代中苏长期武力对峙；1968年捷克斯洛伐克共产党发起"布拉格之春"的改革，探索符合本国国情的社会主义道路，苏联为了继续控制捷克，出兵对捷克进行武力干涉，武装冲突持续近8个月，导致近10万人的难民潮；1979年苏联入侵阿富汗。以上这些事件的发生，严重败坏了苏联以及社会主义形象，在英国共产党和左翼知识分子内引起严重思想混乱，损害了国际共产主义运动；加上英国共产党理论政策僵化，没有与时俱进，对苏联共产党马首是瞻，党员退党者如潮，到1957年2月，7000名英国共产党员退党①，1944年英共人数曾达到56000人，随后逐年下降，到了1987年，仅剩9000人②。英国共产党在左派中的地位大大下降。

第五，20世纪50至70年代兴起的"新左派运动"，使英国学术界"受到马克思主义的重新塑造，创造出规模空前的马克思主义思想文化"③。英国有着较为深厚的社会主义传统，16世纪著名政治家和思想家托马斯·莫尔因发表空想社会主义的首部杰作《乌托邦》，而被称为近代空想社会主义的鼻祖；19世纪初，英国产生批判的空想的社会主义和共产主义代表人物，与法国的圣西门和傅立叶齐名的杰出空想共产主义实践家欧文；19世纪末产生过早期社会主义活动家、社会主义者联盟的奠基人威廉·莫里斯；19世纪80年代，英国土生土长的社会主义政治团体——"费边社"成立，主要代表人物有韦伯夫妇、萧伯纳、华莱士、H.G.威尔斯以及后来成为英国工党政府首相的艾德礼等。费边社会主义是英国工党的理论库和指导思想，其"福利国家"思想成为"二战"后英国工党执政方略，以及工党和保守党长期执政的政治共识，对20世纪英国的政治走向产生了决定性影响；20世纪30年代，社会主义思想在英国蓬勃发展。第二次世界大战使英国的左翼思潮暂时减缓。"二战"之后的冷战、美国麦卡锡主义对共产党人和进步人士的清洗和迫害、英国工党对共产党的排挤和清洗等，使英国共产党内思想严重混乱，大批党员退党，党内组织涣散，分歧加剧，数次产生分裂，英国的共产主义运动迅速衰落。而1956年"苏共二十大"对斯大林个人崇拜、肃反运动等严重错误的揭露，英国和法国帝国主义对埃及的入侵，苏联对匈牙利民主革命的武装镇压，20世纪60年代苏联对捷克的入侵等又使上述情况雪上加霜，导致英国共产党员和左派人士思想更加混乱，分裂日益加剧，英国左派知

---

① Henry Pelling, *The British Communist Party: A Historical Profile*, London, 1958, p.179.

② 商文斌：《战后英共的社会主义理论及英共衰退成因研究》，中国社会科学出版社2010年版，第110页。

③ Dennis Dworkin, *Cultural Marxism in Postwar Britain*, Dunham: Duke University Press, 1997, p.264. 转引自赵国新《新左派的文化政治》，外语教学与研究出版社2009年版，第54页。

识分子"对西方资本主义和苏联社会主义制度产生了双重幻灭"①,不得不重新思考和探索社会主义。于是,致力于文化研究和西方马克思主义理论译介的"新左派运动"兴起。

第二节 20世纪60年代英国左翼文学的特点

基于以上原因,英国左翼文学在20世纪60年代前后再度繁荣。第二次世界大战的爆发,打断了英国左翼文学的蓬勃发展,使20世纪30年代前后处于高峰的英国左翼文学逐步走入低谷。除了"二战"这个因素之外,20世纪30年代英国工人阶级的大部分经济与政治目标在"二战"后得以实现,也是英国左翼文学陷入低谷的原因之一。该时期英国左翼文学首先经历了低谷,而后呈现出繁荣景象,最后高峰回落,步入平淡发展的轨道。该时期英国左翼文学有以下特点:

第一,虽然其繁荣程度不及20世纪30年代前后,战斗力亦不如从前,但该时期左翼文学对资本主义的认识也不能说不深刻,主题方面有所拓展,一些作品依然立足工人阶级,以现实主义手法表现工人阶级的生活和斗争;一些作品回顾英国左翼进步运动的历史;一些作品对"二战"后英国"福利国家"和"富裕社会"建设表现出愤怒和反叛;另一些作品视野更加开阔,关注当时的国际国内大事,比如"二战"、冷战、国际共产主义运动的衰落等。尤其需要指出的是,一些作家除了关注阶级压迫和社会不公外,开始关注种族和性别问题,而且把这些问题和阶级问题紧密联系起来进行考察。该时期英国左翼文学作品在艺术特色方面有新的突破,出现了后现代主义创作手法,出现了获得"布克奖"的小说家。2007年诺贝尔奖得主多丽丝·莱辛的代表作《金色笔记》也出版于这个时期,所有这些都是英国左翼文学二次高峰的重要标志。代表作家和文论家有约翰·奥斯本、斯坦·巴斯托、约翰·布莱恩、艾伦·西利托、基斯·沃特霍斯、阿诺德·威斯克、多丽丝·莱辛、约翰·伯格、巴里·海恩斯、大卫·斯托里、詹姆斯·凯尔曼、约翰·阿登、爱德华·邦德、霍

---

① 赵国新:《新左派的文化政治》,外语教学与研究出版社2009年版,第55页。

华德·布伦顿、大卫·海尔、大卫·埃德加、雷蒙德·威廉斯、理查德·霍加特、E. P. 汤普森、佩里·安德森、特里·伊格尔顿、斯图亚特·霍尔等，其中约翰·伯格和大卫·斯托里分别于1972年和1976年获得"布克奖"，多丽丝·莱辛凭借其1962年发表的代表作《金色笔记》而后于2007年荣膺诺贝尔文学奖。

第二，战后工党政府的"福利国家"和"富裕社会"建设，改善了工人阶级和劳动大众的生活，但英国根深蒂固的阶级分野和等级观念依然无法使他们获得应有的社会地位和政治权利。他们犹豫、彷徨、愤怒、叛逆，文学界出现了"愤怒的青年"作家与作品。这些作品关注工人阶级和下层人民的生活，反映他们的命运，在主题方面，基本上不再以宣传和探讨社会主义和共产主义为主，不再描写工人失业和罢工，不再主张阶级斗争和暴力革命，不再倡导工人阶级的团结一致，而反映工人青年对自身身份、贫富悬殊、社会不公的彷徨、愤怒、叛逆和反抗。他们或者通过高攀婚姻跻身中上阶层，或者通过玩弄女性发泄对阶级差异和社会不公的怨愤。他们缺乏阶级意识，认识不到阶级差异和社会不公的根源，不再重视工人阶级的同心同德，互帮互助，而是单枪匹马，孤军"作战"。他们的反抗缺乏战斗性，"或怨恨，或愤懑，或冷漠，愤世嫉俗，或玩世不恭、寻欢作乐，或隐居自逸，或追逐名利，或通过恶作剧和冷嘲热讽求得某种满足"[1]，具有无政府主义和极端个人主义色彩，主张个性的张扬，政治色彩不浓厚，认识不到资本主义制度的本质，也提不出取代资本主义制度的方案。这类作品主要有约翰·奥斯本的《愤怒的回顾》（1956）、斯坦·巴斯托的《一种爱》（1960）、约翰·布莱恩的《向上爬》（1957）、艾伦·西利托的《周末晨昏》（1958）、《长跑运动员的孤独》（1959）、《火中树》（1967）、基斯·沃特霍斯的《说谎者比利》（1959）、大卫·斯托里的《帕斯摩尔》（1972）和《萨维尔》（1976）。其中约翰·布莱恩的代表作《向上爬》揭露了英国资本主义社会的阶级不平等和社会不公正，描写了工人阶级青年面临"停留还是跨越本阶级"这个核心问题的彷徨和两难处境，反映了他们关于阶级身份的困惑，表达了他们对于资

---

[1] 王佐良、周珏良主编：《英国20世纪文学史》，外语教学与研究出版社2006年版，第365页。

本主义制度导致的物化、异化以及不能使人们自我实现和自我完善的愤怒。艾伦·西利托的《周末晨昏》，表达了工人青年对工人阶级生活和英国阶级分野、贫富悬殊和社会不公的强烈不满及其进行的单枪匹马式的、充满个人主义和无政府主义色彩的反抗。《向上爬》和《周末晨昏》不仅是 20 世纪 50 年代社会现实的一面镜子，也是 60 年代反文化思潮的先声；不仅是"二战"后英国工人阶级文学的杰作，也成为英国文学的经典。

  第三，该阶段英国左翼文学内容丰富，题材广泛，类型多样。除了"愤怒的青年"作品外，还有反映工人阶级生活经历、情感世界和内心冲突的自传体小说，例如杰克·康曼的自传体工人阶级小说《基达的运气》（1951）和《某某公司》（1954）；以及左翼历史文学作品，例如，大卫·科特的《雅各同志》（1961），通过对英国 17 世纪"掘地派运动"的回顾，追溯了英国左翼激进传统的源远流长与丰富多彩；杰克·林赛的《48 年的人们》（1948）是为纪念 1848 年欧洲革命而作，许多人物以真实的历史人物为原型，栩栩如生，真实可信。作品的成功之处在于，把公共历史事件与个人经历有机联系起来。《被出卖的春天》（1953）描写第二次世界大战后，以艾德礼为首相的工党政府在新的国际国内经济、军事、政治背景下，采取的一系列政策和措施，揭露了工党政府对工人阶级的背叛，表达了工人阶级的失望情绪。阿诺德·威斯克的三部曲《大麦鸡汤》（1958）、《根》（1959）和《我在谈论耶路撒冷》（1960）和大卫·海尔的作品《矿渣》（1970）、《指节铜套》（1974）等表现了 20 世纪 40 年代前后英国共产主义运动的衰落，以及左派知识分子对社会主义的幻灭情绪。约翰·伯格在以小说主人公命名的作品《G》（1972）中，"把英国左翼小说完全带入后现代主义阶段"[1]。

  第四，该时期英国左翼文学走向成熟，一些作家和作品跻身英国文学名家经典行列，诺贝尔奖得主多丽丝·莱辛的左翼文学作品《暴力的儿女们》（1952—1969）五部曲和《金色笔记》（1962）对阶级、性别、种族问题以及艺术与政治的关系等问题紧密联系起来进行观照，并采用后现代主义手法进行艺术实验，标志着英国左翼文学的重大突破，表明英国左

---

[1] M. Keith Booker, *The Modern British Novel of the Left*: *A Research Guide*, Westport, Conn.: Greenwood Press, 1998, p. 19.

翼文学作品思想性和艺术性在完美结合方面走向成熟。两部作品不仅是左翼文学杰作，也是英国文学经典。《暴力的儿女们》由《玛莎·奎斯特》《合适的婚姻》《风暴雨波》《死胡同》和《四门之城》五部曲组成，是一部关于女主人公玛莎·奎斯特寻找自我、追求自由的成长小说，也是一部预言小说。小说"在种族矛盾、阶级斗争、世界大战的广阔社会背景之前，展示一位勇敢的女性寻求自己的独立人格和人生价值的坎坷经历和心路历程"①，内容涉及阶级压迫、性别歧视、种族偏见、共产主义理想的破灭、核战争的威胁等，主题丰富，意蕴深厚，艺术娴熟。莱辛的代表作《金色笔记》的主人公是左翼女性知识分子、共产党员。作品视野广阔，超越了国界和洲际；思想内涵异常丰富，诸如资本主义、共产主义、殖民主义、种族歧视、女性问题、艺术与政治的关系等不仅在小说中得到了深度观照，而且作品把对于上述这些问题的综合表征紧密交织在一起；作品的网状循环叙事结构，无限扩大了文本阐释空间。《金色笔记》不仅回顾了以美国为首的资本主义阵营和以苏联为首的社会主义阵营之间的"冷战"及其对地球人造成的影响，同时反映和探讨了20世纪50年代前后世界共产主义运动的衰落及其原因。作品高度关注种族问题，揭露了资本主义、帝国主义和殖民主义对非洲殖民地原住民的剥削和压迫，批判了种族主义，预示了殖民主义的衰落和殖民地人民的民族解放。作品密切关注性别问题，描写了父权制社会对女性的剥削、压迫和控制，反映了父权制社会对女性思想的禁锢、对女性思考和写作权利的蔑视和压抑；主张女性经济独立、婚姻自由，思想独立；主张实践女性写作，书写女性体验，建构女性身份；提出性是深层幸福之源，性、爱情、婚姻三位一体，男女平等，两性和谐，婚姻、家庭同等重要等思想。《金色笔记》不仅是表征20世纪中叶世界政治、历史、种族、性别问题的左翼文学杰作，也是描写该时期精神风貌和道德气候的文学经典。

第五，1956—1977年英国的"新左派"运动，致力于文化研究和西方马克思主义经典著作译介，主张基层民主、社会公正，以文化斗争代替暴力革命，反对资本主义、帝国主义、种族主义、殖民主义。英国的

---

① 瞿世镜、任一鸣：《当代英国小说史》，上海译文出版社2008年版，第144页。

"新左派"分为第一代和第二代,第一代以雷蒙德·威廉斯、E.P.汤普森等为主要代表,第二代以佩里·安德森为主要代表。"老一代新左派坚持本土固有的工人阶级激进传统,以剖析传统激进文化见长;新一代则大胆移用欧陆新式理论,以全面解析当代英国社会争胜。"[①] "新左派思潮"促进了马克思主义文学理论和文学批评的发展,创造出成果丰富的马克思主义文学文化理论,主要代表人物有雷蒙德·威廉斯、特里·伊格尔顿等。雷蒙德·威廉斯出身于工人阶级家庭,从小受到左派政治的影响,一直关心社会下层人民的生活和命运,致力于批判当代资本主义社会和争取基层民主权利的斗争,积极参与20世纪60年代前后英国各种左派激进运动,曾就读于剑桥大学,参加过第二次世界大战,并于1939年加入英国共产党,1969年获得剑桥大学文学博士学位。威廉斯是英国著名马克思主义文化理论家和文学批评家。他的一系列文学理论著作包括《文化与社会》(1958)、《现代悲剧》(1958)、《乡村和城市》(1973)、《马克思主义与文学》(1976)等。他的重要贡献在于提出了著名的"文化马克思主义"理论,把马克思主义研究推进到一个新阶段。威廉斯指出,庸俗马克思主义者过分夸大了经济基础的决定作用,忽视了意识形态的能动作用。他认为,经济基础和上层建筑之间的关系是具体的、复杂的,二者之间不是机械的僵化的关系,而是一种能动的互动关系。贯穿威廉斯主要理论著作始终的是他的"文化理论"。威廉斯认为,文化不仅仅指统治阶级的主导意识形态和上等阶级的所谓高雅文化,而是指社会的全部生活方式,包括工人阶级和劳动大众的风俗、信仰、习惯、心理结构等,即大众文化。文化不仅是意识形态的一部分,而且具有物质属性和社会构成作用。文学理论不能脱离文化理论而独立存在,"文化理论就是去研究全部生活方式各个构成要素之间的关系;文化分析就是试图发现这些关系构成的组织性质"[②]。要分析文学作品,就要分析作品的"情感结构"。所谓"情感结构",是指特定时期特定社会人们普遍接受的伦理价值规范和心理结构。在意大利马克思主义理论家葛兰西"文化霸权"理论的影响下,

---

① 赵国新:《新左派的文化政治》,外语教学与研究出版社2009年版,第61页。

② Raymond Williams, The Long Revolution, London: Chatto and Windus, 1961, p.46;转引自赵国新《新左派的文化政治》,外语教学与研究出版社2009年版,第102页。

威廉斯思考和探讨了"情感结构"与意识形态的区别,补充了"情感结构"的内涵,增加了"与特定社会主导意识形态和权力话语相抵触、相冲突的文化",即"反抗文化霸权"的含义。因此,评论家从"情感结构"分析文学作品时,就不仅仅要注意揭露和批判其中蕴含的主导意识形态和权力运作机制,还要注意挖掘和发现潜藏于作品之下的、与主导意识形态和权力话语相冲突、相抵触的消解性、反抗性、颠覆性的"情感结构",以解读、阐释作品的政治和意识形态内涵,由此我们看到了文化马克思主义批评的政治激进色彩。

特里·伊格尔顿是英国当代最著名的马克思主义文学理论和文学批评家,出身于爱尔兰工人阶级家庭,1964年获得剑桥大学文学博士学位。作为雷蒙德·威廉斯的学生,伊格尔顿丰富和拓展了威廉斯的文化马克思主义批评理论。"意识形态"是伊格尔顿文学批评的核心概念,贯穿其批评理论和实践的始终。与此相关,他的文学批评理论主要包括意识形态与审美话语、文学与文化批评、后现代主义批判等方面,主要著作包括《马克思主义与文学批评》(1976)、《批评与意识形态》(1976)、《文学理论入门》(1983)、《审美意识形态》(1990)、《科拉丽莎的被强暴》(1982)、《希斯克利夫与大饥荒》(1995)、《后现代主义的幻象》(1997)、《理论之后》(2003)、《为什么马克思是对的》(2011)等[①]。伊格尔顿的主要理论观点有以下几个方面。他认为,"文学在本质上就是一种意识形态,任何文学都是社会意识形态的一部分"[②],同时,大部分当代西方文学批评理论也都具有意识形态性。"审美意识形态"是伊格尔顿提出的重要概念,指"资产阶级主导价值观发挥作用的重要手段,审美与资产阶级的统治构成了一种有机的联系,审美成了一种值得信赖的理性的统治形式"[③]。由此,伊格尔顿透过资本主义美学的意识形态蕴含,揭露了审美与资本主义的共谋关系,肯定了资产阶级美学的意识形态性,形成了"着力于文学作品与意识形态的关系,并从认识论角度探讨艺术与

---

① 为了系统总结伊格尔顿的文学理论观点,而把他20世纪80年代之后的著作也放在这里一起梳理讨论。
② 段吉方:《意识形态与审美话语》,人民文学出版社2010年版,第146页。
③ 同上书,第157页。

社会现实关系的意识形态批评"①。伊格尔顿的意识形态批评，兼顾了文学作为审美话语的美学特性，突出文学批评的社会功能和实践功能，从而走向一种广泛意义上的文化批评，强调文学批评的政治性，得出"一切批评都是政治的"的结论。"不必把政治拉进文学理论：就像在南非的体育运动中一样，政治从一开始就在那里"，伊格尔顿指出："现代文学理论的历史乃是我们时代的政治和意识形态的历史的一部分。从雪莱到诺曼·N. 霍兰德，文学理论一直就与种种政治信念和意识形态价值标准密不可分。"② 伊格尔顿指出，"后现代主义"本身是一种文化话语，也是一种意识形态，但这种话语本身充满着无法克服的矛盾。"后现代主义"根源于对资本主义社会文化现实的误读，以一副异质和分裂的激进面孔标榜自己，摆出一副毫不妥协的斗争架势，事实上却忽视了当代资本主义社会个体分裂的严峻现实。它一方面严厉批判资本主义社会的主流意识形态，另一方面依靠的却是资本主义社会固有的经济基础，这一无法摆脱的内在矛盾，决定了后现代主义的虚幻和无用，其本身构成了问题而绝不可能成为解决问题的方案。后现代主义这一自相矛盾的实质，使西方左派激进运动暴露出衰退和失败之相。由此我们看到了伊格尔顿文学文化理论的激进性、深邃性和前沿性，他作为当代英国卓越的马克思主义文论家，当之无愧。

---

① 王守仁、胡宝平等：《英国文学批评史》，南京大学出版社 2012 年版，第 343 页。
② ［英］特雷·伊格尔顿：《二十世纪西方文学理论》，伍晓明译，北京大学出版社 2007 年版，第 196 页。

第四章

20世纪80年代至世纪末英国左翼文学的发展

第一节　20世纪80年代至世纪末英国左翼文学的低谷

20世纪80年代到世纪末的这段时间里，从总体上看，英国左翼文学创作进入低潮。这和当时的国际国内时代背景有着密切的关系。

第一，世界社会主义和共产主义运动遭受空前重创，其重要标志是东欧一系列社会主义国家的剧变和世界上第一个社会主义国家苏联的解体。苏联建立后，在列宁的领导下取得了举世瞩目的成就，大大改变了世界政治力量的对比。但从斯大林执政时期开始，苏联的社会主义建设逐渐变成"斯大林主义"，以体制僵化、个人崇拜、独断专行、大党主义、大国主义等为主要特点，加紧向其他社会主义国家推广这种模式，随后的苏共二十大并没有从根本上解决问题，直到1985年，就任苏共中央总书记的戈尔巴乔夫虽然推行了"新思维"，但对于苏联长期以来积重难返的问题，也是无力回天。第二次世界大战后，东欧建立了一系列社会主义国家。随后以美国为首的"北约"国家发动了针对世界社会主义国家的"冷战"，苏联与东欧社会主义国家联合起来，建立了"华约"，与"北约"对抗。在这一过程中，苏联也逐渐把东欧社会主义国家作为自己实现称霸世界的棋子，干涉这些国家的内政外交，甚至不惜动用武力，造成东欧社会主义国家对苏联的严重依赖，人民生活长期得不到改善，怨声载道。终于，从1989年开始，东欧的社会主义国家波兰、匈牙利、捷克斯洛伐克、保加利亚、罗马尼亚、南斯拉夫、阿尔巴尼亚等发生剧变,民主德国也于1990年正式加入联邦德国。1991年8月,俄罗斯总统叶利钦发布总统令,停止苏联共产党在俄罗斯全境的活动,宣布军队里的所有共产党组织均为非法,具有93年历史、执政74年的苏联共产党全面瓦解。同年12月,苏联最高苏维埃举行最后一次会议,"从法律上正式宣布苏联作为联盟国家不复存在,作为苏联象征的镰刀锤头国旗从克里姆林宫黯然降落"[1],建立69年的世界第一个社会主义国家苏联从此消失。苏东剧变有其历史原因,长期以来,这些国家的经济体制高度集中,大大束缚了生产力的发展,经济停滞,通货膨胀,人民生活水平持续下降,无力应对新科技革命的挑战;政治体制僵化腐败,领袖独断专权,思想僵化,官僚主义严重,政党脱离群众,制造了大批冤假错案,没有处理好国家的民族问题,忽视了不同民族的个性,对外推行大国主义和大党主义,激起其他社会主义国家的不满,破坏了社会主义形象,为西方资本主义国家的"和平演变"制造了可乘之机。东欧剧变是20世纪震惊全球的事件,标志着世界社会主义和共产主义运动跌入低谷,冷战从此结束,世界进入后冷战阶段。苏联的社会主义文学成为历史现象,世界左翼文学进入低潮。

第二,1979年,英国保守党党首撒切尔夫人当选为英国历史上第一位女首相,此后保守党大力推行"撒切尔主义",连续执政18年有余,保守主义大行其道。20世纪80年代,世界进入保守主义时期,急剧右倾。1980年,美国前电影明星、共和党领袖里根当选总统,此后共和党连续执政12年之久,"里根主义"盛行。英国的撒切尔主义,与美国的里根主义、法国的"新右派"等互相呼应,保守主义演变为一股强大的国际潮流。撒切尔夫人以强悍的铁娘子而著称。针对英国长期存在的"英国病",即一方面经济停滞、工人失业,另一方面物价飞涨的怪现象,撒切尔夫人一上台就抛弃了前几届政府推行"福利国家"建设而形成的"共识政治",采取了一系列坚决果断的措施,进行了大刀阔斧的改革。撒切尔政府坚决反对国有化,大力提倡私有化,用货币主义取代凯恩斯主义,把大批国有企业出售给私人,减少税收,激活了企业的活力,增加了

---

[1] 关志钢主编:《世界社会主义纵横》,人民出版社2007年版,第133页。

经营利润；遏制通货膨胀，精简政府机构，削减福利开支；制定法律条例，打击工会力量，限制工人罢工，不惜动用武力，镇压了1984—1985年声势浩大的煤矿工人罢工，使工会从此一蹶不振；重新提倡维多利亚价值观，推崇个人主义，反对平均分配社会财富。这样，"福利国家"观念遭到质疑，变得不合时宜，个人主义、金钱至上成为时代的文化主旋律。撒切尔政府的改革措施先是让英国经济跌入谷底，然后慢慢好转起来，经济快速增长，失业率不断下降，高科技产业和第三产业兴起，交通设施更加便利，人民生活得到改善，国家的国际地位不断提高。但是，随着时间的推移，一系列社会问题不断产生。社会财富日益集中，贫富差距越来越大，住房、教育、医疗、失业补贴的削减严重影响下层人民的生活，个人主义盛行，金钱至上大行其道，物欲横流，道德沦丧，传统道德伦理江河日下，种族关系日趋紧张，女权运动不断高涨。

第三，英国社会主义和共产主义运动日益衰落。这首先表现在英国工党的右倾化。英国保守党自1979—1997年连续执政18年有余，而大洋彼岸的美国，共和党的保守主义政治也持续12年之久，1993年入主白宫的克林顿推行的政策堪为"里根主义"的继续而不是反动。英国工党长期在野，决心实现工党现代化，逐步右倾，反对平均主义，限制工会力量，修改党章第四条"生产资料公有制"。1995年，布莱尔领导的新工党修改党章，正式放弃社会主义目标。1997年，布莱尔的新工党在大选中大获全胜，其实行的经济、政治、文化政策从本质上看也是保守主义的延续，其右倾保守主义施政纲领日益鲜明。英国社会主义和共产主义运动的衰落还表现在英国共产党的组织分裂、力量锐减和政治影响力日渐式微。第二次世界大战后国际共产主义运动的曲折发展，对英国共产党（Communist Party of Great Britain, CPGB）产生了深刻影响，而20世纪80年代末90年代初，国际共产主义运动风云变幻，东欧剧变，苏联解体，共产党倒台，社会主义制度崩溃，对英国共产党造成巨大冲击，引起严重思想混乱；加上英国共产党理论僵化，思想组织涣散，内部斗争频繁，导致英共的组织力量和政治影响力日渐式微，大批党员对共产主义丧失信心，掀起退党潮。1944年英共党员有56000人，而到了1987年英共"四十大"召开时仅剩下9000人。英共在历次大选中得票率一直是微乎其微，游离于英国主流政治之外。与此同时，英共对青年人的影响力也每况愈下，"1967年，英国共产主义青年团的团员有6000人，但是到1976年，人数下降到仅2000人，1987年四十大时更是锐减到区区44名团员"①。党内的思想分歧和派别斗争导致组织数次分裂，大大削弱了英共的力量。20世纪60年代，苏联入侵捷克斯洛伐克，英共党内在对苏态度上意见分歧，以总书记高兰为首的一派，反对苏联侵略捷克，公开批判苏联，提出走自己的道路；以《劳工月刊》主编杜德为首的一派，指责英共反苏，决定背离马列主义的基本原理，放弃无产阶级专政。1977年7月，杜德在英共"三十五大"上，拉出500余人另建"新英国共产党"（New Communist Party of Britain, NCPB）。进入20世纪80年代，英共党内控制理论刊物《今日马克思主义》的"欧共派"和控制党报《晨星报》的"反对派"之间的矛盾日益加剧，《晨星报》主编被开除出党。1988年4月，原英共伦敦区委书记希克斯在伦敦召集反对派，成立"英国共产党"（Communist Party of Britain, CPB），正式与"英国共产党"（Communist Party of Great Britain）对抗。1989年，在英共"四十一大"上，33岁的宣传部长妮娜·坦普尔当选为英共历史上第一位最年轻的女总书记。她决定彻底改造英共。1990年，在英共"四十二大"上，坦普尔宣称共产主义在英国已丧失吸引力，党刊主编雅克宣布共产主义已经死亡。1991年，英共"四十三大"通过党纲《民主左翼纲领》，将党名改为"民主左翼"。这样，有着71年历史的英国共产党结束了它的存在，英国社会主义运动跌入低谷。②

---

① 商文斌：《战后英共的社会主义理论及英共衰退成因研究》，中国社会科学出版社2010年版，第111页。

② 今天在英国政坛相对来说影响较大的共产党组织是1988年成立的"英国共产党"（Communist Party of Britain, CPB）。原英国共产党（CPGB）于1991年改名为"民主左翼"后，英国共产党（CPB）逐步接过原英国共产党的传统和旗帜，影响逐渐扩大，于1997年开始参加大选。其主办的《晨星报》发行量近1万份，还办有机关刊物《共产主义观察》。参见商文斌《战后英共的社会主义理论及英共衰退成因研究》，中国社会科学出版社2010年版，第154—155页。

第二节　20世纪80年代至世纪末英国左翼文学的特点

由于上述原因，20世纪80年代到世纪末，英国左翼文学的发展势头明显不如20世纪30年代和60年代前后。然而，仍然有一些较好的作品问世，呈现出国际化和性别关注的趋向。有些作品放眼国际，关注"冷战"、东欧剧变；有些作品继续反映工人阶级的工作情况和生活状况；有些作品开始关注工人阶级女性，把阶级压迫和性别歧视结合起来进行探讨；有些作品抨击时弊，矛头直指撒切尔政府。该时期的左翼文学作品在艺术手法方面更加丰富多彩，有的以现实主义见长，有的进行艺术实验，比较熟练地运用意识流、内心独白、时空交错、叙事的断裂和碎片等现代主义和后现代主义艺术技巧。该时期约翰·伯格、巴里·海恩斯、詹姆斯·凯尔曼、霍华德·布伦顿、大卫·埃德加、卡里尔·丘吉尔、帕特·巴克、特里·伊格尔顿等已成名的作家和文论家继续发表作品，其中詹姆士·凯尔曼和帕特·巴克分别于1994年和1995年获得"布克奖"，安迪·克罗夫特、杰罗米·霍桑、H.古斯塔夫·克劳斯、M.基思·布克等出版了一些比较系统的左翼文学批评著作。具体来说，该时期英国左翼文学主要有以下特点：

第一，与20世纪60年代前后的左翼文学相同，一些作品视野更加广阔，继续探讨一些国际化问题比如"冷战"、苏联解体、东欧剧变、世界社会主义和共产主义运动的衰落，表达左翼知识分子对国际共产主义运动衰落的失望情绪。这一主题从20世纪60年代前后就有作家进行探讨，例如阿诺德·威斯克、多丽丝·莱辛等。该时期对这一国际主题进行探讨的主要有大卫·埃德加的《五朔节》（1983）和《桌子的形状》（1990）。《五朔节》聚焦20世纪60年代以来的世界历史，围绕几个中心人物的政治命运展开剧情，内容涉及第二次世界大战之后美国和苏联展开的"冷战"、20世纪50年代苏联对匈牙利的侵略、越南战争、苏联对左派人士的迫害，表现了英国社会主义和共产主义运动的衰落，以及由此引起的大批左派人士脱离社会主义转为右派的"政治变节"现象，并探讨了社会主义理想破灭的原因。作品批判了苏联的大国主义、大党主义和霸权主义行径,揭露社会主义阵营内部存在的严重问题,把苏联对左派的镇压和"英国警察对左派人士的镇压交叉在一起,让人们对社会主义事业的内部问题进行反思,从而深化了主题"[1],指出自第二次世界大战后至20世纪80年代期间,世界社会主义运动日益衰退的主要原因在于社会主义阵营内部,是左派自己在社会主义运动中违背了自己的信仰。同样的主题还出现在大卫·埃德加的另一部剧作《桌子的形状》里。该剧通过讲述一个虚构的东欧国家的故事,表达20世纪90年代前后国际社会主义和共产主义运动遭受空前灾难的主题,探讨了当时东欧一系列社会主义国家共产党倒台、国家变质的原因,批判了东欧社会主义国家领导人疏忽历史责任而酿制的罪行,"对社会体系崩溃应负重要责任的是那些掌握大权的领导者,是他们所领导的革命运动背离了其宗旨,发生了质的变化,最后葬送了东欧的革命事业"[2]。

第二,一些作品仍然发扬英国左翼文学反映工人阶级生活的传统,表现他们的生活经历和工作情况,描述他们对英国社会阶级分野明显和经济社会结构壁垒森严的不满,表达他们跨越阶级的愤怒和无奈。我们知道,"阶级跨越"这一主题主要出现在"愤怒的青年"的作品中,例如约翰·奥斯本的《愤怒的回顾》、斯坦·巴斯托的《一种爱》、约翰·布莱恩的《向上爬》、艾伦·西利托的《周末晨昏》、基斯·沃特霍斯的《说谎者比利》以及20世纪70年代大卫·斯托里的《帕斯摩尔》和《萨维尔》等。该时期对这一主题进行探讨的,主要有苏格兰作家詹姆斯·凯尔曼的《叛离》(*A Disaffection*,1989)。作品通过讲述苏格兰格拉斯哥工人阶级出身的帕特里克·道尔大学毕业后在一所中学从教的故事,表达了帕特里克脱离工人阶级后,又不能也不愿融入中产阶级的彷徨和痛苦。他一度成了"无根人",倍感异化。他同情的是工人阶级,接受的是工人阶级文化和价值观;然而他发现,现在他从事的却是中产阶级的职业,并为这个阶级卖命、贡献,而这个阶级及其文化和价值观却恰恰是他所深恶痛绝的,因而感到孤独、忧郁和苦恼。他痛恨资本主义制度,向往社会主义,然而

---

[1] 王岚、陈红薇:《当代英国戏剧史》,北京大学出版社2007年版,第86页。
[2] 同上书,第91页。

残酷的撒切尔主义导致的社会现实让他看不到希望，因此采取了逃避主义的策略：试图自杀，与女人幽会，酗酒，从事艺术，参加体育活动，疯狂购物等，却无一能够奏效。作品反映了工人阶级出身的知识分子的内心矛盾和失望心理，批判了资本主义制度，表现了20世纪80年代英国左翼运动的衰退，影射了苏格兰的低下地位。而对20世纪80年代以来工人阶级生活进行探讨的作品，主要有詹姆斯·凯尔曼的《公共汽车售票员海恩斯》（1984）和《怎么这么晚，这么晚》（1994）。《公共汽车售票员海恩斯》通过描写格拉斯哥工人阶级出身的汽车售票员海恩斯单调、乏味、失败的日常生活，影射20世纪80年代英国整个工人阶级的生活状况和精神状态。他们失望、顺从、消极、不抵抗，与自己的阶级相异化。工人阶级之间的同心同德、团结一致传统逐步消失，工人共同体意识日益淡薄，英国工人运动和社会主义运动日益衰落。《怎么这么晚，这么晚》通过描写格拉斯哥工人阶级出身的盲人萨米·塞缪尔斯孤独的生活，反映20世纪八九十年代保守党统治下的苏格兰乃至英国工人阶级的异化和失望情绪。他们阶级意识淡薄，陷入怀疑主义。主人公的与世隔绝状态，是苏格兰半殖民地位的隐喻，作品还批判了当政的撒切尔政府。上述几部反映20世纪80年代以来苏格兰工人阶级生活经历的小说有一个共同点：作者凯尔曼试图以格拉斯哥工人阶级的口语和方言颠覆和解构正式的书面语言，也表现出反殖民主义思想，这是他的一大创新。从主题来看，作品揭示工人阶级的阶级意识和共同体意识都在走向衰退，这也可看作是20世纪80年代以来英国社会主义运动日益衰落的注脚。

第三，一些作品把工人阶级女性作为主人公，从阶级和性别的视角切入，探讨工人阶级女性的生存状况和情感生活，表达出社会主义女性主义思想。这类作品主要有卡里尔·丘吉尔的《出类拔萃的女子》（1982），巴里·海恩斯的《未竟的事业》（1983），帕特·巴克的《联合街》（1982）、《世纪女儿》（1986）。海恩斯的《未竟的事业》属于"阶级跨越"主题小说，但不同的是，作品的主人公是一位女性。作品批判了阶级压迫和性别歧视，质疑了传统的性别角色，反映了资本主义制度下，工人阶级女性通过获得教育而跨越本阶级后所感到的独孤、异化、彷徨和失望。女性作家卡里尔·丘吉尔一般被认为是当代英国最优秀的女性戏剧家,出身于中产阶级,具有较强的政治敏感性,憎恨资本主义制度,热衷马克思主义,其作品以"社会主义女性主义"①而著称。《出类拔萃的女子》中所有人物均为女性,采用时空交错、历史与现实并置等实验手法,批判了资产阶级的个人主义价值观对女性的误导、偏见和束缚,提倡女性追求幸福,肯定女性幸福的家庭生活和情感生活,讨论了衡量出类拔萃的女性的标准。女性作家帕特·巴克从小在工人阶级群体中成长,工人阶级文化对她产生了深刻影响。她的小说《联合街》和《世纪女儿》深深植根于工人阶级女性的生活经历,描写了20世纪80年代英国工人阶级女性的工作、生活和情感经历,反映了她们沉重的工作、生育和家庭负担,以及遭受阶级剥削和性别压迫的不幸命运,赞扬了她们勤劳、坚强、善良、独立的优秀品质以及对阶级压迫和性别歧视的反抗。作品从工人阶级女性的独特视角,审视了20世纪英国的历史,歌颂了工人阶级文化的力量;同时,小说展示了20世纪80年代英国撒切尔主义以及后工业时代对英国传统工业造成的冲击,以及工人阶级社区逐渐消失、工人阶级共同体走向衰落的历史变迁。小说堪称20世纪80年代英国工人阶级女性生活和20世纪英国历史的一面镜子。

第四,在文学理论和文学批评方面,特里·伊格尔顿、安迪·克罗夫特、杰罗米·霍桑、H. 古斯塔夫·克劳斯、M. 基思·布克等出版了一系列英国左翼文学理论和批评著作。伊格尔顿可谓20世纪英国坚定和卓越的马克思主义批评家,其一系列马克思主义批评著作对20世纪文学批评界产生了重要影响,作品持续到21世纪的今天。②格洛佛·史密斯主编的《阶级、文化和社会变化:20世纪30年代新观点》(1980),对20世纪30年代英国的政治、文化等进行了全面讨论,内容涉及英国共产党的文化地位,知识分子和大众阵线的关系。瓦伦廷·卡宁海姆的《30年代的英国作家》(1988)以同情的态度对左翼文学进行了探讨。安迪·克罗夫特的《值得纪念的岁月:20世纪30年代的英国小说》(1990)试图拓展左翼小说的概念,回顾了20世纪30年代的左翼文化。这些著作主张对20世纪30年代的英国左翼文学进行重新评价。杰罗米·霍桑主编的《20

---

① 王岚、陈红薇:《当代英国戏剧史》,北京大学出版社2007年版,第156页。
② 为了系统,上文已总结其左翼批评观点。

世纪英国工人阶级小说》（1984），对特雷塞尔、刘易斯·吉本、格林伍德、D. H. 劳伦斯、杰克·康曼、艾伦·西利拖等作家进行了讨论，指出现实主义在工人阶级小说中的运用，肯定了小说在表达工人阶级经验方面的作用，呼吁重视工人阶级文学传统，重写文学史。罗纳德·保罗的《我们心中的怒火》（1982），分析、解读了"二战"后英国工人阶级小说中的青年形象。帕姆拉·福克斯的《阶级小说：英国工人阶级小说的羞耻与反抗》（1994），对英国 1890—1945 年的小说进行了深入的理论探讨，突出了女性主义视角，提出开展女性主义与马克思主义对话的主张。简内特·蒙特菲奥的《20 世纪 30 年代的男女作家》（1996），重新挖掘、评价了被英国文学史忽视的 20 世纪 30 年代的英国女性左翼作家斯托姆·詹姆逊、闹米·米奇森、S. T. 瓦格纳等。这些著作综合了阶级、种族、族裔、性别等视角，标志着英国左翼文学研究向多元、开放、边缘发展。尤其值得一提的是 M. 基思·布克的《现代英国左翼小说研究指南》（1998）。据笔者所知，该书是迄今为止唯一一部用"左翼"这个词来命名的左翼文学批评著作，反映出作者可贵的学术勇气。布克认为，20 世纪英国左翼文化作品在体裁、风格、主题、政治倾向等方面范围广泛，丰富多彩，形成了一个传统，然而"这一传统却被压抑和否定，这是 20 世纪主要文化和政治现象之一"[①]。该书的目的，就是主张恢复英国左翼文学传统，为研究左翼文学的专家学者和学生提供参考。该书回顾了英国左翼小说的发展演变过程，简介了西方马克思主义文学理论，概述了英国重要左翼批评、历史和理论著作，对 20 世纪英国左翼小说和部分英国左翼后殖民小说进行了比较系统的梳理讨论，指出 20 世纪 60 年代以来英国左翼文学中出现的后现代、后殖民和性别关注的趋向。该书资源丰富，内容全面；编写体例合理，梳理讨论系统；胸怀宽广，视野开阔，堪称 20 世纪英国左翼文学研究宝典。

[①] M. Keith Booker, *The Modern British Novel of the Left: A Research Guide*, Westport, Conn.: Greenwood Press, 1998, p. 3.

中 编

20世纪英国左翼文学的主题思想研究

由于意识形态的影响，作为与"主流文学"并驾齐驱的英国左翼文学，长期以来一直处于边缘和附属地位，大部分左翼作家及其作品在流行的英国文学史中很少见到。在今天这个政治多极、文化多元的时代，这种现象尤其显得有失公允。作为书写、再现和表征工人阶级、农民阶级、共产党员、左派知识分子等群体的工作及生活和情感的文学，左翼文学的确是英国文学的重要力量，理应成为与"主流文学"平起平坐的重要一支，可谓"另一种声音"。20世纪英国左翼文学内容广泛，主题丰富，具有重要的思想意义和认识价值。本书上编分为四章，梳理、论述了20世纪英国左翼文学的发展阶段，社会、历史、文化背景和主要特征，本编将分为八章，采取共时性以及历时性和共时性相结合的方法，立足文本，按照主题研究的方法，系统、深入地探讨20世纪英国左翼文学的思想内涵。

第五章

20世纪英国工人阶级生存状况的一面镜子

第一节 20世纪初英国工人阶级的生存状况

由于意识形态的影响，作为与"主流文学"并驾齐驱的英国左翼文学，长期以来一直处于边缘和附属地位，大部分左翼作家及其作品在流行的英国文学史中很少见到。在今天这个政治多极、文化多元的时代，这种现象尤其显得有失公允。作为书写、再现和表征工人阶级、农民阶级、共产党员、左派知识分子等群体的工作、生活和情感的文学，左翼文学的确是英国文学的重要力量，理应成为与"主流文学"平起平坐的重要一支，可谓"另一种声音"。工人阶级是左翼阵营的中坚力量，占据左翼群体的大多数。工人阶级文学无疑是英国左翼文学的核心和主干，是20世纪英国左翼文学的重要组成部分。综观20世纪英国文坛，工人阶级文学可谓贯穿始终，描写、反映工人阶级工作、生活、情感、精神是工人阶级文学的重要主题。这些作品主要有罗伯特·特雷塞尔的《穿破裤子的慈善家》（1914）、瓦尔特·格林伍德的《患难相爱》（1933）、刘易斯·琼斯的《库玛地》（1937）和《我们生活》（1939）、杰克·康曼的《基达的运气》（1951）和《某某公司》（1954）、艾伦·西利托的《周末晨昏》（1958）和《长跑运动员的孤独》（1959）、基斯·沃特霍斯的《说谎者比利》（1959）、大卫·斯托里的《萨维尔》（1976）、巴里·海恩斯的《红鹰隼》（1968）和《未竟的事业》（1983）、詹姆斯·凯尔曼的《公共汽车售票员海恩斯》(1984)和《怎么这么晚，这么晚》(1994)等。其中罗伯特·特雷塞尔的《穿破裤子的慈善家》可被看作描写20世纪初英国工人阶级生存状况的代表作。

　　罗伯特·特雷塞尔的《穿破裤子的慈善家》的删节版最早出版于1914年，直到1955年完整版才问世。小说"未被列入已被学术界认可的文学经典"①，然而出版以来也引起了学术界的关注。布莱恩·梅恩认为，它是"工人阶级作家写作的关于工人阶级生活的第一部现实主义小说，作品首次以小说形式直接再现19世纪和20世纪早期侵略成性的英国资本主义制度下工人的地位"②；伊格·韦伯认为，这是"一部英国工人阶级小说杰作"③；李维屏认为，这是"一部无产阶级文学的杰出范例"④；高继海简论了"小说的创作背景、传播方式、主题和艺术特色"⑤。小说出版以来，也一直受到工人弟兄的欢迎。原因何在？笔者认为，因为小说真实再现、生动反映了20世纪初英国工人阶级的工作情况、生活状况和精神状态，迎合了19、20世纪之交英国工人运动重新高涨情况下工人阶级渴望通过文学来反映本阶级工作、生活和斗争的诉求，引起了工人的共鸣。

一

　　与中产阶级作家作品截然不同，《穿破裤子的慈善家》塑造的主人公是工人阶级，主要是来自英国南部麦格斯市的建筑工人。小说真实再现了20世纪初英国工人阶级的工作情况。大部分工人的最大愿望就是工作，即：有活干，几乎别无所求。那么，工人们的工作情况如何？

---

　　① Peter Miles, "The Painter's Bible and the British Workman: Robert Tressel's Literary Activism," in Jeremy Hawthorn, ed., *The British Working-Class Novel in the Twentieth Century*, London: Edward Arnold Ltd., 1984, p. 1.

　　② Brian Mayne, "The Ragged Trousered Philanthropists: An Appraisal of an Edwardian Novel of Social Protest," *Twentieth Century Literature*, 13.2 (1967): 73.

　　③ Igor Webb, "What Culture is Appropriate to the Worker?", *The Radical Teacher*, 1.1 (1975): 10.

　　④ 侯维瑞、李维屏：《英国小说史》(下)，译林出版社2005年版，第632页。

　　⑤ 高继海：《英国小说史》，中国社会科学出版社2003年版，第285—287页。

首先，工作环境极其恶劣，工作条件极为低下。故事开头，工人们给麦格斯市市长斯韦特先生新买的"窑洞别墅"改建和装修，工作时各种各样的声音嘈杂刺耳，"敲锤子和拉锯的声音、瓦刀丁丁当当的声音、水桶空隆空隆的声音、刷子溅泼水花的声音，还有用刮刀铲刮旧糊壁纸发出的嚓嚓声"①；空气中"充满着尘土、病菌、胶泥粉、石灰、灰泥以及多年来堆积在这屋里的垃圾"（2），乌烟瘴气，严重影响着工人的健康；地上乱七八糟，肮脏不堪，堆满了"瓦块、灰尘、垃圾、胶泥的碎块和灰泥"（2）。夏季，工人们冒着酷暑、暴雨铺设排水管道，先挖掘几条深沟，"地上被雨水浸得湿漉漉的，到处泥泞，工人们的衣服和靴子上全是泥浆"，地下"一股象（像）千万具腐烂的尸体发出的腥臭"（257）味沾满工人全身，无法摆脱，奇臭无比，实在无法忍受，工头打破规定让工人抽烟用来消除臭味也不奏效，以至于工人数次呕吐。冬季，寒风刺骨，工人们正在油漆地下室的窗户。窗前有一条沟，沟两旁种着玫瑰和冬青，"沟底是泡着雨水的发臭的稀烂泥，里面还有夜间出没的鸟兽的粪便"，工人们却"不得不走下去站在臭泥里，烂泥从他们破旧的靴子后跟渗入靴子里去。干活时玫瑰树丛的刺撕开了他们的衣服，他们冻僵的手也全给划破了"（320）。衣不蔽体的工人们满眼泪水，眼皮红肿，手脚麻木，牙齿格格作响，浑身颤抖，"透过他们的衣服的寒风好象（像）是冰冷的手指在撕碎他们的心肺"（323）。老工人菲尔波特在装修中双手被浓烈的苏打水浸泡，"指甲烧焦了，变黄了，周围的肌肉裂了缝，直淌血"（32）。工作环境和条件实在恶劣到了极点。

其次，工作异常沉重，几乎超出工人承受的限度。童工伯特的工作是往工地上运送原料，常常手里拿着、肩上挎着或者干脆拉着或者推着沉重的手推车艰难前行，车子装得又高又满，他个头矮小，看不清路，又遇上漫长的坡道，他交替用胸部和腰部重重地顶着车前的横木拼命前进，气喘吁吁，心跳剧烈，浑身酸痛。接近坡道顶部时，车子沉重得几乎超出他的体力，马上要把他推下坡去。

---

① 罗伯特·特雷塞尔：《穿破裤子的慈善家》，孙铢等译，外国文学出版社1982年版，第1—2页。以下出自该书的引文，只给出页码。

  他咬紧牙关，使出了吃奶的力气，蹒跚地向前又移动了两三步，然后——车子停住了。他拼命挣扎了几秒钟，可是，他突然感到精疲力尽，双腿变得软弱无力，几乎要瘫倒在地上。车子开始向后往坡下倒退。他使尽了气力才抵住车子，把它停在路边的石坎旁。然后他扶住车子站着发呆，脸色苍白，大汗淋漓，浑身发抖，双腿止不住乱哆嗦。(136)

  我们分明看到，这一大车材料与身体矮小、骨瘦如柴的伯特形成了多么强烈的反差。我们不难想象，万一伯特抵不住，车子失控，他被推下坡道，后果将多么不堪设想！

  最后，工作条件之恶劣经常把工人们置于危险境地，甚至付出宝贵生命。工人们终日劳作，报酬却极低，过着忍饥挨饿、半饥半饱的日子，久而久之，很多工人都患了疾病：老年工人菲尔波特患了风湿病；中年工人欧文未老先衰，头发脱落，双目深陷，面如死灰，患有肺痨病。有一次伤风加重病情，难受的咳嗽使他大口吐血；少年工人伯特，衣衫褴褛，脸色苍白，矮小瘦弱，未成年就患上了胃病、痛风，然而他们却无钱医治，常常带病干活；同时，极差的工作条件经常直接给他们造成人身伤害，乃至危及性命。负责运送原料的童工伯特穿了双靴筒坚硬、靴底沉重的钉靴，"上面满是平头钉"，"前部的硬皮反卷起来，凸凹不平，磨得他的脚出血"(529)，常使他疼痛难忍，寸步难行。遇到下雨，往往变成落汤鸡，穿着湿透的衣服和灌满水的靴子干活，痛风又使他苦不堪言。伯特的另一项工作是在"潮湿、发臭""四周都是有毒的颜料和油漆"的油漆间里调配颜料。工场对建筑材料的时间性要求使伯特不能及时吃饭，时冷时热；铅粉的过量吸入和有毒油漆、颜料的污染使他患上了严重的胃病。"他的胃常常剧烈疼痛"，"往往倒在地上打滚"(531)。老年工人菲尔波特没有家庭和孩子，孤苦伶仃，忠心耿耿，为拉什顿公司贡献一辈子。就在56岁那年，他带病工作，不幸死于所谓的工伤"事故"，因工头不更换早已磨损的绳子而被"六五梯"当场砸死，"他脸朝下倒了下去，梯子横压在他肩部，铁索缠绕的一头正好打着他的脖子，他的脸撞在墙根的砖块上。他静静地躺着，一声没吭，鲜血从脸上的伤口往外直淌，耳朵里也淌着血"（644）。可见，工人工作环境和条件之恶劣已经达到了登峰造极、夺人性命的地步！实在令人发指！

二

《穿破裤子的慈善家》不仅真实再现了20世纪初英国工人阶级的工作情况，还生动反映了他们的生活状况。工人们在危险、恶劣的环境里干活，工资远不够养家糊口，还常常"无缘无故"地遭到资本家解雇，生活赤贫。失业期间，雪上加霜。其生活状况只能用一贫如洗来定义，终生在死亡线上挣扎。让我们看看工人们的衣、食、住、用。招牌工人欧文的生活勉强说得过去，但也经常缺吃少穿，时时典当衣物，"靴子漏水"（71），"单靠茶活命"（415）。青年工人伊斯顿婚后日子难过。失业、欠债、缴不起税差点坐牢，心理扭曲，大发雷霆，把责任推到妻子露丝身上。露丝婚前曾是斯达薇夫人的女佣，过着奴隶般的生活，备受凌辱和虐待。婚后省吃俭用，孩子出生后，从未吃饱过，却总让丈夫吃饭，"自己却装作他不在家时已经吃过了"（57），吃奶的孩子吮吸着她的生命，丈夫又总是因为贫困却把气撒在她身上，以至于露丝"真想一个什么地方躺下来，一觉睡过去就不再醒来了"（58）。无奈，他们把本来很窄的房屋又租出一小间，凑合过日子。后伊斯顿再次失业，负债累累，时有断炊，租客搬走。伊斯顿全家只能依靠借债、出卖旧家具度日糊口，半饥半饱。就这样，失业、饥寒交迫、疾病、贫困困扰着每一个工人家庭，而缴不起捐税还要坐牢。工人纽曼因为工作太卖力而遭解雇，付不出捐税被逮捕并被判刑一个月，妻子和三个孩子只得把"家具、画、床单、地毯、油布"等当掉或卖掉，以换取食物或支付房租。他们租住的小屋情况糟糕，位于黑暗狭窄的小胡同里，"好像陷在井里，四面是高大建筑物的后墙……空气很不流通，终年不见阳光。夏天，从周围建筑物的后院里传来种种怪味，臭气熏人；冬天这里又黑又潮又冷，简直是个细菌养殖场"（374）。如此住所，别说健康，何以活命？老工人林登的儿子曾参加布尔战争而牺牲，留下妻子和两个孩子与公公婆婆一起生活，全家唯一的经济来源是林登老爹，然而狠心的工头却故意找茬，嫌他太老而将他解雇，一家五口只能靠卖掉家具过活，后来连枕头、床单、被子、毯子等日用品也不得不卖掉或当掉，夜里冻得睡不着觉。孩子们的情况更加令人心痛，"家里一点吃的都没有，孩子们哭着要东西吃，上一个星期孩子们都是饿着肚子去上学的，他们每天除了干面包和茶外，什么都没有"（407）。孩子们的母亲也被饿得昏厥过去，小查利见状急忙跑向欧文家求救：

  他喘着气，伤心地哭着，帽子也没有戴。他的衣服又旧又破，膝盖和胳膊上都打了补丁，可是补丁又在一块块往下掉。脚上穿着一双满是破洞的黑袜子，到处露着肉。鞋底的一边完全磨穿了，走路时赤裸的脚跟接触着地面；另一只鞋底的前掌已跟鞋帮脱离了关系，脚趾冻得发红，沾满污泥，从裂缝中伸了出来。鲜血正从右脚跟流到地板上，显然有什么锐利的东西——一根针、一片玻璃或是一块尖石头——扎破了他的脚。（416）

  读完这段话，工人孩子的穿戴——"又旧又破的衣服、满是破洞的袜子、裂着大缝的鞋子、鲜血直流的脚丫"等意象深深刻印在我们的脑海，严重刺痛我们的神经。孩子是社会的接班人，是国家的未来和希望，而工人阶级的孩子食不果腹、衣不蔽体，在饥饿和死亡线上挣扎，其前途和命运令人堪忧！我们从上文看到了工人阶级的衣、食、住，那么他们日常生活之"用"又如何呢？林登的儿媳妇把老两口送到济贫院后，回到家中，看到：

  房间里四壁空空，地上没有毯子也没有油布，冷清清地象（像）坟墓一样。厨房桌上放着几只只有裂纹的杯子和盘子、一把破刀、几只铅皮勺儿、一些面包和一小碗油脂，还有一把破了嘴的棕色茶壶。桌旁有两把破椅子，一只椅背上面的横木已经掉下来了，另一只连椅背也没有……炉里没有火，冰冷的炉膛积满了煤灰，肮脏不堪……两位老人睡觉的破床，跟她自己床上一样，也乱堆着各种各样充当被子用的东西，还有一条破烂不堪的床垫，棉絮从边上的破洞里漏了出来，一块块落在地板上。（409）

我们看到，工人阶级的生活破落到了何种程度！真可谓"家徒四壁""一贫如洗"。难以想象，如此生存条件，他们如何生存下来！难怪林登的儿媳妇玛丽感到天塌地陷，昏厥过去。工人们的生活条件确实到达了勉强维持的极限。时常有人因穷困而冻死街头，原因是"支气管炎和缺乏食物"（419）。甚至有人因贫困而杀死妻子儿女！欧文在报纸上就看到这样一桩普通案例：

男人失业好多个星期，他们靠典当和出卖家具什物过活。可是典当出卖总也有山穷水尽的时候。一天，邻居们发现他们家里的百叶窗一直没有拉开……警察进入这屋子以后，在楼上的房间里，发现一个女人和两个孩子的尸体，肩并肩地躺在床上，喉管都给割断了，床上满是鲜血。

房间里既无床架，也无其他家具，地上铺着几块草垫当床，上面堆着些破破烂烂的衣服和毯子。

在厨房里发现了男人的尸首，脸朝下，四肢伸开，周围都是从喉管伤口里流出来的血，右手握着一把剃刀，显然喉管是用剃刀割断的。

屋子里找不到一点食物……（101）

这桩家庭悲剧触目惊心，骇人听闻，然而在资本主义社会里却并不典型，而是司空见惯。工人遭受资本家剥削和压迫，穷困潦倒，走投无路。他们在山穷水尽，钱尽粮绝的情况下，就会走上犯罪——自我毁灭的道路。本案中的工人因失业而依靠典当和出卖家具过活，最终仍然是穷途末路，为了摆脱这无法维持的赤贫生活，他采取了极端残忍的手段，先杀死妻子和两个孩子，而后割断自己的喉管自杀。他这样做的目的是再也不让自己亲爱的妻子和孩子们受苦。其心理和精神发生了多么严重的扭曲！在资本主义制度下，工人是没有前途的。干上一二十年，得到的仅仅是勉强能够活命的工资，"再老下去，还不得不满足于更少的工资；他的命运一直得由老板们摆布，他们反复无常，爱怎样就怎样，拿他只当作一架他们可以用来赚钱的机器——一等到在他身上无钱可赚时，他们就会理直气壮地把他当作废物扔掉"（288），辛辛苦苦干活一辈子，最后只落得衣衫褴褛，一无所有。就连小说中最有觉悟的社会主义者欧文也在极端贫困的情况下多次想到一家人同归于尽而摆脱被资本家剥削压迫的命运。

三

《穿破裤子的慈善家》除了真实再现、生动反映20世纪初英国工人阶级的工作情况和生活状况之外，还逼真地刻画了他们的精神状态。工人阶级的精神状态首先可以概括为无知、落后、麻木不仁。他们对自己悲惨的命运、贫困的根源缺乏了解，对资本家的剥削和压迫听之任之、逆来顺受。绝大部分工人最大的愿望就是有活干，认为自己生来卑贱、低人一等，生来就是给"上等人"干活的命，自己的本分就是替"上等人"干活，好让"上等人"有足够的时间寻欢作乐、享受生活，"上等人"生来就该向工人发号施令，因为他们给工人提供了用来养家糊口的活儿，是工人的恩人。这些工人安于现状，忍耐力强，容易满足，只要饿不死，就可以受得了。他们从不思考世世代代一贫如洗的原因，对资本主义制度导致的贫富悬殊没有丝毫认识，相反却认为这是天经地义；不知道资本家的罪恶和工人阶级遭受的剥削，也不想知道，甚至连听也不想听到。他们从童年时代起就过着贫穷的日子，经过成年、老年，为资本家创造着远远超出他们劳动工资的财富和文明成果，自己却从来不能享受，到头来只落得一无所有。他们不相信自己的智力和判断力，还盲目乐观，感到有活干就很好了，他们能受得了的生活对于他们的孩子来说也够好的了，他们看不起自己，更看不起自己的孩子，从来不为自己孩子的前途着想："我们的孩子算什么？难道不应该叫他们去替上等人干活吗？他们可不是绅士人家的少爷，是吗？高级的吃穿用品根本不是让他们这号人享用的。让他们去干活吧！他们生来是干活的坯子……至于受教育、出国旅行，以及生活上的享受等等，我们这号人的孩子本来就是没份儿的——那是上等人家孩子的事情！我们的孩子和上等人家的孩子比起来，那真好比是一堆垃圾！"(568) 他们甚至愚蠢地担心将来孩子比自己有出息而忘恩负义，这样孩子就会"瞧不起自己的亲生父母"，会因为父母"出身低微而感到羞愧"(498)。他们对孩子漠不关心，"还处处留意使他们生养的子女也永远享受不到文明的果实"（567）。工人的愚昧和无知达到了多么可怜、可悲又可怕的地步！

其次，工人阶级的精神状态可谓不辨是非，颠倒黑白。他们被称为"穿破裤子的慈善家"，是因为他们自己被资本家剥削得一无所有，却慷慨大方，忠心耿耿，心甘情愿、服服帖帖地为资本家服务，奉献自己的一切。因怕失业，工人之间相互妒忌，冷漠无情，甚至毫无正义感，工友菲尔波特被"六五梯"砸死，却没有一个人站出来为他作证，仗义执言。他们"崇拜并跟随那些利用他们的老实可欺而剥夺他们劳动成果的人……心甘情愿为主人挤出金银财宝；主人发现雇佣他们无利可图而把他们一脚踢开时，他们忍饥挨饿也没有怨言"（683）。他们一辈子受穷，却坚决维护、保卫把世界变为人间地狱的资本主义制度。他们认为"谁能做生意赚钱致富谁就适合担任当地的市政要职"（243）。他们不理解社会主义，坚决抵制社会主义。不管任何人说起社会主义，他们就讨厌、恐惧、排斥。选举中他们都站在自由党或保守党的立场上，从不选代表自己阶级的党——工党。有一幅画这样描绘某次选举：工人们看到一个社会主义者，对他大打出手，用带钉的靴子踢他，跳到他身上，踩他的脸。有些工人自认为了解社会主义，却严重歪曲、恶毒攻击社会主义，邦迪说社会主义就是"你的就是我的，我的还是我的"；伪基督徒斯莱姆说社会主义是"唯物主义、无神论和自由恋爱，一旦实现，那就要把男男女女降低到野兽的地位"；哈洛说社会主义"是个美丽的理想"，但"这个理想好得不切实际"；索金斯说社会主义"是一大堆狗屁话"（591—592）。绝大多数工人对于社会主义宣传置之不理，冷若冰霜，还谩骂、攻击、殴打宣传社会主义的人，以至于一个社会主义者变节。当社会主义者巴林顿问他变节的理由时，这个变节者说：

> 当我贡献出我的生命和全部才能为工人阶级服务的时候，当我千方百计教导他们如何挣脱锁链的时候，当我设法让他们知道如何让他们的儿女摆脱贫困和可耻的劳役的时候，我并不要他们给我钱。我这样做完全出于我对他们的爱。而他们酬报我的却是仇恨和伤害。可是自从我帮助他们的主人掠夺他们之后，他们却对我恭恭敬敬……

(687)

　　他们一生从来也没有用自己的头脑思考过……你想跟他们讲道理，想抬举他们，告诉他们改善生活的道路，你贡献出所有的智慧和生命，想使他们的境况有所改善，到头来你却发现他们竟是你将不得不与之斗争的敌人。他们憎恨你，只要有机会，他们会把你撕成碎片……学我的样子干吧——掠夺他们！剥削他们！这样，他们才会尊重你。(687—688)

　　这段话首先说明这个社会主义者的立场不坚定，同时也从反面说明宣传社会主义、唤醒工人阶级的觉悟是多么难。更重要的是，作者借这个变节的社会主义者之口，把工人阶级的不觉悟、对社会主义的敌视和抵制揭露得体无完肤，可谓入木三分，淋漓尽致。他们是非不分，为虎作伥，把资本家当作恩人，视社会主义者为仇敌。可见，他们遭受资产阶级的思想毒害是多么严重！他们的思想扭曲和精神麻木达到了无以复加的地步！实乃"精神沮丧的可怜虫"，正如小说所写："那些'慈善家'们盲目、愚蠢而狂热地赞美剥削、掠夺他们的人；他们对自己的利益简直漠不关心；他们精神颓唐，对自己所遭受的苦难逆来顺受，他们在自己创造的财富中驯服地过着赤贫的生活；他们对自己孩子的命运冷漠无情，要是有人竟敢告诉他们说有可能改善生活，他们就对他恨之入骨。"(725)

　　从上述分析论述可以看出，《穿破裤子的慈善家》对20世纪初英国工人阶级工作情况、生活状况和精神状态的描写生动形象，真实可信。原因何在？这首先得益于作者本人的工人阶级生活经历，他自己就曾经是黑斯廷市一名油漆工和招牌工，因而对工人阶级的工作情况、生活状况和精神状态了如指掌，工人读者读起来就会感同身受，产生强烈的共鸣；其次，得益于作者坚定的无产阶级立场。他虽然对工人同胞的愚昧和麻木进行了尖锐的讽刺和严厉的鞭挞，但始终怀着对工人弟兄的深深的尊敬和深切的爱，他不把工人看作"喜剧或者悲剧式的人物"，而把他们当作"有价值的人和社会的重要组成部分"①，肯定了工人阶级创造一切社会价值

---

① David Smith, *Socialist Propaganda in the Twentieth-Century British Novel*, London: The Macmillan PressLtd, 1978, p. 31.

和文明成果的巨大贡献，所以他对工人黑白颠倒、逆来顺受的愤怒也能为他们充分理解。作家在表现工人弟兄不觉醒的过程中，恰如其分地运用了幽默等艺术手法，幽默是为了讽刺，讽刺是为了唤醒工人弟兄，这也增加了故事的趣味性和可读性。特雷塞尔的工人作家身份和无产阶级立场使他既在故事之中，又在故事之外，因而能够生动描写、客观观察、冷静思考工人同胞的工作、生活和精神状态。当代马克思主义文学批评家雷蒙·威廉斯指出，特雷塞尔小说的独特力量和优势来自作家"采取内在于工人阶级同时又外在于典型的工人阶级立场的双重视角来写作，这得益于作家高度的文化修养、熟练的语言能力、广泛的阅读和丰富的社会阅历"①。这样，特雷塞尔对工人形象的塑造与中产阶级和批判现实主义作家例如盖斯凯尔夫人、迪斯累利、金斯利、狄更斯等完全不同。他开创了既从内部又从外部塑造工人形象、反映工人生活的左翼文学传统；他把工人阶级的人生作为一个整体，从工作情况、生活状况和精神状态方面多维呈现，以便让读者全面完整地了解工人阶级的人生，使这面反映工人阶级生存现状的镜子从平面镜转变为立体透视镜，成为20世纪英国工人阶级小说杰作和反映20世纪初英国工人阶级工作、生活和精神状况的经典。

第二节 "福利国家"时期工人阶级的生存状况

我们在上文论述了20世纪初英国工人阶级的生存状况，那么，到了20世纪中叶，英国工人阶级的生存状况发生了哪些变化？与20世纪初英国工人阶级的生存状况有什么不同？艾伦·西利托的《周末晨昏》（1958）可被看作"福利国家"建设时期工人阶级生存状况的代表作。

一

《周末晨昏》是英国作家艾伦·西利托的代表作。作品完成于1957年，一开始遭到出版商的拒绝，但1958年小说精装本出版后，立即获得成功。1960年改编成电影，也在银幕上获得成功，荣获1960年"英国电

---

① Raymond Williams, "The Robert Tressell Memorial Lecture, 1982," *History Workshop*, 16 (Autumn, 1983): 76.

影学院奖",同年平装本出版,到1975年英国和美国的精装本和平装本已售出2679000册①。布拉德布里认为,《周末晨昏》是20世纪50年代"最引人瞩目"的工人阶级小说,一部反映"二战后工人阶级状况的力作"②。新闻出版界认为小说是"20世纪30年代以来最好的无产阶级小说"③。M. 基思·布克称赞西利托是二战后英国小说家中最成功的工人阶级经历记录者之一"④。

《周末晨昏》表达了英国工人青年对工人阶级生活和社会不公的愤怒。1945年第二次世界大战结束,英国工党在大选中获胜。经过第一次世界大战、30年代的经济大萧条和第二次世界大战,英国经济和综合国力遭受重创,国际地位一落千丈。一直过着动荡不安和贫困生活的工人阶级和劳苦大众,此时对稳定、富裕的生活和公平、公正的社会秩序的渴望异常强烈。工党政府顺应民意,开创"福利国家"建设,推行国有化,通过《国民保险法》解决了劳动者的失业保险问题,通过《国民医疗服务法》解决了劳动人民的公费医疗问题,通过的教育法案使得出身中下阶层家庭的子弟拥有了进入高等学府接受教育的机会。随后的几届保守党政府吸取教训,延续了这一执政方略,劳动人民的物质生活得到了改善,购买力有所提高,出现乐观情绪。到了20世纪四五十年代,英国成为"福利国家""富裕社会"。

《周末晨昏》反映了这些变化。首先,战后工人阶级的物质生活有了一定改善。工人阶级战前战后生活反差很大。战前,国内生活物资匮乏,国家实行配给制,工人生活饥寒交迫,主人公阿瑟的父亲西顿"当时最痛苦的事就是没有钱","没有任何办法弄到钱","靠领失业救济金养活

---

① Ingrid von Rosenberg, "Militancy, Anger and Resignation: Alternative Moods in the Working-class Novel of the 1950s and early 1960s," in H. Gustav Klaus, ed. *The Socialist Novel in Britain*, New York: St. Martin's, 1982, p. 146.

② Malcolm Bradbury, *The Modern British Novel 1878-2001*, Beijing: Foreign Language Teaching and Research Press, 2005, p. 345.

③ Frederick R. Karl, *A Reader's Guide to the Contemporary English Novel*, Beijing: Foreign Language Teaching and Research Press, 2005, p. 229. 尽管本书作者不认同这一观点。

④ M. Keith Booker, *The Modern British Novel of the Left: A Research Guide*, Westport: Greenwood Press, 1998, p. 259.

五个孩子"①。由于生活艰辛，阿瑟的母亲未老先衰，满脸皱纹；父亲抽不起烟，经常发怒，母亲见状，"一路小跑，到各个店铺去赊购低级烟卷"（53），直到星期四领到失业救济金。战后，父亲有足够的"忍冬"牌香烟可抽，家里还购买了电视机，家人的文化生活有所提高，可以在家看电视。父亲相当满足，不无自豪感，"我年青的时候，连收音机都没有"，现在居然有了"电视"，"坐在家里就可以看电视"（30）。

其次，战后工人阶级的工作条件有了一定提高，工资有所增加，工作也比较稳定。阿瑟工作的自行车厂里有几千名工人，工作时间缩短了，工人们不会因为"在厕所里看了十分钟《足球邮报》而被开除"，工人与工头的矛盾也没有以前激烈，"倘若工头训斥你，你可以指责他不要忘乎所以，让他滚蛋"（27）。他们"拿回家的工资相当可观"，只要计件工人拼着劲儿干，"就可以拿到相当不错的工资"。工人们的就餐条件也有所改善，不用再跑到外面吃饭，可以"花一个便士去买一袋煎土豆片就面包吃"，也可以到工厂食堂里，花两个先令，"吃一顿热腾腾的饭"（27—28）。阿瑟工作卖力，技术娴熟，工资可观，"对每周十四英镑这一相当不错的工资心满意足"（34），"凭借这一工作，他任何时候都不用发愁吃饭、喝酒、抽烟，或者穿衣"（163）。工资收入的增加提高了工人的购买力。工人们依靠工资收入，"可以攒钱买一辆摩托车，甚至可以买一部旧汽车"（28）。阿瑟家也是如此，经济条件有较大改善，母亲能够"自由支配每周的固定工资收入"，再也不必为生活来源而愁眉苦脸，"在合作社买东西时，她那双蓝灰色的、晶莹的眼睛滴溜乱转。她只要想买，就可以要一磅这个，要一磅那个"，告别了捉襟见肘、囊中羞涩的日子，"过上了小康生活"（53）。

再次，工人们在工作中多多少少有了一点乐趣。阿瑟的工作干得相当出色，"倒角，钻眼，切刃，旋转转塔"，他动作迅速，掌控自如，得心应手，"忘掉了自己同工头往日的矛盾，开始想起你以前经历过的愉快的事情，或者想到你希望将来会发生在自己身上的事。如果你的机器得心应手：马达运转平稳，制子不松动，夹具质量好，你干起活来又颇有节奏，

---

① 艾伦·西利托：《周末晨昏》，张矶苏、张树东译，百花文艺出版社1994年版，第26页。以下出自该书的引文，只给出页码。

那么你就会兴高采烈。这一天剩下的时间你就会想入非非"(43)。阿瑟的工作并不复杂,也没有太大的难度。他技术熟练,工作有节奏,与机器的配合也很默契,工作带给他快乐,感到精神焕发,兴致勃勃,几乎达到了忘我的程度,还能够发挥自己的想象力,偷着乐。

最后,购买力的增强使工人青年能够购买、也愿意购买比较高档的衣服,通过改变传统的穿着打扮塑造工人的全新形象。罗纳德·保罗指出"工人阶级青年购买能力的提高是战后经济变化最具体的方面之一,为青年身份亚文化的发展提供了物质基础",历史上第一次,英国工人"打破了穿戴布帽制服的下等阶级形象"。[①] 阿瑟卧室的衣柜里挂着"一排西服、裤子、运动上衣、衬衫",这些服装是他的宝贵财富,高档昂贵,"款式新颖诱人,都出自高级裁缝之手,价值一二百英镑"(216)。与布伦达约会前,阿瑟洗了个澡,把满是油泥的工作服换下来,穿上西装,"胡子刮得干干净净的,很帅气。金黄色的头发下垂着,长长地拖在后面,散发出一股发乳的香味,外套下面是一条鸡腿裤,笔挺笔挺的,一直拖到乌黑发亮的方头皮鞋上"(79),心花怒放,不觉吹起了口哨;周末去酒吧之前,阿瑟穿上"最好的黑色西服",穿上合身的裤子,系上领带,金黄色的头发往后梳理得整整齐齐,小方头皮鞋乌黑发亮。由于天冷,在西服外面,他又穿上了花费"二十畿尼买的那件得意外衣,这是一件用多尼戈尔粗纺呢做的厚厚的半大衣"(217),昂首阔步,得意扬扬;故事末尾,阿瑟与多琳一起出去钓鱼,他"身穿西装,打着领结,脚蹬黑皮鞋"(263),风度翩翩。阿瑟喜欢穿高档服装,他认为这是一项"理智的投资",不仅可以使他"看起来漂亮,而且穿着也舒服"(79)。工人青年穿着打扮的变化使他们的面貌焕然一新,心情愉快,充满自信,"穿戴得体面,使人心情舒畅"(237),告别了传统工人形象,俨然跻身"新贵"的行列。

二

虽然第二次世界大战后英国工人阶级的物质生活有所改善,工作条件和工资有所提高,购买力有所增强,阶级矛盾有所缓和,但是英国的阶级

[①] Ronald Paul, *"Fire in Our Hearts": A Study of the Portrayal of Youth in a Selection of Post-War British Working-Class Fiction*, Goteborg: Acta Universitatis Gothoburgensis, 1982, p.52.

关系和社会结构并无根本变化，社会不公和贫富悬殊依然存在，工人阶级遭受资本家剥削和压迫的现实没有改变。首先，工人阶级增长的工资仅仅限于购买基本生活用品，还远远不能满足住房和教育费用之需要。小说中布伦达结婚七年，住房条件依然十分简陋，只有一些粗俗家当，"几把老式椅子、一张长沙发、一个壁炉、壁炉架上嘀嗒嘀嗒响着的闹钟、有味儿的棕黄色壁纸、花盆里倒出来的土、一层厚厚的灰尘、去年冬天生壁炉时烟囱里留下的煤烟、壁炉架旁边铺在桌子下面的发霉味的一张小地毯"（16）。多琳家的住房也很狭窄，异常拥挤，几件简陋的家具、衣物等摆放得凌乱不堪，"厨房里有一股不流通的空气和洗过的衣服的味儿"，起居室里"斜对角拉着一根绳子，上面挂着洗过晾干的衣服。梳妆台和搁板上堆满了平放着的圣诞卡，几张快照靠在发刷上，一座没有指针的座钟，还有一包包香烟"，梳妆台上放一台"足有二十年历史的收音机"（271—271），工人阶级的住宅和生活条件依然低下。

其次，工厂环境恶劣，工作条件差，噪声污染严重，使人难以忍受。故事开头，阿瑟和他父亲一起去上班，一走出家门，就非常清楚地"听到一百码外的高墙那边工厂的隆隆声。发电机通宵达旦嗡嗡地响，白天，车削车间里用曲柄和踏板带动的大铣床不停地运转。这一切使住在这条街上的人觉得，他们似乎就生活在一个患了胃病的大怪物的嘴边。工厂附近都是四间一套的住房，住房上空弥漫着消毒肥皂水、润滑油和新切削的钢材的气味"（27），空气污染，气味难闻，噪声刺耳，令人不堪忍受。阿瑟工作的自行车厂里经常发出"油腻味、机器味和切削成薄片的钢材味"，空气严重污染，"面疱在你脸上和肩膀上发育生长，兴旺发达起来"，工人们"成天闻着一种令你翻胃的臭味"（30—31）；他工作的车间里，工人们时常被各种尖利刺耳的嘈杂声所吞噬，车间里摆放着转塔车床、铣床、钻床、磨光机、手摇压机等各种各样的机械，"这些机器由许多传送带和皮带轮传动。皮带和滑轮在上面笨重光滑的轮上旋转，发出啪嗒啪嗒的声音"，"自带小马达的机器在工人的人影下猛然'呜呜'发动起来"（31），发出的噪声令人头晕心烦。

再次，工人们的工作繁重，枯燥无味。每当星期一，工人们重新启动机器时，总感到很大的压力以及恐惧感。

阿瑟走到自己的转塔车床前,脱下褂子,挂在旁边的一个钉子上,以便随时照料自己的财物。他按动启动钮,于是马达缓缓发动起来。他环顾四周,急促旋转的机械发出该死的噪音……他从身边最上面的箱子里拿出一个闪光发亮的钢柱体,固定在轴里。他把烟头丢进洗涤池,拉回绞盘,把转塔对准最大的钻头。他花了两分钟的时间,仔细观察刀具和柱体的精确位置。最后,他往手上吐了口吐沫,使劲儿揉搓起来。然后他接通可动钢管上的肥皂水龙头,按动电钮,开动锭子,把钻头插入一个整洁槽中。星期一早上的恐怖感终于消失了。(31—32)

大卫·克莱格称赞,"据我所知,这是自动力织机获得专利之后近两百年来我们文学中作家们用给予所有其他人类领域的技巧从内部描绘出工厂工人经历的最精彩的段落","这段话使我相信,一位充满活力、富于感情的人感觉,他的才能或者身心需求从产业工作中,至少在一个瞬间,得到了满足"。[1] 我们认为,一方面,阿瑟对自己的工作流程非常熟练,也的确从工作中得到了一些乐趣;但另一方面,他却不得不忍受工作过程中的各种噪音,"电动滑车在通道上来回穿梭的嘈杂声和传送带飞速转动的令人难受的喧闹声"(43)。他像一台机器一样,做出一连串机械式的动作,克服一旦工序失败而导致的恐惧感。他的工作并不太难,但却是一连串简单动作的机械重复,无聊乏味。

开始倒角,接着钻眼,然后切刃。完成了一件,再装入一件。还要不时检查规格,因为我不愿意完成了一件,结果又让检验员给退回来。四十五先令可不是树上长出来的。倒角,打眼,切刃,旋转转塔,直到我的两只胳膊都累得发麻。动作快如闪电。取出来,又装上新工件。叫吊车运走,然后又运一些来。把完成的又一百件草草记下来,不再注意肥皂水味儿,不再注意十五岁进厂时就听过的上面传送带发出的使人胆战心惊的啪嗒啪嗒声。它们拍打着,旋转着,重击

---

[1] David Crag, "The Roots of Sillitoe's Fiction," in Jeremy Hawthorn, ed. *The British Working-Class Novel in the Twentieth Century*, London: Edward Arnold Ltd, 1984, pp. 35–47.

着,如同工长罗布一样,一会儿一个主意,不断改变方向。生活可真不容易。你不能示弱,你得拼命干。这是为了挣几个英镑。(42)

这段话告诉我们,阿瑟完全胜任自己的工作,对车工的工序可以说是轻车熟路。但是长时间简单机械动作的不断重复把他累得腰酸背痛,四肢麻木,一天干到晚,"你觉得你的四肢在拉肢刑架上都快绷断了"(43),也真不容易。这样的工作繁重而枯燥,似乎没完没了,工资也仅仅可以满足阿瑟周末为摆脱工作的烦琐无味而去喝酒和玩女人之需。但为了挣钱,阿瑟也不得不忍受工作之重,噪音之大,工序之烦,只能发出"生活真不容易""你得拼命干"的感叹。

最后,资本家的剥削和压迫导致了工人的异化。其一,工人与自己的劳动产品相异化。阿瑟非常清楚,虽然他工资与过去相比有所提高,相当可观,但他清楚,大部分利润落到了资本家的腰包。阿瑟是一名车工,领计件工资,每一百件可以拿到四先令六便士,每周十四英镑。为了多挣一些钱,阿瑟曾经计算过,如果拼命地干,就能做到每天完成一千四百件,"你就可以发财"(32);但是,定额检查员会时不时地偷偷过来看着你干活,监督你的工作速度和质量,如果做得太快,即使产品质量过关,定额检查员就会向工长报告,工长就会把你的定额值"降低十六便士或一先令"(33),狠心降低你的劳动价值。有一次,阿瑟快要完不成自己的定额时,豁出命来,居然一小时完成了四百件,他对这种像疯子一样干活的速度的感受是"致人痉挛、断人脊椎、痛人关节、很不得体"。阿瑟盘算着,如果这样累死累活地干,你每周可以拿到三十六英镑。但是,资本家是不会让你拿这么多工资的,他们会跟你过不去:降低你的工作速度,降低你的定额值。所以,即使工人全力以赴地工作,也"只能拿到微乎其微的钱"(34)。因此,阿瑟对每周十四英镑的工资心满意足,"要是超过这个数字,那就等于把辛苦挣来的钱倒进税务局的窗口"(34)。

其二,人在劳动过程中变成了机器和非人。从上文我们对阿瑟工作性质和工作过程的描述和分析来看,他的工作繁重枯燥,虽然有时他也会对工作兴高采烈,但他也经常像机器一样,被迫配合机器以完成工作。刚开始,他干活小心翼翼,尚能感觉到他的存在;慢慢地,他不断重复着简单机械的动作，就会不知不觉成为工序和劳动过程的一部分，沦为机器，"你的动作变成了机械式的了。你忘掉了机器，忘掉了你的双手和双臂的迅速操作，也忘掉了你是在切割，打孔，也忘掉了粗制螺纹的误差不超过千分之五英寸这一类事情"，即使车间里那尖厉刺耳的嘈杂声也"悄然从你的知觉中逝去"（43）。我们看到，阿瑟忘掉了一切，忍受了工作过程的单调乏味，忍耐了难以忍受的噪声污染，变得感觉迟钝，知觉麻木，也忘掉了作为人的存在。从周一到周五，只为了那十四英镑，他"把转塔旋转到槽上，闻着浓烈的肥皂水和刀具的气味，闷头干活儿，一无所思"（34）。"这种环境必然压制你的情感，窒息你的感觉，限制你的意识。"①

其三，资本家以及工厂制度剥削、操纵工人，间接地、暗暗地然而却是牢牢地控制着工人，迫使他们从事繁重乏味的工作，陷入异化劳动的恶性循环。阿瑟星期一上班，使出全身力气，累死累活，拼着命干，干到周五，可以休息两天，然后又是星期一，又得上班。他每周挣到的十四英镑，花费在了喝酒、买衣服、与布伦达幽会上面。他拼死拼活地干活，每周也就是十四英镑，也就是说，他每周创造的价值，按照资本家的逻辑和理论，仅仅等于十四英镑。这就是马克思所说的工人的劳动价值和劳动力价值之间的不等式，也就是资本家对工人剩余价值的剥削和榨取。由于资本家剥削的隐蔽性和欺骗性，加之像阿瑟这样的工人文化不高，不可能识破资本家的伎俩，他只知道拼命干活，目的只是也只能是"为了挣几个英镑，为了带布伦达出去喝酒"（42），为了到布伦达家里或者把她带到外面的树林里睡觉。工人们攒钱也没有用，"因为钱在贬值"（28），更何况，由于资本家对工人的剥削，他们也不可能有积蓄。资本家还采取各种手段控制工人，使其服服帖帖劳动，以求得生存。小说中有一则关于爱尔兰工人周末喝酒决斗的叙述。他们劳动一周，到了周末用剩下的一点点钱来买酒，到了下星期一早上，则不得不向工长预支工资。常常会有两个工人同意在附近的地里决斗，"赢方可取得对方的工资袋。条件是：赢方必须留下一英镑，作为输方的旅店费"（186）。这则故事非常典型，展示了

---

① Nigel Gray, *The Silent Majority: A Study of the Working-Class in Post-War British Fiction*, Plymouth: Vision Press, 1973, p.106.

工人们遭受剥削和异化的严重程度。他们辛苦劳作一周，工资已基本消耗完毕。为了消除一周繁重而枯燥的劳作导致的身心疲惫，他们到酒吧喝酒，但又几乎没有酒钱，于是采取打架斗殴的方式，不惜互相致伤，为了喝一杯酒。他们没有采取与资本家斗争的方式，而是自相伤残，读后令人心酸，工人们的待遇既可恨又可怜。可恨的是资本家如此压迫工人，未给工人提供足够的工资，更没有为工人提供娱乐生活以及自我发展的空间，可悲的是工人们对自己的状况缺乏深刻认识，精神严重扭曲。阿瑟摆脱工作的枯燥困倦的方式是周末喝酒、打架、玩女人、钓鱼。到了周日，他就烦躁起来，既担心又恐惧，因为"明天又得上班了，我得勤奋地工作，使出全身力气拼命干，一直干到下个周末"（21）。西方人一般认为星期五不吉利，但工人们倒认为星期五是个好日子，既能领到工资，又能暂时摆脱繁重无聊的工作。他们之所以认为星期一不吉利，是因为周末"你喝酒太多，头昏脑胀；唱得太多，嗓子发疼；看电影或者看电视太多，两眼模糊"。所以每到星期一，工人们就会感到不吉利，感到厌烦，"因为这种无聊乏味的生活又将重新开始"，"又得回到单调无聊的工作中去"（23—24）。阿瑟也是这样，对他来说，"星期一总是最倒霉的。到了星期三"，他就像灵缇一样"被驯服了"（24）。工厂就是监狱，繁重无聊、永无止境的体力劳动简直判了他无期徒刑。他已经在工厂工作八年，看不到光明，看不到希望，不得不在工厂工作，这简直是"终身判决"（244）。阿瑟对这种被迫从事的异化劳动缺乏认识，只能采取玩世不恭的态度，周末喝酒、斗殴、与已婚女人偷情、钓鱼。过了周末，他"肚里难受，脊椎疼得难忍，可是还得上班干活"，他认为这没有别的原因，"只是因为一心想挣钱，每星期一早上你只好又去干活"（283—284）。这里我们看到，阿瑟至少在很大程度上接受了"他的工作等于每周十四英镑"的观点。为排解工作之烦，他周末寻欢作乐，花完了每周所挣的工资，下周又不得不继续从事烦琐的工作，陷入了异化劳动的循环。这就是资本主义制度统治工人的结果，也是工人异化的根源。

综上所述，《周末晨昏》反映了"二战"后英国工人阶级的生活状况。战后英国开展"福利国家"建设，工人的生活水平有所提高，工作比较稳定，工资比过去有所提高，购买力有所增强。工人青年开始重塑工人形象,追求高档服装,张扬个性,"寻求自我实现"①。但是,"战后工人阶级生活水平的提高仅仅局限于消费品的增长,住房、卫生和教育行业仍被忽视"②。从根本上说,由于阶级关系和社会结构没有变化,工人仍然遭受资本家的剥削和压迫,工厂环境、生活环境、工作条件并没有根本改变,工资虽有所提高,但也买不起住房,支付不起教育费用,劳动单调乏味,贫困状况没有实质性的改变,工人们严重异化,没有自我发展的平台和空间。

第三节 20世纪80年代英国工人阶级的生存状况

我们在上文论述了20世纪初期和中叶英国工人阶级的生存状况,那么,到了20世纪80年代,英国工人阶级的生存状况发生了哪些变化?当代英国作家帕特·巴克的《联合街》(1982)可被看作20世纪80年代英国工人阶级生存状况的代表作。20世纪80年代以来,一些英国左翼作家开始关注工人阶级女性,把她们作为自己笔下的主人公,从阶级和性别的双重视角切入,表征英国工人阶级女性的生存状况和情感生活,其作品体现出社会主义女性主义思想。《联合街》就是这样一部作品。

《联合街》的作者——英国当代著名作家帕特·巴克(Pat Barker)1943年出生于英格兰东北部工业区的米德尔斯伯勒,至今仍居住在该地区的达勒姆市。帕特·巴克由外祖父和外祖母抚养长大,不知道自己的生父是谁。她从小生活于工人阶级群体中,在外祖父母开办的养鸡场和炸鱼薯条店长大。她曾就读于出生地的文法学校,后入伦敦经济学院学习,研修经济学、政治和历史。20世纪70年代开始从事专业写作,1995年获得英国小说界最高奖——布克奖。帕特·巴克早期的创作植根于英国工人阶级生活和经历。1982年,她发表处女作《联合街》,被评为"20位英国

---

① Ingrid von Rosenberg, "Militancy, Anger and Resignation: Alternative Moods in the Working-class Novel of the 1950s and early 1960s," in H. Gustav Klaus, ed. *The Socialist Novel in Britain*, New York: St. Martin's, 1982, p. 159.

② Ronald Paul, *"Fire in Our Hearts": A Study of the Portrayal of Youth in a Selection of Post-War British Working-Class Fiction*, Goteborg: Acta Universitatis Gothoburgensis, 1982, p. 52.

最佳青年小说家之一"①。小说《联合街》植根于英国女性工人阶级经历，由 7 个短篇组成。每个短篇故事围绕一位女性工人展开，每位女性主人公都比前一位年龄稍长，这些主人公都是女性，都来自工人阶级，都居住在同一街区——联合街。这样，7 个故事读起来又好像是一个故事，一位工人阶级女性的故事，全书形成了一个有机整体，是关于"联合街"上女性工人阶级共同体的故事。《联合街》描写了 20 世纪 80 年代英国女性工人阶级的贫困生活，遭受的性别歧视和阶级压迫。作品堪称 20 世纪 80 年代英国女性工人阶级生活的一面镜子。

一

在早期作品中，帕特·巴克一直非常重视英国小说中的工人阶级传统。她认为，长期以来，该传统忽视了工人阶级女性。她强调处于边缘的女性人物的日常用语和对话，赋予她们以声音，以"恢复诸如劳伦斯、奥威尔等作家的工人阶级小说中缺失的声音和人物"，以便让"徘徊在他们小说和随笔中的工人阶级妇女和姑娘们在她的故事中获得应有地位，找到应有位置"②。与 20 世纪 80 年代之前的英国左翼文学明显不同，《联合街》的主人公是工人阶级中的女性。小说描写了 20 世纪 80 年代英国女性工人阶级的贫困生活。第二次世界大战后，英国工党政府实行福利国家政策，英国工人阶级的生活水平有了较大幅度的提高。1979 年 5 月，英国保守党在大选中获胜，撒切尔夫人当选首相。面对衰退的经济状况、严重的通货膨胀和居高不下的失业率，撒切尔夫人采取了一系列强有力的措施。代之以"二战"后几届政府推行的国有化，撒切尔夫人大力推行私有化，裁减政府机构，控制货币，抑制工会势力，镇压工人罢工，大大削减住房、医疗、教育补贴以及工人的失业保险金，实行货币主义，重新倡导维多利亚价值观。英国社会个人主义抬头，平均主义趋于消退，福利国家政策受到普遍怀疑和排斥，明显已不

---

① Pat Barker and John Brannigan, "An Interview with Pat Barker," *Contemporary Literature*, 46.3（2005）：368.

② Sharon Monteith, "Pat Barker," in David Scott Kastan, ed., *The Oxford Encyclopedia of British Literature*, Vol.1, Shanghai：Shanghai Foreign Language Education Press, 2009, p.123.

合时宜。英国进入保守主义时代。撒切尔夫人推行的私有化政策使英国的经济有了很大程度的复苏，但收益的只是少数有钱人，广大工人阶级和劳动大众的生活水平反而有所下降。随着后工业时代的到来，20世纪80年代，科技产业和服务业兴起，英国的重工业遭受重创，许多工厂随之缩小规模甚至倒闭，导致工厂不断裁员，大量男性工人失业。从某种程度上说，过去在工厂起主导作用的男性工人日益减少，从事服务业的女性工人逐渐增多。工人阶级女性的生活艰辛，再加上男性工人失业，工人家庭的生活质量大大下降。

小说中十几岁的少女凯丽·布朗出身于工人家庭，幼年丧父，与母亲和姐姐生活一起。为寻求安慰和依靠，母亲寻找了情人，遭遇邻里的白眼和闲言碎语。缺乏主要劳动力，一家人生活维艰。凯丽经常在学校挨饿，在家吃不上早餐，因为她在小卖部购买的早餐只能满足母亲和"叔叔"的需要，她只能饿着肚子去上学。严寒的冬季，家里没有柴烧；"卧室窗户上的玻璃碎了，用纸板代替"①，寒风袭来，纸板频频发出声响，时时影响凯丽的睡眠。一名正处于长身体、长知识阶段的少女，吃不饱，睡不好，不要说学得知识，连健康的体魄也无从保障。工人阶级女性除了工作外，还要做家务，肩负着工作与家务的双重负担。每当到下班时间，她们便开始跑步回家，"由于双腿僵直而迈着奇特的步态"，"她们急于回家，做饭，展开家务工作"（68）。同时，工人阶级女性还肩负着生育孩子的重任。22岁的莉莎·戈达德已经是两个孩子的母亲，又怀上了第三个孩子，"脚踝肿胀"，"血压升高"（109—110）。她带着两个孩子到超市购物，大儿子看到冰柜里的冷饮，非常想吃，莉莎不想买，孩子"紧紧抓住深藏冰箱柜台"不走，莉莎"一次次击打儿子的脸"，"引起刺痛的、猛烈的耳光"（108）像雨点一样落在儿子稚嫩、可爱的脸上。孩子可怜巴巴，痛哭流涕；超市里的其他顾客看着他们，面带恐惧，为她害臊。作为母亲，亲手殴打自己的亲骨肉，莉莎心如刀割，一家人可谓丢人现眼。她不想要怀上的第三个孩子，因为实在养不起。由于工厂裁员，丈夫"布赖恩在一年中最好的时候失了业"（112），心情郁闷，时常饮酒。时

---

① Pat Barker, *Union Street*, London: Virago Press, 1982, p.1. 本节引文均出自该书，为笔者自译，以下引文只给出页码，不再一一作注。

值冬季，她家的"厨房里非常寒冷"，"他们很早就计划实现厨房现代化"，不料"布赖恩失了业"（113），计划受挫。几个月来，莉莎在一分分地为即将出世的孩子攒钱，直到有一天发现存钱罐里的钱不翼而飞，原来是丈夫布赖恩偷偷把钱拿走，到酒馆里去饮酒了。莉莎发现后，怒不可遏，严厉指责布赖恩作为父亲，却变成了贼，"偷自己孩子的钱"（118）。丈夫布赖恩酒疯发作，对妻子大打出手，夫妻二人大闹一场，引起家庭不和。76岁的老太太爱丽丝·贝尔是一位忠诚的社会主义者，身体瘦弱，行动不便。寒冬时节，她白天也待在床上，目的是节省用来取暖的煤炭的费用。她的床上"铺满了报纸"，因为她看到过有关报道，说"报纸和毛毯同样可以保暖"。每当她在床上动弹一下，"就会搅动床上的报纸，发出沙沙响声"（232）。政府提供的社保金连吃饭和取暖都不够用，因此，老太太下定决心，节衣缩食，忍饥受冷，目的是在临死前攒够自己的丧葬费。由此我们看到了退休的老年人生活艰难的情景，活不起，更死不起。通货膨胀使她微薄的保险金进一步贬值。屋里寒冷异常，好似冰库，可怜的老太太一手拿桶，一手拄拐杖，冒着大雪，出去捡煤。捡了半桶，决定返回，精疲力竭，天寒路滑，不幸跌倒，煤块摔了一地。她冒着生命危险，以坚强的意志，从雪地上慢慢爬起来，一步一步向家的方向挪动，步履蹒跚，寸步难行，克服重重困难，好容易最后回到家中。由此我们看到，英国退休老年工人的生活是何等艰难，老人的儿子想把她接到自己家中生活，却行不通，因为妻子反对并以离婚相威胁。老人生活贫困，可谓无依无靠，孤苦伶仃，精神寂寞。

上述三位工人女性分别代表少女、中年妇女和老年妇女，也代表女性工人人生的三个阶段，是英国当代工人阶级女性的缩影。从她们的生活状况，我们看到了当代英国女性工人阶级物质贫困、负担沉重、生活艰难的情景。

二

《联合街》揭露了当代英国女性工人阶级遭受的阶级剥削和阶级压迫。无论是"二战"后英国工党政府实施的福利国家和富裕社会建设，还是20世纪80年代以来以撒切尔夫人为首相的保守党政府实施的货币主义和私有化政策,都未能改变英国的阶级关系和社会结构,社会不公和贫富悬殊依然存在,工人阶级遭受资本家剥削和压迫的现实没有丝毫改变。小说中的烤蛋糕厂里有四名女工:丽莲、来自西印度群岛的大伯莎、伊莱恩和乔安妮·威尔逊。首先,工厂里机器隆隆作响,噪音污染极其严重,影响着女工们的身心健康。女工们之间的谈话绝无可能,"就连监工的命令也不得不以最高的声音吆喝,重复许多次,工人们方能听见"(84),由此我们可以想象工人工作环境里的嘈杂程度。嘈杂的噪声严重影响着女工们的健康,以至于下午下班时"她们的声音既尖厉又刺耳"(68),因为她们一整天工作在嘈杂的环境中,说话的声音必须高过传送带发出的刺耳噪声,久而久之,她们在生活中都变成了"女高音"。厂房里的噪声不仅影响着女工们的交谈,而且影响着她们的思想,导致她们的精神孤独。"一些女工们无声地颤动着嘴唇,很难分辨她们在唱歌还是在自言自语。另一些表情茫然",过不了多久,女工们的"言语和思想都已成为不可能的事情"(85)。她们变得目光呆痴,面无表情,头脑空虚。其次,女工们在生产过程中严重异化。四名女工在一条流水线上工作:丽莲的工作是"在蛋糕进入切片机前把它们排列成行",大伯莎和伊莱恩的工作是"把从切片机里出来的切割过、加奶油的蛋糕重新叠放整齐",乔的工作是"在蛋糕经过她到达包装机时,在恢复原状的蛋糕下面迅速放置一张卡片"(81)。乔安妮的工作并不复杂,但需要重复数百次同样的动作,久而久之,自己好像成为了机器的延伸,完全失去了主观能动性,听任流水线的摆布。由此我们看到,这些在烤蛋糕厂工作的女性,虽然有工资收入,但也付出了很大的心智和精神代价,缺乏交流,机械地重复着流水线要求的简单而单调的动作,缺乏情感,孤独寂寞,被沦为机械性的奴隶和"非人"。

同时,《联合街》还揭露了当代英国女性工人阶级遭受的性别歧视、性别压迫乃至性暴力。在资本主义社会中,工人阶级遭受资本家的压迫和剥削,而工人阶级女性除了受到资本家的压迫和剥削外,还受到男性的性别歧视、性别压迫,乃至遭到性暴力的侵害。如果说资本主义社会中工人阶级男性处于边缘和"他者"之地位的话,那么,我们可以说,资本主义社会中的女性工人阶级则处于边缘之边缘,属于"他者"中的"他者",在资本主义社会中处于最下层。

读完《联合街》,我们发现,首先,烤蛋糕厂女工遭受着双重压迫:阶级剥削和性别歧视。女工丽莲大约30岁,至今未婚,多愁善感。工友们经常看到监工对着她高声喊叫,很多情况下并不是因为丽莲做错了什么,工作中并"没有出现任何异常",而仅仅因为"监工想找个工人大喊大叫"(85),于是,丽莲就经常成为监工发泄的对象。除了多丽丝之外,丽莲是烤蛋糕厂工作年限最长的工人。她20岁时,未婚怀孕,生下一个女孩,为避免人们的闲言碎语,女孩由丽莲的母亲抚养,声称是丽莲母亲的孩子。过了几年,丽莲又怀孕了,在医院生下来,却不知婴儿的生父是谁。她把婴儿送人抚养。产下两个私生子,丽莲遭人白眼,受人嘲笑,被视为十足的傻瓜。她从此精神恍惚,萎靡不振,自暴自弃。周末晚上,人们经常看到她在酒吧外面转悠,随便让有兴趣的男人带出去。"有谣言说她实施了绝育手术","总之再也没生过孩子"(87)。18岁的烤蛋糕厂青年女工乔安妮·威尔逊,认识了与她同龄的出身于中产阶级家庭的男孩肯。二人曾在公园里的七叶树下做爱。不久,乔安妮怀孕了。当乔安妮把怀孕的消息告诉男朋友后,肯立刻感到"怀疑""恐惧""恼火"。他恨乔安妮,看不起她,仅仅把她当作发泄性欲的工具,说不是自己的过错,把责任完全推在乔安妮身上,还指责她为什么不服用避孕药。一个漆黑的晚上,他把乔安妮拉到铁路桥下的涵洞里,从后面强行进入她的身体,企图想导致胎儿流产,但未成功。乔安妮对这种"非人的、机器一样的情感"(101)非常反感。想到结婚、生孩子、做家务,未来在家中被沦为生儿育女的工具,她感到前途暗淡。

其次,工人阶级女性生活困难,除了在工厂劳动外,还承担着繁重的家务,但她们的劳动却得不到尊重,往往被沦为管家婆和丈夫发泄性欲的对象,以及生育孩子的机器,还经常受到家庭暴力的威胁和伤害。22岁的莉莎·戈达德已经生育两个孩子,又怀孕了。丈夫失业在家,心情郁闷,经常喝得醉醺醺的,发酒疯,无故找碴儿,把失业和贫穷归咎于妻子,对妻子大打出手,折磨妻子。自从这次失业后,莉莎的丈夫"再也没有谈论过工作或者别的什么。整个一上午他一言不发。晚上喝酒。吵架。时不时的暴力。没有别的"(121),这就是莉莎丈夫的生活写照。哈里逊太太恨透了她的丈夫,结婚前几年,丈夫一次次在夜里把她赶出家门,有时与小孩儿一起。她只能穿件睡衣,待在小煤库里过夜,因为她怕别人笑话,怕打扰邻居,又离娘家太远,不得不忍受丈夫的虐待和摆布。中年妇女艾丽丝·金,幼年被母亲抛弃,父亲雇佣其他女人照看她,稍大一点就开始在外流浪,度过了漫长的不幸的童年,长大后嫁给了泰德。她善良懂事,孝敬老人,勤劳苦干,乐于助人,独立性强。结婚不久,就遭遇了来自丈夫的家庭暴力。那天他正在为丈夫泰德熨衣服,泰德认为她早该把晚饭做好了,于是二话不说,拿起皮带猛烈地抽打她,打得她"眼睛直冒金星",而泰德"砰地关上门去了酒吧"(190)。由于遭到艾丽丝的还击,泰德变得更加凶狠残暴。他趁艾丽丝生孩子做完手术伤口尚未愈合时,"把她拖倒在地,猛踢她的伤口"(190)。泰德受到父亲的影响,他父亲就经常打他母亲。父子二人都是不折不扣的大男子主义者,把妻子当作自己的财产,认为"打妻子是丈夫的权利"(190)。失业期间,泰德的暴力倾向更加严重。他毫无责任心,认识不到贫困的根源,找不到解决问题的办法,经常到酒馆喝酒,把气撒在妻子身上,夫妻关系急剧恶化。我们看到,虽然20世纪70年代被称为"妇女的时代"①,然而,"对于许多工人阶级和贫穷女性来说,第二波女性主义浪潮几乎没有改变什么",《联合街》中的工人阶级女性"仍然任凭她们的生物学特性摆布,几乎享受不到任何生育控制权"②,被社会上的人们视为二等公民。

最后,资本主义社会的经济结构决定着女性工人阶级的命运,她们被"降低为可资利用和交换的商品"③,遭受着男性的压迫和欺凌,甚至还遭受性暴力的侵害。中年妇女艾丽丝·金的丈夫泰德,有一次在酒吧喝得烂醉如泥,竟然邀请两个陌生的酒肉朋友到他家,要跟他妻子睡觉,遭到艾丽丝一顿痛打,二人仓皇逃窜。住在沃夫街的白肤金发碧眼

---

① Nahem Yousaf, and Sharon Monteith, "Introduction: Reading Pat Barker," in Sharon Monteith., et al, eds., *Critical Perspectives on Pat Barker*, Columbia: U of South Carolina P, 2005, p. ix.

② Sharon Monteith, "Pat Barker," in David Scott Kastan, ed. *The Oxford Encyclopedia of British Literature*, Vol. 1, Shanghai: Shanghai Foreign Language Education Press, 2009, p. 124.

③ John Brannigan, *Pat Barker*, Manchester and New York: Manchester UP, 2005, p. 22.

女郎黛娜，以妓女为职业，出卖自己的肉体，是"妇女被确定为商品的最明显的例子"①。未成年少女凯丽·布朗，本已孤苦伶仃，又在一天晚上被一名成年男子逼迫到一条死胡同尽头一处废弃的工厂院落里，遭到强暴，身心受到极大伤害。而住在联合街的邻居们窃窃私语、议论纷纷，更让她抬不起头。她恐惧、失眠、孤独，噩梦相扰，小便失禁，几近疯狂。

综上，英国当代工人阶级女性不仅遭受着资本家的经济剥削，也遭受着男性的性别歧视、性暴力和性压迫。工人阶级女性在工作中被严重异化，她们的身体变成了机器，被沦为商品，"性也被机械化了"，"对于《联合街》中的女性来说，没有性快乐；性经历经常是一种暴力，在这种意义上，凯丽·布朗遭受强暴仅仅是小说中暴力的性的最突出的例子，然而，它也象征着妇女的身体被沦为商品，成为机械性再生产过程的一部分"②。要想获得解放，工人阶级女性就必须同时反抗阶级压迫和性别歧视。

帕特·巴克的小说《联合街》以当代英国工人阶级女性为主人公，表征了20世纪七八十年代英国工人阶级女性的工作、生活和情感经历，反映了她们沉重的工作、生育和家庭负担以及遭受阶级剥削和性别压迫的不幸命运。小说深深植根于英国当代女性工人阶级文化，展示了20世纪80年代英国撒切尔主义以及后工业时代对英国传统工业造成的冲击，"表征了迄今为止被历史埋没的个人和群体"③——工人阶级女性的工作和生活状况，是对当时"忽视甚至否定阶级问题"的观点的有力回击，并通过创作告诉读者："阶级分析不能忽视性别，女性主义不能忽视阶级。"④

---

① John Brannigan, *Pat Barker*, Manchester and New York: Manchester UP, 2005, p. 22。
② Ibid., pp. 26-27.
③ John Kirk, "Recovered Perspectives: Gender, Class, and Memory in Pat Barker's Writing," *Contemporary Literature*, 40.4 (1999): 603.
④ John Kirk, "Recovered Perspectives: Gender, Class, and Memory in Pat Barker's Writing," *Contemporary Literature*, 40.4 (Winter, 1999): 6.

第六章

工人阶级受压迫命运的根源及反抗

第一节 对工人阶级苦难根源的探索

我们在上一章立足文本，讨论了英国工人阶级的生存现状，发现20世纪初期、"福利国家"时期和20世纪80年代英国工人阶级的工作、生活、情感、精神等方面发生了一些变化，尤其是第二次世界大战后英国进行"福利国家"和"富裕社会"建设以来，英国工人阶级的生活水平的确得到了较大程度的提高。但是，归根结底，英国的阶级结构和社会性质并没有发生根本改变。自20世纪80年代以来，撒切尔政府大力提倡私有化，工人阶级的生活水平与中产阶级和上层阶级相比，反而有所下降。总体来说，工人阶级的生活总是可用贫困和苦难来概括。那么，针对工人阶级的苦难生活，有无左翼作家对其根源进行思考和探讨呢？答案是肯定的。在探索英国工人阶级悲惨生活的根源方面，罗伯特·特雷塞尔的《穿破裤子的慈善家》比较深刻。

初读《穿破裤子的慈善家》，我们可以说，作品从工作情况、生活状况和精神状态三方面立体呈现了20世纪初英国工人阶级的生存状态。工人的生活可以用工作、失业和贫困几个关键词来概括。恶劣的工作环境和低下的工作条件常常把工人置于危险境地，甚至付出生命代价。工人生活赤贫，失业期间，雪上加霜。其精神状态可以概括为无知落后、麻木不仁、不辨是非，这从小说的题目可见一斑。那么，小说的主题意义仅限于此吗？答案是否定的。小说还深刻剖析了20世纪初英国工人阶级如此悲惨命运的根源。

第一，资本家的经济剥削直接导致了工人阶级的贫困和悲惨命运。特雷塞尔笔下的资本家是赤裸裸的"披着人皮的凶猛的野兽""野胡阶级"[1]。他们对工人的经济剥削包括降低工资、监视工作过程、随便解雇工人等。他们把工资降到最低，最大限度地榨取工人血汗；公开或秘密地监视工人劳动，让工人偷工减料，敷衍了事，剥夺工人在工作中的丝毫快乐，甚至还呵斥、谩骂工人，催促工人疯狂赶工，经常酿成事故，伤害工人身心健康，把工人沦为赚钱的工具和"非人"，损害工人人格尊严；还无辜解雇工人，对工人采取高压政策，以失业威胁、恐吓工人，逼迫工人唯命是从，服服帖帖地为他们创造大量财富，充分暴露出残酷剥削的本性。由于资本家的误导、宗教的蛊惑和工人的文化水平和心理结构，绝大多数工人逆来顺受，苟延残喘，从不思考贫困的原因，还掩饰贫穷，假装阔气。他们不知道贫困的根源，也不想知道，对于想探讨贫困原因的人嗤之以鼻，深恶痛绝。资本家和伪基督徒把工人贫穷的原因归结为机器、喝酒、生活不节俭等，极力掩盖贫困根源，工人却信以为真。面对资本家的欺骗和工人的不觉醒，觉醒的工人代表欧文把业余时间和省吃俭用节省的钱全部花在社会主义资料的购买和研究上，终于发现了工人贫穷的根源和资本家剥削工人的秘密。欧文认为，资本主义制度下，资本家凭借占有的"金钱"，雇用工人劳动，通过耍弄"货币花招"剥削工人，工人的"工资跟他们所干的活并不等值"[2]，留在资本家手里的"就代表工人创造的劳动价值和所得工资之间的差额"（354）。所以，工人的工资只能买回他们生产的产品的一小部分，大部分产品被资本家占有，接着就会出现工业萧条，大量工人失业而在死亡线上挣扎，资本家的仓库里却"堆满了由工人阶级生产出来的东西"，直到工人们快饿死时资本家或许会拿出一点点"自己的"消费品"救济"工人，成为"慈善家"，于是工人们充满感激之情，选举资本家担任议员，管理政事，坚定不移地拥护资本主义这个"伟大制度"，"相信这是人类智慧所能创造的唯一切实可行的最美好

---

[1] Jack Mitchell, *Robert Tressel and the Ragged Trousered Philanthropists*, London: Lawrence & Wishart Ltd., 1969, p. 73.

[2] ［英］罗伯特·特雷塞尔：《穿破裤子的慈善家》，孙铢等译，外国文学出版社1982年版，第351页。以下出自该书的引文，只给出页码。

的制度"（256），"让这个制度万世永存！让想破坏它的人都不得好死！"（468）；倘使工人胆敢有丝毫反抗，资本家就会"叫警察把他们打得鼻青眼肿"，必要时"叫士兵把他们当狗一样枪毙掉"（269）。欧文发现，资本家并不一定生产生活必需品，其生产目的是榨取利润。资本主义制度下资本家通过"货币花招"榨取工人血汗，造成工人阶级赤贫的悲惨命运，养肥了资本家，使其世世代代骑在工人阶级头上作威作福，横行霸道。欧文所提到的"金钱""货币花招""劳动价值和所得工资之间的差额"等概念和原理实际上就是马克思在《资本论》中讨论的"资本""剩余价值""劳动价值和劳动力价值"等概念和原理，因而具有重要的理论价值和现实意义。马克思的剩余价值理论揭开了资产阶级剥削工人阶级的秘密，阐明了资本主义产生、发展和灭亡的规律，是科学社会主义的重要理论基础之一。恩格斯这样评价马克思剩余价值学说的意义："这个问题的解决是马克思著作的划时代的功绩。它使明亮的阳光照进了经济学领域，而在这个领域中，从前社会主义者像资产阶级经济学家一样曾在深沉的黑暗中摸索。科学社会主义就是以此为起点，以此为中心发展起来的。"（548）欧文虽未创立出"剩余价值理论"，但他发现的"货币花招"和马克思的"剩余价值"概念异曲同工，大大深化了小说的思想性。

第二，资本家通过文化压迫进一步控制工人思想，利用经济、政治、文化优势，建构一种具有欺骗性和操控性的文化，渗透到社会的各个领域，蛊惑工人和民众，主宰他们的思想，形成文化霸权，使工人阶级把所谓的主流文化规约自觉内化为自己的行为准则，甘心情愿接受资本家的剥削和压迫，不去争取自由，这直接导致了工人阶级的不觉醒和对不公命运的逆来顺受。大众传媒如报纸、杂志、电影、电视、广播等成为推行文化的主要载体。《穿破裤子的慈善家》中资本家对工人实施文化压迫的媒介首先是报纸。例如，保守党的报纸《糊弄家》①就刊登过来自上层阶级的一些信件，"抱怨工人傍晚散工时走在宏伟大道的人行道上，对那些上等游客诸多不便，他建议走马路中间"，许多工人马上接受建议，"以免弄

---

① 英文为：Obscurer，意思是"使人糊涂的东西"。作者运用反讽，影射批判当时英国有名的报纸 *Observer*（《观察家》）。

脏了那些闲游的先生们"(495);"抱怨半夜三更工人上早班打他家门口经过,靴子的格格声老是把他从甜蜜的睡乡中吵醒……还嫌他们谈话声音太响"(495),表达资本家对工人的歧视,宣扬工人低人一等思想;该报还刊登一则关于矮脚马和驽马的寓言①,被没有文化、没有阶级觉悟的工人错误解读,大肆嘲笑、攻击社会主义。觉醒的工人欧文在他家附近的报摊上买了一份新闻简报,头版头条刊登了骇人听闻的家庭悲剧:一个工人先杀死自己的妻子和两个孩子,然后继续用锋利的剃刀割断自己的喉管自杀,最后解释这一凶杀行为的原因是:此人一时"精神失常"(101)。对怵目惊心、惨不忍睹的家庭悲剧轻描淡写,归因于工人的神经错乱,从而掩盖了资本主义制度的罪恶。其次,资本家还通过演讲实行愚民政策,向工人灌输错误观点,美化资本主义统治,以工人恩人自居,掩盖、抹杀资本家与工人之间的对立和斗争,稳固资本家的统治。小说中许多资本家身居要职,不管是保守党还是自由党,都是工人选出的议员。某次市议会上,资本家拉什顿和格林德建议降低工人工资,而议员威克林医生则站在公正的立场上,主张增加工资,改善工人阶级生活。我们看看下面的对话,注意工人"慈善家"们的反应(括号中):

威克林:事实已经证明劳动人民的寿命极为短促——他们的平均寿命要比富有阶级短二十年左右——他们体质逐渐下降,他们的孩子死亡率很高,造成这些情况是由于他们辛勤劳动而所得报酬极少,有活干时劳累过度,平日饮食低劣,贫穷又迫使他们住在破烂不堪、不卫生的房子里,失业时忧虑重重、精神沮丧。("腐朽""瞎扯"的喊声以及大笑声)

迪德卢姆:很显然威克林医生是靠欺诈弄到席位的,如果他早告诉纳税人他是个社会主义者,他们才不会选他哩。(对,对)全国每一个牧师都会同意,工人阶级的贫困不是因为他们得到的工资少,而是因为他们喝酒。(高声喝彩)

---

① 寓言大意是:驽马向矮脚马抱怨有关猎马和赛马的特权和自己的不公平遭遇,矮脚马无兴趣,让驽马的好豆子给矮脚马一半,驽马无语。罗伯特·特雷塞尔:《穿破裤子的慈善家》,孙铢等译,外国文学出版社1982年版,第332—333页。

· 89 ·

威克林：如果牧师或市议员也住在肮脏拥挤的环境中生活和劳动，而且愚昧无知，这些先生们也会借酒浇愁，从中寻求一点乐趣！（全场骚动，夹杂着"违反议程""撤回""道歉"等喊叫声）

格林德：即使工人阶级的平均寿命确实比富有阶级短少二十年，这和威克林医生有何关系？（对，对）要是工人阶级自己乐意早死二十年，难道会因为他们死掉就缺少工人了吗？没死的工人还多得很哩。（笑声）要是工人阶级乐意去死——那就让他们死掉好了！这儿可是个自由的国家。（喝彩）工人们并不需要威克林之流替他们辩护，到下次选举时他们就会叫他明白，他选区的工人将会把他"一脚踢出去"。（喝彩）①

看到工人们的反应，我们先感到可笑，而后感到的是极度的心酸！资本家可谓厚颜无耻！他们利用演讲这种通俗的媒介对无知的工人进行文化渗透，极尽欺骗、操控之能事，对工人彻底洗脑，让工人自觉内化应受资本家宰割的错误观点，把遭受资本家剥削压迫的悲惨命运视为天经地义，完全站在资本家的立场上，为虎作伥，不辨是非，颠倒黑白，嘲笑、怀疑、攻击同情工人、为工人谋利益的人，永不相信自己的智力和判断力，任凭资本家这些"上等人"主宰自己的命运。他们不相信工会，不相信社会主义，在选举中要么支持保守党，要么支持自由党，却从来不支持更不去选举代表自己的工党，心甘情愿地听从"善良仁慈"的保守党和自由党的摆布。他们没有文化，也根本不想学文化。曾有人建议建立一些工人图书馆，他们说，"他们不要图书馆，给他们一个马戏班子就得啦"（689）。在工人和资本家共同参加的聚餐会上，副工头提议工人们首先向他们的"最好的"老板拉什顿先生和"最尊敬最喜爱"的总工头亨特先生敬酒，敬酒前克拉斯提议先为他们唱首歌以祝酒兴。歌词大意是：他是一个大好人，/他是一个大好人，/他是一个大好人，/我们大家都这样说，/嗨，嗨，嗨，嗬！/嗨，嗨，嗨，嗬！（557）歌词重复两遍，接着对资本家三呼万岁。音乐也是一种媒体，这实际上是资本家利用通俗歌曲

---

① 详见罗伯特·特雷塞尔《穿破裤子的慈善家》，孙铢等译，外国文学出版社1982年版，第460—462页。

进行文化渗透，操控工人思想。接着老板拉什顿表示感谢，说他尽力想办法给工人活干，工人们也应该把工作做好，"老板没有工人不行，工人没有老板也活不成。这是劳动分工：工人动手，老板动脑筋，谁少了谁都不行"（558）。几句话博得工人们许多附和声和一阵热烈的欢呼声。这完全是混淆视听，拉拢工人，歪曲事实，散布"工人因地位低下而理所应当受制于资本家"的错误观点，是愚昧工人，欺骗工人；而工人们完全站在老板的立场上，赞美资本家，感恩资本家，任凭资本家牵着自己的鼻子走。这时，市长、资本巨头格林德趁机向工人灌输以下观念：理应如此，"老板和工人实在本是同事——老板动脑筋，工人动手"，"老板和工人通力合作，各尽所能"才是"真正解决社会问题的办法"；社会主义者的"胡言蠢语是根本不能解决问题的"，社会主义者一旦得了天下，"那么所有的东西都将掉进一小撮偷儿的腰包，而留给别人的就只剩下繁重的苦工了"（560）。这番话同样博得工人们的赞美和喝彩。事实上，这番话模糊了资本家和工人之间的界限，歪曲、贬低了社会主义，否定了阶级斗争，驯服工人使其放弃对社会制度的任何反抗，强化了对工人的统治。在资本家导演的竞选丑剧中，工人们的愚昧无知更是令人痛心疾首。斯韦特提醒大家要警惕社会主义。社会主义到底是什么？他说，"那是疯狂！混乱！一团糟！那意味着毁灭！是对有钱人的可怕的瘟疫，当然，其结果对穷人来说，是更加可怕的瘟疫！"（674）那些"穿着破靴子、屁股和膝头打着补丁、裤管下边破破烂烂的慈善家"听后认为，社会主义极其恶毒，一旦实现，他们连破裤子也保不住了，怒不可遏："老爷，我们知道他们是些什么样的人。那些家伙都不想靠干活养自己，他们要求我们供养他们"，"他们当我们是傻瓜，我们才不是哩，下星期一就叫他们瞧瞧颜色。他们当中大多数人该判绞刑，我很愿意亲手为他们拉绞绳"。（674）这些"慈善家"们还狂热地为他们支持的议员充当打手，对社会主义者或者他们的竞选对手大打出手，相互殴斗。在他们支持的代表斯韦特当选后，他们欣喜若狂，手舞足蹈，奔走呼告，为了表达自己的忠诚和喜悦之情，他们"把马解下，狂呼着自己套上轭具，代替马拉着车子"，拉着资本家招摇过市，一直把斯韦特拉回家门口，这才各自走回自己家里，"浑身湿透，从头到脚沾满了泥浆"，还余兴未尽，滔滔不绝，"这是进步事业的一个伟大胜利！"（695）至此，工人"慈善家"的不觉悟暴露无遗！他们遭受资产阶级文化的毒害是多么深！资本主义的文化压迫是多么的恶毒！这种压迫更加间接、隐蔽，对工人阶级思想和意识形态的影响异常深刻，操控更加牢固，具有更大的危险性，更加可怕。

  第三，资本家还事事处处利用宗教蛊惑人心，对工人阶级进行精神麻痹，深化对工人的控制。英国是一个信奉基督教的国家，《圣经》的观念深入人心。但由于大部分工人过着饥寒交迫的生活，没有文化，缺乏理解力和判断力，他们无法真正理解宗教，这就给资本家利用宗教来欺骗、麻痹工人提供了可乘之机。资本家利用宗教通过以下人员和途径对工人阶级进行精神麻痹：资本家本人同时也是教职人员，例如，总工头亨特就是神光堂的成员；资本家雇用牧师来愚昧工人；牧师和基督徒是假冒的；工人家庭、学校、教堂和主日学校对孩子进行错误的教育。这些人员联合起来，向广大工人及其子女们灌输下列宗教观念：不劳而获的人们不干活是对的，上帝的旨意就是让他们占有干活的人生产出来的东西；上帝创造出穷人就是供富人使唤的，上帝要他们拼命干活，把他们生产出来的好东西统统交给那些不干活的人，而且他们应该感谢上帝和那些不劳而获的人，让他们吃点儿最糟糕的食物，穿点儿破衣烂靴；穷人们不要嘀咕，不要不满足，因为在这个世界上他们虽然很穷，但是死了以后上帝会犒劳他们，让他们到一个叫天国的地方去。① 牧师还篡改教义，例如，上帝说世界上的人都是他的儿女，都是兄弟姐妹；牧师却说，上帝的真实意思不是"兄弟姐妹"，而是"主人仆人"；上帝说他的信徒不要敛财，要大公无私，牧师说这完全是"胡说八道"；久而久之，工人们就对牧师、父母、老师、伪基督徒灌输的观点深信不疑，认为工人理所应当受穷，还教育他们的孩子们"应该心甘情愿地作牛作马，应该满足于吃不饱、穿不暖、住不好的生活"（94），从来不去动脑筋思考、判断任何问题。资本家还经常组织工人参加星期日下午的布道活动，活动中"不允许任何一个'体面的'工人对他们所说的话提问、反对或找碴儿，也不允许争辩、讨论或批评。在听道、讲道、备受爱护时，他们得象（像）一群孩子坐在

---

  ① 参见罗伯特·特雷塞尔《穿破裤子的慈善家》，孙铢等译，外国文学出版社1982年版，第91页。

那儿……洗耳恭听,脑子里只有一些模模糊糊的概念"(575—576)。我们看到,工人们不但被剥夺了思考和判断能力,而且完全被剥夺了话语权。他们安于现状,逆来顺受,经济上遭受剥削,文化上遭受压迫,精神上遭受戕害,被沦为呆头呆脑、愚昧无知的傻瓜,世世代代遭受资本家的盘剥、统治和毒害。资本家利用宗教对工人进行精神麻痹,是其文化压迫的重要组成部分。思想和意识是行为的先导,而宗教信仰是一个人的精神支柱,处于更深层,是思想和意识的重要来源,因此,宗教麻痹较之其他形式的文化压迫更为隐蔽,往往深入受压迫者的精神和心灵深处,根深蒂固,先入为主,几乎牢不可破。哈维·J. 格拉夫就曾强调指出,"小说中家庭、父母、学校和教堂在构建文化和意识形态霸权方面联合发挥作用"[①]。资本家对工人的文化压迫和精神麻痹是导致工人阶级"愚昧无知、麻木不仁、颠倒黑白、是非不分"的精神状态的深层次原因,而作为 20 世纪初英国首位重要的工人阶级作家,特雷塞尔能先于 20 世纪重要的西方马克思主义理论家霍克海默和阿多尔诺发现并深刻揭露、批判资本主义的文化压迫尤其难能可贵。特雷塞尔认为,"以《糊弄家报纸》为形式的大众文化是工人阶级对资本主义制度的真正本质缺乏理解、对他们把社会主义看作与自己利益格格不入的势力而采取敌对态度缺乏理解的重要因素。"[②] 小说中《糊弄家报纸》、新闻简报、音乐、演讲、布道等大众文化媒介对工人的欺骗和麻痹,实际上就是霍克海默和阿多尔诺所说的"文化工业"对大众的奴役和操控:文化工业利用大众传媒为人们提供消遣和娱乐,使人们获得满足,"享乐意味着全身心的放松,头脑中什么也不思念,忘记了一切痛苦和忧伤。这种享乐是以无能为力为基础的。实际上,享乐是一种逃避,但是不像人们所主张的逃避恶劣的现实,而是逃避对现实的恶劣思想进行反抗。娱乐消遣作品所许诺的解放,是摆脱思想的解放,而不是摆脱消极东西的解放"[③]。彼得·迈尔斯曾这样评价小说的

---

① Harvey J. Graff, "Literacy in Literature and in Life: An Early Twentieth-Century Example," *History of Education Quarterly*, 23. 3 (1983): 286.

② M. Keith Booker, *The Modern British Novel of the Left: A Research Guide*, Westport: Greenwood Press, 1998, p. 292.

③ [德] 马克斯·霍克海默、特奥多·威·阿多尔诺:《启蒙辩证法》,洪佩郁、蔺月峰译,重庆出版社 1990 年版,第 118 页。

文化价值和社会功能,"特莱赛尔这部关于黑斯廷市工人阶级生活的小说自出版后一直成为文化分析学家、社会和社会主义历史学家熟悉的参考文本范例"①。

值得指出的是,《穿破裤子的慈善家》在揭示工人阶级贫穷和悲惨命运的同时,有意识地在人物和环境间建立起社会—经济联系,从而立场坚定、旗帜鲜明地批判资本家,是对以狄更斯、盖斯凯尔夫人为代表的激进资产阶级小说传统的重要超越——他们作品中的资本家最后总要发生貌似合理的心理变化,从而削弱了小说的批判锋芒。② 该小说对资本家的经济剥削、文化压迫和精神麻痹的深刻揭露和严厉批判,揭示了工人阶级生存状况的根源,标志着作品的思想深度更进一层。

第二节 20世纪初工人阶级对受压迫命运的反抗

我们在上文以文本为基础,解读了左翼作品对工人阶级生存现状的描写、反映、再现和表征,阐述了左翼作品对工人阶级和劳苦大众悲惨命运和苦难根源的探索。那么,对于受压迫、受剥削的不公命运,工人阶级一直是逆来顺受吗?还是奋起反抗,对不公命运进行了抗争?我们将立足文本《穿破裤子的慈善家》《周末晨昏》和《联合街》,予以分析阐述。

20世纪初,英国工人阶级的工资低廉,工作环境恶劣,生活贫困,经常失业。工人阶级中的大多数文化水平很低,加上资本家的欺骗和误导、宗教的蛊惑与麻痹,导致工人阶级心理结构扭曲,判断能力丧失,甚至颠倒黑白,为虎作伥,对自己遭受资本家剥削和压迫的悲惨命运逆来顺受。然而,并非所有的工人都是这样。《穿破裤子的慈善家》就描写、反映了20世纪初英国觉醒的工人对受压迫命运的反抗。

《穿破裤子的慈善家》剖析了20世纪初英国工人悲惨命运的根源。

---

① Peter Miles, "The Painter's Bible and the British Workman: Robert Tressel's Literary Activism," in Jeremy Hawthorn, ed. *The British Working-Class Novel in the Twentieth Century*, London: Edward Arnold Ltd., 1984, p. 1.

② Ronald Paul, "Tressel in International Perspective," in H. Gustav Klaus, ed. *The Rise of Socialist Fiction*, Sussex: Harvester, 1987, p. 244.

那么，面对不公命运，工人阶级应该怎么办？作品还描写了工人阶级的反抗，并进一步指明，工人阶级解放的道路是树立阶级意识，推翻资本主义，建立社会主义，表达了资本主义必亡、社会主义必胜的坚定信念。

小说中觉醒的工人欧文不但发现了资本家剥削工人的秘密和工人阶级贫困的根源，而且指明了工人解放的道路，这就是："必须首先摧毁整个制度"，"建立一个完全不同的制度"①。正如作者所说："我认为是唯一可靠的良方，那就是——社会主义。"② 要推翻资本主义制度，首先要唤醒工人的阶级意识，彻底摧毁"那难以消除的无知、麻木和自卑"(467)，狠狠批判资产阶级对工人的文化压迫和精神麻痹。欧文往往善于从自己身边的人和事透视基督徒的虚伪、罪恶以及宗教的伪善。他发现，他的工友斯莱姆倡导自私，经常撒谎，贬低、攻击社会主义，还勾引工友伊斯顿的妻子露丝，搞得别人家庭破裂，却俨然以"虔诚的基督徒自居"；资本家和工头告诉工人，"历尽无限悲痛之后就会是永恒快乐"，他们在工人面前摆出一副"慈善家"的风度，实际上自己却挥霍无度，贪得无厌，"想把这个世界上的财富占为己有"(291)，充分暴露出伪善的嘴脸；他从遭人遗弃、风雨中流浪街头的小黑猫联想到遭受资本家剥削和压迫的芸芸众生的大苦大难，得出上帝并非"无所不知""无所不能""至善"的结论。欧文还善于宣传、教育他的工人同胞，产生了显著效果，菲尔波特、哈洛、伊斯顿等都获得了可喜的进步，渐渐看穿了基督徒和宗教的虚伪本性："至于宗教，那只是骗钱的玩意儿，是牧师的勾当，就象油漆是我们的行当一样。只不过他们什么不干，而工资却他妈的比我们高得多。"(175) 要推翻资本主义制度，还要大力宣传社会主义。从上文得知，想让工人明白贫困的根源是何等困难，而想让他们弄懂并接受社会主义更是难上加难，其主要原因是资本家对社会主义的歪曲和攻击。他们经常对工人洗脑，以至于工人的头脑都被"灌输给他们的种种神话弄糊涂了"(465)。资本家的欺骗，牧师的蛊惑，家长和学校老师的误导，

---

① 罗伯特·特雷塞尔：《穿破裤子的慈善家》，孙铢等译，外国文学出版社1982年版，第180—181页。以下本章出自该书的引文，只给出页码。
② 罗伯特·特雷塞尔："序"，载罗·特雷塞尔《穿破裤子的慈善家》，孙铢等译，外国文学出版社1982年版，第1页。

都对没有文化的工人起到了混淆视听、颠倒黑白的作用。工人们极力排斥、随意曲解社会主义,敌视、攻击社会主义,其不觉悟程度令人可怕。然而欧文对社会主义一直怀着满腔热忱,持之以恒地宣传社会主义。他滴酒不沾,几乎把生活之余的钱全部花在购买社会主义书籍、制作社会主义资料、印制社会主义小册子上,虽然有些工人连这些资料看都不看,或乱翻一通,或当作草纸用掉,把社会主义当作笑话,蛮横地、恶意地反对社会主义,但欧文从没忘记自己的阶级弟兄,从没放弃过宣传社会主义。他和"身份有些神秘"的巴林顿还探讨了社会主义制度。巴林顿在演讲中指出,社会主义是"全部企业、土地和房屋归国家即全民所有",实行"公有制",进行"计划生产",建立"文化协会","人人都参加劳动","所有的人都能平等地享受到科学和文明带给人类的福利和乐趣","人人都受教育","人人是社会的主人","什么也不干的人就什么也得不到","社会主义意味着世界和平,意味着人与人之间相亲相爱"(599—635)等,久而久之,一些工人开始慢慢理解欧文、巴林顿宣传的理论,菲尔波特感到自己的想法跟社会主义者所讲的道理不谋而合,哈洛宣布退出自由党,并促使大会通过决议:"一致认为社会主义是失业和贫困的唯一解救办法"(634),是工人唯一的希望,正如彼得·拿撒勒所说,这部小说"坚定地认为社会主义是结束英国对其工人阶级实施的非人性非正义行为的唯一途径"[1]。由此可见,小说不仅"从正面向这些资产阶级文化势力开战",而且还"提供了另一种可供选择的文化声音",以"抵抗资产阶级意识形态"[2]。

　　需要指出的是,特雷塞尔受到许多社会主义思想家的影响,虽然他本人不是一位马克思主义者,不主张"通过阶级斗争来实现无产阶级专政"[3],但小说对"金钱""货币花招""劳动价值和所得工资之间的差额"的概念和原理的诠释,尤其是对工人命运根源的思考、对彻底摧毁

---

[1] Peter Nazareth, "A Committed Novel: The Ragged Trousered Philanthropists by Robert Tressel," *Transition* 29 (Feb. -Mar., 1967): 35.

[2] M. Keith Booker, *The Modern British Novel of the Left: A Research Guide*, Westport: Greenwood Press, 1998, p. 292.

[3] David Smith, *Socialist Propaganda in the Twentieth-century British Novel*, London and Basingstoke: The Macmillan Press Ltd, 1978, p. 29.

整个资本主义制度的倡导,已经体现出马克思主义的基本原则和立场,对坚持"把资本主义社会传统的自由民主政治与社会主义相结合,从而推行和平渐进,民主宪政和市政社会主义的道路"① 的费边社会主义思想也大有超越。他对唤醒工人弟兄阶级意识重要性的强调,充分表现出对马克思主义的亲和与认同,也使我们看到特雷塞尔与批判现实主义作家对工人阶级截然不同的立场和态度,"许多批判现实主义作家对工人也能做到哀其不幸,但很少有怒其不争的,相反的总是劝其勿争,甚至还怒其要争,把要求反抗的工人写成歹徒或丧失人性的人"②。虽然作者声称,"社会主义这一题材只是附带处理的"③,但经过细读文本我们发现,欧文和巴林顿对社会主义的探索已经具有一定深度,触及马克思给全人类设计的共产主义社会的初级阶段——社会主义社会的许多方面,勾画了社会主义社会的生产资料公有制、劳动是一种享受、不劳动者不得食、满足人民群众物质文化生活需要、阶级觉悟、人人平等、和平相处等方方面面的内容,大大超越同时代其他左翼小说,独立于同时代左翼文学之外,蕴含着非常丰富而深刻的进步思想,与同时代批判现实主义作家作品不可同日而语。难怪评论家彼得·拿撒勒称赞这是一部"忠诚于社会主义的小说"④。

小说表达了资本主义必然灭亡、社会主义必然胜利的坚定信念。小说叙事有一年多一点,但作者打破"线性叙事"的结构,代之以"横向叙事"的方法,"刻画的人物有女人、孩子、一个少年学徒、几个见习生、年轻力壮的工人和精疲力竭的老头儿"⑤,象征了整个工人阶级的生活状况,增加了故事的真实性和完整性,表现了资本主义制度下工人阶级遭受剥削的必然性命运,增加了作品的说服力和感染力。小说故事从经济萧条

---

① 徐觉哉:《社会主义流派史》,上海人民出版社2007年版,第195页。
② 薛诗绮:"译后记",载罗·特雷塞尔《穿破裤子的慈善家》,孙铢等译,外国文学出版社1982年版,第753页。
③ 罗伯特·特雷塞尔:"序",载罗·特雷塞尔《穿破裤子的慈善家》,孙铢等译,外国文学出版社1982年版,第2页。
④ Peter Nazareth, "A Committed Novel: The Ragged Trousered Philanthropists by Robert Tressel," *Transition* 29 (Feb.-Mar., 1967): 35.
⑤ 罗伯特·特雷塞尔:"序",载罗·特雷塞尔《穿破裤子的慈善家》,孙铢等译,外国文学出版社1982年版,第1页。

开始，经过一段时间的表面繁荣，以更加严重的危机告终。这样，"垄断资本主义缺乏活力，周期性的经济危机不断加深得到了象征性的表述，看似静态的结构形式实际上表达了一种有规律的向着衰败的运动"①，表明资本主义的内在矛盾无法解决，必然走向崩溃和灭亡。与此同时，小说对工人阶级命运根源以及社会主义的宣传和探讨几乎贯穿始终，可说是贯穿全书的一根红线。欧文和巴林顿的宣传并非劳而无功，一些工人开始理解并接受他们的社会主义观点。这是20世纪初英国工人阶级状况的真实写照。20世纪初的10年里，英国爆发过两次经济危机，大批工人失业，劳动大众普遍贫困，阶级矛盾日趋激化。自19世纪80年代开始工人运动重新高涨，社会主义宣传有所进展，大城市建立了工会，中小城市的工人开始觉醒，接受社会主义思想。该小说无疑起到了巨大的宣传民众的作用，塞缪尔·拉塞尔曾称赞这部小说是"英国马克思主义对劳工运动形成所作的最重要的唯一贡献"②。小说结尾，作为与欧文为共同事业而斗争的朋友的巴林顿向欧文揭秘自己的身份并决定继续奋斗，他告诉欧文：

> 我过去从来没有告诉过你，不过我想你也一定能看得出，我并不是为了谋生糊口才替拉什顿干活的。我干活的目的只是为了要亲自体验生活；看看大多数人怎样过日子。我的父亲很有钱。他不赞成我这样作，不过他倒也并不来干扰我。我有一笔相当不错的收入，我可以自由使用这笔钱。我打算回家去过圣诞节，来年春天，我要召集一支优秀的社会主义者的队伍，然后再到这儿来。我们将会拥有社会主义运动中最好的演说家；我们每天晚上都要开会；我们要把全城都贴满标语，我们还要建立党的支部。(733—734)

巴林顿的这段话使读者看到了希望，至少包含以下几层意思：一是工人阶级在慢慢觉醒，中产阶级中也出现了宣传社会主义、领导社会主义运动的激进分子，预示着更大规模的社会主义运动的到来；二是"来年春

---

① 高继海：《英国小说史》，中国社会科学出版社2003年版，第287页。
② 转引自 James D. Young, "Militancy, English Socialism and the Ragged Trousered Philanthropists," *Journal of Contemporary History* 20.2 (1985): 283.

天"具有象征意义,预示着工人运动和社会主义革命的复兴;三是巴林顿提到了建立党支部的计划,这预示着麦格斯市工人阶级革命的转折和即将取得胜利的希望,因为历史经验已经证明,共产党是社会主义和共产主义运动的坚强领导核心,对工人阶级和劳动大众的彻底解放起着关键作用。

小说结尾,作者庄严宣告:

>一块块乌云聚集在天空,暴风雨快要来临了;那乌云咄咄逼人,就象(像)是正要追上资本主义制度的复仇女神。这个万恶的制度,已经到达了暴戾和凶残的顶峰,现在正在迅速地分崩离析;它注定不可避免地要被推翻,因为它是如此邪恶可憎;它注定不可避免地要注定永远灭亡,并为人们鄙视和诅咒,因为它只能产生毫无意义的于人无益的自私心理。
>
>而在这个制度的废墟上,必将建立起光辉的合作共和国的社会组织。人类将从奴役和悲痛的长夜中苏醒,从他们蜷伏了如此长久的尘土中站起来,终于能仰望那劈开乌云重现天日的光芒。那光芒将普照广阔的大地,照亮美丽的未来之城的镏金屋顶和闪耀的金塔,在那儿人们将象(像)真正的兄弟一样生活在一起,相亲相爱,欢乐无穷。高高升起的社会主义的红日,将射出万道金光,照遍整个幸福的世界。(744)

读到这里,我们感到无比振奋。作者那爱憎分明的阶级立场,丰富美好的想象,坚如磐石的革命信念,感人至深,令人难忘。小说的左翼进步思想发展到顶峰。它对万恶的资本主义制度进行了无情的血泪控诉,宣告无产阶级暴力革命即将爆发,势不可当,必将摧毁不合情理、日暮途穷的资本主义社会,并建立起崭新的社会主义制度。工人大众将成为社会的主人,和睦相处,蓬蓬勃勃的社会主义充满希望,犹如光芒万丈的红太阳,将照亮全球!表达了资本主义必然灭亡,社会主义必然胜利的坚定信念,令人鼓舞,催人奋进,引导人们投身推翻资本主义制度的无产阶级革命,为建立幸福的社会主义社会而斗争。总之,小说对工人解放道路的指明、对社会主义必胜信念的强调以及最后那乐观向上的格调都远远超越同时代批判现实主义作家、中产阶级作家以及其他左翼作家,大大丰富和深化了小说的思想内涵,也是小说持续受到工人大众喜爱、成为20世纪英国左翼文学杰作的重要因素。

第三节 20世纪中叶英国工人阶级对受压迫命运的反抗

到了20世纪中叶,针对第二次世界大战后英国的阶级分野、贫富悬殊和社会不公,英国工人阶级表达了强烈不满,也进行了单枪匹马式的、充满个人主义和无政府主义色彩的反抗。《周末晨昏》中的主人公阿瑟是"二战"后英国工人阶级青年的代表。他对自己的工作、生活和社会地位极为不满,憎恨不得不从事繁重而单调的体力劳动的制度,讨厌工厂里、车间里的噪声污染,讨厌恶劣的工作环境,不满不能满足消费需要的工资待遇,憎恨作为资本家代理人的工头,对招致他不满的一切以及整个社会表达了强烈的反抗。

首先,针对资本主义生产导致的异化,阿瑟采取针锋相对、灵活机动的方法,积极对付。阿瑟是一个计件车工,技术熟练,有时他可以全力以赴地工作,这样剩余的时间他可以和同伴聊聊天,有时与女工们打斗,有时搞些小恶作剧。但是工作太快的话,定额检验员就会偷偷过来监督你的工作,阿瑟的办法是,不要放慢速度,而是"把每个动作都变得更复杂","一切都要做得不慌不忙,又要巧妙地显示出速度来"[①]。大家咒骂定额检验员是天字第一号公敌,但阿瑟一点也不怕他,视具体情况,灵活机动地与他相处。有时阿瑟快速工作一阵后,会放慢速度,"为的是能轻松愉快地把时间消磨在无足轻重的事情上,又得让人看不出来",装出一副非常繁忙的样子,"或者在擦拭机器,或者是装着去磨刀具"(44)。除非公司、定额检验员、工头和刀具调整工与他作梗,阿瑟在大部分时间里对他们置之不理。对于恶劣的工作环境和枯燥无味的工作流程,阿瑟经常

[①] [英]艾伦·西利托:《周末晨昏》,张祝苏、张树东译,百花文艺出版社1994年版,第33页。以下出自该书的引文,只给出页码。

发挥自己的想象，尽量想些"比周围现实美妙得多的一幅幅画面"（34），想些他经历过的愉快的往事，或者希望将来发生的美事，漫长的工作时间也就不知不觉地过去了。

其次，针对工厂环境之恶劣和工作之繁重单调，阿瑟照样积极应对，采取了逃避的策略，试图转移注意力，以麻痹思想、消除身体疲劳、摆脱工作无聊、寻求暂时的精神解脱。生活对他来说，好像被高度压缩成了"周末晨昏"。他整个周末都是在饮酒、勾引女人、钓鱼中度过，寻欢作乐，自我发泄，以排遣、忘却自己的不满和愤懑。小说标题是《周末晨昏》①，前十二章写的是阿瑟从星期一到星期五的工作生活再到星期六晚上的恣意放荡，后四章写的是星期天早上阿瑟到野外垂钓的情况以及对生活和社会的感悟。星期六晚上阿瑟的主要活动就是到酒吧喝酒，然后与已婚女人鬼混。他经常从一个酒吧喝到另一个酒吧，直到喝得酩酊大醉，不省人事，方才罢休。故事开头，他在酒吧里与传说最能喝的"吹牛大王"进行喝酒比赛，直喝得"吹牛大王"招架不住，低头认输，自觉到楼下结账，灰溜溜地离开酒吧。阿瑟一连喝下十一品脱啤酒和七杯杜松子酒，感到胃里波涛翻滚，一下子从楼梯上摔倒，一直滚到楼底下，"感到自己的后脑勺和整个脊梁骨在楼梯上磕磕碰碰"，随即"合上了双眼，进入梦乡"（7）。暴饮烈酒能够刺激人的神经，麻痹大脑，产生催眠作用，使人暂时忘却烦恼和痛苦。阿瑟喝得醉醺醺以至于失去对身体的控制摔下楼，反而感到酣畅淋漓，心旷神怡，"他想一动不动地躺在那里，度过他的余生"（7），以逃避现实生活的不公和无聊。对于工人来说，星期六晚上是狂欢的高峰，"是缓慢的岁月巨轮上的五十二个节日之一，也是令人疲惫的安息日的一曲激烈的前奏"，他们"今朝有酒今朝醉"，酒吧是他们周末的唯一去处。他们在这里喝酒、赌博、跳舞，及时行乐，试图"把工厂中单调无聊的职业带来的影响从身上冲洗得一干二净"（4）。除了喝酒，阿瑟还在周末勾引女性，与已婚妇女偷情。他和布伦达的丈夫杰克是

---

① 小说的英文标题为：*Saturday Night and Sunday Morning*，直译为：《星期六晚上和星期天早上》。据笔者所知，该小说国内汉译本主要有两个，《周末晨昏》，张祝苏、张树东译，百花文艺出版社1994年版；《周六晚与周日晨》，孙法理译，译林出版社2004年版。本书所用的译本是张祝苏、张树东译本。

同事，知道杰克经常星期六上夜班。因此，星期六晚上，他有时带布伦达一起去酒吧，然后回到布伦达家中与她睡觉，直到第二天早晨杰克到家前匆匆离开；有时把布伦达带到外面的树林里或者破旧土房中做爱，以发泄一周来的怨愤与不快，直到把布伦达搞怀孕。布伦达的妹妹温妮活泼可爱，丈夫在部队当兵，这时阿瑟又开始勾引温妮，在她家中厮混。布伦达通过坐滚烫的热水浴、暴饮杜松子酒打胎后，痛苦异常，阿瑟无动于衷。他同时周旋于布伦达姐妹之间，应付自如。然而，他仍然不满足，又勾引上了工人阶级出身的纯真女孩多琳，穿插于三个女性之间。后在狂欢节"鹅市大集"期间，他同时带上布伦达姐妹一起游玩，让多琳撞上，温妮和布伦达的丈夫也撞上，之后遭到温妮丈夫的痛打，才终止了与布伦达姐妹的不正当关系。他完全不顾道德伦理，以自我为中心，把女性玩弄于股掌之间。阿瑟排遣空虚和烦闷的工作和生活的另一种办法是星期日早上去野外钓鱼。"没有一个人打扰你。你是猎人，是梦想家，别人管不着你。只要天不下雨，你可以抛开一切，呆上一个小时。正象（像）部队那个下士说的，你上厕所的时候，想到的事情是多么奇妙。你静悄悄地钓鱼时，你想的事就更加其妙。"（279）大自然的确是人类精神的庇护所和心灵的栖息地，能排解人的怨愤，净化人的心灵，抚慰人的精神。就这样，阿瑟周日早上骑着自行车，带上鱼竿、鱼漂、三明治、保温瓶和啤酒去垂钓，从早到晚在大自然中寻求精神慰藉和心理平衡，直到天黑之前回到家中。

　　阿瑟这些逃避现实的策略是不能从根本上解决问题的，饮酒、玩弄女性、钓鱼只能暂时解除他的烦恼，也使他付出了沉重的代价。暴饮烈酒，酩酊大醉，丑态百出，呕吐到一对夫妻身上，遭到人家的责备和咒骂，逃之夭夭，直奔布伦达家中而来。一路上他"撞到电线杆上，碰到墙上，绊在街道的边石上，还撞到别人身上"（14），撞到房屋的墙上、便道上的石头上。有人说要他当心，有人说要他留神，有人说要摔倒他，真是丢人现眼，狼狈不堪。暴饮烈酒还经常使他闹胃病，影响身体健康，妨碍正常工作。他之所以与有夫之妇布伦达和温妮偷情，主要是不想结婚，不想负担家庭和社会责任。他无视道德，不顾良心，只顾满足"本我"的需要，按照快乐原则行事，只想在寻欢作乐中忘却烦恼，只想在"力比多"

的释放中证明自己的存在。所以，最终遭到温妮丈夫和他战友的一顿拳打脚踢。他虽身强体壮，但毕竟理亏，寡不敌众，被打得遍体鳞伤，一瘸一拐，头昏眼花，眼前呈现"血染的世界"，不得不停止工作，卧病在床，数日之后方才恢复。杰克指责他"伤天害理"。在这种情况下，一直不想因结婚而承担家庭责任的阿瑟开始跟多琳谈婚论嫁，即将走入家庭生活。周日到外面钓鱼也只是权宜之计，阿瑟毕竟是社会的人，是工厂的工人。为了生活，他必须工作，必须面对社会现实。更何况，钓到鱼儿，他就会不由自主地从挣扎求生的鱼儿联想到自己的悲惨命运和生存困境，与鱼儿产生强烈的认同，顾影自怜，对自己的悲惨命运和社会不公的感触、认识就会愈加深刻，因而更加痛苦和愤怒。因此，喝酒、偷情、钓鱼这三种逃避现实的办法从根本上讲都是无效的。

最后，阿瑟反抗工厂制度，反抗议会、政府，反抗一切权威。他的反抗带有浓重的无政府主义和极端个人主义特征。

其一，对于工厂、工头、军队、议会、政府等一切权威或权威的象征，阿瑟坚决反对，与他们界限分明，格格不入。他虽然出于片刻快乐的需要，对工作过程本身有时也会有一些喜欢，但他憎恨工厂制度，这个制度似乎对他判处了终身监禁。为了每周十四英镑，他不得不从周一到周五拼命干活。他与工头势不两立，因为他是老板的代理人，权威的符号。阿瑟有时搞些恶作剧，把一只死耗子放到一个女工的钻头底下，引起女工惊慌和工作混乱，而后假装清白，故作镇静，若无其事，死不承认，还反咬一口，说工头罗布造谣中伤；他极力维护自己的权利，对于工厂供应的劣质茶水，他略施小计，大发牢骚，引起轩然大波，轰动全厂，迫使厂方提高了茶叶质量；他把罗布称为"敌人的探子""胆小鬼"，对罗布采取"蛮横的、斤斤计较的态度"，一点也不怕他。罗布也是工人出身，因为上面还有资本家，二人相互容忍，相互尊重，少有发作。阿瑟恨透了工厂，随时准备用炸药和雷管炸掉工厂。在他看来，炸掉工厂"是一件值得干的事情"，"是战斗"（45）。阿瑟曾经在部队服役，对军队也恨之入骨，认为当兵就是充当炮灰，"我憎恨军队，而且一向憎恨"，"我连谈都不愿谈它"（170—171）。他在部队的最大收获是，"千万不要再参军了"（30），学到的人生处世信条是，"人不为己，天诛地灭"（166）。在为期十五天的军训过程中，他天天夜里逃出营房，饮酒无度，一醉方休，以发泄对军队生活的反感和愤怒，深夜回来时用钳子剪断带刺的铁丝网。军训期间他唯一喜欢的事情是用布朗式轻机枪打靶，因为机枪能够"摧毁更为实实在在的东西"（176），摧毁他不喜欢的人和事，摧毁权威。他整天和战友"策划着战争与革命，纵火与抢劫"（176）。阿瑟憎恨议会中大腹便便的保守党议员，憎恨工党党员，"他们每周都用保险金和所得税来窃取我们的工资"（38—39）。阿瑟知道他该如何对付政府，"我会带着彩票本走遍英格兰每家工厂，用抽彩的办法把议会两院都给卖掉"（39）。他恨政府，恨统治阶级，把统治阶级称为"他们"，把工人阶级称为"我们"。他坚决反抗政府和社会对工人的压迫和欺骗，

  工厂拼命榨取你的血汗，劳工介绍所谈话谈得你心烦意乱，保险公司和税务局从你的工资袋里取走了钱，把你抢劫个够。经过这些折腾之后，你要是还有半口气的话，军队又会把你征去入伍，让你战死疆场。你要是聪明过人，不参军，你又会被炸死。啊呀，上帝呀，人生真是艰难，但愿你意志坚强，但愿你不许那个混蛋政府任意蹂躏你。不过，你对这个政府也束手无策，除非你制造炸药，把那些四只眼的面孔炸个粉碎。（261）

  这里，阿瑟对社会和政府各个部门对工人阶级和劳苦大众的剥削和压迫揭露和批判得淋漓尽致，体无完肤。在资产阶级政府的统治下，工人阶级生存艰难。阿瑟对付这样的政府和社会的办法是永远当一名反叛者，以牙还牙，以眼还眼，把戴眼镜的统治者（四只眼的面孔）彻底推翻，炸得粉身碎骨。

  其二，阿瑟反抗一切权威，反抗一切跟自己过不去的人，时时诉诸暴力。他同情弱者，"一向乐于帮助要输掉的一方"（39），但又看不起懦弱无能、没有骨气的人。故事开始，他酩酊大醉跌下楼梯，酒店侍者扶他起来，对自己的工作牢骚满腹，阿瑟深表同情，给侍者让烟，二人一起聊天；看到深夜一个醉汉倒在街头，有被警察抓住送进监狱的危险，阿瑟费了九牛二虎之力，把醉汉搀扶到临时公寓，使其免受牢狱之

灾;听到一个醉汉深夜砸碎殡仪馆橱窗玻璃,"他内心里的无政府主义思潮"(136)一下子被勾引出来,醉汉被一个女人抓住,身边还有另一个身穿军装的女人,她们打算把醉汉交给警察。看到女军人(权威的象征),阿瑟就怒火万丈。他给醉汉递一支烟,怂恿他逃跑,让大家给他让开一条路;他骂女军人为一无是处的"耗子脸","真是欠揍",让她滚开。醉汉胆怯不敢逃跑,在阿瑟的一再鼓动下,刚刚挣脱,却又被前来的警察逮住。阿瑟简直怒不可遏,咒骂女军人是"狗娘养的""婊子","她没有心肝。她是一块石头、一块花岗岩、一个杂种、一个嗜血成性的坏蛋、一个丑八怪、一个不识好歹的家伙、一个卑鄙的家伙",咒骂懦弱的醉汉是"没有骨气的家伙"(142);酒吧里投标手误伤阿瑟,拒不道歉,阿瑟怒火中烧,重拳出击,打得投标手眼冒金星,晕头转向,阿瑟跑出酒吧;在大街上遇到醉汉驾车,速度超快,擦伤阿瑟,司机烂醉如泥,不省人事,阿瑟和哥哥弗雷德把汽车推翻,以发泄愤怒;阿瑟勾搭有夫之妇的事情被邻居布尔太太发现,流言蔓延,阿瑟用气枪打伤布尔太太,用来报复;布尔夫妇到他家里理论,阿瑟早把气枪藏起来,拒不承认,还咒骂布尔先生是杂种,对他大打出手,把他轰出家门。警察来到,找不到枪,不疼不痒地安抚几句,一走了之。此后布尔太太再也没有散布过流言蜚语。阿瑟就是这样,视一切不顺眼的人、跟自己过不去的人为寇仇。他被温妮的丈夫打伤后在家养伤期间,姐姐玛格丽特说自家买了台电视机,忘了问他为何卧床不起。姐姐走后,阿瑟对她嗤之以鼻,抑制不住自己的火气,"我巴不得来几辆大型囚车,开到每一条街道,囚车里的人拿着短柄小斧,跳出来,冲进每一所住宅,把所有的电视机统统砸碎"(235)。他断定一定"会来一场革命",革命者"会炸掉市议院,烧毁城楼"(235)。

　　由此来看,阿瑟蔑视权威,蔑视政府,蔑视一切跟自己过不去的人和事。他对自己的工作和生活强烈不满,对社会不公坚决反抗。他是一个无政府主义者,认为所有的政府都一样,随时准备炸掉它。他又是一个极端个人主义者。他无视伦理德道,不顾社会法律,愤世嫉俗,玩世不恭,永远按照"快乐原则"行事,永远只关心自己的利益。他的人生信条是"人不为己,天诛地灭"。他认为"人人都是自己的敌人"

（262），打算"制服任何找到他头上来的男人或女人。如果全世界胆敢对他恣意妄为，他就要大举反攻，把世界砸得粉碎"（260）。他的快乐是建立在别人的痛苦之上的。他烂醉如泥，逃避现实，吐在别人身上，溜之大吉；他把情人布伦达搞怀孕，却毫不关心，若无其事；他勾引同事杰克的妻子，还骂杰克是"倒霉蛋儿""懦夫""滑头""没有骨气的杂种"；杰克说他勾引同事之妻是伤天害理，他攥紧拳头，几欲出手，还振振有词，说自己做事光明正大，"用不着你来教训我，什么是伤天害理。我无论干什么都光明正大，别人拿我怎么样，也是光明正大。我如何处置你，同样是光明正大。请你记住我这些话"（243）。他有生以来蔑视一切秩序，做事情我行我素，"从不排队"；他有钱后的打算是，给家人"买一所房子，让他们好好活一辈子，别人休想捞好处"（38）；他赚到大钱后的打算是，"找个地方定居，娶十五个女人，买十五部小轿车"（39），快乐终生。他时时刻刻都准备着去炸掉政府，对任何法律制度都嗤之以鼻。针对贫富悬殊和社会不公，针对世界的荒诞、空虚、孤独和无意义，他采取的态度是玩世不恭，游戏人生。他认为，世界是一个丛林，在这样一个世界上，"要获胜，就得活下去。活得欣欣向荣，就意味着胜利"（263）。"全世界没有一处是安全的地方。他有生以来头一次明白，从来就没有过安全这种东西，而且永远也不会有"（234），要想在这个世界上求得生存，"唯一可以作为武器而忍受的法则就是狡猾。这种狡猾不是静悄悄的、乞求怜悯的狡猾。这种狡猾应当是成天在工厂里干活，每周剩下十四英镑，到周末尽情地挥霍掉，是一种男子汉大大方方、桀骜不驯的狡猾"（262）。他并不主张暴力革命，推翻资本主义制度。他追求的是肉欲享受和物质满足。他"想玷污这个世界"，因为他认为"这个世界也在竭力玷污我"（262）。阿瑟认为，人如同水中的鱼一样，生命中充满诱饵，人对付这些诱饵的方式是狡猾，但是又不能总是拒绝这些诱饵，否则，你就会"虚度年华，那就根本算不上什么人生了。那样就永远一成不变，你也就没有斗争的对象了。生命就会象（像）一潭死水，单调乏味。过分的狡猾会使你丧命"（280—281）。他对自己如此想法的反应是"纵声狂笑"（281）。就这样，阿瑟在放浪形骸、自我发泄中寻求生命的意义，在尔虞我诈、弱肉强食的社会里寻求生存空间,在酗酒偷情、损人利己中寻求心灵解脱和精神慰藉。他求得生存的强烈愿望和坚定意志值得赞扬,虽然阿瑟表达愤怒和反叛社会的方式不能从根本上改变现实,但他的人生态度和处事方法却恰恰是当时的时代所需,"愤怒的青年"时代精神的注脚。虽然小说结尾,阿瑟即将跟多琳结婚,承担步入婚姻生活的责任和义务,但他叛逆的性格不会有改变,"叛逆一次,造反一世"(260)。他打算把叛逆进行到底,"每天搏斗,直到一命呜呼",同一切权威、同所有人和事抗争到底,"同母亲和妻子斗,同房东和工头斗,同警察、军队和政府斗。除了我们必须干的活儿以外,除了我们花掉工资的方式以外,不是这事,就是那事,没完没了"(283),终生做一个叛逆者。

第四节 20世纪80年代英国工人阶级对受压迫命运的反抗

我们在前面的论述中曾经提到,当代英国作家帕特·巴克的作品《联合街》描写了20世纪80年代英国工人阶级女性的贫困生活,以及遭受的性别歧视和阶级压迫。经过细读我们发现,不仅如此,《联合街》还描写了当代英国女性工人阶级对性别歧视、性暴力以及阶级剥削的反抗。作品表明,性别歧视和家庭暴力在很大程度上来自于阶级剥削。资本家对工人的经济剥削导致了工人阶级的贫困和悲惨命运,20世纪80年代英国新保守主义政府采取高压政策,工会力量被大大削弱,大规模的罢工几乎销声匿迹,工人阶级找不到出路,看不到希望,心理发生扭曲,导致工人阶级中的男性迁怒于本阶级中的弱势,歧视女性并往往诉诸暴力,以便暂时排解自己的愤怒与郁闷。因此,工人女性要改变自己的命运,就不但要反抗经济剥削,而且要反抗性别歧视,要把对二者的反抗结合起来。艾丽丝·金婚后不久遭遇家庭暴力,受到丈夫泰德殴打。泰德认为打老婆是天理,用皮带猛抽妻子后,到酒馆喝酒。妻子艾丽丝·金决定奋起还击,坚决抵抗家庭暴力,捍卫做人的尊严。当泰德回来时,艾丽丝·金"手拿切肉砍刀,藏在门后等待进攻。这一击擦过泰德的身体,流了好多鲜血,吓得夫妻二人呆若木鸡。这虽然没有阻止他今后再打她,但却使她克服了恐惧。她从未失去自尊"①。在家庭经济拮据、生活困难的情况下，丈夫泰德还拿一部分工资到酒馆喝酒。每当这时，艾丽丝·金就追到酒馆，与泰德争吵，甚至打架，要回养家糊口的工资，肩负起对家庭的责任。她从不感到害羞。有一次为讨要工资，艾丽丝·金来到"车站宾馆"，夫妻二人激烈扭打在一起，甚至惊动了警察。"她把他撂到了一辆小汽车的引擎上"（192）。艾丽丝·金强调妇女的经济地位，主张经济独立。她这样教育自己的女儿们，"嫁一个好丈夫是件好事，但拥有自己的钱是远远好得多的事情。自己挣五英镑胜过别人挣十英镑，你可以自由支配它"（192）。艾丽丝·金对性别歧视和阶级压迫的反抗为工人阶级女性树立了榜样。

　　未成年少女凯丽·布朗对性暴力的反抗异常猛烈，反抗的过程伴随着少女对阶级和性别问题的认知，标志着少女的成长和走向成熟，异常痛苦。遭到强暴后，少女机智地与强奸犯周旋。二人来到有人的街道上，凯丽·布朗摆脱了可能被罪犯杀死的危险，逐渐占据了主动。她把强奸犯推进炸鱼薯条店，说自己饿了，让那人点了炸鱼薯条，饭菜上桌后，凯丽·布朗却只吃了一口，说自己"根本就不饿"。罪犯什么也不吃，什么也不说，"炸鱼薯条上升起的蒸汽冒到了他的脸上"，他的脸"开始分裂，裂开，从内部分开，瓦解，就像快孵出小鸡时的鸡蛋"，接着，"某种水汽从他的眼角慢慢渗出，流过脸上一分钟前刚刚出现的裂缝，最后，滴进那张张开的、痛苦的嘴巴"，强奸犯"持续不断地哭啊、哭啊、哭啊，好像忘记了如何停下来"（33—34）。凯丽·布朗起身跑开。

　　凯丽·布朗身心受到严重伤害，没有人真正关心她，她感到压抑、孤独、愤怒，心理遭受极大扭曲。她害怕成人社会；她痛恨世界上的男人；她厌恶人们的麻木。她决心向富人、男人、有权力的人进行报复，以洗雪心头之恨。她来到公园里的一户富人家里，以为那个强奸犯就住在这里，猜测家里没人，就翻墙进了这户人家，发现这户人家有钢琴、丝绸等，房子装饰豪华，属于维多利亚风格，主人的卧室设备先进，布置时髦，认识到这是一户中上阶级，认识到英国社会的阶级差别和社会分野，再也抑制

---

① Pat Barker, *Union Street*, London: Virago Press, 1982, p.190. 本节涉及的作品引文均出自该书，为作者自译，以下引文只给出页码，不再一一作注。

不住自己的愤怒，于是"抓起一只烟灰缸，投向墙壁上的玻璃"（54），把玻璃砸了个粉碎。她用剪刀把自己的头发剪短。听到主人回来的脚步声，她敏捷地从落地窗上翻了出去。她"希望用鲜红的口红写下她知道的最难听的字；她希望她扯碎东西，乱扔东西，打碎东西，因为，那样就不会有人装作什么事情也没发生了"（55）。她来到学校校长的办公室里，把校长与夫人和孩子们的全家福合影摔了个粉碎；她走向房子的一角，脱下衣服，解下大便，"这大便使她想起那个强奸犯的阴茎，它的形状，它的重量。她握紧了拳头"（56），怒不可遏，几近疯狂，"用自己的粪便涂抹遍了校长的椅子和桌子，涂抹遍了纸张、木材和塑料"；她跑到自己的教室里，一边呜呜地哭泣，一边用粉笔在黑板上写下几个字："小便""大便""性交"，接着，她"如此用力地在黑板上刻画，以至于粉笔发出尖叫，她知道的最难听的字：'阴道'"（56）。上述描写标志着凯丽·布朗告别少女时代，逐步成熟与觉醒。她付出了沉重代价，意识到了资本主义社会两大对立阶级的存在，意识到了社会上存在的性别歧视和压迫，认识到了资本主义社会教育制度的不合理，向这个不合理的社会发出撕心裂肺的呐喊，打响了反抗这个不合理社会的第一枪。

《联合街》关于英国女性工人阶级对阶级剥削反抗的描写篇幅不多，有时不很直接，有时与当代英国女性对性别压迫的反抗交织在一起。小说仅仅在第一章提到，"这是一个严寒的冬天"，"煤矿工人在罢工"（63）；最后一章告诉读者，"有关于煤矿工人罢工的谣言"（239）。故事第二章告诉我们，烤蛋糕厂有一名来自西印度群岛的黑人女工，名叫大伯莎。女工伊莱恩存在严重的种族偏见和种族歧视，说衣帽间有"来自黑鬼身上的恶臭"（81），说洗手间应该隔开使用。经常无辜找碴儿，伤害黑人女性大伯莎，侮辱黑人女性的尊严。终于有一天，大伯莎感到忍无可忍，挥动有力的拳头，把伊莱恩痛打一顿，于是白人工人女性和黑人工人女性之间的关系变得紧张起来。她们认识不到遭受剥削和压迫的根源——资本主义制度与父权制，却在相同的阶级和性别之间产生内讧。大伯莎为了报复伊莱恩等工友对自己的种族歧视，改变了蛋糕经过传送带的速度，"海绵状蛋糕不再匀速到达乔安妮的面前，而是一次到达2—3个。心不在焉的观察者几乎看不出这一细微变化，然而这一变化却改变了工作的整个性质"(88)。这一改变使得乔安妮"为了调整蛋糕到达流水线末端的打包机之前的速度,不再能用一只手拿起蛋糕,另一只手把卡片放在蛋糕下面",她"不得不斜着身子,站在传送带旁,以超出正常速度许多倍的速度工作"(88)。这样改变了原来比较省事的工作,以如此之快的工作速度重复同样的动作数百次,工作结束时乔安妮感到浑身疼痛。伊莱恩的工作也受到了影响。大伯莎出于报复的"捣乱"使烤蛋糕厂流水线上的工作发生了改变,引起了生产过程的一些混乱,但力度不够,矛头也不是指向资本家,"既没有组织性,也没有明确的目标"①,而是指向工友,监工没看出来,蛋糕厂女工自己反受其害。

总的来说,《联合街》关于英国女性工人阶级对阶级剥削反抗的描写不多。这是因为,20世纪80年代,英国首相撒切尔夫人采取一系列遏制工会、镇压工人罢工的措施。因此,大规模的反抗资产阶级剥削和压迫的罢工已经很少发生。作品强调揭露、批判和抵制性别歧视,但同样提倡反抗阶级剥削,对二者的反抗有时又是紧密联系的。正如布克指出,小说《联合街》植根于"女性主义经历",作家巴克对"英国工人阶级文学的最重要贡献"或许在于"她表明反抗父权制压迫与反抗建立在阶级关系之上的资本主义压迫并不冲突"②。哈里逊太太的丈夫乔治,辛辛苦苦为资本家工作40年,退休后只有非常低微的退休金,时不时地还得向妻子要零花钱。"妻子讨厌他待在家里"(223),总感觉他碍手碍脚,于是总是"摔碟子摔碗",直到把他赶出视线。乔治·哈里逊越来越孤独,越来越感到自己无用,于是又找了一份"打扫厕所"的差事,以便拥有一份工作,拥有一定的独立性和安全感。莉莎·戈达德已生育两个孩子,第三个孩子又即将出世,丈夫又因为裁员而失业,一家人的生活雪上加霜。丈夫布赖恩在拥有工作期间,如果妻子做饭晚了,则与孩子们一起玩耍;如今没了工作,妻子做饭晚了,则和妻子吵架。布赖恩还经常到酒馆喝酒,

---

① Sarah Brophy, "Working-Class Women, Labor, and the Problem of Community in *Union Street and Liza's England*," in Sharon Monteith, et al., ed., *Critical Perspectives on Pat Barker*, Columbia: U of South Carolina P, 2005, p. 28.

② M. Keith Booker, *The Modern British Novel of the Left: A Research Guide*, Westport: Greenwood Press, 1998, p. 47.

有一次竟然把妻子为孩子出生积攒的零花钱也花在了喝酒上。丈夫发酒疯，殴打妻子；妻子在带领孩子到超市购物时，因孩子坚持要吃冰淇淋但买不起而殴打孩子。资本主义制度把工人剥削得一贫如洗，使工人的身心发生严重扭曲。找不到贫穷和悲惨命运的根源，对自己的经济地位和贫困命运听之任之，就会在亲人身上寻找发泄愤怒的途径：丈夫殴打妻子，妻子殴打孩子。受压迫者成了压迫者，对弱势群体实施暴力。工人工作时受资本家的剥削和压迫；一旦失业，身心又将遭受更严重的伤害。莉莎的丈夫失业期间无所事事，有时可怜巴巴，举止完全像小孩子。有时，"他会突然跪下来向妻子爬去，把自己的头埋在妻子的两腿之间"；"他似乎不知道自己想去哪里"；"他甚至深更半夜起床，想要找一些东西吃"；"最后，他围着沙发转啊转啊，好像成了被囚禁的人"（120）。我们看到，资本主义社会里，工人阶级男性的日子也不好过，而工人女性的日子更惨；对她们来说，反抗阶级压迫和性别歧视的任务同等艰巨。

《联合街》不仅描写了当代英国女性工人阶级对性别歧视和阶级剥削的双重反抗，而且还歌颂了她们勤劳朴实、坚强独立的优秀品质。中年妇女艾丽丝·金勤劳勇敢，助人为乐，赢得了联合街上人们的尊敬。她曾经做过烤蛋糕厂的工人，后来做过家庭佣人，尊老爱幼，美名远扬。虽然为别的家庭从事家政服务，她也把自己的家里打扫得干干净净，收拾得井井有条。对于"联合街上最干净女人的荣誉称号"，她"当之无愧"（185）。"刚搬进她婚后的房子时，屋里很乱，慢慢地她把里面收拾得井然有序。现在还有了浴室和室内卫生间。这些都是用她自己挣的钱购置的。"（186）现在，艾丽丝·金还拥有了自己的瓷器摆设柜。她的辛勤劳动与聪明才智大大改善了家居条件。她有主见，有胆略。16岁的女儿布兰达交了个15岁的男朋友，已做过6次人流，现又怀孕了。为了避免家丑，为了捍卫多年来日积月累，苦心经营而赢得的好名声，艾丽丝毅然决然，带着女儿来到住在沃夫街道的大艾琳，把孩子打掉。她与人为善，别人困难时总是伸出援助之手。穆丽尔·思凯夫的丈夫因病去世，艾丽丝·金与哈里逊太太一起，"挨门挨户地募捐，购买花圈"（168），还计划用剩余的钱购买"一只漂亮的花瓶"（177），放在穆丽尔丈夫约翰的坟墓上，以作纪念。艾丽丝·金不但热爱自己的孩子，而且爱护联合街上别人家的孩子。凯丽·布朗常到她家看电视，艾丽丝·金记得自己曾经"教给凯丽如何在没有木柴棒的情况下生火的技巧"（39）；穆丽尔·思凯夫在丈夫去世后，不得不找了一份清洁工的工作以养家糊口，但这样无法照管正在上学的两个孩子。艾丽丝·金帮她克服了这一困难，"上学前和放学后把穆丽尔的孩子们接到自己家中照管"（171），不收取任何费用。艾丽丝·金尊重老人，孝敬老人。她担任76岁的老太太爱丽丝·贝尔家中的佣人，负责老太太的生活起居，使老太太的生活得到了较好的照料，因为"艾丽丝·金到老太太家的次数，远比要求的多得多，甚至在深夜，她也被叫去把一切处理妥当"（236）。艾丽丝·金给老太太洗头、梳理，提供各种帮助。在老太太病情加重、语言不清、表达困难的情况下，她也能保持耐心，从不厌烦，"只有艾丽丝·金还有耐心，坐在老人的身旁，听她讲话"（249）。艾丽丝·金称得上一位工人阶级女性的典范。

老年女性爱丽丝·贝尔的坚强、独立、自尊、自爱，给读者留下强烈而深刻的印象。老人生活能力极强，在天气严寒、煤矿工人罢工、通货膨胀的情况下，用废旧报纸代替毛毯用来取暖；白天待在床上以节约用煤，保障寒冷的深夜里有煤炭取暖；为了保障将来体面的葬礼，节衣缩食，积攒丧葬费。她想用自己积攒的钱为自己举行比较体面的葬礼，为此不得不忍饥挨饿，因为"她的自尊，她作为人的尊严，要求她这样做"（233）。老人现年76岁，可以领到70岁老人养老金补贴。每六个月老人接待一次社会保障工作人员的家访，家访的目的是，查明老人的生活状况是否有所提高，"这些家访带来的耻辱，上流社会的装腔作势，劈头盖脸的问题，无所不在的鄙夷的目光，仅仅加强了她不惜一切代价以保持独立的决心"（233）。即使在病情加重的情况下，老人也不屈服，坚决抵制人们把她送到济贫院，坚决留在自己的家中。后来病情恶化，老人的儿子与儿媳百般劝说，老人无奈，只能在济贫院的申请书上签字，并撒了个白谎，说济贫院是个好去处，以便把儿子与儿媳打发走。"她想有尊严地死去；她想死在自己的家里。"（260）既然她已保不住自己的家，那么，她宁死也要保住自己的独立与人格尊严。于是，在寒冷的冬季，黑暗的夜晚，爱丽丝·贝尔毅然决然，采取行动，冒着刺骨的寒风，沿着又湿又滑的路面，步履蹒跚，一寸一寸地往前挪动，离开自己的家，向外面走去。她极其缓慢、非常艰难地走过联合街,穿过铁路隧道,最后来到了一家公园,坐在一只凳子上,一动不动。在寒冷漆黑的夜晚主动将自己冻死在公园里。老人爱丽丝·贝尔主动选择冻死也不愿被送到济贫院,她把自己最后的事情处理得多么惨烈!她追求独立、捍卫尊严的决心是多么果决!

综上所述,针对自己的不公命运和苦难生活,20世纪英国工人阶级自始至终进行了反抗。从世纪初到世纪末,英国工人阶级的反抗从激烈走向平缓,从平缓走向衰落。世纪初工人阶级的反抗是彻底的、根本的,主张从制度上解决问题,推翻资产阶级统治,建立社会主义;到了左翼文学的第一次高峰时期——20世纪30年代,工人运动蓬勃发展,罢工不断,英国左翼文学作品再次掀起探讨社会主义的热潮,主张建设共产主义[①];而到了20世纪中叶,工人阶级的反抗主流变成了单枪匹马式的,充满了无政府主义和个人主义色彩;80年代后,工人阶级的团结一致逐渐变得松散,共同体意识日益淡薄,工人阶级共同体逐渐走向衰落。不容乐观的是,英国工人阶级对自己受压迫命运的反抗呈现出递减的状态。

《穿破裤子的慈善家》主张推翻资本主义制度,表达了资本主义必然灭亡、社会主义必然胜利的坚定信念。而发表于1958年的《周末晨昏》,与20世纪初和30年代前后的左翼文学作品有较大区别。主人公虽然来自工人阶级或劳苦大众,但主要是工人男青年。他们不再像世纪初和30年代前后那样,饥寒交迫,面临失业威胁,在死亡线上挣扎。这时的工人阶级就业机会较有保障,工作比较稳定,工资有所提高,物质生活有所改善,购买力有所增强。工人青年开始注意塑造自己的形象,关注自己的身份,购买高档衣服,出入酒吧。他们大都身材魁梧,风流倜傥,男性荷尔蒙气息旺盛,极具男性吸引力。从主题来看,作为左翼文学,作品依然有对阶级关系与社会主义和共产主义的关注,但是比较隐晦、间接,只在文本的边缘,基本上不再以宣传和探讨社会主义和共产主义为主,不再描写工人失业和罢工,不再主张阶级斗争和暴力革命,不再倡导工人阶级的团结一致,而反映工人青年对自身身份、贫富悬殊、社会不公的彷徨、愤怒、叛逆和反抗。他们或者通过高攀婚姻跻身中上阶层,或者通过玩弄女

[①] 关于左翼文学对共产主义的探讨,笔者将另辟文阐述。

性发泄对阶级差异和社会不公的怨愤。他们缺乏阶级意识，认识不到阶级差异和社会不公的根源。他们不再主张工人阶级的团结一致，而是单枪匹马，孤军"作战"。他们的反抗缺乏战斗性，"或怨恨，或愤懑，或冷漠，愤世嫉俗，或玩世不恭、寻欢作乐，或隐居自逸，或追逐名利，或通过恶作剧和冷嘲热讽求得某种满足"①，具有无政府主义和极端个人主义色彩，主张个性的张扬，政治色彩不浓厚，认识不到资本主义制度的本质，也提不出取代资本主义制度的方案。原因何在？"二战"后美苏之间形成的冷战使世界社会主义和资本主义两大阵营之间的军事和武力斗争有所减缓，英国政府推行"福利国家"建设政策，工人的工作环境和物质生活有所改善，工资有所提高，阶级矛盾和阶级斗争有所缓和，有组织的大规模的工人罢工和运动已不再出现，工人阶级的阶级意识有所淡化，人们更加崇尚消费主义和及时行乐观念，大众文化逐渐繁荣，但是物质的富裕导致了人们精神萎缩，道德沦丧。到了20世纪60年代，一场声势浩大的青年"反文化"运动终于爆发。叛逆的青年反对战争，反对阶级差异和社会不公，反权威，反传统，反对等级秩序，反对一切正统的东西，暴力、酗酒、吸毒、性自由、性泛滥等社会现象急剧增长，这些现象已在这部小说中有所反映。《周末晨昏》表达了英国"二战"后工人青年的迷惘、彷徨、愤懑和反叛，不仅是20世纪50年代社会现实的一面镜子，也是60年代反文化思潮的先声。

　　发表于20世纪80年代的《联合街》，一方面强调了工人阶级共同体的重要性，反映了工人阶级尤其是女性工人阶级之间的团结一致。小说中的人物都居住在联合街及其附近街道，平日里大家团结一致，互相帮助。十几岁的少女凯丽·布朗遭遇强暴后不久，联合街上的邻居们知道了。"她们都认识和喜欢凯丽"，但是他们不知道该怎么办，"表现得就好像这孩子病了一样。他们问寒问暖，给她连环画和糖果。他们表示关注，过分关怀。他们甚至还替她买东西"（45）。家长们告诉自己的孩子们"像平常一样跟凯丽玩耍，不要问任何问题"（46）。穆丽尔·思凯夫的丈夫长期患重病，联合街上的人们都到她家，提供各种各样的帮助。穆丽尔的丈

---

① 王佐良、周珏良主编：《英国20世纪文学史》，外语教学与研究出版社2006年版，第365页。

夫约翰去世后,艾丽丝·金和哈里逊夫人自愿来到街上,挨门挨户,沿街来到众邻居家里募捐,以便为约翰购买花圈,街上的人们纷纷前来送葬。穆丽尔事后回忆,"我很惊讶这么多人都出来了"。艾丽丝·金告诉穆里尔说,"用街道上的人捐赠的钱买了一只漂亮的花圈","每人都出了一份钱"(175)。募捐的钱还有一些剩余,艾丽丝·金和沙利文夫人就商量买一只花瓶放在约翰的坟上。老年妇女爱丽丝·贝尔与邻里和睦相处。邻居们提供各种帮助,照料她的生活起居;但反过来,她也给街坊邻居们提供了更多的帮助,"对于年轻妇女特别是像艾丽丝·金来说,她几乎像一位母亲;对于像哈里逊夫人一样年纪大些的妇女来说,她是一位靠得住的朋友,从来不在她们背后散布闲言碎语"(239)。工人阶级的团结一致还体现在小说第一章的末尾部分。十几岁的少女凯丽·布朗受到伤害后,感觉遭到了社会的抛弃,感到孤独和绝望。她来到公园里,不期而遇小说的第七位女主人公——爱丽丝·贝尔。爱丽丝坐在一张凳子上,准备主动让寒冷把自己冻死在公园里,而不是被送到济贫院。凯丽问老人"济贫院可以给你提供饮食,供你取暖,可是你为何不去呢?"老人告诉凯丽:"生命比肉更加重要,身体比衣服更加重要。"这句话告诉我们,看问题要看到本质,内在素质远比外表重要;人生中物质追求重要,但精神追求、对生命质量本身的追求远比物质重要得多。与老人的接触使凯丽在人生中第一次认识到"老太太也曾经是一个小孩";同时,她第一次认识到"她自己是会死的"(67)。凯丽感到害怕,但并不悲哀,"她凝视着老太太,好像她掌管着、传递着生命的秘密"(67)。凯丽受到启发,决定坚强地活下去。

但是,另一方面,我们也看到,《联合街》中描写的工人阶级共同体也在逐渐衰退,走向衰落,显露出缺陷和问题。十几岁的少女凯丽·布朗遭到强暴后,街上邻居们尽管表示了关心,提供了帮助,但孩子们之所以不问任何问题,仅仅是出于父母们告诉他们的"义务",后来人们开始在背后偷偷议论她,散布闲言碎语。小伙伴们也离开她,知道凯丽·布朗"已不再是孩子"(45),渐渐疏远她,她感到越发孤独。在刚被强暴后的一段时间里,凯丽·布朗害怕成人世界,彻夜失眠,噩梦不断,小便失禁。人们来了,凯丽尽力告诉他们"那人的脸长什么样子",告诉他们

"炸鱼薯条店里那个成年人开始哭泣的情景"；但是人们对此不感兴趣，他们想听她讲述在那个废弃的"工厂院落后面的胡同里发生了什么"，并且"想听她三番五次地讲述这一点"（57—58）。我们看到，街坊邻居们并不是真心地关心受伤的少女凯丽。在他们的心灵深处，似乎还有一些不健康甚至错误的思想作怪。他们并没有提供及时的心理安慰和精神关怀，也没有对凯丽进行正确的知识教育。老年妇女爱丽丝·贝尔受到联合街上人们的照顾，尤其是艾丽丝·金，几乎是随叫随到；但是，由于老太太自尊、独立的个性，有时候她也不愿过多麻烦他人。正是在异常寒冷的一个下午，艾丽丝·金和哈里逊夫人都去外面，给各自家里捡煤块，却忘了给老人家捡晚上取暖所需的煤块，于是，老人才冒着严寒，拄着拐杖，提着木桶出去捡煤，结果摔跤，身体状况进一步恶化，儿子决定送她到济贫院。可见，联合街上的街坊邻居有照顾老人的一面，也有妨碍她独立性的一面。在第一章末尾，少女凯丽·布朗与老太太爱丽丝·贝尔在公园里相遇，或许是工人阶级女性共同体的最典型的象征。但我们发现，二人之间的交流似乎只是单方面的，缺乏足够的交互。Sarah Brophy 指出，"爱丽丝和凯丽之间的'联合'与其说是政治性的，不如说是象征性的"[①]；二人看到公园里的一棵大树，引起的联想是不一样的：对于爱丽丝·贝尔来说，是她一生的总结和象征，她由树联想到了与其他妇女之间的联系；而对于凯丽来说，虽然看到了树，但却始终走不出刻印在她头脑中的再次回忆起她遭到伤害的那间房子的阴影；爱丽丝·贝尔看到密密麻麻地栖息着小鸟的树，看到了希望和奇迹，而凯丽则把年迈的老太太爱丽丝·贝尔的身体与小鸟的脆弱联系在一起。[②] 多米尼克·黑德指出，"小说题目是关于阶级团结一致和共同体精神的反讽，因为故事情节主要是一系列来自于男性压迫和暴力的狭隘、贫穷和野蛮"，小说的"系列故事结构暗示着连续性，然而爱丽丝给凯丽留下的精神遗产是孤独和绝望"[③]。事实上，《联

[①] Sarah Brophy, "Working-Class Women, Labor, and the Problem of Community in *Union Street* and *Liza's England*," in Sharon Monteith, et al., eds., *Critical Perspectives on Pat Barker*, Columbia: U of South Carolina P, 2005, p. 36.

[②] Ibid.

[③] Dominic Head, *The Cambridge Introduction to Modern British Fiction, 1950-2000*, Chongqing: Chongqing Press, 2006, p. 68.

合街》中很多女性身上都存在着两面性。她们既向别人施以援手，又在帮助别人的同时暴露出对别人利益的冒犯。艾丽丝·金为保住自己的良好声誉，决定为女儿打胎，不惜以女儿生命为代价；人们对少女凯丽·布朗以及老太太爱丽丝·贝尔的帮助都同时带有某种程度冒犯的性质。所有这些描写，都表明20世纪80年代工人阶级共同体正在走下坡路，走向崩溃。原因何在？一是英国保守主义政府对工会权力的限制和对工人运动的镇压，导致罢工大大减少；二是英国进入后工业阶段后，重型工业受到影响，男性工人大规模失业，大量工厂废弃，服务业和科技产业兴起，工人阶级社区逐渐淡出人们的视线，工人阶级共同体逐渐走向解体；三是"资本主义商品关系深入到工人社区，对工人阶级共同体产生了分裂作用"；"'联合街'上没有了联合，没有强有力的群众运动反抗资本的权力"[1]；四是政府推行的货币主义和个人主义也逐渐被工人阶级所接受，社会上出现了金钱至上、个人主义价值观，这些都在一定程度上对工人阶级之间的团结一致产生了瓦解作用。Sarah Brophy指出，《联合街》中的女性"被描绘为通过努力奋斗，以便找到理解和重新塑造她们生活的方法的形象。然而，除了爱丽丝·贝尔，小说中的女性往往通过采取一种把个人利益凌驾于共同体利益之上，把物质利益凌驾于伦理和情感关怀之上的立场，获得权力和控制意识"[2]。总之，《联合街》展示了20世纪80年代英国撒切尔主义以及后工业时代对英国传统工业造成的冲击，以及工人阶级社区逐渐消失、工人阶级共同体走向衰落的历史变迁。

---

[1] John Brannigan, *Pat Barker* (Manchester and New York: Manchester UP, 2005) 26.

[2] Sarah Brophy, "Working-Class Women, Labor, and the Problem of Community in *Union Street* and *Liza's England*," in Sharon Monteith, et al., ed., *Critical Perspectives on Pat Barker* (Columbia: U of South Carolina P, 2005) 38.

第七章

左翼视角下的现代化历史进程

20世纪英国左翼文学主题广泛,除了描写和反映工人阶级工作、生活、情感的作品外,还有对左翼历史进行反思和表征的作品,例如刘易斯·格拉西克·吉本的《苏格兰人的书》(1932—1934)、克里斯托弗·依修武德的《诺里斯先生换火车》(1935)和《告别柏林》(1939)、杰克·林赛的《1649》(1938)、《48年的人们》(1948)和《被出卖的春天》(1953)、大卫·埃德加的《五朔节》(1983)和《桌子的形状》(1990)、帕特·巴克的《世纪女儿》(1986)、约翰·伯格的《进入他们的劳动》(1979—1990)等。笔者在本章中,将以《苏格兰人的书》为例,分析左翼作品的历史内涵。

由《落日之歌》(1932)、《云雾山谷》(1933)和《灰色的花岗岩》(1934)组成的小说三部曲《苏格兰人的书》是20世纪英国作家刘易斯·格拉西克·吉本的代表作。自20世纪30年代出版以来,小说持续受到评论界的关注。有关小说主题研究,国外有代表性的观点有:福克斯认为,吉本"超越自罗伯特·特雷塞尔以来任何作家,成为最受尊敬和赞赏的社会主义小说家"[1];D. M. 罗斯基思认为三部曲是"无产阶级经典"[2];伯顿指出,三部曲是20世纪30年代的政治文献,又是一部成功

---

[1] Pamela Fox, *Class Fictions*: *Shame and Resistance in the British Working-Class Novel*, 1890—1945 (Durham, NC: Duke UP, 1994) 194.

[2] D. M. Roskies, "Lewis Grassic Gibbon and *A Scots Quair*: Ideology, Literary Form, and Social History," *Southern Review* 15.2 (1982): 178.

的女性主义小说[1];布克认为,三部曲是一部"重要的历史小说"[2];詹妮·沃马克指出,克丽斯从苏格兰佃农农庄社区移居半工业化城镇再移居工业化城市的旅程,是"包括农业社区的消亡和20世纪30年代有战斗性的工人阶级产生的历史过程的隐喻"[3]。国内学术界对小说主题探讨的不多,高继海探讨了三部曲的语言特色、女性主义意识和进步的历史观[4];王芳探讨了三部曲对民族主义和共产主义双重理想的追寻与寄托[5]。综观国内外学术界对三部曲的主题研究,我们发现,研究主要涉及作品的无产阶级、社会主义、女性主义、民族主义、共产主义、历史观等内涵,而对于作品的历史内涵的探讨还不充分。基于此,笔者在本章将分析三部曲如何反映了苏格兰从农业文明到工业文明的现代化历史进程以及这一进程中人们的生活状况和精神状态,以拓展作品思想研究,更好地理解20世纪30年代英国左翼文学、文化的发展状况,丰富英国文学史的内涵。

第一节 苏格兰从农业到前工业再到工业文明的现代化历史进程

英国作家吉本的作品《苏格兰人的书》是一部优秀的左翼历史小说。作品立足农民、工人等劳苦大众,围绕佃农出身的女主人公克丽斯,描述了克丽斯从农村到城镇再到工业城市的生活经历和心路历程,展示了苏格兰从农业社会到工业社会的历史变迁。第一部《落日之歌》由序曲"平坦的土地""犁地""条播""播种时节""收获"和尾声"平坦的土地"

---

[1] Deirdre Burton, "A Feminist Reading of Lewis Grassic Gibbon's *A Scots Quair*," in Jeremy Hawthorn, ed. *The British Working-Class Novel in the Twentieth Century* (London: Edward Arnold Ltd, 1984) 39, 35-47.

[2] M. Keith Booker, *The Modern British Novel of the Left: A Research Guide* (Westport: Greenwood Press, 1998) 137.

[3] Jenny Wolmark, "Problems of Tone in *A Scots Quair*," *Red Letters* 11 (1981): 15-23.

[4] 高继海:《语言·命运·历史:论吉本〈苏格兰的书〉》,载《郑州大学学报》2002年第6期。

[5] 王芳:《双重理想的追寻与寄托》,载《淮北师范大学学报》2013年第1期。

组成，描述了苏格兰农业经济的解体和农业社会的结束。故事开始于1911年。克丽斯出生在一个贫穷又多子女的佃农家庭，父亲约翰·格思里勤劳、倔强，实行家长式管理，笃信宗教，坚持"上帝给几个就要几个"的生育观念，步入中年的母亲已生育四个孩子，又生下双胞胎弟弟。在未得到土地肥沃的埃希特农庄租借期延长许可的情况下，父亲带领全家冒着黑夜和暴风雨迁往土地贫瘠的布拉威里。不久，母亲实在不堪生活重负和难产的恐惧，身心交瘁，在毒死双胞胎后服毒自尽，两个弟弟跟随姑妈生活，克丽斯担当起"母亲的角色"，求学之梦破灭。后来哥哥威尔前去阿根廷，父亲瘫痪，卧床不起，数周后去世。克丽斯嫁给当地农民尤旺，继续经营农庄，辛勤耕耘，过了一段比较平静的生活，不久他们的孩子小尤旺出世。但好景不长，"一战"爆发，尤旺不得不应征入伍，到位于法国的西线战场作战。他不堪残酷战争的折磨和对家乡、妻儿的思念，鼓起勇气逃离战场，被当作逃兵在法国执行枪决。参军的社会主义者查伊在停战日被打死，无神论者长脚罗布在一次撤退中被打死，曾经接任尤旺的工头莱斯利第一个参军，第一个被打死。这几位人物可以说是金拉第农民的精英和代表。他们的去世象征着苏格兰农业经济的解体，表明"一战"摧毁了苏格兰农业文明。著名马克思主义评论家雷蒙德·威廉斯称这部小说是"关于农民解体的经典陈述"[1]，小说中的牧师在纪念被战争夺去宝贵生命的四位农民的演讲中这样说道：

> 和他们一起死去的是比他们自身更古老些的东西，这就是上一代农民，最后的古老的苏格兰人……这也就是古老的苏格兰的消逝……那旧日的一切将随着大家熟识的这四个上一代的农民一起进入他的沉睡在那儿的那片黑暗而宁静的世界。这片土地变了，他们的田苑和房屋变成了一片荒原，羊儿在那儿放牧，我们获知，庞大的机器很快就会出现在这片土地上，了不起的牧人会来饲养它，那些小佃农，那些拥有自己的房屋住宅和比他们血肉还亲的土地的小佃农消失了。[2]

---

[1] Raymond Williams, *The Country and the City* (New York: Oxford UP, 1973) 268.
[2] 刘易斯·格拉斯克·吉本：《苏格兰人的书》，曹庸等译，上海译文出版社1993年版，第284页。本章中出自该书的引文，只给出页码，不再一一作注。

这"不仅仅是对死于战争者的纪念,也是对一种终结的生活方式的纪念"[1]。对死在法国战场上的四位农民的悼念实际上"是对整个阶级的悼念,金拉第的农业消失了,植根于农业的文化也随之消失"[2]。威廉斯曾这样评价小说的历史价值,《落日之歌》"对人民历史的重要性无与伦比,因为它为这么多从来没有以记录的方式为自己说话的大众说话"[3]。

三部曲的第二部《云雾山谷》由"序言""卷云""积云""层云""雨云"组成,描写克丽斯嫁给新任牧师罗伯特·卡珲后从农村搬到镇上的生活。镇上的人口有一千多人,有纺织工人、手工工人和农民,代表苏格兰从农业到工业化社会的中间过渡阶段。克丽斯含辛茹苦,辛勤耕作,维持母子生活。她与新来的牧师罗伯特一见钟情,结婚后一家三口搬到谢格特镇上居住,度过了一段美好时光。但镇上人们生活的贫困和精神的贫瘠困扰着他们。丈夫罗伯特试图用基督教社会主义改善谢格特镇现状,幻想破灭后又转向工党社会主义。他积极投身纺织工人的罢工斗争,但罢工由于领导人出卖而失败,克丽斯也在和丈夫一起全力阻止纺织工人炸桥的奔波中病倒,导致怀中的胎儿刚生下就夭折。罗伯特在罢工失败、儿子夭折的双重打击下,陷入宗教神秘主义。在最后一次布道中,口吐鲜血,倒地身亡。儿子的夭折和丈夫的去世象征着改良道路的失败,表明基督教社会主义无法拯救苏格兰。

三部曲的最后一部《灰色的花岗岩》由"绿帘石""榍石""磷灰石""锆石"四章组成,描写克丽斯和儿子小尤旺到工业化大都市的工作和生活,代表苏格兰完成从农业文明到工业文明的转变过程。罗伯特去世后,克丽斯母子搬到工业城市邓凯恩,小尤旺成长为18岁的青年,在一家炼钢厂工作。克丽斯更加成熟,与克莱格霍恩大妈合作经营一家膳宿旅馆,维持生计。尤旺进一步受到左翼进步思想影响,积极向工人宣传革命道理,组织罢工,却不幸被出卖而进入监狱。合伙人克莱格霍恩大妈突然

---

[1] Hannah Sackett, "Nothing is True but Change: Archaeology, Time and Landscape in the Writing of Lewis Grassic Gibbon," *Scottish Archaeological Journal* 27. 1 (2005): 25.

[2] Ian Carter, "Lewis Grassic Gibbon, *A Scots Quair*, and the Peasantry," *History Workshop* 6 (Autumn 1978): 171.

[3] Raymond Williams, *The Country and the City* (New York: Oxford UP, 1973) 271.

逝世，克丽斯陷入困境，为救儿子而拿婚姻做交易，被迫嫁给浪荡子奥格尔维。奥格尔维得不到爱，远走加拿大，克丽斯"同男人的关系就此完结"（764）。儿子出狱后继续致力于革命斗争，加入共产党，成长为一名革命意志像花岗岩一样坚硬的共产主义战士。故事结尾，克丽斯的儿子尤旺准备率领工人进行五百英里伦敦饥饿大进军，党的执行委员会决定让尤旺作为新的组织者留在伦敦，继续领导共产主义革命和斗争。克丽斯回到故乡埃希特生活。

这样，《苏格兰人的书》以克丽斯的生活经历为主线，时间跨度从1911年到20世纪30年代①，空间从农村到城镇再到工业化城市，描写了克丽斯从少年到青年再到中年的成长历程，是苏格兰从农业文明到前工业化阶段再到工业文明转变过程的历史隐喻。首任丈夫尤旺在战争中被枪毙象征着苏格兰农业文明的结束，与第二任丈夫爱情的结晶——婴儿的夭折和第二任丈夫罗伯特的死亡象征着前工业化阶段终将被取代，与第三任丈夫婚姻的失败表明克丽斯与男人关系的彻底结束，也代表克丽斯的成熟。克丽斯回归出生地农村生活，象征她完成了生命循环，也象征她完成了历史循环。

第二节　苏格兰现代化历史进程中劳苦大众的苦难

作为一部优秀的历史小说，《苏格兰人的书》不仅展示了苏格兰从农业文明到工业文明的现代化历史进程，还突出描写了在这一进程中农民、手工业者、产业工人等劳苦大众的悲欢离合，尤其反映了他们的苦难。克丽斯的父亲是佃农，靠租借地主的土地维持生计。为了养家糊口，他必须拼死拼活地耕作，战天斗地，以便从土地里多收获一粒粒粮食。土地是佃农的命根子。他虽然"做事迅捷，讲公道，不倦地同土地斗争，作了土地的主人"（130），但却把他与土地的关系移植到了家庭关系中，他性格

---

① 小说在第一部《落日之歌》"序曲"中讲述了金拉第的历史后，说道："因此，到了1911年冬季，金拉第的产业只剩下了九小块"，接着开始描述金拉第的九个农庄。小说在最后一部《灰色的花岗岩》的最后一章快要结束时，写到克丽斯回到故乡生活，回忆起"她父亲二十三年前病死的情景"，由此推断，小说时间自1911年至少到1934年之后。

强悍、倔强,甚至暴虐,成了一位暴君式的家长。巨大的生存压力使他的性格和心理发生了某种程度的扭曲。他坚持男尊女卑的观念,控制不住自己的情欲,克丽斯的母亲已生育四个孩子,身心俱疲,不想再要孩子,他却冲着妻子大声吆喝:"够了?上帝要赐给我们多少,我们就要收多少,婆娘,你得当心点。"(33)克丽斯的母亲无奈,又生下双胞胎,但不久毒死双胞胎后服毒自尽;他经常用鞭子狠狠抽打未成年的儿子威尔,直打得皮开肉绽,鲜血直流,造成父子不和,后威尔远走阿根廷;他瘫痪后卧床不起,克丽斯既要耕田,又要照顾父亲,他呼唤克丽斯的哨子吹个不停,克丽斯累得筋疲力尽,好不容易到了晚上睡下来,他竟然蹑手蹑脚地来到克丽斯的门口,要求女儿与他同床,女儿吓得胆战心惊,紧锁房门,屏息呼吸,不敢入睡。父亲死后,尚未成年的克丽斯成了孤家寡人。少女克丽斯独自担负起家的责任,既要参加农业生产,又要照顾牲口,还要做所有家务。一天晚上,暴风骤雨,呼雷闪电,克丽斯深更半夜独自一人到田野里准备牵回自家的马匹,浑身湿透,老马鲍勃被雷电击死。我们看到,克丽斯的生活负担是多么沉重,生活状况可谓雪上加霜。

小说有一个突出特点,在叙事过程中,总是"注意将克丽斯的个人经历与她周围世界大的历史变化联系起来"①,以真实再现劳苦大众的生活和苦难。就在克丽斯结婚的第二年,刚刚生下小尤旺不久,第一次世界大战爆发。"一战"是帝国主义国家由于发展不平衡,各种矛盾冲突激化重新瓜分世界的战争。列宁指出,"1914—1918 年的战争,从双方来说,都是帝国主义的(即侵略的、掠夺的、强盗的)战争,都是为了瓜分世界,为了分割与重新分割殖民地、金融资本的'势力范围'等等而进行的战争。"② 战争期间,"先后有 33 个国家 15 亿人口卷入战争,双方共动员兵力七千余万人,死亡一千余万,受伤两千余万"③。战场分为西线、东线

---

① M. Keith Booker, *The Modern British Novel of the Left: A Research Guide* (Westport: Greenwood Press, 1998) 238.

② 列宁:《帝国主义是资本主义的最高阶段》,载《列宁选集》第 2 卷,人民出版社 1972 年版,第 732 页。

③ 参见《中国军事百科全书》编审委员会《中国军事百科全书》第 7 卷,军事科学出版社 1997 年版,第 240 页。转引自李公昭《美国战争小说史论》,北京大学出版社 2012 年版,第 168 页。

和南线，西线战斗最为惨烈，仅仅在战争开始前四个月西线伤亡人数就达到："德国70万人，法国85万人，英国9万人"①；在1916年著名的凡尔登战役和索姆河战役中，"德国死伤约85万人，英法约死伤95万人"②。克丽斯的新婚丈夫尤旺就被派往位于法国的西线战场作战，他是在英国议会通过征兵法案——"每个人都得去打仗，如果谁不去，就枪毙谁"（230）——的背景下，在人们讥笑他是懦夫的情况下被迫参军的。战场上的血腥杀戮、尸横遍野把尤旺变成了疯子。在回家探亲的短短几天，他对妻子发号施令，破口大骂，天天喝得烂醉，还讲述在当兵期间经常找妓女厮混的情景故意来折磨、虐待和羞辱克丽斯，晚上碰也不碰自己的妻子，对儿子小尤旺要么不理，要么斥骂，临走之际夫妻之间"既没吻别也没说一句道别的话"（253），克丽斯如同坠入五里雾中，丈二和尚一点也摸不着头脑，痛苦万分，感到这"不是她的尤旺，他的身体里钻进了另一个人，那么粗野、陌生而又强悍地来折磨她"（248），"回来的是另一个男人，那么粗野，那么残暴"（249）。回到兵营不久，尤旺就被作为"懦夫和逃兵"在法国枪毙。而在尤旺临刑前夜和他的好邻居查伊告别一幕中，我们发现事情的真相是尤旺的觉醒。他终于从战争的疯狂中清醒过来，对探亲期间"在一场昏梦中说出的胡言乱语"（264）悔恨万分，再也抑制不住对妻子、儿子和家乡的强烈思念，于是他鼓起勇气，爬出了战壕；心想"尽管毫无希望了，可如果他不再作一次努力的话，那他就是个懦夫"（264）。何为懦夫？我们看清了作家的定位，这是一场帝国主义战争，从外表和军方的角度看，尤旺是"逃离战场的懦夫"，但从爱好和平、渴望幸福生活的人的角度来看，无辜百姓卷入战争就是充当炮灰，作无谓牺牲，而一旦清醒，就必须与这种疯狂、荒诞、无理性、无意义之举抗争。由此看来，尤旺爬出战壕是"从战争中清醒"的明证，是脱离疯狂，寻求安全，奔向和平与安宁的正义、英雄之举。他"明知不可为而为之"，堪称硬汉而绝非懦夫。就在临刑前的一刻钟，尤旺回忆起家乡是多么美好，他对查伊说："还记得四月早晨田里的肥料味吗，查

---

① ［美］斯塔夫里阿诺斯：《全球通史》，吴象婴等译，北京大学出版社2012年版，第649页。
② 同上书，第651页。

伊？记得那飞过田垄的田凫吗？今晚金拉第一定很美，田凫飞翔着，克丽斯睡着了，所有的山谷都笼罩在一片迷蒙中。"（265）他回忆起在雷电大作的那个晚上他和查伊帮助克丽斯寻找马儿的情景，正是在那个晚上他和克丽斯第一次接吻，知道了克丽斯是多么喜欢他——

> 什么也比不上那个晚上，她是多么敏捷泼辣，查伊老兄，她就像一个住在宫殿里的姑娘那样守卫着自己，从那时起直到我们结婚的那晚，她和我彼此之间是那么坦诚。
> ……噢，老兄，再等你听到田凫飞越布拉威里时别忘了我——等再见到我的姑娘时为我好好看看她，为了我再也无法给她的吻，仔仔细细地看看她。（266）

我们从上文看到，尤旺对乡情、亲情、爱情的强烈和深沉的渴望。他看穿了战争的本质，带着对家乡和妻儿的无限眷恋，镇定自若地走向刑场，"既不害怕也没喊叫，显得十分安宁平静"（266）。我们也看到，战争摧毁了人们的身体与心灵，扭曲了人们的性格和心理，也完全理解了尤旺所遭受的压抑和戕害以及他的孤独、无助和恐惧。其实，在当时尤旺探家期间，克丽斯隐隐约约感到了尤旺的不安全感和病态，数次提到尤旺眼中不自觉流露的受尽苦难和折磨的恐惧神色；直到小说第三部接近尾声时，克丽斯又一次回忆这段刻骨铭心而又令人毛骨悚然的经历，依然心有余悸，后悔不已：

> 当时的尤旺不是那个头脑简单、言谈粗俗的尤旺，却成了一个在那些日子里她无法理解的阴郁的形象，只是到了后来，在她得知了他的死讯时她才明白，那个真的尤旺其实是被禁锢在那形象之后，是那么绝望地在寻找一个藏身之处，——可她却并没为之提供这样的藏身之处——完全是一个在寻找庇护所的痛苦而备受折磨的形象。（712—713）

面对这场帝国主义战争，面对这惨绝人寰的世界浩劫，不要说克丽斯，又有谁能为世界上的人们提供庇护呢？正如在尤旺临刑前查伊告诉他的那样，"你应该清楚地知道你是根本走不脱的啊"（263）。是啊，在这场史无前例的疯狂厮杀中，又有谁能幸免于难?！金拉第的四位农民精英无一生还！战争造成老百姓家破人亡，妻离子散。克丽斯一家只不过是受害家庭的一个缩影而已。尤旺因绝望而不顾一切地逃离战场试图寻回与克丽斯战前的平静生活的失败，"既象征佃农生活方式的一去不返，又象征战争的摧毁和异化作用"①。战争彻底摧毁了苏格兰的传统生活方式和农业文明。

小说还严厉批判了第一次世界大战导致的生态灾难。"一战"行将结束，小农经济破产，小农庄被资本主义大农庄收购或兼并，出现伐木工业，人们开始疯狂地追逐金钱和利润，金钱拜物日益盛行。社会主义者查伊在探家期间，目睹了家乡金拉第的变化。最大的变化有两个：一是金拉第所有树林几乎全被砍光，美丽的家乡"变得那么陌生，那么荒寂，成片树林被砍去，变得面目全非"（226），因为庄园代理人已经把树林卖给了木材厂；二是"这儿的人也变了，这场战争已经毒害了他们，他们成了发财狂（226）"。查伊发现，"每个人都在赚钱，根本不在乎战争或许会比他们的生命延续得更长；他们也不在乎这片土地上的树木都被砍光后，很快就会变成一个贫瘠之地，原先长着绿油油庄稼的土地变成只有风吹刮着石南丛生的一片荒野"（224）。看到战争给金拉第造成的惨状，查伊痛心疾首，大发雷霆，"这儿的生计全给绝了"（224）。我们知道，森林对一个地方的气候和环境具有重要作用，树林被砍光，土地就会被暴风雨摧残，造成水土流失，土壤荒漠化。不出所料，战争刚刚结束，金拉第这块古老的土地上再也长不出粮食，遍地是咩咩叫的羊群，砍伐森林给当地人造成了灾难性的影响，可谓断了他们的生命线。新来的牧师卡珲布道时痛斥："他们造出了一片荒漠，可他们竟把这叫做和平。"（278）我们也理解了为什么《落日之歌》的序曲和尾声的题目都是"平坦的土地"，因为战争结束，佃农消失，再也没有人在土地上耕耘、种庄稼，农业文明时代结束。我们由此看到，作品对现代化进程导致的生态破坏也具有比较

---

① David Smith, *Socialist Propaganda in the Twentieth-Century British Novel* (London and Basingstoke: The Macmillan Press Ltd, 1978) 117.

深刻的反映和揭露。

导致人民生活苦难的另一个重大历史事件是1929—1933年席卷整个资本主义世界的经济危机。从1921年至1935年英国常年保持两位数的失业率，1929年危机之初失业人数高达三百万，1933年1月失业率竟高达23%。劳动人民生活贫困，食不果腹，直到1939年仍有20%至30%的人生活在最低营养标准之下[①]。《云雾山谷》中谢格特镇的人们本来生活就很困难，经济危机致使他们的生活雪上加霜，"商业萧条，工厂时常停工。工人们在领救济金的屋子里转来转去，焦急地等着一名小职员给他们发放救济金"。(452)镇上物价昂贵，失业的纺织工人在街上四处闲逛，哀叹声一片。"婴儿哇哇地出世，住在早已十分拥挤的屋里。越是没有事干，小孩生得越多"（515），房子连猪圈都不如。贫困的人们借酒消愁，经常喝得酩酊大醉，有些老实人感到走投无路，甚至"割喉自尽"（516）。莫瓦特破产，工厂倒闭，工人被解雇。英国政府处理危机不力，财政状况每况愈下。"他们采用了一种新方法，叫做家庭经济情况调查，长期领取救济金的纺织工人今后的生活要由他们的亲属负担。"（520）金特尼斯夫妇付不起房租，被房东赶出门去，家具被抛在街上，金特尼斯不得不冒着冻雨外出找房直到深夜无功而返，妻子怀抱刚出生三周的婴儿一直站在冻雨里，差点冻死。无奈逃进一处废弃的屋子，又被警察诬说是乞丐，法庭要问罪；只能冒着冻雨逃往一处被遗弃的猪圈过夜，黎明时分，身心俱疲的夫妇被婴儿尖叫声惊醒，原来是"老鼠在夜里把小孩的大拇指咬掉了"，未等医生到来，小孩已中毒身亡。可见，经济危机中劳动人民的生活落魄到了何种地步！危机酿成的"割喉自尽""老鼠吃婴儿肉"等人间悲剧是多么惨烈，可谓骇人听闻，寒人心胆；其导致的苦难可谓怵目惊心，惨不忍睹。

作品通过把故事中人物经历与大的历史事件联系起来，描写了一战、经济大萧条等重大历史事件给劳苦大众带来的苦难和危害。一战是帝国主义性质的战争，经济危机是资本主义制度下生产资料私有制和榨取高额利润的唯一生产目的的不可避免的后果。由此可见，作品对劳动人民寄予深切

---

① 侯维瑞、李维屏：《英国小说史》（下），译林出版社2005年版，第444页。

同情，严厉批判了资本主义制度。

第三节 苏格兰现代化历史进程中劳苦大众的精神状态

  作品在展示苏格兰社会由农业文明转向工业文明的现代化进程中，不仅反映了劳动人民的苦难，还描写了他们的精神状态。首先，他们精神空虚，以散布闲言碎语为乐，尤其是谢格特镇上的人们，特别擅长扯淡，传播无稽之谈。最擅长捕捉并散布谣言的要数私生女阿格，绰号"好哭娃"，被称为"谢格特的快报"，谢格特发生的事她全都知道；其次是铁匠莱斯利，他的故事永远讲不完，经常把听者烦得一走了之。散布的谣言大都跟性有关，他们传说尤旺跟萨拉、牧师卡珲与女仆、西斯·布朗与多德·克朗宁、卡珲太太与纺织工人有男女关系；散布的谣言有一大部分是围绕克丽斯一家的，说克丽斯婚前怀孕，要走她母亲毒死孩子又服毒自杀的老路；说卡珲太太穿的裙子太短；老史密斯与女婿打架，卡珲劝架被说成打人，"猛击爱德·布鲁斯的脸部，后来又打了史密斯"（371），一派胡言乱语；他们关心的事情有：

  她［克丽斯］儿子尤旺穿什么衣服，说了些什么；还有他们讲了些什么，唱什么歌，吃多少，想喝什么；什么时候就寝，什么时候起身；牧师如何不知廉耻地当着女仆的面吻他的老婆……她和罗伯特怎样在床上拥抱……她是否有怀孕的迹象……（307）

  ……她［克丽斯］打算怎么办，她正转着什么念头，她穿得怎样，前一天晚上她洗过澡没有？她是否想有个男人一起睡觉，她的臀围有多少，如果她高兴的话她会同人打招呼吗，她脾性如何，那一百五十镑钱还剩下多少，那是她的儿子尤旺吗，他是否就象（像）他瞧上去那么倔强，他会进监狱还是能过得下去？（548）

  读完这些描写，我们感到非常乏味。镇上人们的精神贫瘠到了极点！他们编造谎言，捕风捉影，以散布无稽之谈自娱自乐。难怪有人评论：

"苏格兰人都一个样,他们是地球上最令人厌恶的种族……他们的流言蜚语比阴沟里的脏水还要令人作呕,在谢格特这样的小镇,在说人闲话方面,没有一个人不比杀人凶手还要厉害十倍。"(405—406)

其次,劳苦大众在社会转型期信仰丢失,道德堕落。老史密斯偷别人家的干草喂自家的牛;布朗劝诫别人不要行窃,却在出售的白糖里掺沙子,还在出售的粮食里掺木屑,蒙骗顾客;子女不孝敬亲生父母,还残忍地折磨虐待他们。戴特·皮特一看到自己年迈的父亲要花钱,"就会大发雷霆,他多半会用皮鞭抽老人的脸,让他饿着肚子睡觉";当老人生命垂危哭着要见小儿子时,戴特厉声喝道:"安静些,你这该死的还提什么要求。你很快就会在地狱里见到他的。"(337)老史密斯的房子、家具、奶牛等被女儿和女婿布鲁斯霸占多年,他们还经常侮辱老人,骂他是"老畜生""老叫花子",动不动还动手打老人,可谓道德败坏,丧尽天良。老史密斯忍气吞声,逆来顺受,总是说明晚他要不把女婿女儿的行李扔出去,他就不是人。乡亲们常常讥笑他,因为他没有做到,所以不是人。终于有一天,老史密斯帮助一名司机把陷进沟里的汽车推了出来,司机给他一小瓶烈酒以表谢意。喝下烈酒,老史密斯骑着自行车以闪电般的速度疾驰到家,对女婿布鲁斯大打出手,用皮带抽,用靴子踢,直打得女婿女儿如丧家之犬,逃之夭夭。他把他们的行李扔出屋外,布鲁斯夫妇迁往外地。老史密斯终于把房子收为己有,出了这口恶气,捍卫了做人的尊严。除了小偷小摸、弄虚作假、投机倒把、虐待老人外,人们的道德堕落还表现在不诚实,大部分人都在戴着面具生活,"大多数成年人有一半时间都在撒谎"(420),尽管谎言的编造者和听众都知道是流言蜚语,他们还在编造着、传播着、快乐着。

可见,在社会、历史转型期间,人们物质上贫穷,精神上空虚、寂寞、无聊到了何种程度。作品以看似可笑的故事展示人们精神空虚、道德败坏,决不是多余之笔,潜在的文本下有着严肃深沉的思想内涵。它促使读者深入思考,何以如此?首先,英国历史上是一个阶级界限非常明显、等级制度非常森严的社会,劳动人民缺乏接受教育的机会,知识水平低,对许多社会现象缺乏本质认识,对新学说、新知识、新思想缺乏了解,以至于小说中牧师用进化论讲解人类的起源时,老市长哈里·

霍格抱怨说，他们在谢格特镇办的最糟糕的事就是推选了卡珲牧师来布道，"他说过我们都是猿猴，不是人"（443）。读者听后感觉既可笑，又可悲，又可怜。其次，第一次世界大战使整个西方世界陷入信仰危机，精神上呈现出"荒原"状态。希望破灭，理想被毁，出现了及时行乐思想，人们对宗教的态度发生变化，大部分人尤其是青年不再去教堂，人们对传统的信仰彻底动摇，克丽斯的解释一语中的："时代变了"（482）。人们散布闲言碎语是因为"既没有书本，又不信上帝，不爱好音乐，又没有爱与恨作为你的精神支柱"（461）。经济危机，生产停滞，物价飞涨，工人失业，人们忍饥挨饿，在死亡线上挣扎。1914—1918年的战争和1929—1933年的经济危机是导致人们物质贫穷、精神空虚、道德沦丧的直接原因，而根本的原因毫无疑问是资本主义制度，由此可以看出作品深刻的批判力度。

综上所述，《苏格兰人的书》围绕克丽斯从少年到青年再到中年的生活经历和心路历程，描写了苏格兰从农业阶段到前工业化阶段再到工业化阶段的历史变迁，展示了苏格兰的现代化进程。贝克曾这样评价，三部曲是"同等关注历史和现代性"的文本[1]。小说是一则关于苏格兰现代化进程的寓言，克丽斯是苏格兰现代化进程历史的亲历者、见证人，她甚至就是历史本身，是整个苏格兰民族的化身。当他的第二任丈夫罗伯特恭喜她又怀孕时，祝贺道，"哦，克丽斯·卡列多尼亚，我娶的是一个民族呀！"（451）我们注意到，"卡列多尼亚"的英文原词是"Caledonia"，一词二义，既可用作女孩的名字，又意为"苏格兰"，由此可看出吉本的创作初衷。小说在展示苏格兰社会历史变迁过程中，把人物的个人经历与宏大的历史事件联系起来，描写了劳苦大众的苦难和精神空虚、孤独、无聊状态以及道德沦丧，对他们寄予深切同情，并试图唤醒他们的觉悟，同时对资本主义制度也进行了严厉批判。正如谢尔奇所说，三部曲是现代性的经济、社会过程的隐喻，更是20世纪30年代社会冲突的戏剧化描述[2]。作

---

[1] Timothy C. Baker, "The Romantic and the Real: James Leslie Mitchell and the Search for a Middle Way," *Journal of Modern Literature* 16.4 (2013): 54.

[2] Morag Shiach, "*A Scots Quair* and The Times of Labour," *Critical Survey* 15.2 Literature of the Thirties (2003): 41.

品将苏格兰从农业文明到工业文明的现代化进程艺术地呈现出来,"社会、历史事件与作品中人们生活有机融合"①,文本中的历史与历史的文本相互交织,相得益彰,成为社会历史大文本的艺术表征与有机组成,生动形象,真实可信。赛凯特曾称赞,"三部曲中生活和地貌的复杂性和丰富性表明,小说叙事未必是描写世界的不真实方式"②。事实上,读完三部曲,我们感到这不仅仅是关于苏格兰历史的小说,也是关于英国历史乃至整个人类社会发展史的作品,由此可见小说主题的广阔内涵,作品无愧于文学经典称号。

---

① David Smith, *Socialist Propaganda in the Twentieth-Century British Novel* (London and Basingstoke: The Macmillan Press Ltd., 1978) 119.

② Hannah Sackett, "Nothing is True but Change: Archaeology, Time and Landscape in the Writing of Lewis Grassic Gibbon," *Scottish Archaeological Journal* 27.1 (2005): 15.

第八章

对社会主义和共产主义的探索和追求

从绪论中对左翼文学概念的讨论，我们得知，阶级性和意识形态性是左翼文学的充要条件，马克思主义、社会主义、共产主义是左翼文学的核心思想特征。马克思主义认为，人类社会的最高理想是实现共产主义。文学具有重要的人学功能和社会功能，能够在陶冶人的道德情操、启迪人的心灵和精神、拯救人的灵魂以及推进社会变革中发挥独特的作用。左翼文学是政治和意识形态色彩非常浓厚的文学，毋庸置疑，共产主义也是左翼文学追求的最高理想。就20世纪英国左翼文学而言，对社会主义和共产主义的探讨是其重要主题之一。这类作品主要有罗伯特·特雷塞尔的《穿破裤子的慈善家》（1914），刘易斯·格拉西克·吉本的《苏格兰人的书》（1932—3194），刘易斯·琼斯的小说《库玛地》（1937）和《我们生活》（1939），阿诺德·威斯克的三部曲《大麦鸡汤》（1958），《根》（1959）和《我在谈论耶路撒冷》（1960），霍华德·布伦顿的《幸福的武器》（1976）等。《苏格兰人的书》可被看作是对社会主义和共产主义探索的代表作。

第一节　从基督教社会主义到工党社会主义
　　　　　再到宗教神秘主义

《苏格兰人的书》是由《落日之歌》、《云雾山谷》和《灰色的花岗岩》组成的三部曲，是20世纪英国左翼文学的经典力作，奠定了刘易斯·格拉西克·吉本20世纪英国重要小说家的地位。自20世纪30年代

<<< 第八章　对社会主义和共产主义的探索和追求

出版以来，小说受到评论界的高度赞誉，被称为"当今苏格兰文学中最伟大的小说"[1]；史密斯认为，三部曲优越于20世纪30年代任何革命小说，在20世纪30年代所有革命小说中，《苏格兰人的书》在真正意义上仍然是唯一一部活生生的文学的一部分，年年重印，时时受到评论家的关注。[2]《苏格兰人的书》不仅描写了苏格兰的历史变迁，反映了现代化进程中苏格兰人的苦难和精神空虚、信仰破灭、道德沦丧，暴露了苏格兰存在的问题，更为重要的是，对苏格兰的未来进行了持续探索，这一探索与主人公克丽斯的个人经历紧密联系，围绕克丽斯与她周围人物的关系展开，与展示苏格兰奔向现代化的进程交织在一起，从基督教社会主义到工党社会主义到宗教神秘主义，再到社会主义和共产主义，最后明确指出，共产主义是苏格兰的唯一希望。这些探索贯穿全书始终，是全书的另一重要主线。

　　描写苏格兰农业时代结束的《落日之歌》蕴含着对社会主义肤浅的、零散的探索，主要是围绕克丽斯的好邻居查伊展开。查伊是一个社会主义者，又是一个基督徒，认为"资本主义制度下没有什么公道可言，一场革命很快就会扫清它那些腐败的走卒"[3]，鼓吹天底下富人和穷人应该平等，相信教育是"劳动人民要与富人平起平坐所需要的东西"（97）。他对社会主义充满信心，对机械化持开明和欢迎的态度，认为在社会主义国家，"机器是人类的好朋友"（174）。他对第一次世界大战寄予厚望，坚信一战"会给世界带来一个好结果，它将永远消灭军队和战斗，最终社会主义会到来"（228—229），他"一直热衷于当个工党候选人"（276）。可惜他在停战日被打死在战场上。总的来说，查伊对社会主义肤浅的理解带有宗教色彩，他的死，象征社会主义初步探索告一段落，标志着农业文明时代的结束，证明农民阶级不是先进生产力的代表，不能拯救苏格兰，或许在深层次上暗示资本主义与社会主义两大政治阵营不可调和的冲突，

---

[1] James D. Young, "Marxism and the Scottish National Question," *Journal of Contemporary History* 18.1 (1983): 150.

[2] David Smith, *Socialist Propaganda in the Twentieth-century British Novel* (London and Basingstoke: The Macmillan Press Ltd., 1978) 112.

[3] ［英］刘易斯·格拉西克·吉本：《苏格兰人的书》，曹庸等译，上海译文出版社1993年版，第30页。以下出自该书的引文，只在文中给出页码，不再一一作注。

正如布克指出,"查伊在停战日被打死,或许指代许多左翼思想家把第一次世界大战及其最终解决看作是企图阻止20世纪初积聚的工人阶级政治力量以便把社会主义作为西欧一种严重的政治威胁灭绝的思维方式"①。《落日之歌》接近尾声,牧师在纪念四位在一战中牺牲的农民时说道,"一个更伟大的希望和一个崭新的世界正光芒四射,喷薄欲出"(285),既体现出对未来的期盼,也为小说第二部对苏格兰未来道路的继续探索作了铺垫。

作品第二部《云雾山谷》继续对苏格兰的未来进行探索。贯穿作品、拯救苏格兰的方案主要是克丽斯的第二任丈夫罗伯特牧师的基督教社会主义。克丽斯一家生活的谢格特镇象征苏格兰奔向工业文明的过渡阶段,可称为前工业化阶段。罗伯特笃信宗教,关心人民疾苦,经常接济穷人。镇上人们生活贫困,精神空虚,第一次世界大战和经济危机使这种状况雪上加霜,镇上"有仇恨、恐惧和不愉快的事,酒鬼在街上吵闹,小学校难以维持;住房破旧不堪"(357)。面对如此情况,罗伯特下定决心改善现状,"必须进行变革,不然就要在这里、在谢格特,象(像)在全世界一样灭亡"(341)。首先,克丽斯和罗伯特批判了企图把苏格兰引入邪道的法西斯主义。第一次世界大战是帝国主义瓜分世界的战争,对世人的身心摧残史无前例,丝毫没有改善劳苦大众的现状。谢格特镇的情况依然如故,"一切和过去一样,大战没有使乡亲们的境遇有所好转"(340),证明战争不能救世。于是有人企图以法西斯主义拯救现状,老市长霍格的儿子小霍格已加入法西斯党。地主资本家小莫瓦特强调纪律、"秩序和等级制度",企图仿效意大利而统治苏格兰(413)。其实质是法西斯主义。"法西斯主义"是一种国家民族主义的政治运动,20世纪20至40年代在墨索里尼统治下主宰意大利。这种政治哲学"强调国家至高无上的地位和国家荣耀,对国家领袖绝对服从,个人的意志要屈从于国家政权,以及严厉镇压异己分子。他们歌颂军事美德而诋毁自由民主。20世纪法西斯

---

① M. Keith Booker, *The Modern British Novel of the Left: A Research Guide* (Westport: Greenwood Press, 1998) 138.

主义兴起的原因部分是出于对下层阶级势力崛起的恐惧"①。莫瓦特的"救国方案"被克丽斯批驳得体无完肤：

> 在这多风的缅恩斯山谷有史以来历史上所有的著名事件忽然一幕一幕地重现在她眼前，而她都没有讲：古代用屠宰牲口作为祭祀和赎罪的仪式，在这种仪式上直立着的大石碑好比是那些死去的国王；首领和领袖们干的丑事和残酷的行为；乡亲们——她的乡亲——他们过着这样的生活——夜晚在土屋里冻得奄奄一息，他们为了填饱肚子从黎明起就要拼死拼活地干，农奴和雇工受着莫瓦特地主的践踏，受着军队的蹂躏，遭到帝王们的鄙视，在国民契约时期他们曾奋起造反，却遭到绅士们的镇压，他们遭受的统治和他们的痛苦生活使他们成为可怜的、爱说闲话的小人，这在他们恐惧的心灵上又加了一种令人厌恶的脾性，他们和蔼的灵魂被人歪曲了，被蒙上一层卑劣的色彩。(414)

莫瓦特还在牧师组织罢工前劝说他们一家加入一个志愿组织，罢工期间支援国家，被克丽斯和牧师严词拒绝，牧师告诉他，"我将竭尽全力来阻挠任何企图干涉罢工的志愿组织或类似的恶棍的工作"（462）。莫瓦特之流的阴谋幸亏被及时戳穿，后来他的工厂也在经济危机中破产，苏格兰没有被引上法西斯主义的邪道。

其次，牧师罗伯特企图以基督教社会主义改善苏格兰的现状。基督教与社会主义的联系在于，它的某些信条与社会主义的一些主张相似，比如它反对私有制、反对聚敛财富，提倡行善，倡导平等，力主解放奴役和贫困等。基督教社会主义在法国源远流长。英国基督教社会主义的主要创始人是 J. 莫里斯（John Frederick Dennison Maurice，1805—1872）。基督教社会主义理论的基本核心是"把基督教社会主义化，把社会主义基督教化"，"在基督教社会主义者看来，社会主义和基督教的本质并不是相悖

---

① 美国不列颠百科全书公司编著：《不列颠简明百科全书》，中国大百科全书出版社编译，中国大百科全书出版社2011年版，第453页。

的，而是相互联系的"①。把基督教社会主义学说从法国传播到英国的 J. 勒德罗（John Malcolm Forbes Ludlow, 1821—1911）曾经指出，"从一方面说，没有基督教的社会主义是没有生命的，正如脱落的羽毛那样，是很容易被吹散的；从另一方面说，脱离社会主义的基督教是冷酷而无力的。"② 作品中罗伯特深深认识到改革的必要性，"世界迫切地等待着变革"，他在布道中"发动了改革谢格特的运动"（357）。谢格特镇象征第一次世界大战后从农业文明向工业文明的过渡阶段，阶级关系异常复杂。镇上人口不足一千，一半为纺织工人，剩下的有手工工人、小商贩、修路工、铁路工等。纺织工人恨资本家，新镇人又恨纺织工人，纺织工人和农场农民因矛盾冲突而大打出手。对于罗伯特发动的基督教社会主义改革计划，老百姓感到宗教已不合时宜，中上阶层丝毫不同情百姓疾苦，更不愿意放弃自己的丝毫利益，他们宁愿维持现状或者回到过去，致使罗伯特的计划破产。他非常遗憾，"我曾以为有些文化的人会有所帮助。看来他们不会有什么帮助——中产阶级的人们和上层阶级的人们以及所有依附于他们的穷鬼们，他们认为我们能象（像）现在这样坚持下去——或者走回头路——他们无时不知他们脑子里尽是谎言"。（414）由此来看，罗伯特联合中上阶级拯救谢格特镇的希望只是一团迷雾，基督教社会主义不能解决苏格兰的问题。马克思恩格斯这样评价基督教社会主义的阶级实质，它"只不过是僧侣用来使贵族的怨愤神圣化的圣水罢了"③。可见，基督教社会主义的阶级实质决定了它必然失败。

再次，基督教社会主义改革计划幻灭后，属于中产阶级的罗伯特牧师及时调整立场，坚定地站在纺织工人一边，积极投身于纺织工人的工党社会主义。工党是英国两大政党之一。起源于1900年2月成立的劳工代表委员会，1906年改称工党。第一次世界大战期间，支持政府的战争政策，并加入自由党联合内阁。自20世纪初开始，工党力量日益壮大。1918年6月，工党通过纲领性声明《工党与新社会秩序》，首次提出埋葬私有制，

---

① 徐觉哉：《社会主义流派史》，上海人民出版社2007年版，第44、46页。
② ［德］M. 比尔：《英国社会主义史》下卷，商务印书馆1959年版，第167页。
③ 《马克思恩格斯选集》第1卷，人民出版社1995年版，第297页。

表明了工党的社会主义性质。① 1924年1月，工党首次组阁，拉姆齐·麦克唐纳出任首相，标志着工党正式开始掌握政权，此后长期与保守党轮流执政。作品中罗伯特加入工党，与社会主义领袖约翰·克朗宁多次谈论谢格特的问题和即将来临的社会主义，再次发动征服谢格特的行动。他们准备五月份领导矿工罢工。罗伯特希望并相信"这场斗争是人类最终获得自由的时代的起点，人类是属于上帝的，他们将过上极为幸福的生活"(456)。领导者还计划通过这次罢工夺取政权。这次罢工实际上影射英国历史上著名的1926年全国大罢工，当时卷入矿工及其他许多行业工人300万，声势浩大。故事中，据说纺织工人要去炸掉谢格特高桥，罗伯特和克朗宁急忙跑去阻止，克丽斯紧随其后，原来只是炸药试验，克丽斯由于奔跑和担心而病倒，导致怀中婴儿刚生下就夭折。随即罢工因领导人背叛而失败，纺织厂依然不景气。罗伯特痛骂了背叛罢工的领导人，"怕被监禁，出卖了这场罢工以保全他们自己"(469)。乔克·克朗宁到格拉斯哥的工会找到一份工作。他出卖了工人，老克朗宁大骂他是叛徒。孩子的夭折，象征着罗伯特工党社会主义探索的流产。

最后，工党社会主义道路的失败和孩子的夭折使罗伯特牧师受到双重沉重打击。他陷入极度痛苦和自我封闭之中，沉默寡言，离群索居，郁郁寡欢，陷入宗教神秘主义。他要么看看书，要么做做白日梦，经常看到上帝的颜面。一天，他开完牧师会议，骑自行车回家途中经过邓诺塔树林时想歇歇脚。正值黄昏时分，他忽然看到有个人影慢慢走来，

> 他从路边过来，走得那么轻，罗伯特没有听到他过来或走过，后来他抬起头来，看见他已很近，样子很疲惫，他脸色苍白，面容奇特，他不是鬼，因为他的头发从他头上吹散后，他伸出手来把头发理齐了。这时罗伯特看到了这人的手和被刺穿的手掌，罗伯特惊呆了，一动不动地站在那里，这人影继续向前走着，穿过静静的邓诺塔树林，一直走到夕阳西下的安静的地方，一只斑尾林鸽在远处的树上低声鸣叫着，罗伯特听到斯通哈文的火车声，他站在那儿又凝视了一会

---

① 1995年工党在布莱尔领导下修改了党章，正式放弃社会主义目标。

儿，然后他身体靠在自行车上颤抖起来，突然他双手捂着脸哭了。(484)

我们看到，罗伯特看到的幻影实际上就是耶稣基督。他苦读《圣经》，关心百姓疾苦，以满腔热情投入到拯救百姓于水火的行动之中，基督教社会主义的失败、工党社会主义的破产、孩子的夭折使他痛苦异常，战争和经济危机对百姓生活、心灵、道德的冲击困扰着他，"割喉自尽"、虐待亲生父亲、父母被迫住进猪圈，致使婴儿手指被老鼠咬掉而身亡等人间惨剧，撕扯着他的心灵，刺痛着他的神经，救世的炽热之情频频遭遇失败的冷水，使他感到救世无门，束手无策，以至于痛哭流涕。然而，他并没有绝望，依然寄希望于基督教，倡导基督精神。他在布道中频繁强调，"耶稣基督还在大地上行走"，"每一个人都必须亲自去寻找基督，在他们自己身上去寻觅已为世界所摒弃的东西，寻找上帝的爱和人与人之间的友情"(491)。而时代之变化使谢格特镇的人们讨厌牧师的布道。在最后一次布道中，罗伯特终于看到了宗教之梦的不合时宜。他说完下面这段话后，口吐鲜血，倒在布道坛上身亡：

当我们看到太阳已经昏黯，看到教堂的帷幕已被撕裂，我们似乎看到了人类在西方的末日，看到了人们所做的最奇怪的迷梦的终止——这是关于上帝和基督的梦，基督赐予这个世界以希望，这一希望象（像）风似的到处飘流，它又象（像）风似的返回，一事无成。这个世界已毫无希望——就我，作为基督的最后一名追随者，看是这样——除非人们能忘却基督的迷梦，忘掉他们在对上帝的信仰动摇时背着基督自己伪造的教义——并转而用明亮的眼睛去寻觅，不是去寻找饥民挨饿、小孩在无尽头的黑夜中的啼哭、人被野兽吞噬时的嚎叫等悲惨的景象……要有一种绝对肯定的信条，它就象（像）一把刀，一把外科医生的手术刀，切除疑团和疾病——目光敏锐的人们或许能找到它，在遥远的将来，人们在地球上过着和平、欢乐的生活时，基督会回来的——(534)

这段话意味着罗伯特追寻的上帝之梦的彻底破灭。他看到依靠宗教救世不现实,行不通,如梦初醒,告诫人们放弃虚幻的基督救世之梦,去寻找"一种绝对肯定的信条",这种拯救苏格兰现状的救世方略"将象(像)一把刀,一把外科医生的手术刀,切除疑团和疾病",带领人们走向"和平、欢乐的生活"。这段话表明他对基督教救世的不现实有了深刻认识,但他并没有对耶稣基督的精神丧失信心,更对依靠新的、绝对的信条来改善百姓生活的光明前途充满希望,由此可见牧师对宗教的虔诚和痴迷以及对新信条的信心和期待。同时,这段话也为作品第三部《灰色的花岗岩》对苏格兰未来道路的继续探索埋下了伏笔。

总之,作品第二部《云雾山谷》中,克丽斯的第二任丈夫罗伯特牧师继续对苏格兰的未来道路进行探索,其基督教社会主义、工党社会主义和宗教神秘主义都以失败告终。小说题目和各章的标题都具有象征意义。题目"云雾山谷"使读者想象到"布满浓密云雾的山间谷地",定下了本部小说基督教社会主义信条的"模糊""不清晰"和"对现实的遮蔽"的总基调。小说的前三章的标题依次为"卷云""积云""层云",象征罗伯特救世理想和计划的模糊程度日益加深,最后一章标题为"雨云",象征罗伯特的信仰即将变得明晰,有"雨过天晴、拨云见日"之兆,预示着三部曲的第三部对苏格兰未来道路的探索将充满希望。孩子的夭折象征罗伯特拯救谢格特乃至苏格兰的理想的破产,罗伯特的死亡象征着对苏格兰未来道路的基督教社会主义探索的终结和失败。

第二节 从社会主义到共产主义

作品第三部《灰色的花岗岩》继续对苏格兰未来的道路进行探索,围绕主人公尤旺展开,明确表明:共产主义是苏格兰的唯一出路。《苏格兰人的书》是一部左翼历史小说,也是一部成长小说。它与传统的成长小说有明显不同:主人公克丽斯是女性而非男性,来自下层而非中上阶层,故事采用女性叙事视角,时间上不仅仅从克丽斯的少年到青年,又延续到她的中年。另外,作品的复式和对称结构也非常突出,尤其是到了第三部,小尤旺成为故事的另一主人公,从一名工人成长为社会主义者,最后成为坚强的共产主义战士。完全可以说，小说也是关于尤旺工作经历和思想发展历程的成长小说，尤旺在第三部小说中的主人公位置丝毫不亚于克丽斯，甚至有所超越。尤旺对苏格兰未来道路的探索与他的共产主义活动以及他从社会主义者到共产主义者的成长成熟过程紧密交织在一起。他有关社会主义理论知识主要来源于继父罗伯特牧师和他的女朋友埃伦。罗伯特是一位基督教社会主义者，尤旺喜欢读书，他"把牧师住宅里能找到的书全看过了"（427），包括社会主义方面的书籍，例如英国首位工党首相拉姆齐·麦克唐纳的书等；和母亲移居邓凯恩后，社会主义者埃伦住进了他母亲经营的寄宿旅馆，不久尤旺和埃伦发展为恋人关系。在两人相识、交往的过程中，埃伦有关社会主义方面的书籍和她的社会主义思想无形之中影响了尤旺，是她介绍尤旺成为社会主义者的。尤旺的共产主义知识主要来源于共产党领导人吉姆·特雷斯———一位久经考验、经验丰富的共产党领袖。尤旺把社会主义和共产主义知识运用于工人运动实践，积极致力于组建工人支部、筹办募捐舞会、组织工人罢工、宣传发动群众、领导伦敦饥饿大进军等一系列轰轰烈烈的工人革命运动，继续寻找和探索苏格兰的未来道路和希望。

首先，尤旺积极参与向市政厅的进军，组建工人支部，发展会员，从一名工人成为社会主义者，把个人命运与劳苦大众的命运紧密联系起来。尤旺到达邓凯恩市后，成了一名炼钢工人。他积极参加工人运动。为"打倒卑鄙的试验、饥饿和战争"（604），共产党人特雷斯和塞尔登共同领导失业者向市政厅进军，轰动了半个邓凯恩。失业工人与骑警发生激烈冲突，特雷斯被捕，一位老人被警察的马撞倒，胸膛被踩得稀烂而死。恰在这时，一辆装满啤酒瓶的卡车堵住了人行道，说时迟那时快，尤旺灵机一动，挥舞手臂，高声吆喝："打破那辆卡车取瓶子！"（611）失业工人撞翻卡车，把啤酒瓶纷纷投向警察，警察溃逃。瓶子扔完后，尤旺和塞尔登又带领人们四下散开。这场罢工之后，警察用电警棍噼噼啪啪狠揍罢工者、无辜老人被马践踏而死的情景反复在尤旺脑海里浮现，始终挥之不去。他进一步了解了工人和劳苦大众的苦难以及不觉悟，越发愤恨世道之不公。在重游美术博物馆的过程中，尤旺发现，美术馆收藏这么多画，没有反映劳苦大众的苦难和反抗的画面，然而这些画面却在他的记忆中全部浮现出来：

> 一幅一幅的画四周都是干涸的血迹，从来没人画过，或是在任何画廊里挂过——那是一幅幅关于有史以来那些可怜的民众的画面，他们受愚弄，被谋杀，遭蹂躏，被践踏成泥浆，真是人类的令人生厌的堕落，他们受尽饥寒交困，头脑一片浑噩，他们采取的愚蠢的报仇行径，却一直怀着稚气的希冀——就是这些人建起了上帝的明斯特城，却遭绞杀，然后成批地给教会焚化；这些人是斯巴达克斯同盟的成员；是图森—路维杜尔的黑人；是那些在努勒给绞死的帕克笔下的水手；也是那些在罗耶尔麦尔遭人虐待的布鲁人。画面中不断出现的人们是跟你同一血缘的，是农民、奴隶和民众，是他们六千年来所过的非人的生活——（627）

这段话是尤旺参加向市政厅进军之后，现实中考盖特百姓的苦难促使他深入思考的结果，重游美术博物馆，他有了新的收获。其一，尤旺从美术博物馆陈列的"看得见的"画面看见了那些"被遮盖的""看不见的"历史的真正面目，从人类现实的苦难和命运联想到了人类历史上的苦难和命运。他发现，人类有史以来，由于存在着剥削制度，劳动人民遭受统治者的压迫，饥寒交迫，任人宰割。他们创造了人类的历史和辉煌的文化，却遭到杀戮和践踏。他们的历史功绩被埋没，他们的悲惨命运被扭曲，历史的真相一直被掩盖。其二，我们分明看到，尤旺头脑中出现一个个质疑的问号和愤怒的感叹号。面对历史和世道的不公，他义愤填膺，怒不可遏。其三，尤旺把自己的命运和历史上劳苦大众的命运紧紧地联系在一起，他自己就是受苦受难的人类中的一员，"好象（像）那是你自己正在遭受历史的折磨，被践踏，遭蔑视，棍棒交加，似乎那每一声声的惨叫，每道伤痕，所有的血肉都是你的，你的肉，你的血"（628）。此后，尤旺准备肩负历史的重任，成为社会主义者，更加积极地开展轰轰烈烈的工人运动。针对高恩斯·格洛格公司招收学徒工解雇老工人的做法，他威胁说要发起罢工；针对邓凯恩工人组织的不力，他准备建立邓凯恩工人支部，让工党和共产党"这两个组织为了劳动大众的共同利益而携手合作"

(637),"把工党和赤色分子联合起来"(644),以唤醒工人的觉悟,逐渐发展壮大,等待时机控制整个邓凯恩;得知高恩斯·格洛格公司正在制造弹壳和毒气弹,尤旺立即召开支部会议,准备发动罢工坚决阻止这项工作。他首先引用一战中一位护士的日记,向工人们讲解了毒气弹的危害:

> 我收到一封来自这家医院的急件,需要立即处理。我匆忙赶到那儿,几乎同时,一长列救护车,满载了那些不幸的囚犯,也开始抵达医院。起先到了二十人,后来有了成百人,都是伤残的,到处是喘息声、尖叫声、哽咽声。医院里满是法国人,他们在空中乱抓乱挠,呼吸困难。数十人就象(像)苍蝇般死去,暴怒中他们把自己的衣服撕成碎条,他们的脸发青,看上去是那么可怕而又悲惨,这些脸全都扭歪得失去了人形——(659)

接着组成了行动委员会,然后举办六便士舞会发展会员。支部舞会搞得红红火火,尤旺号召青年工人们"团结起来,停止过去的争吵,用他们成千上万双手臂去抓住属于他们的生活"(665),引起青年工人的强烈共鸣。他突然感觉到他"似乎永远不再是一个人了,他只应该是他们中的一个……他们所有人的血液、骨骼和肌肉,他们的思想、疑虑和爱情,这一切的一切都和他融为一体……这个一度是那么傲慢、冷漠、孤独的尤旺·塔文达尔……从此永远离开了他"(665)。

这次讲话表明尤旺在成长的道路上又前进一步,接受人生的第一次洗礼,从一名工人成为社会主义者,把个人命运与工人阶级和劳动大众的命运紧密联系起来,从此不再单枪匹马,孤军奋战。

其次,尤旺积极组织罢工,虽被出卖而进入监狱,但坚贞不屈,在成长的道路上又前进一步,成为一名共产主义战士。高恩斯·格洛格公司仍然不停止生产弹筒弹壳,在特雷斯、塞尔登的协助下,尤旺组织领导工人罢工。他们掌握了一笔罢工基金,罢工持续数日,警察与罢工者激烈冲突,工人把工贼老爱德华兹扔进水里淹死,往警察眼里撒胡椒粉,致使警察扔下警棍,捂住眼睛。艾利克因怀疑尤旺给他姐姐搞怀孕而栽赃陷害尤旺,尤旺被捕入狱。警察对尤旺严刑拷打,断定是他撒的胡椒粉并要他承认淹死了爱德华兹，尤旺强忍疼痛，虽被折磨得死去活来，但一直保持沉默。

  他真正的自我超越了他，使他外面包上了一层冰的外壳，这个自我用一种冷峭的、无动于衷的目光注视着他们怎么做出种种羞辱他的身体的事情，看他们威胁着说还要做出更羞辱人的事，就这么折磨着他的身体，最后他的自我退缩到了那层冰壳后面，又一次昏厥过去……
  ……他觉得他再也不是尤旺·塔文达尔了，他消失了，整个身子受尽折磨被扯成鲜血淋淋的成百块碎块，散布在全世界，苏格兰也有，英格兰也有，德国纳粹的酷刑室里也有，波兰乌克兰的苦难营里也有；是监狱里受尽折磨的一团铅灰色的扭曲的东西，那是南京的共产党人；是关在阿拉巴马牢房里的黑人孩子，他们用剃刀戳进他的身子，残忍地仔细地凌迟着他。他就是他们中的一个，他们给世界的主人们折磨得嘴唇抽搐，血肉横飞，发出一声声的哀号，而就是这些主人撒下了弥天大谎，说什么要用和平、民主、公正和文明的传统来实现进步……
  他感到一阵极大的喜悦，知道自己就属于那支大军——属于那支饱受折磨痛苦的血淋淋的大军，那是最后的阶级群落、古代的最低贱者的最褴褛的先锋，正步履蹒跚地跋涉着，走啊走，那是一大片黝黑的脸的海洋，举起给监狱的血染红的一面面旗帜，那也是受尽折磨的工人的撕出的内脏做成的旗帜，还有那六千年来受奴役受压迫所发出的呐喊和歌唱，声音响彻宇宙。对他们来说，没有退却，没有安全，也没有报酬，只是被这黑色的奋不顾身的潮流推拥着，首当其冲地经受冲击，赢得第一个荣誉，第一个死亡，第一次生命，就象（像）从来没有生存过一样——（701—702）

  这次领导罢工遭人陷害而被捕入狱受难的经历，对尤旺来说刻骨铭心。他在成长的道路上又前进了一大步，在探索苏格兰未来道路上迈出关键一步，发生质的变化。他终于找到了拯救苏格兰的正确的信仰——共产主义,也接受了人生第二次洗礼——共产主义洗礼。上面这段话在探索苏格兰未来和尤旺成长成熟过程中具有重要意义。第一,它明确表明尤旺从社会主义者成长为坚强的共产主义战士。面对人生历练和严峻考验,尤旺实现了人生的第一次自我超越,形成了新的"自我",这个"真正的自我"形成了坚硬的、冷峻的外壳,把尤旺的整个身体严严实实地包裹起来,成为他的护身符和保护伞,犹如铜墙铁壁,刀枪不入。警察百般虐待他的身体,却无法从尤旺口中得到任何信息,哪怕一次次被折磨得昏厥过去,什么也不能动摇他的信仰,他的意志。这个保护尤旺的外壳就是"共产主义信仰",这个"真正的自我"就是尤旺的"坚定的共产主义意志"。第二,尤旺告别了过去的尤旺,脱胎换骨,成长为一名坚强的共产主义战士,决心和全世界的共产党人和无产者联合起来,进行艰苦卓绝的斗争。他彻底看透了统治者剥削压迫无产阶级和劳苦大众的残忍本质,戳穿了他们"和平、民主、公正、文明"的弥天大谎。第三,作为共产主义战士,尤旺下定决心,将投入共产主义运动的滚滚洪流,团结、带领共产党人和无产者同一切压迫阶级进行坚决斗争,冲锋陷阵,勇往直前,不计得失,直到实现没有阶级的共产主义社会。他认为,只有把自己与共产党人和一切受压迫者紧密团结起来,融为一体,只有把自己投入到轰轰烈烈的推翻压迫阶级的斗争中,只有把自己奉献给共产主义事业,生命才有价值,才能绽放出光彩。否则,生命就没有意义,"就像从来没有生存过"。

一旦成长为一名坚定的共产主义战士,尤旺就不遗余力地致力于共产主义奋斗事业。刚一出狱,遇到工人示威队伍,尤旺就用清晰、冷静的嗓音说道:

> 他们不必再去闹一场混乱,不必对一个去为革命工作的人期望过多,他就是这样,他并没有获得多少。他只学到一点:共产主义是正确的。我们只有通过暴力才能击败野蛮势力,和平改良的计划完全就象(像)要用一本《圣经》去追捕一只孟加拉虎。他们必须把大众组织起来,促使他们去思考,让他们擦亮眼睛,让他们知道,只有通过阶级斗争直到把那班老爷拉下马,把它们踩在地上,他们才能赢得

第八章 对社会主义和共产主义的探索和追求

权力——（711—712）

这段话明确告诉我们，尤旺确信他的信仰——共产主义是正确的，也表明尤旺的思想完全成熟。他找到了共产主义信仰，也在心理意义上"真正长大"。他表面上轻松地说"只学到一点"，实际上字正腔圆，铿锵有力，掷地有声，表明"他找到了一切"，收获可谓大矣！他强调了发动民众、唤醒民众的极端重要性，强调了开展有组织斗争的极端重要性，否定了一切"和平改良计划"，认为共产主义是拯救苏格兰的唯一道路，暴力革命是对付一切野蛮势力的唯一手段，阶级斗争是实现无产阶级专政的唯一途径。这些观点都闪烁着马克思主义的科学社会主义思想，大大深化了作品的左翼主题。

最后，尤旺充分认识到无产阶级革命的道路漫长而曲折，他的共产主义信仰越发坚定。尤旺出狱不久，工人们复工，条件是装填毒气的工厂放慢生产速度，增加计件工资。对于这一结果，特雷斯和尤旺都不能接受："历史真不是玩意儿"，"不是学生，不是历史学家，也不是一个聪明的改革家，而是活生生的历史本身"（715）。是啊，历史就是历史本身，每天发生、完成、继续，循环往复，以至无穷；历史不是脱离实际的学生，也不是把历史本身作为素材进行研究的历史学家，也不总会让改革家按照自己的理想和心愿如愿以偿；历史活生生的，时时刻刻存在着，创造着。后来尤旺总结道，"我们必须服从历史，而别想去主宰历史"（740）。人们不能假想历史，不能超越历史，革命不能急于求成。尤旺在一次次革命斗争中成长锻炼，对共产主义革命的复杂性和资产阶级的垂死挣扎有充分认识，"资本主义还有上百种诡计能使之躲避开自己的末日，法西斯主义啦，新政啦，道格拉斯主义啦，还有战争；而法西斯主义或许还能更延长它的寿命"（740）。他坚持领导工人革命，失业后，在一家花岗岩工场找到一份工作，迅疾致力于宣传教育工人，提高他们的觉悟。针对高恩斯·格洛格公司建造化学楼、装填毒气、部分工人害怕失业而退缩的状况，尤旺坚持发表演说，号召工人们团结起来，坚定工人对共产主义的信心。后来政府有关部门在高恩斯·格洛格公司挤满人的库房里测试毒气引起爆炸事故，尤旺大胆揭露并策划一次激烈的斗争，人们砸烂了高恩斯家房子的窗户。运动关键时刻，领导人塞尔登背叛革命，携款而逃；尤旺的女朋友埃伦因怕失业而屈服于当局，决定脱党，两人从此分道扬镳；这一切不但没有动摇尤旺的革命意志，相反使他的共产主义信念越发坚定。他进一步认识了革命的复杂性和艰巨性，"只要是为了党的目标，明天特雷斯就会把他出卖给警察"（756），并做好了充分准备，"对于走上了工人道路的人来说……他只能过一种不管自己如何疲倦也要过下去的生活，这种生活必须不畏生死，抛弃财富、轻闲和舒适"（756），随时准备为共产主义事业而献身。这可以说是尤旺接受的人生的第三次洗礼，他的共产主义信念越发坚定，决定献身共产主义事业。工人运动实践使尤旺认识到斗争的复杂，道路的曲折，革命的艰巨，也使他逐渐具有了历史的预见力，"法西斯主义会得到稳固发展，它会促使战争爆发，战争正在缓慢地到来"（754），嗅到了第二次世界大战即将来临的火药味儿。他坚定信念，决心"不懈地去干，一直坚持到最后"（740）。故事结尾，工人运动达到高潮，特雷斯希望尤旺领导反对饥饿的五百英里伦敦大进军，党的执行委员会指示尤旺作为新的组织者留在伦敦，继续开展斗争。他们决定在所有的演讲中都要大力宣讲"只有共产党才是工人的希望"（776）。

这样，作品第三部中尤旺运用自己的社会主义和共产主义知识，立足工人阶级和劳苦大众的生活苦难，紧密结合自己的工人运动实践，终于找到了拯救苏格兰的正确信仰——共产主义，从一名孤军奋战的工人转变为社会主义者，从社会主义者转变为共产主义者，从共产主义者转变为共产党领袖。作品的题目和各章的标题具有象征意义。"灰色的花岗岩"是一种质地坚硬的石头，象征尤旺坚定的共产主义信仰；故事四章的标题从"绿帘石""榍石""磷灰石"到"锆石"，四种石头的硬度依次增加，象征尤旺的共产主义意志越发坚定。

《苏格兰人的书》三部曲不仅描写了苏格兰由农业文明阶段到前工业化阶段再到工业文明阶段的历史变迁，展示了苏格兰的现代化进程，暴露了苏格兰的问题；更为重要的是，对苏格兰的未来道路进行了探索，从基督教社会主义到工党社会主义到宗教神秘主义，再到社会主义和共产主义，最终明确指出：共产主义是苏格兰人民的唯一出路。三部曲出版于20世纪红色的30年代，正值英国左翼文学的第一个高峰期，世界性的经济危机和马克思主义的传播为左翼文学的繁荣提供了社会条件。三部曲政治倾向明显，战斗力强，具有鲜明的时代特色，可谓 30 年代的红色经典，伯顿称赞三部曲是"20 世纪 30 年代的政治文献"[①]；布克指出，三部曲是 20 世纪 30 年代最重要的英国工人阶级文化典范之一[②]。同时，根据马克思主义对人类社会发展未来的设计，作品对苏格兰未来道路的社会主义和共产主义探索不仅适合苏格兰，也适合英国和其他国家。这样来看，作品所探索的就不仅仅是苏格兰的未来，也是人类社会的未来，因而具有了普适意义。它不仅是一部 20 世纪英国左翼文学杰作，也不愧为一部现代文学经典。

[①] Deirdre Burton, "A Feminist Reading of Lewis Grassic Gibbon's *A Scots Quair*," in Jeremy Hawthorn, ed., *The British Working-Class Novel in the Twentieth Century* (London: Edward Arnold Ltd, 1984) 39.

[②] M. Keith Booker, *The Modern British Novel of the Left: A Research Guide* (Westport: Greenwood Press, 1998) 137.

第九章

停留还是跨越：工人青年的彷徨与愤怒

总体来说，英国是一个阶级分野比较明显、社会等级比较森严的国家。随着时间的推移，工人阶级的经济条件和社会地位会发生一些改变，一些工人阶级会跻身中产阶级的行列。面对这一问题，工人阶级往往会感到困惑、犹豫，甚至失望和愤怒。因此，"阶级跨越"也是20世纪英国左翼文学的一个重要主题。这类作品主要有约翰·奥斯本的《愤怒的回顾》（1956）、约翰·布莱恩的《向上爬》（1957）、艾伦·西利托的《周末晨昏》（1958）、基斯·沃特霍斯的《说谎者比利》（1959）、斯坦·巴斯托的《一种爱》（1960）、大卫·斯托里的《帕斯摩尔》（1972）和《萨维尔》（1976）、巴里·海恩斯的《未竟的事业》（1983）、詹姆斯·凯尔曼的《叛离》（1989）等。笔者将在本章以约翰·布莱恩的《向上爬》为例，分析、阐述面对"停留还是跨越"这个问题时，工人阶级青年的彷徨与愤怒。

第一节 彷徨之缘起：阶级不平等与社会不公正

《向上爬》（*Room at the Top*）是英国作家约翰·布莱恩的代表作。小说于1957年出版后，立即受到好评。精装版销售量达到34000册，《每日快报》和一个读书俱乐部的连载版销售量达到125000份。[①] 布莱恩的名

[①] Arthur Marwick, "*Room at the Top, Saturday Night and Sunday Morning*, and the 'Cultural Revolution' in Britain," *Journal of Contemporary History*, 19.1 Historians and Movies: The State of the Art: Part 2 (Jan., 1984): 127–152.

字和金斯利·艾米斯、约翰·奥斯本的名字联系在了一起，被看作另一个"愤怒的青年"作家。理查德·莱斯特写道："如果你想知道'福利国家'青年人的感觉和反应的方式方法，《向上爬》将告诉你。"① 罗纳德·保罗认为，主人公兰普登"几乎是出身下层完全没有道德向上爬的野心家的原型"②。黑德认为，"这是一部明显的警示小说，兰普登的向上爬是'经典的阶级背叛'，他是'一个现代的浮士德'。"③ F. R. 卡尔认为，小说中的兰普登"阐明了一个有意志和成功欲望的人缓慢爬向社会顶层的困难"④。布拉德布里认为，乔·兰普登是法国作家"司汤达《红与黑》中于连形象的简化版和更新版，他的向上爬揭露了主人公自己和整个社会的道德真空状态"⑤。著名的《泰晤士报文学副刊》称《向上爬》是一部"具有非凡持久力"的作品，赞扬作者对作品中主人公情感的把握"既敏锐又精确"，美国《民族》上的一位评论家则将《向上爬》比作美国作家德莱塞的代表作《美国的悲剧》；《纽约客》称这部书"可列入伟大的英国社会小说之林"，并认为小说主人公是"现代小说中少数几位深具魅力的主人公之一"。⑥

《向上爬》故事发生在主人公乔·兰普登25岁时，小说是他10年后作为叙述者讲述而成。根据第18章的回忆，他出生于1921年，由此推断故事发生时间是1946年，第二次世界大战刚刚结束，叙事时间是1956年。作品的主人公兰普登，出身于工人阶级家庭，居住在工人阶级居多数的达夫顿镇，父母在第二次世界大战德军空袭达夫顿时双双被炸死。为跻身上层社会，他来到中上阶级为主流的城镇沃莱工作和生活，随即陷入与出身微贱的有夫之妇爱丽丝的情感纠葛，最后发展为爱情，同时又频频和

---

① Kenneth Allsop, *The Angry Decade* (London: Peter Owen, 1958) 79.

② Ronald Paul, "*Fire in Our Hearts*": *A Study of the Portrayal of Youth in a Selection of Post-War British Working-Class Fiction* (Goteborg: Acta Universitatis Gothoburgensis, 1982) 57.

③ Doninic Head, *The Cambridge Introduction to Modern British Fiction*, 1950–2000 (Chongqing: Chongqing Press, 2006) 53.

④ Frederick R. Karl, *A Reader's Guide to the Contemporary English Novel* (Beijing: Foreign Language Teaching and Research Press, 2005) 229.

⑤ Malcolm Bradbury, *The Modern British Novel 1878–2001* (Beijing: Foreign Language Teaching and Research Press, 2005) 345.

⑥ 侯维瑞、李维屏：《英国小说史》（下），译林出版社2005年版，第713—714页。

资产阶级小姐苏珊约会。为了跻身中上层社会，他抛弃了爱丽丝而选择与苏珊结婚。爱丽丝不堪打击，撞车自杀。兰普登得到了物质财富和社会地位，但生活并不幸福，一直受着道德和良心的谴责，结婚10年后他讲述了发生在他身上的故事。

《向上爬》反映了阶级差异导致的阶级不平等和社会不公正。故事开头，主人公兰普登离开达夫顿，来到中上层阶级为主的城镇沃莱工作和生活。达夫顿和沃莱可以理解为代表中上层阶级和工人阶级的隐喻。两个城市形成了鲜明的对比，沃莱的世界令兰普登兴奋不已。

首先，两个城市生活、工作和居住环境方面差异很大。沃莱风景秀丽，接近自然，来自遥远的地平线上的荒郊和森林的徐徐清风令人惬意，塞浦路斯大道"笔直、宽敞，两旁是成行的柏树"①，公园里环境宜人，"B"字形状"既雅致，又带点野性，同时又显得自然"（32），"斯塔格森林本是达夫顿乡下最后一小块没有遭受破坏的土地，但是政府把那里的树木砍伐殆尽，然后在四周围上带刺的铁丝网，又种上松树，把那块阴湿地弄成井然有序的松木种植园"，兰普登"记忆中那条象（像）浓液一样又稠又黄的河流可就比斯塔格森林的情形更糟——对达夫顿来说，那真是具有决定性意义的奇耻大辱"（45—46），工人阶级住宅区环境单调，"连一片灌木也见不到"（6）；流经沃莱的河流河水清澈，汹涌澎湃，鱼儿畅游，孩子垂钓；而流经达夫顿的河流，河水肮脏，见不到阳光，没有保护设施，"常常会淹死人"（31）；沃莱的"房屋都很宽敞，家家都有汽车道，户户都有果园和修剪得齐齐整整的树篱"（6），而达夫顿的房子"总是紧挨着房子，厕所总设在房子外面，烟雾会呛人的咽喉，会在一两个小时里弄脏清洁的衬衣"（29）；沃莱家家都有豪华浴室，室内环境舒适宜人；而兰普登在达夫顿他姨妈家的浴室只是由卧室改装而成，原因是人们建造房屋不会基于如此考虑："工人阶级也需要沐浴"（12），里面邋遢不堪；兰普登在沃莱租住的房间，"墙纸的花纹是竖条子，米色和银色相

---

① 据笔者所知，Room at the Top by John Brain 目前国内主要有两个汉译本。1. 约翰·布莱恩：《向上爬》，马澜、越位译，湖南人民出版社1987年版；2. 约翰·布赖恩：《坡顶上的房间》，李新博译，译林出版社2001年版。这里引自马澜、越位的译本，第6页。本章中大部分出自该书的引文都引自马澜、越位的译本，以下引文只给出页码，不再一一作注。

间。一扇凸窗几乎与整个房间等阔"(9),里面有长沙发、靠背椅、衣柜、写字台、书架和壁炉,而兰普登在达夫顿他姨妈家租住的房间既小又暗,冷冰冰的,糊墙纸丑陋,里面有"搪瓷已经剥落了的澡盆子以及七拼八凑的羊毛毯"(148);沃莱有演员剧院可满足人们文化生活需求,人们家中的画儿是"生活高雅这一生活模式的一个组成部分"(10),艺术品就是艺术品绝不是陈设;而达夫顿"讲求优雅的天地并不太宽"(19),只有工厂、中学而没有剧院,人们家中悬挂的"画儿的目的并不是给人看,那仅仅是一种家具陈设"(10)。沃莱和达夫顿可谓两个地方两个世界,也可以说是代表工人阶级和中上层阶级两个不同阶层的隐喻。沃莱最有权势的人们住在"城镇之巅",这里的钢筋水泥玻璃公寓"无美不收,兼收并蓄","城镇之巅"象征着社会等级制的最高层。

其次,沃莱和达夫顿还存在着严重的贫富差距。居住在沃莱的人们,家家都有汽车,各种豪华汽车杂乱无章地停放,好像有意炫耀富足;而达夫顿到处可见的是"工厂烟囱和垃圾堆"(146),沃莱的最高权力者苏珊的父亲老布朗家,住在一座豪华宽敞的宅子里,"有私人游泳池、白杨树和 M. G. 新汽车"(74);达夫顿的工人阶级住宅又小又暗,气味难闻;出身于中产阶级家庭的女孩儿萨利的生日舞会上,各种食品应有尽有,即使按照 10 年后的标准来衡量,也可谓奢侈至极,有"大螯虾、蘑菇小馅饼、鳗鱼卷儿、鸡肉三明治、火腿三明治、火鸡三明治、加了薰鱼子的黑面包、用雪利酒调味的鲜果子色拉、蛋白酥和苹果馅饼,还有丹麦蓝、柴郡、果酱和蛋白杏仁的点心"(201)。第二次世界大战期间,英国实行食品配给制,沃莱的人们一个也没有挨饿,而达夫顿的人们饥寒交迫;即使在席卷整个资本主义世界的"经济大萧条"时期,沃莱也"没有碰上过非常严重的不景气,它门路很多"(45)。而同样处在"经济大萧条"时的达夫顿,情况如何?

1930 年,达夫顿四分之三的劳动居民处于失业状态。街上挤满了由于缺乏面包和人造黄油而面有菜色的人们,他们直到中午还在床上躺着睡觉,即使是数九寒冬,他们的孩子们脚上依然穿着胶鞋——这一切,我至今还是记忆犹新的……不过,不景气还不仅仅在它持续

肆虐的时期使达夫顿悲观绝望,即使是在充分就业的状况来临之后,那里仍然笼罩着贫困和不安全的气氛。(45—46)

我们再来简单比较生活在沃莱的青年杰克·威尔斯和在达夫顿长大的乔·兰普登,可以看到,两个城市的阶级差异更加强烈。杰克·威尔斯出生于资产阶级家庭,其父亲建立了托拉斯,杰克的钱"要用口袋来装"(54),估计遗产不少于百万英镑;他家住在松林深处的一幢大宅子里,是兰普登从未见过的最大的房子,这家公馆"有塔楼、雉堞和长度至少为四分之一英里的一股车道,大门之内有门房,门房之大与一般一侧与那些其他建筑物相连的房屋相差无几,一点不假,这是一座地地道道的维多利亚式的住宅"(99);而兰普登出身于无产阶级家庭,毕业于达夫顿文法学校,父母亲都是工人阶级,不幸在第二次世界大战德军对达夫顿实施的飞机轰炸中殒命。父母双亡后兰普登寄居在姨妈家生活,房子狭小,家具简陋。威尔斯和兰普登都曾经参加过第二次世界大战,然而由于两人出身背景迥异,战争中及战后经历、表现及待遇则大不相同。威尔斯"二战"期间"在英国皇家空军飞黄腾达,一九四二年自2001战俘营逃逸,由此其声名倍增",战争结束时"军衔为空军少校,胸前佩有一枚优质服务勋章,一条彩色勋带,一枚优异飞行十字勋章"(234),退役后赴剑桥接受优质教育;兰普登同样在皇家空军服役,时为"中士观察兵","1943年至1945年在巴伐利亚斯塔拉克1000战俘营",他没有从战俘营逃逸而是"致力于读书,并以俘虏之身通过会计工作人员之主要考试"(233),战争结束时,依然是"中士观察兵",除了得到服役待遇及给养外,并无获得任何勋章,退役后任沃莱议会主任查账助理。可见,阶级出身在决定一个人的前途和命运方面起着非常重要的作用。

即使是战争,对于出身不同阶级的人们,其影响也具有天渊之别。爱丽丝与兰普登陷入热恋后,告诉兰普登她也出身于工人阶级,曾为生活所迫做过裸体模特儿,二人激烈争吵。当爱丽丝质问兰普登被俘后为什么不从战俘营逃跑时,兰普登愤怒地回答:

(威尔斯)有一个有钱的、可以管他的爹,他的老爷子可以用钱

第九章 停留还是跨越：工人青年的彷徨与愤怒

去买，让他接受教育。他可以拿钱出来供他去浪费光阴。但这一切我是办不到的。对我来说，那三年的时间可是我唯一可以用来取得资格的机会。让那些有钱的、有的是乐子可取的杂种们当英雄去，让他们为了取得特权去拿钱花吧。如果你想我把话说得直截了当，那我就告诉你：当我被俘的时候，我还真高兴呢。我可不愿意为了想逃走而被打死，我也不愿意再驾着飞机在天上飞而被人干掉。我虽然不喜欢当一名俘虏兵，可比起他妈的去死，那总好些吧。(184)

这段话表达了工人阶级出身的兰普登对中上层阶级的仇恨和愤怒。他与威尔斯年龄和经历基本相同，但前途和命运却大相径庭。因为威尔斯出身于富人家庭，有权有势，而兰普登则出身于穷人家庭，无权无势。这里，他批判的目标直指英国社会因阶级分野分明、社会等级森严而导致的社会不公。同时，这段话也表现出明显的反战意识。小说虽然没有直接描写战争场面，但"一战"尤其是"二战"却频频出现在文本中。我们知道，第二次世界大战是人类历史上规模最大、破坏性最强、惨绝人寰的浩劫，战争中同盟国和轴心国双方"伤亡人数达到了5000万人，其中包括2000万苏联人、1500万中国人、500万德国人、250万日本人、100万英国人和法国人、30万美国人"[①]。单就英国来说，损失也很惨重。"二战"初期德国法西斯对英国的空袭发展为著名的"不列颠战役"，在这一重大空战中，"纳粹德国空军拥有的飞机在数量上远远超过了英国皇家空军——2670架对1475架"[②]，战争结束时，"近30万英军战死，6万多平民丧生"[③]。小说主人公兰普登和他的情敌威尔斯都作为英国皇家空军飞行员参加过"二战"。英国当局采取歧视态度，认为达夫顿没有轰炸价值而防护不力。战争期间德军在达夫顿丢下唯一一颗炸弹，兰普登的父母亲却不幸被双双炸死，场面惨不忍睹，兰普登被沦为孤儿。战争使大批无辜平民家破人亡，流离失所，兰普登的家庭悲剧只是一个缩影而

---

① [美]斯塔夫里阿诺斯：《全球通史》，吴象婴等译，北京大学出版社2012年版，第727页。
② 同上书，第717页。
③ 钱乘旦、许洁明：《英国通史》，上海社会科学院出版社2002年版，第335页。

已。平民百姓渴望和平，坚决反对战争，因为战争意味着伤亡和灾难，必然使他们的生活雪上加霜，然而有产者则对战争处之泰然，甚至还利用战争大发战争财，正如兰普登所说："富翁们在战争期间总是最快乐的。他们既可以影响事件的进程，自己又可以更加发财致富，因此，在战争期间，他们会享有双重的快乐。"（116）看来战争给上层阶级和工人阶级带来的影响完全不同，兰普登的话不但抨击了战争的罪恶，而且批判了英国的阶级差异和等级制度。

综上，我们看到了英国资本主义制度下由于阶级差异而导致的阶级不平等和社会不公正。

第二节 "停留还是跨越"：困扰工人 青年的核心问题

面对阶级不平等和社会不公正，出身于工人阶级的青年对自己的阶级身份产生了困惑。《向上爬》主人公兰普登就是对自己的阶级出身产生困惑的工人阶级青年代表。综观整部小说，"停留还是跨越"或者说"是安于现状保持工人阶级身份还是脱离本阶级跻身中上层社会"一直是困扰主人公兰普登的核心问题。这个问题贯穿全篇，构成文本的叙事焦点和艺术张力。

对于"是停留在本阶级之内还是脱离工人阶级跻身中上层阶级"这个问题的回答，与工人阶级主人公兰普登跟两个女性人物爱丽丝和苏珊的三角情感纠葛紧密联系、交织在一起。爱丽丝出身于工人阶级，苏珊出身于上层阶级，可以说两个人分别是"工人阶级和资产阶级"的象征或符号，又是主人公兰普登的两面镜子：从爱丽丝的瞳仁里，"我看见了我的脸"（153）；"苏珊使我变成了富人"（207）。对于这桩三角情感纠葛，兰普登如何处理、何去何从，决定着他是停留在本阶级还是跨越本阶级跻身上层社会。下面我们简析这桩三角情感纠葛。

爱丽丝出身微贱，嫁给沃莱一位富有的羊毛商乔治·艾斯吉尔，算是放弃了自己的工人阶级身份，通过"高攀婚姻"跻身中上层阶级，似乎过上了幸福生活，但夫妻之间没有感情，结婚将近10年尚未生育孩子。

第九章 停留还是跨越：工人青年的彷徨与愤怒

丈夫乔治只想主宰她，把她作为工具，把自己的感情投放在情妇身上。爱丽丝受到歧视，情感出现漏洞，精神空虚寂寞，又不忍心抛弃富有的"物质生活"，经济上依附于乔治。兰普登与爱丽丝的感情纠葛经历了相遇、了解、冲突、相知、消亡五个阶段。兰普登从达夫顿到达沃莱后，在"城镇之巅"的半腰租到了一个房间，但这个房间还仅仅是一个地理上的概念，并不代表他已经真正跻身中上阶层。为了较快地融入沃莱的生活，兰普登参加了沃莱的青年演员剧院。正是在这里，他和嫁入豪门的爱丽丝相遇。相遇的过程一开始并不愉快。当时的爱丽丝面色苍白，精神憔悴。兰普登首次排练，糟糕透顶。当他念到"修路工身上的女人胸罩的时候"，业余演员们都哈哈大笑。爱丽丝冲着他说，"这算什么思想呀——这是工人阶级的色情与堕落"，兰普登绷起了脸，"可我就是一个工人阶级"（70—71）。排练结束，兰普登准备搭乘爱丽丝的车去酒吧。爱丽丝问他"会开车吗"，又一次使兰普登很不愉快，因为这句话的潜台词是"工人阶级买不起车也不会开车"。爱丽丝的两句话致使兰普登不愉快，关键是刺中了他"出身微贱"的敏感点。接下来两人一起在酒吧喝酒，兰普登从爱丽丝当时说话的口气判断她是一位府第女主人。或许是年龄较大，或许是出身相同，爱丽丝看穿了兰普登的自卑心理，小小的误会解除了。与爱丽丝一起喝酒，兰普登感到温暖和悠闲，直到晚上回家睡觉时他"才意识到我这一辈子还从来没有对任何一个女人谈了那么多我自己"（80），好像找到了能够倾诉衷肠的知心人。

接下来兰普登和爱丽丝的友谊和感情开始发展，两人在青年演员剧院合作，排练许多爱情场面，节拍一致，配合默契，丝丝入扣，富有生气。兰普登感到他与爱丽丝的友谊已经赶上了与知心朋友查尔斯的友谊。与爱丽丝在一起，他感到安全、满意、幸福。自从两人在麻雀山有了第一次亲密接触后，他们又多次在爱丽丝的朋友埃尔斯佩斯家中约会，两人感情急速发展，也开始较多地了解对方。兰普登产生了他是爱丽丝的穷亲戚的感觉，"觉着无忧无虑，觉着温暖"（156），方才感觉到原来他"还从来没有跟一个妇人真正有过爱的行为"（151）。爱丽丝也开始向兰普登吐露身世，感觉找到了感情寄托，似乎变得"年轻得多，娇气得多，也温柔得多了"（126），感觉自己"又活了过来"，"神经正在复苏"（151），再次拥有了安全感。

随着彼此感情的增进，两人自然要更多地关注对方，这时两人之间却产生了一次感情冲突。爱丽丝认识兰普登之前为生活所迫，曾经做过裸体模特儿。兰普登对此大发雷霆，怒不可遏，认为这不成体统，再穷的女人哪怕挨饿致死也不应该把自己的身体展示给人看。爱丽丝反唇相讥，说自己从未跟那位艺术家睡过觉。在艺术家的眼里，她的身体"只不过是色彩与光线的一定组合"，再说当时她也是为生活所迫；兰普登仍然不理解，爱丽丝问他为什么当年在战俘营时不敢逃逸？兰普登指出这是出于阶级差别和社会等级，其实两人已经把批判的矛头指向不合理的阶级结构和社会等级制度，兰普登仍不能容忍爱丽丝。爱丽丝反击，说兰普登是"小气鬼""伪君子"，一方面自己找姑娘寻求刺激和开心，另一方面又歧视女性，批判了他的双重标准，"我么，只不过是你寻开心的雏儿，我只不过是你从来也不放在心上的一块糕点的一小块薄片"，"我不会被谁占有，乔。谁也别想把我控制住。我可不是任何人的私产"（182—186）。兰普登决定中断与爱丽丝的关系。而当兰普登与苏珊约会受到阻挠，参加市民舞会遭受白眼时，他又想起了爱丽丝，恢复与爱丽丝的关系。他对爱丽丝的思念极其强烈，"只有一张面孔我想见，只有一个人的声音我想听，只有一个人的肉体我想接触"（265）。爱丽丝也认为上次两人争吵是出于兰普登对自己太在乎，两人互相表达爱意。兰普登说出了自己的真情实感，"对于她，对于我自己，我都不抱任何幻想。反正跟她在一起我不会感觉孤单；如果我们分手，我就会感到寂寞……我们是一个实体，我们是一个结成一体的、幸福的人。我很想同她那个，但这并不是基于这种行为的本身，我这只是基于想接近她，想把我身上的什么东西奉献给她"（266—267）。这说明兰普登对爱情的理解大大进了一步，从索取和自我满足到奉献和关注对方。以后的两个月，兰普登完全沉浸在幸福里：

> 我们已经不仅仅停留在情人阶段，我们已经变成了夫妻……在她身上所体现出来的那种相信自己有人保护的安全感，那样一副安详的神态和毫不矫揉造作的温存体贴，这才是至关重要的。至于在我们之间可以无话不说，至于在我们之间既不存在什么危险的角落也不存在

什么禁区,这自然也至关重要。我们彼此之间从不互相隐瞒,我们之间的交谈完全是互相交心。(268)

这说明兰普登和爱丽丝的感情达到了身心交融、心心相印阶段。两人无话不谈,互相信任,实质上在彼时彼刻已经成为"真正的夫妻"。而在随后两人在海滨一起度过的短短四天假期,则胜似蜜月。两人像真正的夫妻一样互相爱恋着对方,兰普登"发现了爱情究竟是怎么一回事",感到"在我的一生中,我所得到的爱情已经全部在这里;我已经领到了我所应当得到的一份配给","要我跟任何其他一个女人在一起,我都不会感到幸福的",从那以后兰普登感到对他来说,"世界上就再也没有什么女人"(292—293)。这说明兰普登不但理解了爱情,也充分享受到了真挚爱情的甜蜜,感到了莫大的幸福,感受了充分的满意和无比的满足。这也标志着他们的爱情达到了顶峰,兰普登这样评价:

爱丽丝和我所共享的欢乐,这却是旁人所享受不了的。我们俩不论是在开了屋顶窗的屋子里挤在那张狭小的双人床上,是赤身裸体躺在附近的小海湾边,是穿过忍冬树林和低于地面的绿树成荫的车行小道往又暗又热的地道里飞奔而去,我们都极其放纵,我们都不顾羞耻,什么正常与不正常,在我们的心目中都是不存在的。我们两个人都停止了抽烟。我们之间的理解进入了很高的阶段……任何有碍于我们之间的相互理解和足以使我们哪怕只是在片刻的时间里会感到压抑的事情都不可思议。(294—295)

那么,兰普登与苏珊的情感纠葛情况如何?兰普登与苏珊也是在沃莱演员剧院认识的。当时他看了苏珊的演出,发现苏珊美丽、标致、鲜艳、娇嫩,"对她一见钟情"(52)。苏珊的爸爸是沃莱最富有的人和最大的官。他不仅是议员,还是沃莱的编制委员会主席,掌握着"生杀予夺"之大权。兰普登不仅看中了她的美貌,把她视为童话里的公主,还看上了她丰厚的收入。他主动出击,与苏珊约会,但总感到自惭形秽。他担心苏珊霸气、势利、凶狠的妈妈说他缺乏教养、俗气、地位低下,担心苏珊的爸爸看不起他。他的竞争对手——苏珊的现任男朋友杰克·威尔斯在财富、学历和社会地位方面都令他相形见绌，他痛恨万分。与苏珊在一起，他要克服很大的心理压力。他假装兴趣高雅，爱好芭蕾，但在内心又承认自己讲的话"全属谎言"（111）。他爱的不是苏珊的"人"，却口口声声说一直在爱着她，还胡乱拿一些诗句赞美苏珊，以哄骗、博取她的高兴。为了苏珊，他"必须脱胎换骨，变成完全不同的另一种类型的人"（217）。他把苏珊看作附属于男人的财产，社会地位的象征，"我心目中的苏珊却不是固有的苏珊而是一个一级美人，一位工厂老板的女公子，一件使我可以把打开阿拉廷洞穴的钥匙弄到手以实现我的野心的工具"（217）。好友查尔斯认为兰普登说爱上苏珊简直是扯淡，"是在贪恋她的姿色"，贪恋"她爸爸在银行往来账户上的结余款"（135）。兰普登不承认，经常做白日梦，说自己对苏珊思念万分。查尔斯出主意，让兰普登与苏珊断绝来往两个月，以试探苏珊是否真的爱他。这招真的奏效，没几天苏珊就给兰普登寄来一封信，表达她的气愤，揭露他"一直在说谎"，在跟她约会期间，同时一直跟爱丽丝来往。苏珊决定跟兰普登断交，这反倒使兰普登暂时得到了解脱，他从此可以把自己的身心"完全投放在爱丽丝的身上"（278）。苏珊的信件表达了悲哀，同时也包含着失望，这说明她还真的在乎兰普登。这期间兰普登与爱丽丝的感情发展迅速，几乎到了谈婚论嫁的地步，但却遭到他的好友查尔斯的反对，原因是爱丽丝年龄大，还身无分文，更重要的是，如果结婚，他还要卷入一桩离婚诉讼的丑闻，结果会一败涂地。于是查尔斯代替兰普登向苏珊写了一封恢复关系信，两人之情感"死灰复燃"。这时爱丽丝因病住进医院，苏珊催促兰普登立即与爱丽丝说清楚，断绝一切来往，兰普登说要等爱丽丝出院后。两人为此陷入激烈争吵，直到这时兰普登才第一次几乎强行与苏珊发生了关系。

　　从上述兰普登与爱丽丝和苏珊的情感纠葛看，他与爱丽丝的情感经历了相遇、了解、冲突和相知几个阶段，抛开爱丽丝是有夫之妇这点不说（虽然她与丈夫间没有爱情），应该说这段情感发展到了爱情。虽然兰普登一度把爱丽丝作为"寻欢作乐的工具"（210），但在四处碰壁又回到爱丽丝身边后，二人情感有了发展。兰普登告诉爱丽丝，他愿意和她待在一起，并开始设身处地，关心起爱丽丝来，"在你生病、在你感到凄凉的时候，你得有人来陪伴你"（267）。而在海滨度假后，两人的情感发展为真正的爱情，分别之际，依依难舍，"这我可以发誓"，兰普登盯着爱丽丝的眼睛，"爱丽丝，我真爱你。我只要一天不死，我就会永远爱你。现在你就是我的妻，我再也不会娶旁的女人。在人生的旅途中，无时无刻，我都将跟你在一起"（297）。而兰普登与苏珊的情感自始至终都停留在情感阶段，或许苏珊对兰普登的感情是真心的，但兰普登并没有真正爱过苏珊。面对这个情感三角，兰普登到底决定选择跟谁结婚，是一直困扰他的重大问题。可以说，小说对兰普登与爱丽丝的情感描写是故事的主线，与苏珊的情感描写是副线，两条线索同时进行，紧密交织。兰普登一直处于矛盾和冲突状态，因为，"选择跟谁结婚"的问题直接决定着如何回答"停留还是跨越"这个涉及他阶级身份的深层次问题，这正是本小说叙事焦点和艺术张力之所在。与爱丽丝结婚，意味着他"停留在本阶级之内"，这桩婚姻会给他带来安全、温馨、感情和幸福，但是不能给他带来物质财富和社会地位；而与苏珊结婚，他就拥有了金钱、美女、豪宅和一切物质财富，就等于"跻身上层社会"。就这样，他徘徊在"到底应该选择谁与之结婚"这个问题的边缘，犹豫不决，痛苦异常。长期以来，兰普登脚踏两条船，周旋于爱丽丝和苏珊之间。与爱丽丝发生争吵后，他找苏珊约会，但喜欢的却是爱丽丝；苏珊问他心里到底想的是什么，他说"我一直在爱着你。这就是我当时正在想的"（215），但内心却感到做贼心虚，因撒谎而痛苦，因为"那孤独之感和需要一个我所不需要的人所产生的痛楚却象牙痛一样真实并且不时来袭——这就是我的真实思想"（215）；当他感到各方面的压力太大与苏珊的婚姻不现实时，他又想放弃，"再见吧苏珊，再见吧大型小轿车，再见吧宽敞的府第，再见吧权势，再见吧我的愚蠢的美梦"（237）。当他说爱苏珊时，感到自己是骗子，忐忑不安，心猿意马，因为"这些词儿只有放在另外一个人的身上才有意义"，这些话他早在很久就"保留下来，不过那是留给另外一个什么人的"（250）。谎言拷打着他的心灵，痛苦撕扯着他的神经。当遭遇嘲笑和屈辱时，他又会投入爱丽丝的怀抱。爱丽丝也知道他一直与苏珊保持幽会。她本以为自己能够竞争过不成熟的资产阶级小姐苏珊，但失算了。

兰普登与爱丽丝的感情发展到高峰时,他依然摇摆不定,愈加痛苦:

> 我俯瞰下面山谷中的沃莱,沃莱的全貌,尽收眼底:在大门上挂了一篮篮花儿的市政厅,雪花公园里河上的小船儿,从车站徐徐开出的黄色公共汽车,塞瓦斯托波尔大街特巴特工厂黑色的大指针,市场街上脉冲般一阵阵川流不息的车辆和店铺。市场街上的店铺我可以象念祷文似地如数家珍:在这条街上,有温特利普珠宝店(橱窗里陈放的金银手表使我的手表相形见绌),有芬蕾时装店(兼售达克斯和凡特拉牌的衬衣和杰格牌的浴衣),有普利斯特利杂货铺(铺子里有乳酪香和烘咖啡香),有罗宾斯药店(店里出售瓶装特利牌刮胡剂和海狸毛的刮胡刷)——这一切,再加上正面用红砖砌成的克利斯塔德菲亚阅览室以及圆形剧场和王家影院外面招贴画,这都是我之所好。离开了这些,我是无法生活的。但是,如果我同爱丽丝结成夫妻,这一切我就不得不一一放弃。你爱一个城市,其条件是它会爱你。但是,沃莱决不会爱一个在一起离婚诉讼案中的共同被告之一。我爱沃莱同样要讲分寸,凡属它能够给我的,我一定要当仁不让,一样不漏地攫取。时至今日,仅仅享受它所能给予我的温暖的友谊,仅仅过一种(也许是)同一个六级姑娘生活在一起的生活,仅仅住在市政当局在新辟的住宅区新建的火柴盒似的混凝土房子里(如果幸运的话)消磨时间,这应当说为时已晚。虽说住在带有小花园、有浴室但没有车库的小房子里,有人会感到快乐。这些人能拿上我现在的薪水(甚至更少)也会生活得满愉快。但这种生活不是为我准备的。如果说情况已经到了坏到不能再坏的地步,那我也不能马上抛弃在沃莱生活下去的念头。我一定要迫使沃莱承认我与它的亲密无间,从城镇之巅散发出来的权力、特权和骄奢淫逸的气味,我必须样样都有份儿的。(317—318)

如前文所说,达夫顿象征着工人阶级生活,沃莱象征着中上层阶级生活。兰普登之所以离开达夫顿来到沃莱奋斗,其目的就是为了脱离工人阶级生活,跻身中上层社会。他刚到达沃莱的下午在一家咖啡馆外看到:一

第九章 停留还是跨越：工人青年的彷徨与愤怒

位穿戴豪华的年轻人（杰克·威尔斯）和一个戴着钻戒的女孩（苏珊）一起坐进一辆豪华轿车。眼前这一幕所代表的金钱、财富、美女、地位，深深触动了兰普登，也改变了他的生活，"那个年轻人所享有的奢侈品我会通通享有——就在那个时候，就在那个地方，我作出了这样的抉择"（37）。这也成为他跻身上层社会的直接动力。他认为"富有比贫穷惬意得多"[1]。而工人阶级出身的爱丽丝和资产阶级出身的苏珊同样是工人阶级和中上层阶级的象征，两个人是折射兰普登自我的两面镜子。他不爱苏珊，但却为她能给他带来的物质、权力和地位所强烈吸引；他爱爱丽丝，但爱丽丝只能给予他爱情而不能满足她对物质财富和社会地位的渴望。一方面兰普登想拥有真挚爱情，另一方面他又强烈渴望中上阶层的物质财富，这个问题一直困惑、折磨着他，"我需要的是沃莱。可爱丽丝不属于沃莱。她与沃莱对我来说是二者不可兼得的"（345）。最终，物质财富和社会地位战胜了爱情，他立足自己的利益所在，选择了苏珊。他把苏珊搞怀孕迫使苏珊的父母接受这门亲事。老布朗同意把女儿嫁给他，给了他一份更好的工作，给他配备了小汽车，给他提供了"城镇之巅"的房子，唯一的条件是"立即和爱丽丝一刀两断"。就这样兰普登和老布朗做了笔交易，兰普登对老布朗提出的所有问题连连答以"是的"，而在内心他心如刀割，健康的心灵和正常的神经几乎被撕裂，"那真是令人难以置信，我所能吐出口的，只能是'不不'那两个音节呀"（341）。就这样兰普登选择抛弃了爱丽丝，导致爱丽丝撞车身亡，二人爱情毁灭，表明他决定脱离本阶级而跻身中上阶级。可见，达夫顿和沃莱，两个城市两个象征，从达夫顿到沃莱，是兰普登跻身上层社会的隐喻。小说题目是"坡顶上的房间"（*Room at the Top*），兰普登刚开始离开工人阶级社区达夫顿来到沃莱，在城镇之巅的半腰租到了一个房间，但还不是最高处，居住在最高处的是最富有、权势最大的布朗，最后兰普登通过把布朗的女儿搞怀孕逼迫布朗同意把女儿嫁给他，他真正住在了坡顶，拥有了美女、豪车、豪宅，与开头他看到杰克·威尔斯时所下的决心相吻合，与那一刻的人生打算完全一致。前后的对比是多么鲜明和强烈。

---

[1] John Braine, "The Modern Novelist," *Journal of the Royal Society of Arts*, 116.5143（June 1968）：565-574, 570.

第三节 自我反思与社会批判

兰普登最终抛弃了爱丽丝，直接导致了爱丽丝暴饮烈酒、疯狂驾驶、撞墙身亡。她死前头皮被撞掉、浑身血污、在路上爬行挣扎的情景惨不忍睹。这说明爱丽丝是真正爱兰普登的，她的死属于"殉情"。或许说她与兰普登一开始交往仅仅想维持一种"婚外性"关系，然而最后二人的感情发展到了爱情；如果她不是真心爱兰普登，她可以继续同其他人的"婚外性"，完全不至于自杀。兰普登选择苏珊与之结婚，得到了美女、财富、地位、权力，但与苏珊一起生活了10年却并不幸福，否则就不会有本部小说的诞生。小说是他10年后35岁时叙述而成。这部小说不单单讲述了一个哀婉的爱情悲剧故事，还伴随着主人公对自己的反思和批判，这实际上也是对"福利社会"乃至整个资本主义制度的批判。

首先，小说批判了资本主义社会的物化现象。在资本主义社会，高度发达的商品经济使劳动力也成为特殊的商品，物的关系代替了人与人之间的社会关系。马克思在《资本论》中指出，"商品形式的奥妙不过在于：商品形式在人们面前把人们本身劳动的社会性质反映成劳动产品本身的物的性质，反映成这些物的天然的社会属性，从而把生产者同总劳动的社会关系反映成存在于生产者之外的物与物之间的社会关系。由于这种转换，劳动产品成了商品，成了可感觉而又超感觉的物或社会的物……这只是人们自己的一定的社会关系，但它在人们面前采取了物与物的关系的虚幻形式。"[1] 西方马克思主义创始人卢卡奇认为，马克思的上述观点正是资本主义社会现代人所面临的物化现象，高度发达的商品生产使人的关系变成物的关系。他指出，"人们已经多次指出过商品结构的本质。其基础在于人与人之间的关系表现为一种物的特性，从而其获得了一种'虚幻的客观性'，即一种看来十分合理的和包罗一切的自主性，这种自主性掩盖了商品的基本性质（即人与人的关系）的一切痕迹。"[2] 小说《向上爬》的主人公就是一个不择手段向上爬的机会主义者，他的向上爬是建立在操纵

---

[1]《马克思恩格斯选集》第2卷，人民出版社1995年版，第138—139页。
[2] 卢卡奇：《历史和阶级意识》，王伟光、张峰译，华夏出版社1989年版，第82页。

人际关系的基础之上的。这也导致了他的金钱至上价值观。当初看到苏珊和她的男友钻进豪车时,他认为享有这一切无非是"金钱的问题"。他具有严重的性别歧视,把女性看作工具,根据容貌把女性分为若干等级,是一个典型的大男子主义者。他爱爱丽丝,但归根结底并没有把她作为"人"对待而抛弃了她,仅仅把她看作工具,看作影响他"向上爬"从而跻身中上层社会的障碍;而对于苏珊,他自始至终都在欺骗,把她看作满足自己虚荣心、实现"野心"、报复有钱人、跻身上层的工具。当苏珊问他"爱她到什么程度"时(How much?),他故意假装曲解这句话的意思,回答道,"值十万英镑(A hundred thousand pounds' worth)"(219),把她与苏珊的关系跟金钱完全画上等号。在"向上爬"的过程中,他也导致了自己以及他人的异化。小说由此强调和批判了"英国资本主义制度下顽固僵化的阶级分野在总体导致人际关系物化方面所扮演的角色"[1]。

其次,小说批判了资本主义社会导致的人的异化现象。一般说来,人具有生物性、动物性、社会性和精神性,而精神性是人最重要的属性。马克思指出,"人的感觉、激情等不仅是在(狭隘)意义上的人本学的规定,而且是对本质(自然)的真正本体论的规定。"[2] 这是对人精神的本体地位的肯定。正如曾永成先生所阐释的:"马克思所说的'人的本质力量'中也主要是精神的力量。自然向人生成,既是人在肉体上生成为人从而具有人的外在尺度的过程,也同时是人在精神上生成为人从而具有人的内在尺度的过程。精神一经形成,便成了人的生命本质中的主导因素,有了本体的意义。对于人来说,精神不只是实践的工具,它还属于人的生命本身,以其对物质的超越性而成了人的生命的最高意义所在。"[3] 资本主义社会对个人本位的强调、对个性的张扬和对世俗化生活的倡导,使人们把对物质的直接占有当作人生的唯一目的和最大乐趣。人们成了完全的消费者,把无度的消费、物质享乐和消遣当作人生最大的幸福,把消费数量的多少和档次的高低作为体现自己人生价值和社会地位的象征。因此,

---

[1] M. Keith Booker, *The Modern British Novel of the Left: A Research Guide* (Westport, Conn.: Greenwood Press, 1998) 72.

[2] 马克思:《1844年经济学哲学手稿》,人民出版社1985年版,第107页。

[3] 曾永成:《文艺的绿色之思——文艺生态学引论》,人民文学出版社2000年版,第6页。

金钱拜物、物欲横流成为普遍现象。欲望的膨胀必然导致人的精神世界的萎缩，使人变成只有物质、物欲而缺乏精神和心灵的一具空壳。而随着消费社会的到来，无处不在的消费文化使人的异化更加严重。"消费文化呈现为一种'平面文化'建构：它将人描绘成一个平面；它将人与人的关系描绘成一个平面，一个只需通过现金交易就可融通的生活平面；它将人的生命的完整性进行了肢解分割，使其表现为物质需要与精神追求的离散，情趣、意志和信念的支离破碎。"① 消费文化强烈刺激人的消费欲望，导致人的物化、异化，使人丧失理想和信念，精神上呈现真空状态，出现信仰危机，道德沦丧。《向上爬》的主人公兰普登是资本主义制度下异化的典型。他追求金钱至上价值观和物欲膨胀人生观。他"向上爬"，这个"上"指的是"上层阶级"而不是"先进阶级"，他羡慕和渴望得到的仅仅是这个阶级所拥有的"物质财富、金钱、社会地位和权力"。物欲的膨胀导致他道德沦丧和精神空虚。他丧失了诚实这一做人的基本品质，戴着面具生活，成为感情的骗子。他欺骗了苏珊，欺骗了爱丽丝，也欺骗了自己。他选择苏珊，得到了财富和社会地位；他抛弃爱丽丝，背叛了道德、良心，背叛了感情，故事结尾陷入极度的痛苦之中。而从整部小说来看，兰普登一方面强烈不满社会现实，极力向上爬；另一方面，他的道德还没有完全沦丧，他的良心还没有彻底泯灭。在整个向上爬的过程中，他时时刻刻处于矛盾冲突中，"爱情和金钱的冲突，情感和理性的冲突，暂时满足和长远愿望之间的冲突"②，时时刻刻又在进行着自我反省和自我批判。他的反思"赋予这部小说心理深度和道德力量"③，这也是小说的独特之处和批判力量所在。故事开头兰普登无比高兴，"再也不会见到僵尸了，乔，再也不会见到僵尸了"④；10年来，他想要的东西都得到了，但他并没有得到幸福。他经常称呼自己是追逐名利的愣头青，自己并没有真正活着，"我不能说我这个人业已死去，我只能说我早已开始在走向死亡"

---

① 李培超：《自然的伦理尊严》，江西人民出版社2001年版，第37页。

② Frederick R. Karl, *A Reader's Guide to the Contemporary English Novel* (Beijing: Foreign Language Teaching and Research Press, 2005) 231.

③ 王守仁、何宁：《20世纪英国文学史》，北京大学出版社2006年版，第155页。

④ 笔者这里采用了李新博的译文，详见［英］约翰·布赖恩《坡顶上的房间》，李新博译，译林出版社2001年版，第1页。

(192),他谴责自己最终变成了他深恶痛绝的"成功的僵尸"①,一具缺乏道德、良知、心灵和精神的空壳,物质的奴隶和非人。爱丽丝曾称赞他有人性,"你还真正是个人呢,因为在你的身上还有热气,还有人性"(193)。而10年来爱丽丝满身血污、在车轮下面尖叫惨死的情景他永远挥之不去,无时无刻不在抨击着他的良知,刺痛着他的心灵和神经,"我真恨不得同爱丽丝一起倒在车轮之下以减轻我的罪孽"(361)。他骂自己不是人,是"一具比较好看的死尸"(360),严重异化,他的肉体和精神、身体和心灵发生严重扭曲和分裂,10年来伴随他的是无尽的自责和痛苦,"我恨透了乔·兰普登这个人","他是披了我的人皮坐在我的办公桌旁"(353)。由此可见兰普登异化的严重程度。

最后,小说批判了"福利社会"政策的负面作用,也传达了这样的信息:资本主义制度下工人阶级无法达到自我实现,由此批判了不合理的社会制度。1945年第二次世界大战结束,英国工党在大选中获胜。经过第一次世界大战、30年代的经济大萧条和第二次世界大战,英国经济和综合国力遭受重创,国际地位一落千丈。一直过着动荡不安、贫困生活的工人阶级和劳苦大众,此时对稳定、富裕生活和公平、公正社会秩序的渴望异常强烈。工党政府顺应民意,开创"福利国家"建设,推行国有化,通过《国民保险法》解决了劳动者的失业保险问题,通过《国民医疗服务法》解决了劳动人民的公费医疗问题,通过的教育法案使得出身中下阶层家庭的子弟拥有了进入高等学府接受教育的机会。随后的几届保守党政府吸取教训,延续了这一执政方略,劳动人民的物质生活得到改善,购买力有所提高,出现乐观情绪。但是,"福利国家"构建和国有化的推行并没有改变英国的阶级和社会结构,更没有改变生产资料私有制和资本主义的经济方式,因而中上层阶级和工人阶级之间的矛盾并未得到实质性的缓解,社会不公和贫富悬殊依然存在。

兰普登的父亲"一辈子也没有自己的花园,只有市政当局租给他的一小块土地。他没有苹果树,没有樱桃树,没有草坪,也没有水蜡树的树篱"(14)。他是一个好工人,"宁愿饿死也不会为了一小把白花花的银子

---

① 此处为笔者自译。

把自己出卖"(145)。新一代工人阶级对阶级不平等非常不满,不能忍受,这时的"福利国家"政策似乎为人们的阶级流动提供了可能。但是,工人阶级真的能脱离自己的阶级而跻身中上阶级吗？我们试看几例以做简析。

工人阶级出身的爱丽丝出身贫穷,她通过"高攀婚姻"嫁给富裕的羊毛商乔治,脱离了自己的阶级而跻身中上阶级,但这是一桩名存实亡的婚姻。乔治在外面拈花惹草,跟人姘居,爱丽丝感到空虚和孤独,"我感到空虚。多少个夜晚呀,我因为空虚而感到痛苦,就那么躺在床上,彻夜不能入眠。我醒了,感到孤独。我在沃莱的四周散步,感到孤独。我同人交谈,感到孤独。在家的时候,我看着他的脸,那简直是一张死人的脸"(272)。她过上了物质富有的生活,但受到丈夫歧视,没有爱情,没有安全感,也不能认同和融入中上阶层的生活,时而也会陷入婚外性,直到她找到同一阶级出身的兰普登并爱上他,然而却遭到拒绝,绝望而死。

工人阶级出身的兰普登跻身中上层社会采取的策略是学习知识和"高攀婚姻"。他想当然地认为,沃莱的一切都是好的,富贵人家出身的人总是有一颗金子般的心。虽然他知道在达夫顿可能会挨饿、遭劫,那些熟悉的面孔可能令人厌烦,"但他们决不会伤害人,绝不会背叛"(14),他还是极力跻身沃莱的生活。中上阶级的生活到底如何？他们生活空虚,金钱拜物,缺乏信仰,道德沦丧。鲍勃和伊娃"了解名人的全部私人生活","满肚子都装满了丑闻。他们奉上丑闻,其目的只不过是为了喝一顿不花钱的酒,如果运气尚佳,还可以用来混一顿丰盛的晚餐,到了夜间,甚至还可以混到一张睡睡觉的床"(41);兰普登的同事特迪和打字员琼打情骂俏;布朗夫妇跋扈势力,兰普登不明白为什么布朗对杰克和他不一视同仁,布朗说"这得你的双亲大人有的钱能更多一些才办得到"(337);在沃莱的市民舞会上,兰普登孤立无助,困窘之极,"我进退维谷。小小的、有毒的投枪在一支支地向我掷来,枪上涂的是'你认识——?'、'你当然见过——?'、'你总碰见过——?'等等足以使一个人的骄傲被打得无影无踪的箭毒"(257);故事结尾,兰普登喝得酩酊大醉,号啕大哭,深夜游荡在街头,几近疯狂,无家可归。鲍勃和伊娃找到他时,兰普登嘴里不断重复着"是我杀死了爱丽丝",伊娃安慰他,"谁也不会责备你的"，兰普登说，"麻烦就在这里"（377）。这句话一针见血，见证了兰普登的一丝良知；也使上层社会的道德真空状态暴露无遗。这就是有钱人的世界。其实，兰普登的房东汤普森老师对中产阶级的空虚生活一针见血，"没有生活，没有活力，没有诗！"（53）而兰普登当年正在为名利煞费苦心，虽然他父亲曾教育他"世界上有许多东西虽说可以买，但价钱可高呢"（147）；虽然她姨妈曾告诫他"钱只能跟钱结婚。当心别让她伤透了你的心"（139），建议他"还是在本阶级的姑娘当中去找一个"，"到自己人中去物色"（139）对象；虽然他认为他的"姨妈和姨爹都是无私、慷慨和豪爽的人，他们的语言只有给予两个大字"（148），但他还是认为，"亚麻布织物的凉爽和光滑，一间真正称得上浴室的浴室的华贵和洁净，黎明时分沃莱荒野的美景，沿着圣·克莱尔路路过一幢幢豪华建筑的徜徉，这一切，却是什么美德也无法取代的"（148）。他选择了沃莱，选择与资产阶级小姐苏珊结婚。他从达夫顿搬到沃莱"城镇之巅"半腰汤普森家的房间租住，再到最后与苏珊结婚正式住进"城镇之巅"顶层的房间，等于跨越了社会等级制的两个台阶，但并未得到感情和幸福，"在各个方面都得到了回报，唯独没有自我实现"①。他背叛感情和良知的同时，也背叛了自己的阶级，离自己的阶级越来越远，又不被中上阶级所接受，一度成为了脱离阶级的"无根人"，正如奥索普谈到"二战"后小说中"愤怒的青年"主人公时所说，"他们是没有根基、没有信仰、没有阶级的阶级"②，这也是兰普登异化的重要表现。

他的好友查尔斯极力支持他离开达夫顿到沃莱生活。我们从小说中了解到，查尔斯自己也在伦敦找了一份工作，即将定居，他正热恋着一位"爸爸是总经理"的图书管理员。显而易见，他也将走上一条跟爱丽丝和兰普登一样的道路，结果如何不言自明。

由此可见，英国即使实行了"福利国家"建设政策，似乎为工人阶级跨越阶级提供了可能，但这条路归根结底是走不通的，正如黑德所说，

---

① Frederick R. Karl, *A Reader's Guide to the Contemporary English Novel* (Beijing: Foreign Language Teaching and Research Press, 2005) 230.

② Kenneth Allsop, *The Angry Decade: A Survey of the Cultural Revolt of the Nineteen-Fifties* (London: Peter Owen, 1958, rpt. 1964) 27.

"与其说可流动性，不如说不可流动性"是 20 世纪 50 年代"北部工人阶级小说的主导基调"①。这就是工人阶级的"两难困境"：阶级不平等使他们想脱离工人阶级跻身中上阶级，而中上阶级又不能接纳他们，更何况中上阶级恰恰又是他们痛恨的阶层，这就形成了一个怪圈：停留在本阶级意味着受穷，跻身中上阶级又行不通，那么，如何解决这个矛盾？毫无疑问，推翻资本主义制度，因为它没有为人们提供自我实现和自我完善的空间，我们也由此看到了小说的批判力度。

《向上爬》揭露了英国资本主义社会的阶级不平等和社会不公正，描写了工人阶级青年面临"停留还是跨越本阶级"这个核心问题的彷徨和两难处境，反映了他们关于阶级身份的困惑，表达了他们对于资本主义制度导致的物化、异化以及不能使人们自我实现和自我完善的愤怒。作品发表于 1957 年，英国已建成"福利社会"，第二次世界大战后先后执政的工党和保守党政府沾沾自喜，人们更加崇尚消费主义和及时行乐观念，但同时导致了人们精神萎缩，道德沦丧。到了 20 世纪 60 年代，一场声势浩大的青年"反文化"运动终于爆发，暴力、酗酒、性泛滥、同性恋等社会现象急剧增长，这些现象已在这部小说中有所反映。小说中工人青年"不择手段"跻身中上层社会的行为，实际上是工人青年凸显自我、张扬个性的表现。因此可被理解为当时青年亚文化的组成部分。由此看来，《向上爬》不仅是 20 世纪 50 年代社会现实的一面镜子，也是 60 年代反文化思潮的先声。它虽未提出推翻资本主义社会的方案，不具备 20 世纪 30 年代英国左翼文学的战斗性，但对资本主义制度的批判也可谓深刻有力。

---

① Doninic Head, *The Cambridge Introduction to Modern British Fiction*, 1950-2000（Chongqing: Chongqing Press, 2006）53.

第十章

20世纪英国左翼文学的女性主义思想

女性主义是左翼文学的重要主题之一。自20世纪初到世纪末,这一主题持续得到左翼作家的关注和探讨。19世纪80年代到20世纪20年代期间,适逢第一次女权主义运动浪潮①,涌现出了一批中产阶级女性作家的作品,如君士坦丁·豪威尔的《更好的办法》(1888)、克莱门蒂娜·布莱克的《煽动者》(1894)、玛格丽特·哈肯尼斯的《失业》(1888)、乔治·埃斯特蒙的《流浪者》(1905)、艾玛·布鲁克的《过渡》(1895)、格特鲁德·迪克斯的《破坏形象者》(1900)等。这些作品对社会主义女性主义进行了较早的探讨。20世纪30到50年代,也出现了一些具有女性主义意识或思想的男性作家的左翼作品,如刘易斯·格拉西克·吉本的小说《苏格兰人的书》(1932—34)、约翰·布莱恩的《向上爬》(1957)、艾伦·西利托的《周末晨昏》(1958)等。这些作品也表达了一定的女性主义意识。西利托的《周末晨昏》就对男性主人公的性别歧视进行了揭露和反映。"愤怒的工人青年"阿瑟抵制异化,蔑视传统伦理道德,反抗一切权威,同情和支持弱者,但是却不反对男性对女性的"权威",在对待女性的态度方面,他又在异化的道路上越走越远。他有着严重的性别歧视,是一个大男子主义者,对待男性与女性采取双重标准。他无视伦理道德,勾引已婚妇女布伦达和布伦达已婚的妹妹温妮,玩弄她们于股掌之间,把她们作为发泄性欲、忘却烦恼、排解愤懑的工具,没有丝

---

① 一般认为,"女权主义"(现在一般作"女性主义")运动的第一次浪潮发生在19世纪中期到20世纪初期,第二次女权主义运动浪潮发生在20世纪60年代,第三次浪潮发生在20世纪70—90年代。

毫责任感和同情心。他专门勾引已婚女性，目的就是不想结婚，不承担任何家庭和社会责任。他在床上与布伦达卿卿我我，下了床后几乎都是发号施令。布伦达让他下楼，他附加条件，"你下去给我弄点早饭"，"等闻到熏猪肉和炒鸡蛋味儿，我就下去"，"再给我倒点茶"①。军训期间天天喝酒，早已把布伦达忘到九霄云外，返回后布伦达责备他连封信都不写，他说忙得不可开交，实际上是忘了，口口声声说"爱布伦达"，实际上根本没把布伦达和他们的事情放在心上。布伦达是有夫之妇，已有孩子，阿瑟又把她搞怀孕，却满不在乎，毫不关心，心想"那又怎么样？即使你怀孕了，那又有什么关系？你已经结婚了，对不对？那有什么要紧？你又不是大闺女"（81）。布伦达责备他不想负责任，他说："什么责任？我没有任何责任。"（83）布伦达在滚烫的水中坐浴，又喝许多杜松子酒把孩子打掉，阿瑟却跑到酒吧另寻新欢，当晚与布伦达的妹妹温妮同床共枕。后来又和工人出身的女孩多琳来往，周旋于三位女性之间。他同时和布伦达姐妹偷情，仅仅是寻求刺激，满足自己的私欲，把女性当作"物"而已：

  与两个有夫之妇私通是一种肉欲享乐，也是一种冒险，这使他心满意足，无法抗拒。他开动机床，又转，又推，又拉，同时反复琢磨着布伦达和温妮。他对待这两个女人就象对待面前的工具和零件一样，把他们玩弄于股掌之间，使她们自相鱼肉。他带温妮去"兰厄姆"酒馆，带布伦达去"玫瑰"酒馆。他一直想弄明白这种状态能够持续多久。温妮对布伦达的事了如指掌，管他叫大坏蛋、下流胚。而布伦达的脑子还没转过来，没有发现阿瑟偶尔也和她妹妹一起厮混。这是一种暧昧的生活，一种见不得人的勾当。（199）

他仅仅把布伦达姐妹当作"工具和机器零件"，根本没把女性当作与男性平等的"人"来看待，不负责任、玩弄女性的内心暴露无遗。他歧视诺丁汉女人，骂她们"脸皮厚"，"只为自己着想"，是"一帮婊子"（184），"靠色相诱骗男人的金钱"；他又需要女人，把她们看作"寻欢作

---

① ［英］艾伦·西利托：《周末晨昏》，张祁荪、张树东译，百花文艺出版社1994年版，第21页。以下出自该书的引文，只给出页码。

乐的合适对象"(197)。他采取双重标准对待女性,一方面,他频频与布伦达姐妹偷情;另一方面,他内心想的却是,

> 我要是有朝一日结了婚,娶一个象(像)布伦达和温妮那样同别的男人私通的女人,我一定要给她一顿任何女人都没尝过的痛打。我得把她弄死。我的老婆必须照看好我让她生的孩子,把家里收拾得一尘不染……如果我认为她在背着我跟别人海誓山盟,我就会在她还没弄清怎么回事以前,把她打得鼻青脸肿,送她回娘家去。老天爷可以作证,她一定会受到这样的惩罚。(185)

阿瑟把女性仅仅看作发泄性欲的对象、生儿育女的工具、料理家务的管家婆。他要求妻子必须忠诚,否则就会置她于死地,他自己却经常拈花惹草,玩弄女性,这不是"只许州官放火,不许百姓点灯"的双重标准吗?他把女性看作男人的附属、"第二性"。他"男尊女卑"的观点根深蒂固,一个十足的男权的倡导者、捍卫者,父权制文化的典型代表。就是自己的母亲,他也没有太多的关心,母亲就好像是他的仆人。在家中,就是倒茶,他也要劳累母亲;周末暴饮烈酒,导致脾胃不和,母亲迈着蹒跚的步伐,越过鹅卵石马路,给他买白兰地酒治疗;被温妮的丈夫痛打后卧床不起,还不跟母亲说实话,让母亲又是买白兰地,又是买油擦洗,又是买饼干,几乎是"饭来张口,衣来伸手"。阿瑟还欺骗女性。在与清纯女孩多琳的交往过程中,他自始至终都在欺骗,直到受到痛打、多琳去看他时才说出实情,还为说了实话而非常后悔。他勾搭布兰达姐妹时,还同时跟多琳约会,周旋于三个女性之间,周一晚上跟多琳看电影,其余时间跟布伦达和温妮幽会。鹅市大集是一年中人欢马叫的时刻,按照传统,小伙子要带着女朋友去参加。阿瑟已约好带着布伦达和温妮去玩耍,就欺骗多琳说他周六晚上与朋友约好要骑着摩托到外地。到了周六晚上,多琳在鹅市大集上撞见他带着布伦达和温妮后走开。事后阿瑟解释说,本来他和朋友约好要到外地,结果半路上摩托出了故障,他回家时碰到了自己的两个表姐珍妮和李尔,她们邀请他去鹅市大集。后来阿瑟遭到温妮当兵的丈夫的一顿暴打,多琳救了他,把他搀扶回家,问他是怎么回事,他又说谎搪

塞过去，因为他说谎话是他的强项，"即使处在迷迷糊糊的状态，也不难编造借口和瞎话"（232）。之后多琳来看望他，他还说那天他是被一辆马车轧了，多琳很生气，指责他说起谎话来滴水不漏，他才不得不说了实话，但还坚持说鹅市大集上的两个女人是他的表姐，多琳灰心丧气，知道他还在撒弥天大谎。后来他和多琳去酒吧喝酒，碰到温妮的丈夫贝尔，他又谎称是他原来的一个朋友。真是极尽欺骗之能事，说起谎话来一点也不脸红，丝毫不感到心虚羞愧，因为"说瞎话，而又面不改色，这是他的座右铭"（94）。可见，阿瑟虽然反对权威，但却拥护男性统治、压迫女性的等级制，把女性仅仅当作工具，成为男性权威的维护者；虽然他反抗工厂制度，讨厌繁重的体力劳动，反抗异化，但为了逃避现实、获得肉体快乐，却十分崇尚金钱，对每周的十四英镑工资心满意足；而在与女性的相处过程中，不顾伦理道德，我行我素，失去了"诚实"这一做人的基本品质，成为没有情感、没有良心、道德沦丧、精神衰萎的一具空壳，沦为异化的牺牲品。

20世纪60年代是女权主义运动的第二次浪潮，其间诺贝尔文学奖得主多丽丝·莱辛具有女性主义思想的左翼作品《金色笔记》于1962年问世。20世纪80年代的女性主义作品主要有卡里尔·丘吉尔的《出类拔萃的女子》（1982）、巴里·海恩斯的《未竟的事业》（1983）、帕特·巴克的《联合街》（1982）、《世纪女儿》（1986）等。

英国当代著名作家多丽丝·莱辛（1919—2013）于2007年获得诺贝尔文学奖。《金色笔记》是她的代表作。自1962年出版后，小说引起世界性反响。早期的评论比较肤浅、单一，作品曾被定位为"道德、政治、历史和意识形态的宣传品，作者的生活自传，'早年党内生活的记录'、'莱辛的忏悔录'，或'性别之战'"；20世纪70—90年代，评论界围绕"《金色笔记》的主题和形象""心理学和宗教学批评""《金色笔记》的形式和艺术技巧"等方面，掀起了《金色笔记》研究高潮；21世纪以来，评论界对《金色笔记》的研究"渐趋稳健而成熟"。[①] 国外学术界关于作品主题研究的情况大致如下：

[①] 卢婧：《多丽丝·莱辛〈金色笔记〉研究述评》，载《南京师范大学文学院学报》2007年第3期。

一是对作品的女性主义主题的研究。这是主流研究方向之一，在小说主题研究中占据重要地位。玛丽恩·弗拉斯托·里贝认为，尽管莱辛本人认为作品的真正主题是个人与社会的关系，否认是女权主义小说，但由于莱辛的包容性，却远远不能否定其女性主义价值；作品肯定，性是人类深层幸福的来源，却从属于战争，新女性在与男性相处中深受折磨。爱伦·摩根通过分析作品中安娜、爱拉对于她们与多位熟人和情人共同相处的经历的贬低、否定和歪曲，论述了诸如莱辛的女作家们与她们对性政治的真正的、敏感的、精确的认知之间相异化的事实；认为作品与真正的女性视角相偏离是其致命弱点，女性真正的感知与强加给她们的格格不入的标准之间的不一致是小说的严重瑕疵，但这不一致所产生的张力同时促成作品对女性异化的高超的艺术表达，可激励妇女团结一致，直到确认并使自己的经验合法化。摩根对莱辛对男女两性之间不协调的充满人文情怀的、分析式的考察予以肯定和赞扬。南希·乔伊娜通过比较莱辛的《金色笔记》和伍尔夫的《到灯塔去》，论证了莱辛与伍尔夫之间的继承关系，以及伍尔夫对莱辛的影响。马克·斯皮尔卡比较研究了莱辛《金色笔记》和劳伦斯《恋爱中的女人》的相同点和不同点。[①]

二是对作品其他主题诸如作品与心理学的关系、艺术与现实的关系、莱辛的责任感、作品的预言性质、政治与审美、作品的人道主义等方面的研究。玛丽恩·弗拉斯托研究了莱辛与 R.D. 莱恩心理学的关系；约翰·L. 卡里探讨了《金色笔记》中艺术与现实的关系，认为生活和艺术是不可分割的整体；苏珊·克丽斯对学术界关于莱辛怀疑语言、理性、人类情感、无视人类责任感的指责进行了反驳，肯定了莱辛的道德责任感以及重要小说家地位；萨拉·汉斯特拉指出，《金色笔记》是一部核战争威胁的寓言小说；拉亚拉克西米·高普兰探讨了小说的政治与美学内涵；R.P.

[①] Marion Vlastos Libby, "Sex and New Woman in *The Golden Notebook*." *The Iowa Review* 5.4 (Fall, 1974): 106-120; Ellen Morgan, "Alienation of the Woman Writer in *The Golden Notebook*." *Contemporary Literature*, 14.4, Special Number on Doris Lessing (Autumn, 1973): 471-480; Nancy Joyner, "The Underside of the Butterfly: Lessing's Debt to Woolf," *The Journal of Narrative Technique*, 4.3 (Sep., 1974): 204-211; Mark Spilka, "Lessing and Lawrence: The Battle of the Sexes," *Contemporary Literature*, 16.2 (Spring, 1975): 218-240.

马特考察了小说的人道主义思想。①

国内学术界对《金色笔记》的研究相对薄弱,近年来也逐渐掀起高潮。有关作品主题研究,首先,与外国学术界相似,对女性主义的解读是主流。黎会华对小说进行了女性主义解读,论述作品对菲勒斯中心文化的质疑和解构;朱清探讨了小说的女性主体意识。② 其次,对于《金色笔记》其他主题的单一研究,高永红阐释了小说的和谐主题;肖锦龙认为,《金色笔记》的核心主题是拷问人性;卢婧解读了小说中的"身体"隐喻;姜仁凤探讨了作品在混乱中对秩序的建构;乔娟研究了作品的政治主题③。再次,对小说主题和形式的综合研究。陈才宇论证了作品形式与内容之间的紧密联系;姜红对小说的认识主题和形式进行了分析;刘雪岚探讨了作品"分裂与整合"的主题与结构;王丽丽研究了作品在后现代碎片中的话语重构④。

---

① Marion Vlastos, "Doris Lessing and R. D. Laing: Psychopotics and Prophecy." *PMLA*, 91. 2 (Mar., 1976): 245-258; John L. Carey, "Art and Reality in *The Golden Notebook*," *Contemporary Literature*, 4.4, Special Number on Doris Lessing (Autumn, 1973): 436-456; Susan Kress, "Lessing's Responsibility," Salmagundi, No. 47/48 (Winter-Spring 1980): 115-131; Sarah Henstra, "Nuckear Cassandra: Prophecy in Doris Lessing's *The Golden Notebook*," *Papers on Language and Literature: A Journal for Scholars and Critics of Language and Literature*, 43. 1 (2007): 3-23; Rajalakshmi Gopalan, "Doris Lessing's Politico Aesthetic Vision in *The Golden Notebook*," in Tapan K. Ghosh, ed. *The Golden Notebook: A Critical Study* (New Delhi: Prestige Books, 2006) 187-198; E. P. Mahto, "*The Golden Notebook*: A Study in Humanisim," in Tapan K. Ghosh, ed. *The Golden Notebook: A Critical Study* (New Delhi: Prestige Books, 2006) 199-213.

② 黎会华:《解构菲勒斯中心:构建新型女性主义主题》,载《浙江师范大学学报》(社会科学版) 2004 年第 3 期;朱清:《〈金色笔记〉女性视角下的女性主体意识》,载《外语研究》2009 年第 3 期。

③ 高永红:《〈金色笔记〉和谐主题阐释》,载《东岳论丛》2010 年第 8 期;肖锦龙:《拷问人性——再论〈金色笔记〉的主题》,载《外国文学研究》2012 年第 2 期;卢婧:《〈金色笔记〉中的"身体"隐喻解读》,载《解放军外国语学院学报》2012 年第 3 期;姜仁凤:《于混乱中现秩序:解读莱辛的小说〈金色笔记〉》,载《学术探索》2012 年第 5 期;乔娟:《论〈金色笔记〉的政治主题》,硕士学位论文,南昌大学,2013 年。

④ 陈才宇:《形式也是内容:〈金色笔记〉释读》,载《外国文学评论》1999 年第 4 期;姜红:《有意味的形式》,载《外国文学》2003 年第 4 期;刘雪岚:《分裂与整合》,载《当代外国文学》1998 年第 2 期;王丽丽、伊迎:《后现代碎片中的"话语"重构》,载《当代外国文学》2006 年第 4 期。

综观国内外学界对《金色笔记》的主题研究，我们发现，主要涉及了作品的女性主义、艺术与现实的关系、预言性质、政治与审美、人道主义、混乱与秩序等方面，以及主题和形式结合起来进行的研究。《金色笔记》是一部思想内涵丰富的小说，文本的广阔视野和丰富内涵有待进一步挖掘。

莱辛1919年出生在伊朗，5岁时曾随父母迁居非洲，1949年后定居英国伦敦。她自学成才，成长过程中饱览许多世界文学大师的作品，早年曾参加非洲反对殖民主义的斗争，接触过马克思主义，曾经加入共产党。她思想激进，经历丰富，抱负远大，极力推崇19世纪的伟大现实主义作家及其作品，认为"文学的顶峰是19世纪的小说家托尔斯泰、司汤达、陀思妥耶夫斯基、巴尔扎克、屠格涅夫、契诃夫这些伟大的现实主义作家的作品"。1971年，她在《金色笔记》序言中指出，"在不列颠，要想找到像一百年前，即上个世纪中期的托尔斯泰描写俄国，司汤达描写法国那样一部反映知识与道德风貌的作品是不可能的。"[①] 可见，《金色笔记》是为弥补英国文学这一缺憾而创作，然而却"比她的榜样走得更远"，她在作品中试图描写的是"20世纪中期整个世界的风貌"。[②]

经过细读文本，我们发现，莱辛的《金色笔记》深度观照了20世纪50年代前后世界资本主义阵营与社会主义阵营之间的"冷战"、殖民主义与种族歧视、性别偏见与性别冲突，对这些问题的表征和思考紧密交织在一起。作品不仅描写了以美国为首的资本主义阵营和以苏联为首的社会主义阵营之间的"冷战"及其对地球人造成的影响，展示了朝鲜战争的过程、危害及影响，再现了卷入"冷战"的国家开展军备竞赛的情况及对世界的威胁，反映了麦卡锡主义的性质、危害和影响，勾勒了苏伊士运河危机的过程及影响；还密切关注国际共产主义运动，反映和探讨了20世纪50年代前后世界共产主义运动的衰落及其原因。《金色笔记》高度关注种族问题，赞美了非洲的自然风光和悠久的文化，揭露了资本主义、帝

---

① [英]多丽丝·莱辛："前言"，《金色笔记》，陈才宇、刘新民译，译林出版社2008年版，第5页。

② 陈才宇：《形式也是内容：〈金色笔记〉释读》，载《外国文学评论》1999年第4期。

国主义和殖民主义对非洲殖民地原住民的剥削和压迫，批判了种族主义，预示了殖民主义的衰落和殖民地人民的民族解放。《金色笔记》密切关注性别问题，描写了父权制社会对女性的剥削、压迫和控制，揭露了夫妻关系的不平等，批判了性关系的不平等，反映了父权制社会对女性思想的禁锢、对女性思考和写作权利的蔑视和压抑；同时，对上述情况进行了抵制和反抗，主张女性经济独立，婚姻自由，思想独立；实践女性写作，书写女性体验，建构女性身份；提出性是深层幸福之源、性、爱情、婚姻三位一体，男女平等，两性和谐，婚姻、家庭同等重要等思想。因此，《金色笔记》不仅是表征20世纪中叶世界政治、种族、性别问题的左翼文学杰作，也是描写该时期精神风貌和道德气候的文学经典。为了深刻阐释这三方面的主题意蕴，本书分为三章分别论述。下面笔者立足文本，解读、阐释《金色笔记》的女性主义蕴含。

第一节 父权制社会对女性的剥削、压迫和控制

莱辛一直否认《金色笔记》是一部女权主义小说。她曾说过："我对强调性别革命的人们不耐烦。我说我们都应该上床睡觉，闭口不谈性别革命，而应该从事更加重要的事情。"[①] 或许莱辛所说的"更加重要的事情"是世界的动荡，正如她在《金色笔记》1971年版的前言中所指出的，"我以为，妇女解放运动不可能带来多大变化，这并非因为这场运动的目标有什么差错，而是因为我们正生活在一个大动荡的时代，整个世界因这动荡而改变了模样。这一点一目了然。如果这场动荡能有个了结，到了那一天，也许妇女解放的目标已显得渺小而怪异了。"[②] 虽然如此，从主人公来看，《金色笔记》中的安娜（爱拉）、摩莉（朱丽娅）都不仅是女性，而且是有独立见解、涉足政治的女性。安娜还在非洲殖民地生活过，参加过当地的共产党，对殖民主义、种族歧视有过体会和思考；从思想内容来

---

① "Doris Lessing at Stony Brook: An Interview," with Jonah Raskin, New American Review, No. 8 (January, 1970): 175.
② ［英］多丽丝·莱辛："前言"，《金色笔记》，陈才宇，刘新民译，译林出版社2008年版，第3页。

看，作品有对女性问题的反映和思考。因此，可以说《金色笔记》不仅关注了世界动荡背景下的阶级、战争、种族问题，而且关注了女性问题。同时，与众不同的是，《金色笔记》不但对阶级、种族和性别问题同等关注，而且对这些问题的关注紧密联系、互相交织在一起。本文认为，《金色笔记》同样是一部女性主义小说。作品揭露了女性遭受性别歧视、经济剥削和思想压制的状况，对这些状况进行了反抗，提出了爱情、性与婚姻三位一体的思想和男女平等、两性和谐的主张。

一

《金色笔记》揭露了婚姻关系中夫妻地位的不平等。这种不平等主要表现在以下几个方面：

第一，在选择配偶和结婚的过程中，女性没有自主权，存在着无视女性自主权利，违背女性意愿，包办婚姻的情况。英国女权主义先驱伍尔夫在《一间自己的房间》里曾引用特里威廉教授的《英格兰历史》，论述欧洲15世纪存在的包办婚姻的情况，"女性拒绝嫁给其父母挑选的夫婿，就会被关闭起来遭受殴打，而公众绝不为此吃惊。婚姻不是和个人有关，而是关联着家庭对财务的贪求，在具有骑士风度的上流社会尤其如此。常常是彼此在襁褓之中就被订了婚，还需要保姆的照料就结婚了。"[①]法国女权主义先驱西蒙娜·德·波伏娃也在《第二性》中指出，在父权制社会里，女儿是"父亲的财产，父亲根据自己的意愿把她嫁出去"，享有"支配她的各种权力"。[②]《金色笔记》出版于20世纪60年代，女性在恋爱、婚姻关系的选择与决定权利方面有了很大改善，但依然在一定程度上存在着包办婚姻的情况。作品主人公之一、所谓的新女性摩莉，本身就是20世纪20年代婚姻的产物。她父母的婚姻只维持了几个月，她的童年因而很不幸。摩莉18岁那年，按照父母的安排，嫁给父亲朋友的一个经商的儿子理查为妻。二人之间没有感情。这桩婚姻维持不到一年就结束了，

---

① [英]弗吉尼亚·伍尔夫：《一间自己的房间》，田翔译，辽宁教育出版社2010年版，第44页。
② [法]西蒙娜·德·波伏娃：《第二性》，陶铁柱译，中国书籍出版社2004年版，第78—79页。

根本原因是摩莉的父母"只是出于维持生计甚至家族体面的考虑"①，把摩莉的婚姻大事作为维持生计的手段和维护家庭面子的筹码，根本没有把自己的女儿作为一个拥有完整人格的人来看待。这样的婚姻要么名存实亡，要么迅速走向完结。这桩无爱的婚姻也严重影响了摩莉和理查所生的儿子汤姆的成长。

第二，妻子没有经济地位，在生活上依赖丈夫，遭受丈夫的控制。自从私有财产出现之后，西方一直处于父权制社会，男人"完全夺走了女人对财产占有权和遗赠权"，"丈夫像一个人购买家畜或奴隶似的把她买走，把他家庭的众神强加于她，她生的孩子属于丈夫的财产"，"她本身就是某个男人的世袭财产的一部分：最初是她父亲的，后来是她丈夫的"②。这种情况即使到了维多利亚时代也依然存在，在这一时期的文学作品中司空见惯。而《金色笔记》中这种情况分为两种。在大部分情况下，妻子没有从事社会工作，没有经济收入，完全依靠丈夫过活，因而遭受丈夫的经济剥削。理查的妻子马莉恩就属于这种情况。她本来出身于一户"略有名望的家庭"，是一个"年轻、热情、可爱、文静的女孩"（17）。嫁给理查后，生了三个孩子。从第一个孩子出生前马莉恩住院起，理查就开始去找前妻摩莉，想与之上床，遭拒绝后，又去找别的女人。自从马莉恩生完孩子，理查就开始对她不理不睬，不管不问。他很富有，虽已成为金融寡头之一，对自己的妻子马莉恩在经济上却非常吝啬。马莉恩曾这样向安娜抱怨："理查对我很小气……他是百分之一富得流油的英国人当中的一个——他却每个月都要查看我的账目。他吹嘘说，我们是这百分之一当中的一位，可我买一件时装他都要抱怨。"（288—289）《第三者的影子》中保罗的妻子穆莱尔·唐纳、美国人西·梅特兰的妻子——镇上最漂亮的金发女郎、爱拉的加拿大情人的妻子、爱拉的母亲等都是无经济收入，遭受丈夫控制的妻子的典型。《金色笔记》中妻子遭受丈夫经济剥削的另一种情况是，妻子在经

---

① ［英］多丽丝·莱辛："前言"，《金色笔记》，陈才宇、刘新民译，译林出版社2008年版，第7页。以下出自该书的引文，只给出页码，不再一一作注。

② ［法］西蒙娜·德·波伏娃：《第二性》，陶铁柱译，中国书籍出版社2004年版，第77—78页。

济上富有,丈夫需要妻子金钱的保障,只爱她的钱而不爱她的人。《第三者的影子》中,爱拉曾去巴黎访问《妇女与家庭》杂志主编罗伯特·布伦先生,他的未婚妻爱丽丝"面色蜡黄,身材矮胖""穿戴得十分艳丽";她富有,"不顾一切地爱他"(323—324),而布伦则需要她的钱。在举行朋友聚会的过程中,她举止得体,表现出色,眼睛一直注视着布伦,而他的眼睛则从身边走过的一个女子转移到另一个女子身上。爱拉预言,这对夫妻婚后的日子大概是:妻子富有而温顺,丈夫在外面拈花惹草,跟情人欢娱。对于妻子来说,最终是失去了经济地位,也没有获得爱情,钱爱两空。

第三,由于妻子没有经济地位,生活上依附丈夫,所以在家庭中被沦为管家婆和生儿育女的工具,处于"第二性""他者"的被动、陪衬、附属地位。理查的妻子马莉恩就是这样一位"他者"。她为理查生了三个儿子,成了一个名副其实的管家婆,日常工作就是操持家务,照顾丈夫和孩子。她深受折磨,从来没有幸福过,被人当成傻瓜,无奈只能求助于烈酒,沦为"酒鬼"。摩莉曾指责理查把马莉恩的"手脚拴在孩子身上"(18)。即使这样,马莉恩也没有得到儿子们的尊重,她喝醉了,"她的几个孩子装作什么也没有看见",她抱怨理查和他的秘书偷情,而她的孩子们"装作不知道她在谈什么"(273)。理查在外面风流韵事不断,为所欲为,甚至在与马莉恩外出度假期间,当着马莉恩的面,还想让她早点睡下,以便他与那位意大利女郎偷情。汤姆实在看不过去,指责他父亲不但毁了马莉恩的一生,也毁了孩子们的前途。马莉恩为了谋生,不得不受他的管束,不得不取悦他。她这样向安娜倾诉理查对她的控制和她的不幸生活,"不知有多少个夜晚,我是哭着睡过去的……吃早饭时我坐在饭桌边,身上穿的是那种宽宽松松的晨衣,我买这样的衣服穿,是因为他喜欢我穿这样的东西……他以前就喜欢我穿这样的东西。而我始终讨厌它们。我想,这许多年来,我一直就穿自己讨厌的衣服,就为了讨好那个畜生。"(412)正如西蒙娜·德·波伏娃也在《第二性》中所说,在父权制社会,女人一直受男性主宰,她不得不被迫做"第二性","男人在经济生活中的特权位置,他们的社会效益,婚姻的威望,以及男性后盾的价值，这一切都让女人热衷取悦于男人"①，"人们教导她说，为了讨人喜欢，她必须尽力去讨好，必须把自己变成客体；所以，她应当放弃自主的权利。她被当成活的布娃娃看待，得不到自由"②，处于受主宰、受压迫的地位。爱拉的情人保罗的妻子——穆莱尔·唐纳是一位贤妻良母。她为保罗生了两个孩子，每天晚上待在家中简陋的厨房里，一边读读《家庭妇女》杂志或看看电视，一边"留神听着楼上孩子的声音"（228）。丈夫保罗要么一周不回来，要么总是在早晨六点左右回家，"回去换一件干净的衬衣"（207）。穆莱尔长期失眠，她坚持上床前"喝热牛奶，想让自己的脑子放松下来，以便睡好觉，但无济于事"（229）。她对丈夫和爱拉同居五年的事情丝毫不知，只知道保罗一大早就把她弄醒，"他大约六点左右就起床，从医院下班回来又总是很晚。有时他整个星期都不回家……这种情况已经维持了五年了"（229）。她情绪低落，抑郁寡欢，神经衰弱。她就是这样一位"沉着冷静、无妒无忌、无欲无求、自得其乐、内心充满幸福"的女性。她"守住保罗的办法是从来不去过问他，尽量抹杀她自己"（325）。爱拉办公室的编辑杰克有一位贤惠的妻子，整天操劳家务，"被孩子们缠住"，"守在位于郊区的家中，只有一台电视机为伴"（473），而丈夫杰克时不时地在外面跟别的女人睡觉，背叛她而不让她知道，丝毫不觉得有愧。《红色笔记》中居住在伦敦北区的工人阶级的妻子，日常工作也是操持家务，生儿育女，堪为贤妻良母。安娜在为共产党拉选票的过程中看到，她们没有思想，"只能按照丈夫所说的去做"（174），和丈夫一样投了工党的票。贤妻良母传统源远流长。爱拉曾看望自己的爸爸，向他询问自己母亲的情况。她爸爸对她母亲的评价是："总的来说，对于我，你的母亲是太好了……你母亲是位好女人。是位好妻子。但她没有主意，压根儿就没有主意。"（481）由此我们看到，爱拉的母亲也是一位贤惠内敛、无欲无求、只讲奉献不图回报的温良女性。穆莱尔、爱拉的母亲等典型的贤妻良母我们可以称之为顺从型女性。她们严守"妇道"，缺乏女性主体意识，将以男性为中心的父权制文化规约自觉内

---

① [法] 西蒙娜·德·波伏娃：《第二性》，陶铁柱译，中国书籍出版社 2004 年版，第 130 页。

② 同上书，第 263 页。

化为自己的行为准则，终生扮演男性附属物的角色，甘居"第二性"和"他者"地位，这正好迎合了男权社会的文化心理。她们要么像行尸走肉地生活，要么遭人遗弃，最终被沦为父权制社会的牺牲品，被献祭于父权文化。这些顺从型女性被苏珊·格巴和桑德拉·吉尔伯特称为"理想的天使"，她们"都有着天使般的美丽和纯洁，都内敛、顺从并且无私"①。正如吉尔伯特和格巴一针见血地指出："不管她们变成了艺术对象还是圣徒，她们都回避着她们自己——或她们自身的舒适，或自我愿望，或者两者兼而有之——这就是那些美丽的天使一样的妇女的最主要的行为，更确切地说，这种献祭注定她走向死亡和天堂。因为，无私不仅意味着高贵，还意味着死亡。像歌德玛甘泪这样没有故事的生活，是真正的死亡的生活，是生活在死亡中。"② 总之，《金色笔记》批判了西方现代社会依然存在的婚姻关系中夫妻的不平等，揭露了女性婚姻不自主、无经济地位、遭受男性压迫和控制的现状，反映了女性作为"第二性"和"他者"的被动、消极、附属、陪衬地位。

二

《金色笔记》揭露和批判了男女两性在性关系上的不平等。莱辛冲破这一写作禁区，坦诚地描写了男女性关系。小说告诉读者，女性在性关系上往往处于被动地位，受到男性的控制，被剥夺享受性快感的权利，甚至遭受男性的羞辱、压制和语言折磨。无论是夫妻关系还是情人关系，都是如此。作品中男性在性关系上主宰、支配女性，有下列几种情况：

第一，已婚女性经历着"无性婚姻"。性生活是夫妻生活的重要组成部分，是人类生存和繁衍的需要，是夫妻之间正常而必要的情感交流，是自然的、神圣的，灵与肉的完美结合，身与心的亲密交流。青年男女在恋爱阶段经过彼此了解，情投意合，开始步入婚姻的殿堂，开创幸福美满的生活。夫妻都有享受性生活的权利。感情是性的基础，性是感情的重要表

---

① 张岩冰：《女权主义文论》，山东教育出版社1998年版，第66页。

② Sandra Gilbert & Susan Gubar, *The Madwoman in the Attic*: *the Women Writer and the Nineteenth Century Literary Imagination*, New Haven: Yale UP, 1979, p. 25. 转引自张岩冰《女权主义文论》，山东教育出版社1998年版，第66页。

现形式，性、感情和婚姻可谓三位一体。然而，《金色笔记》中的已婚女性，在生完孩子后，却常常过着被丈夫主宰的生活，经历着所谓的"没有性爱却有感情"的虚假的、骗人的、不完整的、死亡的婚姻，时常感到性饥渴，产生性焦虑甚至精神失常，而她们的丈夫则从其他女性身上寻求性满足。让我们看看本书已经提及的几位妻子婚后的性生活。理查的妻子马莉恩自开始生产第一个孩子起，就在性上遭到丈夫的背叛。她刚刚住进产科医院准备生第一个孩子，理查就去找前妻摩莉想和她上床，遭拒绝后又去找别的女人。他喜新厌旧，当年的马莉恩是他喜欢的"胡桃色的女郎"，但自从马莉恩生下第一个孩子，理查就从马莉恩的身边失去了踪影。摩莉这样揭露理查对马莉恩的背叛：马莉恩住院后，"你身边就有了一大班女孩子，马莉恩全都知道，你自己也向她承认过你的罪孽"，当马莉恩"向你抱怨你有那么多女孩子时"，"你自己多次亲口对她说过，你自己为什么不找个情人呢？"，然而当有个男人喜欢上马莉恩并决定娶她为妻时，理查却暴跳如雷，坚决制止了他们的关系；摩莉这样批评理查，"你一旦将她稳稳地据为己有，你又会失去对她的兴趣，到你那漂亮而宽敞的办公室里的豪华长沙发上找你的女秘书了"（30—31）。更有甚者，在外出度假期间，理查还要求马莉恩自己提前睡觉，以便他与一位意大利女郎同床。对于理查的虐待，马莉恩只能以泪洗面，借酒消愁，而理查还满不在乎，振振有词，反而感到马莉恩喝酒有失体统，有损他的面子，因为在他看来，已婚男人大都和他一样，但他们的妻子却不酗酒。这不是"只许州官放火，不许百姓点灯"的双重标准吗？！理查最终抛弃了马莉恩，娶了年轻漂亮的"胡桃色的"女秘书。爱拉的情人保罗，跟他的妻子穆莱尔·唐纳长期没有性生活。在与爱拉同居五年的时间里，他或者一周不回家，或者每天一大早回家"换件干净的衬衫"。穆莱尔长期患神经衰弱，晚上难以入眠。爱拉问保罗，难道穆莱尔不在乎自己失去男人，保罗说穆莱尔是位单纯的女性，是位好母亲，她是在乎的，但他始终置之不理，而她也毫无怨言。保罗也不觉惭愧，认为自己尽到了丈夫的责任，"我一回家，就承担起家里的一切。煤气灶，电费账单，上什么地方买便宜的毛毯，孩子的教育，等等，什么事都得我过问"（230）。看来保罗掌管着家里家外的一切，担当着家中的所有事务，唯一不做的就是与妻子之间的性爱。爱拉的另一位情人、美国左翼人士西·梅特兰是位脑外科医生，娶了镇上最漂亮、最高贵的女人为妻。婚后他们只有过五次性生活，妻子生了五个儿子，从此夫妻之间再无性生活。梅特兰的妻子即使生过五个孩子，风韵依旧，仍然是镇上最漂亮的女子。镇上的人们很羡慕他们。梅特兰总是津津乐道，"她拥有全镇最好的房子。她想得到的全都得到了。她有五个男孩……她跟我生活得很愉快——我们每周跳一两次舞，不管到哪里，她都是最时髦的女人。她得到了我……她确实得到了一个成功的男人。"（338）他妻子或许得到了"一切"，唯一没有得到的是丈夫的性与爱。她得到的充其量是丈夫的一具空壳，而丧失的却是非常重要的正常的夫妻之间的性与爱情。锡兰人德·席尔瓦的朋友画家 B 先生，长期背叛自己的妻子，和家里的女佣天天早上在"厨房的地板上睡觉"（520）；和爱拉上过一次床的加拿大人自称自己有个漂亮的太太，他很爱她，但他却经常在外面找别的女人，理由是妻子无法满足他的欲望，他"得另找出路"（477）；流亡英国的美国左翼人士米尔特自称自己最喜欢的女人是他的妻子，但他们"最后一次干那事是在蜜月里"，"自那以后，这种事就结束了"（683），米尔特却时不时地在外面找女人。安娜在伦敦党支部无偿为组织工作期间，有一位同事叫罗丝·莱蒂默。她出身中下阶层，同情工人阶级，对工会干部佩服得五体投地，认为他们是"最优秀的、了不起的、非凡而卓越的、真正的人"，但他的妻子抱怨"他们已有八年没有过'爱情生活'"（369）。这样的情况司空见惯，这样的"无性婚姻"不胜枚举。那么，老一代夫妻的性生活又怎样呢？爱拉的父亲高度评价她的母亲，但却披露爱拉母亲生前，"那类事情和她一点也不沾边"，"当我无法忍受的时候，便出去给自己买个女人"（481）。这是一桩典型的无性婚姻，女人只能听之任之，而男人却可以选择其他途径。在上述案例中，"无性婚姻"仅仅是对女性而言，男性都和别的女人存在性关系，他们的妻子在性上或者在感情上遭受丈夫的背叛，或者在性和感情上遭受丈夫的双重背叛。

第二，无论是婚姻关系，还是情人关系，男女两性在性关系上，女性处于被动、从属、边缘的"他者"地位，享受性生活的权利被男性剥夺。由于宗教等因素的影响，"性"长期成为人们公开谈论的禁区，人们"谈性色变";加上父权制文化对女性的影响,女性在性关系中长期处于"失语"状态,"她几乎只能奉献自己;因为大多数男人很珍视他们的角色。他们希望在女人身上能激起特殊的兴奋,而不希望成为满足她的一般要求的工具;倘若成为这种工具,他们就会觉得被利用了。"①《金色笔记》揭露了女性在性关系上遭受的不平等。

(一)在婚姻关系中,夫妻之间虽然存在着性,但丈夫往往道貌岸然,经常在外面拈花惹草,背叛妻子。理查娶了马莉恩后,不再珍惜,虽然夫妻之间还有性的存在,但理查却与数不清的女性有染;《黑色笔记》中非洲殖民地的白人工人乔治·豪斯娄,生活艰苦,思想先进,男性气概十足。他的妻子天天拼命劳作,还干了一份秘书工作。豪斯娄在小说中几乎被描写为对女人"最没有偏见的"男人,但他却长期背叛自己的妻子,有了外遇。他特别喜欢非洲女人,还与黑人厨师的妻子玛丽保持情人关系,生下了一个半黑半白的男孩;身在福中不知福的编辑杰克,表面温文儒雅,却在合适的情况下也会在外面寻求刺激,并把这种刺激作为贬低自己妻子的手段;爱拉遇到的那位加拿大人,口口声声说爱自己的妻子,却还想在外面找情人,并把拥有情人作为提高自己身价的资本;美国左翼人士纳尔逊,由于战争和麦卡锡主义的影响,极度恐惧。"他的性器官插入后在女人体内从来就待不了几秒钟"(503—504),可想而知妻子的情感生活多么糟糕。即使如此,他也乐此不疲地在外面找情人。上述这些婚姻中,虽然存在着夫妻之间的性,不属于"无性婚姻",但丈夫同时又有婚外情,无辜的妻子遭到丈夫的背叛。

(二)在貌似两情相悦的情人关系中,女性也在性关系上处于不平等地位。或许作品中近乎"完美"的性关系发生在《黄色笔记》中的爱拉和保罗之间。在二人长达五年的同居中,爱拉对二人的性关系相当满意,尤其是刚开始的几个月,做爱时她总是能够很快地体验到性高潮。但随着时间的推移,保罗开始使用性技巧,给她以外部刺激,"让爱拉的阴蒂产生性兴奋"(223),爱拉感到的是阴蒂快感,而不是自然的阴道快感,她开始感到厌恶。因为,对女人来说,"性本质上属于情感的问题"(222);

---

① [法]西蒙娜·德·波伏娃:《第二性》,陶铁柱译,中国书籍出版社 2004 年版,第632 页。

而男人往往只关注自己的感受,忽视女性的感受,把女性作为发泄性欲的工具。为了压制爱拉关于女人完全有权利享受阴道性高潮的思想,保罗先引用著名的心理学家关于"女人自身并不存在阴道快感的物理基础"(224)的理论,而后又用来到他的医院作学术报告的布拉德罗特教授关于"雌性天鹅不存在性兴奋"的研究,证明"在女人身上并不存在阴道性兴奋的心理基础"(225),以此驳斥爱拉关于女性兴奋来源于阴道快感的观点。慢慢地,爱拉感觉不到真正的性快感了,这也就是"保罗即将离开她的时候"(224)。爱拉越来越处于被动地位,虽然在感情上越来越喜欢保罗,但保罗对他们关系的理解跟她的截然相反。他自始至终只把他们的关系看作单纯的"性关系",跟感情、跟其他一切都没有丝毫关系。他把性与爱情割裂开来,"将做爱与一切截然分开"(189),只把爱拉看作他的情妇。当爱拉对他们的相处感觉满意而想到结婚时,保罗采取的是三十六计,走为上计,果断地选择了离开爱拉,远走尼日利亚。事实上,在他们刚刚相处时,保罗就警告过爱拉不要对他期望太高,他绝对不会和爱拉结婚。当爱拉感到二人如胶似漆越来越离不开保罗时,保罗却立即选择晚上不来找她;更重要的,爱拉"看见他把钱放在壁炉上",这大大出乎爱拉的预料,"她为之惊呆了"(210)。这个细节说明,保罗只把爱拉看作情人,甚至看作妓女,二人之间是一种钱和性的交易。二人之间对于这种同居关系看法的截然不同是导致爱拉精神分裂、患上写作障碍症的重要原因之一。

让我们再看看另外几对情人关系中女性的不平等地位。美国左派人士西·梅特兰在英国和爱拉相处的短短几天,在性关系上很不投合,他往往是"立刻就插了进去","性兴奋随即到来",爱拉几乎没有感觉,"他已翻身躺在床上,挥舞起手臂欢呼起来:'我的天,噢,我的天!'"(335)每次都是这样,爱拉根本无法获得性高潮。她认为自己是在"奉献快乐"(337)。二人的关系随即结束;爱拉和同事杰克虽然"颇有床上功夫",但爱拉看到,"他的愉悦感来自和一个女人上了床,而不是单纯源于性"(472);爱拉的加拿大籍情人带着杜松子酒、强壮药和鲜花来到爱拉的寓所,和爱拉"玩了一场'男人带着鲜花和酒,前来引诱一个头天晚上聚会中刚认识的女子'的游戏","爱拉奉献了快乐",但两个人都"没有什么感觉"（475）；安娜的情人纳尔逊的性器官在女人体内从来就待不了几秒，安娜根本无法获得性兴奋。以上这些情人关系中，男女两性之间的性关系很不和谐，可能存在着诸多方面的原因，比如男女两性的性别差异和对性、情感、爱情的不同理解，女性往往处于被动从属地位，无法获得性快感；但是，或许有更深层次的原因，这就是父权制社会对女性性快感的剥夺：

> 男权制在把妇女变成一个性对象的同时，却不鼓励她享受被认为是她命运所在的性行为。相反，强制她遭受性行为之苦，并为自己的性行为感到羞耻。总的来说，她几乎只能作为一个性动物存在，因为历史上的大多数妇女都被局限在动物生活的文化层面上，为男性提供性发泄渠道，发挥繁衍和抚养后代的动物性功能。因此，在这种生活中，除了极个别情况以外，她不能享受性行为的乐趣，只能主要从事低下的劳动和家庭服务，男人与她发生性行为是对她的惩罚。①

（三）在两性关系中，女性受到男性的控制，甚至遭受虐待、语言折磨和人格侮辱。《黑色笔记》中，安娜和非洲左派组织领袖维利同居一起。他们在性上一点都不投合。安娜始终处于被动地位，维利则把时间和精力花在学习上。二人虽然同居，但却长期没有性。就在安娜等左翼青年离开殖民地的前一天晚上，安娜终于和一直喜欢他的保罗②在野外做爱，回来后，维利明明知道安娜刚刚跟保罗做过爱，却立即抱着她的腰，把她按倒，安娜这样回忆，"这事毁了我们的关系。我们从此再也不能原谅对方。……就这样，我们间无性的关系终于以性的交往而告终了"（159）。这种性关系无异于强奸。锡兰人德·席尔瓦抛弃妻子儿女，来到伦敦西区上流社会，和一个穿着花哨的女孩上床，条件是：无论他表现得多么热切，"爱"得多么发狂，女孩都不允许有丝毫的回应，而该女孩却一再"违约"。难怪女孩痛骂席尔瓦是"施虐狂""恶鬼"（520）；席尔瓦跟安娜上床一次后，安娜拒绝再跟他交往。他就以晚上从车站弄个妓女到安娜

---

① ［美］凯特·米利特：《性政治》，宋文伟译，江苏人民出版社2000年版，第147页。
② 《黑色笔记》的主人公，和《黄色笔记》中爱拉的情人是两个人。

的寓所，住在安娜房间上方的房间，以便让她听见他们做爱来威胁安娜，试图侮辱她。安娜的情人迈克尔只把安娜当作情人，总是抱怨安娜把心思花在女儿简纳特身上，充满妒意，无理取闹。他总是选择早上隔壁房间里安娜的女儿简纳特醒来后，在安娜担心女儿走进他们的房间时，以粗野的动作，从背后占有安娜，使安娜担惊受怕，他则幸灾乐祸。因为在他看来，这种使安娜"担惊受怕的占有构成了他的乐趣"（347）。就在他搭上别的女人准备抛弃安娜时，挂在嘴上的一句话一直是"如果说我们已没有其他的共同点，至少还有性"（351）。这种定位使安娜内心掠过丝丝凉意，彻底失望。安娜的情人——美国左翼人士索尔·格林喜欢安娜，既离不开女人，又丝毫不尊重女性。他从来不用"女人"一词，总是用"骚货、娼妇、娘们、甜姐、小妞"来极力贬斥女性，大谈什么"屁股、奶子"，每每提到女人让人听起来好像是"一堆被肢解的女人的胸啦，大腿啦，屁股啦什么的"（581），辱骂女性，伤害她们的人格尊严。理查喜新厌旧，总在外面寻花问柳，当他想抛弃与他一起生活了15年的马莉恩时，理由是"跟一个已经结婚十五年的女人在一起"，无法"让它勃起"（33），以此恶狠狠地贬低女性，侮辱女性的人格尊严；理查喜欢小巧玲珑、才思敏捷的安娜，在马莉恩生育孩子期间，他费尽心机想和安娜上床，当安娜不为所动时，他说，"安娜，你应该多多关心自己的身体，你看上去比你实际的年龄苍老了十岁，你显然一天天变得憔悴了"（48），以此宣泄心中的"酸葡萄效应"，刺伤安娜的自尊心。美国左翼人士纳尔逊怪罪他妻子"让人勃不起来"（504），把自己的性无能完全嫁祸于女人；爱拉的加拿大情人带着杜松子酒和壮阳药和她玩游戏，爱拉无任何感觉。当想和爱拉保持长期的情人关系被拒绝后，他尖刻地说，"我算是明白了"，"在床上并不一定非要一位漂亮的女人。注意力集中于她的一个部位——任何地方，就可以了。即使是个面目丑陋的女人，也总有她美的地方。比如说一只耳朵。或一只手"（476），以掩盖自己的虚荣心，遮掩尴尬之态，以话中之话、弦外之音贬低、伤害安娜；爱拉的朋友朱丽娅所在剧院的一位男演员一天晚上送朱丽娅回家，强烈渴望和她上床，但就是不明示，反反复复唠叨自己的婚姻，直到凌晨四点，朱丽娅暗示他应该回家了，他感到自尊受到了伤害，不得了了，朱丽娅于是和他上了床。她和和气气，可他的家伙不中用，于是他提出能否晚上再来一次。到了晚上，还是老样子。分手时他告诉朱丽娅，"你是个让人勃不起来的女人，咋一见到你的时候，我就这样认为"（470），以此排遣自己的愤懑，凶狠地贬损女性，伤害她们的人格尊严；与爱拉同居五年的保罗，最后毅然决然地离开爱拉，爱拉爱他是动真格的，以至于还想前往与之团聚，后来通过保罗的同事韦斯特大夫之口，爱拉得知了保罗前去尼日利亚的真正原因，"他被一个十分轻浮的婆娘缠上了……事情还真有点纠缠不清。看样子那婆娘也真不是个好东西"（232）。保罗这样公开伤害、粗鲁地辱骂他的情人，爱拉极度痛苦，精神崩溃，几近疯狂。

综上所述，无论是婚姻关系，还是情人关系，在男女两性的性关系中，男性依然处于主宰、控制地位，大男子主义异常严重，已婚女性普遍遭受着"无性婚姻"的折磨，无法获得丈夫完整的感情，常常遭到丈夫的背叛；而在貌似两情相悦的情人关系中，女性也总是处于被动、附属地位，仅仅被男性当作发泄性欲的工具，性与情感无法统一，没有权利、没有办法获得女性本应该享受的性高潮。更有甚者，无论是已婚还是"自由"女性，在两性关系中还时不时地受到男性的语言虐待和人格侮辱，女性在性关系上依然处于"第二性"和"他者"的陪衬、边缘地位。从根本上说，这属于父权制社会男性统治女性的性政治，本质上体现着男性支配、统治女性的权力关系。正如美国女性主义批评家凯特·米利特所说：

> 从历史上到现在，两性之间的状况，正如马克斯·韦伯说的那样，是一种支配与从属的关系。在我们的社会秩序中，基本上未被人们检验过的甚至常常被否认的（然而已制度化的）是男人按天生的权利统治女人。一种最巧妙的"内部殖民"在这种体制中得以实现，而且它往往比任何形式的种族隔离更为坚固，比阶级的壁垒更为严酷，更为普遍，当然也更为持久。无论性支配在目前显得多么沉寂，它也许仍是我们文化中最普遍的思想意识、最根本的权力概念。[①]

[①] ［美］凯特·米利特：《性政治》，宋文伟译，江苏人民出版社2000年版，第33页。

三

《金色笔记》揭露和批判了父权制社会男性对女性思想的禁锢,对女性思考和写作权利的剥夺,对女性独立个性形成的遏制。

第一,上文分析论证了小说反映和揭露的男性对女性的经济剥削,女性的依附地位,女性在性关系上的不平等待遇;然而,父权制社会对女性根本的控制还是对其思想的禁锢。因为,女性要获得自由、平等,除了有经济基础外,至关重要的是要在思想上独立。思想是行动的先导,独立的思想是主体性的重要标志,是形成独立人格的关键。长期以来,无论在西方还是古代中国,以男性为主宰的父权制社会对这一点看得非常清楚。所以,社会更加注重在文化上、思想上对女性进行蒙蔽和压制。中国封建文化鼓吹"夫为妻纲",对女性规定了"三从四德",在文化上散布"男尊女卑"的观点,以便牢牢地控制女性的思想,进而控制女性的身心,实现对女性的压迫和剥削。对女性思想最为典型的控制来自于"女子无才便是德""头发长,见识短"的偏见、欺骗和歧视,女性因而被剥夺了受教育权。西方主流文化是一种二元对立的等级制文化,从柏拉图到尼采等众多西方著名学者,坚持男女二元对立思维定式,都患有严重的"厌女症",散布了大量歧视女性的言论,其中不乏对女性思想、理性、审美以及写作能力的贬低和禁锢,"康德和黑格尔认为妇女缺乏理性思维及审美的能力,应臣服于男人,其职责在家庭"[①]。法国的巴尔扎克认为女人是男人的附属品。他告诫丈夫们要对妻子"严加管束,不要让妻子有任何机会接受教育和文化",以便"使她们完全处于依附地位"[②]。《金色笔记》中的安娜、摩莉、爱拉、朱丽娅都是具有独立思想和个性的女性人物。她们都属于知识女性,拥有经济地位,能够独立谋生,但她们独立的思想和个性都遭到了丈夫和情人的排斥、打击和厌弃。爱拉的首任丈夫乔治总是对爱拉纠缠不休,爱拉回忆他曾经"窒息她,囚禁她"(189)剥

---

① 林树明:《多维视野中的女性主义文学批评》,中国社会科学出版社2004年版,第11页。
② [法]西蒙娜·德·波伏娃:《第二性》,陶铁柱译,中国书籍出版社2004年版,第107页。

夺了她的意志；爱拉的情人保罗虽然说话幽默，但很尖刻。他总是寻找借口，把自己的意愿强加给爱拉，无中生有，怀疑爱拉和他做爱是出于性饥渴，怀疑爱拉勾引别的男人，嘴上说喜欢爱拉搭上别的情人，而心中既担心又忌讳。他有严重的性别歧视，认为20世纪伟大的革命既不是俄国十月革命，也不是中国革命，而是"女人反抗男人"（221）。由于他对爱拉的控制，又因为爱拉太无主见，太依附于他，以至于爱拉与他相处中几乎完全失去了独立性，"他把那个聪慧的、多疑的、世故的爱拉给毁了，一次次麻木了她的才智，使她自觉自愿地受他摆布"，爱拉"盲目地在爱情中沉浮，在天真中沉浮"（219）。这些都根源于男性骨子里对女性的思想、才华和智慧的压抑和排斥。在父权制社会，女性"一旦变成学者、有头脑的女人，就会在一般男人面前失去吸引力，或者由于过分令人瞩目的成功而让她的丈夫或情人蒙受羞辱"[1]。因此，父权社会的男性，严酷压制女性的思想，以牢牢地实现对女性的根本控制。

第二，与禁锢女性自由思想紧密联系，父权制社会还剥夺女性受教育权，尤其禁止女性写作。因为教育和读写对于女性提高自己的文化水平、了解自己的历史、提高思考能力和判断能力等具有非常重要的意义。女权主义者和学者夏洛特·本奇在她的文章《女权主义和教育》中强调了读写能力的政治重要性：

> 革命运动几乎总是把发展普遍的读写能力作为一项重要的任务。然而在这个我们认为我们之中多数人能够读和写的国家里，这个问题常常被忽略……
>
> 读和写对妇女来说是很重要的，妇女应该有获得快乐的途径。除此之外，出于以下几个原因，它们对于妇女状况的改变来说是至关重要的。首先，它们提供了传达思想和信息的方式，这些思想和信息可能从大众媒体中是不容易得到的。比如说，妇女解放的思想首先就是通过油印的文章传播的……其次，读和写可以帮助发展个人的想象力和思考能力……第三，这是一种个人途径，通过阅读有关现实的各种

---

[1] ［法］西蒙娜·德·波伏娃：《第二性》，陶铁柱译，中国书籍出版社2004年版，第640页。

阐述，提高一个人的思考能力、反对文化规范的能力和为社会设想别种选择的能力——这些都是政治行为的基础。第四，读和写可以通过提高妇女在她所选择的为之努力的事业中的活动能力，从而帮助每一个妇女在世界中生存和成功。最后，书面文字仍然是大量交流的最便宜和最容易得到的形式……当我们想起为什么读写能力对运动是重要的，那么很清楚，我们既不应该认为妇女已经能够读和写了，也不应该忽视教妇女读和写的重要性，要把它看作是女权主义教育的一部分。①

夏洛特·本奇这段话对教育和读写能力对妇女解放的重要性的论述相当全面；同时，我们认为，女性通过文学手段进行创作，对于通过塑造独立女性形象、批判性别歧视、建构主体身份、提高现实中广大妇女的政治觉悟和女性主义意识，从而最终谋求妇女解放等同样具有至关重要的意义。正是因为阅读和写作对于提高妇女觉悟、反对性别歧视和争取妇女解放有着至关重要的意义，父权制社会长期以来极力贬低女性的创作天赋，嘲笑、禁止妇女创作。英国女权主义先驱伍尔夫曾在《一间自己的房间》里设想了和莎士比亚同样有才华的妹妹的故事，论述伊丽莎白时代对女性创作天赋的扼杀，表明在16世纪，如果"一个具有天赋的女性想在诗歌上展示自己的天赋，定会遭到周边人们的阻挠，并被自己潜意识所折磨，结果就是丧失理智而疯掉"②。伍尔夫引用17世纪英国女诗人雯琪尔夫人的诗句，论证男性对女性才华和智慧的禁锢和压制及其导致的女性对男性的哀怨、恐惧和仇恨：

> 我们多么堕落，因错误的规则而堕落，
> 更多是受到教育的愚弄而非天生如此；
> 我们迟钝，人们希望如此，如此设计，

---

① [美]贝尔·胡克斯：《女权主义理论：从边缘到中心》，晓征、平林译，江苏人民出版社2001年版，第126—127页。
② [英]弗吉尼亚·伍尔夫：《一间自己的房间》，田翔译，辽宁教育出版社2010年版，第49页。

不让我们变得聪明；
如果有人想象丰富，抱负远大，
甚至出人头地，
与此相对的敌对势力会越发的强大，
而成功的希望永不能压倒恐惧。①

17 世纪男性对女性的行为规范和角色定位就是管家婆、生儿育女的工具和奴仆，读写之事不能沾边，具有明显的"性政治"色彩，严酷压制女性思考和写作，女诗人雯琪尔夫人这样写道：

啊，一个试笔的女性，
被视为狂妄放肆之徒，
纵有美德，其过失也无法得到救赎；
男人使我知道，我混乱了自己的性别和行为，
良好的教养、时装、舞蹈、化妆、游戏，
才是属于我们的成就；
写作、思考、读书，或是探究，
会玷污我们的青春，耗费我们的光阴，
使我们的青春被俘虏；
乏味地管理房屋与奴仆，
这是人们想象中，我们最大的用处。②

雯琪尔夫人的诗歌必定不能获得出版，如此有才华的女诗人被逼迫成这个样子，遭到人们的限制、嘲笑和蔑视，"我的诗行遭到诋毁，我的工作被看作/一种无用的行为或放肆的过错"③，实在令人愤慨。到了 19 世

---

① [英] 弗吉尼亚·伍尔夫：《一间自己的房间》，田翔译，辽宁教育出版社 2010 年版，第 60 页。
② 同上书，第 61 页。
③ 同上书，第 62 页。

纪，人们"对于想进行创作的女性""往往是哄笑"①，女性写作受到阻碍，被认为毫无意义。英国女作家奥斯丁富有才华，没有"自己的一间房"，只能在家中的起居室里偷偷摸摸地创作，每当客人来访，就慌慌张张地把书稿放在抽屉下面藏起来。她和夏洛蒂·勃朗特实现了自己的创作梦想，成了著名作家，但成功之前父权制社会对她们的批评之声尖刻犀利，不绝于耳，"那声音时而抱怨，时而盛气凌人，时而悲痛，时而愤怒，时而像长辈，不让她们有片刻的安宁"②。叔本华"曾在《论女人》中称，女人是'不雅之性'，无论对于音乐、诗歌还是造型艺术，她们都不会有真正的感受，也写不出好诗"③。可见，父权制社会对妇女写作阻止和压制的传统源远流长。《金色笔记》出版于20世纪60年代，当时正值第二次女权主义运动高潮之际，然而女性创作依然受到男性的贬低、嘲笑、反对和抑制。安娜和情人迈克尔在一起大部分时间还算快活，但有件事情迈克尔不能容忍，这影响了他们的关系，安娜也对他产生了怨恨："他挖苦我写了一本书——他心怀怨恨，总要取笑我成了一个'女作家'"（245）；爱拉和保罗同居五年，保罗喜欢她，却只把她当情人，尤其不喜欢她的作家身份，嘲笑她想当作家是异想天开，幼稚无知，极力阻碍她的创作；爱拉的情人——美国左翼人士西·梅特兰喜欢爱拉，但不喜欢她的独立性与文学创作才华；安娜的情人——美国左翼作家索尔·格林，"喜欢女人做二等公民的社会"，认为安娜的作家身份是对他的"男性优越感的挑战"，他告诉安娜，"我就是恨你写过一本成功的书"（626—627）。可见，即使到了20世纪60年代，男性对女性思想和创作的禁锢和压制依然非常严重。

第二节　女性对父权制社会男权的反抗和批判

《金色笔记》不仅揭露了婚姻关系中夫妻地位的不平等，反映了女性

---

① ［英］弗吉尼亚·伍尔夫：《一间自己的房间》，田翔译，辽宁教育出版社2010年版，第51页。
② 同上书，第78页。
③ 林树明：《多维视野中的女性主义文学批评》，中国社会科学出版社2004年版，第11页。

在两性性关系上的被动、从属、边缘地位，批判了父权制社会男性对女性思想的禁锢和对女性思考与写作权利的剥夺；更重要的是，作品对上述不平等现象进行了抵制和反抗，主张女性经济独立，婚姻自由；主张女性思想独立，倡导女性写作；主张性是人生深层次幸福之源，提倡男女平等，两性和谐。

一

针对婚姻关系中夫妻地位的不平等状况，《金色笔记》进行了抵制和反抗。

第一，作品反对不合理的婚姻，主张婚姻自由。犹太人摩莉的婚姻是父母出于维持生计和家庭体面而包办的结果，婚后摩莉发现理查高傲自大，反犹情绪浓，二人之间没有真正的感情。她不能容忍理查的大男子主义。他与别的女人私通，却道貌岸然，反而指责摩莉水性杨花。于是摩莉毅然决然，和理查离了婚，带着儿子汤姆一起生活。婚后二人又成了朋友。《第三者的影子》中的爱拉幼年丧母，由父亲抚养长大。丈夫乔治婚前对她苦苦追求一年，婚后生活不和谐，二人之间存在着"不可救药的精神隔阂"。为了激怒爱拉，乔治"跟另一个女人睡觉，并把他们的事告诉了她"（189），于是爱拉决定与乔治一刀两断。离婚后，爱拉和儿子迈克尔一起生活。安娜与丈夫麦克斯·沃尔夫同居三年，而后结婚，生下女儿简纳特，一年之后就离婚了，因为安娜不爱麦克斯，当初结婚只是为了不让女儿简纳特成为私生子。离婚后，安娜带着女儿一起生活。马莉恩与丈夫生活了15年，婚后生活并不幸福。理查喜新厌旧，把出身名门、本来热情、可爱、文静的马莉恩降低为管家婆和生儿育女的工具，沦为"酒鬼"。由于完全依附理查生活，马莉恩忍气吞声，逆来顺受。慢慢地，在朋友安娜、摩莉、汤姆的帮助下，马莉恩逐渐觉悟起来，不再能够容忍丈夫经常在外面拈花惹草、移情别恋的劣迹。当最终认识到理查从来就没有真正爱过她，他喜欢的只是"年轻的、大乳房的、胡桃色的女郎"、仅仅是"一种类型的女人，一种能刺激他的屌的女人"（413）时，马莉恩最终决定同意离婚。由此看出，对于没有感情的婚姻，作品态度明朗，认为应该采取的行动是离婚而不是维持现状。

第二，作品反对女性生活上依附丈夫，主张妇女拥有经济地位。经济收入对任何人来说都是谋生的基本的必要的手段。没有经济收入就不能生存。经济地位是一个人人格独立和获得社会地位、政治地位的基本的重要保障。在父权制社会里，妇女长期以来一直被限制在家庭生活中，不允许参加社会工作，没有经济来源，又没有财产继承权，所以婚前她们只能依靠父亲、婚后只能依靠丈夫过活，形成对男人的依赖性。针对这种不公的现实，《金色笔记》明确主张女性经济独立。安娜是一个成功的作家，她出版的小说很畅销，依靠领取小说的版税维持她和女儿简纳特的生活，拥有"自己的一间房间"，可以继续进行创作，完全能够独立生活，还在伦敦左派组织做志愿工作；摩莉多才多艺，能歌善舞，从事过一系列的工作，芭蕾舞表演、绘画、新闻记者、共产党的文化工作等，后来成为一名演员，依靠自己的劳动，过着独立的生活，还把儿子汤姆抚养长大；爱拉是一名作家，在一家妇女杂志社工作，处理医学专栏读者来信，每周几百封，发表过几部短篇小说，和儿子迈克尔一起独立生活；朱丽娅是个犹太女人，"为人直率，身材矮壮，生气勃勃，精力充沛"（178），是名演员，为一家电视台工作，生活上完全独立，拥有自己的住宅。以上这几位女性都可以称为知识女性、职业女性，而马莉恩婚后成了家庭主妇，无生活来源。可喜的是，当她觉醒后，变得坚强起来，与理查离婚后，也"买了一爿成衣店"，依靠经营"上等服装"（687）获得经济独立，走向新的生活。总之，《金色笔记》不仅主张女性婚姻自由，经济独立，还坚决反对丈夫把妻子变成管家婆和生儿育女的工具，安娜、爱拉、摩莉、朱丽娅、马莉恩这几位女性最终都告别了没有爱情的婚姻，在经济上获得了独立，摆脱了管家婆和生儿育女的工具的角色定位，走向了社会，获得了新生，还都关心起政治，积极参与左翼政治活动。

二

针对父权制社会对女性思想的禁锢和对女性写作的蔑视、嘲笑和阻止，《金色笔记》坚持女性思想独立，积极致力于女性写作实践，治愈女性的精神疾病，从女性的视角审视男性，表达女性思想，建构女性身份，塑造女性主体性。

第一，作品坚持女性思想独立，并坚持女性以文学创作来表达思想，治疗精神病痛。安娜、摩莉、爱拉、朱丽娅、马莉恩这几位女性都属于"新女性"。她们有一个共同点：坚持思想独立，摆脱男性对她们思想的厌恶和压制，为了实现思想自由，她们不惜选择离婚，独自肩负起自己和孩子生活的重担。找不到理想的伴侣，可以不结婚。在与情人相处的过程中，面对情人对其独立思想的压制，照样保持独立，即使情人关系解除也在所不辞。安娜与情人迈克尔同居五年后最终分手，受到沉重打击，最终决定："为了使自己重新振作起来，我还不得不求助于迈克尔最不喜欢的那个安娜：即那个好挑剔的，善于思考的安娜。"（344）她决定继续写作，治疗自己心灵和精神创伤；爱拉被保罗抛弃后，萎靡不振，无所事事，精神分裂，同时患上写作障碍症。她求助于精神治疗专家马克斯太太，也无济于事。最后发现，"要治好这种精神创伤唯一的办法是工作"（325）。她决定再写一部小说，即使保罗说"如果你答应从此不再写一个字，我就一定娶你"（326），她也不会放弃。爱拉实际上是安娜的另一个自我。安娜身患精神分裂症和写作障碍症，感到一切都崩溃了，生活没有任何意义。在与情人美国左翼人士索尔·格林相处中，安娜从格林身上看到了自己，两人同病相怜又相互厌恶，既相互依恋又相互憎恨，格林也从安娜身上看到了他自己，两人都看透并接受了社会和世界的本来面目和荒诞混乱，决定不再作践自己；同时，二人决定重新写作，治愈了精神疾病，克服了写作障碍。格林为安娜的小说写下了第一句话，安娜也为格林的小说写下了第一句话。格林的中篇小说获得成功，安娜的小说就是这部杰作《金色笔记》。

第二，《金色笔记》实践"女性写作"，采用女性视角叙事，表达女性思想，书写女性经验，建构女性身份，塑造女性主体性。后结构主义认为，"在社会组织、权力、社会意义和个人意识的分析中，共同的因素是语言。社会的现实和可能的形式、结果，都通过语言得以确立和体验，人们对自身的感受和认识，也通过语言得以结构"[①]。女性主义批评认为，"语言不是把人们与现实隔离开来的囚牢，作为一个系统，它总是存在于

[①] 林树明：《多维视野中的女性主义文学批评》，中国社会科学出版社2004年版，第165—166页。

历史的、特定的叙事中,是政治斗争的一个场所……语言的意义也产生于不同说话主体的社会存在,事实与描述之间的距离由话语权决定,话语权代表着政治权,政治权决定了话语权。"① 福柯认为,话语就是权力。他所谓的"话语"并非语言学和文学研究中所说的话语,而是一种主要的人类活动;所谓"权力"也并不是传统意义上所说的让人们服从的压制力,而是一种行动方式,是支配人们行动的意识形态、文化传统等力量。权力与话语不可分割,话语是权力的表现形式,权力通过话语来实现其运作。任何一个社会中的各个层面都具有特定的话语,掌握话语也就意味着掌握了说话的权力;反过来,争夺权力往往表现为话语权力之争。② 法国女权主义者认为,语言不仅仅是命名、标志和交流的系统,而且是所有意义和价值得以产生的场所,是权力的场所。她们注意的对象由语言系统转向了说话的主体,因为在她们看来,语言是建构主体的情境。③ 法国女权主义理论家露丝·伊里加雷这样批判男性主宰的西方哲学史对女性气质的压抑以及女性话语的重要性:

在西方这一理论传统中,妇女被定义为非理性,一种需要被超越的否定性——他者,一个没有阴茎的不完整的男人,同时,她也是男人可以随意变更和交换的客体。虽然男性作为文化史中发言的主体,力图作出一副中立、公正的姿态,但在作品中,这个主体总是被表达为男性,至少在法国,人类这个词是阳性而不是中性的。这个社会实际上是只有一个性别的社会,女性只是男人的另一种形式而已。女性在这样的社会秩序中,没有主体性可言,她只有保持其对象性的客体地位,才能保障主体有相对的稳定性。如果女性不安于这种被想象和被思索的地位,按自己的意愿去说话、去思索、去生活,主体的稳定性也便随之遭到破坏。也就是说,如若妇女游离于菲勒斯文化这种单

---

① See Cris Weedon, *Feminist Practice and Poststructuralist Theory*, Oxford: Basil Blackwell, 1987, p. 23. 转引自林树明《多维视野中的女性主义文学批评》,中国社会科学出版社2004年版,第51—52页。
② 参见李霞《权力话语、意识形态与翻译》,载《西安外国语学院学报》2003年第2期。
③ 张岩冰:《女权主义文论》,山东教育出版社1998年版,第112页。

一的、形而上学的男与女、主体与客体的二元对立之外，躲进非理性的神秘状态，就足以扰乱象征秩序，妇女的颠覆性由此而来，男性也因之拼命剥夺女性说话的权利。①

由此我们看到，女性写作和女性话语不仅是建构女性身份和主体性的重要媒介，而且是消解男性话语、颠覆男性霸权和解构父权制中心文化的有力武器。正因为女性写作如此重要，男性禁止、抑制女性写作，女性主义者则大力提倡"女性写作"。语言学家朱丽娅·斯坦利这样论述妇女拥有语言的必要性，"有了自己的语言，我们就能为自己被否定的地方正名，就能自由地表达长期以来被压抑、遭禁止的观念……就能按照现实的样式重新描述自己的生活"②。

《金色笔记》明显属于女性主义写作，主要表现在以下几个方面：

一是从人物形象来看，"自由女性"中的主人公是安娜和摩莉，"金色笔记"中的主人公是安娜，黑、红、黄、蓝四种笔记中的主人公是安娜，其中记录安娜爱情生活的"黄色笔记"里的小说《第三者的影子》中的主人公是爱拉和朱丽娅。这几位主人公都不仅是知识女性，职业女性，有独立的经济地位，还都告别了不满意的婚姻，成了"自由女性"。他们从事社会活动，独立思考，敢于和父权制文化作斗争，还积极投身政治活动，安娜和爱拉还是成功的作家，所有这些，都是对男权社会对女性行为规范和角色定位的大胆挑战和超越，涉足所谓的"政治""创作"等禁区，突破对女性角色的束缚，与传统女性形象大相径庭。

二是作品采取独特的女性叙事，从女性视角叙事，以女性眼光审视男性和世事。整部作品《金色笔记》的作者是莱辛，莱辛笔下的主人公是安娜，安娜是作家又是编辑，她写作整部作品又编辑"自由女性"和各种笔记的顺序。安娜又是作家安娜笔下与作家安娜同名的主人公的名字，

---

① 张岩冰：《女权主义文论》，山东教育出版社1998年版，第123页。
② Sally McConnell-Ginet, Ruth Borker ed., *Women and Language in Literature and Society*, New York, 1986, p.65. 转引自林树明《多维视野中的女性主义文学批评》，中国社会科学出版社2004年版，第171页。

而"黄色笔记"又是一部小说——作家安娜笔下的主人公安娜的小说《第三者的影子》，主人公是爱拉。"自由女性"采取第三人称叙事，"笔记"采取第一人称叙事，《第三者的影子》采取第三人称叙事。无论第一人称还是第三人称叙事，都采取的是女性叙述视角，叙事视点都是女性。同时，作品总是以女性眼光审视男性和社会。摩莉的前夫理查是个"身材偏矮、皮肤黝黑、体格健壮的男子，差不多称得上胖子"（15），安娜和摩莉讨厌他的傲慢自大，金钱至上人生观；《黑色笔记》安娜看到，与她同居的维利是一个德国难民，他"衣冠楚楚""身材适中，体型瘦削，背有点驼""鼻子高高隆起"（80），是一个机会主义者。安娜认为他傲慢而无情，最终与他断绝了关系；《第三者的影子》中爱拉刚见到情人保罗时，看到他脸上"露出一种充满睿智，略显局促不安而又不乏甜美的微笑"，仔细打量，保罗"并不像刚才所想象的那样年轻，他头顶那凌乱的头发已有些稀疏，白净的皮肤微呈雀斑，把眼睛勾勒得历历分明。那双蓝眼睛深深凹进，倒也非常漂亮动人。这是一双既好斗又严肃的眼睛，闪烁着一种令人难以捉摸的光辉"（188）。爱拉喜欢保罗，和她保持了情人关系；在与情人迈克尔即将分手时，安娜观察着迈克尔的脸，"他的脸紧紧地绷着"，过了一会儿，"他的脸松弛下来了。此刻这张宽大的脸已显得既镇静又自信。镇静封住了他的眼睑，那上面便是淡淡的，富有光泽的眉毛"（345）。安娜看出，迈克尔"曾经是一个无所畏惧、趾高气扬、脸上总带着坦诚而警觉的微笑的小男孩"，"将来他将成为一个容易发怒、富有智慧、精力充沛的老人，永远封闭在某种痛苦而富有理性的孤寂之中"（345）；爱拉与美国左翼人士西·梅特兰邂逅时，看到他是一个美国人，"身材不高但很壮实，气色很好，头发剪得极短，像褐色的皮毛那样闪闪发光"（327）。爱拉喜欢他，两人同居数日。当爱拉发现自己只是被动地"奉献快乐"时，决定终止他们的关系；在安娜与情人索尔·格林相处中，格林喜欢告诫安娜。安娜"看见他的姿势，背窗站着"，就像她"在电影中看到的那种年轻美国人的一幅漫画——性感的男子汉，浑身肌肉，勃起时强劲有力。他懒洋洋地站着，两手的大拇指插在腰带里，其余手指松弛着，然而，可以说他的精神全集中在生殖器上——每次在电影中看到那副姿势"，她总觉得很有趣，"因为它伴随着一张少不更事，稚气未脱的美国人的脸——一张充满孩子气的让人毫无戒备的脸,以及男子汉的姿势"。(574)安娜喜欢他,但当他说话时不关注安娜,自我中心,"我、我、我、我、我"地滔滔不绝时,安娜因气愤而打断他,并转移了话题;当格林用粗鲁的语言贬低、辱骂女性时,安娜立即进行了回击。所有这些描写,都表明女性成为了凝视者,把男性作为了被凝视的对象,女性成为主动者,"以女性的眼光作为标准或准绳,来衡量和舍弃男人"(500)。

三是书写女性体验。作为人类的另一半,女性有着独特的生活体验。作为女性写作,《金色笔记》突破了传统的写作禁区,大胆而坦率地描写了女性的月经、手淫、性冷淡以及性体验。作为离婚后的单身女性,安娜、爱拉遇到过很多情人,根据自己的眼光,中意的她们便与之相会,但除了对于迈克尔和保罗比较满意外,其他的她们都不满意,因而都与之中断了情人关系,而且她们还时时批评男人的情商之低,"这些聪明的男人在他们的感情生活中所表现出的水平,比他们工作中各方面的水平要低得多,简直就像换了个人似的"(476);对于男性把社会不公导致的男性性功能丧失嫁祸于女人并贬损、侮辱、控制女性的不公现实,她们也进行了严厉批判,朱丽娅曾指出"有时候我真觉得我们都生活在一所性欲横流的疯人院里"(477)。作品还反映了女性作为母亲的不易。为了女儿简纳特健康成长,安娜带着她一起生活,尽心尽力,可谓含辛茹苦。为了让她有一个健康的环境,消除同性恋者阿尔佛和罗尼的不良影响,她赶走了他们;摩莉的儿子汤姆企图自杀,双目失明,为了给简纳特以安全感,安娜以特有的母亲的智慧,说汤姆是由于擦枪走火而失明,简纳特知道她们家里没有枪,由此得到了呵护。情人迈克尔嫉妒安娜太关心简纳特,他专门挑选早上简纳特醒来时与安娜做爱,以安娜的担惊受怕作为刺激。作为母亲和情人,安娜兼顾着两重角色,极力迁就、忍让,先给女儿做饭,女儿上学走后,再给迈克尔做饭。简纳特曾经是她生活的全部,是她的精神支柱,是她生存下去的希望,是她与精神分裂斗争的动力,她为女儿尽到了做母亲的责任,"自从简纳特出生以来,我就没有一刻轻松过"(569),"早上某个时刻就得起床,晚上得早点上床以消除疲劳,因为第二天必须早起,得安排好一日三餐,得调整自己的心态,以便不让孩子受到惊扰"(670)。作为所谓的"自由女性",安娜们曾经非常满意,感到自己享受到了一种"让男人的妻子们相形见绌的痛快",认为她们"比起那些被拴在家庭中的乏味女人,其韵味不知要浓多少倍"(471),但随着对男人及社会的了解逐渐加深,安娜们开始同情起她们的情人们的妻子们,并为她们打抱不平。她们无法理解西·梅特兰的妻子;为保罗的妻子穆莱尔·唐纳抹杀个性而深感同情;对于德·席尔瓦抛弃妻子和孩子深表愤怒;批判杰克对妻子的不尊重,"一个女人照管着三个孩子,守在位于郊区的家中,只有一台电视机为伴,能有什么让人兴奋的东西可谈呢?"(473)这些描写都体现了女性作为母亲、妻子、情人对男人、社会和女人自己的独特的体验和感受。

四是作为女性作家,莱辛的作品《金色笔记》不仅成为世界文学经典,与伟大男性作家的作品并驾齐驱,而且有所超越。莱辛抱负远大,崇拜世界文学史上诸如托尔斯泰、司汤达、巴尔扎克等伟大作家,有志创作一部全面反映20世纪中叶精神风貌和道德气候的作品,以填补英国文学的缺憾。我们看到,《金色笔记》的视野广阔,主题涉及帝国主义、殖民主义、种族主义、资本主义、社会主义、人道主义、女性主义等,空间巨大,跨越非洲、美洲、欧洲、亚洲,叙事结构复杂,是大胆实验创新的典范。"从某种程度上可以说",《金色笔记》的译者陈才宇先生这样评价,莱辛

> 比她的榜样走得更远:托尔斯泰的小说反映的是十九世纪六七十年代的俄国,司汤达所关注的也只是他所生活的那个国家——法国的社会风俗和思想意识。多丽丝·莱辛却试图描写二十世纪中期整个世界的风貌!……任何一个读者对于《金色笔记》所表现的思想观念都可以仁者见仁,智者见智,但不管怎么说,这种企图图解整个世界,编撰"跨国度的百科全书"的勇气和胆识是值得钦佩和赞赏的。至少在她以前没有一位艺术大师曾经拥有过那么广阔的视野,那么超凡的抱负。可以说,《金色笔记》是第一步真正意义上的世界文学。[①]

[①] 陈才宇:"译序",见[英]多丽丝·莱辛:《金色笔记》,陈才宇、刘新民译,译林出版社2008年版,第4页。

由此可见，女性作家莱辛的《金色笔记》不仅成功地塑造了女性形象，采用了女性叙事视角，描写了独特的女性体验，表达女性思想，建构女性身份，塑造女性主体性，而且超越了"女性叙事"，关注了欧美的"精神风貌和道德气候"，不愧为"女性写作"的杰作，也是世界文学的经典。这是对父权制社会压抑女性独立思考的有力回击，是对男尊女卑、女性无创作才能偏见的有力嘲讽，是女性不仅能够写作，而且能写出经典作品的有力证明。

三

《金色笔记》主张性是深层幸福之源，认为性、爱情与婚姻三位一体，提倡男女平等、对立统一、和谐相处。

第一，《金色笔记》对性的态度是大胆的、直率的、坦诚的。莱辛"或许是第一位在小说中真诚坦率地描绘女主人公性生活的女作家"[①]。作品中性在女主人公的生活里占有重要地位，"是安娜为了在生存中建立意义、确立尊严和获得快乐而奋斗的首要动力，她的性生活是这些奋斗发生的语境"[②]。同时，作品深信，"性也是人类最深层次的幸福之源"[③]。作品清楚地指出，"享受性快感是女性的一项绝对的权利"[④]。为了捍卫女性享受性生活的正当权利，作品坚决反对"无性婚姻"，对这样的婚姻模式进行了深刻批判；同时，对于婚姻中丈夫在外面拈花惹草的现象进行了严厉谴责，并对遭受丈夫背叛的妻子们寄予了深切同情。值得指出的是，《金色笔记》中的安娜、爱拉等"自由女性"们，解除了不理想的婚姻，成了"单身女性"。她们拒绝不合理的婚姻，但并不拒绝性，还往往按照自己的标准选择和舍弃情人，与之进行性生活，大胆言说自己的性感受，表达女性对性的看法。小说中提到的情人有迈克尔、保罗、纳尔逊、西·梅特兰、德·席尔瓦、加拿大电视人、杰克、索尔·格林等，除了迈克尔

[①] 瞿世镜、任一鸣：《当代英国小说史》，上海译文出版社2008年版，第149页。

[②] Marion Vlastos Libby, "Sex and New Woman in *The Golden Notebook*," The Iowa Review 5.4 (Fall, 1974): 106–120.

[③] Ibid., 107.

[④] Pedram Lalbakhsh, "The Subversive Feminine: Sexual Oppression and Sexual Identity in Doris Lessing's *The Golden Notebook*," *Studies in Literature and Language* 3.3 (2011): 94.

和保罗，安娜和爱拉与这些情人们的相处时间都很短暂。因为她们不赞成这些情人们的观点，不满意他们的表现，包括对性的看法和性表现。而对于迈克尔和保罗，也因为他们的大男子主义，安娜和爱拉也与他们分道扬镳。

第二，作品认为，性在本质上属于情感问题，与情感紧密联系。男性往往仅仅把性看成是男女身体的接触，与情感无关，把性与情感割裂开来，往往喜新厌旧，仅仅把女性看作泄欲的工具，忽视女性的感受，剥夺她们正当的享受性生活的权利，甚至伤害她们的人格尊严。理查和马莉恩结婚15年后，想抛弃她，理由是"性纯粹是一个生理问题，跟一个结婚十五年的女人在一起无法勃起"；摩莉当场对这种观点予以回击，"这是感情问题！新婚时你很早就上床睡觉，因为这里面存在着一个感情问题，它与生理没有任何关系"（33），表明性与感情互为表征，紧密联系。安娜和米尔特相遇的过程中，米尔特明明想与安娜做爱，却坚决说自己从来不强求，安娜对这种虚伪感到十分恼火，立即反唇相讥，"你们全都说什么不强求——其实什么都想得到，不过全是逢场作戏而已"（679）。爱拉被情人保罗抛弃后，经常感到"性饥渴的煎熬"，她"独守空房，欲火难熬"，夜不能寐，"经常怀着敌视男人的幻觉实施手淫"，感情和精神受到沉重打击，终于发现，"她现在强烈的性饥渴并不是为了性，而是由生活中的一切感情饥渴日积月累所造成的"（474），性的问题依然是感情的问题。在与多位情人相处后，安娜更加看清了男女两性对性和感情的不同态度，也更把性与感情的和谐统一视为新的生命的诞生，"当一个女人和一个男人相爱并做爱，她心中便像诞生了一个生命，那是对于激情和性爱做出反应的生命，它遵循自己的规律和逻辑而成长"（583），由此可见女性对于性与感情密切联系的崇尚程度。

第三，作品不仅认为性与感情紧密联系，而且认为性、感情和婚姻三位一体。爱拉与保罗刚开始相处的几个月里，性与爱统一而和谐，她感到了莫大的幸福，只要她"一开始跟保罗做爱，便即刻体验到性欲的高潮，正是这一点使她坚信自己爱他，使她敢正视'爱'这个字眼。那是发自阴道的性兴奋。如果她不爱他，她不会有这种体验。这种性兴奋产生于男人对女人的需要，表示了男人对这种需要的确认"（223）。这就是说，性与爱情是紧密联系的，性是男女双方基于感情需要的满足，因此女性不能接受没有感情的性，也不能接受没有性的婚姻，不能接受男人的虚情假意，性需要爱做基础。性爱中女性需要的是阴道快感而不是来自外部的阴蒂快感，因为前者是自然的，体现着男人对女人的需要和女人对男人的需要。爱拉大胆表白：

> 阴道的快感是一种情绪反应，在感知上与一般的情绪没有任何区别；它是一种模糊的、隐秘的、全身性的知觉扩散过程，人就像躺在温暖的漩涡浴池里被不断地旋转着一样。而阴蒂快感则有多种不同的体验，它比阴道快感更强烈（这是男人的说法）。尽管性兴奋与性体验会有千差万别，但对女人来说真正的快感只有一种：那就是当男人以他全部的需要和渴望要一个女人并想得到她全身心的反应的时候。其他一切都是暂时的，虚假的，就连最没有经验的女人也能本能地感觉到这一点。(224)

这段话告诉读者，女性在性爱中追求的是阴道快感，因为性爱要求男女双方全身心的投入，关注对方的感受和体验，既需要对方又被对方需要，既要全身心地拥有对方又要全身心地被对方拥有，是付出与回报，奉献与索取，是灵与肉、性与感情的和谐统一。正因如此，随着时间的推移，爱拉和保罗的做爱逐渐转为"追求阴蒂的快感"，爱拉"从此再也得不到真正的性快感了"（224）。随即爱拉被保罗抛弃。安娜、爱拉、摩莉、朱丽娅可以说是20世纪60年代的新女性，她们有思想，有独立性，有职业和足以养家糊口的收入。作为离婚后的单身女性，她们可以把自己喜欢的情人带到家里，但这只是问题的一个方面。她们也有很多尴尬，比如经常被她们的男性同事或朋友当作潜在的上床对象，尤其是在他们的妻子离开他们期间，安娜曾经在地铁上受到色狼的骚扰，在自己家中还受到同性恋者阿尔佛和罗尼的羞辱；她们受到女性的嫉妒，被男性看作不守妇道的坏女人，事实上，"自由女性"并不自由。她们虽然时时批评男性，但却并不排斥男性，并不主张把男性一棍子打死，并不否定男性，相反，她们渴望热情、主张男女平等而强健有力的男性。她们对男性的批评并非目的。她们一直想把自己的生活纳入正常轨道，虽然都离了婚，但并不排斥婚姻本身，离婚并非目的，相反，她们都想在遇到合适的男性后再婚。她们没有恋爱、结婚，因为"她们至今也没有能遇见真正像个男人的异性"，为"男人们在她们身上所用的感情是那样的平庸"（180）而深感失望。朱丽娅两次与她的同事——那位男演员同床共枕，她和和气气，呵护着他的男子汉尊严，但他却性无能，随即辱骂朱丽娅是个"让人勃不起来的女人"。对于这种语言折磨和人格侮辱，朱丽娅抱怨道，"难道我们就不该计较他们所说的那些话？难道我们就活该倒霉来承受这一切？"（477）。她们的真正目的是让男人们"振作起来"，彰显男子汉的尊严和雄风，安娜就一向对她"和其他女人身上那种想帮助男人强硬起来的冲动感到惊奇"；她们渴望真正的男子汉出现，因为"女人有着这种深切的本能的要求，这种渴望男人强健有力的要求"，然而，"真正的男人越来越少"，于是安娜们惊慌失望，"便试图创造男人"（504）。爱拉与保罗分手后，感到孤独寂寞，精神分裂，写作障碍，原因之一是"感情饥渴"。她认为，当"她再次爱上一个男人后，她就会恢复正常"，因为"她的性欲会和男人的相协调，并不断消长"，"女人的性欲是为男子所包容着的——如果他是个真正的男子的话"（474）。这就是说，妇女解放离不开男性，离不开男性思想的解放。朱丽娅就曾说过，"自由！要是他们（男人们）不自由，我们自由了又有什么用？我可以对天发誓，他们每一个人，甚至那些最优秀的，对于什么是好女人坏女人，都依然抱着陈腐的观念"（477）。安娜与迈克尔相处五年，三年前分手。安娜反思他们的关系时承认很有可能她自己"没有把事情弄好"，"没有真正理解过迈克尔"（56）；她告诉好友摩莉："我们这一类人为什么从来不承认失败呢？从来不承认。如果我们敢那样去做，事情也许会好得多。这不仅仅是爱情和男人的问题。我们为什么不可以说这样的话呢？……为什么不承认失败呢？不承认失败差不多就是一种傲慢自大的行为。"（57）她发现自己百无聊赖，萎靡不振。她为自己开的结束这种状况的处方是："需要一个男人"（670）。这就是她最大的需要，"和一个男人相爱，就这么回事"（647）。故事结尾，摩莉即将嫁给一位犹太进步商人；安娜虽然尚未找到一位志同道合的男性，但她即将到一家婚姻福利中心工作，为婚姻出了问题的人们

· 205 ·

提供指导和忠告。可见,"自由女性"们并不排斥男性,也不排斥婚姻,他们主张性与爱情不可分割,性、爱情与婚姻三位一体。

第四,作品强调了婚姻和家庭的重要性。作为"新女性"的安娜们,虽然都离了婚,但离婚并非目的,她们都主张再婚;同时,她们都重视家庭的重要性。在安娜与迈克尔、爱拉与保罗的同居关系中,安娜和爱拉的目的非常明确,不是为了性,不是为了同居,而是为了找到真正的感情寄托,为了找到理想的男性,然后再婚,组建家庭,但却未能如愿以偿。当安娜由和谐的性感到和迈克尔的感情日益笃厚时,其判断是错误的,因为迈克尔认为,"每个有头脑的男人都懂得,一旦女人在他面前表现得太能干,他们分手的时候也就到了"(351)。马莉恩曾经认为安娜自由自在,有许多情人。安娜明确地告诉她,她"并不自由",她"也想结婚"(288)。当情人西·梅特兰问爱拉想不想结婚时,她毫不犹豫,严肃认真地说,"每个女人都想结婚"(341)。她们强调感情的重要性,但却不主张为了感情而牺牲婚姻和家庭。安娜们重视性与感情,但并不排斥作母亲的角色。细读全文,我们可以说,安娜、摩莉、爱拉都是尽职尽责的母亲。她们含辛茹苦,照顾孩子,从事工作,兼顾感情,在职业女性、母亲和情人的多重身份中挣扎奋斗,尽量协调好各种关系,在各个方面尽到责任和义务。简纳特一直是安娜的希望,她的精神支柱,她的一切;她一直想让女儿简纳特有个父亲,得到呵护,拥有父爱,为摆脱阿尔佛和罗尼对她们母女的骚扰和造成的不良影响,她下决心赶走了这对同性恋。摩莉为了儿子汤姆的事情与前夫理查争斗好多年,她和安娜都对汤姆的成长产生了良好的影响。她们都主张结婚,建立家庭。安娜一直感叹真正的男人越来越少,她一直渴望有一个完整的家庭,为简纳特遮风挡雨。故事结尾安娜即将到婚姻福利中心指导,该中心创建人诺思医生说,"因种种痛苦而去他那儿就诊的病人中,四分之三的人其实是婚姻出了问题,或者说缺乏婚姻生活"(688)。这说明婚姻在人们生活中有多么重要。安娜解决女性困惑和问题的途径不是"双性同体",也不是同性恋,她告诉好友摩莉,"我们女人最终总是忠于男人,而不是自己的同性"(51)。摩莉承认,"要做到和男人毫无关系是极其困难的",安娜断定,"世界上根本不存在什么新女性"(4),她们过的"是一种所谓的自由生活"(47)。小说最后摩莉说，"我们都将融入英国人最基本的生活之中了"（688），最好地说明了安娜等"自由女性"的爱情、婚姻、家庭观，她们反对的是性别歧视和压迫，不结婚不是目的，她们主张的不是没有男人的单亲家庭，不是只有感情没有婚姻的同居关系，也不是只有婚姻没有性的夫妻关系，更不是丁克家庭，而是主张性、爱情、婚姻三位一体，主张夫妻平等、两性和谐、父母为子女尽职尽责、拥有天伦之乐的和谐家庭。

综上所述，《金色笔记》批判了父权制社会对女性的剥削、压迫和控制。小说揭露了婚姻中夫妻关系的不平等，妻子遭受经济剥削，被沦为管家婆和生儿育女的工具；批判了男女两性在性关系上的不平等，这种不平等存在于婚姻中夫妻之间和婚姻之外的情人间；揭露了父权制社会对女性思想的禁锢、对女性思考和写作权利的蔑视和压抑；同时，《金色笔记》对上述情况进行了抵制和反抗，主张女性经济独立，婚姻自由，思想独立；实践女性写作，表达女性思想，塑造女性形象，书写女性体验，建构女性主体身份；提出性是深层幸福之源，性、爱情、婚姻三位一体，男女平等，两性和谐，婚姻、家庭同等重要的思想。

第十一章

20世纪英国左翼文学的国际视野

20世纪震惊全球的世界大事主要有下列几件：第一次世界大战，第二次世界大战后，以美国和北约为首的世界资本主义阵营和以苏联和华约为首的世界社会主义阵营开展的长达近半个世纪的"冷战"，苏联解体，东欧剧变，国际共产主义运动的衰落，"后冷战时代"的到来等。这些事件几乎都与"阶级"问题紧密相关，与国际社会主义和共产主义运动密切相连，或者本身就是其一部分。20世纪英国左翼文学作品自60年代前后开始，不仅呈现关注性别、种族、族裔的多元视角，同时关注世界大事，呈现出国际化的广阔视野。这类作品主要有艾伦·西利托的《周末晨昏》（1958），阿诺德·威斯克的三部曲《大麦鸡汤》（1958）、《根》（1959）和《我在谈论耶路撒冷》（1960），多丽丝·莱辛的《金色笔记》（1962），大卫·海尔的《矿渣》（1970）和《指节铜套》（1974），大卫·埃德加的《五朔节》（1983）和《桌子的形状》（1990）等。这些作品关注较多的是"冷战"和世界社会主义和共产主义运动的衰落。例如，《周末晨昏》虽然主要表达了"福利国家"时期英国工人阶级的彷徨和愤怒，似乎淡化了阶级问题，但通过细读文本我们发现，作品依然有对阶级关系与社会主义和共产主义的关注，只是比较隐晦、间接，只在文本的边缘。《周末晨昏》对共产党和"冷战"有所关注，表现出亲共产党和社会主义的倾向。"二战"结束后，以美国和苏联为首的资本主义和社会主义两大政治阵营展开了冷战。冷战是第二次世界大战后美国与苏联及各自的盟国之间所显示的公开却有限制的对立状态。美、英担心苏联对东欧的永久性控制，并害怕苏联的势力及共产主义扩展到西欧和其他地方。而苏联决心维护其对东欧的控制，以预防来自德国的任何可能的新威胁。冷战（1947年美国总统顾问B.巴鲁克在一次国会辩论中首次使用）主要在政治、经济和宣传战线上进行，曾经有限地诉诸武力；由于柏林封锁和空运、北大西洋公约组织的成立、共产党在中国内战和朝鲜战争的胜利，使得冷战在1948—1953年达到高峰。由于古巴导弹危机（1962），引发1958—1962年另一次紧张局势，造成美苏双方进行军备竞赛。20世纪70年代缓和的形势又换之以敌对。1991年苏联解体，冷战宣告结束。① 《周末晨昏》主人公阿瑟虽然不信仰共产主义，不主张共产，不是共产党员，但他喜欢共产党员，"因为他们不同于议会中这帮大腹便便的保守党议员，也不同于工党那些食客"②。他还曾经在不到选民年龄时，冒着坐牢的危险，用他父亲的选票，投过共产党一票。阿瑟时刻准备炸掉工厂、政府、军队，然后"跳伞奔向俄国或者北极"（45）。阿瑟参加过"二战"，对战争深恶痛绝。小说写道，英国政府又在策划一场战争，一场"冷战"思维影响下进攻社会主义阵营的战争。

  现在，他们正在策划另外一场战争，这一次是跟俄国（苏联）人打。不过他们这次走得太远了，他们竟然许愿说，这将是一场短期的战争，甩几枚大炸弹，战争就会结束。多么有意思！我们要同在上次战争（二战）中一直轰炸我们的德国人并肩战斗！他们把我们当成什么了？十足的傻瓜。但是，他们很快就会明白，他们大错特错了。他们以为，他们用保险卡和电视机已经把我们给征服了。但是，我将成为掉转枪口反对他们的一员，让他们看看他们自己错到什么程度。当我参加为期十五天的军训，趴到沙袋后面打靶时，我心里明白，新式步枪每一次噼里啪啦打出去，对准的是谁的脑袋。是的。正是对准那些塞给我枪的杂种们。我迅速虚构出一幅这样的图景：那些愚蠢的四眼狗（戴眼镜的统治者），一边读着介绍怎样把人骗入军

---

① 美国不列颠百科全书公司编著：《不列颠简明百科全书》，中国大百科全书出版社编译，中国大百科全书出版社2011年版，第975页。

② [英]艾伦·西利托：《周末晨昏》，张礽荪、张树东译，百花文艺出版社1994年版，第38页。以下出自该书的引文，只给出页码。

队,让人在他们自身并不参加的战斗中为他们打仗的大厚本书和报纸,一边眨巴着眼睛。紧接着,我就瞄准这些杂种射击。哒—哒—哒—哒—哒—哒。有时我还瞄准另外一帮家伙的脑袋:收我所得税的贪得无厌的下贱鬼;敛我们房租的斜眼猪;叫我去参加工会会议而惹我恼火的目中无人的畜生;还有让我在一份反对肯尼亚国内发生的事件的文件上签字的傲慢杂种。(166—167)

上文告诉我们,阿瑟反对权威,反对一切他看不顺眼的人,不惜诉诸武力。他恨透了政府,恨透了军队,恨透了统治者。他对"冷战"不感兴趣,不赞成英国对肯尼亚的殖民统治,支持肯尼亚的民族解放运动。政府实行的"福利国家"政策并不能改变他的叛逆性格。若打起仗来,他将掉转枪口,对准英国统治者,对准征兵者、税务官、房东、工会组织者、殖民地民族解放运动阻止者。虽然阿瑟对冷战未必了解,政治立场未必鲜明,但他的思想和行为却表现出亲社会主义的倾向。

综观这类作品,对"冷战"和国际共产主义运动衰落的观照比较系统、全面、深刻的作品,应该是多丽丝·莱辛的《金色笔记》。下面笔者将立足该文本,分析、阐释作品的国际化视野。

第一节 对"冷战"过程及其影响的观照

左翼文学关注的基本问题是阶级问题,《金色笔记》也不例外。值得指出的是,小说不仅关注了阶级问题,而且视域广阔,同样关注了种族、性别、艺术创作等问题,还把对这些问题的思考和探讨紧密结合起来。这是小说的一大独特之处。首先,与其他左翼文学作品不同,《金色笔记》对阶级问题的关注超越了国界和洲际,关注的是以美国为首的资本主义国家和以苏联为首的社会主义国家之间的冲突和较量,及其对地球人造成的影响,这就是20世纪影响全球的重大国际政治事件——"冷战"。它指的是第二次世界大战后以美国领导的"北约"资本主义阵营为遏制共产主义的扩展,与以苏联领导的"华约"社会主义阵营之间展开的政治、意识形态、外交和军事对抗。自1947年至1991年,时间长达近半个世纪，卷入冲突的国家跨越东西两个半球，双方长期处于僵持对峙状态，时而剑拔弩张，时而从"冷战"演变为热战，严重威胁着地球人们的安全。20世纪50年代前后与"冷战"紧密联系的事件主要有柏林封锁、朝鲜战争、越南战争、麦卡锡主义、苏伊士冲突、古巴导弹危机、军备竞赛等。这些大都在小说中有所涉及，而关注较多的主要是下列几件大事及其影响。

第一，作品展示了朝鲜战争的过程、危害及影响。朝鲜半岛的分裂是美苏两个超级大国争夺势力范围和世界霸权的产物。朝鲜战争自1950年至1953年，是第二次世界大战后"冷战"中的一场热战。战争发生在朝鲜和韩国之间，渐渐地有20个国家直接或间接卷入战争。为遏制朝鲜的共产主义，以美国为首的联合国军队包括英国、法国、加拿大、荷兰、希腊、土耳其、卢森堡、哥伦比亚、比利时、澳大利亚、新西兰、泰国、菲律宾、埃塞俄比亚、南非等共16个国家，支持半岛南部李承晚领导的韩国，联合国军总司令是美国五星上将麦克阿瑟，而支持半岛北部金日成领导的朝鲜的主要是中华人民共和国，中国人民志愿军总司令为彭德怀，后来苏联介入。战争造成大量人员伤亡，死亡人数为："韩国约130万，中国100万，朝鲜50万，美国约3.7万"[①]。《金色笔记》的"蓝色笔记"部分有数十则选自英国新闻报刊的剪报，比较完整地展示了当时的战争情况。美国参战前曾威胁要再次动用具有极大威慑力的核武器，作品中1950年7月13日的《快报》这样报道，"今天，民主党党员劳德·本森先生在国会强烈要求杜鲁门总统敦促北朝鲜于一周内撤军，否则，他们的城镇将遭受原子弹的轰炸"，接着，美国正式介入战争，"麦克阿瑟调集十万大军，以图结束朝鲜战争"[②]。作品充分展示了战争的惨烈和危害，揭露了战争犯下的滔天罪行。美军公然违背国际公约，在朝鲜北部和中国东北投放大量携带鼠疫、霍乱、伤寒等各种传染病的动物和昆虫，开展细菌战，引起世界人民的极大愤怒，正如《政治家》的一则简报所说，"关

[①] 美国不列颠百科全书公司编著：《不列颠简明百科全书》，中国大百科全书出版社编译，中国大百科全书出版社2011年版，第289页。

[②] [英]多丽丝·莱辛：《金色笔记》，陈才宇、刘新民译，译林出版社2008年版，第248页。以下出自该书的引文，只给出页码。

于联合国军正在朝鲜开展细菌战的指控是抹杀不掉的"（252），战争造成朝鲜半岛大批人员伤亡或失踪，大量无辜平民遭受空前灾难，朝鲜"二百万平民丧生，其中绝大部分是儿童"，韩国"一夜之间就有一百五十六个村庄被烧毁"，联合国军把这些村庄夷为平地，"所有留在村里的老人和孩子因未能听从撤离的命令而丧生"（250），在朝鲜"一万两千七百九十名联合国军战俘和二十五万名南朝鲜平民被赤色分子处死"（251）。通过朝鲜战争，"西方列强成功地遏制了朝鲜的共产主义"，"中国人则保卫了朝鲜，使它成为中国和西方势力范围之间的一个由共产党统治的缓冲国"①。朝鲜半岛伤痕累累，民不聊生。

　　第二，作品再现了卷入"冷战"的国家开展军备竞赛的情况及对世界的威胁。为提高军事实力，维护各自的世界霸主地位，美国及其盟友与苏联持续致力于扩充军备，进行军备竞赛。《金色笔记》"蓝色笔记"部分的英国新闻剪报告诉我们，首先，20世纪50年代初期，美英等"北约"国家大大增加军费投入。美国的"军备开支和海外援助的支出已经比战前联邦总预算还高"，而居民的"生活消费却一直居高不下"；"二战"中遭受重创的英国艾德礼工党政府，"决定在国防上增加一亿英镑的开支"，"每年军备开支占国民总产值的百分之十"（248—252），不惜推迟"福利国家"建设步伐。其次，冷战双方加紧进行核武器试验，不断研制毁灭性杀伤武器。先有英国的原子弹上天，"第一颗原子弹爆炸成功"，然后"美国试验氢弹"，紧接着英国的"第二枚氢弹爆炸"，就连"二战"的战败国日本也高声叫嚣"要求扩军"，"冷战"另一方苏联则"制造了轰炸机。飞行速度为世界之最"（251—258）。再次，美英等国大力发展军工企业，致力于核武器储备。当时，美国"一个投资十亿美元的工厂正在南卡罗来纳的萨瓦纳河畔筹建"，"氢弹工业已迅速发展为足以与美国钢铁业或汽车制造业相提并论的工业企业"；英国"一座耗资巨大的原子能工厂正在筹建"，"原子武器的生产有望成倍增长"，"已有原子武器储备"（255—258）。"二战"期间美国曾向日本的广岛和长崎投下原子弹，其冲击波和核辐射导致寸草不生，新生婴儿畸形率极高，教训不

---

　　① ［美］斯塔夫里阿诺斯：《全球通史》，吴象婴等译，北京大学出版社2012年版，第759页。

可谓不深刻，但美英各国依然试验研制大规模杀伤性武器，因为"氢弹的威力比原子弹大数百倍"，"是广岛原子弹的一千倍，相当于两千万吨 TNT"（248—252）。显而易见，它们的首要目标是发展军事力量，谋求世界霸权，而绝非老百姓的生活和安危。这样，通过扩充军备，冷战双方使世界人民和整个地球时刻处于遭受灭顶之灾的严重潜在威胁之下，正如一则《政治家》剪报引用爱因斯坦的话说，"一个大毁灭的幽灵越来越清楚地出现了"（252）。

第三，作品反映了"麦卡锡主义"的性质、危害和影响。为遏制共产主义，美国在国际上与苏联及其盟国激烈对抗，在国内推行意识形态领域的冷战，迫害共产主义者、同情共产主义的人、知识界进步人士等。"麦卡锡主义"是20世纪50年代以美国参议员约瑟夫·麦卡锡为代表，掀起的反共、反苏、反民主浪潮。实际上，出于对苏联间谍渗透和共产党人对国家体制的影响，"二战"后美国政府就掀起了反共、反社会主义苏联、反劳工、反犹太等活动，遏制共产主义运动，压制国内人民的民主自由权利。1947年，杜鲁门政府就公布所谓"联邦忠诚法"，对政府官员、高校教师、科研人员进行"效忠政府"审查，如被发现"不忠诚"，即强迫辞职。[1] 先后接受"忠诚"审查的公职人员1350余万[2]。1947年12月5日，司法部长克拉克宣布了九十个群众团体是"极权的、法西斯的、共产主义的、换言之，就是叛逆的"[3]。1947年，以埃德加·胡佛为局长的联邦调查局在巴尔迪莫和华盛顿大批逮捕共产党员，美国国会众议院的非美调查委员会不断迫害进步人士，"传讯好莱坞十位电影工作者"和"联邦法院非法逮捕美共十二位领袖"都是当时著名的事件。[4] 1950—1954年的"麦卡锡主义"是"二战"后美国反共浪潮的高峰，对共产党员、左翼进步人士、持不同意见者大肆诽谤和迫害。《金色笔记》"蓝色笔记"部分的英国新闻剪报告诉读者，"美国最高法院认定美国共产党十一位领

---

[1] 黄绍湘：《美国通史简编》，人民出版社1979年版，第671页。
[2] 王守仁：《新编美国文学史》第四卷，上海外语教育出版社2002年版，第9页。
[3] 美国劳工研究协会：《劳工手册》第9册，第81页。转引自黄绍湘《美国通史简编》，人民出版社1979年版，第671页。
[4] 黄绍湘：《美国通史简编》，人民出版社1979年版，第671—672页。

导人犯有阴谋武力推翻政府罪。五年监禁和每人一万美元罚款的惩罚措施将强制执行"(249)。参议院负责调查美国共产党人的"内部安全委员会"根据当时通过的《麦卡伦法案》,编制了各种各样的黑名单,享有司法特权,"可以按他所开列的黑名单","逮捕或拘留那些在他看来有充分的证据表明正从事或正与他人合伙从事颠覆和破坏活动的人士"(254)。参议院内部安全委员会曾传讯十二位高级官员,理由是"与共产党有联系",虽然他们一口否定但仍不能得到宽恕,无奈,"议员们就他们从事颠覆和间谍活动的指控所能提出的证据只是他们的沉默"(255)。当时,许多无辜的人们被列入黑名单,遭逮捕,被审判,被处死,失去工作,纷纷受到迫害。文职官员卢森堡被诬告为苏联窃取核弹机密而处以电刑,正如"蓝色笔记"的一则剪报记载,"女间谍因窃取原子弹技术被处死。其丈夫也上了电椅。法官说:是你导致了朝鲜战争"(249)。"麦卡锡主义"的本质暴露无遗,它被无限扩大化,波及在美国的外国人,"蓝色笔记"剪报记载,"很难确切地统计出在美国究竟有多少人的护照被限制或遭拒绝承认,但已知的情况表明,一大批不同背景、不同信仰和政见的人受到了影响"(253);波及国内外知识界,《金色笔记》中与安娜相处的几个美国人西·梅特兰、纳尔逊、索尔·格林、米尔特都是深受"麦卡锡主义"之害而患有精神分裂症的美国左翼知识分子。安娜到纳尔逊家参加家庭舞会时了解到,参加晚会的十几人中"都是美国人,在电视或电影界工作——都是'娱乐界'从业人员",因国内"麦卡锡主义"的高压而被迫流放英国,"他们中半数的人属于左翼,都已上了黑名单,住在英国,因为在美国他们找不到工作"(506);安娜和索尔·格林交往中,索尔告诉安娜"美国是冷酷无情的",他"谈到好莱坞,谈到'赤色分子作家',他们在麦卡锡主义的压力下只好承认自己是'赤色分子',谈到有些作家承认自己反共,因而受到敬重",还谈到"有些人向调查委员会告发他们的朋友"(586);安娜谈到"麦卡锡主义"对英国知识界的影响,"整个文学界及一切文学组织都卷入了最原始的反共活动"(587),揭露了"麦卡锡主义"的恶劣影响;美国电视剧女导演爱德文娜·莱特夫人与安娜商谈《战争边缘》改编时,两人在咖啡馆侃侃而谈。她对安娜的写作才能颇为赞赏,于是邀请她访问美国,但当了解到安娜是共产党员时，爱德文娜非常震惊，"呼吸急促，目光游离不定，早已弄污的红唇微微张开"，感觉自己受害了，心想：安娜，"我那么喜欢你，你怎么可能是个共产党呢"（306），立即要与安娜划清界限，生怕自己受到牵连。臭名昭著的"麦卡锡主义"猖獗一时，引起美国全国大恐慌，也波及其他国家，作品中正义感、责任感强烈的左翼作家安娜曾经为卢森堡夫妇请愿，对"麦卡锡主义"深恶痛绝："在过去的两三年中，这个国家已发生了戏剧性的变化，全国上下到处笼罩着一种紧张、多疑而惊惶不安的气氛，你不费吹灰之力就能使它失去平衡，从而使麦卡锡主义在这里流行起来。"（168）"麦卡锡主义"影响深远，成为以"莫须有"罪名排斥异己、破坏法律、政治迫害的代名词。

此外，作品勾勒了苏伊士运河危机（又称第二次中东战争）的过程及影响。苏伊士运河是埃及境内的一条国际运河，沟通地中海和红海，是通往亚、欧、非三大洲的水上交通要道，战略地位非常重要。自开通以来，苏伊士运河一直为英国和法国所控制。第二次世界大战后，埃及的民族解放运动蓬勃发展，建立了埃及民族主义新政府，注重发展与苏联为首的共产主义阵营的关系，以摆脱西方国家的控制。1956年，埃及纳赛尔总统宣布将苏伊士运河收归国有。这引起英、法的不满，于是与以色列一起，三国发动对埃及的军事行动，悍然侵入埃及。埃及军民奋起抵抗，誓死保卫运河，得到国际舆论的坚决支持。英法以的侵略受到国际社会的普遍谴责。美国和苏联介入，要求英、法、以三国从埃及撤军，苏联向英、法两国发出严重警告，如不撤军，苏联将动用核武器。美国为了自己在中东的利益，也威胁英、法两国立即停火并撤出埃及。在埃及军民英勇抵抗和国际舆论的强大压力之下，英、法、以三国军队撤出埃及。战斗以埃及胜利而告终。苏伊士运河战争是20世纪50年代美国盟国发起的一场侵略战争，战争双方在战斗中伤亡数万人。战争导致英国艾登政府垮台，英、法在中东乃至世界的大国地位日益衰落，帝国体系迅速瓦解，"冷战"双方的首领苏联和美国通过介入战争实现了各自的目的，成为控制中东乃至世界的重要力量。《金色笔记》"蓝色笔记"部分的英国新闻剪报有三则有关报道，"埃及发生暴乱"（257）"军队封锁埃及""穆斯林世界火光冲天。又有大批军队增援苏伊士"（251），寥寥数笔，基本勾勒了战争经过。

第二节　对国际共运衰落的再现和表征

一

《金色笔记》高度关注英国以及国际共产主义运动，一方面描写了安娜加入共产党从事共产主义活动的经历；另一方面，主要表现了20世纪50年代前后英国乃至世界共产主义运动的衰落。第二次世界大战后，一系列民族国家的建立，苏联所取得的社会主义建设辉煌成就和在大战中显示的重要作用和大国强国地位，东欧、中国、朝鲜等一系列社会主义国家的建立，改变了世界资本主义和社会主义力量的对比，改变了国际政治格局，极大鼓舞了世界人民对共产主义的信心。小说中思想激进的知识女性安娜早在"二战"期间就接触到马克思主义，加入共产党，积极参加非洲的左翼俱乐部和党小组的活动，因为她认为"左派是这个镇上唯一具有道德力量的人，只有他们理所当然地把种族隔离看作洪水猛兽"（75）。这是一个主要由流亡到非洲大英帝国殖民地的英国人组成的左翼团体，主要成员除了安娜外，还有德国难民维利·罗德、飞行员保罗、杰米和泰德、养路工豪斯娄、出生在殖民地的玛丽罗斯等。他们思想激进，热衷于社会主义和共产主义，宗旨是"促使非洲大众进行武装斗争"（96），"每天晚上都开会、讨论、辩论"，"阅读大量书籍"，"经常一忙就忙到凌晨四五点钟"，忙得不亦乐乎，安娜这样评价，"我想，那些没有参加过左派运动的人们是无法理解一个具有献身精神的社会主义者是如何没日没夜、没年没月地工作的"（98）。他们"还都是灵魂的医生"，"只要什么人有困难"，"便为他排忧解难，并以此作为自己的责任"（98）。在这方面，工人阶级出身的泰德尤为突出。他是一名"名副其实的社会主义者"，"身上经常没有钱——他的钱都被他捐助掉了"，还经常把衣服送给别人，"他没有时间考虑自己，因为他的时间全部奉献给了他人"（86）。他不但自己帮助别人，还带动团体其他成员，救助任何游手好闲者，"在殖民地两年时间里，他一共救助过十来个游手好闲者"（87）。安娜在离开殖民地移居英国之后，再次加入共产党，成为"冷战开始后第一个打算加入共产党的知识分子"（162）。她深入群众，宣传共产党，挨门挨户走访群众，为共产党拉选票。"黄色笔记"中的爱拉（安娜的另一个自我）为一家妇女杂志工作，负责处理读者来信，每周要处理几百封"涉及到一些具体的个人问题"（179）的来信，为这些读者指点迷津。安娜入党后，在党组织内的工作是阅读书稿向领导汇报，阅读共产党国家的报纸杂志向领导推荐，"给某些小团体作有关的文学讲座"（362），给想出版自己不成熟作品的作者们写回信，进行指导、安慰和鼓励。她"不领薪水"，无偿工作，"写过许多信，走访过许多人，提过许多建议，甚至还作过实际的帮助"（370），她的同事杰克和情人迈克尔都把她的工作称为一项"福利工作"。迈克尔曾跟她开玩笑，"亲爱的安娜，你在发扬英国上层阶级为公众服务的伟大传统呢。你无偿为共产党工作，就像你的祖母为受饥挨饿的穷人工作一样"（356），你的福利工作"拯救了多少人的灵魂？"（363）。然而，小说主要描写20世纪50年代前后英国乃至世界共产主义运动的衰落。主要表现在以下几个方面：

一是党组织领袖不讲真话，惯于撒谎，安娜曾对此非常忧虑，把"政治领导人不讲真话"看作"最可怕的事"（42）。党组织内部"教条主义泛滥"（73），脱离实际，其政治无非是"向壁虚构"（80）。党组织权力过于集中，没有民主气氛，官僚主义作风严重。安娜和一些有头脑的党员们对党中央的看法是一致的，"党内充斥着一批僵死的官僚，他们管理着这个组织，而实际的工作却是'中央'以外的人干的"（164）。而安娜为之工作的党组织也是如此。当时这个组织负责出版优秀的共产主义书籍，组织上在已经确定出版某某作品的情况下，还在走过场，虚意征求安娜的意见和建议。当安娜说出自己的真实想法时，却丝毫起不到任何作用，因为出版的决定"早已作出"（358）。安娜由此看到了党内缺乏民主、不实事求是、谎话连篇的不正之风和党内知识界的沉沦。她非常失望和愤怒，对这种现象进行了尖锐的批判，"十九世纪的共产党高喊过人本主义，曾与不平等现象作过英勇的斗争，并主张坚持真理而反对说谎。但是，到了今天，这一套却被那些明哲保身，凡事不敢越雷池一步的共产党的出版机构作为谎言的保护伞，以便出版那些华而不实的作品。这正是党内知识界腐朽没落的具体体现"（360—361）。党组织成员之间缺少了解与真正的交流,"泰德和维利就从来没有真正交谈过","保罗和泰德相互间并无交往,他们甚至从不争论",保罗和维利相互之间可谓"水火不容"(88)。随着时间的推移,必然产生组织成员之间互相猜忌,钩心斗角,形成帮派,导致分裂。泰德就对党组织内部的"明争暗斗""吹毛求疵"(87)忍无可忍,深恶痛绝。

二是组织成员对领袖盲从,甚至还盲目崇拜。就拿中非的白人党组织来说,领袖维利"愚不可及地信奉教条主义",是个机会主义者,傲慢自大,不信任同志,"越来越鲁钝",但团体成员们"继续围着他转,连那些比他更精明的人也不例外,尽管他们有时明明知道他在胡说八道(78)。而对于当时苏联伟大的国际共产主义领袖斯大林,党员们更是崇拜得五体投地。作品的"红色笔记"记载了这样一则"故事",说的是泰德作为英国教师代表团访问苏联拜见斯大林的经历。他对首次到达共产党国家访问无比兴奋,夜里开始记日记。这时,两个"戴布帽子,穿矿工靴的小伙子"把他带领到克里姆林宫斯大林的办公室:

> 斯大林同志就坐在一张普普通通,因使用过久而显得有些陈旧的书桌后,身上穿着衬衣,嘴里叼着烟斗!"进来,同志,坐下吧。"他慈祥地说。我看着那张慈祥的脸和一对炯炯有神的眼睛,心里不再紧张了,于是坐了下来。"谢谢您,同志。"我坐在他的对面说。接着是一阵短暂的沉默,他微笑着审视着我。然后他说:"同志,请原谅我半夜三更打扰您……""哦,"我赶紧打断他,"全世界都知道您是个工作到深夜的人。"他用他那只工人的大手掠了掠额头。我从那上面看见了疲劳过度的痕迹——他是在为我们操劳啊!他是在为全世界操劳啊!我感到自己既自豪又渺小。"我这么迟打扰您,同志,是因为我想听听您的意见。我听说你们国家派来了一个教师代表团,我想这是一个很好的机会。""只要我所知道的,什么都行。斯大林同志……""我老是在想,有关我们的欧洲政策我是否有了正确的了解,尤其是我们对不列颠的政策。"我静静地听着,但我感到无比的自豪——是的,这是一个真正的伟人!像一个真正的共产党领导人那样,他随时准备听取像我这样普普通通的党的干部的意见。"同志,

如果你能大致说说我们对大不列颠应该采取什么样的政策，我将非常感激。我知道，你们的传统跟我们的传统有很大的差别，我意识到，我们在制定政策时没有把这些传统考虑进去。"我这时的心情开始平静了下来。我告诉他：我常常觉得苏联共产党在处置大不列颠的问题上犯了许多错误。我觉得这都是由资本主义势力出于对这个蒸蒸日上的共产主义的国家的仇恨而强行采取孤立的政策造成的。斯大林同志倾听着，抽着烟斗，一边还点着头。当我变得有些犹豫不决时，他便再三说："请继续说下去，同志，别害怕，把心里所想的全说出来吧。"我这样做了。我从分析英国共产党的历史地位开始，说了将近三个小时。他按了一次铃，另外一位年轻的同志用托盘端上两杯俄国茶，其中一杯就放在我的面前。斯大林啜了一小口，一边听一边点头。我把我认为正确的对英政策扼要地说了一篇（遍）。当我说完时，他爽快地说："谢谢您，同志，我现在才知道我太不了解情况了。"他然后看了看表说："同志，很抱歉，太阳升起以前我还有许多事要处理。"我站起身。他伸出手。我握了握它。"再见，斯大林同志。""再见，来自英国的好同志。再次感谢您。"我们交换了一个无言的微笑。我知道我的眼睛湿润了——我将为这些眼泪自豪一辈子！当我离开时，斯大林又装上烟斗，他的目光已经落在那一大堆等他审阅的公文上。一生中最伟大的时刻过去了，我走向门口。那两位年轻的同志正在等我。我们相互心领神会，交换了微笑。我们的眼睛都湿润了。我们驱车悄悄地回到旅馆。一路上我只说了一句话："那是一位伟人。"他们点了点头。回到旅馆后，他们陪我回到我的房间，默默地握住我的手。然后我继续记我的笔记。此刻确定值得记一记了！我伏案写作一直到太阳升起，心里一边想着半英里以外那位和我一样没有睡觉，为了我们大家的命运而工作着的全世界最伟大的人。(315—317)

我们看到，人们对斯大林崇拜到了何种程度！即使在斯大林死后人们对斯大林主义的方方面面纷纷质疑和议论时期，他们还在坚决否认斯大林的错误，极力维护他的形象，坚信"无论现在还是过去，任何关于莫斯科有什么肮脏的勾当或革命之父斯大林犯了什么错误的传闻都是工人阶级的敌人散布的"（52）。对领袖的盲目崇拜也助长了党内的官僚主义歪风，因而严重破坏了党内的民主制度，使党内领导失去了党员的监督和约束。在一次从晚上持续到凌晨的党员会议上，一位奥地利社会主义者对这种现象的批判可谓一针见血，入木三分：

> 我亲爱的同志们，我一直在听你们的发言，大家对人类的信心使我感到惊讶。你们所说的无非是这样一层意思：你们知道英国共产党的领导层是由那些多年来深受斯大林主义毒害的男男女女组成的；你们还知道他们会不惜一切代价保住自己的地位。今天晚上你们在此列举了上百个例子，由此可见，你们其实知道他们一直在隐瞒决议，欺骗选举，结党营私，造谣生事，歪曲事实。但是，至今仍没有有效的民主手段可以把他们清除出领导岗位，这部分原因在于他们寡廉鲜耻，部分原因在于有半数党员太天真，不愿相信他们的领导人会如此奸诈阴险。但是，你们每次总是一说到这里便不再往下追究了，你们不去从自己所说的话中得出显而易见的结论，而只是一味地做白日梦，说废话……（465—466）

综上所述，党内官僚主义、教条主义的盛行及党员对领导的盲目崇拜，导致了再也没有人实事求是，捍卫真理，共产主义运动每况愈下。这是20世纪50年代前后欧美共产主义运动衰落的主要表现之一，也是安娜等一批共产党员决定退党的主要原因之一。

二

小说还探讨了20世纪50年代前后英国共产主义运动衰落的原因。上文提及的党内教条主义、官僚主义歪风以及党员对领导的崇拜是共产主义运动衰落的内因。此外，小说还从以下几个方面分析了共产主义运动衰落的外因：

一是斯大林逝世使人们对共产主义事业产生了动摇和彷徨。1917年，列宁领导的十月革命取得胜利，建立了世界上第一个社会主义国家——苏联。1924年列宁逝世后,斯大林成为苏联党和国家最高领导人以及共产国际[①]领袖。1924—1953年在任期间,他带领苏联全力进行社会主义工业化和农业集体化建设,取得举世瞩目的社会主义建设伟大成就,使苏联成为社会主义重工业强国和军事大国。第二次世界大战中任苏联大元帅,指挥苏联红军与同盟国团结作战,击败轴心国。战后支援了一系列社会主义国家的建立,使苏联成为冷战中堪与美国相抗衡的社会主义阵营的盟主,跻身超级大国的行列。可以说,斯大林一方面建立了举世瞩目的社会主义丰功伟绩;但另一方面,他的个人崇拜、政治大清洗、大党主义、大国主义等又在其生前被人们议论,这不仅使其本人形象在世界人民心中大打折扣,也极大地贬低和损害了苏联乃至整个社会主义阵营的威信。1953年3月5日,斯大林的逝世在世界上引起了不小的波澜。《金色笔记》对斯大林逝世这一事件高度关注,文本中多次提及此事,"蓝色笔记"1953年3月6日披露了一则《快报》新闻:"斯大林逝世"(257)。一方面,安娜和摩莉一样,斯大林的逝世使她们"情绪很坏"(171),出于普通人对待伟人的良好愿望,平时富于批判精神的她们也"在确凿的证据面前仍一而再、再而三地塑造他的形象"(172);另一方面,她们又似乎看到了希望,感到"应该高兴起来才是","他应该死了"(171),对于共产主义伟人斯大林表现出奇怪态度。斯大林去世后,共产党内的情况也发生了可喜的变化,"在俄国,在英国,各行各业的人,包括前共产党人和共产党人,都聚在一起讨论起共产党今后的发展"(464),似乎信心倍增。安娜应邀参加党员和前党员的第一次聚会,她这样写道:

> 我们像社会主义者那样相互打招呼,充满了信任感。讨论慢慢展开,逐渐有了一个模糊的计划——革除党内的"僵死的官僚主义",使共产党脱胎换骨,成为一个真正的英国政党,一个真正的民主的政党,不再死心塌地地忠于莫斯科,不再说假话谎话。我再次发现自己又回到了充满激情、目标明确的人们中间——回到了几年前退党的人们中间。我们的计划归纳起来有以下几条:一、我们的党在清除了那

---

① 1919年建立,1943年解散。

些因说谎行骗太久而不能有自己独立见解的"老党员"以后应该发表一项声明,宣布自己从此摒弃它的过去。这是最重要的一点。二、断绝与国外共产党的一切联系,并期待它们也能获得新生,告别过去。三、把成千上万曾经加入过共产党并因厌恶它而退出的人召集起来,邀请他们加入这个新生的组织。四、……(464—465)

我们看到,安娜对于斯大林逝世的态度是混乱而又复杂的。她一方面感到犹豫和彷徨,另一方面又似乎看到了共产党脱胎换骨的机会和希望,感到高兴和振奋。

二是苏共二十大导致人们思想混乱,对共产主义的信心严重动摇,随之引出的苏联政治大清洗(肃反运动扩大化)令人震惊。1956年2月14—25日,苏联共产党举行第二十次代表大会,赫鲁晓夫作中央委员会总结报告。在24日晚上至25日凌晨举行的特别会议上,赫鲁晓夫作了《关于个人崇拜及其后果》的秘密报告,揭露和批判了斯大林在任苏联党政军最高领导人期间所犯的严重错误及其酿成的严重后果。该秘密报告批判了斯大林的个人崇拜,主要揭露了20世纪30年代之后,斯大林对党的干部的镇压情况,说明"个人崇拜给党的利益造成多么大的损失",揭露"斯大林的独断专行导致了卫国战争过程中特别严重的后果"[1],批判斯大林"粗暴地践踏列宁民族政策,战后制造列宁格勒等案件,以及在与南斯拉夫关系上的错误行为"[2]等。1956年6月30日,苏共中央发表《关于克服个人崇拜及其后果》的决议指出,"斯大林在1937年关于苏联愈向社会主义前进,阶级斗争就愈尖锐的错误公式,给社会主义建设事业造成了很大危害,成了粗暴地破坏社会主义法治和大规模进行镇压的论据。斯大林在晚年以个人监督代替党和政府对国家保安机关的监督,常常以个人决定代替通常的司法准则。这种情况造成了对苏维埃法治的严重迫害和

---

[1] 《赫鲁晓夫回忆录(选译本)》附录的《关于个人崇拜及其后果——苏共中央第一书记尼·谢·赫鲁晓夫同志向苏联共产党第二十次代表大会的报告(1956年2月25日)》,转引自沈志华主编《一个大国的崛起与崩溃——苏联历史专题研究》,社会科学文献出版社2009年版,第887—890页。

[2] 沈志华主编:《一个大国的崛起与崩溃——苏联历史专题研究》,社会科学文献出版社2009年版,第891—892页。

大规模镇压。斯大林的悲剧就在于他在领导苏联期间有时采用不适当的方法，破坏了列宁主义原则和党内民主生活准则。"① 《金色笔记》对苏共二十大关注度很高，三番五次地重复提及。而同样给予高度关注的，是斯大林在位期间发动的苏联大清洗运动（又称苏联肃反运动）。大清洗的受害者主要是苏联共产党党内的反对派和无辜人员。判罪形式包括"死刑""驱逐出境或被流放""监禁"。② 据统计，1936—1939 年被逮捕的共产党员约有 120 万人，1930—1950 年，被法庭及非法庭机构判处所谓"反革命"罪的总共有 3778324 人，被迫害致死的人数为 681692 人。③ 大清洗运动还严重削弱了总部设在苏联的共产国际（即第三国际）。"它失去了许多杰出的领导人……构成共产国际的许多重要支部，如波兰、匈牙利、德国、南斯拉夫、保加利亚等国家许多党的领导人受到牵连和清洗，其他幸存的待在莫斯科的共产党人也心存恐惧，人人自危。特别具有讽刺意味的是，各国大多数受到杀害的革命者正是由于在本国从事革命活动受到反动政府的迫害而来到苏联这个红色庇护所、这个无产阶级的唯一祖国继续进行革命工作的，他们对共产主义事业抱着坚定的信念，对苏联和斯大林怀有深厚的感情，然而他们没有死在反动政府的屠刀下，却牺牲在无产阶级专政机关的监狱和集中营里。"④ "红色笔记"对苏联大清洗运动进行了大胆披露和严厉批判。"蓝色笔记"1951 年的一则新闻剪报报道了受迫害人的规模之大，"在今天的俄国，谁也不知道在一九三七年到一九三九年的苏维埃大肃反运动中到底有多少人被处死、被囚禁、被关入劳动集中营或死于非命，谁也不知道被强制劳动改造的人到底是一百万还是二千万"（251），另一则披露，"就像中世纪成千上万的无辜者被指控为巫婆那样，不计其数的共产党人和俄国爱国人士因莫须有的反革命活动罪而遭清洗"（252），揭露了大肃反运动的性质。

---

① 李宗禹主编：《欧美共运风云录》，人民出版社 1994 年版，第 46 页。
② 《苏联历史》1991 年第 5 期，转引自吴恩远《苏联历史几个争论焦点的真相》，社会科学文献出版社 2013 年版，第 43 页。
③ 吴恩远：《苏联历史几个争论焦点的真相》，社会科学文献出版社 2013 年版，第 41—49 页。
④ 程玉海、林建华等：《世界社会主义共产主义运动新论》，人民出版社 2010 年版，第 284 页。

在斯大林主义的深刻影响和直接操控下，欧洲许多国家的共产党也遭受过清洗。西班牙共产党在西班牙内战时期，为打赢战争全力以赴，不惜牺牲，但由于接受斯大林和第三国际的指令而卷入了各路左派力量之间的血腥清洗和自相残杀。许多人因为政治原因，或者仅仅因为属于中间阶层而被逮捕，被左派民兵组织以"兜风"的名义随意杀害。这就是《金色笔记》"红色笔记"中较早对斯大林产生怀疑而被开除党籍的、曾经参加西班牙内战的左翼知识分子哈里·马修斯反思西班牙内战之后，所说的西班牙"共产党的卑鄙行径"（548）。斯大林在国内外进行的党内大清洗与苏联的冷战战略、霸权主义紧密交织在一起。第二次世界大战后，苏联进入与美国长期争霸的冷战阶段，与美国抗衡的同时，加紧对其他社会主义国家推行大党主义、大国主义，尤其是加强了对中东欧社会主义国家的控制，不允许这些国家按照本国国情走独立发展的道路，否则就要受到苏联的惩罚。走独立自主发展道路的南斯拉夫首先被作为社会主义异端而开除出国际社会主义大家庭，罗马尼亚、波兰、保加利亚、阿尔巴尼亚、匈牙利等国的共产党领导人先后遭到清洗，或被逮捕入狱，或被处以绞刑。1950—1952年，苏联策划了20世纪50年代影响最大的政治案件——捷克斯洛伐克共产党总书记"斯兰斯基反党反国家阴谋中心案"，斯兰斯基等14名党政高层领导人被捕，备受折磨，于1952年11月27日被送上绞刑架执行死刑，数千人包括大量无辜平民遭到逮捕。《金色笔记》"蓝色笔记"1952年12月17日的一则剪报报道，"十一名共产党领导人在布拉格被处以绞刑。资本主义间谍向捷克政府告发"（256），指的就是这一轰动性案件，除了苏美冷战、苏联霸权的动机外，补充了大清洗的另一原因：美国推行社会主义国家和平演变的反间计奏效。"红色笔记"1952年1月3日这样写道："迈克尔的三个朋友昨天在布拉格被绞死了"（167），暗示读者"斯兰斯基反党反国家阴谋中心案"中大量无辜受到牵连，迈克尔既不相信这三人是共产主义叛徒，又不相信共产党会陷害并绞死无辜的人，陷入极度的痛苦之中，哑口无言，哭了整整一个通宵。安娜认为布拉格事件是一次刻意的陷害。这一案件在国际上产生了恶劣影响。

"冷战"中以色列与美国走得越来越近，曾经为了自己的利益而帮助过以色列的苏联对此不满，具有强烈反犹意识的斯大林认为"任何一个犹太人都是民族主义者,都是美国情报机关的间谍",因此把"迫害犹太人公然作为国家政策的一部分"①,在 20 世纪 50 年代对犹太人也进行了清洗。捷克斯洛伐克"斯兰斯基反党反国家阴谋中心案"中被逮捕遭清洗的 14 名高层党政领袖中,有 11 名就是犹太人,其罪名是:"托洛茨基分子""铁托分子""犹太复国主义分子"。斯大林于 1953 年 1 月 13 日策划了所谓的"医生案件",15 名在克里姆林宫为苏联领导人治病的犹太著名医生被指为美国间谍而遭逮捕。此案件一经公布,立即在全世界产生了爆炸性的影响。《金色笔记》"蓝色笔记"1953 年 1 月 13 日的一则剪报报道,"苏联发生大谋杀,举世震惊。莫斯科电台今天早上指控一班犹太恐怖主义医生企图暗杀苏联领导人——其中包括几位苏联高级军官和一位原子能科学家。"(256)作品中安娜的共产党内同志和好朋友杰克的朋友,刚从俄国回来带回了秘密消息,说苏联国内"存在着反犹太人的活动,传言犹太人遭到了屠杀、折磨和各种各样的威胁",两人曾谈论"死亡的场景,苦难的场景,严刑逼供的场景,等等等等"(364—365),毛骨悚然。共产党人、高级学者、犹太人哈里同志曾去俄国调查犹太人在斯大林去世前的"黑色岁月"里的命运。回国后,在一次非正式政治会议的"核心会议"上,披露了犹太人遭受的悲惨命运,说到"那些酷刑,那些毒打,那些最狠毒的杀戮。犹太人如何被锁在中世纪设计的囚笼里遭到严刑拷打,拷打时用上了从博物馆取来的刑具。等等等等"(501),骇人听闻。

　　苏联在 20 世纪 30—50 年代,对国内外共产党进行的清洗在世界上产生了恶劣的影响,大大动摇了人们对共产党和社会主义、共产主义的信心,严重破坏了民主和法制,使国际共产主义运动遭受重大挫折,严刑拷打、刑讯逼供等严重扭曲了人性,人与人之间互不相信、互相猜忌,甚至造谣诬告,互相指控。人人自危,如惊弓之鸟,精神分裂甚至自杀的惨剧频频发生。作品中安娜的情人东欧流放者迈克尔的三个共产党朋友在布拉格被处绞刑后,他也被怀疑为共产党的叛徒,因为他的朋友被指是叛徒;《泰晤士报》新闻记者杰克·布里格斯被当作共产党人而被迫失业,"他

---

① 沈志华主编:《一个大国的崛起与崩溃——苏联历史专题研究》,社会科学文献出版社 2009 年版,第 792、795 页。

的名字还上了匈牙利法庭受审犯的名单，说他是个英国间谍，图谋推翻共产党"（166）；摩莉的前夫理查为了逼迫摩莉重新回到他的身边，曾在经济上恐吓她，"威胁说要把她是个共产党员的事告诉她的雇主，促使她失业"（237）；伦敦党组织的领导布特同志经常与安娜争吵，杰克嘲弄他们二人如果他们都是俄国共产党人，有可能早几年都有可能把对方枪决了。政治大清洗是安娜等共产党员共产主义思想动摇、决定退党的主要原因之一。

三是匈牙利事件再次降低了苏联和社会主义在人们心目中的威信，党员的共产主义信仰再次严重动摇。1956年10月23日—11月4日，匈牙利发生重大政治事件。匈牙利人民政权建立后，广大人民对党和国家照搬苏联模式、个人崇拜、忽视民生等问题强烈不满。10月23日下午，布达佩斯大学生和群众约20万人在裴多菲俱乐部组织下开始游行示威，并高喊"党要民主化！纳吉要执政！""俄国人，滚出去！"等口号。① 其间，帝国主义派遣大批间谍秘密进入匈牙利捣乱，国内的反革命势力也趁火打劫，局势失控。苏联两次进入布达佩斯，对人民起义进行镇压，纳吉被捕并于1958年被处以死刑。匈牙利事件中发生多起残杀共产党人事件，2000多人死难，数万人受伤。1989年1月，纳吉被平反，匈牙利政府为他举行国葬。东欧剧变后，匈牙利把每年的10月23日作为国庆节之一。"匈牙利事件"进一步损害了苏联和社会主义的形象，导致政治气氛紧张，党员思想更加混乱，对共产主义失去了信心。这也是小说中安娜等共产党员决定退党的主要原因之一。

从以上所述我们可以看出，苏共二十大、20世纪30—50年代苏联在国内外对共产党和犹太人进行的大清洗、"匈牙利事件"、"苏伊士运河事件"等严重损害了国际共产主义运动，大大贬低了苏联和共产主义在世界人民心中的形象，严重破坏了民主和法治，严重践踏了人权，严重扭曲了人性。大批党员和领导人被迫害身亡，大批无辜百姓遭受株连含冤而死。全世界笼罩着浓重的恐怖气氛，党员们生怕自己被指控为党的叛徒，以至于精神分裂，惶惶不可终日。这些事件在20世纪中叶轰动一时，引

---

① 李宗禹主编：《欧美共运风云录》，人民出版社1994年版，第543—544页。

起欧美大批左翼知识分子对共产主义思想产生严重迷茫和混乱,正如小说主人公之一摩莉所说,"在法国和意大利,知识分子天天在谈论联共二十大和匈牙利事件,谈论匈牙利的前途、教训和值得反思的错误"(51)。震惊世界的事件频频发生,令人毛骨悚然,知识分子的共产主义信仰也进而走向幻灭,作品中摩莉与安娜在伦敦重逢后总结一年来的变化,"联共二十大,匈牙利事件,苏伊士运河事件……人心正自然而然地从这一边倾向那一边,这是毋庸置疑的"(49)。这些事件最终导致大批党员退党。《金色笔记》中许多左翼知识分子都是如此,就连一度在"怕它恨它和拼命地依赖它之间徘徊"(246)的安娜最后也痛下决心,退出党组织。安娜的情人迈克尔的话,"确实已有成千上万极其正直的人(如果还没有被屠杀的话)退出了共产党,这是个不争的事实,而他们退党是为了躲避自相残杀、悲观愤世、恐怖主义和背信弃义"(309),高度概括了20世纪50年代前后英国乃至欧美共产党员退党的主要原因。大批党员退党是对国际共产主义运动的沉重打击,是20世纪50年代前后国际共产主义运动衰落的重要表征。

第十二章

20世纪英国左翼文学的反殖民主义主题

关注种族问题是左翼文学的重要主题之一。马克思主义主张全人类的解放,自然包括所有种族。到了 20 世纪 60 年代前后,关注这一问题的作品渐渐多起来。而到了 20 世纪 80 年代,一些作品开始关注种族和族裔问题,同时把这些问题和阶级问题综合起来进行考察和观照。这类作品主要有拉尔夫·福克斯的《暴动的天堂》(1928),西蒙·布卢门菲尔德的《犹太男孩》(1935),多丽丝·莱辛的《暴力的儿女们》(1952—1969)和《金色笔记》 (1962),约翰·阿登的《木斯格雷夫上士的舞蹈》(1964),大卫·科特的《西方的衰落》(1966),艾伦·西利托的《火中树》(1967),霍华德·布伦顿的《罗马人在英国》(1980),大卫·海尔的《世界地图》(1982),特里·伊格尔顿的《圣徒与学者》(1987)等。笔者认为,这些作品中对种族问题进行比较全面、系统、深入的观照和表征的,是莱辛的《金色笔记》。下面笔者将继续立足该文本,以作具体的分析和阐释。

从上面两章论述来看,性别问题和 20 世纪中叶世界资本主义与社会主义两大阵营的对峙与较量,以及当时欧美共产主义运动的衰落都是《金色笔记》关注的主要问题。需要强调的是,小说对殖民主义、种族隔离、种族歧视问题同样高度关注,并对其进行了无情的揭露和深刻的批判。

欧洲近代殖民主义开始于 15 世纪。英国是近代最大的殖民国家,到了 19 世纪,地球上五分之一的土地处在"日不落帝国"的占领和统治之下。非洲是帝国主义国家瓜分的最后一块大陆,到了 19 世纪末,几乎被瓜分完毕,英国获得最有价值的部分。非洲是世界最早的人类文明发祥地之一。但欧洲殖民主义者长期不承认非洲在文化上的存在，认为欧洲是文明、高雅、先进、发达的象征，而非洲没有历史，没有文明，没有科学，没有艺术，是野蛮、卑贱、落后甚至邪恶的象征，以便为其殖民主义勾当寻找借口。欧洲人眼中的非洲是想象的、虚幻的、人为建构的，其目的是长期在经济、政治、文化上主宰和控制殖民地，掠夺殖民地资源，剥削殖民地原住民，使殖民地永远成为宗主国原料来源地、廉价劳动力市场、垃圾处理站。伴随着殖民扩张而产生的有关非洲的殖民主义文学丑化非洲人、贬抑非洲文明，为欧洲殖民主义高唱赞歌。而作家莱辛则站在反殖民主义和人道主义的立场上观照非洲，拥护非洲民族独立和自由。她5岁时就跟随父母移居非洲南罗德西亚，在那里度过了20多个春秋，对非洲有着特殊的感情。非洲的山脉草原、树木花草、鸟兽虫鱼等给她留下深刻印象，并给她提供了取之不尽的创作素材，激发了她丰富的想象和旺盛的创作热情。"她说非洲是她的空气、她的景色、她的太阳"；她同时认为，"非洲应该属于非洲人民，他们理应把它从白人殖民者手中解放出来"。[①]《金色笔记》中的作家安娜思想激进，两次加入共产党，"二战"期间在中非生活，"黑色笔记"主要记载她的非洲经历。作品描写了非洲美丽的自然风光和悠久的文化，揭露了资本主义和殖民主义对穷人和殖民地原住民的剥削和压迫，批判了罪恶累累的种族主义，描写了殖民地白人的流放、尴尬境地，预示了殖民主义的衰落和殖民地人民的民族解放。

第一节　对非洲与伦敦二元对立的解构

《金色笔记》中的非洲并不是一片蛮荒之地，而是有着美丽的自然风光、丰富的资源和悠久的历史文化，充满异国情调和诗情画意。流放非洲的白人左派团体的活动中心——马雪比旅馆"四周小山环绕、到处长满野花野草和一些稀奇古怪的植物"[②]，掩映在绿色的灌木丛中，环境宜人；到了夜晚，寒星满天，月光如银，树影婆娑，"长得既繁茂又鲜艳"的

[①]　瞿世镜：《当代英国小说史》，上海译文出版社2008年版，第142页。
[②]　[英]多丽丝·莱辛：《金色笔记》，陈才宇、刘新民译，译林出版社2008年版，第90页。以下出自该书的引文，只给出页码。

"鲜花的芬芳沁人心脾"（142）。该团体成员外出打猎那天，阳光明媚，"万里无云"，"在低低的草丛上，几百万只长着玉色翅膀的蝴蝶在盘旋起舞"（432），生机勃勃；山坡之间，视野开阔，树木繁茂，鸟语花香；在一座小山出口处一块平坦的石壁上，刻满了非洲古老民族——布须曼人优美的绘画，"这些绘画即使在昏暗的光线中也显得熠熠发光"（158），这样的壁画随处可见，是非洲历史悠久、文明先进的重要表征。树林里的鸽子长着"亮晶晶的黑眼珠"，"体态优美"，身着"鲜亮的羽毛"（439—443），唱着柔和的歌曲，悦耳动听。莱辛的非洲故事主要在《野草在歌唱》《非洲故事集》《故事五篇》《暴力的儿女们》等作品中，塑造了黑人形象，批判了殖民主义和种族主义。《金色笔记》中莱辛并没有近距离地接触黑人，对于马雪比旅馆的黑人厨师杰克逊的描写也只有寥寥数语，他是"知识分子"，"能读""能写""有思想"（122），"长得非常英俊——一个体格健壮、身材匀称的中年人，脸部表情和一双眼睛显得很生动"（127）。安娜参与其中的这个流亡非洲的白人左派团体平常开会、讨论，周末就到马雪比旅馆寻欢作乐，成员之间互不了解，"政治上只是向壁虚构，根本谈不上有什么切实的责任"（80）。安娜也坦率承认，"我自己在早已失却必要的情况下继续留在殖民地，其真正原因也在于这种地方给我提供了耽于享乐的机会"（113）。看来，非洲并不是黑暗、丑陋、蛮荒之地，似乎是空气新鲜、自由自在、可以逃避责任和义务的乐园。

那么，作为繁华的现代化大都市——大英帝国的首都伦敦，在莱辛的笔下又如何呢？"黄色笔记"中的爱拉一天晚上要到韦斯特医生家里参加聚会，除了交通不便外，这座城市还让她感到有些恐惧：

  伦敦的一大特色是它的四郊到处堆满废物，要一英里一英里穿过那些污秽不堪的场所使她感到很恼火……在她眼前，那条两旁尽是灰暗简陋的小房子的街道一个劲地朝前延伸。黄昏时分光线暗淡，潮湿的天空显得更低了。四周数英里以内，全都是这般的污秽和简陋。这就是伦敦——走不到尽头的街道两旁全都是这样的房子。这种纯物质的感受简直让人难以容忍——能够改变这种丑陋现象的力量又在哪里？她觉得，在每条街上，人们都喜欢那些手提包里装着信函的女

子。恐怖和无知充斥着这些街道，无知和卑劣建造了这些街道。这就是她所生活的城市。(184)

从这段描述我们看到伦敦是一个污秽、简陋、潮湿、昏暗的地方，到处充斥着恐怖和无知，废物到处堆放，环境严重污染。资本主义工业文明虽然高度发展，但是却破坏了人居环境，导致了空气污染。安娜到伦敦北区为共产党拉选票，看到"半英里以外就是一个大火车站，滚滚的浓烟从那里向四周扩散"，"黑沉沉的乌云压低了天空，正好与浓烟连成一体"(173—174)，严重损害人的健康，令人感到烦躁压抑。资本主义的发展伴随着城市化、工业化、商业化的不断推进，严重破坏了自然生态。爱拉经过污秽不堪的伦敦郊野时这样抱怨，"树篱和行道树不断地被小屋小舍吞没。古老的英格兰在这里已所剩无几，一切都是那么的新潮和简陋"(196)。伦敦的交通异常拥挤，乘客没有安全感，一次乘坐地铁的经历把安娜对这座城市的讨厌推向了顶峰。这天，摩莉的前夫理查邀请安娜跟他讨论现任妻子马莉恩的事情，理查却想趁机占有安娜，她好容易才挣脱。当她恐惧、烦躁、匆匆忙忙地来到肮脏的大街上走近地铁站时，恰遇交通高峰期。挤过人群，东倒西歪，安娜挤进"明亮的、拥挤的、气味难闻的"车厢，身心即将崩溃。她闭上眼睛，"闻到了汗臭味"。

她睁开眼睛，只觉得头晕目眩，心里发慌，她看见白晃晃的天花板和形形色色的广告都在晃动。乘客们一个个都在努力保持身体的平衡，他们的脸显得既呆板又专注。她的身边紧挨着一个人，皮肤黄黄的，毛孔大大的，嘴巴歪歪的，还流着口水。他的眼睛紧紧地盯着她。他的脸堆着笑，那神态一半出于惊奇，一半为了讨好……他那不均匀的呼吸带着异味一阵阵冲击着她的脸颊……他很丑陋……她挤出火车……那男人跟在她后面也下了火车，乘自动扶梯时就在背后推她，在检票口也站在她的身后。她递上票，赶紧走开，这时他在背后说："想散散步吗？想散散步吗？"她对他皱起眉头。他则得意扬扬地怪笑着。当她闭着眼睛在地铁上时，他一直想入非非以为自己羞辱了她，精神上已把她给镇住了。她说："走开。"然后径自继续往前

走，出了地铁来到大街上。他仍跟踪着她……（404）

安娜刚刚逃脱衣冠楚楚的伪君子理查的纠缠，拥挤的交通又使她头晕目眩、东倒西歪，没想到又遇上一个"皮肤黄黄、毛孔大大、嘴巴歪歪、流着口水、丑陋不堪、皮笑肉不笑、不均匀的呼吸带着异味的"男人，企图羞辱她，占她的便宜，直到她遇到一位卖水果的商贩，停下来买了些水果，才得以摆脱这个男人。安娜感到异常害怕，她受到了惊吓，精神几近崩溃，却又感到很诧异：文明、现代、高雅的大都市到底怎么了？人们没有任何安全感。她感到孤独、无助而又无奈，"这种事天天发生，这就是都市的生活"（404）。对于工业文明高度发达的大都市伦敦，安娜感到厌恶，"从表面上看，一切都很正常——很宁静，很安全，很温良，但骨子里却男盗女娼，充满着仇恨和妒忌，到处是孤独寂寞的人"（197）。遇到企图伤害她的自尊、羞辱她的男同性恋后，安娜感到英国是一个"到处充斥着小心眼的男人、同性恋者和半同性恋者的国度"（419），为她的女儿简纳特不得不继续生活在这样的国家而担忧。中产阶级的道貌岸然、资本主义的金钱至上、紧张压抑的政治气氛，使刚回到英国的摩莉大感失望，"又回到英格兰了——这里人人都把自己封闭起来，动不动就生气，一踏上这片僵化的土地，我就想发脾气，大喊大叫。一呼吸到这神圣的空气，我就觉得自己进了牢房了"（13）。可见，莱辛笔下的伦敦和英国是一个空气污染、环境肮脏、交通拥挤、治安混乱、遍布伪君子、充满孤独、寂寞、仇恨、妒忌、恐怖、压抑的气氛的地方，这与她在非洲马雪比旅馆度过的"美好的、和平的、田园牧歌式的日子"（449）相比，简直天壤之别。总体来说，莱辛对她在非洲的生活经历以及非洲的风土人情的描写是怀旧的、远观的、模糊的甚至误读的，她虽然在殖民地长期生活，但并没有太多地接触原住民，因而对他们的了解不可能充分。作品中对非洲的描写比较有限，观照非洲的视角是白人左派知识分子，客观上宣扬了非洲的美好和魅力。但更重要的是，她笔下的非洲阳关充足、空气新鲜、自由自在，与污秽不堪的伦敦形成鲜明对比，颠覆了欧洲人对非洲人为的、虚幻的、歪曲的想象和建构，解构了欧洲与非洲之间文明与落后、高雅与卑贱、主宰与被主宰的不平等关系。

第二节　对殖民主义的揭露和批判

　　《金色笔记》揭露了殖民主义对殖民地自然资源的疯狂掠夺和对殖民地原住民的残酷剥削和压迫。殖民主义与资本主义、帝国主义相伴而行，一脉相承，互相勾结，其剥削本质和侵略本性永不改变，目的是榨取巨额利润和谋求世界霸权，剥削和压迫劳动人民的方式依然是依靠资本主义的经济、政治与文化。资本主义的唯一生产目的是最大限度地榨取工人血汗，攫取剩余价值。19世纪末20世纪初，随着生产力的发展和生产社会化程度的提高，世界资本主义进入帝国主义阶段，对内加强对工人的剥削，对外实施疯狂的侵略和扩张，以获取更丰富的生产资料和自然资源、廉价劳动力，扩大势力范围，谋求世界霸权，同时建立跨国公司，把资本主义的触角延伸到国外，加紧剥削和压迫殖民地原住民，对殖民地实施经济、政治、文化渗透和控制。殖民主义意味着把资本主义的经济政治体制、生活方式、文化价值观等推广到国外，以达到经济政治操控和意识形态渗透的目的。

　　《金色笔记》首先批判了资本主义对工人的剥削。"红色笔记"中安娜作为冷战开始后第一个入党的左派知识分子，积极投入工作。在伦敦北区的工人阶级居住区，她深入工人家庭为共产党拉选票，亲眼目睹了工人阶级的贫困生活。工人居住区严重污染，住宅简陋，"房舍千篇一律，都那么矮小而破旧"，工人家中"几乎没有任何家具"（173—174）。工人还遭受阶级歧视，爱拉为之工作的妇女杂志社有一个为读者答疑的医学专栏，爱拉每周要处理上百封工人的来信，因为这些来信不会被人理睬。通过寥寥数语，安娜揭示了贫困工人的苦难生活。

　　接着，《金色笔记》揭示了资本主义的商品文化对人性的腐蚀，无论在资本主义国家还是其控制的殖民地都是如此。资本主义的金钱至上观和对"我买故我在"消费文化理念的大肆宣扬，导致人们物欲膨胀，精神衰萎，生活空虚，人与人之间关系扭曲，文艺工作者也受到腐蚀。文学艺术界出现媚俗化、庸俗化倾向，把物质利益放在第一位，忽视艺术的真正价值，回避、逃避艺术家的良知和社会责任。前来跟安娜商谈《战争边缘》故事改编的人开门见山,重要的是"如何将故事改编得更符合有钱人的口味,使他们掏钱时'更少一点懊丧'"(65),还建议把故事中的女主角——黑人厨师的妻子换成他的女儿,否则观众会觉得有伤风化,失去对主人公的同情,导致改编的失败。五色电视台的编剧里杰纳德·塔勃洛克先生有意想把《战争边缘》改编成电视剧,安娜认为作品的主题是种族问题,但里杰纳德坚持认为小说是"一个动人的爱情故事"(297),要把它改编为"一部表现无益的英雄主义的喜剧片"(299);而美国电视系列剧剧组"蓝鸟"的代理人爱德文娜·莱特夫人坚持认为"性是小说的关键",打算把小说改编成一部"精彩的""以中非为背景的音乐片"(304),因为她的剧组禁止制作"涉及宗教、种族、政治或婚外恋题材"(301)的任何电视剧,两个人与安娜的商谈都以失败而告终。由此来看,资本主义社会的经济因素、文化导向和政治高压严格操控人们的思想,限制人们的视线,扼杀艺术家的良知,禁止艺术涉及任何严肃的社会、政治问题。

安娜已经发表的小说《战争边缘》很畅销,也为安娜带来了可观的物质利益,但她多年来一直为自己的小说"没有突出主题、逃避社会责任"而羞愧而自责。因为,安娜认为"小说中最具史料价值的是它描写了种族隔离所引发的仇恨和残暴",但是"关于白人与黑人的冲突,显然没有说出多少东西"(66—67);小说没有很好地表征现实,笼罩着强烈的怀旧情结和虚无主义情绪,流露出的情绪"有点可怕,有点不健康,有点狂热。那是战争年代的一种盲目的骚动,一种虚伪的怀旧情结,一种对放肆、自由、混乱、无序的渴望";因此"这是一部不道德的小说,因为它字字句句闪烁着可怕而虚伪的怀旧情结"(70)。她觉得自己"编造了一个与原始材料毫不相干的'故事'",觉得"自己好像犯了什么罪"(71)。所以在"黑色笔记"第一部分安娜提供的是《战争边缘》的创作素材,对于当年作品为什么充斥着浓厚的怀旧情绪,她也不清楚。"我宁可死也不愿那样的生活再重复一次,"她说,"那时候的'安娜'似乎就是现在的我的一个敌人。"(161)安娜是一个思想激进、有着强烈的社会责任感的作家,在整个世界四分五裂、资本主义与社会主义激烈对抗、战火纷飞、殖民主义大行其道的岁月里,人们衣食无着、性命难保的时刻,这些电视编剧们明哲保身，我行我素，逃避现实，还在致力于改编他们那浪漫的喜剧和轻松的音乐剧，可见资本主义商品文化和消费文化对艺术界的冲击有多么严重。艺术家被金钱收买，艺术大大贬值。被金钱收买的艺术家通过毁坏艺术，把真正的艺术家变成牺牲品而挣得虚名，"当一位电影巨子想购买一位艺术家时，他搜寻创造力或创造的火花的真实企图只是为了将他摧毁，通过捣毁有价值的东西来实现自己的价值"（69）。安娜对此体会深刻，她不愿随波逐流。她为自己写不出一部"充满理智和道德热情，足以营造秩序、提出一种新的人生观的作品"（68）而感到非常惆怅和迷惘。她决定暂时放弃写作。这也是她患"写作障碍症"的原因之一。

更重要的是，《金色笔记》揭露了殖民主义对非洲自然资源的疯狂掠夺和对原住民的残酷剥削。在资本主义发展过程中，为了榨取巨额剩余价值，资本家不断扩大再生产，因而需要大量生产资料、自然资源和投资场所，他们就把目标放在了海外殖民地，加紧向落后的国家、种族和民族进行生态殖民和环境殖民，使落后国家成为其原料产地、产品集散地和过剩资本的投资场所，掠夺殖民地的财富和资源，剥削殖民地的原住民，破坏殖民地的生态环境，摧毁被殖民民族的文化，造成落后国家环境恶化，资源枯竭，人民贫穷。为了实现自己的罪恶目的，帝国主义国家不惜动用武力，发动战争。20世纪人类历史上的两次世界大战无一不是帝国主义国家疯狂掠夺财富、扩大势力范围、谋求世界霸权的结果。《金色笔记》中安娜就毫不讳言，"战争对于我们来说是件好事。这一点说起来并不复杂，用不着专家来解释。中非和南非的物质繁荣是可感知的，每个人都会一下子变得更有钱。"（71）战争无论对大自然还是人类社会来说，其威胁都是毁灭性的，往往造成生灵涂炭，物种灭绝，环境破坏，然而殖民主义者为了大发战争财，不惜兵戎相见，把自己的利益建立在殖民地生态环境和原住居民性命双重牺牲的基础之上。汤姆的爸爸理查想让汤姆在非洲的加纳或加拿大负责建造工程等"福利工作"，被汤姆一口回绝，儿子还当面揭穿父亲"造福"殖民地的原因是看上了那里的"廉价劳动力"（269）。

《金色笔记》的"黑色笔记"部分记载了非洲殖民地英国白人左派团

体保罗、安娜等一行在马雪比旅馆附近的山林里打猎的经历。旅馆白人老板布斯比先生很喜欢吃"鸽肉馅饼",因为它们"味道鲜美"。他过去常常到山林里猎取,如今上了年纪身手不行了。一个周末,布斯比太太邀请保罗一试身手。保罗为了"换换口味",带上来复枪与安娜、玛丽罗斯等到达山林。一只只自由自在、鲜活美丽的野鸽子在树林里奏着悦耳的歌曲享受生活,好不快活,顷刻间在保罗的来复枪口下丧命。有的当即毙命,"垂下翅膀从空中翻着个儿栽下来,噗的一声撞在地上";有一只受重伤,死亡之前伸展"鲜亮的羽毛","颤抖起身子,脑袋歪向一边,一双可爱的眼睛噙着一层泪水,不停地挣扎";另一只受了重伤正在极力挣扎,被保罗即刻拧断脖子(430—451)。霎时间草地上血淋淋一片,空气中弥漫着血腥的味道。布斯比太太说打六只就够了,保罗一连打了九只,才在玛丽罗斯的再三苦苦恳求下收手作罢。保罗对非洲野鸽子的猎杀充斥着野蛮、血腥、贪欲和杀戮,是殖民主义者对殖民地自然资源疯狂掠夺、对生态环境肆意破坏、对原住居民随意迫害的滔天罪行的隐喻和缩影。

在资本主义和殖民主义的统治下,殖民地原住居民过着悲惨的生活。殖民者还对殖民地人民残酷剥削。《金色笔记》对黑人的正面描写不多,主要是布斯比夫妇雇用的厨师杰克逊一家。杰克逊"能读、能写、有思想",是个黑人"知识分子"(122)。他为布斯比夫妇工作了15年,忠心耿耿,勤奋老实,与妻子和五个孩子一起住在布斯比旅馆后面一间狭小简陋的屋子里,工资极低,每月的工资只有五英镑。杰克逊一家七口每周的伙食费只有"十先令","靠南瓜、玉米粥和厨房剩下的残羹剩饭过日子"(150—151)。他家住宅简陋,"但与一般非洲人所居住的茅舍比起来要好上几十倍";和他家一样,非洲殖民地"大多数非洲人都因缺吃多病而显得体格孱弱,可怜巴巴"(127)。从小说有限的篇幅可以想象非洲殖民地的黑人们过着饥寒交迫的生活,杰克逊一家只不过是殖民地千百万黑人家庭的缩影而已。

《金色笔记》在肯定非洲灿烂文化的同时,批判了殖民者对殖民地原住居民文化的随意破坏。布须曼人是非洲南部和东非最古老的土著居民,是人类早期的祖先之一。布须曼人有着悠久的文化艺术,其艺术的典型——岩壁画非常了不起,是非洲艺术的经典。岩壁画多采用现实主义手法，表现布须曼人狩猎、战斗等生活画面，精致美丽，栩栩如生。他们就地取材，用石灰、油烟、动物油和水调制成颜料进而制作而成的岩壁画，历经千年而不褪色，堪为奇迹。《金色笔记》两次提到布须曼民族的岩壁画，非常"优美"，"即使在昏暗的光线下也显得光彩熠熠"，但却遭到严重破坏，因为"不懂这些绘画的价值的白人顽童经常朝它们丢石块"（158），住旅馆的客人常常瞄准这些壁画"投石取乐"（438）。这不但批判了殖民者对非洲文化艺术的损害，也是对不懂得非洲文明之悠久灿烂的，幼稚无知的欧洲殖民者的强烈嘲讽，从而颠覆了欧洲与非洲文明/野蛮、先进/落后的二元对立。

第三节 对种族主义的批判

　　《金色笔记》除了揭露殖民主义对非洲自然资源的疯狂掠夺、对原住居民的残酷剥削、对生态环境和原始文化的严重破坏外，还批判了种族主义对殖民地人民的压迫。种族主义是一种意识形态，主张某一种族在本质上绝对优越于其他种族，因而理所应当控制和主宰其他种族。种族主义以纳粹德国为代表，主张金发碧眼的白种人优越于其他种族，因而理应统治其他"劣等"种族。希特勒在"二战"期间对犹太人的灭绝性大屠杀在历史上臭名昭著。种族主义起源于19世纪末欧洲帝国主义列强掀起瓜分非洲的狂潮之时，坚持欧洲中心论和白人优等论，认为非洲人是劣等人种，不仅把非洲霸占为殖民地，掠夺当地资源，更为丑恶的是，实施种族隔离和迫害，更大规模地从事贩卖非洲黑奴的"三角贸易"罪恶勾当，影响极其恶劣，在人类历史上留下罪恶深重的一页。种族主义表现为种族偏见、种族歧视、种族隔离、种族迫害等。殖民主义与种族主义狼狈为奸，互为帮凶。

　　第一，种族主义者宣扬"种族优越论"，试图在理念上为他们的种族歧视鸣锣开道。第二次世界大战开始是一场帝国主义战争，后来转变为世界人民反法西斯主义的正义战争。《金色笔记》告诉读者，英国人虽然认为"二战"是一场讨伐希特勒"种族优越论"的邪恶主张和反法西斯主义的战争，但是在对待非洲殖民地原住居民的态度上却完全改变了立场，

"在那一大片非洲大陆上，在大约半个非洲的领土上，希特勒关于某些人因种族的原因比别人优越的主张却大有市场"。显然，他们在种族问题上采取双重标准，虽然反对德国纳粹宣扬的日耳曼人"种族优越论"的反动论调，但同时又站在欧洲中心论和白人优越论的立场上，坚持对非洲人实行严酷的种族歧视，正如小说所写，"而这种主义如果产生在他们自己的国土上，他们是一定会誓死捍卫的"（71）。殖民主义者对"种族优越论"的大肆宣传影响了人们的思想。即使非洲殖民地的白人左派团体，在对待黑人的态度上也充满矛盾，不能完全克服种族偏见。上文写道，保罗为了"换换口味"改善食欲，在非洲大地上大开杀戒，猎杀了一只只野鸽子。他虽然毕业于牛津大学，却依然称呼非洲人为"狒狒"，这一充满侮辱的称谓就连种族主义思想异常严重的旅馆老板布斯比太太也大感意外，她"不敢相信一个来自英国名牌大学很有教养的青年竟然会说出这个话"（108）。而进步作家安娜，一方面信仰马克思主义关于民族和种族平等的主张，另一方面又不能彻底摆脱种族偏见。她曾经把自己住所楼上的空房子租给一位来自锡兰的学生吉米，但颇感后悔，于是想赶紧打发他走，原因是她"不喜欢他"，"因为他是个黑人"（419）。一个简单的理由好像再自然不过，折射出的却是根深蒂固的种族歧视，这似乎已经成为白人的"集体无意识"。

  第二，种族主义者对殖民地人民进行经济剥削的同时，尤其注重控制殖民地人民的思想和心理。欧洲殖民主义者把非洲变成自己的殖民地后，加紧向殖民地移民，让这些殖民地白人成为他们的代理人，剥削、压迫殖民地原住民，控制他们的思想，企图对殖民地实行永久统治。马雪比旅馆的布斯比夫妇就是欧洲殖民者的典型。他们在经济上剥削雇用的厨师杰克逊，实行阶级压迫，使黑人的生活一贫如洗。在思想上、心理上和精神上对杰克逊严加控制，不允许他有任何独立的思想。杰克逊是一名黑人知识分子，能读能写，布斯比太太喜欢他忠诚善良、工作卖力，但却因为讨厌"他有思想"（122）而经常抱怨。她反反复复强调，非洲人"必须懂得，白人和黑人之间存在着一条界线，那是他们绝对不可以跨过去的"（107）。也就是说，黑人必须在种族歧视所宣扬的道德、伦理、法律范围内行事，绝对不允许做任何有违种族主义的事情，一旦产生丝毫反种族主义思想，就必须采取果断措施，坚决予以阻止。保罗谈论杰克逊的领袖气质时说，"将来当他的思想成了障碍，他就得吃枪子了"（122），一语道出了殖民者对黑人独立、反抗思想的武力打压和严厉惩罚。在殖民者的经济剥削、文化和意识形态控制、武力镇压下，广大黑人生活艰难，心理发生严重扭曲，对殖民者的压迫和控制逆来顺受，听之任之，对种族优越论的观点潜移默化，逐渐认同白人高贵、优越，而黑人低下、卑劣的观点，并把种族主义思想和规范自觉内化为自己的行为准则，心甘情愿接受剥削和压迫，放弃争取自由解放的权利，甚至成为白人殖民者的帮凶。黑人厨师杰克逊体格健壮，长相英俊，有知识有文化，"天生具有一种高贵的气质，使他很快能不卑不亢地与人从容周旋"（127），似乎具备黑人工会领袖的素质。但当白人保罗主动和他打招呼、询问他的家庭情况时，却显得不安，因为"他万万没有想到一个白人竟然会以平等的态度对待一个黑人"（127）。他大感意外，因为这明显不合"常理"，与种族主义背道而驰。而对于英国"成千上万的空军士兵在殖民地驻扎了整整五年"的事实，杰克逊却和其他非洲人一样，视而不见，从未大惊小怪。可见，殖民主义对殖民地人民的思想控制是多么牢固，他们的心理发生了多么严重的扭曲！正如当代后殖民研究之父佛朗茨·法农所说，"种族主义使殖民地人民丧失了自我意识，盲目地认同、臣服于白人的'普遍'标准，由此对黑人心理造成严重扭曲：'种族主义文化的定义就是不准黑人具有健康的心理'。"[1]

第三，种族主义者对殖民地人民实施种族隔离政策，限制他们的自由，并上升到伦理和法律的高度，压制殖民地人民。黑人厨师杰克逊为布斯比夫妇劳作了15年，忠心耿耿，勤劳善良，待人礼貌。布斯比太太认为杰克逊是个好佣人，对她忠诚；他们对他也很好，既公正又公平。他们对杰克逊一家有着大恩大德，不仅因为给了他一份工作，还因为让杰克逊一家住在旅馆后面的小屋里，"这是违反法律的，按规定，黑人不可以在白人的居住区安家落户"（127）。我们看到，种族隔离政策是很严格的。保罗跟杰克逊平等交谈，布斯比太太很看不惯，感到"戒备"而"迷

---

[1] 转引自朱刚《二十世纪西方文论》，北京大学出版社2006年版，第479页。

惑",立即把保罗支开。出于对布斯比太太根深蒂固的种族歧视观念和正统的中产阶级狭隘心理的报复,保罗频繁接触杰克逊,布斯比太太很是气愤,总是责备杰克逊,"我没有放你的假,让你厚颜无耻地跟那些脑子有毛病的白人交谈"(151)。白人左派团体中的杰米是个同性恋者,一次当着布斯比太太的面吻了保罗。她非常恼火,忍无可忍,因为她视同性恋为异端。在保罗、杰米和泰德三个年轻人中,真正的同性恋是杰米,保罗和泰德纯粹出于对当时社会传统的反叛,实际上不是。一次,杰米和乔治在酒吧喝酒,酩酊大醉,自己一个人悄悄溜进旅馆厨房,醉醺醺地昏睡在地板上。杰克逊发现后,弯下腰去扶他,杰米醒来,"像一个刚被唤醒的小孩那样举起双臂,抱住杰克逊的脖子"。杰克逊说:"杰米老爷,杰米老爷,你得去睡觉了。你不可以睡在这里。"杰米说:"你爱我,杰克逊,是不是?你爱我,别的人谁也不爱我。"布斯比太太一直在监视杰克逊,说:"杰克逊,你明天离开这里"。杰克逊说:"夫人,我犯了什么错?"布斯比太太说:"出去,滚开。你这龌龊的一家子和你自己都给我从这里滚开。明天就走,否则我就要叫警察了。"杰克逊慢吞吞地说:"夫人,我已经为你工作十五年了。"乔治告诉杰克逊,他准备给布斯比太太讲个人情,杰克逊说:"你不愿我们离开,是不是,老爷?"就这样,杰克逊被布斯比太太辞退,当晚带着妻子和孩子前往北部的尼亚萨兰,"再也不能跟他的家人在一起过日子了"(155—156)。第二天,布斯比太太给杰米道歉,保罗问道:"杰克逊怎么啦?"布斯比太太说她自己也弄不明白为什么这么轻易就把为他工作十五年的仆人打发走了。布斯比夫妇二人丝毫没有后悔的样子。杰克逊总是小心翼翼地与白人相处,对白人采取仰视的态度,尊称他们为"老爷",在白人面前卑躬屈膝。他心地善良,乐于助人,工作勤奋,却无故被布斯比太太辞退,原因何在?在实施种族隔离和种族歧视的殖民地,黑人不得与白人交往,白人是黑人的主子,高高在上。白人与黑人之间永远是剥削与被剥削、主子与仆人、主宰与被主宰的关系。布斯比太太看不惯保罗跟黑人交谈,也不能容忍同性恋行为。无论是保罗跟杰克逊平等交谈,还是杰米向黑人杰克逊做出亲昵动作,布斯比太太都不能容忍,但她却总是惩罚黑人,还以叫警察为威胁。种族歧视观念在她的头脑中根深蒂固,种族隔离对殖民地人民伤害严重。白人被赋予种族主义特权，可把所有的怨气、怒气都撒在无辜的黑人身上，实在是"欲加之罪，何患无辞"，足见种族隔离和种族歧视是多么的邪恶和狠毒。

种族隔离政策阻止白人与黑人友好相处，禁止白人与黑人通婚。乔治·豪斯娄是一名非洲殖民地的白人修路工，属于工人阶级，信仰社会主义，也参加了殖民地的白人左派团体，主张反对种族偏见。他天生喜欢非洲黑人女性，精力充沛，男子汉气概旺盛。他对厨师杰克逊的妻子玛丽喜欢得神魂颠倒，达到了如醉如痴的地步，二人成了情人。玛丽还跟他生了个皮肤半黑半白的男孩。由于种族隔离和种族歧视的存在，乔治只能眼睁睁地看着自己的亲生骨肉跟杰克逊家的孩子一起过着凄惨的生活，"在南瓜田里成长，与鸡群为伍，将来做一个庄稼汉或蹩脚的职员"（138）。他经常处于愧疚、懊恼、矛盾与无奈的激烈冲突之中。他不敢去看自己的孩子，更不能将孩子领回家里，"那将意味着四位老人惊恐得灵魂出窍"，他"那三个孩子将被赶出校门"，他的"妻子将失业"，他"将丢掉自己的饭碗"，他"一家九口人将全给毁了"（137），看来种族隔离政策对白人和黑人的惩罚都是非常严厉的。乔治一直在强调他很爱玛丽，他与玛丽之间的关系属于自然平等的爱情关系，但在种族隔离、种族歧视的社会里，他们的爱情被绝对禁止，否则将严重违法并受到严重惩罚。可见，种族隔离不仅伤害了黑人，同样伤害了白人。乔治恨透了种族隔离制度，"我是个社会主义者"，他批驳道："我要尽一切可能在这个鬼地方尽一个社会主义者的责任，与种族歧视做斗争……我要说种族歧视并不符合任何人种的最大利益。仁慈、温和的基督也不赞成这样做。我的工作是有价值的，因为我完全有理由说种族歧视是不人道的，极不道德的。那些赞成它永远存在下去的白人全部该受诅咒。"（135）种族主义无论对于黑人还是白人，归根结底都不得人心。白人乔治与黑人玛丽的混血男孩的诞生，预示着种族隔离最终无法阻止不同种族之间的和睦相处，终将被扔进人类历史的垃圾堆。

第四节 殖民主义的衰落和殖民地人民的觉醒

《金色笔记》预示了殖民主义的衰落和殖民地人民的民族觉醒。《金色笔记》描写的关于白人对待黑人的态度大体可分为三类。一类是像马雪比旅馆老板布斯比夫妇一样，种族歧视根深蒂固，对待黑人态度强硬，认为白人统治、压迫黑人理所应当，毫无愧疚之意。

第二类是对白人欺凌、迫害黑人的罪恶心知肚明，做贼心虚，自知有朝一日必将遭到黑人报复，惶恐不安。对于这两种情况，毫无疑问，黑人迟早会起来反抗。第二次世界大战期间，非洲殖民地的白人参军与德国法西斯军队作战，他们不敢让黑人持枪奔赴战场，因为他们知道，"任何一个非洲士兵都有可能拿枪口对准自己的白人主子"（72）。安娜和摩莉久别重逢后告诉后者，中非的白人总喜欢说一句话："再过五十年黑人就要把我们赶下大海去了"，意思是白人心中很清楚自己的所作所为是错的，实际上"根本用不着那么长的时间"（46）。

第三类是像小说中非洲白人左派团体一样，反对种族歧视，主张种族平等，支持非洲人民的民族解放运动。但由于存在种族隔离、种族歧视，白人和黑人之间缺乏必要的了解和沟通，他们的工作难以开展。"他们并不信任我们，因为我们是白人"（74），安娜说道。当保罗怀着热切的希望接近非洲黑人激进分子领袖杰克逊时，后者感到"戒备、迷惑，有点不信任"（126）。该组织在制定路线、谈论非洲大陆的前途时，也只是站在自己的立场上，"根本没有提及非洲人自己"（118）。离开非洲人的参与，想要解决非洲问题，岂不是纸上谈兵。缺乏群众基础，又无法了解非洲人的实际情况，脱离非洲现实，他们的工作只能遭遇失败，正如安娜所说，这个白人左派组织"由于没有根，它就只能很快走向毁灭"（74）。看来，这个白人左派组织的工作的确是向壁虚构，没有任何实际的效能。即使对于白人左派团体在非洲开展的工作，非洲人民也不理解，不领情，久而久之，照样会行动起来，把白人赶出他们的土地。保罗曾经以讲述"两个半政治家"的故事设想过殖民地白人激进团体的尴尬、悲观处境，无论他们如何辛勤工作，殖民地人民终将发动群众运动，致力于"赶走白人"（99）的战斗。"黑色笔记"中安娜结识的美国左派作家詹姆斯·雪佛，颇有"敢于逆潮流而动"（458）的大丈夫气概。安娜转述了他的短篇故事"香蕉林中的血迹"，以讽喻文学的形式，讲述了欧洲白人殖民主义者在非洲大陆霸占土地、掠夺资源、欺压百姓、无恶不作的滔天罪行。主人公约翰和诺妮的悲剧故事象征着非洲人民的悲惨遭遇，约翰的复仇是非洲人民同仇敌忾、奋勇抗击欧洲殖民者的绝妙隐喻。

《金色笔记》中的汤姆·麦斯隆是一位非洲民族独立运动的领袖。他为了非洲人民的民族独立和解放事业四处奔波，一次次遭受监禁，但从不气馁，因为他坚信"历史是站在我们的人民这一边的"（535）。他将非洲独立等同于"公共汽车准点运行"、"商业信函高效往返"和"内阁部长们不会收受贿赂"、值得国民信赖的社会（535），这在安娜看来有点令人悲哀，麦斯隆也认为这可能有点悲哀，但他深知这是非洲人民的当务之急。这些目标比起殖民地白人左派团体的路线更加贴近非洲民众，更加符合非洲实际，因而肯定会受到非洲人民的欢迎。麦斯隆的近期目标是发展国民经济、建设基础设施、改善民生。作品暗示，他会继续为非洲人民的解放事业不畏艰险，持之以恒，义无反顾，即使再次被投入监狱也在所不辞，直到他的国家获得民族独立。安娜非常赞赏麦斯隆，称他为"圣徒"，一位了不起的民族领袖！上文提到，保罗曾经"胡思乱想着将来非洲人发动暴乱，想象白人居住的殖民地将发生何种何样的事"，安娜在注解中补充道，"仅仅过了十年左右，肯尼亚就发生了茅茅运动"（99）。茅茅运动是20世纪50年代非洲肯尼亚人民为反抗英国殖民者、废除种族歧视、谋求民族独立而掀起的武装革命。运动几起几落，直到1963年肯尼亚成为独立的民族国家。茅茅运动的发起者正是第二次世界大战中奔赴战场参加反法西斯主义的殖民地士兵，应验了当年非洲殖民地白人"有朝一日非洲黑人会把枪口对准其白人主子"的想象。

非洲民族独立运动领袖的出现和武装斗争的开展，预示着非洲人民的觉醒和民族独立的希望。安娜反对种族歧视，主张种族平等，支持非洲人民的民族解放斗争。记载她的非洲经历的"黑色笔记"，主要围绕她以种族问题为主题的小说《战争边缘》展开叙述。她一直因为小说未能真实地传达真相而羞愧。在"黑色笔记"的最后一部分，安娜通过梦境弥补了自己的缺憾。她梦见一个黑人剧组正在拍摄改编过的小说《战争边缘》，导演、摄影师、技师、演员等都是黑人。剧组在中部非洲实地拍摄，场景和风景都是实实在在的非洲风格，改编的故事与原著大相径庭。安娜吃惊地问黑人导演："你为什么改动了我的故事？"导演看起来既委屈又惊讶,"但是,安娜,你看到那些人在那儿,是不是?你看见我看见的一切吗?他们说那样的话,对不对?我只拍摄了那儿的实际情况。"(547)安娜不知如何回答,因为她认为黑人导演的话是对的,而她所"记得的"也许并不真实,于是导演安慰她道:"你不是看到了么?我们拍了什么这无所谓,只要我们拍了点东西就行。"(547)从安娜表现出的"焦虑"和"心烦意乱",我们可以预测,黑人导演改编过的作品,至少在剧情安排、叙事视角、叙事焦点、人物形象方面有所改动,至少更加突出了问题意识——种族主义的血腥和残暴,至少更加真实地传达了真相,而不是像原作那样充满"虚伪的怀旧情结"和"虚无主义"。也就是说,文学艺术成了非洲人自己讲述自己种族的经历、历史、苦难,建构自己的民族身份,激发民族自信、凝聚民族力量、鼓舞民族斗志、展望民族未来的文化手段。这是非洲民族文化独立的隐喻,寄托了安娜对非洲的良好祝愿,预示着非洲美好的明天。

综上,《金色笔记》颠覆了伦敦与非洲先进与落后、高贵与卑劣、文明与蛮荒之间的二元对立,揭露了欧洲殖民主义对非洲殖民地环境和人民的双重剥削,批判了种族主义对殖民地人民的压迫,预言了欧洲殖民主义的衰落和殖民地人民民族意识的觉醒,表现出莱辛作为一名左翼作家,对种族歧视的深刻批判,对非洲人民悲惨命运的深切同情,对非洲民族独立的坚定支持,对种族平等、兄弟民族和睦相处的殷切希望。

下 编
20 世纪英国左翼文学的艺术特色探讨

20世纪英国左翼文学可以分为世纪初到20年代、30年代前后、60年代前后、80年代到世纪末四个阶段。笔者在本书上编第一——四章首先对20世纪英国左翼文学进行了总括性的论述，接着在中编第五——十二章采取主题研究的方法，立足文本，对20世纪英国左翼文学的思想内涵进行了比较深入、系统的阐述。本编将继续立足文本，对20世纪英国左翼文学的艺术特色作总括性的论述，力求比较全面、系统地分析、阐释20世纪英国左翼文学的艺术特征。

　　总体来说，20世纪英国左翼文学在艺术特色方面经历了现实主义、现代主义和后现代主义几个阶段。下面笔者将立足文本《穿破裤子的慈善家》《苏格兰人的书》《周末晨昏》《向上爬》《金色笔记》和《联合街》，分为四章，试图综合考察、透视20世纪英国左翼文学在艺术手法方面的演变脉络和特征。

第十三章

20 世纪初现实主义的成熟

现实主义是 20 世纪英国左翼文学的主要创作手法。自 19 世纪 80 年代到 20 世纪 20 年代,现实主义是左翼文学的主流;20 世纪 30 年代前后,现实主义在左翼文坛依然唱主角,同时,一些作品进行了现代主义实验;到了 50 年代,伴随着"愤怒的青年"流派的诞生,现实主义再次成为左翼文学的主要创作手法;60 年代开始,一些左翼作品开始进行后现代主义实验;1979 年,撒切尔夫人当选首相上台执政,英国进入保守时代,80 年代开始,现实主义复归,另外,作品艺术手法呈现多元特征。下面笔者以《穿破裤子的慈善家》为例,论述 20 世纪初英国左翼文学的现实主义艺术特征。

第一节 《穿破裤子的慈善家》的细节描写

罗伯特·特雷塞尔的小说《穿破裤子的慈善家》是 20 世纪英国左翼文学的典范。作品取材于现实生活,继承了英国文学史上的现实主义传统,以英国南部小城市黑斯廷市从事建筑行业的油漆工人为原型,客观真实地再现了 20 世纪初英国工人阶级的工作情况、生活状况和精神状态,塑造了典型环境中的典型性格;作品具有强烈的暴露性和批判性,揭露和批判了 20 世纪初期英国资本家对工人阶级的经济剥削、政治压迫和精神麻痹。[①] 作品在细节描写方面非常突出。作品主人公是油漆工人和招牌工

---

① 关于这两个方面的研究,笔者已在本书第二、三章作过具体探讨,这里不再赘述。

人欧文，他不但自学和宣传社会主义思想，探索工人阶级贫困的原因，并试图找出工人阶级解放的道路，而且平时坚持自学，装修和设计都很擅长。他把工作当成自己的事业，具有高度的责任感，自觉抵制劳动异化，从不考虑自己的个人利益甚至劳动报酬。一次，拉什顿公司的老板拉什顿先生想请欧文承担"窑洞别墅"的那间摩尔式客厅的装饰任务。虽然拉什顿满脑子想的都是这项工作能否给他带来丰厚的利润，而根本不管如何设计、如何装饰，但是欧文却非常认真。拉什顿刚刚跟他确定下来这项工作，欧文就抑制不住自己的激动心情，立即进入了工作状态。当天晚上，他在参考《装饰杂志》的基础上，画出了草图，草拟了计划，依然非常兴奋，久久不能入睡。装饰尚未开始，他就以专业装饰人员的眼光开始想象和计划如何装饰这间客厅了：

> 他几乎感觉到自己已经在"窑洞别墅"的客厅里了。当中那朵石膏做的难看的顶花首先必须去掉，那顶花上已有好些裂缝，填满了陈石灰。墙上的檐板还可以凑合，幸亏它结构简单，只有一道深深的拱形线脚，没有太多的装饰。等到墙壁和天花板安排就绪以后便可进行装饰了。墙壁上的护墙板和拱架可以漆上花饰或菱形图案；门上的嵌板也可以同样处理。门和窗框上的花边为了跟其他部分调和必须涂上五彩和金黄的颜色；檐板上的拱形线脚可以用暗黄色，同时配上鲜明的彩色装饰，凹陷的部分不宜采用金黄色，因为这儿光线分布不均匀，但檐板上有些细花边仍旧应该用金黄色。天花板上应该用一大块嵌板，上面适当地绘以金色和彩色的花纹，另外再做一条较宽的花边围在饰带外面，也就是在天花板和檐板交接的地方。这些饰带和边带都做上金色和彩色的花纹。至于究竟哪部分应该镀金是需要仔细考虑的。因为大片的金色看上去既刺眼又不大方，而如果用上许多细金线效果也一定不会很好，尤其是在光线比较微弱的平面上。他这样一步步设计着，仿佛已经看见工作在逐步进展，直到最后这个大房间终于显得面目一新，光彩夺目了。① （147—148）

---

① ［英］罗伯特·特雷塞尔：《穿破裤子的慈善家》，孙铢等译，外国文学出版社1982年版，第147—148页。以下出自该书的引文，只给出页码，不再一一作注。

这段描写非常详细、非常精彩。首先，我们看到了建筑装修工人工作的专业性。这项工作是装饰，装饰的对象是一间客厅，涉及客厅里的诸多元素，例如："天花板"及其中间的"顶花"，四周的"墙壁"和墙上的"檐板"，门窗，门上的"嵌板"和门窗上的"花边"，天花板和檐板交接处的"饰带和边带"等。每个元素所用材料的选择及其塑形、线条的深浅与粗细、花色的搭配、色彩的浓与淡、光线的明与暗等都是建筑工人欧文考虑的因素。其次，我们感受到了作品主人公工作的艺术性及其美感。从上文得知，欧文不但考虑到了客厅里方方面面的元素，同时考虑到了个体与整体、局部与全体之间的有机联系。他不但对每个即将被装饰的元素都很重视和考究，而且对他的整体工作目标非常明确和肯定，这就是整个房间的美观与大方，"耳目一新""光彩夺目"。他的劳动就是艺术创造，他的眼光完全是艺术家的眼光。最后，阅读上文，我们明确地感到作品主人公对劳动异化的自觉抵制，对人的文化价值、艺术品位和精神属性的强烈追求，同时联系上下文，我们也看到作品对资本家精神空虚、唯利是图的丑恶本性的深刻批判和讽刺。他们头脑空虚，道貌岸然，消费的是工人阶级创造的财富，考虑的只是高额利润，正如文中所说，"工人用双手劳动——老板用大脑工作"（148）。

菲尔波特是一名老年工人，孤身一人，心地善良，善解人意，乐于助人。故事临近结束，他被新接任亨特的工头克拉斯要求油漆一堵很高的山墙。要漆山墙，必须爬上具有65根横档的梯子。工人们需要先爬上阁楼，从窗户上放下一根长长的绳子，让下面的人在梯子上端把绳子打结，再由两个人站在"六五梯"最下面的横档上"压住腿"。下面三个人一起竖起梯子，上面两个人一起用力往上拉绳子，才能把梯子竖立起来。但是，由于这是一根磨损的绳子，这项本来开始较晚的工作又不得不延迟。学徒工小伯特重新回到工场拿回另一根绳子，但也已经磨损。随后工人们开始工作，

梯子摆在地上，和屋壁平行。如果能成直角，竖立起来就要容易得多了，可是因为隔壁的屋子和两屋之间的花园墙挡着，梯子放不成直角。这样，竖梯子时阁楼里的人不能笔直地往上扯绳子；也看不见

梯子，他们只能站在房里，将绳子搁在窗槛角上往里拉，石窗槛和墙角的砖块会象（像）锉刀一样地摩擦绳子。

系好绳子，克拉斯和哈洛站在梯腿处，其他三个人拖着梯子顶端往上竖；巴林顿个子最高，站在中间，从下面拖着梯子的横档，菲尔波特在左边，邦迪在右边，各扶着梯子的一边。

克拉斯打了个招呼，道森和索金斯便开始拉绳子，梯子的顶部慢慢地升到空中。

菲尔波特实在没起多大作用，梯子的重量都压在另外两个人身上，这样也使绳子绷得更紧了。由于他这边劲儿不够大，巴林顿和邦迪得帮他支撑，弄得梯子晃来晃去，如果他们三个人气力差不多，就不至于这样了。

阁楼上的道森和索金斯用力扯着绳子，当梯子的顶部才升起一半多一些的时候，他们发现窗边的砖块已被绳子磨出了一道小槽；他们虽然用尽力气往上拉，却时时感到绳子拉不动了，似乎下边的人完全松了手，或是没有往上竖。

事实也正是这样。梯子实在太重了，下面三个人支持不住，有几次不得不松下手来喘口气，这时绳子便得吃住整架梯子的重量，绳子最吃重的部分正好在窗边砖墙的棱角处。不久，就在下边的人松手休息的时候，道森发现过的一处磨坏的地方正好搁在砖墙锋利的棱角上。绳子的一头挂着沉重的梯子，道森和索金斯抓着另一头拼命往后拽，就在这时候，绳子象（像）棉线一样地绷断了。道森和索金斯抓着绳子这一头往后打了个跟跄，绳子的另一头象（像）一条巨大的鞭子在空中飞舞。梯子马上猛烈地晃动起来：站在梯子下边的巴林顿高举着双手，紧紧握住一根梯档，死命往上托着。邦迪在他右边，也高举着双手推着梯子的一边；左边，在梯子和墙壁之间，是菲尔波特。

他们竭力想托住那强大的重压，可是菲尔波特没有力气，只挣扎了一下，梯子摆到左边哗啦一声压了下来，把菲尔波特打倒在墙边地上。他脸朝下倒了下去，梯子横压在他肩部，铁索缠绕的一头正好打着他的脖子，他的脸撞在墙根的砖块上。他静静地躺着，一声没吭，

鲜血从脸上的伤口往外直淌，耳朵里也淌着血。(642—644)

这段细节描写确实细致入微，读来真实可信，给人以亲临其境的感觉，体现出作者本人有着真实的工作经历，也有着高超的生活感知力和敏锐的观察力。首先我们看到，工人们的工作条件何等之差，工作环境何等之危险，已经到了致人死命的地步。从小说的下文得知，老工人菲尔波特死于这次所谓的"工伤事故"。那"笨重的梯子""磨损的绳子""窗边砖墙的尖锐的棱角"等意象已深深刻印在读者的脑海，永远挥之不去。其次，我们深深体会到工人阶级工作之辛苦，因而对他们肃然起敬。20世纪初，英国工人阶级过着极其贫困的生活，食不果腹，衣不蔽体，不仅如此，大部分工人还不觉悟，认识不到自己遭受压迫和剥削的根源。他们最大的愿望就是有活干，这种状态虽然对于大多数不觉悟的工人来说既可悲又可怜，然而另一方面，他们的乐观主义精神和对劳动本身认认真真、毫不敷衍的态度值得肯定。最后，这段细节描写字里行间渗透着作者对于工人弟兄的深沉的爱，对勤劳善良、乐于奉献的老工人菲尔波特的深深敬意和深切怀念，与此同时，也表达出作者对于资本家榨取工人血汗、草菅人命的罪行的强烈抨击和犀利批判。所有这些都传达出作者坚定的工人阶级立场，有利于塑造优秀的工人主人公形象，凸显了作品的左翼主题。

第二节 《穿破裤子的慈善家》的人物刻画

《穿破裤子的慈善家》在人物刻画和肖像描写方面表现出成熟、精湛的技艺，对人物的刻画细致入微，给人留下深刻的印象，传达出作者的工人阶级感情，有利于强化作品的主题。建筑公司里有一名童工叫做伯特·怀特，幼年丧父，孤儿寡母一起艰难过活，生活赤贫，根本谈不上接受学校教育。为了让儿子掌握一门手艺，同时也为了多少挣点钱，贴补家用，母亲把他送到拉什顿公司，还缴纳了学徒费用，以便让儿子及早学习一点谋生之道。

伯特·怀特是一个十五岁的男孩子，身体瘦弱，面色苍白，约莫四英尺九英寸高。他穿的裤子曾是他节日盛装的组成部分，不过这是好久以前的事，现在已经小得不合身了。那裤子紧绷在他身上，裤脚刚刚够到他那打过补丁的破钉靴的靴口。膝盖和裤腿上补着一块块比裤料的颜色深得多的补丁，这些补丁现在也都破破烂烂了。他的上衣比他的身材要大好几个码子，披在身上活象（像）一只又脏又破的布袋。他坐在一只倒扣着的木桶上，啃着面包和奶酪，他的手指和他的衣服一样，沾满了油漆和灰尘，看上去真是一副可怜巴巴的样子。(3)

阅读上文，童工伯特·怀特的外貌和穿着映入读者的眼帘。他的上衣比他的身材大得多，很不合身。他的裤子又破又旧，上面打满了补丁，就连这些补丁也"破破烂烂"了，"已经小得不合身"，但他还穿在身上。他的手上和身上"沾满了油漆和灰尘"。孩子是一个社会和国家的未来和希望，而工人阶级的孩子吃不饱，穿不暖，正在上学的年龄却上不起学，不能接受正常的学校教育，却不得不从事繁重的体力劳动。这段话寄予着作者对工人阶级孩子的同情，对资本主义压迫和剥削的批判，对社会不公的控诉。

资本家拉什顿是建筑公司的老板，他高高在上，趾高气扬，极端自私，消耗工人阶级创造的财富，榨取工人的血汗。他招收童工，变本加厉，虽然收取了伯特妈妈给儿子缴纳的学徒费，但却只管收钱，根本没把传授油漆技艺的事情放在心上。他

大约三十五岁左右，淡灰色的眼睛，金黄色的头发和八字须，浅褐色的脸膛。他个子很高——五英尺十英寸左右——身体稍显笨重；但不算肥胖，只是很丰满，健康情况良好。他看上去吃得很好，生活也很舒适。他的衣服很考究，质料好，又非常合身。他穿着一身灰洛福克式的服装，深咖啡色的长筒靴，羊毛袜子一直包到膝盖。

他是一个自以为了不起的人，架子十足，露出十分傲慢的神气。一个略有幽默感的人看到他这种神情一定会觉得很有趣。(143)

读完对拉什顿的刻画，我们发现，这个资本家身材魁梧，生活舒适，穿着考究；但却是一个自以为是、盛气凌人、自私傲慢的人。读着第一段，我们似乎觉得拉什顿"红光满面"，"风度翩翩"，但继续读下去，就会发现此人徒有一具空壳，缺乏内涵，丧失灵魂，如果再联系他在办公室与女秘书勾搭以及对工人尤其是女工的压榨和剥削，就会得出此人道貌岸然、衣冠禽兽的结论。这里的外貌刻画是白描式的，比较细致，我们可以根据文字，画出一张形象的素描图，而后面的描写"一个略有幽默感的人看到他这种神情一定会觉得很有趣"则属于典型的反讽，既简明扼要，又幽默诙谐，一语中的，有惜墨如金之感，同时又能够很好地激发读者的想象。字里行间渗透着作家爱憎分明的态度。

作品在人物形象刻画方面不但呈现出现实主义的特征和素描式的艺术家的笔功，有时还运用借代、比喻、对比、夸张等修辞手法，丰富对人物形象的塑造，凸显人物形象的性格特征。克拉斯是油漆工人的工头，中等个子，满头卷发，长着一颗大大的脑袋，身体肥胖。"他常喜欢在朋友面前说他身体胖是因为心地善良，无忧无虑"；可是在他背后，"人家却说这是因为喝多了啤酒。甚至还有人给他取了个诨号，叫他'汽油桶'"（123）。这里对克拉斯的刻画，既滑稽可笑，又形象生动，读者可以联想到他那恰似"汽油桶"的大大的笨重的"啤酒肚"，借代的修辞格运用得恰到好处。神光堂的牧师贝尔彻是一个大胖子，他身穿黑色的长袍，脖子短而粗，"围着一条没有纽扣的领子"：

> 他那肥胖的躯体几乎要把衣服胀破了。一条连着一把小金锁的金表链横过胸前。他的脚很大，严严实实地裹在一双柔软的小牛皮靴里。假使他把长袍脱掉，那就活象（像）一只气球：一双脚代表气球下面的吊篮，球体上面的小脑袋就是一个安全阀，由于他吃得太多，又缺少正常的运动，因而害了慢性胃气胀病，经常要打嗝。塞满在胃里的食物在分解过程中化成一股股臭气，从口中排泄出来。但是谁也没有看见过贝尔彻先生脱掉外衣，因此谁也没有发现他与气球有相似之处。象（像）他这种人是不需要脱去外衣的。他要做的事并不是帮助生产东西，而是帮助吞食别人劳动的成果。（210）

这段话在刻画神光堂牧师贝尔彻的外貌时，除了运用素描的手法外，还运用比喻的修辞手法，把贝尔彻的肚子比作"气球"，生动传神，让读者想象到这位牧师那"气球"一样的"圆鼓鼓的肚子"是多么大，他的身体是多么臃肿、笨重，与身体的其他部位又是多么不协调。作家在作品序言中声明，他没有有意亵渎宗教，但是对牧师受到资本家的收买，充当资本家压迫、统治工人阶级和劳动大众的工具和走狗的行径深恶痛绝。这些牧师充当宗教宣传的传声筒，两面三刀，愚弄工人和劳动大众，其直接目的就是满足自己的私欲。这里"他要做的事并不是帮助生产东西，而是帮助吞食别人劳动的成果"剥去了牧师头上的光环，对牧师欺骗和蛊惑工人阶级和劳动大众的丑恶行径的批驳入木三分，淋漓尽致；而牧师"塞满在胃里的食物在分解过程中化成一股股臭气"，又大大增加了人们对他的愤恨和厌恶，暗中映射和深刻批判了牧师"信口雌黄""满嘴喷粪"的丑恶嘴脸。

作品在人物塑造方面除了运用文字刻画，运用素描艺术手法和借代、比喻等修辞手法外，还运用漫画的艺术手法，漫画式的人物肖像描写非常突出。作品描写了工人阶级和资本家之间的矛盾和冲突，工人为之劳动并遭受其剥削的公司叫作拉什顿建筑公司，服装业大老板斯韦特和拉什顿互相勾结，狼狈为奸，压榨工人阶级和劳动大众。作品这样描写斯韦特：一天，建筑公司的工人们正在工地上干活，斯韦特来到工地上找拉什顿。他悄悄地走进工头克拉斯正在里面干活的厨房，当克拉斯回头看时，

只见一个高大肥胖的人长着一张又大又胖的脸，浓眉粗眼，双下巴，胡子刮得干干净净的；无论从颜色或从形状看，这张脸都象（像）一块生咸肉。肥大的鼻子，浅蓝的无神的眼睛，眼睑有点红肿，差不多一根睫毛也没有。肥大的脚塞在一双套有橙褐色鞋罩的软皮靴里。大衣边上镶着很厚的海豹皮，正好罩到膝盖下面一点。裤管虽然很大，还是给那双肥胖的腿胀满了，连小腿的形状都能看得清清楚楚。正象（像）那双脚似乎要从靴背上面蹦出来一样，那两条腿也好象（像）有把裤管胀破的危险。这个人如此肥胖高大，他的身

体把整个门框都塞满了。他走进来时身体稍微弯了一下,才没有把头上那顶亮闪闪的丝帽碰坏。他一只手戴着手套插在大衣口袋里,另一只手提着一个旅行皮包。(124—125)

这段对服装业大资本家斯韦特的外貌刻画和肖像描写,运用了比喻、夸张等艺术手法,以及漫画式的艺术技巧。斯韦特给读者的印象是"肥胖",他的脸"又大又胖",以至于下巴变成了"两个",鼻子"又肥又大",两只脚也是"又肥又大",两只裤管虽然很大,但由于两条腿过于肥胖,以至于把两只宽宽的裤管"胀满了"。他是如此地肥胖高大,以至于"他的身体把整个门框都塞满了"。他的双脚是如此地肥大,以至于"似乎要从靴背上面蹦出来",两条腿如此肥大以至于"有把裤管胀破的危险",这里的夸张运用得恰到好处,极言斯韦特的脚和腿的"肥"和"大"。"他走进来时身体稍微弯了一下,才没有把头上那顶亮闪闪的丝帽碰坏",这句话运用了含蓄的表述,达到了幽默风趣的艺术效果,反衬出斯韦特的肥胖和高大,具有强烈的艺术震撼力。而"浅蓝的无神的眼睛"和"无论从颜色或从形状看,这张脸都象(像)一块生咸肉"两句话,则起到了画龙点睛的作用。眼睛代表着心灵,脸面代表着人的精神,这两句话传达出的信息是:斯韦特虽然肥胖高大,但却俨然一具死尸。读者联系作品中斯韦特对工人阶级的欺骗和麻痹、剥削和压迫,就会得出他乃"行尸走肉"的结论。这里对大资本家斯韦特的外貌刻画和漫画式的肖像描写,寄托着作者强烈的爱憎,批判了资本家没落虚伪、表里不一的丑恶本性,预示着资本家死气沉沉、走向灭亡的趋势。

拉什顿建筑公司的总工头也就是经理叫作亨特先生。他想方设法剥削、压迫工人,剥夺工人的自由,控制工人的行动,榨取工人血汗。作品对亨特的肖像描写是这样的:

他是个细长个儿,瘦骨嶙峋,衣服挂在肩胛上,显得非常宽大。布口袋似的裤管,折痕纷乱,裹着他那又细又长的腿,膝盖有点儿朝里弯,再往下便是一双大扁脚,两只手大而瘦,布满了疤节,那双手臂,就是生在他这样高个儿的身上,也嫌太长了。他常常脱下礼帽,用一块红手巾抹去额角上的汗珠——那是因为骑自行车飞驰而冒出来的——这时就会露出他那高耸而扁平的窄脑门。他长着肥大多肉的钩鼻,鼻孔两边各有一道深沟,一直延伸到遮住嘴唇的八字须里;只有当他对着工人们发吼,吆喝他们拼命干活时,才看得出他那张嘴有多大。他的下巴很大,而且长得出奇。两只浅蓝色的小眼睛,彼此挨得很近,上面罩着两道又稀又淡、几乎使人看不出来的眉毛。鼻梁顶上,两道眉毛之间,有一条垂直的沟。头上长满了粗密的棕黄色头发,后脑勺很大,两只耳朵却很小,紧贴着头皮。要是谁把他那死尸般的面孔整个描绘下来,就会发现它的轮廓正象(像)一个棺材盖。(24—25)①

上面这段肖像描写体现出特雷塞尔具有漫画画家的匠心独运和人物塑造的高超技艺。读完这段描写,工头亨特的外部形象得到了极好的夸张和渲染,非常突出地呈现在读者面前,深深地刻印在读者的脑海,令人忍俊不禁,甚至令人作呕。亨特的形象可以概括为"细""瘦""长",身体各部分之间的比例严重失调。他的躯体又细又长,"瘦骨嶙峋",那"死尸般的面孔"呈现出"棺材盖"的形状,脑门"高耸""扁平""狭窄",后脑勺却超常的大,两只小眼睛呈现浅蓝色,之间的距离小得超乎寻常,那钩形的鼻子却"肥大"而"多肉"。他两只手臂出奇地长,一双布满疤节的手又大又瘦,两条腿呈现典型的"X"形,"又细又长",膝盖还有点畸形——"朝里弯",一双脚又大又扁。就是这样一位相貌丑陋、身体畸形的人整天骑在工人的头上作威作福,无形之中增加了读者对亨特的愤怒和憎恨。某种程度上,文学人物的外表是其内心的外化和反映,亨特虽然没有撒旦和《呼啸山庄》中的希斯克利夫那凶神恶煞般的面孔,但却可以和美国浪漫主义作家华盛顿·欧文的《睡谷的传说》中那位恰似一只"风信鸡"的穷酸、迂腐的教书先生一比高下。这段漫画式的人物肖像描写与作品中对亨特狡诈、冷酷的性格塑造互相映衬,相得益彰,字里行间渗透着作者对资本家的憎恨和批判,表明了作者作为艺术家在人物肖

---

① 作品第292页又一次对亨特的肖像进行描写,当时他正在念赞美诗。

像描写方面的精湛技艺,有助于表现作品的主题。

第三节 《穿破裤子的慈善家》的幽默与讽刺

"《穿破裤子的慈善家》从以菲尔丁、狄更斯、威尔斯等人所代表的现实主义传统中吸取了不少营养,作品中不乏斯威夫特式的尖刻讥讽。"[1]作品中的幽默和讽刺比比皆是,而且运用得恰到好处,增强了作品的艺术表现力,增加了作品的趣味性,达到了强烈的讥讽和批判效果。雷蒙德·威廉斯曾称赞说,作品中的幽默和尖刻的语气是小说最引人注目的成就之一[2];西利托指出,特雷塞尔作品的与众不同之处,在于作家的幽默感和荣誉感。[3] 作品的幽默和讽刺分为以下几类:

一是反讽的艺术手法运用很出色。作品中的反讽主要包括言语反讽和戏剧反讽。整部作品最大的反讽就是小说的题目,这也是小说的艺术张力之所在。"慈善家"这个词汇的内涵大家都很熟悉,指热心公益的人,自愿把自己的个人资源尤其是物质财富包括金钱、物品、器官等捐赠给社会上有需要的人们,一般是指有钱人,这是捐赠的基本条件。而小说中的"慈善家"是"穿着破裤子"的,指被资本家剥削得一贫如洗但尚未觉醒的工人们。他们过着赤贫的生活,食不果腹,衣不蔽体,却从不思考如此悲惨命运的原因和根源;相反,还对探讨他们苦难根源的人大加嘲讽,对他们嗤之以鼻,甚至对宣传社会主义的人大打出手,坚决支持资本主义制度,永远选举压迫、剥削他们的资本家担任保守党和自由党的议员,却从不选举自己的党——工党,甘心情愿、服服帖帖地为资本家奉献自己的劳动成果,乃至生命。这里的反讽属于言语反讽,但从绝大部分工人对自己受压迫、受剥削的命运缺乏认识来看,同时又属于戏剧反讽。它定下了整篇故事的基调,一方面讽刺了工人们的不觉悟,另一方面,也深刻批判了

---

[1] 侯维瑞:《现代英国小说史》,上海外语教育出版社1985年版,第394页。

[2] Raymond Williams, "The Robert Tressell Memorial Lecture, 1982," *History Workshop*, 16 (Autumn, 1983): 80.

[3] Harvey J. Graff, "Literacy in Literature and in Life: An Early Twentieth-Century Example," *History of Education Quarterly* 23.3 (1983): 283.

资本主义制度对工人阶级的经济剥削、政治压迫和宗教文化麻痹，寄予着作者对工人兄弟的二重态度："哀其不幸，怒其不争"，但作品最终表达的主题是唤醒工人阶级和劳苦大众，"劝其要争"。总之，这个含有双重反讽的题目，鲜明精练，言简意赅，突出了作品的主题，高度概括了作品的精神和灵魂，具有强烈的艺术表达效果。

作品中的反讽相当普遍。故事讲到，工人们正准备装修的房子叫作"窑洞别墅"。我们看到，"窑洞"是非常简陋的，而"别墅"是非常豪华的，二者并置一起构成反讽，形成张力，既讽刺了资产阶级审美趣味的缺乏，又预示和揭露了建筑公司头目只管赚钱、偷工减料的行径。《糊弄家日报》——Obscurer，与当时英国一家非常有名的报纸——Observer 构成反讽。这样，"观察家"变成了"使人糊涂的人"，讽刺和批判了作为文化媒介部门之一的新闻业对工人阶级和劳动大众的蛊惑和愚昧。资本家得意扬扬地自称为"羔羊"，而作品把他们称为"恶狼"，揭露了他们的贪婪本性。大资本家格林德是慈善协会的秘书，而作为帮助和救助穷苦人们的慈善协会，其最大的开支是"秘书的工资"（431），这个反讽讽刺了慈善协会的虚伪和形同虚设。资本家在演讲中有句警句："只要还有人不能得其所必需，则任何人之所有均不应超出其所需"，这句话被作者称为"绝妙的警句"（447）。毫无疑问，前半句指的是工人阶级，连基本需要都无从保障，后半句改动了两个地方：把"有人"即"工人"换成了"任何人"，既包括了工人，又包括了资本家；把"必需"改成了"所需"。这样，通过不协调和不对等构成反讽，既限制了工人阶级改善生活的理由，从而堵死了他们解放自己的通路，又为资本家积累财富、榨取工人血汗寻找到了借口，抹杀了资本家对工人阶级和劳苦大众的压迫和统治。

有些反讽歌颂了工人阶级的勤劳和智慧。有一次，服装业大资本家来到建筑工地上找拉什顿，天气异常炎热，工人们冒着酷暑工作，就想向他讨一点儿酒钱。斯韦特担心自己的大衣沾上未干的油漆，就问，"这门上的油漆还没有干嘛？"工人菲尔波特回答，"是，先生"，又强调一句，"先生，油漆是湿的，可是油漆匠却都又干又渴。"（126—127）不料，斯韦特的大衣沾上了油漆，菲尔波特马上把它擦干净了。斯韦特不为所动，工人纽曼说"护墙板已经干裂成碎片了",菲尔波特也说,"我觉得我们自己也有点儿干得可以了",斯韦特根本没有注意到这些话的含义。菲尔波特又说,这项工作"真是个干差使",哈洛也说"真是太干了",都不奏效。最后,菲尔波特讲了一个油漆工人因为口渴而干死的病例,斯韦特依然没有反应。在这个例子中,前面通过对比构成反讽,后面通过语义双关构成反讽,最终工人们讨点儿小酒钱的想法失败。这个反讽不但赞扬了工人们的情商,同时我们看到,斯韦特不为所动,要么是因为他真的不理解,要么是因为他故意假装没听懂,因而这个反讽或者同时讽刺了资本家文化水平和审美情趣的缺乏,或者同时讽刺了资本家贪婪吝啬的本性。

除了言语反讽外,作品中还有一些戏剧反讽。拉什顿接受装修那间摩尔式客厅之前,要向欧文咨询。经理亨特告诉欧文,让欧文下班后到他的办公室。欧文自己和其他工人都不知道是怎么回事,后来即使欧文知道了,也暂时没有告诉工友们。于是工人们都以为瘟神亨特要解雇欧文,都愤愤不平。哈洛叫道,"他们根本没有权利这样做!要辞退的话,我们有权要求他们在一个钟点之前通知我们";菲尔波特怒气冲冲,"弗兰克,照我说,得要他们把账算到六点钟,你也得捞回一点来"(141);后来,工人们发现亨特脾气特别的好,更加深了对辞退欧文的怀疑,于是哈洛说亨特做事"实在不够光明正大",菲尔波特怒骂亨特,"真他妈的下流无耻!"(154—155)。这个戏剧反讽,同时也是一个伏笔,使工人们空前地团结起来,鼓舞了士气,发泄了对资本家的愤怒。

欧文身患肺病,非常严重。一天,他花六便士买了一本书——《肺病的起因及其治疗》。书里有一位专门研究肺病的著名医生,开了好几种饮食疗法给患肺病的成年人。其中有一种是这样的:

  早晨一醒就喝半品托牛奶——可能的话应该是热牛奶——再吃一小片黄油面包。
  早餐:半品托牛奶加咖啡、巧克力或麦片粥;鸡蛋和咸肉,黄油面包或是干土司。
  十一点钟:半品托牛奶,内冲一个鸡蛋或一些牛肉汁,再加黄油面包。

一点钟：半品托温牛奶，一块饼干或一块夹馅面包。

两点钟：鱼、烤羊肉或羊排，越肥越好；鸡鸭、野味等，可以和蔬菜一起吃，外加牛奶布丁。

五点钟：热牛奶加咖啡或巧克力，黄油面包，水芹菜，等等。

八点钟：一品托牛奶加麦片粥或巧克力，或是两个煮蛋加黄油面包。

就寝前：一杯温牛奶。

半夜：床边应该放一杯牛奶，一块饼干或一块黄油面包，以备病人醒时食用。（439）

从上述著名肺病专家为病人开的饮食疗法来看，是通过加强营养来治疗的，也就是说，肺病的根源之一在于营养不良。这个饮食疗法非常具体，从当今英国工人阶级的眼光看，也很容易，但是对于像欧文这样的20世纪初的英国工人来说，这又是万万不能的。那时，工人阶级缺衣少穿，食不果腹，一贫如洗，连基本生活费用都无从保障，谈何通过补充牛奶等加强营养来治疗肺病，难怪欧文说，这就像是让工人"登上月球旅行"（438）。这里看似诙谐平淡的反讽，具有强烈的讽刺效果，对工人阶级寄予深切同情，对资本主义制度进行了深刻的批判。

二是来源于日常生活又别出心裁的比喻、夸张等修辞的运用，生动形象，鲜活风趣，达到了很好的幽默和讽刺效果。有些修辞用来描述人的情感。假基督徒斯莱姆为了多赚工钱，证明自己多糊了几卷纸，就破坏了两卷纸，藏在烟道里，不巧瘟神上来检查，差点发现，斯莱姆恐惧至极，"心象（像）气锤似的猛跳"（260）；工人们在极端危险的工地上干活，经常死里逃生。有一次，伊斯顿正在脚手架上工作，突然发现上面的尖顶松动了，"他吓得魂不附体，心脏也几乎停止跳动了"（507）；在工人和资本家的聚餐会一章，刚去的时候，工人们忧心忡忡，打不起精神来，一点都不像是即将去寻欢作乐的人，却像是"送丧的行列或是一队前去见阎王的死人"（549）；聚餐后很多人喝醉了，在返程途中，拉什顿乘坐的马车在前面奔驰，道路狭窄，紧跟其后的马车夫喝醉了酒，快马加鞭，力图超越拉什顿的马车。拉什顿的马车上的人们惊慌失措，招手喊叫，后面的马车夫以为在嘲笑他,向马猛抽鞭子。当拉什顿的马车上的人们回头看时,"吓得眼珠都要爆出来了"。(574)有些修辞用来描述工人或资本家的形象或性格特征。学徒工伯特学习油漆的时间不长,业务还不太熟练,他负责运输颜料,衣服上总是沾满五颜六色的油漆,于是有人给他取了个绰号:"流动颜料店",这个比喻生动形象;工头克拉斯的啤酒肚特别突出,于是有人给他取了个绰号:"汽油桶";公司经理亨特开除了老工人林登,克拉斯丝毫不同情,还借机打击,认为情理之中,因为老林登"干起活来比蜗牛还慢"(116);亨特一旦招到工资很低的工人,就很高兴,脾气好得"象(像)牛奶一样柔和"(153);他平时对工人说话的口气总是发号施令,咄咄逼人,以至于工人们说他"猪嘴里长不出象牙"(156),但在上司拉什顿面前又总是低三下四,无论他把即将承接的工程的价格估价得好还是坏,都得不到拉什顿的好感,像一条"被人踢过一脚的狼狈不堪的野狗"(132);他偷偷摸摸地监督工人们做工,经常像"一个不祥的幽灵在屋子里到处游荡"(133);身体肥胖、贪婪狡诈的斯韦特像一座"肉山"(252)。自学并一直宣传社会主义的工人欧文,为了给不觉悟的工友们讲解贫困命运的根源,运用形象的比喻:"我们现在正住在一幢叫做'金钱制度'的房子里,结果我们大多数人都生了一种叫作'贫穷'的疾病;为了治好我们的疾病,唯一的办法就是'把这幢房子拆掉,重新造一幢'。"(180)上述这些比喻、夸张等修辞手法的应用,形象传神,风趣幽默,符合人物的性格特点,寄托着作者的爱憎,有利于揭示人物的性格特征,增加作品的可读性和吸引力,渲染作品的主题。

三是作品中使用了不少闹剧式的处理手法,极尽讽刺和幽默之能事,增加作品的故事性,达到引人入胜、犀利揭露、深刻批判的艺术效果。一次,拉什顿承包了一所肮脏不堪的房子的装修工程。洗碗间和厨房布满污物,恶臭难闻。工人半醉汉和比尔·贝茨被派去清理收拾,那里的气味他们实在受不了,就出去买了好几次啤酒,但是还是不能除去那难闻的气味,正好这时瘟神来找碴儿,说他们一个早上什么都没干,说完就走。半醉汉和比尔把剩下的啤酒喝光,开始"把一桶桶的水往食橱门上泼",

比尔拿了桶到洗碗间的水龙头上装水,笑得站也站不起来了。装满水以后，他马上把桶递给半醉汉，半醉汉连水带桶一起扔了出去，扔到窗前的台子上，把一块玻璃打得粉碎。水从台子上流下来，流得满地都是。

比尔又去装了一桶，向厨房的门上摔去，砸碎了一块嵌板，接着他们又往食橱上扔了六七桶水。

"叫那些婊子养的看看咱们是怎样洗掉油漆的！"他们一面喊，一面把水桶向墙上和门上扔去。

此时地板上已经到处是水，水和污物混在一起，变成了一片污浊的汪洋。

他们把洗碗间的两个水龙头开着，水槽的排水管被污物塞住了，水槽里装满水以后，水就从四面溢出来象（像）小型的尼亚加拉瀑布。

水从门下流到后天井，沿着过道流到前门，而比尔·贝茨和半醉汉还在厨房里把水桶向墙上、门上和食橱上扔，一面疯疯癫癫地笑骂着。

他们装满两桶水提着往厨房走的时候，听见过道里亨特大声地在问水是从哪来的。接着他们听见他向他们走来，就提着水桶站在那儿等他，他才一开门探头进来，他们就一齐把水桶向他扔去。可惜得很，他们喝醉了，又太兴奋，所以没有打准。一只桶砸在门的横档上，另一只桶砸在门边的墙上。

瘟神急忙把门关上，奔到楼上去……（520—521）

这段闹剧式的处理手法包含以下几层意思。第一，正如本书主题研究部分所阐述的，20 世纪初期，英国工人阶级的工作条件非常差，工作环境恶劣，且时时构成对生命的威胁。这里的工作环境异常肮脏，臭气熏天，已经超出了常人忍耐的限度。所以工人们冒着被辞退的危险，进行了抗议。第二，工人们平时为了养家糊口，对资本家的剥削和压迫逆来顺受，唯唯诺诺。但是，资本家的统治一旦到了忍无可忍的程度时，工人们也会爆发，不会永远地沉默下去。这里，两名工人的英雄气概十足，直接向建筑公司经理挑战，向资本家示威，给资产阶级的统治敲响了一次小小的警钟，鼓舞了工人阶级的士气，灭了资本家的威风，平时耀武扬威的瘟神也只能"光棍不吃眼前亏""三十六计走为上"，灰溜溜地跑到楼上躲藏起来。因此，"这件壮举在当天就传遍了全城"（521）。这段描写歌颂了工人阶级的反抗精神，工人们总算出了一口恶气。

　　副工头克拉斯和索金斯关系不错，往往别人失业时，他们还能保住位置。不但如此，他们除了正常工作外，还有其他一些挣钱门路：比如油漆棺材、装殓、充当抬棺材的脚夫。两个人经常合作，又能挣得额外收入，日子过得还算不错。但是，有一次因为办丧事两个人大闹了一场。有一个长期身患癌症的女人死了，拉什顿公司需要清理、粉刷房间，首先要把病人生前的衣物运到城里废物站销毁，包括一对枕头、一个垫枕、两床鸭绒被。这些东西都还能用，索金斯自行决定要把它们卖给旧货店；而克拉斯告诉他，他打算把这些东西拿回家自己用，索金斯不用拿去销毁了。索金斯听了很生气，感到即使自己不能把这些东西卖到旧货店，也必须坚持把它们销毁。他

　　　　一面说一面打算把小车推出工厂，克拉斯连忙冲上前去抢走车上的那个大包，把它背到油漆间里去。索金斯跟在他后面追，两个人就开始互相咒骂起来；克拉斯说索金斯打算把东西偷卖给旧货店。索金斯抓住那个包想把它重新放到车上，可是克拉斯抓住另一头不放，他们互相争夺——象（像）拔河似的——在油漆间里摇来晃去地挣扎，恶声恶气地对骂。索金斯毕竟力气大，终于抢到了那个包，重新把它放到车上，可是克拉斯不肯干休，急忙穿上外衣，嚷着要到办公室去向拉什顿先生要这些东西。索金斯怒不可遏，抓起包就往泥地上一扔，正巧落在一洼污水中。他用双脚乱踩了一阵，然后又拿出一把大折刀，发狂似的在包上乱扎乱划，弄得鸭绒全都飞了出来。几分钟之后，所有的东西都给毁了……（412）

　　这段闹剧描写很精彩，为了一点点个人利益，原本关系很好的两个人原形毕露。索金斯本来进入建筑公司就不算光彩，技术不过硬，拿着比别人低的工资，不让别人知道，占着别人应该占的位置。为了保住位置，他

经常请克拉斯喝酒。两个人似乎亲如弟兄,总是团结一致,维护资本家的利益,站在工人的对立面。有"外块"可赚时,克拉斯总是叫上他,二人的关系相当融洽,甚至有如胶似漆之感。但是,这些只是表面现象,一旦涉及到个人利益,两个人贪婪、自私的性格就会暴露无遗。这段话里,一连串动词运用得恰到好处,克拉斯发出的动作有:"连忙冲上前""抢""抓住""急忙穿上外衣""嚷着""要",索金斯发出的动作有:"追""抓住""抢""怒不可遏""抓起""扔""乱踩""拿出一把大折刀""发狂似的在包上乱扎乱划";两个人一起发出的动作有:"抓住""抢""互相咒骂",像"拔河似的互相争夺""恶声恶气地对骂",两个人争抢的结果是"鸭绒全都飞了出来""所有的东西都给毁了"。两个人争抢死人遗留的枕头和被子的情景,令读者看了哈哈大笑,给读者留下深刻的印象,"鸭绒漫天飞扬"的情景把这出闹剧推向了高潮,两个人自私自利、贪图小便宜的性格活灵活现地展示在读者面前,很好地揭示了人物的心理和性格。

老年工人菲尔波特不幸死于所谓的工伤事故。他死后,亨特、克拉斯和索金斯还想通过争夺下葬权在死者身上捞一票。要取得下葬权,必须先拿到下葬许可证。亨特的竞争对手是斯奈钦。斯奈钦没拿到下葬许可证,但是却先下手为强,事先到停尸所偷偷地把尸体装进一口棺材拉到了菲尔波特生前租住房子的女房东家里。亨特、克拉斯和索金斯不知道尸体已被斯奈钦偷偷运走,于是克拉斯和索金斯晚饭后借助夜幕的掩护,抬着一口棺材,径直向停尸所走去,瘟神已经等在那里。到后竟然发现尸体不见了。于是他们又连夜赶到菲尔波特生前居住的女房东家,打听到斯奈钦把菲尔波特的尸体偷偷地运到了这里。三个人喜出望外,立即动手,费了九牛二虎之力,终于把棺材盖上的八颗螺丝钉起掉,打开了棺材盖,发现了菲尔波特的尸体。

  他们把棺盖丢在床上,将两口棺材并排放在地板上,尽量使它们紧靠在一起。索金斯站在一边,左手端着蜡烛,右手闲着,准备在必要时帮一把。克拉斯站在这一头,抓住死尸的脚踝,亨特站在另一头伸出两只爪子似的大手,抓住死尸的肩膀——那双手跟一种猛禽的爪

第十三章 20世纪初现实主义的成熟

子简直一模一样,他们把尸体拖出来,放进另一口棺材里。

亨特象(像)是一个食尸鬼,俯伏在尸体上整理着尸衣和包尸布,克拉斯将碎棺盖放在另外那口棺材上,把棺材推到床底下去免得挡路。然后,他又从工具袋中拣出一些要用的螺丝钉和钉子,这时亨特已经将尸体安放妥帖,他们就开始钉棺材盖了。钉好之后,他们把棺材抬到脚凳上,外面包上被单,那口棺材看上去跟他们进屋时看到的一口完全一个样,这使得他们同时都想到一个问题:要是斯奈钦一时心血来潮也上这儿看看,把尸体搬了去那可怎么办呢?倘若他真这样做,先把尸体送到了墓地,他们也就不得不把证书交给他,那么,他们就白费这一番心血了。

他们匆匆商量了一阵,认为最可靠的办法还是用手推车把尸体弄到工场去,等到下葬的时候再从那儿搬走。于是,他们把棺材从脚凳上抬起来,亨特掌着灯准备下楼,由于楼梯很窄,楼梯的拐弯处又小,要把棺材抬下楼倒是相当不容易的事。不过,他们到底还是将棺材弄了下来,装上手推车,用黑布盖好。天还在下雨,车上的灯已经快要熄灭,索金斯修剪了一下灯芯,把灯弄得亮一些,然后出发了。(656—657)

这段闹剧描写使资本家贪婪自私、唯利是图的本性暴露无遗。菲尔波特在施工现场被倒下的六五梯砸死,资本家为了推脱罪责,事先贿赂了验尸陪审团的一些人,最终把由于经理没有更换磨损的绳子而致人死命的责任全部推卸,鉴定结果是:这是一次工伤事故。但是,资本家却得寸进尺,为了赚取一点点金钱,让辛苦劳作一辈子的工人死后也不得安宁,把菲尔波特的尸体折腾来折腾去,不惜在漆黑的夜晚,顶着寒风,冒着大雨,找到尸体,把尸体从一口棺材里抬出来,放进他们自己准备的棺材里,又连夜把尸体运回工场,不让死者的灵魂得到安歇。这段描写无情鞭挞了资本家榨取工人血汗的丑恶嘴脸;另一方面,表达了对老工人菲尔波特的深切怀念。因为,伴随这一闹剧的整个过程,天气一直很糟糕,"风刮得很大,雨也下得很大"(650),似乎上天和大地也在为菲尔波特遭受的不公而鸣冤,也在为这位善良勤劳、乐于助人的老工人的悲惨死亡而落泪，字里行间寄托着作者对菲尔波特深深的悼念之情。

四是独具匠心的人物和公司命名，往往通过词汇或语义双关构成反讽，幽默风趣，极具讽刺效果，有利于揭示人物的性格特征，披露各种建筑公司的核心特征，达到嘲笑和批判的目的。在英美文学史中，通过独特的人物命名映射人物性格特征的作品早已有之，比如约翰·班扬的《天路历程》、谢利丹的《造谣学校》、霍桑的《红字》等。特雷赛尔继承了这一优良传统，命名方面很有特色。服装业资本家斯韦特的英文是"Sweater"，意思是"吸人膏血的人"，蔬菜水果商格林德的英文是"Grinder"，意思是"压榨人的人"（7），拉什顿公司的经理亨特被工人们叫作"老瘟神"，也有人叫他"尼姆罗德"，指"圣经中所说的上帝的英勇的猎人"，还有人叫他"潘底乌斯·彼拉多"，指圣经中所说的"处死耶稣的审判官"（18），麦格斯市慈善协会有一位格莱鲍·德·安克罗斯兰上校，其名字的英文是"Graball D'Encloseland"，意思是"抢购一切地产"（432），这些命名都具有明里一层、暗里一层、话中有话、弦外有音的特点，讽刺效果明显，爱憎分明，一语中的，很好地揭示了人物性格。而作品中的机构命名也匠心独运，在一次竞标活动中，前来投标的建筑公司有："逼人干公司""骗而胜公司""敷衍了事公司""一把抓公司""瞎乱涂公司"（202），麦格斯市的教堂叫作"黑心教堂"（476）。这些命名单刀直入，一针见血，击中要害，具有轻松幽默、犀利讽刺的艺术效果。

值得指出的是，《穿破裤子的慈善家》是一部艺术性很强的作品。作品的现实主义特征非常突出，但是又在许多方面大大超越现实主义。首先，传统现实主义的基调往往是人道主义，但是作为20世纪初英国左翼文学的经典之作，《穿破裤子的慈善家》的基调是社会主义；其次，传统现实主义解决问题的办法往往是妥协和改良，而本部作品则主张推翻资本主义制度，代之以社会主义，而且这个目标不是乌托邦式的，而是能够实现的；最后，本部作品把工人作为真正的人来进行描写，把工人的工作和生活有机联系起来，形成一个有机的整体，整体性代替了片面性。

综上所述，《穿破裤子的慈善家》是一部思想性和艺术性俱佳的作品,"既是辩论文体的杰作,又是一部极其优秀的小说"[①]。作品主要采取现实主义的艺术手法,反映了工人阶级的悲惨命运,描写了20世纪初英国工人阶级的不觉醒状态,对他们寄予深切同情,力图唤醒他们的觉悟。作品在细节描写、细致的人物刻画、漫画式的人物肖像描写、机智的反讽、幽默犀利的讽刺、别出心裁的比喻和夸张、匠心独运的人物和公司命名、精彩的闹剧描写、巧妙的伏笔、非纵向的叙事等方面都很精彩,不愧为20世纪英国工人阶级小说艺术经典,正如 M. 基思·布克所说,《穿破裤子的慈善家》是"现代英国工人阶级小说的奠基之作之一,是工人阶级小说最重要的典范之一"[②]。

[①] David Smith, *Socialist Propaganda in the Twentieth-century British Novel*, London: The Macmillan Press Ltd., 1978, p. 30.

[②] M. Keith Booker, *The Modern British Novel of the Left: A Research Guide*, Westport: Greenwood Press, 1998, p. 289.

第十四章

20世纪30年代现实主义与现代主义实验

第一节 《苏格兰人的书》的现实主义

20世纪30年代前后,英国左翼文学创作进入第一次高潮,数百部作品发表,但如笔者前文所述,很多作品不够成熟,尤其是艺术手法低劣。刘易斯·格拉西克·吉本的小说《苏格兰人的书》可被称为这一时期思想性和艺术性俱佳的英国左翼文学代表作。该小说是由《落日之歌》(1932)、《云雾山谷》(1933)和《灰色的花岗岩》(1934)组成的三部曲,奠定了吉本20世纪英国重要小说家的地位。自20世纪30年代出版以来,作品受到评论界的高度赞誉,被称为"当今苏格兰文学中最伟大的小说"[1];史密斯认为,三部曲优越于20世纪30年代任何革命小说,在20世纪30年代所有革命小说中,《苏格兰人的书》在真正意义上仍然是唯一一部活生生的文学的一部分,年年重印,时时受到评论家的关注。[2] 在短暂的一生中,吉本广泛涉猎,博览群书,苏格兰的文学传统为他提供了丰厚的文学滋养,"苏格兰民谣,彭斯的诗,司各特的历史小说,乔治·道格拉斯·布朗和威廉·莫里斯的作品,威廉·亚历山大和 J. 默克多格尔·海的创作风格,《穿破裤子的慈善家》,多斯·帕索斯的

---

[1] James D. Young, "Marxism and the Scottish National Question," *Journal of Contemporary History* 18.1 (1983): 150.

[2] David Smith, *Socialist Propaganda in the Twentieth-century British Novel*, London and Basingstoke: The Macmillan Press Ltd, 1978, p. 112.

独特叙事，以及他伟大的朋友和爱国志士休·麦克迪米尔德的诗歌"① 深刻影响了他的文学创作。《苏格兰人的书》的现实主义特征明显②，散发着浓厚的苏格兰生活气息，作品还把苏格兰语和英语巧妙地结合起来，语言与主题可谓珠联璧合，相得益彰。

首先，作品对洋溢着苏格兰乡土气息的语言的驾驭很出色。这种语言属于"苏格兰东北低地的乡村方言，通常被称为低地方言、合成方言或混合苏格兰语，直接从古英语方言——诺森布里亚语发展而来"③。作为苏格兰文艺复兴运动的主要领导人之一，吉本提倡用苏格兰方言进行创作。哈里·布莱麦尔认为，"吉本的主要成就在于创造了一种运用地方语言的散文风格。地方语言的节奏、韵律以及歌谣一般朗朗上口的谈吐方式，恰如其分地表达了当地农民的思想感情。"④ 艾弗·布朗特别钦佩吉本那

> 驾驭文字和韵律的高超能力，和他所创造的许多形象；他的散文能把大地写得空灵缥缈，变成讴歌蓝天素云的诗歌。他善于写苏格兰山区的浓雾和'远山化成云烟'，写夏天的大地的氤氲蒸汽，雨后的块根作物田地的触鼻香味，山坡上枞树的芳香，闪闪发光的露珠化成早晨的格兰扁天空的一顶华盖……人们可以在吉本的散文作品中……听到云天在说话，天空里还有饰带似的成串凤头麦鸡在啼叫，麻鹬不停地盘绕着古人的石碑恸哭。⑤

这种具有浓厚的苏格兰乡土气息的语言风格在该书三部曲第一部

---

① Ramón López Ortega, "The Language of the Working-Class Novel in the 1930s," in H. Gustav Klaus, ed. *The Socialist Novel in Britain*, New York: St. Martin's, 1982, p. 140.

② 作品还进行了现代主义实验。笔者将在本章第二节具体论述。

③ Ramón López Ortega, "The Language of the Working-Class Novel in the 1930s," in H. Gustav Klaus, ed. *The Socialist Novel in Britain*, New York: St. Martin's, 1982, p. 138.

④ Harry Blamire, *Twentieth-Century English Literature*, London: Macmillan Press Ltd., 1982, p. 133.

⑤ [英] 艾弗·布朗："前言"，见 [英] 刘易斯·格拉西克·吉本《苏格兰人的书》，曹庸等译，上海译文出版社1993年版，第2页。

《落日之歌》中表现尤为典型。《落日之歌》总的来说是通过描写以克丽斯一家为代表的金拉第农民的生活和经历，来展示苏格兰农业文明阶段的结束。金拉第的乡亲们友好相处，互帮互助，关系融洽。克丽斯的母亲忍受不了继续生孩子的痛苦，毒死了六个孩子中的双胞胎兄弟，服毒自尽，不知不觉已经一年。除夕到了，大雪纷纷扬扬，黑夜提前到来。克丽斯和父亲、哥哥围坐在一起，迎接新年。三人突然想起了一年前去世的母亲，心情很悲伤。正在这时，有人来到克丽斯家的门口，抬起门闩，跺掉脚上的雪，关上身后的门。

原来是他，开磨房的长脚罗布，他围着一条灰色的大围巾，打着齐膝的绑腿，从头到脚都是结了块的雪，他大声说，祝你们大家新年好，我是第一个吗？约翰·格思里已经站了起来，啊，老兄，难为你喽，把外衣脱掉！他们一起脱掉他那件外衣，天哪！罗布的胡子几乎都冻结了，可是他说很好，哈哈一笑，等到父亲递给他一杯热饮料后，他说，祝你健康！他刚好咽下那饮料，又来了一阵敲门声，要不是查伊·斯特罗恩那才有鬼。他已经喝了不止一次了，他大声说，新年好，我是不是第一个来的？说着，他想吻克丽斯，她倒无所谓，大笑起来，可是，他却身子一滑，斜倒在地上。长脚罗布往下对他一看，大声叫了起来，吓慌了似的，老天爷，查伊，你不能睡在那儿呀！①

阅读上文，我们领略到了苏格兰百姓互致新年祝福的风俗习惯，看到了苏格兰人说话的方式：开门见山，直截了当，幽默风趣，感受到了苏格兰农民的性格：乐观豪爽，热情好客。他们是邻居，又好像一家人。文中人们的话语和作品的叙事来自民间和大地，为老百姓所喜闻乐见，清新自然，毫无矫饰，营造了和谐、温馨、轻松、亲切的气氛，可谓其乐融融。

克丽斯的母亲和双胞胎弟弟去世后，哥哥出走，另外两个弟弟跟随

---

① ［英］刘易斯·格拉西克·吉本：《苏格兰人的书》，曹庸等译，上海译文出版社1993年版，第105页。本章中出自该书的引文，只给出页码，不再一一作注。

姑妈一起生活。接着，父亲又患病数年，克丽斯忙里忙外，勇挑生活重担。父亲去世后，留下遗嘱，把 300 镑存款和一切财产都留给了克丽斯。姑妈和姑父想让克丽斯一起来与他们生活，以获得克丽斯父亲的遗产。当姑妈提议她卖掉家具，去跟他们一起生活时，有思想但尚未考虑成熟的克丽斯躲开了。她走出家门，来到田野，准备把自家的母牛牵回家里：

> 她出去了，可是还没到牵牛回家的时分，她便在地里荡来荡去，这天又冷又阴，她清晰地听到海水汹涌声，仿佛就在贝壳外听到那样，金拉第一片灰色，好象（像）萎蔫了。那匹老马波德站在休耕地里，尾巴迎风摆动，风吹得它的鬃毛都竖起来了，它弯起头颈，免得让风吹得透不过气来。它听到她过来了，嘶鸣了一声，可是并不想跟着她，可怜的畜生，它眼看就要老得无法干活了。湿潮潮的田地在她脚下发出格嚓格嚓声，浸透了水的草地下面，渗出阵阵的红土气味，她看到山峰上有一道薄雾，很象（像）张着一只大帆，随风向南驶向福尔法尔湾，经过劳楞西柯克，直下辽阔的豪乌山谷以及山谷里那些隐蔽的幽谷和它那湿透了还未收起的谷物，经过烟雾满山的布雷钦以及它那皮克特人所造的古塔，然后出缅恩斯，边飘边逝，边飘边逝，她想起了已经忘却的希腊课文中所说的……决无恒久不变的东西。(133—134)

阅读上文，我们感到了又冷又阴的天气，凛冽的寒风，听到了远处汹涌澎湃的海涛，近处马儿的嘶鸣，克丽斯脚下踩着潮湿的泥土发出的格嚓格嚓声，看到了远处辽阔幽深、烟雾蒙蒙的豪乌山谷，尚未收起的谷物，近处休耕地里老马波德在大风吹拂下，鬃毛直立、尾巴随风摆动的情景，嗅到了浸透了水的田野散发的泥土芳香，可谓如临其境，如见其人，如闻其声，如嗅其味，具有真实浓厚的乡村生活气息，恰到好处地描写了苏格兰的农村面貌，表达了苏格兰农民的情感和生活。正如桑德斯所说，吉本的小说"富于苏格兰方言土语的民族色彩，人物的语言具有一种独特的韵味，这种语言洋溢着大地气息，散发着苏格兰天空和大地的甜蜜味道"①。艾弗·布朗这样赞叹，"人们在刘易斯·格拉西克·吉本这种有明显旋律的，抑抑扬格的散文中，的确可以感受到马匹在犁地时那种大摇大摆的步伐，风吹过树林的律动，群山向海边延伸的地方翻腾的土地浪涛般的轰鸣声，那些艰辛劳动的、谈情说爱的、吵嘴口角的人的'说话声'。"②

　　作品在描写和刻画人物时，往往把这种质朴自然、充满诗情画意的语言和比喻、夸张等修辞手法同时运用，产生意想不到的艺术效果，有利于鲜明地揭示人物性格，给读者留下难忘的印象。《苏格兰人的书》塑造了众多人物，但各有特色，形象鲜明。住在皮西纳普的社会主义者查伊除了长相漂亮、肩膀宽阔、金发卷胡外，还长着一个"象（像）把犁刀似的鼻子"，当年他的雇主的女儿年龄已不小了，婚姻尚未有着落，对查伊产生了好感，但他很谨慎，不知是否值得冒险去追求他雇主的女儿，所以"他也并不急于求爱，只是在柯斯蒂旁边荡来荡去，就象（像）只鼬鼠在挂着一块肉的鼠夹旁边兜来兜去"（14—15）；住在古第斯东的芒罗身高六英尺，"两条腿非常粗糙，象（像）只闹脑水肿的羊羔"，芒罗太太长着"一头乌黑的头发，一双灵活的眼睛，象（像）只鼬鼠"，如果她听到人们说她坏话，"那她就会象（像）长在施了肥的地里的大黄一样，好象（像）就要哭出来了"（17—18），他们家的傻孩子托尼竟然能劝说罗布和牧师不要打架，说话声音尖声怪气，"象（像）一只母鸡喉咙里梗了一颗谷粒一样"（219）；开磨坊的长脚罗布是个弄马的好手，扯起马的事情来会让人听到头发变白。他个子细长，"小小的脑袋，细细的鼻子，一双蓝眼睛，象（像）在冒烟，有如冬天早晨一只铁犁头，总是闪闪发光，一部长胡子，颜色象（像）成熟的谷物一样挂在嘴角两边上"（23），在帮助查伊家救火的那天晚上，他极速向查伊家跑去，"奔过田野，像只兔子一般翻过石墙，喘得象（像）是在拉风箱"（100）；住在上山的戈登，是个小不点儿，面部白皙，头发又稀又长，鼻子歪向一边，不留胡须，"小

---

① ［英］安德鲁·桑德斯：《牛津简明英国文学史》，谷启楠译，人民文学出版社2000年版，第817页。
② ［英］艾弗·布朗："前言"，见［英］刘易斯·格拉西克·吉本《苏格兰人的书》，曹庸等译，上海译文出版社1993年版，第7页。

手小脚,他喜欢打绑腿,穿短裤,手拿拐杖,那副样子神气得象(像)一只站在粪堆上的公鸡",戈登太太是"一只大母猪似的女人",穿着时髦,眼睛就像"鱼眼睛,跟一尾鳕鱼的眼睛一样",他们的女儿爱摆架子,经常"显出一派傲慢的神气,简直叫你当即不去抓住在你眼前的鼬鼠,而要揍她一顿"(24—25);住在桥头的亚历克·马奇和他的孩子们的脸都是"上半部宽阔,骨骼粗大,但逐渐朝下缩小变成一个尖下巴,就跟猫头鹰或者狐狸的脸一样,两只大耳朵,象(像)只奶油罐的把手",亚历克本人的耳朵就很大,"夏天可以用耳朵去捕苍蝇"(28),"像是两块挂出来晾干的红色抹布"(96);尤旺·塔文达尔长相"象(像)只野猫,身强体壮,动作敏捷"(98);在克丽斯的婚礼上,保姆梅隆太太忙活了一整天,到了夜里,"哈欠连天,大张的嘴足可吞下一匹马"(185);谢格特镇的裁缝彼得·皮特怕老婆,老婆一让他做事情,他就被吓得"象(像)一只挨了脚踢的狗",妻子一走,他又凶得"象(像)只黄鼠狼"(317);记者皮德尔先生为了赶火车,骑着自行车风驰电掣地前进,头颈向前伸得老长,就像"一只寻水喝的雄鹅",结果摔了一跤,"自行车跌得就像一根被牛嚼过的绳子"(579—580)。我们看到,上述的语言和修辞来自苏格兰乡村,涉及的意象有犁刀、鼬鼠、羊羔、大黄、母鸡、谷物、兔子、风箱、粪堆、公鸡、母猪、鱼、猫头鹰、狐狸、抹布、野猫、马儿、狗、黄鼠狼、雄鹅、绳子等,散发着苏格兰大地的泥土气息,是地地道道的苏格兰民间语言,所用的比喻、夸张等修辞生动形象,通俗易懂,与小说表达的苏格兰走向现代化历史进程中农民生存状况的主题和塑造的苏格兰农民形象可谓珠联璧合,具有极强的艺术表现力。侯维瑞先生这样评价,《落日之歌》的"感人之处在于,作者用无限深情的笔触描绘这块土地粗犷苍凉的美和人们为了生存而进行的艰苦劳动,具有醇厚的苏格兰泥土芬芳。那田野上的风声,羔羊的咩咩叫声,猩红色的石楠花,白雪皑皑的山顶,忧伤的苏格兰歌曲,无一不渗透着主人公对故乡的深厚情谊"[①]。

其次,吉本在创作中"将标准英语文学语言与具有苏格兰习语风味

---

① 侯维瑞:《现代英国小说史》,上海外语教育出版社1985年版,第403页。

的、对话风格的、流畅而富于节奏的苏格兰方言有机地糅合在一起",形成了一种独特的文学口语语体:"不完整的句子、会话式重复、停顿、动词省略、错格句、语法不连贯","这是一种具有不同寻常的诗意力量的口语风格"[1]。这种风格简洁明快,读来朗朗上口,感情色彩浓厚,具有很强的吸引力。小说中克丽斯父母亲当年的相识源自一场犁地比赛,选手们大都表现平平,克丽斯的母亲吉英实在打不起精神,观看了一半就想回家。正在这时,一位勇猛的小伙子上场了。他

满头红发,腿脚之灵活,真是见所未见,他的两匹马都系着饰带,又好看又齐整,他一操作起来,你就觉得他准会拿走奖品。后来,他,约翰·格思里果真捧走了奖品,而且不仅拿奖品。因为他打园苑跨上一匹马,又拍着另一匹马的背,并向吉英·默多克叫着,那双倔强敏锐的眼睛闪闪发亮,你愿意的话,就跳上来吧。她回答说,我真愿意!于是她一纵身,抓住马鬃,格思里一手拖住她,让她骑稳。这两个人就这样打彼托德里的犁地赛场一起骑去,吉英骑在马上,披着长长的金发,只对着格思里倔强而精明的脸笑。(32)

我们知道,约翰·格思里就是后来克丽斯的爸爸,他和克丽斯的母亲的恋爱富有传奇色彩。上文描写节奏紧张,语气连贯,口语和对话风格明显,克丽斯父亲倔强、敏捷、乐观的性格可见一斑,苏格兰人的热情和豪爽跃然纸上,很好地揭示了人物性格。

克丽斯的爸爸去世后不久的一个晚上,雷雨交加,克丽斯的姑父和姑母在等着分遗产,少女克丽斯冒着雷雨,来到田野,准备把家里的马儿牵回家。可怜的老马鲍勃已被雷电击死,另外两匹马听到克丽斯的脚步声,急速向她跑过来,差点儿把她撞倒在地,天空电闪雷鸣,两匹马紧紧夹着克丽斯,提灯掉在地上,玻璃也碎了,雷声咆哮,马儿持续嘶鸣,原来因为它们看到前面有一盏灯,克丽斯猜想是她姑父来帮她了,

---

[1] Ramón López Ortega, "The Language of the Working-Class Novel in the 1930s," in H. Gustav Klaus, ed. *The Socialist Novel in Britain*, New York: St. Martin's, 1982, p. 138.

第十四章　20世纪30年代现实主义与现代主义实验

她大声叫我在这儿！有个声音在叫在哪儿？她又叫了一下，提灯朝着她这方向过来了，有两个人在爬堤防。马匹吓了一跳，又嘶鸣起来，把她向前一拽，她发现自己跟查伊·斯特罗恩和尤旺碰个正着，他们俩是出来照料他们分别放在上山和纳普的马匹，不期碰上了，同时又想起布拉威里克丽斯的马儿；于是，他们俩上去找了。就在他们三个人看清了彼此的这个时候，电光又闪亮了，最后唑地一阵亮，又下雨了，他们听到雨是来自老远的沼地那边，雨呼啸一下后，便哗哗地倒了下来。查伊把提灯往尤旺身上一戳，该死，老弟，拿好这盏灯，跟那姑娘一起奔回屋里去！我来照顾马匹！（147）

这段语言描写依然具有苏格兰口语风格，简洁紧凑，朴实流畅，节奏感强，体现出飞跃式的思维，具有对话特点，很好地表现了苏格兰北部布拉威里农业文明阶段农民的真实生活，表达了人们勤劳乐观、淳朴直率、乐于助人的品质。奈尔·冈恩这样评价，"人们可以在吉本的散文中听到大地本身在说话"[1]，伊恩·卡特称赞，这种语言特色是《落日之歌》的一大成就，吉本"改变了苏格兰口语的构词和语法结构，以便让说英语的读者看懂，这样把苏格兰方言和英语巧妙地融合起来"[2]。艾弗·布朗指出，"这种抑扬顿挫的文体乃是来自感情的源泉，这是他自己对本地和本地的人民所怀有的深深的感情。总之，读者一旦静下心来细听它的旋律，他大概就会发现旋律与主题非常相称，教人五官舒泰。"[3]

最后，《苏格兰三部曲》也展示了苏格兰语和英语语言之间的冲突，这种冲突贯穿故事始终。语言是建构身份的重要媒介。英语属于绅士阶层的语言，代表一种先进的语言和文化，而苏格兰语属于苏格兰民间老百姓自己的语言，说起来自然亲切。苏格兰人是讨厌和排斥英语的，但是，社会是必然向前发展的，苏格兰人在从农业阶段经过前工业化阶段到达工业

---

[1] 转引自［英］艾弗·布朗"前言"，见［英］刘易斯·格拉西克·吉本《苏格兰人的书》，曹庸等译，上海译文出版社1993年版，第2页。

[2] Ian Carter, "Lewis Grassic Gibbon, *A Scots Quair*, and the Peasantry," *History Workshop* 6 (Autumn 1978): 174.

[3] ［英］艾弗·布朗："前言"，见［英］刘易斯·格拉西克·吉本《苏格兰人的书》，曹庸等译，上海译文出版社1993年版，第7页。

阶段的过程中，人们对待英语的态度逐渐发生着变化。小说中的人物戈登和查伊就认为，"要想出人头地，摆脱捏犁头杠，不再瞎弄一气的话，就得说英格兰语。"（173）但总的来说，苏格兰人们对英语是既讨厌又羡慕，这种二重态度构成文本的叙事张力之一，集中体现在主人公克丽斯身上。从少年时代起，克丽斯就开始面临着应该讲苏格兰语还是英语的两难选择：

  这就是克丽斯的阅读和受教育的情况，有两个克丽斯在争夺她的心，在折磨她。你憎恨这儿和人们的粗俗的谈吐，读书学习使你今天勇敢文雅，可是赶明儿，对面山冈里的田凫的叫声把你叫醒了，它叫得那么深沉，好象（像）就在你心里头叫，土地的气味扑面而来，简直叫你也要为之而叫，土地如此美，苏格兰的大地和青天如此可爱。点灯之前，你在火光里看到了父亲、母亲和邻居们的脸，那些疲倦而和蔼的脸让你觉得可亲可爱，你希望能听到他们所知道并且用过的词语，就是在他们早已消失的年轻时代里忘却了的词语，一些能够打动你的心的苏格兰词语，苏格兰人是怎样得到并且保持这些词语的，他们天天辛勤劳动，斗争不息。可是，过了一会，时过境迁，你又是英国人了，又重新把英国的词语说得那么清晰，简洁，逼真——一会儿工夫，又一会儿工夫，那些词语又那么自然而然地打你的嗓子眼里滑脱了，因为你知道，那些词语根本就无法说出值得一说的东西来。（36—37）

从埃希特高中毕业后，克丽斯进入邓凯恩的大学，依然面临着这一困惑，"每天早晨，那儿便有两个克丽斯，一个是文雅，好学，另一个是松劲、懈怠，对教师的古怪行径狡猾地嘲笑，心里想着布拉威里山坡，马匹的嚼草声，肥料的气味，父亲那双褐色、粗糙的手，弄得她真想再回家去"（51）。语言不仅和身份紧密相连，也代表一种文化，影响着人们的待人处事。克丽斯一方面热爱、尊敬她的乡亲们；另一方面，有时也把他们看作乡巴佬，精神上最贫穷的人。克丽斯身边的人们对她的态度也和她说苏格兰语或是英语密切相关，时时让她感到很尴尬，甚至无所适从。克丽斯的首任丈夫尤旺在一战中牺牲后,她嫁给了牧师,与儿子小尤旺一起,一家三口搬迁到谢格特镇生活。

  克丽斯在教会合唱队里唱歌,有时看着手里的歌本,头脑里却在回想她在布拉威里的日子,那时她从不考虑教堂的事,只忙于过她的日子,而眼下却在为将来的生活而烦心。合唱队的其他队员没赶上祈祷,羞怯地笑着对她说,卡珲夫人,对不起我迟到了。克丽斯叫她们不必烦恼,假如她用苏格兰语回答,这个女人就会想,她不也就是牧师家里的那个贱女人吗?假如她用英语回答,又会传出闲话说牧师的老婆神气活现。(306)

我们发现,苏格兰语和英语的冲突相当激烈。纵观三部曲,苏格兰从农业阶段经过前工业阶段到达工业阶段,从农民阶级消失到工业无产阶级的出现,作品的语言也在发生着变化。从第一部到第二部的主人公可以说是克丽斯,从第二部的中间到第三部,主人公除了克丽斯之外,又增加了她儿子尤旺。尤其到了第三部,尤旺的地位逐渐超越克丽斯,成为工业无产阶级的代表人物。除了偶尔在激动时说苏格兰语之外,尤旺说话主要用的是英语;小说的苏格兰田园风格也逐渐转变为城市英语叙事,"更加单调、机械、重复乏味"[1],以适应作品主题的变化。古老的苏格兰口语、俗语、人们的唠叨、革命的口号和政治演讲交替出现,第二部牧师的布道词"耶稣啊,你得国降临的时候求你记念我"(533),到了第三部成了工人们游行示威的口号"打倒卑鄙的试验、饥饿和战争"(604)[2];前两部中的歌谣、赞美诗——例如克丽斯婚礼上人们唱的歌谣《西班牙的小姐》《为我铺床的姑娘》《森林中的花儿》《令人怀念的往日》(即《友谊地久天长》)等,到了第三部变成了"具有战斗精神的旋律《国际歌》"[3]。这种语言变化与作品主题的变化互相呼应,很好地表现了作品的主题

---

[1] Ramón López Ortega, "The Language of the Working-Class Novel in the 1930s," in H. Gustav Klaus, ed. *The Socialist Novel in Britain*, New York: St. Martin's, 1982, p. 140.
[2] Ibid., p. 139.
[3] Ibid.

思想。

第二节 《苏格兰人的书》的现代主义实验

20世纪30年代前后，英国文学界掀起了现代主义高潮。对于英国左翼文学来说，20世纪30年代前后现实主义和现代主义并存，如前文所述，当时大部分作品的艺术手法不够成熟，按照思想性和艺术性俱佳的标准，刘易斯·格拉西克·吉本的小说《苏格兰人的书》（1932—1934）可被称为该时期英国左翼文学的代表作。作品除了具有现实主义文学特征外，还进行了现代主义实验。主要表现在以下几个方面：

首先，小说的第二人称叙事视角很独特。作品没有运用常规的第一人称或者第三人称叙事，而是运用了第二人称和第三人称交替使用的叙事方法，尤其是第二人称叙事，在英国小说史上相当少见，"直到20世纪初才在现代主义文学作品中崭露头角"[1]，这是吉本在创作手法方面的又一重要特色。无论在直接引语还是间接引语中，作品都使用这个"泛指"和"自指"的"你"，表达作者笔下人物或"社会阶层的希望、恐惧、快乐和忧伤，比常见的第一人称和第三人称更能展示广阔的客观视野，创造更亲切的交流感"[2]，因而更具有艺术表现力和感染力。这个第二人称的"你"，有时指代故事中的主人公或其他人物，有时指代不同时代的不同社会群体，有利于表现人物的内心世界，揭示人物之间的关系，表征不同社会阶层的思维、习惯、生活和情感，达到突出作品主题、丰富人物刻画的效果。《苏格兰人的书》展现了苏格兰从农业社会到前工业社会再到工业社会的历史进程，第一部《落日之歌》描写农业文明的结束，表现农民劳动和生活的艰辛，赞扬了金拉第农民们的友好相处和互帮互爱。作品经常用第二人称"你"，时而指代主人公克丽斯，时而指代金拉第的乡亲们，有时二者重合。因为在这一阶段，民风淳朴，金拉第的乡亲们和谐相处，亲如一家，克丽斯的想法和金拉第邻居们的想法很多情况下是一致

---

[1] 王芳：《一首交互轮唱的赞美诗》，载《齐齐哈尔大学学报》2012年第5期。
[2] 高继海：《语言·命运·历史：论吉本〈苏格兰的书〉》，载《郑州大学学报》2002年第6期。

的。克丽斯的母亲和两个双胞胎弟弟一起服毒而死，克丽斯受到沉重打击，肩上的担子更重了，那个天真烂漫、充满幻想的克丽斯不在了，一年后她这样回忆：

> 这好象（像）是很久以前，又象（像）是近在眼前的事，你认为那些个时辰，那些个日子是一种你逃不脱的又黑又冷的地窖。可是你逃脱了，逃脱了那个又黑又湿没有阳光的地窖，而地球照样在转，那个地窖里已经没有潦白的脸，也没有悄悄的耳语声，可你再也不是原来的你了，地球照样转，你也跟着它转下去。这不仅是母亲和两个双胞胎死了，而是你心里的什么东西也死了，跟她一起走了……这些都死了，那个念书、做梦的克丽斯也随它而死了。(72—73)

这段话中的"你"，特指克丽斯。小说是通过描写主人公克丽斯的生活经历和心路历程展示苏格兰现代化进程的，这一进程伴随着克丽斯的成长。第二人称的运用，拉近了读者和主人公之间的距离，让读者能够设身处地，把主人公和自己联系起来，真实、深入地理解主人公的心理，进而理解其处境。克丽斯母亲的去世使克丽斯十分悲痛，击碎了她上学和未来当一名教师的梦想，同时也让她在成长的道路上前进了一步，使她更为现实地思考问题，看待世界和人生。

克丽斯与尤旺结婚后，开始了新的生活。她热爱生活，热爱家乡，辛勤劳作，"春天来了，田野里一片歌声和潺潺流水声，你倾听着，听到这些声音，这就好象（像）是在倾听着大地刚在苏醒过来，这儿那儿水渠里的溪水解冻了，潺湲流动；牲口因春天到来而撒泼寻欢，为怕它们腿脚闪失，你将它们驱赶出去，它们却傻乎乎地高兴得一蹦老高，它们奔腾，跳跃，一溜烟跑去"（190）。这里第二人称和第三人称交替使用，第二人称的"你"，既可以指克丽斯，也可以指金拉第的乡亲们。这段描写让读者似乎亲眼看到了金拉第鸟语花香、人欢马叫的景象，看到了农业文明阶段人们日出而作、日落而息的田园生活，增加读者与故事中人物的亲切感，与金拉第的乡亲们产生身份认同和感情上的共鸣，正如大卫·史密斯所说，"无论是克丽斯自己还是金拉第的佃农们在说话，都能够唤起人们对苏格兰大地和人民的不同寻常的美好感情"①。虽然《落日之歌》是描写苏格兰农业文明结束的挽歌,但字里行间渗透着作者对乡亲们的热爱以及对乡村生活的赞美和留恋。

第一次世界大战打破了金拉第人们的宁静生活,破坏了生态环境,动摇了人民的信仰,导致了苏格兰农业文明的结束。故事中的几位农民精英先后参战并牺牲。人们痛恨战争,纪念战争中牺牲的同胞,深切怀念正在消失的苏格兰农业阶段的生活方式。

> 可查伊已经离开这儿很久了,他在停战日那天的第一场战斗中给打死了,离停火只有一小时。你还能清晰地想起他,想起他同开磨坊的长脚罗布的争执;他一直热衷于当个工党候选人,鼓吹富人和穷人应当平等,可怜的查伊。唉,他也去了,真给你当头一棒,他是个多好的人哪,尽管你曾在背后嘲笑他有点傻气。(276)

这里的第二人称"你",可以理解为泛指金拉第的乡亲们。读者仿佛亲临其境,同情牺牲者,批判战争,缅怀失去的生活方式。

第二人称的"你"的所指在第二部和第三部作品中发生了变化。第二部描写的是苏格兰奔向现代化过程中的第二阶段——前工业化阶段,主要描写克丽斯一家在谢格特镇的生活,和她丈夫——镇上的牧师罗伯特的基督教社会主义、工党社会主义和宗教神秘主义探索。战争并没有解决百姓的问题,社会阶层发生了变化,镇上不足一千人口,分为中上阶层、纺织工人和普通民众。纺织工人憎恨资本家,新镇人憎恨纺织工人,纺织工人和农场农民时时发生矛盾冲突。因此,叙事所用的第二人称"你"有时指克丽斯,有时指谢格特镇的居民,二者区分比较清楚。罗伯特同情百姓疾苦,发动了改革谢格特的计划,但计划因触动上层利益而遭排斥,也因为人们的信仰变化而受冷遇,"你才不会那么傻去听这种讲道,你不如带了情妇去旅游,在下个星期天或再下个星期天去山谷布雷钦她堂兄家去玩,他还没有看到你买的新汽车呢;要不你就躺在床上,早餐后读读英国

---

① David Smith, *Socialist Propaganda in the Twentieth-Century British Novel*, London and Basingstoke: The Macmillan Press Ltd, 1978, p. 113.

人和他们的妻子离婚的报道"（306）。他们攻击牧师讲的进化论，说牧师说他们是猿猴的后代，"有些人喜欢听他讲道，要是你喜欢，你就不是人"（397）。他们诋毁社会主义者，"好在你知道他们做了些什么，他们不相信要有家庭和小孩，他们要把所有的孩子都关在养育院里"（368）。这里作者运用第二人称"你"，泛指谢格特的百姓，描述了他们生活的变化和对宗教态度的变化，揭示了他们的思想状况，预示了牧师的基督教社会主义的失败。

谢格特镇的人际关系比较复杂，克丽斯与镇上人们的关系远远不如在金拉第的时候，大多数情况下截然不同。她时常想念往日的生活，

> 她进入了梦幻之中，白嘴鸦在紫杉树丛中呱呱地叫着。你在想它们已怎样美化了你的生活方式——鸟儿，以及随风飘动的树叶；你小时候和你哥哥威尔在埃希特田野里看到的田凫，耸立在昏暗的小树林中的云杉，那片小树林从山坡一直延伸到巴梅金山泉；还想起了……多久以后你还能认识这些鸟儿，再听到它们的鸣叫，再看到它们么？（327）

她对老百姓寄予同情，关心百姓疾苦，"在最异乎寻常的时刻，你情绪激动，一刹那间，你似乎看到了你内心深处使你悲痛的景象……你似乎看到一个酷象（像）你父亲的脸庞"（348）；对于他们散布的谣言，她置之不理，也深为理解，"如果你既没有书本，又不信上帝，不爱好音乐，又没有爱与恨作为你的精神支柱，没有柱状的飞云来引导你前进，你就会象（像）乡下和镇上的人那样——去讲你近邻的坏话"（461）。克丽斯同情丈夫的基督教社会主义实践，但不相信会产生结果，"你明白他知道他追随的只是场雾，面临现实他情绪低落，而他的希望只是一团迷雾"（350）。她依然坚持自己对大地和变化的信仰：

> 苏格兰人的躯体并没有死，他们在心地里深刻而又真实地了解这一点，他们也知道在这里他们终于面对了实实在在的东西，既不是天堂，也不是地狱，而是红色的土地，是你对耕耘过的土地的依恋，脚

依然踩在土地上，依然是那样的时光：冬季暴风雪席卷山谷，狂风大作，尘埃飞扬；春天的早晨，某个男子汉牵马犁地，扬起了尘土；鸟儿们在树丛中啄食、吱吱地鸣叫，树木在萌发的春季换了新装。（350）

这样，小说通过运用所指不同的第二人称"你"叙事，描述了前工业阶段谢格特镇居民的思想状况、阶层分野和利益冲突，揭示了罗伯特基督教社会主义破产的原因。

到了故事第三部，苏格兰人进入工业阶段，故事背景转移到工业城市邓凯恩。资本主义社会的矛盾日益尖锐，人际关系淡漠，工业无产阶级出现，克丽斯的儿子小尤旺成长为共产主义者和共产党领袖，展开社会主义和共产主义探索，并与另一名共产党领袖开展了罢工、示威、饥饿大进军等一系列工人运动，最后肯定指出，共产主义是苏格兰的唯一希望。作品运用第二人称"你"或者"你们"，有时指代克丽斯，有时指代尤旺，有时指代不同的社会群体，内涵日益复杂。无产阶级内部也决不是铁板一块，严重分化，长期以来没有一个统一的声音，很多工人和大众对社会主义和共产主义一无所知，仅仅站在自己的立场上，对无产阶级革命的态度不够坚定，摇摆不定。尤旺参加工会支部会议，会上他发言，"有许多人都是工党党员，我的继父就是。你们听了都兴奋起来，坐在熔炉车间的铲斗里，真是个轻松的时间，有不少闲话可聊，你们全不是工党党员，对政治也是一无所知"（597）。这里的第二人称"你们"，具有某种间离作用，与读者保持一定的距离，促使读者严肃思考，在内涵上指代工厂工人们。他们思想落后，没有政治觉悟，对造成自身命运的根源缺乏认识，这就需要共产主义领袖长期的坚持不懈的工作和艰苦卓绝的斗争，这就预示着无产阶级革命道路漫长，任务艰巨。尤旺不断开展工人运动，在经历了罢工，看到警察用电警棍噼噼啪啪狠揍罢工者、无辜老人被马践踏而死的情景之后，他进一步了解了劳苦大众的苦难命运和不觉悟。在重游美术博物馆的过程中，尤旺发现，人类有史以来，由于存在着剥削制度，劳动人民遭受统治者的压迫，饥寒交迫，任人宰割。他们创造了人类的历史和辉煌的文化，却遭到杀戮和践踏。他义愤填膺，怒不可遏，"好象（像）那是你自己正在遭受历史的折磨，被践踏，遭蔑视，棍棒交加，似乎那每一声声的惨叫，每道伤痕，所有的血肉都是你的，你的肉，你的血"。（628）这里的第二人称"你"指代尤旺，我们看到了他政治觉悟的提高和心灵的成长，成为社会主义者，开始把自己的命运和劳苦大众的命运紧紧地联系在一起，准备肩负历史重任，更加积极地开展轰轰烈烈的工人运动。

总之，《苏格兰人的书》运用第二人称和第三人称交替使用的叙事技巧，有利于揭示人物的心理活动和成长历程，表现社会变化和阶级冲突，表达特定社会阶层的情感和思想，与小说表达的苏格兰现代化进程的历史隐喻和对社会主义、共产主义探讨主题相得益彰，很好地突出了作品的主题。

其次，作品的对话描写很出色，具有复调特征。表面看来，小说里似乎对话不多，但仔细读来，对话几乎遍布整个文本，只不过大多是隐含的。艾弗·布朗说道，吉本"很少写对话，但是，在某种意义上说，他却一直在用对话，因为他的写人写地，就是一个人的说话声，不妨说，就是苏格兰本身的声音……那种效果是要使得苏格兰土地有声有色"[1]。作品运用的苏格兰方言，本身就具有口语和对话风格，充满诗情画意。这种语言风格加上第二人称和第三人称交替使用的叙事风格，思路流畅，节奏感强，不但有利于揭示人物性格，而且有利于推动情节发展，大大提高了作品的表现力，促使读者认真思考，与人物和故事交流，激发读者想象，扩大文本阐释空间。作品第二部中，针对一战和经济危机给谢格特镇人带来的伤害以及人们物质贫困、精神衰萎的状况，地主资本家莫瓦特企图恢复统治，推行法西斯主义，把苏格兰引到邪道上去。他来到牧师家中，让牧师和克丽斯在一份名单上签名，要求他们在罢工期间与工人们作对，支持国家：

> 罗伯特说，克里斯汀，你觉得怎么样？克丽斯对参加这个组织不感兴趣，因为她不抱很大希望。她目光转向莫瓦特，他高雅、整洁，穿着伦敦式的衣服，头发梳得很整齐，样子很媚人；他眼睛下的皮肉

---

[1] ［英］艾弗·布朗："前言"，见［英］刘易斯·格拉西克·吉本《苏格兰人的书》，曹庸等译，上海译文出版社1993年版，第7页。

有些松垂。她似乎看到的不只是莫瓦特，她也看到了构成谢格特人的阶级，他们是过去和现在众多受饥饿折磨的人——由于贪得无厌和彻头彻尾的欺骗使他们变得这样。你对矿工和象（像）罗伯特这样的工党能做些什么不能寄以希望，但他们也干不了，虽然他们试图比莫瓦特之流干得更糟，这是你知道的。因此你说了个不字；罗伯特对莫瓦特笑了笑。这就是克丽斯的回答，粗鲁了一点。而我也无法帮助这个组织——你知道我另有一个计划正在进行之中。莫瓦特问是什么计划？罗伯特答道，我将竭尽全力来阻挠任何企图干涉罢工的志愿组织或类似的恶棍的工作。(462)

这段话几乎全部由克丽斯、莫瓦特和牧师三人之间的对话组成，作者从文本中隐退，叙事与读者之间的距离拉大了，增加了叙事的客观性，促使读者仔细思考，加强了读者与文本的交互，读者看清了三个人不同的政治立场，克丽斯的大度、沉稳而坚定，莫瓦特的道貌岸然、老奸巨猾，牧师的委婉含蓄、柔中带刚等人物个性跃然纸上，预示着莫瓦特的阴谋不能得逞。

第三部中，为了阻止工厂生产弹壳用于战争，尤旺组织工人们起义，工厂经理威胁解除尤旺的工作，尤旺说或许罢工后遭解雇的是经理本人，警察费特抓住尤旺的肩膀说，"站开，要不我就要把你抓起来！"

　　一听这话，人群中发出一阵叫喊，没人可以阻拦罢工者去执行他们的职责。这个胖猪以为他是谁——希特勒吗？后面有两个小伙子扔过来一把煤碴石，它们全都噼噼啪啪打在这个胖警长的头盔和他红色的大脸盘上，他的脸就象一头母猪的屁股，变成了斑斑灰色，他大叫，站回那儿去！然而十英尺之内根本一个人也没有。有些人喊起来，把他扔到码头上去！这是那些布鲁人，他们一无所有，什么也不怕，天知道这下会发生什么祸事，可这时一些有头脑的老人对这班年轻人叫起来，让他们别胡来，他们想到哪里去找死呀——警察局吗？那位年轻的花花公子对费特警长说，我们依法有权在这儿同任何想进工厂的人进行争辩。(676)

这段叙述主要由罢工者、布鲁人、警长费特、老年人、尤旺等之间的对话组成，展示了有正义感的罢工者，为阻止工厂生产战争用的弹壳，与警察之间的冲突和斗争。警察咄咄逼人，罢工者群情激昂，怒不可遏，场面激烈，气氛紧张，警察的粗鲁、罢工者的愤怒、布鲁人的果敢、老年人的善良和怕事、尤旺的冷静沉着都被表现得淋漓尽致。

总之，文本中普遍存在的人物对话，使作品体现出巴赫金提出的"复调小说"特征，降低了作家的主观参与度，避免越俎代庖，增大了作品的叙事张力，加强了故事的可读性，提高了读者文本参与度，扩大了读者的想象空间，使整个三部曲仿佛"一首交互轮唱的赞美诗，不同的声音表达不同社会阶层的利益和冲突"①，有利于刻画人物，推动情节发展，营造特定的叙事空间，丰富和深化作品主题，"这种小说家本人不介入的、多元化的叙事风格，与吉本同时代作家乃至其工人阶级作家前辈相比，都可谓叙事技巧方面的一大进步。作家本人仅仅组织素材，其声音让位于笔下人物，使吉本跻身20世纪重要作家之列"②。

最后，作品的复式叙事结构很有特色。《苏格兰人的书》既是立足主人公克丽斯的生活经历和心路历程，表征苏格兰从农业到前工业再到工业社会的现代化历史进程的隐喻，又是以克丽斯为主人公，围绕她的好邻居查伊、第二任丈夫罗伯特和他的儿子小尤旺，反映从肤浅的社会主义到基督教社会主义、工党社会主义、宗教神秘主义再到社会主义和共产主义探索的政治叙事。从结构来看，三部曲的每一部小说都由四章组成，克丽斯贯穿故事始终；从作品中间，即第二部的第三章开始，克丽斯的儿子尤旺开始成为故事的另一个主人公，并在三部曲的后半部分与主人公克丽斯平起平坐，甚至有所超越。克丽斯经历了苏格兰从农业到工业文明的过程，叙事空间从金拉第到谢格特再到邓凯恩，也经历了查伊、牧师罗伯特和儿子小尤旺的社会主义和共产主义探索的全过程，整个过程伴随着她的成长和成熟，从另一个意义上，可以说三部曲是关

---

① 高继海：《语言·命运·历史：论吉本〈苏格兰的书〉》，载《郑州大学学报》2002年第6期。

② Ramón López Ortega, "The Language of the Working-Class Novel in the 1930s," in H. Gustav Klaus, ed. *The Socialist Novel in Britain*, New York：St. Martin's, 1982, p.139.

于克丽斯的成长小说。小尤旺从小说的中间一直到最后，经历了苏格兰从前工业社会到工业社会的转变，放眼苏格兰的历史和现状，对苏格兰的未来道路进行了社会主义和共产主义探索，从一名工人成长为社会主义者、共产主义者、共产党领袖，整个过程也伴随着他的成长和成熟。所以，三部曲也可以说是关于克丽斯和小尤旺的成长小说，这就构成了作品的复式叙事结构。

克丽斯作为主人公，一直贯穿故事始终。她自己经历了以下生活阶段：少女时代丧失父母，很早就挑起生活重担；一战使第一任丈夫牺牲战场，孤儿寡母依靠土地相依为命；嫁给第二任丈夫牧师后生活有所改善，孩子夭折，牧师陷入宗教神秘主义，夫妻关系疏远，牧师布道倒地身亡；孤儿寡母移居工业城市邓凯恩，母亲经营旅馆，儿子在工厂工作，儿子成为共产党人被投入监狱，为救儿子，克丽斯被迫嫁给浪荡子奥格尔维；第三任丈夫远走加拿大，尤旺继续参加共产主义运动，克丽斯单身一人回到她的故乡独立生活，叶落归根，终其一生。克丽斯一生可谓历经坎坷，生活艰辛。她深切同情劳动人民，对社会不公恨之入骨。她经常陷于孤独境地，父母亡故，丈夫或死亡或出走，而与她多年来相依为命的儿子终于长大却由于信仰也离她越来越远。但她是一位坚强、独立的女性，也一直在顺应时代，做着自我选择。他受到查伊的社会主义影响，支持丈夫罗伯特的信条但并不信仰；她支持儿子尤旺的共产主义活动，但并不信仰共产主义。故事结尾，她支持儿子的事业，却选择回到家乡，回归自然。这样的结尾评论家们历来见仁见智，争论激烈。詹妮·沃马克指出，这样的结尾提供了两种互相矛盾的视角，"一方面，聚焦于尤旺政治意识的增长，提供了对资本主义的激进的肯定的批判；另一方面，表现出极度理想化过去的保守性和认为历史只能忍耐而不能理解的宿命观"[①]；伯顿认为，女性主义与马克思主义之间具有冲突；作者塑造的人物形象是复杂而不是固定不变的，他不想理想化任何人物，对于尤旺来说，无论在人格上还是政治上，都表现出视野狭窄、成长不充分的缺陷。这样的结尾，是作品没有排

---

① Jenny Wolmark, "Problems of Tone in *A Scots Quair*," *Red Letters* 11 (1981): 23.

斥女性主义的结果①；福克斯认为伯顿过分强调了三部曲中的性别，而忽视了阶级的作用，故事末尾克丽斯回归农村是一种"有问题的而不是颂扬性的反抗行为"②；史密斯认为，这样的结尾并不矛盾；它表明共产主义既十分必要、不可避免，又是未来的唯一希望，同时，作为历史循环的一部分，完成使命后，它也会被超越和取代；这是一个非教条式的结论，作品从未忘掉革命目的，同时把重点放在了生活而不是教条上③；布克认为，克丽斯回归过去"表明无产阶级意识发展的最终缺乏，这可以解读为苏格兰社会主义运动总体上微弱的注脚"④；高继海认为，这样的结尾表明作者在克丽斯身上寄托了他的人文关怀，而在尤旺身上寄托了他对人类未来的希望。⑤ 的确，小说具有复式和对称结构，三部曲是描写克丽斯和尤旺成长成熟的小说，他们的成长过程又与苏格兰的历史、苦难和未来道路探索紧密交织。到了作品第三部，尤旺的地位越发凸显，成为主人公之一，但克丽斯的主人公地位依然。尤旺找到了拯救苏格兰的正确的信仰——共产主义，小说一方面肯定共产主义是苏格兰的唯一出路；另一方面又告诉读者，克丽斯并不信仰，她选择离开邓凯恩回归故乡，这与尤旺选择继续奋斗似乎明显冲突，两条线并未合而为一。这是为什么呢？笔者简作探讨。

作为故事的主人公，克丽斯也在寻找着信仰。父亲病故，对克丽斯来说如同五雷轰顶，她失去了生活来源和精神支柱，求学之梦破灭，生活的磨难促使她成长。在田野里，倾听海水涛声和老马的嘶鸣，观看峰峦薄雾，看着尚未收起的谷物，她忽然产生一种古怪想法，世界上"根本就

---

① See Deirdre Burton, "A Feminist Reading of Lewis Grassic Gibbon's *A Scots Quair*," in Jeremy Hawthorn, ed. *The British Working-Class Novel in the Twentieth Century*, London: Edward Arnold Ltd, 1984, pp. 35-47.

② Pamela Fox, *Class Fictions: Shame and Resistance in the British Working-Class Novel, 1890-1945*, Durham, NC: Duke UP, 1994, p. 197.

③ See David Smith, *Socialist Propaganda in the Twentieth-century British Novel*, London and Basingstoke: The Macmillan Press Ltd., 1978, p. 127.

④ M. Keith Booker, *The Modern British Novel of the Left: A Research Guide*, Westport: Greenwood Press, 1998, p. 140.

⑤ 高继海：《语言·命运·历史：论吉本〈苏格兰的书〉》，载《郑州大学学报》2002年第6期。

没有什么恒久不变的东西,除了她所走过的土地……一直在发生变化。大海、天空、人们写东西、战斗、学习、教学、说话、祷告,这些都只能持续于瞬息间,是山冈上的一阵雾雨,土地却是永远存在的,尽管土地在你手下翻动、发生变化,可它是永远存在的"(134)。这可以说是克丽斯第一次成长,是她对世界看法的萌芽,但已经具有比较重要的意义。不经意间,她的想法涉及了人、土地、变化之间的关系。她认为,土地永远存在,它是恒久不变的,却又是瞬息万变的,而人的存在是短暂的。她的思想里包含了马克思主义的辩证法观点。这一观点与牧师在纪念布拉威里的四位战争英雄时的悼词里的观点一致,"一切皆假唯有变化是真"(284)。到了故事第三部,克丽斯已到中年,与她合开旅馆的大妈生命垂危,克丽斯再次陷入危机,万一大妈去世,失去了合伙人,她和尤旺将如何生活?她感到莫大的悲哀,"她一无所有,她从来就是一无所有,这世界上她什么也不相信,只相信变化,变化就同时光一样永不停滞"(663)。这可以理解为克丽斯面对困境的第二次成长。她找到了她的信仰——变化,这与她父亲刚刚去世时她形成的之于世界发展变化的观点一脉相承。她曾把罗伯特的基督教社会主义视为云雾,而对于儿子尤旺的共产主义信仰,她理解、支持,但仍然不相信,当她与尤旺谈论罗伯特和尤旺的信仰时,说道,"在我看来,你的信仰只是又一块乌云"(779)。故事结尾,她返回家乡。作品这样写道:

> 浓雾四起,班内奇进入了夜晚;克丽丝动弹了一下,她双手抱膝坐着,眺望着远处高原那边的世界,白天不会消逝,而是不断东去,一直往东,越过整个世界,于是早晨来临,世界上总有一处是早晨,永远不会结束。没有黎明,任何地方将是一片黑暗,白天和黑夜组成了一切,她在凯恩杜的小避身所是她梦想的结束生命之地,生命是不会持久的。而这是摆脱一切的最好途径,正如她现在静静地坐在这儿所看见的——变化主宰着地球、天空和地下的水,有一度她是多么害怕正视这种变化,因为变化的右手是死亡而左手就是生命,而变化是不可能被人的梦幻、爱恋、仇恨、感情、愤怒或是怜悯所左右,也不是神、鬼或是对天疯狂的唤叫能阻止的。变化以曲折的方式一而再再

<<< 第十四章　20世纪30年代现实主义与现代主义实验

而三地经过,他就是救助者、毁灭者和朋友。

……

山间亮起了点点灯光,那是薄暮时分小镇子的灯光,人们疲乏地上床睡觉,隔开数里之遥,灯光在夏夜闪烁,显得十分微弱。

是她该回家的时候了。

可她还是坐着,看着灯光一盏接一盏地熄灭,雨下起来了,雨点打在她四周的石头上,整整一晚雨不停地下着,而她就一直坐在那儿,她已经感觉不到雨点落在身上,也听不到田兔在附近经过的声响了。(781)

这段话可以看作是克丽斯的人生总结,她再次强调了她的信仰:大地是永远存在的,它恒久不变,但又无时无刻不在发生变化,变化正是世界的存在方式和状态。变化主宰者大地、天空和海洋,也主宰着人类的生存与死亡,他既是"救助者""毁灭者",又是"朋友"。人的生命是短暂而有限的,它受变化主宰,生命时刻运动变化,其运动和循环是大地生命的运动和循环的一部分,生命是死亡的前奏,死亡是生命融入大地生命运动循环的延续。赛凯特曾指出,"《苏格兰人的书》的中心主题是变化",吉本"有关社会变化的理解受到过马克思的影响"。[①] 克丽斯魂归故里,融入自然,进入大地的生命循环。克丽斯说尤旺的共产主义信仰"是又一块乌云",包含以下含义:世界是永恒运动、变化的,任何人类信仰都是短暂的,共产主义信仰也没有终结版,它必须不断地发展,与时俱进,没有完成时,只有进行时。这样来看,克丽斯关于世界永恒发展变化的信仰和尤旺的共产主义信仰分别作为辩证唯物主义和科学社会主义原理而融合,二者统一于马克思主义的世界观和方法论。这与作家的马克思主义立场、观点和方法完全一致,吉本曾明确承认,他是革命作家,他所有的作品都"或明确或含蓄地宣传"反对资本主义[②],他一直对曾于1917年参

---

① Hannah Sackett, "'Nothing is True but Change': Archaeology, Time and Landscape in the Writing of Lewis Grassic Gibbon," *Scottish Archaeological Journal* 27.1 (2005): 22, 23.

② David Smith, *Socialist Propaganda in the Twentieth-century British Novel*, London and Basingstoke: The Macmillan Press Ltd, 1978, p.112.

加"阿伯丁苏维埃"会议的经历记忆犹新①。因此,克丽斯的信仰可理解为一种朴实的人生智慧和态度,而尤旺的信仰是人类通往未来解放道路的途径和希望。

  总之,与20世纪30年代之前和同时代的左翼作品相比,《苏格兰人的书》在艺术手法方面具有很多创新和实验,在具有散文风格的苏格兰口语和英语的巧妙结合、第二人称和第三人称叙事交替使用、作者隐退代之以依靠笔下人物的对话推动情节和突出主题、叙事的复式和对称结构等方面尤其突出。此外,如笔者在上文主题研究部分的探讨,作品在象征运用方面也很成功,倒叙和插叙的运用以及伏笔和呼应的运用等,也都别有风味,娴熟自然。所有这些,都不仅使作品成为20世纪英国左翼文学杰作,也不愧为英国现代文学经典。

---

① Jessie Kocmanová, "Hugh MacDiarmid, Grassic Gibbon, and the Class Commitment of Scottish Literature in the Twenties and Thirties," *Angol Filológiai Tanulmányok / Hungarian Studies in English* 13 (1980): 65.

第十五章

20世纪中叶现实主义的回归与后现代主义实验

第一节 《向上爬》和《周末晨昏》的现实主义

20世纪50年代,英国文坛出现表现二战后和"福利国家"时期社会现实的"愤怒的青年"作家作品,一些左翼作品也被归入本流派之列,现实主义再次受到强调,约翰·布莱恩的《向上爬》(1957)和艾伦·西利托的《周末晨昏》(1958)可被看作该时期左翼作品的代表。总体来说,该时期的左翼作品恪守现实主义传统,立足社会现实,注重故事的客观真实性和人物形象的典型性,强调作品的社会批判功能,反对现代主义实验,与传统现实主义相比,在艺术手法方面创新不多。但是,另一方面,在反对现代主义艺术手法的同时,也表现出一定的现代主义倾向。

首先,该时期的现实主义作品注重展示人物心理世界,通过描写人物的内心独白、想象、梦境甚至幻想,揭示人物的内心冲突。《周末晨昏》描写了"福利国家"时期英国工人青年的愤怒与反抗,主人公阿瑟反抗单调乏味的工作的办法是酗酒、斗殴、钓鱼、与已婚女人厮混。他经常与同事的妻子布伦达在周六晚上偷情,以排遣一周来的疲惫和不满,得知布伦达的丈夫杰克换到夜班,从而他可以继续肆无忌惮地与布伦达厮混时,他高兴的心情难以抑制。"我这辈子真是太走运了,"他想,"我最好能享受就享受。关于上夜班的事儿,我想,杰克还没有告诉布伦达。不过,我敢打赌,他要是告诉她,她准会为这一好消息乐死的。周末,我也许不能同她见面,可是我会每天夜里去找她,这样更好。"① 他把布伦达搞怀孕后,布伦达采取坐热水浴、喝杜松子酒的办法打胎,之后好久二人没有联系,阿瑟又勾引上了布伦达的妹妹温妮,但很快二人偷情之事就传到了温妮丈夫的耳朵,杰克告诉阿瑟,温妮的丈夫和战友要给他一顿痛打。阿瑟去到酒馆,与投镖手打了一架,回家路上又与一名司机发生争执,他与哥哥一起把他的汽车推翻,感到精神振奋,轻松愉快。这时又开始想与布伦达幽会之事,"但愿杰克还去上他心爱的夜班,而布伦达清闲自在。这样,他下班以后就可以突然闯进她那灯光暗淡的客厅"(147)。他虽然喜欢布伦达,却不想与她结婚,以便逃避婚姻和家庭责任,所以他总是喜欢与已婚女人厮混,又总是陷入矛盾中,担心与布伦达偷情之事被她丈夫知道,

  我想,他总有一天会知道的。千万不能太自傲,你这个自傲的家伙。如果你过分自傲,你的运气就会发生变化,所以必须谨慎行事。最糟糕的是,我喜欢杰克。杰克是个好小伙子,是最好的一个。遗憾的是,世事竟如此残酷,然而他还是胜我一筹,因为他每宿都与布伦达睡在一起。我觉得,我老是希望他被双层无轨电车撞了,这样我就可以娶布伦达了,每天晚上与她同床共枕。不知怎么搞的,我并不愿意让无轨电车把他轧死。(40)

  阅读这段话,我们看到了阿瑟的思想状况。他为了表达对社会的愤怒,采取与已婚女人厮混的方法,但只管索取,不愿结婚,不负责任,采取的是玩世不恭的态度。这些心理描写,使人物的思想状况跃然纸上,人物形象更加丰满,突出了作品的主题思想。
  《向上爬》的心理描写更为突出。为了充分展示人物的心理世界,从而与客观外部世界的呈现相得益彰,加强故事的真实性,作品"大量运用回忆思考,内心独白,自由联想,甚至出现人物的潜意识、幻觉幻想的

---

① [英]艾伦·西利托:《周末晨昏》,张礽荪、张树东译,百花文艺出版社1994年版,第41—42页。下文选自该书的引文只给出页码,不再一一作注。

描写手法"①。《向上爬》主要表现"福利国家"时期，英国工人青年面对阶级分野和社会差异，面对"是停留在本阶级，还是跨越本阶级而跻身中上阶层"这个问题所产生的犹豫和彷徨。这个问题具有"生还是死"（to be or not to be）的哲学意义，体现出道德反思和社会批判。故事主要围绕工人阶级青年兰普登与工人阶级出身的爱丽丝和资本家小姐苏珊的三角情感纠葛而展开，爱丽丝和苏珊分别是映射兰普登的两面镜子，又是"是停留在本阶级，还是跨越本阶级而跻身中上阶层"的两个象征。故事的叙事发生在10年之后，主人公兰普登35岁，与苏珊结婚10年，爱丽丝去世10年。10年来，他导致了爱丽丝的死亡而无人指责，得到了理想的工作、优厚的待遇、美女、汽车、豪宅，但生活却并不幸福，所以向读者吐露10年前自己与爱丽丝和苏珊的感情纠葛。作品的心理描写主要包括以下几个方面：

一是心理活动描写。兰普登为了得到美女、财富和地位，跻身社会上层，准备向资本家小姐苏珊求爱，但是巨大的社会差异摆在他们之间。他第一次邀请苏珊到剧院观看舞蹈演出，早早在剧院门口等待，不见苏珊的踪影，心中毫无底气，忐忑不安，"当时我的内心有如五颜六色的、花花绿绿的纸片儿由于音乐和舞蹈家门在台上跳来跳去而飞扬在空中一样，深藏在我心田里的直觉这时也起而要宣扬它的存在：我所需要的仅仅是对一种人类典型的珍品，也就是对一个美丽的、还没有受过糟蹋的处女表示倾慕。"②后来，他与爱丽丝的情感发展迅速，与苏珊的情感倒是不温不火，没有太大的进展，这时他的好友查尔斯给他提出一个建议，让他突然之间停止与苏珊的一切联系，这实际上是查尔斯替他出的一个"欲擒故纵"的计策，还真奏效，苏珊一气之下，离家出走。兰普登暂时解脱了，准备与爱丽丝好好发展。正当与爱丽丝急剧发展关系之时，查尔斯却让他悬崖勒马，千万不要娶爱丽丝，否则他的前途就彻底完了。于是，查尔斯又代替兰普登给苏珊写了一封忏悔信，苏珊再次回到兰普登的怀抱。到底是选择爱丽丝还是选择苏珊？何去何从？兰普登的内心冲突急速加剧。与苏珊

---

① 蒋承勇等：《英国小说发展史》，浙江大学出版社2006年版，第394页。
② ［英］约翰·布莱恩：《向上爬》，马澜、越位译，湖南人民出版社1987年版，第108页。下文选自该书的引文只给出页码，不再一一作注。

约会,马上要把苏珊搞到手时,他却预感到了痛苦。苏珊问他,昨天晚上到底在想什么时,

  但我心里却在想:我如果真的把我的思想告诉你,那么,这会导致什么下场?我已经把她搞到手里了。我听从了我的朋友的忠告,所以她现在是我的了,我想跟她怎么样就怎么样。那位狗杂种威尔斯已经被我击败。假如说我非得同她居家过日子,那我就可以把她娶过来。我会让她的老爷子给我一份非常好的差使。而今而后,我自然再也不会一个子儿一个子儿地计算钱的数目。但是,那孤独之感和需要一个我所不需要的人所产生的痛楚却象(像)牙痛一样真实并且不时来袭——这就是我那时候的真实思想。(215)

  我们从这里看出,正当他为之苦苦追求、奋斗的目标即将变为现实时,兰普登却感到了痛苦。但是,这种痛苦跟他通过娶到苏珊而跻身社会上层的欲望较量时却败了下风。于是,他不得不撒谎,继续自欺欺人,"我使劲地吻她,我把我的舌头伸进她的嘴唇。'我爱你,'我说,'我一直在爱着你。这就是当时我正在想的。'"(215)当故事接近尾声,兰普登通过把苏珊搞怀孕而迫使她父母同意他们的婚事时,苏珊的父亲答应把女儿嫁给他,并给他提供了职位、高薪和小汽车,但他提出的唯一条件是:兰普登立即和爱丽丝一刀两断,一刻也不能耽误。兰普登的内心冲突达到了顶点,他的神经几乎被扯断,虽然他对苏珊爸爸的问题的回答都是"是的""是的","但是,在我的内心深处,我却象(像)那位因为注射了吗啡终于沉默下来的空军中士一样,我一而再,再而三,那真是令人难以置信,我所能吐出口的,只能是'不不'那两个音节啊"(341)。这些心理活动描写丰富了人物形象刻画,弥补了传统现实主义再现外部世界的不足。

  二是人物的想象展示。兰普登第一次给苏珊打电话,苏珊正在家里,刚洗过澡,还没来得及穿戴整齐,就把电话先放在一边,电话这边的兰普登十分激动,电话终于接通了。他放开想象的翅膀,任由思绪自由飞翔。

于是我进行着想象:她这时正赤身裸体,年轻,丰满,香气扑鼻。但紧接着我把我的这种念头从我的脑海里驱逐出去。这可并不是当时我要想的。那么,是不是我在肉体上对她就没有欲求了呢?这么说当然也不正确。不过,在思想上把她剥得精赤条条总归是青春期和脸上有丘疹时期的必然现象。可这么说也表达不了我当时内心的真正感触……她是童话里的公主,古老歌曲中的姑娘,音乐喜剧里的女主角啊。(84)

我们由此看到了兰普登跟苏珊约会联系的急切,联系上之后的喜悦,处于青春期的他对爱情的向往,对于苏珊的浪漫的美好的想象。当他在电话里听到苏珊说妈咪来了,顿时感到极端紧张,自卑感加强,生怕她拒绝女儿和他约会,从而失去与苏珊认识的机会。"我算看见她妈咪眼中的我自己了:我多么缺乏教养,多么俗气;而且,我还是一个工人阶级——在我的身上暴发户的缺点无所不包。"(106)当兰普登与爱丽丝的关系如胶似漆时,爱丽丝出于诚实和信任,告诉他她曾经在经济危机期间,因为饥饿而给一位艺术家当过裸体模特儿时,兰普登异常吃惊,非常愤怒,两人大吵一架,不欢而散。爱丽丝辩解说,这的确是出于无奈,她当时只是当模特儿,她的身体在艺术家眼中只是色彩和线条的组合,她从没跟这位艺术家睡过觉,再说她也从来没有问过兰普登的过去。事后,兰普登感到后悔。他也想把爱丽丝往好处想,"可我的想象却偏偏要回溯到十年前在伦敦的日子:那时她真纯洁、真丰满,满身散发着青春的气息,我看见她进入那间小小的画室,然后在幕布后面把衣服脱光,赤身裸体,或许她有些羞怯吧,那个艺术家要她不要顾虑。……我看见她坐在模特的座位上,两腿微微分开"(189),以至于他满腔怒火。这些人物想象展示,使作品的心理描写更进一层。

三是人物的潜意识披露,和在潜意识支配下的行为描写。潜意识是通过描写人物的梦境来呈现的。《向上爬》中的兰普登第一次跟爱丽丝约会后,两人几乎无所不谈,他心情激动,难以入眠。进入梦乡后,"我梦见我和她一起开着一辆菲亚特牌的汽车,行驶在林肯郡与普鲁士混杂在一起的乡村道路上。汽车行至一个稀奇古怪的急转弯处,倏地一刹车,汽车滑向一侧。继而她成了苏珊，一双眼睛真亮，她太快乐了，一张脸歪歪扭扭，为之变形。突然间，我在四处是沙子、松树和石楠属植物的荒郊野地迷了路，我大声叫喊，但我喊的不是苏珊而是爱丽丝的名字。"（80）我们由兰普登的梦境可以看出，他第一次和一个女人畅所欲言后，感到快乐和振奋，他喜欢爱丽丝，在潜意识里想跟她一起出去约会，他同时又喜欢苏珊，汽车遇险时，爱丽丝变成了苏珊；迷路后当他喊叫时，喊的却又是爱丽丝的名字。他似乎更喜欢爱丽丝，但又舍不了自己的光明前途，因此陷入与二人的情感纠葛中不能自拔。这里的描写预示着兰普登即将在现实生活中陷进感情的旋涡。当兰普登与苏珊的关系进展顺利时，他的好友查尔斯让他突然断绝和苏珊的来往，以试探苏珊对他的在乎程度。兰普登采纳了查尔斯的建议，想忘掉苏珊算了。在与爱丽丝一起在她朋友家里欢娱后的第二天晚上，兰普登竟然做起了白日梦：

  我的白日梦还做得非常逼真呢。那是苏珊给我寄来了一封信，她邀请我去参加一个晚会，还在信里充满了哀怨，问我是不是她在什么地方开罪了我。或者干脆，那是在一个风雨交加的夜晚，门铃响了，她站在门口；因为风吹，她脸蛋儿红红的。或者，那是她以为了演员剧院的事要找汤普森夫妇为借口；或者更简单，她只说，"我非来不可呀，乔。你大概会认为我不要脸吧，可——"我呢，就吻她，还有什么话要讲的呢；于是我们就站着，静静地听着雨声，让雨把我们俩一起封闭在幸福里；然后，我们就去麻雀山——"我真喜欢在雨中同你一起散步，"她会说——于是，我们俩就走呀走，美好的、干净的空气使我们的肺脏为之清新，我们就这样永远地走下去，童话里的故事成了真事……（166）

意识是无意识的反映，梦境是现实的反映或折射。兰普登与爱丽丝的情感发展顺利，但通过娶到富家小姐苏珊从而跻身上层社会的强烈愿望始终左右着他。他听从好友的劝告不理苏珊，但是在潜意识里又怕苏珊真的和他断交，从而使他跻身上层社会的梦想破灭。于是，兰普登做起了白日美梦，幻想着自己的美好前途，梦想终于成真。我们从他的白日梦，体会

>>> 第十五章 20世纪中叶现实主义的回归与后现代主义实验

到他跻身上层的欲望的强烈程度。

该时期的作品还描写了人物在潜意识支配下的活动。《周末晨昏》中的主人公阿瑟,在故事开头,在酒馆里与吹牛大王进行喝酒比赛,吹牛大王一败涂地,付了酒钱,溜之大吉。阿瑟也喝了十一品托啤酒和七小杯杜松子酒,直喝得酩酊大醉,不省人事,胃里波涛汹涌,翻江倒海,摔倒在楼梯上,后挣扎着起来,又回到酒馆里,直喝到十三品脱,胃里的东西开始兴妖作怪。他吐到邻桌一对夫妇的新衣服上,眼看人家要找他算账。他竭尽全力,逃之夭夭,一直奔到布伦达的家里。"他模模糊糊地记得,他撞到电线杆上,碰到墙上,绊在街道的边石上,还撞到别人身上(他们告诉他要留神脚底下,并且威胁说要撂倒他)。他听到谩骂声,还撞到房屋以及便道上坚硬的、毫不留情的石头上。"① 这里,阿瑟几乎完全在潜意识支配下行动,或者说他的行动至多处于意识和无意识之间,我们看到了他狂饮后的丑态,他依靠酗酒而逃避不满的社会现实的方式,既有效又无效,只能是今朝有酒今朝醉,借酒消愁愁更愁,不解决根本问题。《向上爬》中的主人公兰普登,在听到他和爱丽丝的关系告吹,爱丽丝喝得酩酊大醉午夜撞车身亡的消息后,他的心灵受到强烈震撼,精神受到沉重打击,道德受到严重谴责,他整个下午一直到晚上都从酒馆到酒馆,朗姆酒、啤酒、白兰地、杜松子酒、苦艾酒等不断地下肚,午夜又到酒吧休息室与纺织女工玛菲丝邂逅,二人推杯换盏,又喝了大量的酒,极度的痛苦和深刻的谴责以及酒精的麻醉作用,使兰普登早已不省人事,在无意识的状态下,午夜在街道上游荡,任由跟着感觉走。他和玛菲丝在深夜里来到野外偏僻的一个堆木场的角落的小洞里,"这时我又一次让我离开我的肉体,而我的肉体却履行了她所期望于它的一切职责。在融为一体的颤抖的那灼人的一刹那过去以后,她紧紧地贴着那个躯体,他把那躯体当作一个人在看待,她吻那躯体喝得烂醉的脸蛋,还把那个躯体的两只手放在她的乳房上。"② 兰普登的肉体和精神似乎已经完全分离,无意识的显露说明

---

① [英]艾伦·西利托:《周末晨昏》,张礽荪、张树东译,百花文艺出版社1994年版,第14页。
② [英]约翰·布莱恩:《向上爬》,马澜、越位译,湖南人民出版社1987年版,第369页。

他还有一丝良心,这使读者比较全面地了解兰普登的形象,突出了作品的社会批判意义。这些描写触及了人物的意识,深化了对人物的塑造,使人物形象更加丰满,故事的内容更加全面。

综上所述,该时期左翼作品通过揭示人物心理以及意识甚至潜意识来反映客观现实,与传统现实主义手法互为弥补,珠联璧合,使人物的外貌、语言、行为、心理、意识和无意识等得以比较全面的呈现,把人物的内心世界及其反映的现实和外部客观现实有机结合起来,增强人物的立体感,增加作品的真实性,突出了作品的主题。但总体来说,这些描写依然是人物合乎理性和逻辑的内心思考,与现代主义作品展示的飘忽不定的意识流不同。项晓敏这样评价《周末晨昏》的艺术手法,"大量运用心理描写,潜意识流露,尤其注重显示人物的内在矛盾心理,写出了现代社会工业文明给人的生存带来的压抑和异化,写出了个人无力的抗争及其与命运妥协的心路历程"①。

其次,该时期一些作品文笔洗练,叙事中的铺陈明显减少,注重用对话展示人物性格,推动情节发展,作家从叙事中逐渐隐退,表现出某种程度的现代主义特征。《周末晨昏》在这方面比较突出。"小说的成功之处不仅在于它有翔实的生活素材,典型的人物性格,还在于它运用了一种清晰明快而又平实自然的叙述语言,富有诺丁汉工人特色的对话语言,一反现代派小说的晦涩,使读者重又感受到现实主义作品真实的力量。"② 作品的主人公阿瑟抵抗枯燥的工作和不公的社会的办法主要有饮酒、打架、与女人厮混。他同时周旋于布伦达及其妹妹温妮之间,又勾引上了纯真女孩多琳。遭到温妮丈夫及其战友的痛打后,阿瑟伤势严重,一连在家待了多天。一天晚上,多琳过来看他,

"告诉我,你感觉怎么样?"她问道,"上星期五,我从'白马'酒馆把你送回来时,你那副样子可真够呛。"

"我觉得好多了,"他含含糊糊地说。

"我说,你看上去好多了。"谈话停了一会儿,她又接着说,"你

---

① 项晓敏:《现实展示与愤怒宣泄》,载《名作欣赏》2007年第3期。
② 瞿世镜、任一鸣:《当代英国小说史》,上海译文出版社2008年版,第56页。

当时出什么事儿了?"

"我跟你已经说过了,"他态度生硬地说。他已经忘记他当时告诉了她一些什么。"我被一辆马车轧了。直到马车快轧到身上时,我才看见。我以为我完蛋了呢。"

"你真是滴水不漏,"她说,脸上没有一丝笑容。"你不愿意把任何事情告诉任何人。"

"我为什么要告诉人呢?守口如瓶不吃亏。"

"不,要吃亏的,"她说,"你同我说话的时候把我看得一文不值。"

"我已经把实际情况告诉你了,"他说,没有受她的诱惑。

"你在撒谎,"她反驳说,"你自己知道你在撒谎。"①

通过这段阿瑟和多琳之间的对话交流,我们看到了工人阶级出身的女孩多琳的天真、宽容和善良,以及阿瑟玩世不恭的处世态度。他似乎不通情理,不知好歹,多琳来看他,已经知道了事情的原委。但对阿瑟来说,虽然得到了别人的帮助,他却不为所动,性格依旧,依然坚持自己的说话、待人和处事方式,撒谎不脸红,目无他人,我行我素,自欺欺人,不考虑事情的后果。我们由此可以预测,阿瑟将永远单枪匹马,以放荡不羁的方式反抗社会。故事接近尾声,布伦达的丈夫杰克终于知道了阿瑟和他妻子鬼混之事。他指责阿瑟伤天害理,做事凶狠,并警告他,温妮的丈夫还在盯着他,伺机收拾他,他总有一天会吃亏的。阿瑟置若罔闻,毫不服气,反唇相讥,说杰克心胸狭窄,唯唯诺诺,从来不敢惹麻烦,反而在气势上压倒了对方。

"你还在车削车间吗?"他忍受不了彼此间的这种沉默,便问道。

"你以为我是在别的地方把手砸破的?我要在那儿干到死。除非我还没死掉就得了精神病。"

"那当然不会的,"杰克说,"你今年圣诞节会从厂里拿到一笔可

———

① [英]艾伦·西利托:《周末晨昏》,张祄荪、张树东译,百花文艺出版社1994年版,第238页。

观的额外津贴。你在这儿干了多少年了?"

"八年了。这是终身判决。如果他们判我二十一年徒刑的话,我很可能早就会杀人的。"

杰克呆板地笑了。"完全正确!"

"这倒不是说我想杀什么人。我并不认为世界上有什么人值得我去杀,除非是闹着玩儿。不管怎么说,现在还没有这样的人。"

"千万别那样想,"杰克和颜悦色地说,给他提了一项亲切的忠告,"你从来不认输。你要是能认输,就会享受到人生的乐趣。"

"我已经享受到了,老兄,"他大声说,"不要因为我跟你不一样,就以为我就没有享受过人生的乐趣。你有你的生活方式,我有我的。你热衷于你的管理工作和赛马,我热衷于我的事儿,下'白马'酒馆,去钓鱼,还要搞女人。"

"我走我的路,你走你的路,"杰克承认说。

"完全正确。咱们不是一路人。"①

通过这段阿瑟和杰克之间的对话交流,我们看到二人是截然不同的。杰克认真工作,从不惹是生非,对自己的工作和生活相当满意,颇得上司的赏识,还被资方上调了工作。但是,仔细思考,他对受资本家剥削和控制的制度听之任之,接受了命运的安排,生活中也不无快乐。而阿瑟则完全不同,他不满工厂制度,文化不高,也不可能从社会制度的高度去认识资本家和工人之间的阶级对立,但他采取了行动,以独特的方式反叛和抗争:喝酒、斗殴、钓鱼、搞女人。他和杰克是完全不同的两类人。他放荡不羁,从不考虑做事的后果,个人主义和无政府主义思想严重,总爱惹事生非,却从不认输。这就是他的快乐,他的生存方式:"每天搏斗,直到一命呜呼……如果你不想成为强弩之末,如果你知道,广阔的世界还没有听到过你的声音,那么,生活毕竟是美好的,世界也毕竟是美好的。"②

这些对话描写,风格简约,内涵较丰富,恰当地揭示了人物性格,较

---

① [英]艾伦·西利托:《周末晨昏》,张礽荪、张树东译,百花文艺出版社1994年版,第244页。

② 同上书,第283—284页。

好的表现了作品的主题。作家从叙事中隐退了。他只是组织素材，呈现人物之间的交流。作家让位于全知全能的第三人称叙事者，叙事者又让位于笔下的人物，因而增强了叙事的客观性，加强了读者与作品中的人物和文本之间的交互，增加了作品的真实性，具有一定的现代主义色彩，有利于促使读者思考，增加作品的吸引力。

最后，该时期的左翼作品在叙事方面也有一些时空跳跃和人称变化。时空跳跃主要是通过插叙、回忆、内心独白等展示的，与现代主义的时空跳跃不同，其遵循的主要还是钟表时间和物理空间。人称变化丰富了叙事视点，对单纯的第一或第三人称叙事起到了一定的弥补作用。《向上爬》主要采取的是第一人称叙事，但时不时地和第三人称并用。苏珊母亲家族的信息是以第三人称之口苏珊提供的，兰普登家庭的情况尤其是他母亲家族的信息则是以第三人称之口，兰普登的姨妈艾米莉提供的。《周末晨昏》时常运用第三人称和第二人称叙事相结合的方法。阿瑟擅长自行车厂的工作，每月拿到的工资还可以。但是，工头却经常时不时地检查工人的工作，要保证付给工人的工资钱有所值，不能让工人太轻松。

> 虽然你对每一百件产品四先令六便士的工钱不会抱怨，但是定额检查员有时会过来看着你干活儿。他一旦发现你不到一个小时就匆匆赶做出一百件，罗布不定哪天早晨就会告诉你说，你的定额值已降低十六便士或一先令。因此，当你感觉到定额检查员的幽灵出现在你背后窥视时，你要是有点儿脑子的话，就知道该怎么办：把每个动作都变得更复杂。一切都要做得不慌不忙，又要巧妙地显示出速度来。(33)

这里第二人称和第三人称混合使用，读者了解了工头罗布对工人的压力，工人们不能干得太慢，但同时也不能干得太快，太慢了要倒霉，太快了要被降低工资。这里的第二人称"你"，既可以指阿瑟，也可以指工厂的所有工人，厂里的规定对全员都是一样的，但每个工人的反应又是不同的。通过阿瑟的心理活动，我们感到与作品中人物的距离缩小了，从而自然地对工人多一些理解、同情和支持，对阿瑟的对策——不慌不忙地把动作变复杂又要巧妙地显示出速度——发出赞叹。工人们工作中受到异化,但阿瑟自有对抗异化的办法。"每天一开始干活,你就谨慎小心地切削,钻钢柱体,但是渐渐地,你的动作变成了机械式的了。你忘掉了机器,忘掉了你的双手和双臂的迅速操作,也忘掉了你是在切削、打孔,也忘掉了粗制螺纹的误差不超过千分之五英寸这一类事情……你忘掉了自己同工头往日的矛盾,开始想起你以前经历过的愉快的事情,或者想到你希望将来会发生在自己身上的事。"(43)这里的第二人称"你",时而与读者靠近,时而又与读者保持一定距离,由近及远,再由远及近,使读者的思维随着叙述者的思路变换而跳跃,似乎亲身体会到了异化的滋味,对阿瑟抵制异化的方式产生认同。

　　总之,该时期作品采用了第一人称和第三人称并用,或者第二人称和第三人称并用的方法,叙事视点灵活多变,作家对文本的介入显著减少,故事人物之间以及读者与人物和文本之间的交互加强,文本内容的呈现更加客观,增强了作品的真实性。

　　综上所述,该时期的左翼作品在艺术手法上仍然属于现实主义范畴。作品具有传统现实主义的艺术特征,例如细节描写、人物的典型性、作品的批判性;但也发生了一些变化,人物的肖像描写淡化,心理描写突出,内心独白、梦境、潜意识展示频繁。作品一方面反对现代主义实验,另一方面,也表现出一定程度的现代主义特征,叙事的铺陈明显减少,人物对话描写突出,对话中运用工人阶级的方言,完全符合工人身份,这"既是作家自信和阶级自豪感的有力证明,也是他们依然与自己的出身和阶级保持牢固纽带的表现"[①];叙事人称灵活多变,出现了两种人称混合运用的情况。此外,为了强调客观性,作品还有一定篇幅的自然主义描写,且不做价值判断,给读者留下较大的解读空间,"很少给人物安上一个美好的未来,使作品在反抗叛逆的呐喊中又具有内蕴的忧郁,从接受美学的角度,给读者留下一种对人物命运及其对造成人物悲剧的社会制度和权威反

[①] Ingrid von Rosenberg. "Militancy, Anger and Resignation: Alternative Moods in the Working-class Novel of the 1950s and early 1960s," in H. Gustav Klaus, ed. *The Socialist Novel in Britain*, New York: St. Martin's, 1982, p.164.

思的审美体验"①。所有这些，都使作品的人物塑造和故事的呈现更加丰富、全面，客观呈现和一定程度的主观展示结合起来，使作品更加真实可信。

第二节 《金色笔记》的后现代主义实验

20世纪英国左翼文学具有现实主义和现代主义的艺术特征，也具有后现代主义的艺术特征。20世纪60年代，英国文学创作又逐渐从现实主义进入后现代主义创作实验阶段，左翼文学也是这样。在创作中进行后现代主义文学实验的左翼作品主要有约翰·伯格的《G》（1972）、多丽丝·莱辛的《金色笔记》（1962）、帕特·巴克的《联合街》（1982）、卡里尔·丘吉尔的《出类拔萃的女子》（1982）、詹姆斯·凯尔曼的《公共汽车售票员海恩斯》（1984）和《怎么这么晚，这么晚》（1994）等。而2007年诺贝尔文学奖得主多丽丝·莱辛的《金色笔记》的后现代主义实验最为突出，堪称20世纪英国左翼后现代主义文学经典。下面笔者以《金色笔记》为例，探讨20世纪英国左翼文学作品中的后现代主义实验。

莱辛的作品《金色笔记》的视野非常广阔，内容非常丰富，涉及20世纪世界资本主义和社会主义阵营长达几十年的冷战以及冷战中的热战、殖民主义、帝国主义、种族主义、女性主义、社会主义和共产主义、艺术与政治以及文学虚构与现实之间的关系等，不愧为一部表征20世纪中叶世界精神风貌和道德气候的西方文学经典。作品的后现代主义实验非常出色，与表达的主题相得益彰，主要表现在以下几个方面。

一 《金色笔记》意义的不确定性

意义的不确定性是后现代主义文学的首要特征。《金色笔记》的意义具有不确定性。首先，作品的网状循环叙事结构，使得任何单一的、明确的解读和阐释成为不可能。《金色笔记》由两大板块组成，一是作家莱辛笔下的主人公安娜创作的小说《自由女性》，二是安娜的笔记，包括黑、

---

① 项晓敏：《现实展示与愤怒宣泄》，载《名作欣赏》2007年第3期。

红、黄、蓝和金色共 5 种。中篇小说《自由女性》为作品的"经",分为 5 部分,黑、红、黄、蓝 4 种笔记为作品的"纬",镶嵌在《自由女性》每两部分之间,分别出现 4 次,紧接着是金色笔记,最后以《自由女性》之五结尾。从内容上看,黑色笔记记录安娜在非洲的经历,红色笔记记录安娜的政治生活,黄色笔记主要是安娜创作的一部小说《第三者的影子》,主人公爱拉是安娜的另一个自我,代表她的爱情生活,蓝色笔记是安娜的日记,代表她的精神生活及对生活的思考。安娜患有写作障碍症和人格分裂症,为了治病,她曾求助于马克斯太太进行精神治疗,但不奏效;后求助于写作,她刻意把她的生活分为 4 个部分,分别对应于 4 种颜色的笔记,却事与愿违。直到她有一天遇到与她同病相怜的美国左翼人士索尔·格林后,两人分别从彼此身上看到了自己,经过爱与恨、狂躁与温柔、冲突与和谐、神志清醒与歇斯底里的体验与折磨,二人的疾病得以治好,都恢复了写作。安娜为索尔的小说写下第一句,索尔为安娜的小说写下第一句:"两个女人单独待在伦敦的一套公寓里"①,这一经历记载在笔记的结束部分——"金色笔记"里。"金色笔记"是安娜克服写作障碍症后,决定用一本笔记记录自己的生活经历和心路历程的作品,可以看作是黑、红、黄、蓝四种笔记的总结和融合,是笔记所记载的故事的结束。但我们发现,"金色笔记"结尾部分的这句话,正是《自由女性》之一的开篇第一句,也就是整部小说《金色笔记》开头第一句。这样,故事的结尾又回到了故事的开头,读者也从故事开头到达故事结尾,又从故事结尾回到了故事开头,整部作品如同"麦比乌斯圈"②一样,形成了网状循环叙事结构。"麦比乌斯圈"或"麦比乌斯带"是德国数学家、天文学家麦比乌斯 1858 年发现的,是一种拓扑学结构。将一个长方形纸条的一端固定,另一端扭转半圈,然后把两端黏合在一起,就可做成一个麦比乌斯圈或麦比乌斯带。这个带只有一个面,一条边界,从带上一点出发,不翻越任何边界,经过曲面后,就可以到达原点。后来,"麦比乌斯圈"在文

---

① [英]多丽丝·莱辛:《金色笔记》,陈才宇、刘新民译,译林出版社 2008 年版,第 661 页。以下出自该书的引文,只给出页码,不再一一作注。

② Molly Hite, "Doris Lessing's *The Golden Notebook and Four-Gated City*: Ideology, Coherence, and Possibility," *Twentieth Century Literature: A Scholarly and Critical Journal* 34.1 (1988): 22.

艺术领域成了"无限循环"的象征。《金色笔记》这一循环叙事结构，无限扩大了作品的阐释空间。

其次，作品对于叙事主体进行了消解。我们知道，莱辛是整部故事的作者，安娜是整部小说《金色笔记》的主人公。她是一个作家，也是整部故事的编辑，负责对整个故事进行编辑、选择、排序。她笔下的主人公也叫安娜，具有多重身份，是个作家、母亲、情人、前英国共产党员、精神病人，二战期间有在中非殖民地参与当地进步团体的经历。《自由女性》是安娜克服人格分裂后写作的，采取的是全知全能的第三人称叙事。故事开始时，莱辛笔下的编辑安娜笔下的主人公安娜患有写作障碍症。为了治疗自己的人格分裂，她把自己的笔记分为4个部分，即：黑、红、黄、蓝4种笔记。4种笔记的记录时间是1950—1957年。黑、红、蓝三种笔记的叙述人是第一人称安娜。黑色笔记中记载，安娜曾以她的非洲经历为素材，发表过一部小说《战争边缘》，很畅销，还被改编成了《被禁止的爱》。笔记不断进行叙事人称切换，时而是第一人称，时而是第三人称：维利"是我们这个小组织的情感核心……他是个辩论大师，能十分精辟、十分理智地剖析社会问题，换句话也就是说，能愚不可及地信奉教条主义"（78）。保罗"是个年轻人，我以他为原型在《战争边缘》里创造了那个充满热情和理想主义的勇敢的年轻飞行员，其实，他一点热情也没有，只是给人造成那样一种印象而已，因为他对于任何道德的或社会的反常现象都表示由衷的欣赏"（81）。泰德·布朗"是个最富创见的人，他出身于一个人口众多的工人家庭，一直来总是得奖学金，最后进了牛津大学。他是三人中唯一一名名副其实的社会主义者"（86）。这样通过人称转换，叙事成为了故事中人物安娜的叙事，一定程度上削弱了叙事人的权威。有时候，编辑安娜还与叙述人安娜进行对话，而叙述人安娜和当时经历事件时的安娜又不一样。黄色笔记是安娜写的一部小说《第三者的影子》，小说的主人公叫爱拉，其实是安娜的另一个自我，是安娜为了弄清楚自己是谁而采取的间离策略，即：为了接近自我而与自我保持一定距离。主人公爱拉和朱丽亚就是《自由女性》中的安娜和摩莉，爱拉是个作家，也在写一部关于年轻人自杀的小说。黄色笔记以第三人称叙事为主，但安娜时不时地跳出来，与第三人称爱拉对话，或者对自己的写作发表评论,这样叙事就转换成了第一人称,"我见到爱拉在一个空空的大房间里慢慢地走来走去,她一边沉思一边等待……她坐在那里,皱紧眉头望着双手,构思她的小说"(478—479)。有时候,笔记中还粘贴一些剪报、穿插一些故事或者日记。叙事视角的不断变换和安娜身份的多重性,都对叙事主体进行了解构,读者似乎分不清故事的叙事者到底是谁,这也扩大了作品叙事的解读空间。

最后,作品中的人物具有不确定性。《自由女性》的主人公是安娜和摩莉,《第三者的影子》中主人公成了爱拉和朱丽亚。安娜的丈夫叫作麦克斯·沃尔夫,她与之保持5年情人关系的医生叫迈克尔,她的女儿叫简纳特;《第三者的影子》中爱拉的丈夫叫作乔治,她的儿子叫作迈克尔,情人是一名精神病医生,名叫保罗;黑色笔记中安娜的小说《战争边缘》的主人公安娜首先嫁给了非洲殖民地种植烟草的农场主史蒂文,后来因无法容忍那里的生活而跑到了城里,参加了城里的左派组织,成了一名秘书,加入了共产党,和左派组织的领导德国难民维利同居,长期无性,但最后却以唯一一次粗暴的性的交往而终结关系,安娜的情人的名字叫保罗,是《战争边缘》的主人公原型,维利粗暴的性是在得知安娜和保罗晚上在外面刚刚做爱后实施的,乔治则是一名喜欢安娜和玛丽罗斯,和马雪比旅馆布斯比夫妇的厨师杰克逊的妻子玛丽保持情人关系的信仰社会主义的养路工。《自由女性》中最后和安娜一起互相治好精神分裂症的美国左翼人士叫作米尔特,而"蓝色笔记"和"金色笔记"中和安娜一起互相治好精神分裂症的美国左翼人士叫作索尔·格林。安娜的朋友,前共产党员摩莉的儿子叫作汤姆,《自由女性》中说汤姆1957年时,20岁(1,8),偷看安娜的笔记后,感到了世界的混乱和疯狂,指责安娜没有反映真实、缺乏社会责任而用左轮手枪自杀未遂,导致双目失明,此后积极参加左翼活动,结尾他和马莉恩一起去了非洲,带去了大批书籍,正式接管了父亲的生意;蓝色笔记说汤姆1950年时,17岁(237),没有自杀,也没有变瞎,结尾时已成婚,"在匈牙利退党","不再当教师,而在一家广告代理公司里供职"(565),"是个不寻常的社会主义者",他的妻子"正在写一部有关宪章派的大书"(569)。《自由女性》中结尾时,摩莉嫁给了一位犹太籍进步商人,安娜将到一个婚姻福利中心给人们提供婚姻指导，还"将加入工党"，"每星期两个晚上，去给少年犯上课"（688），笔记中的安娜，结尾时和索尔·格林共同治好了彼此的人格分裂和写作障碍，二人都恢复了写作，决定共同做"向山上推大圆石的人"，这一过程诞生了全书的总结"金色笔记"，以及中篇小说《自由女性》。这些人物及其关系的复杂性和不确定性，激发读者积极参与意义建构，使得作品的意义无法明确阐释。

总之，《金色笔记》的麦比乌斯网状叙事结构、对叙事主体的解构和人物的不确定性，造成了作品意义的不确定性，极大丰富了作品的意义，突出了作品表达的混乱、荒诞的思想，激发了读者的阅读兴趣，扩大了阅读和阐释空间，其"复式多重结构打破了全知叙述、时间顺序叙事和单一视觉模式，提供了一种复合视角的开放式叙事空间，使文本阅读充满了不确定性和极强的诠释张力"①。

二 《金色笔记》形式和叙事的断裂

形式和叙事的断裂也是后现代主义文学的重要特征。后现代主义作家致力于解构作品形式的完整性和叙事的连续性，以表达后现代时代社会和人的分裂，质疑社会和人格的完整性。莱辛在接受乔纳·拉斯金采访时说："安娜在《金色笔记》的开头说道，'问题的关键是，我能看得出来，一切都开始崩溃了'。我们生活的社会……自从在广岛投下原子弹后，就已经开始四分五裂了……我感到在我以及我周围的人们的体内爆炸了。这就是我所说的崩溃的意思，就好像人的大脑结构正在从内部被捣毁一样。"②《金色笔记》内涵丰富，冷战使世界分为社会主义和资本主义两大阵营，种族主义使世界分为两个世界，性别歧视形成了男女之间的二元对立，世界的混乱导致了后现代时代人的精神和人格分裂，这又导致了后现代时代艺术与政治、集体与私人、虚构与现实、外部与内部等之间的冲突和对立。20 世纪中叶的世界就是这样一个四分五裂、信仰崩溃、混乱不

---

① 陆建德：《现代主义之后：写实与实验》，中国社会科学出版社 1997 年版，第 143 页。

② Doris Lessing, "Doris Lessing at Stony Brook: An Interview by Jonah Raskin," *Doris Lessing, A Small Personal Voice: Essays, Reviews, Interviews*, ed. Paul Schlueter (London: Flamingo, 1994) 69, 70.

堪、灾难不断的世界。为了表达这一主题，《金色笔记》进行了创新和实验，形成了形式和叙事的断裂和碎片。

首先，《金色笔记》从篇章结构来看，形成了断裂和不连续性。整个故事《金色笔记》分为《自由女性》和黑、红、黄、蓝、金5种不同颜色的笔记两大部分。中篇小说《自由女性》被插在中间的不同颜色的笔记分裂为5个部分，形成了5个断片，黑、红、黄、蓝4种笔记镶嵌在《自由女性》中间，共循环4次，出现了16个断片，最后在蓝色笔记之四和《自由女性》之五的中间，是4种笔记的总结——"金色笔记"。这样，整部作品就包括了22个结构和叙事断片。图示如下：

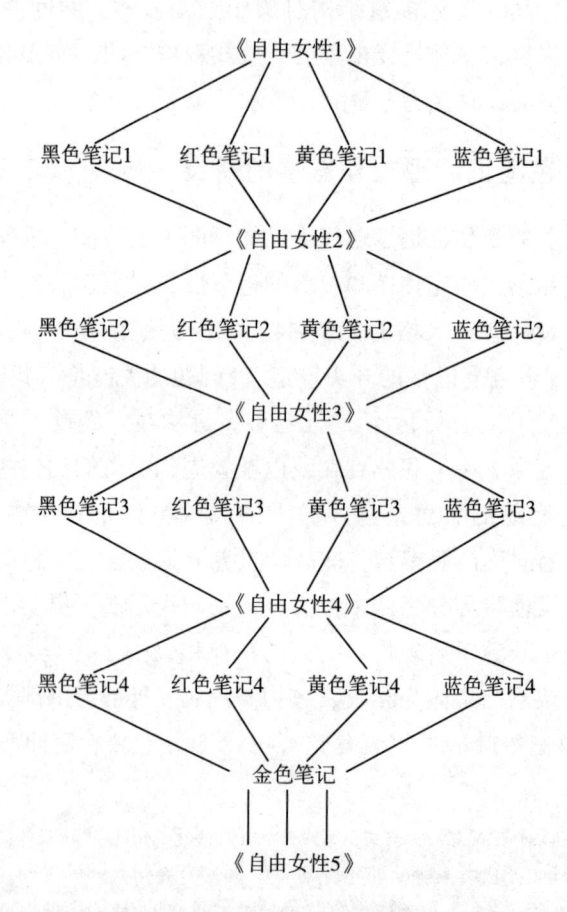

```
                《自由女性1》
                /   |   |   \
        黑色笔记1  红色笔记1  黄色笔记1  蓝色笔记1
                \   |   |   /
                《自由女性2》
                /   |   |   \
        黑色笔记2  红色笔记2  黄色笔记2  蓝色笔记2
                \   |   |   /
                《自由女性3》
                /   |   |   \
        黑色笔记3  红色笔记3  黄色笔记3  蓝色笔记3
                \   |   |   /
                《自由女性4》
                /   |   |   \
        黑色笔记4  红色笔记4  黄色笔记4  蓝色笔记4
                \   |   |   /
                  金色笔记
                  |  |  |
                《自由女性5》
```

这些断裂和碎片表现了20世纪中叶世界和人格的断裂、破碎、无序，重复出现的碎片表达了世事的烦琐和枯燥,个人的压抑和无奈。"《金色笔记》中的分裂不仅是一种心理现象,也是一种形式现象,就像小说的结构成为中心人物意识的客观关联物一样"①,"作品明晰的主题在于互相重叠的范式的游戏:其形式和内容都表现出与多元性和断裂相适应的不屈不挠的努力"②。

其次,《自由女性》和黑、红、黄、蓝、金五种颜色的笔记的文体和风格各不相同。《自由女性》表面看来是一部现实主义小说,时间也很具体,故事开始于1957年夏季,但读到最后,我们才发现,它是安娜治愈自己的精神分裂和克服写作障碍后的作品,所以就有了断裂以及与之互文的各色笔记,小说被各色笔记拆解得面目全非,读者由此看到了现实主义的局限性。《金色笔记》的思想性和艺术性在于构成小说各部分之间的有机联系,五色笔记大大丰富了作品思想和艺术的"深层结构"。笔记的文体和风格多种多样,"红色笔记"之二在记录安娜梦见一张漂亮的织物大网之后,"粘贴着几页写得十分潦草的文字"(311),在这些潦草的文字之后,又有几页"粘在一起的普通的书写纸,它们是从蓝色的便笺簿上撕下来的,字写得十分工整"(314),下面又恢复了安娜自己的笔迹;"蓝色笔记"之三的开头这样注释,"在大约十八个月里,蓝色笔记的简短记录,行文风格上不仅与先前的蓝色笔记不同,而且与其余的任何内容都大相径庭"(487),笔记接着简单而正式地交代了安娜的身世,包括她的出生日期、父母情况、家庭住址、中学教育、中非经历、婚姻状况、政治生涯、女儿简纳特的出生时间,下面又注释道,

> 每天都有记录,尽是些记事的短句:"早起。读某某书。见某某人。简纳特病。简纳特愈。摩莉得到她喜欢的角色/她不喜欢的角色,等等。"在一九五六年三月某日之后,一条粗浓黑线划过纸页,标志着整洁的短句记录的结束。此前十八个月的内容全划掉了,每页

---

① Roberta Rubenstein, *The Novelistic Vision of Doris Lessing: Breaking the Forms of Consciousness*, Urbana: U of Illinois P, 1979, p.76.

② Marie A. Danziger, *Text/Countertext: Postmodern Paranoia in Samuel Beckett, Doris Lessing, and Philip Roth*, New York: Peter Lang Publishing, Inc., 1996, p.46.

都打上了粗浓的黑叉。现在安娜不再每日一清二楚、三言两语地记载，而是以一种不同的写法继续着，写得流畅，迅捷，有些地方因为书写太快而几乎难以辨认。(487—488)

五色笔记的语体主要有以下几种：笔记体，这是笔记的主流语体；文学语体，安娜的小说《第三者的影子》就是小说语体；日记体，这种文体在笔记里频繁出现，尤其是"蓝色笔记"，全部是日记体，"红色笔记之一"有一则日记的时间是，1952年1月3日，这样写道，"我在这本笔记里写得很少。为什么呢？我知道，我在此所写的一切都是批评我们党的。但我仍在党内。摩莉也是……迈克尔的三个朋友昨天在布拉格被绞死了"(167)；有剪报，"蓝色笔记"之一里面就包含有67则剪报；有讽喻文学，"黑色笔记"之三，就有一篇《香蕉林中的血迹》，描写了黑人与白人之间的矛盾冲突，以及黑人的复仇心理和反抗精神；有感想，"黑色笔记"之一结束后，安娜这样写道：

今天我把这篇东西通读一遍，自写成后还是第一次读它。里面的内容充满了怀旧情结，每个字都含有那种意味，尽管当初我写下它时以为自己很"客观"。怀什么旧呢？我自己也不清楚。我宁可死也不愿那样的生活再重复一次。那时候的"安娜"似乎就是现在的我的一个敌人，或者说是一个我太熟悉而又不想再见到的朋友。(161)

这是安娜记下黑色笔记数月，第一次读它后所发出的感慨。她很不满意自己的作品，认为它太怀旧，太虚假，没有反映真实，因而很不成功。同时我们也看到，编辑安娜和叙述人安娜以及经历事件时的安娜是不相同的。"红色笔记"的风格显得冗长、乏味、空洞，表现了当时党内浮夸、虚假的不良作风。这些不同语体的叙述造成的断裂和不协调，不但丰富了故事的叙事风格，也进一步凸显了当时外部世界和人的内部世界的混乱、冲突、失衡和不协调，达到了激发读者想象力，增加读者与作者以及作品人物的交互，从而突出作品主题的艺术效果。

再次，《金色笔记》的22个叙事碎片中，每个碎片的叙事时时中断，形成了叙事碎片中的叙事碎片。安娜所记的黑、红、黄、蓝四本笔记中，"在每本笔记的第一页或第二页，只有一些草率写成的断章残句"（62）。黑色笔记"一开始便乱涂乱画，稀稀拉拉点缀着一些音乐符号，一些高音谱号和£形的标记，重重叠叠地变来换去。接着是一个环环相扣的复杂图案，再后面是文字"（62）；其左右两侧内容各不相同，左侧的小标题是"来源"，小标题下"写着一些残缺的句子，记录了值得回忆的一些场景，并贴有中非朋友写来的书信原件"（63—64），右侧的小标题是"钱"，下面"记载着与小说《战争边缘》有关的一些事宜，包括从它的翻译所得的收入，商业性商谈的记录等等"（64）。"红色笔记"之三第一则记载，1953年斯大林去世后，安娜参加的首次英国共产党员和前共产党员的聚会，会上表达了革除党内"僵死的官僚主义"、重整党组织的决心，笔记下面紧接着"塞满了许多关于俄国共产党二十大的剪报和方方面面的探讨政治或商谈政治会议的日程安排的书信。这些东西已用橡皮筋扎起，用夹子夹在笔记本里"（465），接下来安娜的亲笔记录又恢复了；"黑色笔记"之四不再划分"来源"和"钱"两个部分，笔记中只有一条是安娜1956年9月手写记载的，其余都是新闻剪报，"用糨糊粘贴"在笔记本上，时间从1955年到1957年，内容涉及"发生在非洲各地的暴力、死亡、骚乱、仇恨"（546）。"红色笔记"之四是安娜1956—1957年的记录，范围涉及欧洲、苏联、中国和美国，内容是关于暴力的，只有一条是安娜自己写的，其余也都是剪报。"黄色笔记"之三的叙事完全中断，只有作为创作素材的18篇短篇或中篇小说的故事素材和1篇写作模式的拙劣模仿。作为安娜的日记的"蓝色笔记"之四只有记录，而没有日期。而"蓝色笔记"之一在记录第八则日记之后，作为安娜个人资料的日记突然结束，出现了67则剪报，剪贴得很细心，还标有时间。这些简报来自于《每日电讯报》《快报》《新政治家》《政治家》：

一九五〇年七月十三日

今天，民主党员劳德·本森先生在国会强烈要求杜鲁门总统敦促朝鲜于一周内撤军，否则，他们的城镇将遭受原子弹的轰炸。人们对

此报以热烈的掌声。《快报》

一九五〇年七月二十九日
艾德礼已明确表示，英国决定在国防开支上增加一亿英镑的开支，这意味着人们盼望已久的生活水平的提高和社会福利的改善只得延期实现了。《新政治家》

一九五〇年八月三日
美国打算马上着手氢弹试验，据说这种炸弹的威力比原子弹大数百倍。《快报》

一九五〇年八月五日
有关原子弹的冲击波、高热和辐射情况，广岛和长崎的教训已有案可查。可以相信：一枚原子弹如果掉在英国某居民区，它将使五万人丧生。氢弹的威力先不去管它，光原子弹就足以让人无安全可言……《新政治家》

一九五〇年十一月二十四日
麦克阿瑟调集十万大军，以图结束朝鲜战争。《快报》

一九五〇年十二月九日
朝鲜和谈开议，同盟国不会妥协。《快报》

一九五一年三月十二日
艾森豪威尔的原子弹：只要原子弹能给敌人带来毁灭性的打击，我将即刻使用它。《快报》

一九五一年四月六日
女间谍因窃取原子弹技术被处死。其丈夫也上了电椅。法官说：是你导致了朝鲜战争。

一九五一年六月九日

美国最高法院认定美国共产党十一位领导人犯有阴谋武力推翻政府罪。五年监禁和每人一万美元罚款的惩罚措施将强制执行。《新政治家》

一九五一年六月十六日

先生：据六月二日《洛杉矶时报》称："在朝鲜，自战争爆发以来，估计已有二百万平民丧生，其中绝大部分是儿童。另外还有一千多万人无家可归，缺衣少食。"六月一日，大韩民国特使金东升在此通报说："一夜之间就有一百五十六个村庄被烧毁。这些村庄都在敌军推进的道路两侧。当然，联合国军的飞机只好把它们夷为平地。所有留在村里的老人和孩子因未能听从撤离的命令而丧生。"《新政治家》

一九五一年十月十七日

穆斯林世界火光冲天。又有大批军队增援苏伊士。《快报》

十月二日

军队封锁埃及。《快报》

一九五一年十一月二十四日

在今天的俄国，谁也不知道在一九三七年到一九三九年的苏维埃大肃反运动中有多少人被处死、被囚禁、被关入劳动集中营或死于非命，谁也不知道被强制劳动改造的人到底是一百万还是两千万。《政治家》

一九五一年十二月十三日

俄国制造了轰炸机。飞行速度为世界之最。《快报》

一九五二年一月十二日

当杜鲁门总统于一九五〇年初告诫全世界美国将集中精力试制氢弹时——科学家认为这种氢弹的威力是广岛原子弹的一千倍，相当于二千万吨 TNT——阿尔伯特·爱因斯坦就曾冷静地指出过："一个大毁灭的幽灵越来越清楚地出现了。"《政治家》

一九五二年三月一日
就像中世纪成千上万的无辜者被指控为巫婆那样，不计其数的共产党人和俄国爱国人士因莫须有的反革命活动罪而遭清洗。实际上，正因为没有任何罪行值得揭露，才会有那么多人遭逮捕（这是一种极其巧妙的办法，韦斯伯格先生曾经说过：在一九三六年至一九三九年间，大约有八百万无辜者蹲过监狱。）《政治家》

一九五二年十二月十三日
日本要求扩军。《快报》

一九五二年十月三日
我们的原子弹上了天。英国第一颗原子弹爆炸成功。《快报》

一九五二年十月十一日
茅茅党人殴打上校军官。《快报》

一九五二年十一月十七日
美国试爆氢弹。《快报》

一九五二年十二月十七日
十一名共产党领导人在布拉格被处以绞刑。资本主义间谍向捷克政府告发。

一九五二年十二月二十九日
一座耗资巨大的原子能工厂正在筹建，英国原子武器的生产有望

成倍增长。《快报》

一九五三年三月六日
斯大林去世。《快报》

一九五三年三月二十三日
两千五百名茅茅党人被逮捕。《快报》

一九五三年五月十三日
埃及发生暴乱。《快报》

一九五三年七月十八日
柏林夜战。今天凌晨,一千五百名东柏林民众在黑暗的街道上与苏联坦克步兵师发生冲突。《快报》

一九五三年七月二日
朝鲜停火。《快报》

一九五四年二月十九日
英国如今已有原子武器储备。《快报》(248—258)

这些剪报可以说是20世纪中叶世界大事要闻,涉及世界资本主义和社会主义两大对立阵营之间的冷战、和冷战中的热战,例如朝鲜战争、柏林封锁、苏伊士运河事件、麦卡锡主义,还涉及斯大林时代苏联以及部分东欧社会主义国家的政治大清洗,"二战"后美英两国和苏联的氢弹试验、军备竞赛、核武器的威胁,以及"二战"战败国日本扩军的叫嚣,还有20世纪中叶非洲肯尼亚人民反抗英国殖民主义者、争取民族解放斗争的茅茅运动,等等。这些内容安娜直接用剪报的形式粘贴在"蓝色笔记"本上,表面上看,与其前后的叙事视角、文体形式、叙事风格很不协调,导致了"正常叙事"的中断,使读者产生混乱的感觉,其实,这正是作品所想要达到的艺术效果。对于当时世界的分裂、混乱，任何语言都无法表达，只有通过写作形式的实验创新，才能表达世界的断裂、无序和恐怖。所有这些叙事断裂和碎片造成了叙事的不协调和陌生化，能够刺激读者的阅读积极性，触动读者的心灵和神经，引起读者的高度重视，从而强调了世界的对立与冲突、荒诞和无序。

三 《金色笔记》虚构与真实界限的打破

后现代主义文学观认为，生活复杂多变，混乱不堪，千头万绪，荒诞不经，文学创作意味着虚构，文学家必须通过虚构、打通虚构与真实的界限才能表征混乱多变、参差不齐、丰富多元的外部世界和人的内部世界的现实。《金色笔记》是一部典型的后现代主义作品，打破了虚构与真实之间的界线，把外在和内在、公共与私人、个人与政治联系起来。这主要是通过下列方法实现的。

第一，通过戏仿现实主义和现代主义作品，嘲讽现实主义手法在表征真实方面的不足，主张发扬现代主义实验创新优势，强调后现代主义文学通过实验表征错综复杂、冲突激烈、混沌无序的现实的必要性。表面看来，《自由女性》是一部典型的现实主义作品，作家莱辛采取全知全能的第三人称叙事视角，叙事时间明确，讲述的是两个自由女性——离异的安娜和她的朋友摩莉及摩莉的前夫理查和儿子汤姆之间的故事。但读到最后，我们才发现，《自由女性》是作家安娜笔下的人物安娜克服写作障碍后，写作的一部作品。一部作品被分割成了五个部分，安娜的黑、红、黄、蓝四种笔记插在中间，在《自由女性》的第四和第五部分之间，是"金色笔记"，最后是《自由女性》之五。《自由女性》无法全面地反映安娜的生活，所以她又用四本笔记，分别记录自己不同的自我，在"蓝色笔记"之三的开头，编辑安娜这样对自己说，"我有四本笔记，一本黑色笔记，是记述作家安娜·沃尔夫的情况的，一本红色笔记，和政治有关，一本黄色笔记，用来根据自己的经历写故事，还有一本蓝色笔记，我尽量把它当作日记。"（495）笔记是对《自由女性》内容和形式的必要补充，要读懂《自由女性》，必须读懂各种笔记。《自由女性》中的人物和事件不断地在笔记中重复，二者之间存在互文性，这和作品最后的"金色笔记"一起,构成了整部小说。而整部作品的意义在于《自由女性》和五种笔记之间的关系。难怪莱辛在1964年的一次采访中这样批驳评论家对作品的误读,"我对有关《金色笔记》的评论很生气。他们认为这是一部描写个人生活的作品,作品内容片面。然而,这是一部结构高度严谨、设计非常精心的小说,该书的关键在于构成它的各部分之间的关系,但是他们却试图把书变成:多丽丝·莱辛的忏悔录。"① M. 基思·布克指出,《金色笔记》"不同颜色笔记之间、笔记和《自由女性》片段之间的关系具有反讽和不稳定的意义,这使得任何终极的文本阐释成为不可能"②。莱辛曾这样谈论《金色笔记》的构思:

> 我将《自由女性》这部中篇小说作为那一大堆材料的归纳与缩写,本意就是想谈谈传统小说,这也是一个作家对自己所写的表示不满的一种方法:"我刻意想表现的真实太微不足道了,我从杂乱中梳理出的东西太有限了!经验为我提供的一切是那么的粗糙,那么的无序无形,这篇短短的文字又如何能反映真实呢?"③

而从作品内容来看,"四部笔记作为'附本'的形式远远大于正文故事的容量,这种超负荷的比重明显影响了故事的线性叙事,造成了'偏离',因此小说并不具有一种通常意义上的情节,读者也很难概述整个故事的情节"④。从叙事时间来看,《自由女性》的叙事时间是1957年,笔记的时间从1950年到1957年。但是,"黑色笔记"记述的是安娜20世纪40年代在中非的经历,最后叙事变成了关于20世纪50年代非洲暴力的剪报,"红色笔记"主要记录安娜1954年前后从入党到退党的情况,最后也成了1956—1957年关于欧洲、苏联、中国和美国的暴力的剪报,"黄

---

① Roy Newquist, ed., *Counterpoint* (Chicago: Rand McNally, 1964) 418.

② M. Keith Booker, *The Modern British Novel of the Left: A Research Guide* (Westport, Conn.: Greenwood Press, 1998) 213.

③ [英]多丽丝·莱辛:《金色笔记·前言》,陈才宇、刘新民译,译林出版社2008年版,第8页。

④ 岳国法:《"形式"的修辞性:〈金色笔记〉的文学修辞批评》,载《社会科学论坛》2009年第7期(下)。

色笔记"主要是安娜创作的小说《第三者的影子》,没有具体的叙事时间,"蓝色笔记"主要记录安娜1950—1954年的经历,内容与黑、红、黄色笔记大都重复,记述了三件重要事情:入党和退党、与情人迈克尔的感情纠葛、求助马克斯太太接受精神治疗的情况,而1950—1953年这段时间的内容全部是新闻剪报。由此来看,"小说文本内的叙事时间是静止的,它在故事层面的混乱是在虚置对具体事件的描述的同时,以共时的方式强化事件的相同性。叙事时间在小说中其本身并不服务于线性叙事,而是通过让所有事件并置,突出该历史时期的内容和主题。"[1] 因此,貌似现实主义作品的《自由女性》远远不是全书的总纲,莱辛也曾经否认《金色笔记》是一部女权主义作品,"这部小说不是为妇女解放吹响的号角"[2],"'自由女性'这个标题其实是反讽"[3]。"作者对生活和现实的关注要大于对男女关系的处理,因为她没有将两性关系作为对立关系处理,也没有将女性问题作为解决人的处境问题的重要途径。作者只是将经济、政治、精神、心理(创作)危机等并置在一起,从历史的高度在社会层面把一种特殊的性别结构拆解开,放置于各种具体社会情境中,使其更加可信,并以这样的形式向我们揭示60年代人生存的世界。"[4] 这样,作品通过戏仿现实主义创作手法,质疑了它在反映现实方面的局限性,"挑战作品一开始就似乎赋予信任的现实主义创作技巧"[5],"以故事、日记等形式观察思考人生、洞悉世间百态、剖析政治、体味自我感情经历和精神分裂,包罗万象、内外兼备、乱中有序,实现了宏大叙事的伟大革新"[6]。

安娜曾在"黄色笔记"之一的末尾指出,"文学描写是事后的分析"

---

[1] 岳国法:《"形式"的修辞性:〈金色笔记〉的文学修辞批评》,载《社会科学论坛》2009年第7期(下)。

[2] [英]多丽丝·莱辛:《金色笔记·前言》,陈才、刘新民译,译林出版社2008年版,第3页。

[3] 同上书,第2页。

[4] 岳国法:《"形式"的修辞性:〈金色笔记〉的文学修辞批评》,载《社会科学论坛》2009年第7期(下)。

[5] Dennis Porter, "Realism and Failure in The Golden Notebook," Modern Language Quarterly 35.1 (1974): 57.

[6] 蒋花、史志康:《整合与对话:论〈金色笔记〉中的戏仿》,载《当代外国文学》2007年第2期。

(236),但她同时又担心读者说这样的描写不真实,属于虚构。"蓝色笔记"之二记载,1954年9月15日,与安娜同居五年的情人迈克尔决定终结与安娜的关系。他指责道,"安娜。你虚构生活中的各种故事,并把它们说给自己听,因此,你弄不清什么是真的,什么是假的了。"(344)于是安娜决定,"既然他说我善于虚构生活中的故事,那就让我尽可能实事求是地把自己每天的生活记录下来吧"(344)。这样,就有了"蓝色笔记"之二的下一条记载:安娜占用笔记长达36页(344—380)的篇幅,煞费苦心,一字不漏地记载了1954年9月16日她从早上醒来到晚上睡觉整整一天的活动和感受,目的是做到写作的真实。早晨5点,安娜醒来,先与迈克尔聊天。6点,"腿上神经绷紧","家庭主妇病"开始作怪,想到要给即将上学的女儿简纳特和即将上班的情人迈克尔做早饭,突然,迈克尔直接从后面动作粗野地占有了她,安娜非常担心害怕,因为隔壁简纳特发出走动的脚步声,万一来到她的门口,安娜必须立即前去阻止她进来,而迈克尔却经常选择这个时间做爱,以安娜的担惊受怕而快乐。安娜无法协调自己母亲与情人的双重角色,克制并怨恨着。八点钟简纳特吃过早饭去上学,迈克尔起来吃早饭。安娜担心今天迈克尔要跟她分手,因为最近他老是说,"每个有头脑的男人都懂得,一旦女人在他面前表现得太能干,他们分手的时候也就到了",安娜心头掠起凉意。迈克尔上班走了,安娜再次洗脸、穿好衣服、想着匆匆赶往商店为迈克尔购买晚餐的食品,自己又遇上月经,换上卫生棉条,接着赶往自己的单位跟共产党员谈论乏味的文学作品,不欢而散。下班时下起了雨,安娜坐公共汽车回到家中,她先洗了个澡,然后给简纳特、迈克尔和她自己做晚饭,又到杂货店去买白天忘了购买的红糖,简纳特吃罢晚饭先睡下,安娜继续等着情人迈克尔回家吃晚饭,直到夜里11点,迈克尔来电,"安娜,很抱歉,今晚我无论如何来不了了","如果你专门为我做了晚饭,我很抱歉"。挂断电话,安娜独饮闷酒,躺倒在床,号啕大哭,极其痛苦。这里,莱辛实际上在戏仿现代主义文学大师詹姆斯·乔伊斯的作品。安娜和摩莉分别对应着世界意识流文学经典《尤利西斯》中的摩莉·布鲁姆和《芬尼根的守灵夜》中的安娜·利维亚。乔伊斯的《尤利西斯》记载了1904年6月16日,都柏林市3位普通市民布鲁姆、摩莉和斯蒂芬从早上8点到次日凌晨

2点40分共19个小时的经历和感受,通过戏仿古希腊荷马史诗《奥德赛》,嘲讽现代人的平庸、空虚和现代生活的乏味、混乱;而《金色笔记》又对《尤利西斯》进行了戏仿。时间相隔半个世纪,同样是一天的活动和感受,但布鲁姆的一天极其普通,而安娜的一天一方面无聊、枯燥,另一方面又非常重要,因为这一天她决定退党,并被情人迈克尔抛弃,在政治上和情感上遭受双重打击。同样是文学作品,但写作风格截然不同,布鲁姆的一天是典型的意识流展示,而安娜的一天几乎成了流水账,"对我来说,月经仅仅意味着一种定期出现的情绪状态,没有别的特殊意义。但我知道,一旦写下'血'这个字眼,它就能给人带来某种错觉,连我自己读着这个刚刚写出的字时,心情也是如此……我意识到,此时我正在考虑文学的风格或技巧的问题。比如说,詹姆斯·乔伊斯写他的人物在排便,这就让人大为震惊"(353)。安娜认为月经"只是一个女人日常生活的一部分","但一想到我得把它写下来,就不免打破了这种平衡,扼杀了事物的本质"(354)。她认为,"真正的艺术一概出之于深沉的、赤裸的、毫不掩饰的内心情感"(362),而笔记里的这种实事求是的写作方法远远不能表征现实,根本算不上文学创作,"在我动笔以前,我就开始怀疑这一天的写作会有什么价值"(353)。所以,在这长篇大论之后的注释中,安娜依然认为她的写作没有真正表征真实,"没有成功,依旧是失败"(380),并将之删除,并以短短数行,重新记录这一天:

> 平常的一天。我是在跟约翰·布特和杰克讨论问题的过程中决定退党的。此刻我必须小心谨慎,别让自己像憎恨我们已经走过的人生的某个阶段那样憎恨共产党。值得注意的迹象早已出现:我经常会无缘无故地讨厌起杰克。简纳特一如既往,没有给我带来麻烦。摩莉很担心汤姆,我觉得这种担心是有理由的。她有一个预感,他会娶那个新结交的女友为妻。她的预感通常灵验。我意识到迈克尔终于决定与我分手。我必须振作起来。(380—381)

《尤利西斯》是西方意识流文学的最高成就,也是英国文学中最具创新实验精神的作品。作品的成功除了卓越的意识流写作技巧外,"还在于作者消除了生活与艺术的距离,将艺术还原于生活,或将生活不加润饰直接横移入文学(这一特征又颇接近后现代主义)"①。这里的戏仿透露出莱辛对乔伊斯文学创作理念和革新精神的赞赏,也透露出莱辛的文学创新精神和后现代主义文学理念:文学家必须用新的文学形式表征现实,文学重在虚构,虚构与真实之间不应该有截然分明的界限,"小说家的困境在于:努力明确地表达真理的行动和同时虚构经历之间的矛盾"②。

综上,通过戏仿现实主义和现代主义,莱辛嘲讽前者的缺陷,肯定并发扬后者的创新精神,并致力于文学形式的创新实验,《金色笔记》就是她成功的尝试,正如她在给出版商的一封信中所说,《金色笔记》是"一次突破形式的尝试,一次突破某种意识观念并试图超越的尝试"③。

第二,人物的虚构性和真实性之间界限的混淆以及主、客观叙事的灵活切换打破了虚构与真实之间的界限。《金色笔记》中的小说和笔记并置。《自由女性》的叙事时间明确,故事发生在1957年和1958年,叙事都是第三人称,似乎是客观的,人物真实可信,但它毕竟是小说,所以里边的人物又是虚构的,而笔记中的人物应该是真实可靠的,但是《自由女性》中的人物安娜、摩莉、汤姆同时出现在笔记中,这让读者分不清小说中和笔记里的人物哪些是真实的,哪些是虚构的。就连最为可靠的安娜的日记——"蓝色笔记",其结尾也与《自由女性》的大不一样,蓝色笔记的结尾汤姆结婚,没有失明,周游英国,宣讲工人阶级的生活;而《自由女性》中汤姆双目失明,参与左翼活动;更何况,在"蓝色笔记"之三中,安娜承认,她"尽量把蓝色笔记当作日记",这就证明,它实际上也是虚构的。《自由女性》之四和之五的故事发生在笔记之后,安娜依然没有克服人格分裂和写作障碍,然而,《自由女性》中和她一起治愈好各自的人格分裂和写作障碍的人物名叫米尔特,而貌似"真实可靠"的

---

① 蒋承勇等:《英国小说发展史》,浙江大学出版社2006年版,第326页。
② Roberta Rubenstein, *The Novelistic Vision of Doris Lessing: Breaking the Forms of Consciousness*, Urbana: U of Illinois P, 1979, p. 108.
③ From the dust jacket of the original edition of *The Golden Notebook* (London: Michael Joseph, 1962). Quoted in Roberta Rubenstein, *The Novelistic Vision of Doris Lessing: Breaking the Forms of Consciousness*, Urbana: U of Illinois P, 1979, p. 11.

笔记里这位人物的名字却叫作索尔·格林,到底哪是真实的,哪是虚构的,可谓扑朔迷离,真伪难辨。鲁宾斯坦认为,索尔"仅仅在蓝色和金色笔记中虚构的模仿现实层面上是'真实的'","他只是她自己虚构的一部分"①;摩莉·海蒂指出,索尔是虚构的,"只是安娜分裂的意识的另一方面"②。小说《自由女性》的情感纠葛发生在主人公安娜和迈克尔之间,而笔记里的小说同样是虚构作品,两个人物分别成了爱拉和朱丽娅,读者也无法辨别哪属虚构哪属真实。

  从叙事主体来看,《金色笔记》是莱辛的作品,但从作品的循环结构来看,作品是安娜·沃尔夫的,这样,作家安娜完全跳出叙事之外,编辑安娜对整部作品负责。通过把安娜变成她笔下的作家,"莱辛几乎彻底模糊了真实与虚构之间的界限","《金色笔记》不像一部传统小说展开,而更像一部电影,幕布上以笔记的形式闪现着一系列尽管重复而又互不相同的人物形象。电影的制片是莱辛,我们认识撰稿人,她是安娜·沃尔夫"③。《金色笔记》的叙事还总是在客观和主观之间切换,这也模糊了虚构与现实之间的界限。"黄色笔记"和其他笔记一样,采取的是第一人称叙事,但它的主体内容是一部小说——小说中的小说《第三者的影子》,主人公爱拉和朱丽娅实际上是安娜和摩莉。《第三者的影子》采取第三人称客观叙事,但又不时切换到主观叙事。这样,《自由女性》的客观叙事、笔记的主观叙事以及主客观叙事视角的不断切换,就形成了《金色笔记》的多视角叙事。《第三者的影子》中,安娜还时不时地走出来审视故事,发表自己的评论,与虚构人物对话,"这篇故事的不足之处在于它是以分析保罗和爱拉之间的关系如何解体而写出的。我不知道还有别的什么办法来写它。一个人一旦经历了某件事,这事就定了型……这样,所有的描写其实就不真实了,因为当初经历这件事时,当事人根本就不是这样想的"(235),安娜随即得出"文学描写是事后的分析"的结论。这里安

---

① Roberta Rubenstein, *The Novelistic Vision of Doris Lessing: Breaking the Forms of Consciousness*, Urbana: U of Illinois P, 1979, p.105.

② Molly Hite, *The Other Side of the Story: Structures and Strategies of Contemporary Feminist Narrative*, Ithaca and London: Cornell UP, 1989, p.97.

③ John L. Carey, "Art and Reality in *The Golden Notebook*," *Contemporary Literature* 14.4 Special Number on Doris Lessing (Autumn, 1973): 440-441.

娜和爱拉谁为虚构、谁为真实、谁为客观、谁为主观已分辨不清，爱拉就是安娜，安娜就是爱拉，"我，安娜，见到了爱拉，而她当然就是安娜自己。但问题就在这儿，她又不是。每当我，安娜写道：爱拉给朱丽娅挂电话时宣称什么等等，爱拉就从我身上游离出去，变成了另一个人。我不知道爱拉从我这里分离出来，成为爱拉的那一刻发生了什么。没有人知道。叫她爱拉而不是安娜，这就够了"（478）。正是小说作品不拘泥于形式，不刻意机械地、勉强地区分虚构与真实，才使作品避免了《战争边缘》"怀旧"的不足和笔记的"不真实"，还帮助安娜利用虚构而看清了自己的真实状况，认清作家与自己创作的作品的关系：

> 如果我有心要写出这部小说，它的主题一开始还是先不作交代，等以后再慢慢揭示吧。那就是第三者——保罗的妻子的主题。一开始他并没有想到她；后来则刻意不去想她，那一阵子，她对待这个陌生女子的态度是颇为鄙夷的：她从她那里夺走了保罗，感到既得意又快活。当爱拉意识到自己的这一情感时，她感到很震惊，很惭愧，不得不马上把它掩饰起来。然而，这第三者的影子在逐渐扩大，使爱拉不能不去想。对于这位未曾谋面、而保罗又得回去相见（他经常回去）的女人，她开始想得很多了，如今不再是得意，而是妒忌。是的，她妒忌她。在她心目中，慢慢地、不知不觉地形成了一个沉着冷静、无妒无忌、无欲无求、自得其乐、内心充满幸福的女性形象，这个人只要有人向她索取，便随时准备把幸福赐予他人。爱拉忽然想到（晚些时候，大约三年以后），这样一个形象是很不平常的，它与保罗所言及的那位妻子没有任何的联系。那么，这个形象到底从哪里来的呢？爱拉后来慢慢地弄明白了：这是她自己所向往的形象，这个虚构人物是她自身的影子，它离她十分遥远。这会儿她懂得了，并且为之大感惶恐：她在完全依赖着保罗。她的每根神经都跟他连接在一起，而且无法想象没有他，自己如何生活。一想到失去保罗，她便感到不寒而栗，因此，她只好不去想这件事。她开始意识到，她之所以紧紧抓住这另一个女人——即第三者的形象，是出于对自身安全的保护。
> (215)

这部小说中的小说既有主观叙事，又有客观叙事；既有虚构成分，又有选自笔记的"事实"。这样，作品就不但混淆了虚构与真实之间的界限，也把主观叙事和客观叙事联系起来，使二者互为印证，互相弥补，在形成作品完整的叙事结构方面发挥各自的作用，"多种多样的叙事结构表明，所有描写安娜经历的版本都是虚构的，虽然各自都以自己的方式呈现出一定的真实性……'真实'不在于描写安娜经历的任何单一版本，而在于她——和我们——通过想象把各种各样的碎片和视角融合在一起的理解中……《金色笔记》的意义不在于安娜任何单一版本的虚构作品，而来自于它们的混合"①。这也使我们再次看到了莱辛的创作理念：后现代艺术家应该重视虚构，"应该把'真实的'和'不真实的'同样写在作品里，最终让读者无法区别哪些更加的'真实'或者'符合实际'"②。"《金色笔记》——迥然不同的风格和视角的混合——体现出莱辛试图填平真实生活经历与她认为'永远是谎话'的传统小说的辩证法。"③

第三，《金色笔记》通过戏仿历史事件和神话，把历史和现实、神话与现实联系起来。首先，作品对17世纪英国迫害清教徒的历史事件进行了戏仿。英国历史上，17世纪初，为了躲避宗教和政治迫害，大批清教徒移居北美洲。他们把北美大陆看作是广阔无垠、资源丰富、自由平等的乐土，上帝赐予他们的福地，认为他们是上帝的选民，旨在重新建立在欧洲无法建立的"伊甸园"，一个理想的社会，信仰上帝预定论、原罪说、彻底堕落说、有限救赎论，主张节俭和辛勤劳作。美国东北部的新英格兰是英国清教徒最早居住的地方，后来逐渐发展为13个殖民地。经过1775—1783年的独立战争，于1789年建立了美利坚合众国。清教主义中的个性、平等意识和勤奋工作等思想逐渐发展成为美国民族精神中的核心价值观，对美国文学和文化产生了深远的影响。经过两次世界大战，美国大发战争财，一跃成为世界的霸主，经济和综合国力遥遥领先于英国，尤

---

① Roberta Rubenstein, *The Novelistic Vision of Doris Lessing*: *Breaking the Forms of Consciousness*, Urbana: U of Illinois P, 1979, pp.105-106.

② John L. Carey, "Art and Reality in *The Golden Notebook*," *Contemporary Literature* 14.4 Special Number on Doris Lessing (Autumn, 1973): 450.

③ Marie A. Danziger. *Text/Countertext*: *Postmodern Paranoia in Samuel Beckett*, *Doris Lessing*, *and Philip Roth*, New York: Peter Lang Publishing, Inc. 1996, p.46.

其是第二次世界大战后,为了抗衡社会主义国家苏联,美国建立了资本主义军事和政治阵营北约,与苏联为首的社会主义军事和政治阵营华约展开长达几十年的冷战。为了遏制社会主义和共产主义的发展,美国20世纪50年代发起了反共、反苏、反民主的麦卡锡主义,大批共产党员、进步人士、无辜平民受到迫害,全国上下一片恐慌,血雨腥风,美国这个新的天堂顿成人间地狱。为躲避政治迫害,一些美国左翼人士纷纷到达英国。作品中的安娜和摩莉就经常帮助这些深受麦卡锡主义迫害的美国左翼人士。安娜一天晚上去歇斯底里的美国左翼人士纳尔逊租住的公寓里参加聚会,看到"出席的大约有十二人,都是美国人,在电视或电影界工作——都是'娱乐界'从业人员,……他们中半数的人属于左翼,都已上了黑名单,住在英国,因为在美国他们找不到工作"(506)。索尔·格林告诉安娜,"他的美国是冷漠无情的……人人对麦卡锡主义感到震惊"(586—587),米尔特也是这样。历史颠倒过来了,昔日美国是个自由、平等、民主的天堂,英国是个迫害清教徒的地狱,今天英国却成了今日地狱的美国共产党员和左翼人士避难的天堂。这个戏仿真是天大的嘲讽,深刻批判了麦卡锡主义的危害和反动本质。

其次,作品对希腊神话进行了戏仿。希腊神话传说中的西西弗斯(Sisyphus)是城邦科林斯的建立者和统治者,因绑架死神而遭到严厉惩罚。他每天必须把一块巨石推上山顶,到了晚上,石头就又从山顶上滑落下来,第二天他还得重复这一劳动,日复一日,年复一年,历尽艰辛,不得停息。众神这样惩罚他,不仅仅要折磨他的肉体,更要折磨他的灵魂,磨平他的意志,使他永远在挫败的命运中受尽煎熬与耻辱。终于有一天,他在这种荒诞、单调、痛苦、绝望的命运中发现了生命的意义,"西西弗斯的石头"于是变成了意志、毅力、信仰、奋斗的代名词。苦难是磨炼人的意志、促使人实现生命价值的源泉。通过戏仿这一神话,作品表达了面对世界的荒诞和人格的分裂,不但应该接受,承认人格完整状态下的混乱以及复杂性,——"无论他或她,他们是个整体,因为在这个或那个舞台上他们选择了封闭。通过封闭和限制自己,人们才保持了心智健全"(489)——而且还要采取行动,用创作营造秩序。"蓝色笔记"中安娜就曾通过"命名游戏"营造秩序:

首先我想象我正位于其中的这间屋子，一件件东西想过去，"叫出"每一件东西——床、椅子、窗帘、直到整个屋子都印入脑中。然后出去，想象出整幢住房，然后再出去，慢慢勾勒出整条大街，随后升起在空中，俯瞰伦敦，看着这庞大的四下蔓延的伦敦，而与此同时，脑中仍印着这屋子、这住房、这大街，随后设想着英格兰，在大不列颠中英格兰的形状，之后是相对于欧洲大陆的英伦三岛，之后，我慢慢地想象出整个世界，一块又一块大陆，一片又一片大洋，（"游戏"的关键在于，在想象出这片广阔无垠的同时，脑中时刻还记着这微乎其微的屋子、住房、大街），直至我升入太空，回望地球，天空中一颗由太阳照亮的星球，在我下方旋转着。随后，在想象达到这种高度之际——四周是星星，小小地球在脚下飞旋——我会同时努力想象出一滴充满了生命的水珠，或是一片绿叶。有时候我能达到我所希冀的目的，即同时认知广阔无垠和微乎其微的两个世界。或者我会集中注意力于一种生物，池塘中一尾色彩斑斓的小鱼，一朵鲜花，一只飞蛾，并努力想象，"叫出"那种鲜花、飞蛾和小鱼，逐渐想象在它四周的森林，或海洋，或晚风习习，想象风吹得我双翅倾斜和（的）天空。随即，突然地，从微乎其微进入无垠太空。(569—570)

不但要营造秩序，而且还要向希腊神话中的西西弗斯学习，做一个推大圆石的人。作品最后的"金色笔记"中，安娜梦见曾经住过的马雪比旅馆，看见了"氢弹的爆炸"，一名放映员在放电影，电影中虚构和真实融合在一起，保罗和迈克尔合二为一，成了一个新人，这个新人说道：

但是，我亲爱的安娜，我们可不是我们自己认为的失败者。我们终生奋斗，以便使人们比我们稍微聪明一点，从而可以领会伟人们一向明白的道理。他们一向明白，已经足足一万年了，他们明白将一个人幽闭囚禁起来，会使他变为疯子或动物。他们一向明白一个害怕警察或地主的人便是奴隶。他们一向明白担惊受怕的人会变得狠心。他们一向明白暴力会滋生暴力。而我们也明白。但全世界的广大民众知道不知道？不知道。我们的工作便是告诉他们这些。因为不能去烦扰伟人们，他们的想象已在关注如何向金星殖民，他们脑海中已经在构思满世界都是自由高尚的人的未来社会。同时，深深陷于恐惧之中的人们，已经落后于他们一万年。不能去烦扰伟人们。他们是对的，因为他们知道我们在这儿，我们这些推大圆石的人。他们知道我们会继续推石上山，在一座巍巍高山的低坡上往上推动一块巨石，而他们早已自由自在地站在高山之巅。我们这一辈子，你和我，我们将竭尽全力，耗尽才智，将这块巨石往上推进一寸。他们依仗我们，而他们总是对的。这便是我们毕竟并非毫无用处的原因。(639—640)

这就是面对混乱、荒诞、分裂、恐怖的世界和不完美的人格，人们应该采取的态度：用写作反映现实世界和人生，用混乱、无序的形式表征荒诞无序的外部社会和人的内心世界，承认并接受世界的混沌、碎裂、无意义和人格的分裂和不完美，并通过写作把外在世界和内在世界、主观和客观、个人与集体、个人与政治、虚构和现实连接、整合、统一起来，于混乱和不完美中营造出秩序。陈红梅指出，"如果《金色笔记》具备任何后现代性，那首先就表现在其试图包容一切，跨越所有界限和障碍以认识世界及其一切问题的勃勃雄心中"[1]。这样，《金色笔记》通过戏仿历史与现实、神话与现实等，实现了二者之间的对话，模糊了二者之间的区别，强调了文学虚构的重要性，把虚构与真实融合起来。

总之，《金色笔记》通过戏仿现实主义和现代主义、人物的虚构、叙事主体和视角的转换，以及戏仿历史与现实、神话与现实等，强调了文学虚构的重要性，把虚构与真实融合在一起，"事实与虚构之间、过去与现在之间、心智健全与精神错乱之间、男性与女性之间、客观与主观之间、理智与情感之间、意识与无意识之间，以及主题意义层面上其他各种各样的二元对立的并置，最终也通过读者自己的想象和综合能力而融合在

---

[1] 陈红梅：《〈金色笔记〉的空间叙事与后现代主题演绎》，载《外国文学研究》2012年第3期。

一起"①。

综上所述,《金色笔记》是一部杰出的后现代主义小说。作品的网状叙事结构、意义的不确定性、形式和叙事结构的断裂和碎片、虚构与真实的融合等,使其表现出大胆的创新精神和高超的艺术技巧,无限扩大了文本的阐释空间,在英国文学史上独树一帜;"戏仿让作者纵横于世界各地,自由穿梭于历史时空中,将经典文学传统与当代文学革新、梦的解析和现代生活、神话与现实、历史和现实、国内与国外、个人与世界等整合在一起,形成众多不同形式的对话,宛如一部多声部的交响乐"②。作品"既有纵向脉络、又有横向联系的似断实连、交错复杂的网状结构",表现了"整个社会的四分五裂、错综复杂。这种现代的结构形式,是和现代的作品主题相呼应的"③。"小说结尾的循环开放式结构解构了传统的认知观……这一结构符合小说构思的创意,与小说的主题及其内容融成了一个完整的统一体……莱辛在写作上的突破与创新,为后现代小说的发展作出了重大的贡献。"④ 莱辛曾谈及《金色笔记》的创作初衷,"我的本意是想写出一部能注解自身的作品,我要让这部作品作出无声的声明……恰恰这一点被人们忽视了","一本书内在的生命就是它的形式和形态……只有当一本书的构思、形态和意图不被人所理解时,它才显得有生命力和影响力,具有再生效应,从而引发思考和探索。构思、形态和意图一旦被认清,其中的奥秘也就不复存在了"⑤。可见莱辛对作品形式和写作技巧的重视程度。然而,混乱的世界、分裂的文明只是《金色笔记》的主题之一,在作品最后的"金色笔记"中,"事物由离到合,黑红黄蓝的分界

---

① Roberta Rubenstein, *The Novelistic Vision of Doris Lessing: Breaking the Forms of Consciousness*, Urbana: U of Illinois P, 1979, p. 108.

② 蒋花、史志康:《整合与对话:论〈金色笔记〉中的戏仿》,载《当代外国文学》2007年第2期。

③ 瞿世镜、任一鸣:《当代英国小说史》,上海译文出版社2008年版,第149页。

④ 蒋承勇等:《英国小说发展史》,浙江大学出版社2006年版,第507页。

⑤ [英]多丽丝·莱辛:《金色笔记·前言》,陈才宇,刘新民译,译林出版社2008年版,第8、16—17页。

不复存在,破碎的态势终结后是一种无形之形,最后显现第二主题,即整合"①。莱辛接触过马克思主义,参加过共产党,她说,"马克思主义是将事物作为整体并从相互间的关系来认识事物的……除了有效的宗教,马克思主义是我们这个时代对世界性思维,世界性伦理的首次尝试"②。《金色笔记》告诉人们,世界上的事物"你中有我,我中有你,构成各自的整体",整部书的"内质,它的结构,里面所描写的一切,都既含蓄又清晰地表明:我们不应该将事物分离,不应该让人格分裂"③。莱辛反对资本主义文学牺牲公共生活只反映个人生活的缺陷,同样反对某些社会主义文学只反映公共生活而忽视个人生活的倾向,她在作品中"把公共和个人联系起来,小说最伟大的力量在于她坚持把安娜的政治生活和个人生活密切结合起来"④。无论从主题思想的广度和深度还是从艺术手法的创新和实验来衡量,《金色笔记》都不仅可被称为英国左翼文学经典,是对"英国左翼文学的重要贡献"⑤,而且是"第一部真正意义上的世界文学"⑥,堪称世界文学经典。

---

① [英]多丽丝·莱辛:《金色笔记·前言》,陈才宇、刘新民译,译林出版社2008年版,第1页。
② 同上书,第9页。
③ 同上书,第1、4页。
④ M. Keith Booker, *The Modern British Novel of the Left: A Research Guide*, Westport, Conn.: Greenwood Press, 1998, p. 216.
⑤ Ibid.
⑥ 陈才宇:《形式也是内容:〈金色笔记〉释读》,载《外国文学评论》1999年第4期。

第十六章

20世纪80年代至世纪末艺术手法的多元

第一节 《联合街》的集体叙事和意识流描写

20世纪80年代英国左翼文学中现实主义再次受到强调。帕特·巴克的《联合街》可被看作该时期左翼作品的代表。作品以现实主义手法为主,也进行了一些实验,呈现出多元特征。《联合街》描写了20世纪80年代英国工人阶级女性的贫困生活,遭受的性别歧视和阶级压迫,歌颂了她们坚强、独立、自尊、自爱的人格,反映了她们对性别歧视和阶级压迫的反抗,是20世纪80年代英国工人阶级女性生活的一面镜子。小说的集体叙事和意识流描写赋予作品现代主义特征。

一 集体叙事

《联合街》发出了20世纪80年代英国工人阶级女性共同体的声音,反映了她们的工作、生活、情感和精神状况。过去的左翼文学作品,一般围绕一个主人公展开故事,而《联合街》强调集体经验,传达的不是一个单个主人公的声音,而是女性工人共同体的集体声音。

首先,小说植根于当代英国女性工人阶级经历,由7个短篇组成。每个短篇故事围绕一位女性工人展开,每位女性主人公都比前一位年龄稍长,年龄跨度从13岁到76岁,这些主人公都是女性,都来自工人阶级,都居住在同一街区——联合街。这样,7个故事读起来又是一个故事,一位工人阶级女性从少年到青年到中年到壮年再到老年的人生经历和心路历程,全书形成了一个有机整体,是关于"联合街"上女性工人阶级共同体的故事。

其次，7个短篇故事之间存在着互文性。居住在联合街上的工人阶级女性互相之间都熟悉，互帮互助，同一位工人女性人物经常出现在不同的故事中。出现在第1篇故事"凯丽·布朗"中的人物有：第2篇故事的主人公乔安妮·威尔逊、第4篇故事的主人公穆丽尔·思凯夫的女儿莎荣、第5篇故事的主人公艾丽丝·金和第7篇故事的主人公爱丽丝·贝尔；出现在第7篇故事"爱丽丝·贝尔"中的人物有：第6篇故事的主人公乔治·哈里逊的妻子哈里逊太太、第5篇故事的主人公艾丽丝·金、第1篇故事的主人公凯丽·布朗。其余的故事也都是这样，这样给人的感觉是，这些短篇故事还是关于一个彼此之间熟悉的工人阶级女性共同体的故事。

最后，作品中居住在联合街上的工人女性，不仅相互熟悉，而且经常从别人身上看到自己，而无形之中把这个工人女性共同体成员的命运紧密联系在一起。第2篇故事"乔安妮·威尔逊"描写了18岁的烤蛋糕厂青年女工乔安妮·威尔逊遭受的阶级剥削和性别歧视。她和小她三岁、出身于中产阶级家庭的男孩肯相识相恋，当她把怀孕的消息告诉男孩后，肯立刻感到意外和恼火。于是责备她，把责任完全推在她身上。一个漆黑的夜晚，他把乔安妮拉到郊外漆黑的涵洞里，从后面强行进入她的身体，企图导致胎儿流产，但未成功。此后，乔安妮失去了安全感，感到前途暗淡。她的单位有位贫穷的寡妇工人，抚养一群孩子，静脉曲张，门牙脱落，天天只吃厂里剩下的免费劣质饭菜充饥，从没穿过新衣服。看到这位寡妇莫琳·沙利文，"想着她一直以来过的日子，乔安妮感到了压迫感"[1]，自己的前途不堪设想。同时，她也看到了住在同一条街上，丈夫失业，过着贫困生活的莉莎·戈达德，"她经常在超市里看到她，带着孩子们购物使她累弯了腰，推着好像是她的另一个自我的大肚子往前走着"（94），乔安妮不寒而栗。她男朋友在漆黑的涵洞下强行进入她的身体，打胎未遂后，二人从涵洞里走出，消失在黑暗中。乔安妮回头再看涵洞时，联合街上的妓女，金发女郎黛娜和一个嫖客正在那里。看到黛娜"那白皙的臀部和

---

[1] Pat Barker, *Union Street*, London: Virago Press, 1982, p. 94. 文中所有出自该书的译文，均为笔者自译。以下出自该书的译文，只给出页码，不再一一作注。

抬起来的裙子",此时"黑暗立即笼罩了乔安妮的全身,以至于她跌跌撞撞,几乎晕倒"(101)。在后工业时代里,一切都商品化了,机械化了,就连性也是这样。乔安妮从黛娜身上,看到了自己的遭遇,感到了严重的物化和异化。第7篇故事描写了76岁的老年女性爱丽丝·贝尔为捍卫人格尊严,而自己选择冻死在公园里的故事。老人是一位执着的社会主义者,自尊、自爱、坚强、独立。她节衣缩食,为自己积攒了100英镑的丧葬费。当家人计划将她送到济贫院时,她感到与她的自我紧密相连的家也保不住了,便毅然决然,冒着严寒,拖着半身不遂的身体,艰难而有尊严地来到公园,坐到凳子上,主动将自己冻死。老人与联合街的女性紧密相连,友好相处。她乐于助人,虽然晚年也得到过姐妹们的关照和帮助,但她年轻时也一直在奉献,"对于年轻女性,尤其是艾丽丝来说,她几乎是一位母亲。对于年龄稍大一点的女性,例如哈里逊太太来说,她是一位靠得住的朋友,她们从不在背后议论她"(239)。她是联合街工人阶级女性共同体的亲历者、维护者和见证人,"她是她生活时代众多女性的化身"(263)。老人在公园里冻死前,与第1篇故事遭到强奸的主人公13岁的少女凯丽·布朗相遇,二人从彼此身上都看到了自己。老人想起自己的童年时代经常到公园来玩,当时比凯丽还小;凯丽"有生以来第一次发现,老太太也曾经是一个孩子",同时,"同样是人生第一次,她相信自己有朝一日也会死去"(67)。她似乎从老太太身上发现了人生的秘密,于是决定回家好好生活。回家的路上,凯丽·布朗碰到了刚刚从烤蛋糕厂下班回来的女工们,"她们正急切地往家里赶,准备做饭,开始家务劳动"(68)。她还看到了一对青年男女来到工厂门口约会、恋爱。这些表明,少女凯丽从老太太那里受到了鼓舞,在心理上长大,从女工和青年男女身上,她看到了自己未来的生活。尤其是最后,联合街工人阶级女性共同体里年纪最长者和年龄最小者相遇,"她们并排坐着,交谈着,女孩儿伸出手,那只干枯萎缩的手和那只年轻有力的手相遇并握在了一起"(265),表明7篇故事构成了一个有机整体。这是《联合街》在叙事方面的一大特色。

二 意识流描写

为了挖掘人物的潜意识,丰富人物塑造,使故事叙事更丰富、更完整,作品有时描写人物的梦境,有时描写人物的幻觉。第 4 篇故事"穆丽尔·思凯夫"中,虽然丈夫长期患病,但夫妻恩爱,家庭和睦,时有天伦之乐。丈夫死后,留下孤儿寡母,穆丽尔异常思念丈夫,几乎精神失常,夜里常做噩梦,白天,看到和丈夫长得像的男人,就以为是自己的丈夫,甚至还错误地拉着一个男人的袖子,引起尴尬。夜里更是恐惧、孤独、寂寞,经常产生幻觉,看到丈夫,"她听到他在屋子里走动。在楼下的起居室里,拨弄火苗。夜里,在另一间卧室里,击打枕头使其形成一定形状。他是一个焦躁不安的睡眠者。她坐下来听,听到他咳嗽"(173)。这些描写表达了穆丽尔对丈夫的思念之情,赞扬了贫困生活下,工人阶级夫妻之间的真挚爱情。第 7 篇故事"爱丽丝·贝尔"中,老人终生信仰社会主义,自尊、好强,但婚姻并不幸福,已经故世的两任丈夫都很吝啬。"一天夜里,她醒来(看到)丈夫坐在火边。尽管火已熄灭,她让他再加一些煤块儿,他不干","嗷,这个吝啬的老头,她想。吝啬的吝啬的吝啬的老头"(253—254),两任丈夫如此吝啬,以至于爱丽丝老太太临终还不能释怀。

这些描写使人物形象更加丰满,但似乎依然徘徊在人物无意识的边缘,没有呈现出非理性、恍惚迷离的特点。触及人物意识的,是作品的意识流描写,表现人物的意识流动,挖掘人物的无意识领域。第 3 篇故事的主人公莉莎·戈达德是两个男孩的母亲,生下女儿后,她不太喜欢。等到她看到可爱的小宝贝女儿后,她回到了很远很远的地方,"回到了她的童年时代。她想起了和哥哥们一起找鸟巢的情景。她总是喜欢和男孩子们一起玩耍,一直是家里的假小子,虽然她酷爱洋娃娃,还为此赢得了绰号:洋娃娃"(138)。接着,莉莎具体回忆了与哥哥们在一起找鸟巢、摸鸟蛋的情景。于是,她与女儿取得了认同,开始喜欢自己的女婴。第 7 篇故事"爱丽丝·贝尔"的意识流描写最为典型。爱丽丝·贝尔是一位社会主义者,积极参加政治活动,上了年纪,内心依然年青,"她想起了她的青年时代:会议啦、演讲啦、诘问啦、围起帆布啦、游行示威啦"(242)。老人外出捡煤块儿以便晚上取暖,摔跤后,恐惧感令她窒息,万一冻死在雪地里怎么办。她艰难地爬起来,缓慢地回到家中,已接近黎明。老人此时头脑清醒,没有睡意,不知过了多久,"混乱黑暗、痛苦,突然,人们,太多的人们挤在她床的周围,一道白色的光线刺痛了她的眼睛,她想说回去,他们都挤在她的周围,他们的脸阴森地逼近她,用鱼眼一样的扭曲的面部表情,戴着眼镜,她尽力说回去,然而她的话像水一样从她嘴里汩汩流出"。(245)这显然是老人的梦境。她的无意识异常活跃,由此我们看出人们对老人施加的压力,老人想保持自立、维护尊严的决心,她的恐惧和无奈。老人身体每况愈下,半身瘫痪,人们照料她时动作粗鲁。老人言语不清,人们视她为聋子。儿子和儿媳要把她送到济贫院。老人悲痛、寂寞,挫败感日益强烈。她知道生命即将终结,"她在精神上回到了她人生之初,她的第一个家","回到了她母亲那里"(249)。接下来,是老人的内心独白,长达两页之多,回忆了母亲生育18个孩子,子宫脱垂,痛苦异常,爱护子女,坚毅刚强,当年对母亲的误解,现在理解了母亲的不易,认为母亲是一位了不起的女性。老太太弥留之际,梦境与现实、意识与无意识之间的界限已不那么清楚,"有时在一句话的中间她会睡着"(254)。在决定将自己冻死在寒冷的公园里的那天,"她想起了母亲清洗过的遗体安葬在坟墓里。多么遥远,赤身裸体,多么令人震惊。她的身体现在就像这样"(261)。40年前,母亲临终,把她叫到身旁说道,"爱丽丝,爱丽丝,你总是认为我对你的关心不如对你的兄弟姊妹们。但是,你得知道,我对你的关心是一样的"(261)。母女和解,爱丽丝热泪盈眶。在生命的最后一天,爱丽丝毅然决然,挺着被病魔折磨的身躯,向公园走去。路上经过晾晒被单的胡同,她的思绪又回到了年轻时的自己。

  然后她离开胡同,进入铁路隧道。其他记忆浮出水面,像微小的鱼的嘴一样,在她思想的角落处拖拉。跑动的脚步声越来越多,这次是一个小孩儿的脚步声,小孩儿停下来,向她后面看,好像害怕被追赶似的。一位姑娘站立在隧道的入口处,一位小伙子的双臂拥抱着她。灰泥片飘下来,落在她的头发上。
  诸多记忆威胁着她,令她不知所措,她在混乱中停下脚步。这些碎片。这些是她自己的还是别人生命的碎片?她一辈子曾经是如此多的女性。(262—263)

顺着老人的意识流动，我们看到老人的头脑清醒，思路活跃，心理上依然年轻；看到了老人的人生历程，经过的各个人生阶段。这些记忆的碎片既是她自己的，也是联合街居住的工人阶级女性同胞们的。这些描写深化了对老人的形象塑造，展现了老人坎坷的人生道路，突出了老人阅历的丰富，表现了老人坚强、独立、热情、乐观的性格；同时，"记忆的碎片"强化了工人阶级共同体断裂的主题。

作品的意识流描写，触及了人物的无意识领域，展现了人物内心的现实，丰富了人物形象塑造，与作品呈现的外部社会现实互相弥补，交相辉映，更好地表现了作品的主题。

第二节 《联合街》的断裂叙事和人物的主体间性

《联合街》除了具有现代主义特征外，还具有后现代主义艺术手法。首先，作品在艺术上呈现出断裂的特征，与后工业时代工人的异化和工人阶级共同体的断裂和衰落相吻合，这主要是因为政府对工会权力和工人运动的打压、后工业时代的影响、商品化和货币主义导致的个人主义、金钱至上对工人阶级的影响。阶级关系、种族差异、政治立场等也是导致工人阶级共同体断裂的因素。作品中的主人公都受到资本剥削和性别压迫，身心受到沉重打击，人格受到严重伤害，生活出现碎片化。少女凯丽·布朗，孤苦伶仃，遭到强奸；乔安妮·威尔逊未婚先孕，母亲斥骂，男朋友不负责任，她感到前途渺茫；莉莎·戈达德生育两个孩子，又怀孕了，丈夫拿着妻子省吃俭用为孩子攒的钱去喝酒，还不讲道理，拿怀孕的妻子出气，生孩子时不见踪影；穆丽尔·思凯夫的丈夫长期患病，卧床不起，最终去世，留下孤儿寡母三人，生活拮据；艾丽丝·金少年时，母亲出走，她跟着街坊邻居长大，建立家庭后，丈夫家暴，还让两个陌生的酒肉朋友到家中企图和她睡觉，后导致永久性的夫妻不和。16岁的女儿六次人流，痛经厉害，直不起腰，又怀孕了，丢人现眼；老年金发女郎黛娜，终生妓女，维持生计；老年妇女爱丽丝·贝尔，半身不遂，忍受饥寒，一分一分攒了100英镑的丧葬费，想老死在家里，但儿子和儿媳妇还是决定把她送到济贫院。为捍卫人格尊严，老太太拄着拐杖，冒着严寒，步履蹒跚，来到公园的凳子上，解开衣扣，将自己冻死。为了表征工人阶级女性生活和人格的碎片状态，以及后工业时代工人阶级共同体的断裂和衰落，小说采取了下列手法：

第一，从结构上看，整部小说不是完整的一篇，而是由7个不同的短篇组成，这在形式上，就好像是一个一个短篇排列、组合在一起，而少了一些整体的感觉。

第二，小说运用了一系列象征断裂的意象。第一篇故事"凯丽·布朗"中，寒冷的冬天，卧室窗户上的纸板发出声响，影响姐妹睡眠，原因是"一扇窗户的玻璃被打碎了好久"（1），还没有换上新的；少女孤苦伶仃，又于黑夜里在"一处废弃的工厂院落里"（27）遭到强奸；强奸犯曾经跟踪凯丽，还替她把未成熟的"七叶树果的外壳剥开"（14）；强奸犯的脸"开始分裂、裂开、破碎，就像即将孵出小鸡的鸡蛋一样"（33）；得不到家人和邻居的关爱，凯丽决心报复这个社会，一天晚上她翻进一家富人屋里，"把烟灰缸摔得粉碎"（54）；一天晚上，凯丽来到街上，望着黑暗中的街道，"河边的一个社区被拆掉，废弃的房子等待着推土机和爆破员的到来"（59—60）。第3篇故事"莉莎·戈达德"中，已经生育两个孩子的莉莎，又快生孩子了，丈夫从存钱罐里偷钱喝酒，殴打妻子后出走，莉莎由自己的母亲陪同到医院生产，"最后，她咬紧牙关。一团温热的、黏稠的物质从子宫里渗出，流到床上"，羊水破了。生下女孩儿后，莉莎不太喜欢。看着女孩儿，她的思绪回到了自己的童年，想到了小时候与哥哥们一起去野外玩耍，捕捉小鸟、捡到蝶蛹的故事。他们玩得很尽兴，回家的路上，"打碎了一些细心采集来的鸟蛋"（138）。第七篇故事"爱丽丝·贝尔"中，弥留之际，爱丽丝回忆起自己的母亲，吃苦耐劳，一生生了18个孩子，数名夭折，孩子们的吃、穿都被照顾得很妥帖。母亲患了股白肿，又患了"子宫脱垂"（250），痛苦异常，却从不叫苦，一位坚强的女性；邻居忘了给老人捡煤块儿，老人自己一手拄着拐杖，一手拎着小桶，冒着严寒，外出拣煤块儿，由于年迈扛不动满桶，捡了半桶。在返回家的路上，跌倒在冰天雪地里，"煤块儿从桶里甩出来，在冰上散落一片"（243—244）。所有这些与"破裂"有关的意象，与小说题目的反讽意义，都表达了后工业时代工人阶级社区淡出人们视线、工人阶级生活的碎片化，以及工人共同体断裂和崩溃的主题，赋予小说后现代主义特征。

其次，《联合街》的叙事具有巴赫金所提出的复调特点，整个故事是一首交互轮唱的协奏曲，而不是单声部的独奏曲，作者笔下的人物都具有话语权。同时，叙事视角经常在叙事者和人物之间或明或暗地切换，解构了叙事者的权威性和主观性，使作品中的人物具有主体间性，从而使作品具有后现代主义叙事特色。

《联合街》的人物都有话语权和主体性。《联合街》采用的是非线性叙事，由7篇短篇故事组成，每篇故事的题目都是联合街工人阶级女性共同体中一员的名字，似乎并没有一个主导的声音，小说中的7名主人公都有话语权和主体性。巴克擅长写对话。她曾经在访谈中说道，"她的小说聚焦于对话，对话构成她创作艺术的主要特色"①；"两种类型的对话强烈地吸引着我：表面看来非自我意识的、不合逻辑的对话，治疗专家和患者之间高度敏感、字字负载意义的对话"②。作品中人物之间的对话很多，且符合工人阶级女性的身份和特点，因为帕特·巴克1943年出生于英格兰东北部工业区的米德尔斯伯勒，至今仍居住在该地区的达勒姆市，一直在工人阶级社区成长、长大、生活。她的创作植根于这一地区，笔下的工人阶级人物都来自这一地区，对这一地区以及居住在这里的工人阶级非常熟悉。约翰·布兰尼根曾经采访巴克，当他问到巴克的创作和居住地之间的关系时，巴克这样回答，"在英国，地区方言和工人阶级出身紧密相连。因此，只要写到工人阶级人物，我便把他/她们限定在这一地区，因为我不懂（别的地方的）方言"③，这充分证明巴克对该地区工人阶级语言和身份的熟知和把握。《联合街》强调集体经验，工人阶级女性共同体意识"通过巴克对于对话和方言的运用而得到强化"④。这样，作品中的人物都拥有适当的话语权。

---

① John Brannigan. *Pat Barker*. Manchester and New York: Manchester UP, 2005. 11.

② Monteith, Sharon. *Pat Barker*. Tavistock: Northcote House, 2002. 22.

③ Barker, Pat, and John Brannigan. An Interview with Pat Barker. *Contemporary Literature*, 2005, 46 (3): 374.

④ John Kirk. "Recovered Perspectives: Gender, Class, and Memory in Pat Barker's Writing." Contemporary Literature, Vol. 40, No. 4 (Winter, 1999), p. 612.

《联合街》的人物拥有主体间性（Intersubjectivity）。巴克特别注意解构叙事者对作品中人物的控制，经常采用叙事视角转化的方法，让笔下的人物发声、对话、交流，参与叙事，从而拥有主体性，与叙事主体平起平坐。同时，她笔下的人物总是处于互相交流中，从彼此的眼中或者身上看到自己，从而拥有主体间性，以主体间性而存在，这样就使小说成了真正意义上的"复调小说"。第 1 篇故事"凯丽·布朗"描写了 13 岁的少女凯丽告别童年步入成年的过程。她幼年丧父，与母亲和姐姐一起生活，孤儿寡母无依无靠，母亲常常更换情人，并把他们带到家里。凯丽经常忍饥挨饿，在家中得不到关爱。一次，逃学外出玩耍，遭到强奸。她痛不欲生，经常处于恐惧中，就连自己她也害怕，身心遭受沉重打击。

> 十二月初的一天晚上，凯丽回到家中，看到母亲跪在地板上，清扫壁炉。晚上这个时间清扫壁炉很奇怪，母亲的穿着也很奇怪：她穿着最漂亮的衣服。
>
> 凯丽默不作声地看着。每当母亲沮丧时，她总是起劲地干家务。这是她坚韧的表现，她的生活没有大的收获。
>
> 最后，她母亲环顾四周，她眼中出现一个问题而不敢问。凯丽轻易地略过了它。然后，当她母亲向下看时，她想，我们很像。她从来没有这样想过，但这种感觉很真实。那里，在鼻子和下巴的轮廓处，是她自己的脸，在变形的镜子里隐隐约约。
>
> 对亲情的瞬间认识使她问道，"阿瑟在哪？"
>
> "阿瑟今晚不想去俱乐部。我和玛奇一起去的。"（58）

总的来说，作品采用的是第三人称全知全能叙事视角。但是，经过细读我们注意到，第一段的前两句"十二月初的一天晚上，凯丽回到家中"是叙述者的客观陈述，后面几句"看到母亲跪在地板上，清扫壁炉。晚上这个时间清扫壁炉很奇怪，母亲的穿着也很奇怪：她穿着最漂亮的衣服"，表面上出自叙事者之口，实际上间接地出自凯丽之口，是凯丽看到的情景。这样，叙事视角从第三人称的客观叙述，转换到了笔下人物凯丽的主观叙述。第二段的第一句"凯丽默不作声地看着"，出自叙事者之口，后面的内容"每当母亲沮丧时，她总是起劲地干家务。这是她坚韧的表现，她的生活没有大的收获"，是凯丽的心理活动。这里，叙事视角再次从第三人称的客观叙述，转换到了笔下人物凯丽的主观叙述。第三段，前面的叙述"最后，她母亲环顾四周，她眼中出现一个问题而不敢问。凯丽轻易地略过了它。然后，当她母亲向下看时，她想"，出自叙述者之口，但作品人物母亲和女儿也不是被动的，二人之间有眼光的交流，母亲在环顾四周，女儿在观察母亲，女儿想起一个问题而略过，二人的叙事主体性得以强调。后面几句"我们很像"是凯丽的心理活动，"她从来没有这样想过，但这种感觉很真实"表面看，是叙述者的客观陈述，实际上是凯丽的主观感受，"那里，在鼻子和下巴的轮廓处，是她自己的脸，在变形的镜子里隐隐约约"，是凯丽的发现，她从母亲的面容看到了自己。这一段中，再次出现叙述视角从全知全能的客观陈述和笔下人物主观叙述的转换；同时，两个人物具有了主体间性，主体性得到了很好的呈现。

第4篇故事"穆丽尔·思凯夫"描写了中年妇女穆丽尔一家的生活。丈夫长期患肺病，儿子理查和女儿莎荣都在读书，度日艰难。丈夫不幸去世，联合街上所有人都伸出援助之手，每人都捐了款，每人都参加了送葬仪式。一天，女儿莎荣出去玩耍，母亲去找她回家。遇到曾经遭人强奸的少女凯丽，告诉她莎荣正在街上和小朋友一起做游戏。穆丽尔让女儿回家。

当莎荣离开游戏，红着脸，抗议时，穆丽尔感到抱歉。歌曲把她带回到自己的童年时代：游戏，打架，锻造的和破裂的友谊，爱情、背叛、憎恨。她们走在回家的路上，她尽力依靠回忆往事，寻求慰藉。

但不奏效。她想到了凯丽曾经一个人独自离家出走之事。

"我发现凯丽没有和你在一起，"她说，"她难道不再和你一起玩耍了嘛？"

"她不跟任何人一起玩耍了。"

穆丽尔低头看着女儿的金发，依然充满孩子气地呆笨地梳在后面，她想知道其他孩子们（对凯丽的事情）知道多少。

"你爸爸还没回来。"

"他还没回来吗？"

她对此不感兴趣。她仍然顺着自己的肩膀往后看，小小的光圈逐渐消失在黑暗中。歌曲又唱起来了。穆丽尔叹息。或许不让莎荣担心更好。让她自己和理查无缘无故地心烦意乱糟糕透了。他们到家时，他（孩子的爸爸）可能已到家了。

然而他还没回来。她咽下自己的失望情绪，催促两个孩子到楼上睡觉。（149—150）

　　这里是穆丽尔和女儿之间的对话交流，叙事视角在全知全能的叙述者和人物之间频繁切换。第一段中，"当莎荣离开游戏，红着脸，抗议时"，表面上看，是叙述者的客观陈述，实际上是穆丽尔看到的情景。"穆丽尔感到抱歉"是叙述者的客观陈述。"歌曲把她带回到自己的童年时代"是叙述者的陈述，"游戏，打架，锻造的和破裂的友谊，爱情、背叛、憎恨"是穆丽尔的主观回忆。"她们走在回家的路上，她尽力依靠"，是叙事者的客观陈述，"回忆往事，寻求慰藉"是穆丽尔的心理活动。第二段，"但不奏效"是叙述者的陈述，"她想到了凯丽曾经一个人独自离家出走之事"是穆丽尔的心理活动。第三、四段是两个人物之间的对话。第五段中，"穆丽尔低头看着女儿的金发"是叙述者的陈述，"依然充满孩子气地呆笨地梳在后面"，是穆丽尔看到的情景，"她想知道其他孩子们（对凯丽的事情）知道多少"是穆丽尔的心理活动。第六、七段是母女之间的对话。第八段中，"她对此不感兴趣。她仍然顺着自己的肩膀往后看"，是叙事者的客观陈述，"小小的光圈逐渐消失在黑暗中。歌曲又唱起来了"，是莎荣看到和听到的情况，"穆丽尔叹息"是叙事者的客观陈述。"让她自己和理查无缘无故地心烦意乱糟糕透了。他们到家时，他（孩子的爸爸）可能已到家了"是穆丽尔的心理活动。最后一段，"然而他还没回来。她咽下自己的失望情绪，催促"是叙事者的客观陈述，"两个孩子到楼上睡觉"是穆丽尔催促的内容，和人物发出的动作。这段话中，叙述者的客观陈述和人物的主观陈述频繁切换，解构了叙述者的权威，赋予人物主体间性，凸显了人物的主体性，使塑造的人物栩栩如生，增加了故事的完整性和真实性。

作品中的少女凯丽·布朗为摆脱被强奸造成的身心伤害而来到公园，老太太爱丽丝·贝尔为捍卫自己的独立和尊严也来到公园。傍晚时分，二人在公园里的凳子上相遇。

她们默默地坐着。光线更亮了。

"哎，当我是个小姑娘的时候，我经常来这里，比你还年轻。"老太太用模糊不清的目光看着公园四周。凯丽跟随着老人的目光，有生以来第一次发现，老太太曾经是一个孩子，是可信的。同时，也是第一次，她相信自己将来也会死去。这很可怕，但并不悲哀。她注视着老太太，好像她掌握着生命的秘密，并可能与之交谈。

"那时这里有一支乐队，"老太太说，向着看台点头，枯叶正从看台上疾驰而过。"你过去常常于星期天下午坐在这里，听他们演唱。"

老人用恢复的力量看着孩子，她，坐在那里，阳光照耀在她的身后，好像是光明的礼物。"不要告诉任何人我在这儿，"她说。这是她最亲密的恳求。

"您哭了，"凯丽说道。她凝视着老太太那顺着脸上的缝隙和皱纹向下流淌的眼泪。她看着老人的喉咙，赤裸裸的，像鸟的喉咙一样脆弱。"一定还有其他办法的，"她接着说。

"别无他法。他们试图带走我的一切。一切。"她笑了，"哎呀，对于这种办法，他们没辙。就这样。"

尽管笑着，她还在哭泣。凯丽伸出手来，摸着老人的手。

"我不会告诉任何人，"她说。

她低头看着她们的手：老太太的手，由于终生擦洗地板，而变得皲裂和磨损，她自己的手，脏兮兮的，两个指节间带着痂。

她们在一起坐了好长时间。

"我感到暖和些了，"老太太说道，"我想我将小睡一会儿。"

凯丽继续观看着她。老太太的眼角处的眼泪变成了白色的痂。她

的眼睛现在闭上了，睡眠中，或者无意识中，或者死了。(66—68)

这段话里的复调和主体间性非常典型。第一段是叙述者的客观陈述。第二段，第一句是老太太的话语，第二句和第三句是叙述者的客观陈述，下面是凯丽的心理活动、看到的情景和感受。第三段，第一句和第五句是老太太的话语，第二句和第三句是叙述者的话语，第四句是老太太的间接叙述。第四段，第一句和最后一句，是叙述者的陈述，中间几句，是老人看到的情景、感受和话语。第五段，第二句和最后一句，是叙述者的陈述，是凯丽看到的情景、感受和话语。第六段，中间一句是叙述者的陈述，其余是凯丽的话语。第七段，是叙述者的陈述。第八段，是凯丽的话语，和叙述者的陈述。第九段，第一句是叙述者的陈述，其余是凯丽观察到的情况，属于间接陈述。第十段，中间一句是叙述者的陈述，两头是凯丽的话语。第十一段，中间一句是叙述者的陈述，两头是老太太的话语。第十二段，第一句是叙述者的陈述，后面是凯丽观察到的情况。就这样，叙事视角在叙事者、老太太和凯丽之间频繁转换，时而是叙事者的客观直接陈述，时而是人物的主观间接陈述。人物和叙事者地位平等，对话交流，人物之间地位平等，对话交流。人物都拥有话语权，具有主体性。同时，老太太和小姑娘从彼此身上看到了自己，拥有主体间性，形成了多声部叙事。

总之，《联合街》的复调特征和人物的主体间性，是叙事的一大特色。它消解了传统现实主义作品叙事的单一视角，也避免了现代主义作品叙事者对作品人物的主宰和控制，使作品叙事灵活多变，故事更加完整真实。雷蒙德·威廉斯曾经谈及再现工人阶级人物的危险。他认为，"对工人阶级的现实主义再现的一个危险，是作品在形式方面——在作为叙事者和读者的'我们'和作为主题的'它们'之间——冒险实行阶级分野"[1]。《联合街》的叙事并非全知全能，因为叙述者的知识是有限的，讲述的是居住在同一道街上的共同体的故事；同时，叙事者的权威性被作品人物的主体间性所消解。因此，与其说叙事者全知全能，不如说只是无所

---

[1] Monteith, Sharon. *Pat Barker*. Tavistock: Northcote House, 2002, p. 29.

不在,"很少具有侵略性"①。这就使《联合街》"弥合了全知全能叙事者的权威声音和文本记录的人物语言之间的鸿沟","既避免了威廉斯指出的再现工人阶级生活的陷阱,又抵制了对工人阶级共同体客体化或商品化的企图"。②

综上所述,《联合街》是一部反映20世纪80年代英国女性工人共同体的工作、生活、情感和精神状况以及当代英国工人阶级共同体衰落的杰作。作品具有社会现实主义的特征,同时,在艺术手法上进行了有意义的实验。小说的集体叙事声音、叙事视角的转换、意识流描写使作品独具特色,具有一定的现代主义特征。同时,小说中人物的主体间性、复调特色、"断裂"的意象运用等又使作品具有后现代主义特征,这些使作品在艺术手法上呈现出综合、多元特征,对以前的左翼作品有所超越,使作品成为表征当代英国工人阶级生存现状的艺术经典。巴克不愧为"现代英国文学史上最重要的作家之一"③。

---

① John Kirk. "Recovered Perspectives: Gender, Class, and Memory in Pat Barker's Writing." *Contemporary Literature*, Vol. 40, No. 4 (Winter, 1999), p. 613.
② Monteith, Sharon. *Pat Barker*. Tavistock: Northcote House, 2002, p. 30.
③ Sharon Monteith, *Pat Barker*, Tavistock: Northcote House, 2002, p. 13.

结　语

　　20世纪英国左翼文学与主流文学并驾齐驱，丰富多彩，成就显著。本书分为三大板块——20世纪英国左翼文学综论、20世纪英国左翼文学的主题思想研究、20世纪英国左翼文学的艺术特色探讨，对20世纪英国左翼文学进行了比较系统、深入的研究。

　　首先，采取历时性研究方法，本书系统论述了20世纪英国左翼文学各个阶段的经济、政治、历史、文化背景及主要特征，从整体上勾勒出20世纪英国左翼文学的发展阶段和演变脉络。

　　20世纪英国左翼文学经历了世纪初到20年代、30年代前后、60年代前后、80年代到世纪末四个发展阶段。19世纪80年代到20世纪20年代，经济危机的发生、工人运动的复兴、社会主义团体和工人阶级政党的建立、马克思主义和社会主义思想的传播，促成了英国左翼文学的兴盛：涌现了大量的作家及作品；主题广泛，社会主义、罢工、女性主义、社会主义女性主义、左翼历史主题进入创作视野，对各种社会主义思想的思考、探讨和传播以及对工人阶级意识觉醒的反映，是该阶段左翼文学的重要特征，社会主义是该阶段左翼文学的重要意识形态特征；对阶级压迫和性别歧视双重关注的社会主义女性主义小说引人注目；兰开郡工人作家群的形成是工人阶级社会主义小说空前繁荣的有力证明；特雷塞尔的《穿破裤子的慈善家》在内容、风格和技巧方面都堪称英国第一部成熟的无产阶级小说，为此后英国的左翼小说创作提供了典范。

　　20世纪三四十年代席卷资本主义世界的经济危机、英国失业率的居高不下、工人运动的蓬勃发展、国际法西斯主义的抬头、英国共产党和左翼读书俱乐部的成立及活动、苏联的社会主义成就等，使英国左翼文学出现首次高峰。作家阵容庞大，作品众多，主题广泛；描写经济危机给广大工人阶级和劳动人民造成的失业及苦难生活，反映劳资冲突，表现工人阶级罢工以及开展的经济斗争和政治斗争，揭露和批判法西斯主义，反映西班牙内战和世界反法西斯战争，探讨和宣传马克思主义、社会主义和共产主义，歌颂共产党领袖，批判资本主义制度，表达对社会主义和共产主义的信念，作品政治倾向明显，战斗力强，时代气息浓；但大部分作品的艺术手法机械生硬；苏格兰作家吉本的《苏格兰人的书》是该阶段左翼文学杰作；马克思主义文论研究取得显著成就，确立了马克思主义美学原则和唯物主义观点，代表人物有拉尔夫·福克斯、克里斯托弗·考德威尔、亚力克·韦斯特等。

第二次世界大战促进了世界人民的觉醒，战后英国的"福利国家"建设使中下阶层产生了"愤怒"情绪，美苏之间的冷战使世界人民长期面临战争威胁，共产主义运动的衰落使工人阶级和左翼知识分子产生幻灭情绪，"新左派运动"创造出规模空前的马克思主义思想文化，20世纪60年代前后英国左翼文学再现高峰。虽然繁荣程度不及30年代前后，战斗力亦不如从前，但对资本主义的认识比较深刻，主题有所拓展，或表现工人阶级的生活和斗争；或回顾英国左翼运动的历史；或对"福利国家"政策愤怒和反叛；一些作品视野更加开阔，关注当时的国际国内大事；一些作家除了关注阶级压迫和社会不公外，开始关注种族和性别问题，把这些问题和阶级问题联系起来进行考察。作品艺术特色有新突破，出现了后现代主义手法，出现了"布克奖"获得者。2007年诺贝尔奖得主多丽丝·莱辛的代表作《金色笔记》也出版于这个时期。"新左派"运动创造出成果丰富的马克思主义文学文化理论，代表人物有威廉斯、伊格尔顿等。

1979年开始的撒切尔主义、苏联解体、东欧剧变、社会主义和共产主义运动的衰落，使英国左翼文学在20世纪的后20年有所减缓，但仍有一些较好的作品，呈现出国际化和性别关注的趋向。有些作品放眼国际，关注"冷战"、东欧剧变；有些继续反映工人阶级的工作和生活；有些开始关注工人阶级女性，把阶级压迫和性别歧视结合起来进行探讨；有些抨

结　语

击时弊，矛头直指撒切尔政府。艺术手法更加丰富多彩，有的进行艺术实验，运用意识流、内心独白、时空交错、叙事的断裂和碎片等现代主义和后现代主义艺术技巧。伊格尔顿、克罗夫特、杰罗米·霍桑、古斯塔夫·克劳斯、M. 布克等出版了一系列左翼文学理论著作。世纪末冷战的结束、2004年5月8日欧洲左联的成立、世界性经济危机的再度爆发等又使21世纪之初左翼思潮呈现复兴之势。

其次，采取共时性以及历时性和共时性相结合的方法，立足文本，按照主题研究的方法，本书系统、深入地探讨了20世纪英国左翼文学的思想内涵，归纳、提炼出八大主题。

1. 20世纪英国工人阶级生存现状的一面镜子

《穿破裤子的慈善家》反映了20世纪初英国工人阶级的生存状况。工作环境恶劣，条件极差，工人处于危险境地，甚至付出生命；工作沉重，工资极低，常遭解雇，生活赤贫，失业期间，雪上加霜，终生在死亡线上挣扎。工人阶级的精神状态可谓无知落后，麻木不仁，不辨是非。他们对自己的命运缺乏了解，对资本家的剥削逆来顺受。他们被称为"穿破裤子的慈善家"，因为自己被资本家剥削得一无所有，却慷慨大方，服服帖帖地为资本家服务，奉献自己的一切。

《周末晨昏》描写了"福利国家"时期工人阶级的生存状况。一方面，工人的物质生活有一定改善；工作条件有一定提高，工资有所增加，工作也较稳定；工作中多少有了点乐趣；购买力的增强使工人青年能够通过改变传统的穿着塑造全新形象。另一方面，英国的阶级关系和社会结构并无根本变化，社会不公和贫富悬殊依然存在。工人阶级增长的工资仅限于购买基本生活用品，远不能满足住房和教育之需；工厂环境恶劣，工作繁重、枯燥，噪音严重，难以忍受，严重异化。贫困状况没有实质性改变，没有自我发展的平台和空间。

《联合街》描写了20世纪80年代英国工人阶级女性的生存状况。撒切尔主义使工人生活有所下降。后工业时代科技产业和服务业兴起，英国重工业遭受重创，大量男性工人失业，从事服务业的女性工人渐多，她们遭受双重压迫：阶级剥削和性别歧视；生活困难，背负工作和家务的双重负担，得不到尊重，往往被沦为管家婆和丈夫发泄性欲的对象，经常遭受家庭暴力；资本主义制度把她们降低为可资利用和交换的商品，遭受男性的压迫和欺凌，甚至还遭受性暴力的侵害。

2. 工人阶级受压迫命运的根源及反抗

《穿破裤子的慈善家》深刻剖析了20世纪初英国工人阶级悲惨命运的根源。资本家的经济剥削导致了工人阶级的贫困命运；文化压迫进一步控制工人思想，渗透到社会各个领域，蛊惑民众，形成文化霸权，使工人阶级把所谓的主流文化规约自觉内化为自己的行为准则，心甘情愿接受资本家的剥削和压迫，不去争取自由，这直接导致了工人阶级的不觉醒和对不公命运的逆来顺受；资本家还利用宗教蛊惑人心，对工人阶级进行精神麻痹，加强对工人的控制。

《穿破裤子的慈善家》描写了20世纪初英国觉醒的工人对受压迫命运的反抗。觉醒的工人欧文不但发现了资本家剥削的秘密和工人阶级贫困的根源，而且指明了工人解放的道路：必须摧毁整个资本主义制度，建立社会主义制度。小说对"金钱""货币花招""劳动价值和所得工资之间的差额"的概念和原理的诠释、对彻底摧毁资本主义制度的倡导，体现出马克思主义的基本原则和立场，表达了资本主义必然灭亡、社会主义必然胜利的信念。

《周末晨昏》主人公阿瑟对二战后"福利国家"英国社会进行了反抗。针对异化和不公，他采取逃避策略，试图转移注意力，以麻痹思想、消除疲劳、摆脱无聊、寻求解脱。饮酒、玩弄女性、钓鱼只能暂时解除烦恼，却付出沉重代价。他反抗一切权威，蔑视政府，无视伦理道德，玩世不恭，永远按照"快乐原则"行事，把快乐建立在别人的痛苦之上。他的反抗单枪匹马，带有浓重的无政府主义和极端个人主义特征，不解决问题。

《联合街》描写了20世纪80年代英国女性工人阶级对性别歧视、性暴力以及阶级剥削的反抗。她们把反抗经济剥削和性别歧视结合起来，撒切尔主义打压和遏制工会和罢工，工人们对阶级压迫的反抗减弱，体现出后工业时代工人社区逐渐消失、共同体走向衰落的历史变迁。从世纪初到世纪末，英国工人阶级的反抗从激烈走向平缓，从平缓走向衰落，呈现递减状态。

3. 左翼视角下的现代化历史进程

《苏格兰人的书》立足农民、工人等劳苦大众，围绕佃农出身的女主人公克丽斯，描述了她从农村到城镇再到工业城市的生活经历和心路历程，展示了苏格兰从农业到前工业化到工业阶段的历史变迁，是苏格兰从农业文明到工业文明转变过程的历史隐喻，展示了苏格兰的现代化进程。小说把个人经历与宏大历史事件联系起来，描写了劳苦大众的苦难和空虚、孤独、无聊以及道德沦丧，对他们寄予深切同情，试图唤醒他们的觉悟，对资本主义制度进行了批判。

4. 对社会主义和共产主义的探索和追求

共产主义是左翼文学的最高理想。《苏格兰人的书》对苏格兰的未来进行了持续探索。这一探索与主人公克丽斯的个人经历紧密联系，围绕克丽斯与她周围人物的关系展开，与展示苏格兰奔向现代化的进程交织在一起，从基督教社会主义到工党社会主义到宗教神秘主义，再到社会主义和共产主义，最后明确指出，共产主义是苏格兰的唯一希望。

5. 停留还是跨越：左翼青年的彷徨和愤怒

"阶级跨越"是英国左翼文学的重要主题。《向上爬》展示了工人阶级面对"停留还是跨越"这个问题产生的彷徨与愤怒。"停留还是跨越"或者"是安于现状保持工人阶级身份还是脱离本阶级跻身中上阶层"一直是困扰兰普登的核心问题，构成文本的叙事焦点和艺术张力。彷徨根源于阶级不平等与社会不公正，作品伴随主人公自我反思和批判，实际上也是对"福利社会"乃至整个资本主义制度的批判。"福利国家"似乎为工人跨越阶级提供了可能，但这条路归根结底走不通：阶级不平等使他们想脱离本阶级跻身中上阶级，而中上阶级又不能接纳他们，更何况中上阶级恰恰又是他们痛恨的阶层，这就形成了一个怪圈：停留在本阶级意味着受穷，跻身中上阶级又行不通，那么，如何解决这个矛盾？毫无疑问，推翻资本主义制度，由此强调了小说的批判力度。

6. 20 世纪英国左翼文学的女性主义思想

女性主义贯穿 20 世纪左翼文学。《金色笔记》是 20 世纪女性主义代表作，揭露了婚姻关系中夫妻地位的不平等：在选择配偶和结婚过程中，存在着违背女性意愿、包办婚姻的情况；妻子没有经济地位，生活依赖丈夫，受丈夫控制；在家被沦为管家婆和生儿育女的工具，处于"第二性"和"他者"地位。揭露了男女两性在性关系上的不平等：已婚女性经历着"无性婚姻"；无论婚姻还是情人关系，女性在性关系上处于被动、从属地位，享受性生活的权利被剥夺；婚姻关系中虽然存在着性，但丈夫往往拈花惹草，背叛妻子；情人关系中，女性在性关系上处于不平等地位；性关系中受男性控制，甚至遭受虐待、语言折磨和人格侮辱。批判了父权社会对女性思想的禁锢，对女性思考和写作权利的剥夺，对女性独立个性的遏制。对上述不平进行了反抗，主张女性经济独立，婚姻自由和思想独立，倡导女性写作；主张性是人生深层次幸福之源，男女平等，两性和谐，性、感情、婚姻三位一体，婚姻和家庭同等重要。

7. 20世纪英国左翼文学的国际视野

自60年代开始，20世纪英国左翼文学不仅呈现性别、种族、族裔的多元视角，而且呈现国际化视野。《金色笔记》对阶级问题的关注超越了国界和洲际，关注了20世纪影响全球的重大国际政治事件——以美国为首的资本主义国家和以苏联为首的社会主义国家之间的"冷战"，展示了朝鲜战争的过程、危害及影响；再现了卷入"冷战"的国家开展军备竞赛的情况及对世界的威胁；反映了"麦卡锡主义"的性质、危害和影响；勾勒了苏伊士运河危机的过程和影响。揭示了20世纪50年代前后英国乃至世界共产主义运动的衰落的内因：党组织领袖不讲真话，惯于撒谎；教条主义泛滥，脱离实际；权力集中，缺少民主，官僚主义严重；盲目崇拜领袖；以及外因：斯大林的逝世使人们对共产主义事业产生动摇；苏共二十大导致人们思想混乱，对共产主义的信心动摇，随之引出的苏联政治大清洗令人震惊；匈牙利事件再次降低了苏联和社会主义在人们心目中的威信，党员的共产主义信仰再次严重动摇。这些事件引起欧美大批左翼知识分子对共产主义思想产生严重迷茫和混乱，大批党员退党是对国际共产主义运动的沉重打击，是20世纪50年代前后国际共产主义运动衰落的重要表征。

8. 20世纪英国左翼文学的反殖民主义主题

种族问题是左翼文学的重要主题。《金色笔记》对殖民主义、种族隔离、种族歧视问题高度关注，颠覆了伦敦与非洲先进与落后、高贵与卑

结　语

劣、文明与蛮荒之间的二元对立；揭露了殖民主义对殖民地自然资源的掠夺和对殖民地原住民的剥削和压迫，对生态环境和原始文化的破坏，批判了种族主义对殖民地人民的压迫；描写了殖民地白人的流放、尴尬境地，预示了殖民主义的衰落和殖民地人民的民族解放；表现出对种族歧视的深刻批判，对非洲人民命运的深切同情，对非洲民族独立的支持，对种族平等、兄弟民族和睦相处的希望。

最后，采取历时性方法，立足文本，系统、深入地探讨了20世纪英国左翼文学的艺术特色，勾勒出其从现实主义到现代主义再到后现代主义的发展历程和演变脉络。

总体来说，20世纪英国左翼文学在艺术特色方面经历了现实主义、现代主义和后现代主义几个阶段，现实主义是20世纪英国左翼文学的主要创作手法。自19世纪80年代到20世纪20年代，现实主义是左翼文学的主流；20世纪30年代前后，现实主义在左翼文坛依然唱主角，同时，一些作品进行了现代主义实验；到了50年代，伴随着英国文坛"愤怒的青年"流派的诞生，现实主义回归；60年代开始，一些左翼作品开始进行后现代主义实验；1979年，撒切尔夫人当选首相上台执政，英国进入长期的保守时代，80年代开始，现实主义再次复归；同时，英国左翼文学在艺术手法上呈现出多元特征。但是，20世纪初期之后的现实主义，与传统的现实主义相比，都发生了一些变化。

1. 20世纪初现实主义的成熟

罗伯特·特雷塞尔的小说《穿破裤子的慈善家》是20世纪英国左翼文学的典范。作品继承了英国文学史上的现实主义传统，以英国南部小城市黑斯廷市从事建筑行业的油漆工人为原型，客观真实地再现了20世纪初英国工人阶级的工作情况、生活状况和精神状态，塑造了典型环境中的典型性格，揭露和批判了20世纪初期英国资本家对工人阶级的经济剥削、政治压迫和精神麻痹。作品细节描写突出，人物刻画和肖像描写精湛，幽默和讽刺比比皆是，具有强烈的讥讽和批判效果。

2. 20世纪30年代现实主义与现代主义实验

刘易斯·格拉西克·吉本的《苏格兰人的书》是20世纪30年代英国左翼文学的代表作。作品散发着浓厚的苏格兰生活气息，把苏格兰语和英语巧妙结合起来，语言与主题珠联璧合。对苏格兰乡土气息语言的驾驭非常出色；标准英语与苏格兰习语方言有机糅合，形成独特文学语体，具有不同寻常的艺术效果。第二和第三人称交替使用，表现社会变化和阶级冲突；复调特征突出，降低作家参与度，扩大读者想象空间；复式叙事结构很有特色。

3. 20世纪中叶现实主义的回归与后现代主义实验

20世纪50年代，英国左翼文坛现实主义再受强调，约翰·布莱恩的《向上爬》（1957）和艾伦·西利托的《周末晨昏》（1958）可被看作该时期左翼作品的代表。恪守现实主义传统，注重故事的客观真实性和人物形象的典型性，反对现代主义实验，艺术手法创新不多。但另一方面，作品也表现出一定的现代主义倾向。注重展示人物心理世界，揭示人物内心冲突。文笔洗练，叙事铺陈减少，注重对话推动情节发展，作家逐渐隐退。

20世纪60年代，英国左翼文学逐渐从现实主义进入后现代主义实验阶段。多丽丝·莱辛的《金色笔记》可被称为20世纪英国左翼后现代主义文学经典。作品的网状叙事结构、叙事主体的消解和人物的不确定性，造成作品意义的不确定性，极大地丰富了作品意义，突出混乱、荒诞主题，扩大阐释空间；形式和叙事的断裂以及叙事碎片导致"正常叙事"中断，表现世界分裂、混乱、恐怖、荒诞；打通虚构与真实界限，表征混乱多变、丰富多元的外部世界和人的内部世界，外在和内在、公共与私人、个人与政治联系起来。

4. 20世纪80年代至世纪末艺术手法的多元

20世纪80年代英国左翼文学中现实主义再次受到强调。帕特·巴克的《联合街》可被看作该时期左翼作品的代表。作品以现实主义手法为主，也进行了一些现代主义和后现代主义实验，呈现多元特征。作品发出了英国工人阶级女性共同体的声音，具有复调特点，人物具有话语权。其意识流描写，与外部现实互相弥补。叙事视角常在叙事者和人物间切换，解构了叙事者的权威性和主观性，人物具有主体间性。作品呈现断裂叙事特征，与后工业时代工人异化和工人阶级共同体的衰落相吻合。总之，作品的艺术手法呈现综合、多元特征，对以前的左翼作品有所超越。

结　语

　　本项目时间跨度大，内容多，国内外学术界对左翼文学认识和研究的不足，课题组有限的研究能力和研究时间，都在客观和主观上影响了课题研究。本研究旨在抛砖引玉，以引起学界对英国左翼文学的重视，从而对其进行更深入的研究。由于采取了突出重点、系统深入的方法，选取了每个时代最有代表性的作品，难免挂一漏万，还有不少未来得及研究的内容，比如对20世纪60年代之后的英国左翼文学按照时代或体裁更加细化的研究，对于本次未纳入研究的作品例如60年代之后约翰·伯格的作品、大卫·斯托里的作品、詹姆斯·凯尔曼的作品等，值得今后进一步研究。该书存在的缺点和不当之处，敬请学界前辈、专家和同人不吝赐教，批评指正。

参考文献

Allsop, Kenneth. *The Angry Decade: A Survey of the Cultural Revolt of the Nineteen-Fifties*. London: Peter Owen, 1958, rpt. 1964.

Baker, Timothy C. "The Romantic and the Real: James Leslie Mitchell and the Search for a Middle Way." *Journal of Modern Literature*, 16.4 (2013): 44-61.

Barker, Pat. *Union Street*. London: Virago Press, 1982.

Barker, Pat, and John Brannigan. "An Interview with Pat Barker." *Contemporary Literature*, 3.46 (2005): 366-392.

Blamire, Harry. *Twentieth-Century English Literature*. London: Macmillan Press Ltd., 1982.

Booker, M. Keith. *The Modern British Novel of the Left: A Research Guide*. Westport, Conn.: Greenwood Press, 1998.

Bradbury, Malcolm. *The Modern British Novel 1878 – 2001*. Beijing: Foreign Language Teaching and Research Press, 2005.

Braine, John. "The Modern Novelist." *Journal of the Royal Society of Arts*, 116.5143 (June 1968): 565-574.

Brannigan, John. *Pat Barker*. Manchester and New York: Manchester UP, 2005.

Brophy, Sarah. "Working-Class Women, Labor, and the Problem of Community in *Union Street* and *Liza's England*." *Critical Perspectives on Pat Barker*. Eds. Sharon Monteith, et al.

参考文献 >>>

Columbia: U of South Carolina P, 2005. 26-39.

Burton, Deirdre. "A Feminist Reading of Lewis Grassic Gibbon's *A Scots Quair*." *The British Working-Class Novel in the Twentieth Century*. Ed. Jeremy Hawthorn. London: Edward Arnold Ltd, 1984. 35-46.

Carey, John L.. "Art and Reality in *The Golden Notebook*." *Contemporary Literature*, 14.4 Special Number on Doris Lessing (Autumn, 1973): 437-456.

Carter, Ian. "Lewis Grassic Gibbon, *A Scots Quair*, and the Peasantry." *History Workshop*, 6 (Autumn 1978): 169-185.

Crag, David. "The Roots of Sillitoe's Fiction." *The British Working-Class Novel in the Twentieth Century*. Ed. Jeremy Hawthorn. London: Edward Arnold Ltd, 1984. 95-110.

Danziger, Marie A.. *Text/Countertext: Postmodern Paranoia in Samuel Beckett, Doris Lessing, and Philip Roth*. New York: Peter Lang Publishing, Inc., 1996.

Dworkin, Dennis. *Cultural Marxism in Postwar Britain*. Dunham: Duke University Press, 1997.

Empson, William. *Some Versions of Pastoral*. London: 1935.

Fox, Pamela. *Class Fictions: Shame and Resistance in the British Working-Class Novel, 1890-1945*. Durham, NC: Duke UP, 1994.

Gilbert, Sandra, & Susan Gubar. *The Madwoman in the Attic: The Women Writer and the Nineteenth Century Literary Imagination*. New Haven: Yale UP, 1979.

Gopalan, Rajalakshmi. "Doris Lessing's Politico Aesthetic Vision in *The Golden Notebook*." *The Golden Notebook: A Critical Study*. Ed. Tapan K. Ghosh. New Delhi: Prestige Books, 2006. 187-198.

Graff, Harvey J. "Literacy in Literature and in Life: An Early Twentieth-Century Example." *History of Education Quarterly*, 23.3 (1983): 279-296.

Gray, Nigel. *The Silent Majority: A Study of the Working-Class in Post-War British Fiction*. Plymouth: Vision Press, 1973.

Head, Dominic. *The Cambridge Introduction to Modern British Fiction*, 1950-2000. Chongqing: Chongqing Press, 2006.

Henstra, Sarah. "Nuclear Cassandra: Prophecy in Doris Lessing's *The Golden Notebook.*" *Papers on Language and Literature: A Journal for Scholars and Critics of Language and Literature*, 43.1 (2007): 3-23.

Hite, Molly. "Doris Lessing's The*Golden Notebook and Four-Gated City*: Ideology, Coherence, and Possibility." *Twentieth Century Literature: A Scholarly and Critical Journal*, 34.1 (1988): 16-29.

Hite, Molly. The*Other Side of the Story: Structures and Strategies of Contemporary Feminist Narrative*. Ithaca and London: Cornell UP, 1989.

Joyner, Nancy. "The Underside of the Butterfly: Lessing's Debt to Woolf." The Journal of Narrative Technique, 4.3 (Sep., 1974): 204-211.

Karl, Frederick R. *A Reader's Guide to the Contemporary English Novel*. Beijing: Foreign Language Teaching and Research Press, 2005.

Keating, P. J. *The Working Classes in Victorian Fiction*. London: Routledge & Kegan Paul, 1979.

Kirk, John. "Recovered Perspectives: Gender, Class, and Memory in Pat Barker's Writing." *Contemporary Literature*, 40.4 (Winter, 1999): 603-626.

Klaus, H. Gustav. "Silhouettes of Revolution: Some Neglected Novels of the Early 1920s." *The Socialist Novel in Britain: Towards the Recovery of a Tradition*. Ed. H. Gustav Klaus. Brighton: The Harvester Press, 1982. 89-109.

Kocmanová, Jessie. "Hugh MacDiarmid, Grassic Gibbon, and the Class Commitment of Scottish Literature in the Twenties and Thirties," *Angol Filológiai Tanulmányok / Hungarian Studies in English*, 13 (1980): 59-69.

Kress, Susan. "Lessing's Responsibility." Salmagundi, No. 47/48 (Winter-Spring 1980): 115-131.

Lalbakhsh, Pedram. "The Subversive Feminine: Sexual Oppression and Sexual Identity in Doris Lessing's *The Golden Notebook.*" *Studies in Literature and Language*, 3.3 (2011): 92-97.

参考文献 >>>

Leity, Paul, ed. *Left Book Club Anthology*. London: Victor Gollancz, 2001.

Lessing, Doris. "Doris Lessing at Stony Brook: An Interview by Jonah Raskin." Doris Lessing. *A Small Personal Voice: Essays, Reviews, Interviews*. Ed. Paul Schlueter. London: Flamingo, 1994: 65-81.

Libby, Marion Vlastos. "Sex and New Woman in The Golden Notebook." The Iowa Review, 5.4 (Fall, 1974): 106-120.

Mahto, E. P. "*The Golden Notebook*: A Study in Humanisim." *The Golden Notebook: A Critical Study*. Ed. Tapan K. Ghosh. New Delhi: Prestige Books, 2006. 199-213.

Monteith, Sharon. *Pat Barker*. Tavistock: Northcote House, 2002.

Morgan, Ellen. "Alienation of the Woman Writer in *The Golden Notebook*." *Contemporary Literature* 14.4 Special Number on Doris Lessing (Autumn, 1973): 471-480.

Marwick, Arthur. "*Room at the Top, Saturday Night and Sunday Morning*, and the 'Cultural Revolution' in Britain." *Journal of Contemporary History*, 19.1 Historians and Movies: The State of the Art: Part, 2 (Jan., 1984): 127-152.

Mayne, Brian. "The Ragged Trousered Philanthropists: An Appraisal of an Edwardian Novel of Social Protest." *Twentieth Century Literature*, 13.2 (1967): 73-83.

Miles, Peter. "The Painter's Bible and the British Workman: Robert Tressel's Literary Activism." *The British Working-Class Novel in the Twentieth Century*. Ed. Jeremy Hawthorn. London: Edward Arnold Ltd, 1984. 1-17.

Mitchell, Jack. *Robert Tressel and the Ragged Trousered Philanthropists*. London: Lawrence & Wishart Ltd, 1969.

Monteith, Sharon. *Pat Barker*. Tavistock: Northcote House, 2002.

Monteith, Sharon. "Pat Barker." *The Oxford Encyclopedia of British Literature*. Ed. David Scott Kastan (Vol.1). Shanghai: Shanghai Foreign Language Education Press, 2009.

Mowat, Charles Loch. *Britain between the Wars*, 1914–1940 (Revised edition). London: 1956.

Motte, Brunhild De La. "Radicalism—Feminism—Socialism: The Case of the Women Novelists." *The Rise of Socialist Fiction: 1880–1914*. Ed. H. Gustav Klaus. Brighton: The Harvester Press, 1987. 28–48.

Nazareth, Peter. "A Committed Novel: *The Ragged Trousered Philanthropists* by Robert Tressel." *Transition*, 29 (Feb.–Mar., 1967): 35–38.

Newquist, Roy, ed. *Counterpoint*. Chicago: Rand McNally, 1964.

Ortega, Ramón López. "The Language of the Working-Class Novel in the 1930s." *The Socialist Novel in Britain: Towards the Recovery of a Tradition*. Ed. H. Gustav Klaus. New York: St. Martin's, 1982. 122–144.

Paul, Ronald. "*Fire in Our Hearts*": *A Study of the Portrayal of Youth in a Selection of Post-War British Working-Class Fiction*. Goteborg: Acta Universitatis Gothoburgensis, 1982.

Paul, Ronald. "Tressel in International Perspective." *The Rise of Socialist Fiction*. Ed. H. Gustav Klaus. Sussex: Harvester, 1987. 231–250.

Pelling, Henry. *The British Communist Party: A Historical Profile*. London: 1958.

Porter, Dennis. "Realism and Failure in *The Golden Notebook*." *Modern Language Quarterly*, 35.1 (1974): 56–65.

Rosenberg, Ingrid von. "Militancy, Anger and Resignation: Alternative Moods in the Working-Class Novel of the 1950s and early 1960s." *The Socialist Novel in Britain*. Ed. H. Gustav Klaus. Brighton: The Harvester Press, 1982. 145–165.

Roskies, D. M. "Lewis Grassic Gibbon and *A Scots Quair*: Ideology, Literary Form, and Social History." *Southern Review*, 15.2 (1982): 178–204.

Rubenstein, Roberta. *The Novelistic Vision of Doris Lessing: Breaking the Forms of Consciousness*. Urbana: University of Illinois Press, 1979.

Sackett, Hannah. "Nothing is True but Change: Archaeology, Time and Landscape in the Writing of Lewis Grassic Gibbon." *Scottish Archaeological*

Journal, 27.1 (2005): 13-29.

Salveson, Paul. "Allen Clarke and the Lancashire School of Working-Class Novelists." *The Rise of Socialist Fiction: 1880-1914*. Ed. H. Gustav Klaus. Brighton: The Harvester Press, 1987. 172-202.

Shiach, Morag. "*A Scots Quair* and The Times of Labour." *Critical Survey*, 15.2 Literature of the Thirties (2003): 39-48.

Smith, David. *Socialist Propaganda in the Twentieth-Century British Novel*. London and Basingstoke: The Macmillan Press Ltd., 1978.

Spilka, Mark. "Lessing and Lawrence: The Battle of the Sexes." *Contemporary Literature*, 16.2 (Spring, 1975): 218-240.

Vlastos, Marion. "Doris Lessing and R. D. Laing: Psychopotics and Prophecy." *PMLA*, 91.2 (Mar., 1976): 245-258.

Webb, Igor. "What Culture is Appropriate to the Worker?" *The Radical Teacher*, 1.1 (1975): 10-15.

Williams, Raymond. *The Country and the City*. New York: Oxford UP, 1973.

Williams, Raymond. *The Long Revolution*. London: Chatto and Windus, 1961.

Williams, Raymond. The Robert Tressell Memorial Lecture, 1982. *History Workshop*, 16 (Autumn, 1983): 74-82.

Wolmark, Jenny. "Problems of Tone in *A Scots Quair*." *Red Letters*, 11 (1981): 15-23.

Vicinus, Martha. "Chartist Fiction And the Development of A Class-Based Literature." *The Socialist Novel in Britain: Towards the Recovery of a Tradition*. Ed. H. Gustav Klaus. Brighton: The Harvester Press, 1982. 7-25.

Yousaf, Nahem, and Sharon Monteith: "Introduction: Reading Pat Barker." *Critical Perspectives on Pat Barker*. Eds. Sharon Monteith, et al. Columbia: U of South Carolina P, 2005. vii-xxiii.

Young, James D. "Marxism and the Scottish National Question." *Journal of Contemporary History*, 18.1 (1983): 141-163.

Young, James D. "Militancy, English Socialism and the Ragged Trousered Philanthropists." *Journal of Contemporary History*, 20.2（1985）: 283-303.

［英］艾弗·布朗："前言"，见［英］刘易斯·格拉西克·吉本《苏格兰人的书》，曹庸等译，上海译文出版社1993年版。

［英］艾伦·西利托:《周末晨昏》，张礽荪、张树东译，百花文艺出版社1994年版。

［英］安德鲁·桑德斯:《牛津简明英国文学史》，谷启楠译，人民文学出版社2000年版。

［美］贝尔·胡克斯:《女权主义理论：从边缘到中心》，晓征、平林译，江苏人民出版社2001年版。

陈才宇："译序"，见［英］多丽丝·莱辛《金色笔记》，陈才宇、刘新民译，译林出版社2008年版。

陈才宇:《形式也是内容:〈金色笔记〉释读》，《外国文学评论》1999年第4期。

陈红梅:《〈金色笔记〉的空间叙事与后现代主题演绎》，《外国文学研究》2012年第3期。

程玉海、林建华等:《世界社会主义共产主义运动新论》，人民出版社2010年版。

段吉方:《意识形态与审美话语》，人民文学出版社2010年版。

［英］多丽丝·莱辛:《金色笔记》，陈才宇、刘新民译，译林出版社2008年版。

恩格斯:《〈英国工人阶级状况〉一八九二年英国版序言》，《马克思恩格斯全集》第22卷。

［英］弗吉尼亚·伍尔夫:《一间自己的房间》，田翔译，辽宁教育出版社2010年版。

高继海:《语言·命运·历史：论吉本〈苏格兰的书〉》，《郑州大学学报》2002年第6期。

高继海:《英国小说史》，中国社会科学出版社2003年版。

高兰等:《英国共产党三十年》，人民出版社1953年版。

参考文献

高永红：《〈金色笔记〉和谐主题阐释》，《东岳论丛》2010 年第 8 期。

关志钢主编：《世界社会主义纵横》，人民出版社 2007 年版。

侯维瑞：《现代英国小说史》，上海外语教育出版社 1985 年版。

侯维瑞、李维屏：《英国小说史》（下），译林出版社 2005 年版。

黄绍湘：《美国通史简编》，人民出版社 1979 年版。

姜红：《有意味的形式——莱辛的〈金色笔记〉中的认识主题与形式分析》，《外国文学》2003 年第 4 期。

姜仁凤：《于混乱中现秩序：解读莱辛的小说〈金色笔记〉》，《学术探索》2012 年第 5 期。

蒋承勇等：《英国小说发展史》，浙江大学出版社 2006 年版。

蒋花、史志康：《整合与对话：论〈金色笔记〉中的戏仿》，《当代外国文学》2007 年第 2 期。

［美］凯特·米利特：《性政治》，宋文伟译，江苏人民出版社 2000 年版。

黎会华：《解构菲勒斯中心：构建新型女性主义主题》，《浙江师范大学学报》（社会科学版）2004 年第 3 期。

李赋宁等主编：《欧洲文学史》第三卷上册，商务印书馆 2001 年版。

李公昭：《美国战争小说史论》，北京大学出版社 2012 年版。

李培超：《自然的伦理尊严》，江西人民出版社 2001 年版。

李霞：《权力话语、意识形态与翻译》，《西安外国语学院学报》2003 年第 2 期。

李宗禹主编：《欧美共运风云录》，人民出版社 1994 年版。

列宁：《列宁选集》第 2 卷，人民出版社 1972 年版。

林树明：《多维视野中的女性主义批评》，中国社会科学出版社 2004 年版。

刘雪岚：《分裂与整合——试论〈金色笔记〉的主题与结构》，《当代外国文学》1998 年第 2 期。

［英］刘易斯·格拉西克·吉本：《苏格兰人的书》，曹庸等译，上

海译文出版社 1993 年版。

［匈牙利］卢卡奇：《历史和阶级意识》，王伟光、张峰译，华夏出版社 1989 年版。

卢婧：《多丽丝·莱辛〈金色笔记〉研究述评》，《南京师范大学文学院学报》2007 年第 3 期。

卢婧：《〈金色笔记〉中的"身体"隐喻解读》，《解放军外国语学院学报》2012 年第 3 期。

陆建德：《现代主义之后：写实与实验》，中国社会科学出版社 1997 年版。

［英］罗伯特·特雷塞尔：《穿破裤子的慈善家》，孙铢等译，外国文学出版社 1982 年版。

［德］M. 比尔：《英国社会主义史》下卷，何新瞬译，商务印书馆 1959 年版。

马克思、恩格斯：《马克思恩格斯选集》第 1 卷，人民出版社 1995 年版。

马克思、恩格斯：《马克思恩格斯选集》第 2 卷，人民出版社 1995 年版。

马克思：《1844 年经济学哲学手稿》，人民出版社 1985 年版。

［德］马克思·霍克海默、特奥多·威·阿多尔诺：《启蒙辩证法》，洪佩郁、蔺月峰译，重庆出版社 1990 年版。

美国不列颠百科全书公司编著：《不列颠简明百科全书》，中国大百科全书出版社编译，中国大百科全书出版社 2011 年版。

钱乘旦、许洁明：《英国通史》，上海社会科学院出版社 2002 年版。

乔娟：《论〈金色笔记〉的政治主题》，硕士学位论文，南昌大学，2013 年。

瞿世镜、任一鸣：《当代英国小说史》，上海译文出版社 2008 年版。

［美］斯塔夫里阿诺斯：《全球通史》，吴象婴等译，北京大学出版社 2012 年版。

商文斌：《战后英共的社会主义理论及英共衰退成因研究》，中国社会科学出版社 2010 年版。

参考文献

沈志华主编：《一个大国的崛起与崩溃——苏联历史专题研究》，社会科学文献出版社2009年版。

［美］唐纳德·萨松：《欧洲社会主义百年史》，姜辉等译，社会科学文献出版社2008年版。

［英］特雷·伊格尔顿：《二十世纪西方文学理论》，伍晓明译，北京大学出版社2007年版。

王芳：《双重理想的追寻与寄托——论〈苏格兰人的书〉中的象征意义》，《淮北师范大学学报》2013年第1期。

王岚、陈红薇：《当代英国戏剧史》，北京大学出版社2007年版。

王丽丽、伊迎：《后现代碎片中的"话语"重构——〈金色笔记〉的再思考》，《当代外国文学》2006年第4期。

王守仁、何宁：《20世纪英国文学史》，北京大学出版社2006年版。

王守仁：《新编美国文学史》第四卷，上海外语教育出版社2002年版。

王守仁、胡宝平等：《英国文学批评史》，南京大学出版社2012年版。

王佐良、周珏良主编：《英国20世纪文学史》，外语教学与研究出版社2006年版。

王佐良：《英国诗史》，凤凰出版传媒集团、译林出版社2008年版。

吴恩远：《苏联历史几个争论焦点的真相》，社会科学文献出版社2013年版。

［法］西蒙娜·德·波伏娃：《第二性》，陶铁柱译，中国书籍出版社2004年版。

吴岳添：《法国现当代左翼文学》，湘潭大学出版社2007年版。

项晓敏：《现实展示与愤怒宣泄——读西利托〈星期六晚上和星期天早上〉》，《名作欣赏》2007年第3期。

肖锦龙：《拷问人性——再论〈金色笔记〉的主题》，《外国文学研究》2012年第2期。

徐觉哉：《社会主义流派史》，上海人民出版社2007年版。

薛诗绮："译后记",见［英］罗·特雷塞尔:《穿破裤子的慈善家》,孙铢等译,外国文学出版社1982年版。

岳国法:《"形式"的修辞性:〈金色笔记〉的文学修辞批评》,《社会科学论坛》2009年第7期(下)。

［英］约翰·布莱恩:《向上爬》,马澜、越位译,湖南人民出版社1987年版。

曾永成:《文艺的绿色之思——文艺生态学引论》,人民文学出版社2000年版。

张岩冰:《女权主义文论》,山东教育出版社1998年版。

赵国新:《新左派的文化政治》,外语教学与研究出版社2009年版。

中共中央对外联络部《各国共产党总览》编辑委员会编:《各国共产党总览》,当代世界出版社2000年版。

《中国军事百科全书》编审委员会:《中国军事百科全书》第7卷,军事科学出版社1997年版。

朱刚:《二十世纪西方文论》,北京大学出版社2006年版。

朱清:《〈金色笔记〉女性视角下的女性主体意识》,《外语研究》2009年第3期。

后　记

　　本项目"20世纪英国左翼文学研究"是目前全国哲学社会科学规划办公室资助的首项系统研究英国左翼文学的课题。课题组成员有杭州师范大学外国语学院殷企平教授、李鸿雁副教授、冯昕副教授、段林远讲师和广东教育学院李漫萍副教授。课题时间跨度大，内容多，难度大。是"研究"，就必须强化"论"的色彩，不能写成文学史，但又不能没有"史"的内容。立项后，课题组高度重视，按照项目计划，信心百倍、认认真真地开展研究，经历了资料查阅与收集、研究方法磋商讨论、文献阅读与读书笔记、评论撰写、修改、定稿、确定最终结构框架、重新编排衔接连贯等几个主要阶段。研究过程中，课题组突破了两大难关，一是研究方法的确定，二是研究时间的保证。20世纪英国左翼文学作品数量众多，要在有限的时间内完成研究任务，对整个20世纪英国左翼文学进行系统、综合考察，突出"论"的色彩，就必须首先解决研究方法问题。经过多次咨询专家、研究讨论和深入思考，课题组决定不奢求全面，但力求比较系统、深入，最终采取了主题研究的方法，既打破时间的界限，又打破体裁的界限，还打破作品的界限，用主题即左翼文学的思想性来统摄整部著作。按照20世纪英国左翼文学的四个阶段，精选每个阶段最有代表性的作品，把重点放在这些左翼代表性作品的细读上，从具体的文本中解读、阐释20世纪英国左翼文学的思想内涵。只有这样，才能把研究落到实处，才能保证研究不至于太宏观和空泛，保证研究有一定的力度和深度。在具体研究过程中，做到作品的研读和评论的写作齐头并进。文本的细读是需要时间和功夫的，是必需的，也是不可代替的，只有坚持把文本细读数遍，才能使研究做到实实在在，扎实可靠。一篇篇论文写出后，再按照20世纪英国左翼文学综论、20世纪英国左翼文学的主题思想研究和20世纪英国左翼文学的艺术特色探讨三大板块及其下面的子主题重新编排整理，衔接连贯，力争使全书浑然一体。这样的研究方法，需要付出大量的研究时间。由于平时教学任务繁重，再加上其他一些日常事务，研究思路经常被打断，有时思路基本形成，需要动笔写作时，另一项必须限时完成的工作又把思路打断，而再厘清思路又需要一段时间。前期的研究工作基本都是在假期进行。几年来，无论是寒假还是暑假，笔者作为课题负责人几乎足不出户，充分利用这大好时机，分秒必争，丝毫不敢懈怠。很多个星期六和星期天，为了争取时间，静下心来从事研究，他全天手机都关着。然而即使这样做，感觉时间还是远远不够。缺乏研究时间成为课题研究的最大障碍，课题负责人为此深感焦虑。为解决这一问题，笔者申请到浙江大学访学进修十个月，除了研究所和研究生指导工作外，本科生的教学和论文指导工作停了下来，为课题研究争取了大量时间，研究取得突破性进展，完成了课题研究的七成，笔者又于2015年春季获国家留学基金资助，赴剑桥大学英文系访学半年，脚踏实地，全力以赴，终于完成著作初稿。

笔者2008年加盟杭州师范大学外国语学院，9月开始担任学院"文学与翻译研究所"所长。2010年获得本课题后，学校年终召开科研表彰大会，人文社科处让笔者在会上发言，校方说这是杭州师范大学英语学科的首个国家级项目。当时笔者的确高兴了一阵子，这个第一带来的喜悦也很快成为过去，接下来开始变得紧张，甚至焦虑，因为课题内容多，任务重，压力大。2009年，我国外国文学专家殷企平教授被引进到杭州师范大学外国语学院担任院长。他高度重视学科建设，引进了一大批外国文学人才：李公昭教授、陈正发教授、曹山柯教授、马弦教授、石雅芳教授等，"文学与翻译研究所"的力量迅速壮大，成员达33人之多，形成了学术团队。这是一支积极进取、健康向上、团结协作的学术梯队，致力于打造学术平台，凝聚学术队伍，凝练学术方向，营造学术氛围，学术交流的数量和质量大幅度提高。国内外一大批知名专家学者近几年都应邀来进行过学术交流，本研究团队受益良多。2012年殷企平教授获得外国文学

后 记

重大招标项目，进一步鼓舞了团队的士气，也给大家树立了光辉榜样。大家戒骄戒躁，真抓实干，至今已获得国家课题10余项，团队建设良性发展。笔者特别喜欢这支团队，特别喜欢学院和研究所提供的学术平台和学术资源。在学术交流过程中，受益很大。笔者曾多次不失时机，正式或非正式地向前来讲学交流的专家学习，尤其是请教研究方法。几年来，咨询请教的国内外专家学者主要有：华中师范大学博士生导师聂珍钊教授、浙江大学博士生导师吴笛教授、中国社会科学院博士生导师陆建德研究员、南京大学博士生导师王守仁教授、中国社科院文学所陈定家研究员、剑桥大学英文系 J. H. Prynne 教授；向本团队咨询请教的专家有：博士生导师殷企平教授和李公昭教授。此外，笔者还利用外出参加学术会议的机会向专家请教，比如，美国纽约州立大学英文系马明潜教授、中国人民大学博士生导师陈世丹教授、中央民族大学博士生导师郭英剑教授、南开大学外国语学院马红旗教授、南阳师范学院胡天赋教授、四川外国语大学任虎军教授和姜淑芹教授。衷心感谢这些专家学者的不吝指教。

感谢我在浙江大学访学的导师吴笛教授。感谢我的博士生导师严啟刚教授。感谢我的硕士生导师陆煜泰教授、张叔宁教授。感谢我本科阶段的老师河南大学王宝童教授、徐有志教授、吕长发教授、苗普敬教授、麻保金教授、刘光耀教授、高继海教授、翟士钊教授。

感谢杭州师范大学科技处和人文社科处多年来给予我的指导和帮助。感谢外国语学院领导殷企平教授、任顺元书记、欧荣教授、金向华副书记、潘春雷副院长、李颖副院长、方红助理。感谢外国语学院"文学与翻译研究所"的同人钱兆明教授、刘军教授、林力丹教授、李公昭教授、陈正发教授、曹山柯教授、马弦教授、石雅芳教授、管南异教授、杨莉教授、颜钟祜教授、邓天中博士、应璎博士、陈礼珍博士、黄怡博士、张雯博士、高乾博士、陈敏博士、汤定九老师、陈军老师、李鸿雁老师、冯昕老师、朱越峰老师、黄四宏老师、洪永娟老师、李思兰老师、孙琴青老师、叶蕾老师、李佳颖老师、许巍老师、张锐老师、刘倩老师。

感谢我的父母、岳父母。感谢我的妻子李瑞萍女士，没有她的全力支持和帮助，要在有限时间内完成研究是不可能的。

由于本人学浅才疏，时间有限，本书肯定存在这样那样的缺点和不当之处，敬请学界前辈、专家和同人不吝指教，批评指正。

陈茂林

2015 年 9 月初稿于剑桥

2016 年 12 月修改于杭州